KB092666

로슈포르가 살인 사건

# 묵시록의 여름

로슈포르가 살인 사건

# 묵시록의 여름

가사이 기요시 장편소설

송태욱 옮김

**H**
현대문학

그리고 보니 푸르스름한 말 한 필이 있고 그 위에 탄 사람은 죽음이라는 이름을 가진 사람이었습니다. 그리고 그 뒤에는 지옥이 따르고 있었습니다.

그들에게는 땅의 4분의 1을 지배하는 권한 곧 칼과 기근과 죽음, 그리고 땅의 짐승들을 가지고 사람을 죽이는 권한이 주어졌습니다.

—「요한 묵시록」 제6장 8절에서

# 차례

## 〈 랑그도크 지방의 지도 〉

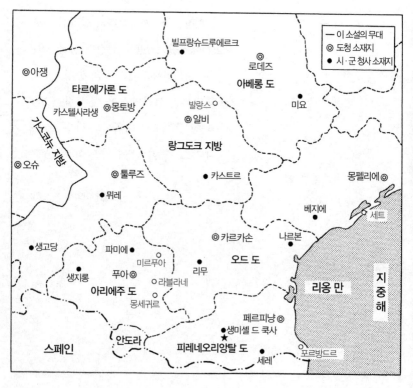

## ⟨ 에스클라르몽드 산장의 내부 구조 ⟩

### 1층

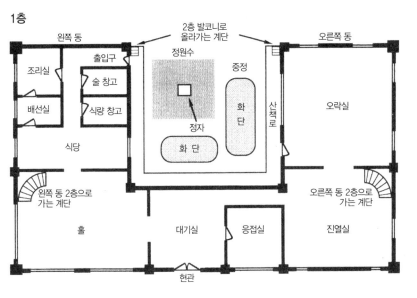

2층 발코니로
올라가는 계단

왼쪽 동

오른쪽 동

정원수

중정

조리실

출입구

술 창고

식량 창고

배선실

화단

산책로

오락실

식당

정자

화단

왼쪽 동 2층으로
가는 계단

오른쪽 동 2층으로
가는 계단

홀

대기실

응접실

진열실

현관

### 2층

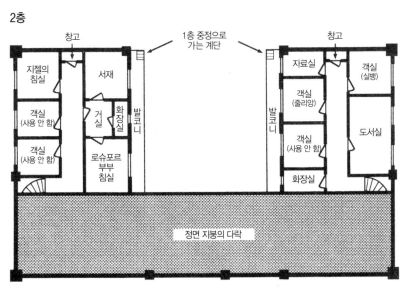

창고

1층 중정으로
가는 계단

창고

지젤의
침실

서재

자료실

객실
(실뱅)

발
코
니

객실
(사용 안 함)

거
실

화
장
실

객실
(줄리앙)

발
코
니

도서실

객실
(사용 안 함)

로슈포르
부부
침실

객실
(사용 안 함)

화장실

정면 지붕의 다락

주요 등장인물

**나디아 모가르**  이 소설의 화자

**지젤 로슈포르**  나디아의 친구. 로슈포르 가문의 외동딸

**오귀스트 로슈포르**  지젤의 아버지

**니콜 로슈포르**  오귀스트의 두 번째 부인

**주느비에브 로슈포르**  지젤의 친어머니. 10년 전 세상을 떠남

**장 노디에**  주느비에브의 종복

**샤를 실뱅**  파리 대학의 역사학 조교수

**줄리앙 뤼미에르**  지젤의 애인

**시몬 뤼미에르**  줄리앙의 누나

**폴 소네**  샤투이 마을의 신부

**발터 페스트**  독일 뮌헨의 골동품상

**카사르**  라블라네의 헌병대장

**장 폴 바르베스**  파리 경찰청의 경감

**야부키 가케루**  수수께끼의 일본인 청년

# 센 강 변의 저격자

꺼림칙한 악의가 엿보인 그 사건은 아무런 예고도 없이 돌연 우리를 덮쳤다. 불길한 혹서의 하루가 점차 짙은 보랏빛으로 저물어갈 무렵이었다.

루이 14세 시대 이후 가장 덥다는 여름이었다. 미친 듯한 이런 날씨에 처음부터 저항력이 없던 파리 사람들에게는 견디기 힘든 나날이었다. 그런 날씨가 벌써 3주 넘게 계속되었으나 흉포한 염열지옥의 나날은 아직도 끝날 줄을 모르고 있었다.

팽창한 사하라 사막이 지중해와 서유럽 국가들을 탐욕스럽게 모조리 집어삼켜버리는 게 아닐까 생각될 만큼 타는 듯한 고온인데다 건조하기만 한 뜨거운 여름이었다. 5월 하순부터 이어진 이상기후로 인해, 거친 살구색의 바위로 만들어진 도회 생활의 톱니바퀴는 섬뜩하게 삐걱거리면서 여기저기에 미묘한 광기를 보이기

13

시작했다.

예를 들어 옆구리에 물빛이나 분홍빛 상표를 붙인 폴리에틸렌 페트병에 담긴 광천수는 식료품점이나 슈퍼마켓 진열장에서 보이지 않게 되었다. 이어서 청량음료병조차 모습을 감추었고 맥주도 품귀 현상이 벌어지기 시작했다. 가정에서는 달콤한 악취와 함께 대량의 고기나 채소가 순식간에 부패하여 땀투성이가 된 주부들의 짜증과 불쾌감을 극도로 부채질했다. 이 도시에서 냉방 설비를 갖춘 몇 안 되는 장소인 영화관, 은행, 백화점에는 시원함을 찾는 군중이 엄청나게 몰려들어 통상적인 영업을 방해하는 일도 드물지 않았다. 예년에는 한여름에도 섭씨 30도를 넘는 날이 고작 하루나 이틀밖에 되지 않았던 이 도시는, 예기치 않은 폭서의 습격에 완전히 무방비 상태를 드러내고 있었다.

사람들은 그날 들어오는 물건을 먼저 차지하기 위해 문을 열기 훨씬 전부터 식료품점 입구에 음산한 장사진을 쳤다. 줄 서기를 거부하는 자는 녹 냄새와 석회 맛 때문에 도무지 목을 넘길 수 없는 미적지근하고 탁한 수돗물로 그날 하루를 버텨야 한다. 줄을 선 사람들은 머리카락이나 피부를 태우는 백열의 태양을 힐끗거리면서 대기에 충만한 열의 미립자에 코, 목, 폐가 타들어가는지 비참하게 헐떡거렸다.

타는 듯이 더운 날, 가게 문이 열리기를 기다리는 사람들 중에는 구매를 부탁할 가족이나 친구가 없는 고독한 노인도 있어 빈혈이나 심장발작으로 쓰러지는 경우도 적지 않았다. 그중에는 혼절한 채 사망에 이른 노인도 나와 신문에 참담한 기사를 제공했다.

이런 행렬 가운데서 나는 옆에 있는 노파가 장황하게 중얼거리는 소리를 들었다. 추하게 갈라진 입술에서 새 나오는 말의 의미를 처음에는 제대로 이해할 수가 없었다. 주의 깊게 들어보니 푸르스름한 말이 등장하는 「요한 묵시록」의 한 구절인 듯했다. 가벼운 일사병에 걸린 것인지, 식은땀으로 온몸을 적신 채 덮쳐오는 현기증을 버텨보려고 두 발로 돌바닥을 힘껏 밟고 선 내 귀에는 노파의 음산한 중얼거림이 여전히 나지막하게 메아리치고 있었다. 묵시록의 여름은 이제 막 시작되었을 뿐이다.

위도가 높은 이 도시는 하지에 가까운 무렵이라 이제 막 해가 져서 어두워졌을 뿐인데도 이미 한밤중이 다 된 시각이었다. 번화가를 벗어나 어딘지 모르게 황량한 분위기가 배어 있는, 그저 넓기만 한 강변도로에는 오가는 사람도 뜸했다. 새벽 네다섯 시에는 날이 밝아 순식간에 염열지옥의 하루가 시작되기 때문에 사람들은 잠깐의 밤과 어둠이 주는 부족한 시원함을 탐하려고 집 안 깊숙한 곳으로 재빨리 기어들었을 것이다.

지겨울 정도로 긴 6월의 황혼이었다. 멀리서 바라보면, 활활 타오르는 태양의 완력에 끊임없이 채찍질당해 완전히 피폐해진 수도의 거리가 우아해 보이는 짙은 보랏빛 그늘에 휩싸여 차츰 평온해지는 광경을 볼 수 있었다.

"가케루, 저것 좀 봐."

나는 혼자 이해할 수 없는 상념에 빠져 말없이 걷고 있는 옆의 청년에게 강 건너편의 돌담을 가리키며 말했다. 강을 따라 점점이 놓인 가로등의 창백한 빛을 받은 돌담은 배후의 어둠 속에서 어슴푸레하게 솟아난 듯 보였다.

"보라고, 센 강의 물이 저렇게 줄었어."

강가의 돌담에는 수면과 평행하게 그어진 한 줄기 선이 밤눈에도 뚜렷이 보였다. 그 선 위의 벽면은 오랜 세월의 비바람에 거무스름하게 더러워져 있었지만, 그 밑은 오랫동안 수면 아래에서 계속 물결에 쓸렸기 때문인지 어둠 속에서도 쌓인 돌의 원래 색깔을 하얗게 드러냈다. 돌담에 새겨진 가로줄은 지난달까지의 수위를 보여주는 것인데, 지금 강의 수면은 그때에 비해 지나치게 낮았다.

"그렇지, 이런 이상기후에는 센 강의 물도 말라버리니까."

야부키 가케루는 쓸데없는 내 말을 무뚝뚝하게 묵살했다. 5월 말 이래 파리 사람들의 화제를 붙들고 놓아주지 않는 폭서와 가뭄에 대해서도 가케루는 아주 냉담한 태도를 보였다. 내가 숨 쉬기도 힘들 만큼의 열기에 헐떡일 때도 가케루는 거의 땀조차 흘리지 않고 아주 태연한 얼굴이었다. 사막을 방랑하며 단련해온 육체에 이 정도 더위쯤은 전혀 부담스럽지 않은 모양이었다.

"그 여자의 경고 말인데, 너는 어떻게 생각해?"

말없이 그저 걷기만 하는 상대에게 나는 화제를 바꿔 말을 걸었다. 다소 신경질적인 상태였는지도 모른다. 응어리진 침묵이 답답해서 견딜 수 없었던 것이다. 수수께끼의 여자가 속삭인 협박 같은 경고 때문이었는지도 모른다.

문득 멈춰 선 가케루가 내 쪽으로 얼굴을 돌렸다. 희미한 소리에 귀를 기울일 때와 비슷하게 살짝 눈살을 찌푸리고 있었다. 아직도 미지근한 미풍이 이따금 강 수면을 건너 낮의 열기를 남기며 울적하게 불어왔다. 바람은 셔츠나 청바지에 스며든 땀 냄새를 천천히 날렸다.

"가케루, 저기 말이야······"

말을 이으려고 한 순간이었다. 둔한 충격에 돌연 세계가 거꾸로 뒤집혔다. 나는 옆의 청년에게 떠밀려 보도의 돌바닥에 난폭하게 내동댕이쳐졌다. 그러고 나서 속도를 올리고 차체를 삐걱거리며 세차게 달려드는 자동차, 옆으로 쓰러진 내 몸을 무시무시한 기세로 덮쳐누르는 육체의 나긋나긋한 무게, 심야의 강변도로에 울려 퍼진 두 번의 짧은 폭발음. 이런 것들이 거의 한순간에 나를 덮쳤다.

"아파, 가케루. 대체 뭐야?"

나는 엉겁결에 신음 소리를 냈다.

"······흰색 시트로엥 DS."

내가 묻는 것을 무시하고 가케루는 나지막하게 중얼거렸다. 그는 한쪽 팔꿈치로 상체를 지탱하며 나를 압박하지 않으려고 주의하면서도 달아나는 자동차의 엔진 소리가 완전히 사라질 때까지 쓰러진 내 머리, 어깨, 등에서 몸을 일으키려고 하지 않았다. 나는 어깨로 가케루의 체중을 느끼면서 차디찬 돌바닥에 뺨을 바짝 댄 채 사지를 바닥에 내던지고 가만히 있을 수밖에 없었다. 쓰러질 때 바닥에 부딪친 팔과 허리가 다소 둔하게 아팠지만, 특별히 다친 것 같지는 않았다. 아마 가케루가 능숙한 배려로 솜씨 있게 쓰러뜨렸기 때문일 것이다.

머리카락을 길바닥에 흐트러뜨리고 옆으로 내던져진 내 몸 위에서 청년은 두 팔꿈치로 체중을 지탱한 채 빠른 속도로 멀어져가는 빨간 미등을 응시했다. 관자놀이까지 쭉 째진 커다란 눈이 어둠 속으로 스며드는 빨간 불빛을 담고 있었다. 아래에서 올려다보는 청년의 모습은, 습격에 대비해 전신의 근육을 심하게 휘게 하여 힘의 세찬 흐름을 한 점에 모으고 있는 고양이과의 대형 짐승을 연상시켰다. 정신을 차린 나는 날카롭게 긴장한 청년의 옆얼굴로 빨려들 듯한 기분으로 가만히 보고만 있었다. 그리고 막연하고 종잡을 수 없는 생각에 빠져 있었던 것 같다. 예컨대 이렇게 가까이서 냄새를 맡아도 가케루에게 거의 체취가 없는 것은 왜일까, 하는 식의.

그것은 물론 다 해서 십몇 초쯤 되는 아주 짧은 시간에 일어난 일이었다. 곧 가케루는 몸을 일으키기 시작했는데, 그 동작이 평소와 달리 너무 느릿느릿한 게 어색하고 부자연스러웠다. 그때 목덜미에서 흘러나와 어깨와 등을 적시고 있는 뜨뜻미지근한 것을 알아차리고 나는 혼란스러운 마음으로 아무렇지 않게 손바닥을 가져갔다. 가로등의 흐릿한 빛에 비춰 보니 손바닥에는 약간 끈적거리는 빨간 것이 묻어 있었다.

"가케루, 피야."

흥분해서 정신없이 소리치는 내게 가볍게 고개를 끄덕인 가케루는 거리와 강을 구획하며 이어진 돌난간에 몸을 살짝 기댔다. 나는 황급히 두 손으로 딱딱한 돌바닥을 짚고, 그대로 다리를 옆으로 모으고 앉아 청년을 올려다보았다. 멀리 강변의 자동차 전용 도로에서 엔진 소리가 희미하게 들려왔다. 난간에 기댄 청년의 모습이 이상했다. 숨을 삼키며 지켜보고 있는 내 눈에 비친 것은, 한 손으로 누르고 있는 오른쪽 어깨의 상처에서 아직도 세찬 기세로 흘러나오는 다량의 피로 인해 상반신이 마치 피범벅이 된 유령 같은 모습이었다.

"가케루, 다친 거야? 어떻게 된 거냐고?"

"두 발째는 도저히 피할 수 없었어. 별거 아니야."

깜짝 놀란 내 목소리는 드높고 날카로웠지만, 가케루는 밉살스러울 만큼 차분했고 감정조차 들여다볼 수 없는 어조를 조금도 무너뜨리지 않았다. 내가 사태를 파악한 것은 겨우 그때였다.

지나가는 자동차 창문에서 누군가 우리를 저격했다. 그 짧은 폭발음은 총성이었고, 위험을 감지한 가케루가 나를 보호하려고 밀어 넘어뜨렸던 것이다.

"큰일이야, 가케루, 이러다 죽겠어."

나는 청년이 죽어간다고 생각했다. 발밑의 돌바닥까지 적시기 시작한 피와 전혀 핏기가 없이 창백한 가케루의 얼굴 탓이었다. 나는 청년 옆으로 달려가 울먹이는 소리로 외쳤다.

"죽으면 안 돼! 죽으면 안 돼!"

청년의 입술이 희미하게 일그러졌다. 마치 관 속의 죽은 사람이 흘리는 희미한 미소 같아 나는 오싹했다. 그러고 나서 가케루가 살짝 몸을 기울이고 내 귓가에 이렇게 속삭였다.

"나디아, 그 여자에 대해서는 아무한테도 말하면 안 돼. 알았지?"

그 말에는 저항할 수 없는 강력한 뭔가가 있었다. 나는 꾸중을 들은 어린아이처럼 정신없이 고개만 끄덕였다. 뜨뜻미지근한 미풍이 어둠을 건너와 머리를 쓰다듬으며 사라져갔다. 목에는 딱딱하고 답답한 것이 가득 차 소리조차 낼 수 없었다. 그 무렵에야 간신히 억누를 수 없는 미세한 떨림이 작은 거품 알갱이가 되어 온몸의 피부를 끊임없이 돌아다니기 시작했다.

묵시록의 네 기사가 떠돌아다니는 살육의 여름, 이것이 불길한 첫 징조였다.

제1장

# 이단 카타리파의 협박장

# 1

중세 이단 카타리파의 성지인 프랑스 남부의 몽세귀르를 무대로 펼쳐진 참극의 서막은 의심할 여지 없이 6월 파리에서 이미 시작되었다. 6월 21일 늦은 밤, 알베르 1세 거리에서 야부키 가케루를 노린 총격은, 그날까지 대략 한 달 사이에 일어난 사건의 첫 번째 중간 결산이었을 뿐 아니라 다가올 몽세귀르 연쇄살인 사건에 대한 피투성이의 발단이기도 했다. '묵시록의 여름'의 서막은 야부키 가케루라는 '타락천사의 겨울'의 고발자가 흘린 피로 범벅이 된 채 엄숙하게 막을 내렸다.

근래에 없던 광기 어린 폭염이 며칠째 파리를 덮치고 있던 5월의 마지막 날이었다. 나는 리비에르 교수의 강의를 빼먹고 곧바로 오데옹 거리 뒤쪽의 카페로 향했다. 지하철 오데옹 역에서 내려 짧은 언덕길을 올랐을 뿐인데도 온몸은 이미 땀투성이였다. 거리

는 하얀 불꽃을 통해 보는 것처럼 끊임없이 흔들렸다. 지난주까지
만 해도 아름다운 5월이었던 파리는 갑자기 일변하여 지옥 같은
혹서의 거리로 변모해 있었다.

"왜 이렇게 더워, 이거!"

나는 햇빛을 피해 가게 안쪽으로 쑥 들어간 자리에 앉았지만
굵고 거친 소리를 내지르는 남자들의 대화는 듣기 싫어도 귀로 파
고들었다. 카운터에서 맥주를 마시는 두 사람 가운데 머리가 벗어
진 중년의 남자가 통통한 젊은 남자에게 이야기를 하고 있었다.
두 사람 모두 땀에 전 파란색 작업복의 가슴을 아무렇게나 풀어
헤친 채였다. 숨 막힐 듯이 더운지 덥수룩한 가슴 털에서도 무수
한 땀방울이 빛났다.

"이거야 원, 날씨가 미쳤다니까. 왜 그런지 아나, 자네?"

"아뇨." 젊은 남자가 고개를 가로저었다.

"지중해가 기름으로 사막이 되어버렸거든."

중년의 남자가 땀에 전 손수건으로 주름투성이의 이마를 난폭
하게 훔치면서 과장되게 얼굴을 찌푸렸다. 어느 동네에나 있는,
무슨 일에나 말참견하지 않고는 배기지 못하는 사람임이 틀림없
다. 무지한 동료에게 신문이나 잡지, 때로는 책에서 얻은 얄팍한
지식을 피로하는 것이 사는 보람인 듯한 남자. 우리 집이 있는 몽
마르트르 뒤쪽의 카페에도 이 정도의 귀여운 박람강기는 적지 않
다. 나는 남자의 수수께끼 같은 말에 솔깃하여 귀를 기울였다.

"그런 말이 어디 있어요, 바다가 사막이 될 리가 없잖아요." 어
딘지 모르게 둔중해 보이는 인상의 통통한 젊은이가 고개를 가로

저으며 반론했다.

"그런데 그렇게 된다니까, 기름 때문에 말이야. 봐, 이런 거거든, 잘 들어보라고. 여름에 바람은 남쪽에서 북쪽으로 불지? 공기가 아프리카의 고기압에서 북해의 저기압으로 흐른다 그 말이야. 보통 때라면 아프리카의 뜨거운 공기가 지중해를 건너오는 동안 수증기를 흡수해서 조금은 차가워지지. 그러니까 그 근처에 비도 내리는 거거든. 그런데 지중해의 표면이 기름으로 더럽혀져서 이상해진 거야. 바다에 기름 뚜껑이 덮인 거나 마찬가지니까 수분이 증발하지 않게 되거든. 바싹 메말라버린 사하라 사막이 지중해까지 확장되었다고 보면 돼. 이렇게 되면 마르세유도 파리도, 말하자면 아프리카의 일부가 되는 셈이지. 비도 내리지 않고 시원한 바람도 불지 않고 말이야. 이 지랄 같은 더위가 다 그 때문인 거라고. 지중해가 기름으로 사막이 되어버린 거지."

"지중해가 기름으로요?" 젊은 남자는 무척 감탄한 모양이었다.

"그래, 기름으로. 서아시아에서 옮겨 온 기름이 지중해를 오염시켜버린 거야. 이탈리아의 바다는 더러워서 이제 수영도 못 한다잖아."

남자들은 한바탕 떠들고 난 후 동전 몇 개를 작은 접시에 남긴 채 굵고 거친 목소리로 한낮의 더위를 저주하며 가게를 나갔다. 그럴듯한 이야기긴 한데 정말 그럴까? 다음에 환경운동가인 의대생을 만나면 잊지 않고 물어보기로 했다.

가케루는 정확한 시간에 도착했다. 내 앞자리에 앉더니 인사도 없이 곧바로 일본어 개인 교습을 시작하려고 했다. 나는 정면에서 무뚝뚝한 청년의 얼굴을 뚫어지게 쳐다보며 분명히 말했다.

"숙제는 없고, 오늘은 일본어 공부도 없어. 나, 너하고 분명하게 이야기 좀 해야겠어. 괜찮지?"

가게를 나온 우리는 지난주와 같은 길을 걸어 뤽상부르 공원으로 향했다. 그때와 다른 것은 벌써 저녁 무렵인데도 아직까지 미친 듯이 불타고 있는 하얀 태양과 거리에 자욱하게 깔린 눅눅한 땀 냄새였다. 공원의 철책 아래서 나는 가케루에게 말을 꺼냈다. 공원 옆의 골목에서 생미셸 거리에 조금 못 미친 곳, 우리에게는 잊을 수 없는 장소였다.

"나, 여기서 너한테 아주 심한 말을 했어."

그건 지난주의 일이었다. 나는 정신없이 이렇게 외쳤던 것이다.

"네가, 네가 죽인 거야. 마틸드뿐 아니라 앙투안도 질베르도 네가 죽였어. 그 두 사람을 마지막까지 몰아붙인 것은 너였어. 바르트 부인처럼 두 사람도 구석진 곳에서 괴로워하면서 살아갈 수 있었을 거야. 그런데 네가 앙투안하고 질베르를 무자비하고 냉혹하게 몰아붙였어. 두 사람은 어디에 있든 늘 네 눈이 등에 붙어 있다고 느꼈어. 심판하는 듯한 너의 차가운 시선에 쫓겨 파국을 향해 머리부터 돌진할 수밖에 없었던 거야. 나는 범죄자가 아니야, 나는 부정한 인간이 아니야, 이렇게 외치면서 무서운 기세로 그저 앞으로만 나아갈 수밖에 없었던 거라고. 게다가 너는 냉정하게 증거를 요구했어. 범죄자가 아니라면 그걸 증명해보라고, 그 증거를 보이라고 넌 그렇게 말했지. 그들은 더 이상 어떻게 할 수가 없었어. 그리고, 그리고……"

라루스가 연쇄살인 사건의 범인이었던 앙투안과 질베르는 마드리드에서 자살이나 다름없이 죽었다. 두 사람 다 내 친한 친구였다. 앙투안은, 그렇다, 그는 내게 친구 이상이었다.

라루스가 사건은 작년 말의 어느 추운 날 밤 시작되었다. 나와 같은 파리 대학의 학생 앙투안 레타르에게는 파리에 사는 부자 이모들이 있었다. 오데트 라루스와 조제트 라루스. 그런데 스페인에서 죽었다고 여겼던 남자로부터 그들에게 불길한 협박장이 날아들었다. 얼마 후 언니인 오데트 라루스는 에투알 광장 근처에 있는 호화 아파트 자택에서 머리가 없는 무참한 모습의 시체로 발견되었다. 그리고 여동생 조제트 라루스는 사건이 일어나기 전날 밤부터 수수께끼처럼 종적을 감추고 말았다.

오데트 라루스의 머리 없는 시체 사건을 담당하게 된 사람은 파리 경찰청의 모가르 경정, 즉 내 아버지와 오래전부터 아버지의 파트너인 바르베스 경감이었다. 상식적으로 경관들은 모습을 감춘 조제트를 오데트 살해범으로 보고 수사망을 펼쳤다. 하지만 경찰청이 총력을 기울여 집요하게 탐색했는데도 용의자 조제트 라루스의 행방은 묘연하기만 했다.

이어서 조제트의 애인이었던 앙드레 뒤 라브낭이 오페라 광장 고급 호텔의 한 객실에서 폭살되고, 나아가 타살된 조제트의 시체가 불로뉴 숲에서 발견되었다. 수사 당국은 라루스가 연쇄살인 사건의 진범을 오데트의 애인이자 자금난에 시달리던 사업가 뒤 루아라고 단정했다. 그러나 정확하고 세밀한 추리로 그러한 단정을 뒤집고 아무도 예상치 못한 진범을 밝혀낸 이가 수수께끼의 일본인 청년 야부키 가케루였다. 가케루를 그 사건에 끌어들인 건, 아마추어 탐정에 어린애 같은 동경을 품고 있던 나 자신이었다. 그리고 가케루가 알려준 사건의 진상은 그런 나를 경악과 함께 박살내버리기에 충분했다.

진범은 내 친구들인 앙투안, 질베르, 마틸드였다. 그들은 〈붉은 죽음〉이라는 테러리스트 비밀결사의 일원이었다. 가케루는 냉혹할 만큼 냉정한 태도로 주범인 마틸드를 이해할 수 없는 자살로 몰아갔다. 앙투안과 질베르를 죽음의 위험이 도사리던 마드리드로 추방한 것도 결국 이 일본인의 소행이었다. 그리고 가케루의 계산대로, 내 연인이 되었을지도 모르는 앙투안은 친구 질베르와 함께 바스크 해방운동의 동료들을 도피시키려다 마드리드 시내에서 경관들에게 사살되었다. 이 작은 사건이 신문에 보도된 게 바로 일주일 전이었다. 내가 격렬한 어조로 가케루를 비난한 건 그 때문이었다.

나는 알 수 없었다. 이 청년이 왜, 아무리 범죄자라 해도 마틸드나 앙투안에게 그토록 냉혹한 태도를 취했는지를.

"지난 일주일 동안 너하고 앙투안 일행의 일만 생각하며 보냈어. 그리고 너하고 다시 한 번 얘기하고 싶었어. 그때 내 말은 확실히 감정적이고 일면적이었어. 그건 반성해. 하지만 그 일에 대해 한 번 더 깔끔하게 정리하고 싶어. 내가 한 일의 의미, 네가 한 일의 의미, 그걸 확실히 해두고 싶은 거야. 우린 친구잖아. 우리의 친구 관계를 지속해나가기 위해서도 그걸 피해 갈 수는 없을 것 같아."

생미셸 거리가 시작되는 입구에서 우리는 뤽상부르 공원으로 들어갔다. 철문 옆에는 벌써 아이스크림을 파는 노점이 있었고, 학교가 파해 돌아가는 아이들이 떼를 지어 모여 있었다. 땀은 쉴 새 없이 흘러내렸지만 긴장한 탓인지 내게는 전혀 신경 쓰이지 않았다.

"그래서 넌 어떻게 생각했는데?" 가케루가 중얼거리듯이 나직이 물었다.

"앙투안 일행의 죽음에 대해서 만약 네가 유죄라면 나 역시도 유죄라고 생각했어. 작위의 죄와 무지의 죄…… 어느 쪽이나 마찬가지야. 반은 장난삼아 널 사건으로 끌어들인 건 나였으니까. 혹시라도 범인이 앙투안 일행이 아니었다면 나한테도 범인이 죽든 말든 전적으로 남의 일이었겠지. 그런 자각이 없는 무책임하고 오만한 태도가 벌을 받은 거야. 타인이라는 존재에 대한 배려 부족, 아니 너무나도 부족한 상상력. 이게 내 무지의 죄야. 네가, 예컨대 앙투안 일행이 미워서 그런 식으로 했다면 난 그렇게 납득할 수도 있어. 자책은 해도, 너까지 책망하고 싶진 않거든. 하지만 내가 용서할 수 없는, 아니 잘 모르겠는 건, 네가 마치 운명처럼 앙투안 일행과 맞섰다는 점이야. 그때는 작위의 죄, 인간의 죄마저 사라지고 말지. 너는, 그래, 신이 심판하듯이 타인을 심판한 거니까."

"내가 심판한 게 아니야. 거기에 심판이 있었다면 앙투안 스스로가 심판한 거겠지."

"아니, 그건 아니야. 내 생각을 잘 설명할 수는 없지만, 넌 알고 있었을 거야. 넌 교통신호 기계가 움직이는 것처럼 앙투안 일행한테 길을 보여주었을 뿐이라고 하겠지. 거기에 개인의 의지는 없다고 말할 거야. 하지만 기계장치의 신도 신이야. 내 말은, 자신의 의지를 완벽하게 배제하고 마치 기계장치의 신처럼 행동했을 뿐이라고 생각하고 있는 게 네 죄라는 거야."

슬슬 공원 문이 닫힐 시간이었다. 우리는 대리석 흉상이나 작은 연못이 있는 나무숲 사이를 빠져나가 큰 분수 광장을 가로질러 몽파르나스 옆의 출구로 향했다. 그때까지 입을 다물고 있던 가케루가 마침내 입을 연 것은, 출구인 철문으로 향하는 넓은 가로수 길을 걷기 시작했을 때였다. 양쪽에 늘어선 밤나무 거목 그늘에만은 희미하게 서늘한 기운이 감돌고 있는 듯했다. 오른쪽 테니스장에서 운동복 차림의 젊은 아가씨 서너 명이 뛰는 듯한 빠른 걸음으로 가로수 길을 가로질러 사라졌다.

"상상할 수 있는 한의 악, 그건 어떤 걸까? 아니, 악이라고 하면 그래도 도망칠 데가 있어. 이원론의 악에는 밀턴 이래 어딘가 고귀한 반항자라는 모습이 있으니까. 일본어로는 말이야, '악이다'라기보다는 '더럽다'고 해야 할 거야. 그것도 '어딘지 모르게 더럽다' 또는 '어쩐지 좀 더럽다'라고 강조하는 게 낫겠지. 러시아어로는 '비열하다' '비겁하다'가 되는 모양이야. 부친 살해의 악보다는 떠난 약혼자한테서 돈을 훔치는 비열함이 러시아 사람들한테는 훨씬 더 참기 힘든 행위니까. 프랑스 사람은, 아니 너는 이런 경우에 어떤 말을 사용할까?"

"무슨 말을 하고 싶은 거야?"

"생각할 수 있는 한 가장 더러운 남자, 비열한 놈, 흙탕물과 똥

속을 기어 다니는 더러운 벌레…… 그게 내 진짜 모습이야. 거리낌 없이 그렇게 불러도 돼."

이야기가 전혀 맞물리지 않았다. 가케루를 그런 식으로 비난한다는 건 한 번도 생각해본 적이 없었다. 나만 그런 게 아니다. 이 청년을 누가 그런 말로 욕할 수 있겠는가. 앙투안이 그랬던 것처럼 가케루 역시 고결한 청년이다. 나는 그걸 전혀 의심하지 않는다. 그러나 그 고결함이 어딘가에서 꺼림칙하게 변조되고 만다. 어떻게 그렇게 되는지, 왜 그렇게 되는지 나는 알 수 없었다. 그 변조를 바로잡기 위해 앙투안이 선택한 길은 나도 이해할 수 있었다. 가케루 역시 다른 방식으로 처신했을 것이다. 그러나 앙투안과 다른 방법이라는 그 내용물을 알 수 없었다. 천사가 악마로 반전되는 끔찍한 역설을 가케루는 어떻게 뛰어넘었을까…… 질이 나쁘고 수준이 낮은 천사라서 땅에 떨어진 게 아니다. 그렇지 않다. 보다 고상하고, 보다 순수하고, 보다 신들에게 가까웠기 때문에 가장 비참하게 전락하는 것이다. 대체 왜일까? 왜 이런 부조리가 사람들을 덮치는 것일까? 대답할 수 없는 이런 어려운 질문이 내 마음을 막다른 곳으로 고통스럽게 몰아붙이고 있었다.

우리 등 뒤에서 뤽상부르 공원의 철문이 금속성의 삐걱거리는 소리를 내며 천천히 닫혔다. 태양은 아주 조금 기울었을 뿐 집들의 석벽, 돌바닥, 거리를 아직도 쨍쨍 내리쬐고 있었다.

"마법에 대해 생각해본 적 있어?" 드디어 가케루가 무거운 입을 열었다.

"마법이라니, 마법사의 그 마법 말이야?" 어안이 벙벙한 기분으로 나는 되물었다.

"그래, 간달프 같은 그거…… 마법사 전설에 상상의 재료를 제공한 것은 그리스도교가 출현하기 전 유럽의 토속적 주술사, 오르페우스 교단, 피타고라스 교단, 신플라톤주의자, 그노시스주의자 등 고대의 비교秘教徒들과 비의秘儀를 숙달한 사람들이었지. 또는 천 년 이상에 걸친 이단이나 이교도에 대한 로마교회의 억압을 깨부수고 등장한 르네상스기의 신플라톤주의자들, 즉 오컬트 철학자 파라셀수스나 점성학자 아그리파 등의 존재였을 거야. 고대 그리스, 페르시아, 이집트의 비교秘教적 전통은 중세의 연금술사, 템플기사단, 카타리파 그리고 단테에까지 이르고, 르네상스기 이후의 신지학적인 운동은 17세기의 장미십자주의에 이르러 체계화되었지. 장미십자회는 그 후 프리메이슨 운동으로 흡수된 듯한데, 그 흐름을 이어받은 일루미나티 비밀결사는 현대에 이르기까지 끊어진 적이 없어. '일뤼미나시옹Les Illumination'이란 인간 영혼이 신과 내면적으로 접촉하게 될 때 찾아올 절대적이고 구제적인 인식을 말해. 그노시스주의자는 이를 '영지靈知, gnosis'라고 불렀지.

네 질문에 답할게. 구제는…… 일뤼미나시옹 또는 그노시스의 획득 안에만 있어."

가케루가 무슨 말을 하고 싶은지 나는 전혀 이해할 수 없었다. 앙투안 일행의 행동이 장미십자회라느니 프리메이슨이라느니 하는 것과 대체 무슨 관계가 있다는 것일까? 그때 마틸드가 야유하며 말한 것처럼 가케루는 '수녀원으로 가라'는 종류의 해답밖에 갖고 있지 않은 것일까? 청년은 나지막한 목소리로 말을 이었다.

"마틸드의 이론 배후에는 정말로 악마주의적인 비밀결사가 존재하고 있었을 거야. 현대에 소생한 흑마술사 집단이라고 해도 좋겠지. 마틸드 일행이 악마에 들렸다는 것은 비유 같은 게 아니야. 말 그대로의 사실이었어."

"그런 말도 안 되는 일이……" 나는 말문이 막혔다.

"19세기부터 20세기에 걸쳐 두 세기 전의 장미십자회 운동에서 유래하는 일루미나티들은 서유럽 각지에서 공공연하게 또는 비밀스럽게 비밀결사를 조직했어. 영국에는 묵시록의 짐승 알레이스터 크롤리의 〈황금 새벽회〉 교단, 러시아에는 구르제프 그룹, 그리고 HPB라는 존칭으로 불린 블라바츠키 부인의 신지학회는 서유럽 각지에 조직되어 있었지. 또 제1차 세계대전 후의 독일에서는 온갖 유파의 오컬트 결사가 무리 지어 존재했어. 그중에 뮌헨의 〈툴레 협회〉도 있지. 〈툴레 협회〉는 나치즘의 사상적 모체였다고 할 수 있는데, 5년간 2천만 명이나 되는 시체의 산을 만든 인류의 재앙은 수천 년의 역사를 통해 비밀리에 내려온 비교적 전통이 '검은' 방향으로 영적 대폭발을 일으킨 거라고 생각해야 할 거야. 두 세계대전 사이에 독일에서는 비교적 전통을 의료나 교육, 건축, 농업에 살리려는 인지학자 루돌프 슈타이너의 운동이 상당히 광범위하게 뿌리내리고 있었지. 슈타이너 자신은 프랑스의 르네 게농과 마찬가지로 눈앞에서 일어나는 오컬티즘의 대홍수에 강한 위기의식을 품고 있었어. 그는 그런 이상異常 현상이 악의 세계에서 흘러넘친 것이라고 생각해 악마적인 시대의 도래를 예감했지.

슈타이너는 흑마술이 그렇게 횡행하는 데 대항해서 선한 사람들의 결사를 만들어내려고 했던 거야.

독일에서 나치즘을 타도할 수 있는 유일한 가능성을 갖고 있던 건 공산당이나 사회민주당 등의 좌익 세력도, 바이마르 공화국의 민주주의자나 자유주의자 세력도 아니었어. 루돌프 슈타이너로 체현된, 이른바 백마술적인 운동 외에는 있을 수 없었는데, 나치는 그 정신적 투쟁에서 승리를 거두게 되었던 거야. 나치는 슈타이너파를 탄압해서 궤멸시켰을 뿐만 아니라 〈툴레 협회〉에서 유래하는 것 이외의 모든 비밀결사를 제3제국에서 엄격하게 금지했지. 반항하는 자는 모두 강제수용소로 보냈거든……"

"마틸드 일행의 결사가 나치 잔당과 관계가 있었다고 말하고 싶은 거야?"

"아니, 예전에 나치적인 것을 움직인 것과 같은 어둠의 힘이 그들의 배후에서 움직이고 있었다는 거지…… 나는 그들을 심판한 게 아니야. 나한테는 심판할 권리 같은 건 없어. 나는 그저 거기에 영적인 투쟁이 있었다는 것만 너한테 알려주고 싶어. 그 어둠의 힘에 나는…… 도전할 수밖에 없었고." 가케루는 살짝 멈칫거리며 얼굴을 찌푸렸다.

"네가 말하는 어둠의 힘이란 건 인간성의 악을 말하는 거야?"

나는 어디까지 진지한 것인지 알 수 없는, 무척이나 황당무계한 이야기를 조금이라도 이해할 수 있는 형태로 번역해보려고 물었지만, 그 대답은 더욱 허황된 것이었다.

"너 르네 게농이 누군지 알지?"

"응." 르네 게농은 프랑스의 유명한 동양 사상 연구가였다.

"게농에 따르면 태고에 전 세계를 덮친 대파멸 때문에 그때까지 우주에서 날아와 지구의 지배자가 되었던 외계인은 히말라야 산맥의 지하 깊숙한 곳으로 피난해야만 했다고 해. 최초의 집단은 아가르티라는 명상과 선의 도시에, 두 번째 집단은 은밀히 인간을 지배하는 샴발라, 즉 권력과 악의 도시에 숨게 되었지. 위대한 흑마술사란 이 샴발라에 숨어 사는 악마적인 어둠의 힘과 계약을 맺을 수 있었던 인간이고, 그는 그것에 의해 전 세계를 지배하는 왕이 된다고 했어……"

"설마 게농이 그런 옛날이야기를 믿었던 건 아니겠지?"

"글쎄, 비슷한 전설은 오컬티스트들 사이에 광범위하게 유포되어 있었어. 블라바츠키 부인은 그 때문에 여러 차례 인도까지 탐험대를 보냈을 정도지."

나는 가케루를 추궁할 힘을 잃었다. 가케루가 화제를 혼란시켜 일부러 문제를 앙투안 일행의 일에서 딴 데로 돌리려 했다고는 생각하지 않았지만, 이래서는 이야기가 전혀 맞물리지 않는다.

"됐어, 가케루. 아직은 나도 생각하고 있는 걸 제대로 말할 수가 없어. 좀 더 생각해볼게. 그러니까 다음에도 내가 이야기하자고 하면 응해줘야 해. 정말 부탁이야."

내 말에 청년은 침묵으로 대답했다. 쉴 새 없이 흐르는 땀으로 온몸을 흠뻑 적신 채 나는 청년 옆에서 오로지 계속 걷기만 했다. 눈부신 하얀빛이 거리를 바작바작 태우고 있었다. 보이지 않는 불꽃이 길거리를 기어 다니고 있는 것처럼 느껴지기도 했다.

"너, 샤를 실뱅이라는 역사학자 알지? 아직 젊어, 서른대여섯 살쯤 되었을 거야. 하지만 중세 남프랑스사에서는 유명한 연구자야. 문헌 비판과 고고학적 조사를 조합한 연구로 대학 교수 자격을 얻었지." 긴 침묵 끝에 가케루는 돌연 이런 질문을 던졌다.

"알아, 지젤의 선생이야. 아직 만나 본 적은 없지만."

"실뱅 조교수를 소개해줬으면 좋겠어. 지젤이라는 친구를 통해서 말이야."

"알았어. 그런데 그건 왜?"

"조사하고 싶은 자료가 좀 있는데, 그 때문에 실뱅 교수의 협력이 필요해서."

"좋아. 하지만 실뱅 교수하고 만날 때는 나도 함께 갈래."

지젤 로슈포르와 만난 건 작년 겨울, 아직 라루스가 사건이 시작되기 전의 일이었다. 그 무렵 나는 대학 친구들과 생드니나 생제르맹 뒷길에 있는 디스코클럽에서 밤늦게까지, 때로는 동틀 무렵까지 노는 일이 많았는데, 그러던 어느 추운 날 밤이었다.

생드니 뒤쪽의 어두운 골목에는 인적도 없었다. 가게 이름을 새긴 금속판이 끼워진 묵직한 문을 밀고 들어선 나는 어두운 계단을 천천히 내려가기 시작했다. 해명海鳴과 비슷한 떠들썩한 소리가 발밑 어둠 속에서 기어 올라왔다. 희미한 술렁거림에 화답하듯이 디스코클럽의 어두운 계단을 내려갈 때 늘 찾아오는 뜨거운 기대와 고양된 감각이 몸의 중심에서 천천히 차오르기 시작했다.

좁고 가파른 계단을 다 내려간 곳에 자리한 가게의 두 번째 문을 연 순간이었다.

나는 고막이 찢어질 듯한 강렬한 음향의 폭발에 사로잡히고 말았다. 온몸이 마비될 정도로 격렬하게 흔들렸다. 어두운 지하실은 찢어질 듯 어지럽게 나는 소리에 요동치고 있었다. 리드미컬한 그 음향의 폭력에 저항하려고 해서는 안 된다. 의식을 열고 긴장을 풀고 흉포한 소리의 습격에도 저항하지 않고 몸을 내맡기는 것이다. 머리로 들으려고 하는 게 아니라 소리의 반란이 귓불에서 척추 깊숙이 핏빛 육체의 어둠 밑바닥으로 밀어닥치기를 기다린다. 그리고 온몸이 근육과 장기와 골격으로 이루어진 공명상자로 변할 때 음향의 폭력이 저편으로의 도취를 내 내부에 채운다.

잠시 문을 등지고 선 채 꼼짝하지 않고 있었다. 그러고 나서 결심하고 자리와 자리 사이의 비좁고 답답한 통로를 통해 가게 안쪽으로 걸어갔다. 조명은 까칠까칠한 돌벽 여기저기에 켜놓은 붉은 소형 전구뿐이어서 지하실에는 짙은 어둠이 충만해 있는 것처럼 보였다. 소형 전구의 빈약한 빛은 그 주위만 원형으로 어렴풋이 비출 뿐이었다. 하지만 눈이 적응해감에 따라 어둠은 서서히 검붉은 색으로 물들고, 클럽 내부의 모호한 윤곽이 흐릿하게 번지며 떠올랐다.

담배 연기, 땀이 밴 화장이나 값싼 술 냄새가 짙게 뒤섞인 지하실에 괴어 있는 열기는 끊임없는 음향의 폭발로 휘저어져 비등하고 있었다. 마치 큰 냄비에서 부글부글 끓는 마녀의 잡탕 같았다. 간신히 찾아낸 빈자리 옆에서는 장발의 청년이 여자의 어깨를 안고 다른 손으로는 그녀의 가슴을 애무하고 있었다. 아직 어린 느낌의 얼굴로 성숙하지 않은 가냘픈 몸매의 아가씨였다. 셔츠가 어깨 언저리까지 걷어 올려져 작은 유방이 그대로 드러났고, 유두 주위를 기어 다니는 손가락의 집요한 자극에 응하듯이 그녀는 끊임없이 낮은 신음을 토해내고 있었다. 불안정하게 뒤로 젖힌 좁은 턱만이 어둠 속에 희읍스름하게 떠올라 천천히 흔들릴 뿐이었다. 어쩌면 약에 취해 있었는지도 모른다. '뱀파이어 하우스'는 생드니 근처의 디스코클럽 중에서도 유독 수상쩍은 분위기가 농후한 곳이었다. 경영자가 헝가리 사람이라고 하는데, 단골손님 중에도 동유럽계 사람이 꽤 많았다. 물론 클럽 이름도 경영자의 출신지인 트란실바니아에서 유래한 것이다.

클럽의 단골손님은 이른바 예술파의 고급 부랑자라고 해도, 개중에 서른 살, 마흔 살 이상의 중년 남녀도 섞여 있긴 했지만 고작 스무 살 정도의 학생들 나이에 해당하는 사람이 대부분이었다. 주된 면면을 보자면 동성애자, 전 과격파, 졸업할 가망이 없어진 만년 학생, 재능의 정도도 모르는 자칭 예술청년, 그리고 2세와 3세를 포함한 동유럽에서 온 망명자들이다. 이런 사람들이 밀폐된 지하의 인공 공간에 폭력, 관능, 퇴폐, 광기라는 오싹한 분위기를 채우려고 은밀히 협력하고 있는 것이다. 라보엠의 시대 이래 이런 종류의 아지트라는 건 늘 이랬는지도 모른다. 그러나 단골손님들이 열중하는 모습에는 어딘가 어린아이의 '흉내 내기 놀이'와 비슷한 점이 있었다. 사정을 모르는 손님이 섞여 든다면 클럽의 이런 분위기에 놀랄 가능성도 있다. 그런데도 이곳에는 실제적인 위험도 폭력도 없었다. 노상강도나 강간 사건이 빈발하는 19구의 아랍인 지구를 심야에 혼자 걸을 만한 용기가 없는 나도 이 클럽에는 아무렇지 않게 드나드는 것은 그 때문이다. 기껏해야 약에 취해 춤추면서 옷을 차례로 벗어 전라가 되는 정도가 이 클럽에서 이루어지는 악덕의 한도였다.

곡은 느린 박자로 흐르는 솔뮤직으로 변해 있었다. 흑인 여자가 영혼 깊숙한 데서 짜내는 듯한 지나칠 정도로 부드러운 허스키 음색이었다. 그에 따라 무대에서 점점 사람들이 빠지고 마지막에 남은 건 꼭 껴안고 거의 움직이려 하지 않는 몇 쌍뿐이었다.

특히 대담하게 껴안고 있는 두 남자를 나는 멍하니 바라보았다. 두 사람은 진절머리가 날 정도로 오랫동안 입을 맞춘 채 서로의 엉덩이를 두 손으로 더듬었다. 동성애자라면 한쪽이 다른 쪽을 뒤에서 껴안듯이 춤을 추는 게 좋지 않을까, 아니면 바지 천을 통해 발기된 페니스를 문질러대는 데 무슨 독특한 쾌감이 있는 것일까, 이는 규명해볼 가치가 있는 문제다, 다음에 잊어버리지 말고 미셸한테 꼭 물어보자…… 어디까지나 이런 터무니없는 생각에 빠져 있을 때였다.

"춤추고 싶어요."

내 옆에 누군가 있었다. 젊다기보다는 어린 느낌이 나는 아가씨의 절박한 목소리였다. 돌아보니 어두침침한 곳에 호리호리한 소녀의 모습이 떠올랐다.

"춤추고 싶어요."

소녀는 애원하는 듯이 다시 한 번 속삭였다. 나는 금세 사정을 이해했다. 소녀에게서 비스듬히 뒤쪽에는 어딘지 거칠고 난폭한 인상의 젊은 남자가 부루퉁한 얼굴로 이쪽을 주시하고 있었다. 잠자코 자리에서 일어난 나는 소녀의 손을 잡았다. 그녀의 손은 부서질 것처럼 조그맣고 차가웠다.

무척 청결해 보이는 짧은 스커트 차림에다 불안해하는 듯한 태도, 도저히 이 클럽의 단골손님으로는 보이지 않았다. 나이도 나보다 몇 살 아래일 것이다. 고상한 가톨릭 기숙학교의 학생 같은 인상이었다. 이런 여자아이가 왜 생드니 뒤쪽 지하에 있는, 형태만 보면 마치 독살스러운 벌레잡이 등불 같은 곳에 날아든 것일까?

"억지로 끌려온 거죠?"

"맞아요."

아직 희미하게 떨고 있는 가녀린 어깨를 안은 손에 살짝 힘을 주자 소녀는 새끼 토끼 같은 느낌의 커다란 눈으로 나를 올려다보았다. 미인이라기보다는 정성껏 만든 값비싼 인형처럼 예쁘고 가냘픈 얼굴의 아가씨였다.

"싫다고 거절해도 말을 듣지 않았어요. 무서웠어요. 당신이 없었으면 어떻게 되었을까요?"

물론 별일 없었을 것이다. 억지로 껴안거나 키스를 해 다소 불쾌감은 남을 수 있어도 결국 별일은 없었을 것이다. 이 클럽보다는 어디에나 있는 한밤의 지하철에 오히려 훨씬 더 많은 즉물적인 위험이 도사리고 있다. 나는 샤틀레의 인적 없는 지하도에서 블라우스와 함께 브래지어의 어깨끈이 찢긴 경험까지 있었다. 아무리 한밤중이었다 해도 경관의 딸이 경찰청 코앞에서 그런 일을 당한 것은 도저히 말이 안 되는 일이었다.

소녀는 안심한 듯 축 늘어지며 몸을 기댔다. 우리는 거의 몸을 바짝 붙이고, 부드러운 외침이 고요하고 애달픈 듯이 괴어 있는 공간을 유쾌하고 느긋하게 떠돌았다.

"나디아라고 해요."

이름을 물어와 내 이름을 알려주었을 때였다. 내 입술이 우연히 소녀의 부드러운 귓불에 살짝 닿았다. 내가 약간 당황한 걸 알아채지도 못하고 움찔 몸을 떤 소녀는 내 팔 안에서 한층 더 무저항의 자세로 변해가는 듯했다.

"전 지젤이에요."

허스키한 속삭임이 옆에서 들려왔다. 얼굴을 거의 내 어깨에 맡기고 있어서였다. 두 팔로 안고 있는 살이 묘하게 말랑말랑하고 부드러워 어딘지 모르게 기분이 나빴다. 나는 다소 의식적으로 몸을 떼야겠다고 생각했다. 남자와 남자가 우락부락한 근육이나 뼈를 서로 꼭 껴안는 데 아무런 불쾌감도 없는 것인지, 나는 미셸에게 할 질문에 새로이 한 항목을 추가해야겠다고 결론지었다. 친구 미셸은 라마르크 가에 있는 단골 세탁소의 젊은 주인으로, 물론 동성애자였다. 나는 미셸 안에 있는 마음 약한 친절함과 보통은 남자에게서도 여자에게서도 찾아볼 수 없는 신기하게도 차분한, 독특하게 부드러운 인상에 호의 비슷한 관심을 갖고 있었다.

이런 사정으로 나는 지젤과 알게 되었다.

열여덟 살의 지젤은 그해 새 학기부터 파리의 대학에 다니기 위해 툴루즈에서 막 상경한 참이었다. 우리의 우연한 만남은 지젤의 파리 생활이 갓 시작된 무렵이었던 것이다. 세상 물정을 모르는 기숙학교 학생처럼 보이는 지젤이 뱀파이어 하우스라는 도저히 어울리지 않는 장소에 섞여 들게 된 것도 그런 이유에서 보면 납득할 수 있었다. 그녀는 '에큐메 드 뉘'라든가 '킹스 클럽' 같은 고상하고 건전한 유명 디스코클럽에 들어갈 생각이었던 것이다.

지젤과 정말 친해지게 된 것은, 라루스가 사건이 끝난 후 심하게 침울한 정신 상태에서 도저히 빠져나올 수 없던 무렵이었다. 지난겨울에서 봄에 걸쳐 견디기 힘든 무력감과 짙은 보랏빛으로 가라앉은 기분 속을 나는 정처 없이 떠돌고 있을 뿐이었다. 오랜 친구들은 그저 성가신 존재였다. 가능한 한 다른 사람에게 보여주지 않으려고 애쓰고 있는데, 그래도 내 속마음을 어느 정도 들여다보고 마는 친구들. 그들의 걱정, 그들의 동정 그 하나하나가 내 기분을 무겁게 했다. 어딘가 굳어진 억지웃음을 띠는 것도, 어떻게든 어련무던한 응수에 애쓰는 일도, 힘찬 모습을 연기해 보이는 일도 약한 신경에는 아무래도 고통스러운 부담이 되어 견딜 수가 없었다. 오랜 친구들보다 지젤과 함께 있는 시간이 많아진 것도 아마 그 때문이었을 것이다. 지젤에게 나는 파리에서 사귄 첫 친구였던 모양이다. 그래서 매일 얼굴을 마주하고 싶고 하루 종일 같이 있고 싶을 정도의 마음을 품고 있었나 보다. 우리가 친해지기 위한 조건은 지나칠 정도로 잘 갖춰져 있던 셈이다.

봄이 가기도 전에 지젤은 가끔 우리 집에 놀러 오게 되었다. 아빠에게도, 장 폴에게도 부끄러워서 무척 조심스러운 모습을 보였으나 금세 허물없이 친해졌다. 어린아이나 동물과는 금방 사이가 좋아지고 또 보호자인 어른과는 경계심 없이 잘 지낼 수 있는데,

아무리 해도 대등한 또래 친구를 사귈 수 없는 내성적인 아가씨가 간혹 있다. 지젤이 바로 그랬다. 병약하고 낯가림이 심한 아가씨를 상대해야 하는 처지가 된 하이디가 말하자면 내게 주어진 역할이었는지도 모른다.

지젤의 경우, 대저택의 아가씨라는 말은 과장도 비유도 아니었다. 그녀의 가족 이야기를 듣고 나는 깜짝 놀랐다. 지젤은 나폴레옹 시대로까지 거슬러 올라가는 남프랑스 부호 집안의 외동딸이었다. 지젤의 아버지인 오귀스트 로슈포르의 이름은 나도 알고 있었다. 그는 남프랑스 재계의 제왕이라 불리며 프라마톰사의 앙팽 남작과 더불어 적극적인 원자력 발전 추진파였다.

로슈포르가의 외동딸이었던 주느비에브 로슈포르, 즉 지젤의 어머니는 일찍 세상을 떠났고 지금은 니콜이라는 후처가 있는 모양이었다. 지젤은 어머니가 생전에 강한 관심을 갖고 있던 이단 카타리파를 연구하고 싶어 가족의 반대를 뿌리치고 카타리파 연구의 권위자인 실뱅 조교수 밑에서 배우기로 했다고 설명했다. 그녀는 불로뉴에 있는 로슈포르가의 광대한 파리 저택에서 매일 열심히 대학을 다니고 있었다.

# 2

내가 가케루의 다락방을 찾아간 것은 그로부터 보름쯤 지난 무렵이었다. 가케루에게서 그날 실뱅 교수와 만나기로 했다는 연락이 왔기 때문이다.

대낮인데도 전혀 해가 들지 않는 탓에 어둑어둑하고 좁은 계단에는 다소 차가운 공기가 흘렀다. 계단을 끝까지 올라가 문을 열고 가케루의 다락방에 발을 들여놓는 순간 용광로에서 분출한 듯한 이상한 열기가 나를 덮쳤다.

광기 어린 실내 온도의 원인은 금방 알 수 있었다. 침대에 앉아 잠자코 이쪽을 바라보는 청년을 무시하고, 나는 분연히 방을 가로질러 하얀 칠이 벗겨진 초라한 창의 덧문을 닫았다.

썩기 시작한 나무 덧문이 삐걱거리는 경첩 소리와 함께 닫히자방은 순식간에 어둑해졌다. 빛은 오로지 덧문의 가는 틈으로 새어

들어오는 햇살이 창가에 놓인 조잡한 책상 위에 여러 겹으로 하얗게 만든 길쭉한 줄무늬뿐이었다. 어둑어둑해진 방에는 숨을 헐떡이게 하는 열기가 여전히 짙게 소용돌이쳤다.

조금 난폭하게 덧문을 닫고 나서 나는 손바닥으로 이마의 땀을 훔쳤다.

"대체 무슨 생각이야?"

덧문이나 커튼으로 가리지 않았기에 창을 통해 방 안을 내리쬐는 강렬한 햇볕에 데워진, 중세의 감옥처럼 돌로 된 작은 방은 이제 한순간도 견딜 수 없을 만큼 온도가 올라가 있었다. 가케루의 이런 기행에 나는 화가 나서 견딜 수가 없었다.

비좁고 답답한 공간의 대부분을 차지하는 침대 위에서 석벽에 등을 기대고 앉아 있는 청년이 앞머리 몇 올을 살짝 훑으며 가벼운 쓴웃음을 담은 어투로 말했다.

"너한테는 너무 더운가?"

돌로 지어진 집에 살면서 조금이라도 폭염에서 벗어나려면 어떻게든 아침부터 직사광선이 절대 들어오지 못하게 주의해야 한다. 그렇기 때문에 파리 시내, 아니 전국의 모든 집이 창의 덧문을 굳게 닫아 태양이 사정없이 퍼붓는 백열의 폭력으로부터 몸을 지키려고 애쓰고 있는 것이다.

"왜 덧문을 열어두는 거야?"

"내가 자란 나라에는, 아니 방콕 동쪽에 있는 모든 나라에는 한여름에 방문을 닫아놓는 습관이 없어. 몬순지대는 네가 상상할 수 없을 만큼 공기가 젖어 있어서 습기가 많거든. 여름에 덧문을 닫고 햇빛이나 바깥 공기를 차단하는 건 인도 서쪽의 사막지대, 그리고 지중해 지방의 나라들에만 있는 습관일 뿐이야."

온몸의 땀샘이 끊임없이 굵은 땀을 분출했지만 가케루는 산뜻한 얼굴로 석벽에 기대고 있었다.

"대체 몇 도나 되는 거야? 아무튼 여기는 방콕도 도쿄도 아니야. 말 같잖은 소리 좀 하지 마. 열사병에 걸리겠어."

"40도는 넘었을까? 아까까지 유리문을 닫아놓았거든."

나는 신음을 토해냈다. 덧문을 열고 유리문을 닫아놓은 방이 직사광선을 받으면 그거야말로 한여름의 온실 아닌가. 그제야 이 방의 공기가 이상할 정도로 뜨거운 진짜 원인을 알게 되었다.

"정말 미쳤다니까."

나는 가케루에게 들리지 않도록 조그만 소리로 중얼거렸다. 이쯤 되면 가케루가 보여주는 기행의 이유를 물을 필요도 없었다. 한겨울에 창문을 열어두어 컵의 물이 얼어붙을 정도의 실내 온도에서 살던 사람이다. 여름이 되어 이번에는 그것과 반대로 해보고 싶어졌을 것이다. 왜 겨울에 창문을 열어두는 거냐고 물었을 때 가케루는「요한 묵시록」을 인용하며 내 질문에 대한 대답을 대신했다.


"나는 네가 한 일을 잘 알고 있다. 너는 차지도 않고 뜨겁지도 않다. 차라리 네가 차든지, 아니면 뜨겁든지 하다면 얼마나 좋겠느냐!

그러나 너는 이렇게 뜨겁지도, 차지도 않고 미지근하기만 하니 나는 너를 입에서 뱉어버리겠다."[*]

여기서 가케루의 기행에 대해 논할 마음의 여유는 없었다. 조금만 더 이 초열지옥에 있다가는 몸 안의 수분이 모조리 땀이 되어 흘러 나가 바삭바삭하게 말라버릴 게 틀림없었다. 생각만 해도 기분이 나빠져 나는 억지로 부탁하기로 했다. 요한이 뭐라고 했든 나는 그저 평범한 사람이다. 사막의 선인장 같은 인간의 흉내 같은 건 낼 수가 없다.

"저기, 가케루. 근처 카페에 가서 얘기하자. 아무튼 여기는 더워서 견딜 수가 없어. 부탁이야."

가케루는 말없이 고개를 끄덕였다. 털이 남김없이 다 빠져 노란색인지 초록색인지도 알 수 없는 색으로 변색한 낡은 담요 위에는 기묘한 십자가가 찍혀 있는 커다란 사진 한 장과 내가 올 때까지 가케루가 읽고 있었던 듯한 두꺼운 복사지 뭉치가 내던져져 있었다. 가케루는 잠깐 생각하더니 사진만 책상 위에 올려놓고 복사지 뭉치와 짙은 갈색 표지의 커다란 노트 두 권을 옆구리에 낀 채 바닥의 고무가 다 닳은 천 운동화를 맨발에 꿰신고 천천히 방문을 열었다. 가케루 뒤를 따라가려던 나는 문득 장난기가 발동하여 침대 머리맡 아래에 손을 집어넣었다. 묵직하고 차가운 금속 덩어리가 손가락에 닿았다. 권총은 기억의 장소에 제대로 있었다.

두 손으로 잡은 대형 자동권총을, 어둑어둑한 복도에서 나를 기다리는 청년의 가슴에 겨누고 다소 장난기 섞인 말투로 불렀다.

"가케루."

---

* 「요한 묵시록」 제3장 15, 16절.

"위험해. 실탄이 장전되어 있어."

가케루의 목소리는 평소와 달리 아주 진지하고 딱딱했다. 당황한 나는 검게 빛나는 꺼림칙한 물건을 원래 자리에 되돌려놓았다. 청년의 목소리에는 농담을 거부하는 듯한 강경함이 있어 나는 장난을 치다 들킨 어린아이처럼 풀이 죽고 말았다. 그래도 공연히 힘을 내 이렇게 응수했다.

"왜야? 전에는 장전해두지 않았잖아."

"마음이 바뀌었어."

가케루의 대답은 여느 때처럼 너무나도 간결했다. 나는 속으로 결심했다. 불안감이라든가 경계심 같은 일반 사람의 정신작용과는 전혀 무관해 보이는 이 청년이 왜 갑자기 마음이 바뀌어 권총에 실탄을 장전한 것인지, 그 이유를 알아내야만 한다고.

"두 시간 뒤에 국립 도서관에서 샤를 실뱅 교수와 만나기로 했어. 지젤 로슈포르도 올 거야. 그때까지 카페에서 얘기하자."

문 자물쇠를 잠그면서 가케루가 말했다.

계단으로 1층까지 내려가니 그곳은 석탄과 석탄산 냄새가 짙게 깔려 있고 불결해 보이는 데다 어두컴컴했다. 구석진 곳에 포개진 양철 쓰레기통 뒤에서 움직인 것은 어쩌면 쥐였는지도 모른다. 발밑으로 달려오면 어떡하지? 이런 불쾌한 예감에 무서워하며 거무스름한 적갈색으로 칠해진 현관 대문을 밀어젖힌 순간이었다. 돌연 시야가 어두워져 엉겁결에 그 자리에 못 박히고 말았다. 반짝이며 흘러든 빛의 홍수 탓이었다.

초라한 뒷길에도 불길한 여름 분위기가 가득 차 있었다. 자동차

한 대가 간신히 빠져나갈 만한 비좁은 골목. 가려주는 것 없이 직사광선에 노출되어 그 열에 녹기 시작한 노면의 아스팔트는 불순물이 없는 칠흑의 광택으로 섬뜩할 만큼 반들반들하게 빛나고 있었다. 그 아래에는 어느 시대의 것인지도 알 수 없을 만큼 오래되어 마모된 큼지막한 돌바닥이 여기저기 얼굴을 내밀었다. 골목의 구석진 곳에는 연한 갈색으로 말라붙은 흙덩이가 엷게 들러붙어 집 어귀를 더럽히고 있었다.

그리고 하늘이다. 너무 짙은 색채의 독살스러운 푸른 하늘은 무시무시할 정도로 환하게 활짝 개었고 구름 한 점 떠 있지 않았다. 집들의 처마 사이로 올려다보면 모든 것을 태워버릴 듯한 백열의 태양이 불꽃을 날름거리며 이글이글 타오르고 있었다. 뒷길은 노골적으로 환해서 오장육부를 속속들이 드러낸 채 땀에 젖어 헐떡였다.

가케루의 방이 있는 허름한 건물 입구에 서서 이런 불길한 여름의 광경을 바라보며 잠시 나는 잠자코 서 있었다. 그러나 언제까지 그렇게 있을 수는 없었다. 한순간 타버린 망막의 통증이 예리하게 지나간 머리를 한번 흔들고서 한여름의 광선이 한없이 범람하는 거리로 걸어갔다.

가케루와 함께 들어간 곳은 그가 머무는 호텔에서 불과 세 채쯤 떨어져 있었다. 골목에서 몽마르트르 가로 빠져나가는 지점의 오른쪽 귀퉁이에 자리한, 변두리 가게치고는 꽤 넓은 평범한 카페였다. 몽마르트르 가를 사이에 두고 건너편 쪽에 보이는 피가로 사옥의 하얀 콘크리트 벽에 반사된 빛이 눈부셨다.

"왜 국립 도서관 같은 데서 만나기로 한 거야?"

직사광선에 노출된 테라스를 피해 가게의 가장 안쪽 자리를 잡자마자 나는 이렇게 물었다. 복사지 뭉치와 노트를 탁자 위에 놓고 가케루는 잠깐 아무 말 없이 내 얼굴을 쳐다보았다. 그러고 나서 천천히 대답했다.

"실뱅 교수하고는 몇 번 만났어. 그가 힘을 써줘서 도아트 문서를 열람할 수 있게 되었고."

그러고 보니 가케루는 어떤 자료를 조사하기 위해 샤를 실뱅 교수를 소개해달라고 부탁했었다. 하지만 도아트 문서란 게 뭘까? 그런 고문서에 대해서는 들어본 적도 없었다.

"도아트 문서라는 게 뭔데?"

"실각한 푸케*의 지위를 계승한 사람이 누구였는지 알지?"

물론 안다. 고등중학에 다닐 때부터 역사는 자신 있는 과목 가운데 하나였다. 나는 대답했다.

"푸케 뒤에 루이 14세의 재무장관이 된 사람은 콜베르지. 상인 출신의 유능한 실무가였어. 당시 사람들은 그를 '대리석 인간'이라고 불렀대. 지금이라면 아마 '컴퓨터 인간'이라고 불렀을지도 모르지. 그런데 콜베르가 왜?"

"아직 재무장관이 되기 전 일인데, 콜베르는 장 드 도아트라는 학자를 남프랑스 랑그도크 지방으로 파견했어. 콜베르의 명령을

---

* Nicolas Fouquet(1615~80). 프랑스 루이 14세 때의 재무장관. 왕실 재정에 기생하여 막대한 부를 쌓아 루이 14세의 친정과 동시에 장 바티스트 콜베르에게 고발되어 독직 혐의로 구금되었고, 1664년 종신형과 재산 몰수를 선고받았다.

받은 도아트는 1663년부터 8년간 랑그도크 지방에 남아 있는 고
문서를 섭렵하고 필사하여 편찬했지. 이게 1670년에 완성된 도아
트 문서 전 258권이고, 지금은 국립 도서관에 장서되어 있어."

"출판되지는 않은 거야?"

"응. 하지만 필요한 부분은 실뱅 교수한테서 복사본을 빌릴 수
있었어."

이렇게 말한 가케루는 탁자 위의 두꺼운 복사지 뭉치를 보여주
었다. 집어 들고 적당히 넘겨 보니 가케루의 말대로 고색창연한
서체로 필사된 자료의 원본을 사진으로 찍은 것임을 알 수 있었
다. 다만 문장 대부분이 라틴어라서 읽고 이해하기에는 어려웠다.

"무슨 이유로 이런 고문서에 흥미를 가지게 된 거야?"

"내가 『알비주아 십자군 서사시』를 연구했다는 건 알고 있지?
그것도 포함해서 결국은 카타리파에 대한 관심이 그 이유였어."

카타리파는 중세 유럽의 전 시대를 통틀어 최대의 그리스도교
이단이었다. 원래는 비잔틴 제국에서 전래된 모양인데, 11, 12세
기경에는 남프랑스 랑그도크 지방을 본거지로 이탈리아, 독일에
까지 그 세력을 확장했다고 한다.

당시의 프랑스는 정치적으로 카페 왕조 프랑스 국왕을 중심으
로 하는 북프랑스 세력과 툴루즈 백작 가문을 중심으로 하는 남프
랑스 세력으로 분열되어 있었다. 남북의 두 나라는 사용하는 말까
지 달랐다. 북프랑스의 말은 근대 프랑스어의 원형인 오일어였지
만, 남프랑스에서 사용한 것은 오크어였다. 오크어는 방언도 지방
어도 아니다. 스페인어나 이탈리아어와 마찬가지로 하나의 독립

된 국어였다고 한다. 현재도 툴루즈에서 몽펠리에 이르는 남프랑스의 중심 지방을 랑그도크라고 하는데 이는 '오크어'라는 뜻이다.

툴루즈 백작을 왕으로 하는 중세 남프랑스 국가(오크)는 몰락한 고대 지중해 문명의 계승자로, 그 도시 문명은 그때까지 궁벽한 시골에서 졸고 있던 북프랑스를 비롯한 다른 여러 나라에 앞서 풍요롭게 개화했다.

중세 남프랑스 국가의 지배자 툴루즈 백작 가문은 나르본 공작을 겸했다. 그 가신의 영지로는 카르카손, 베지에, 알비, 라즈의 광대한 자작령을 위임받은 트랑카벨 가문의 영지, 그 밖에 나르본 자작령, 푸아 백작령, 코맹주 백작령 등이 있었다. 즉 현재의 30개 도道, département에 해당하는 거대한 영지를 지배하고 있었던 것이다. 또한 풍요롭고 강력하여 이 시대 서유럽에서 가장 중요한 한 나라를 이루고 있었다. 이는 프랑스, 독일, 영국의 국왕들을 제치고 제1차 십자군 원정의 총사령관을 맡은 인물이 툴루즈 백작 레이몽 4세였다는 데서도 알 수 있다. 그리고 수도 툴루즈는 베네치아, 로마에 이어 당시 서유럽 제3의 도시였다. 시정은 민주적으로 선출된 주민 대표인 카피툴에 의해 이루어졌다.

이 지방에 카타리파가 깊이 뿌리를 내릴 수 있었던 것도 로마 교황의 권위를 지탱하는 중세의 농촌적 풍토와는 이질적인 도시 문명이 형성되어 있었기 때문인지도 모른다. 비잔틴 제국의 북쪽 변방에서 전래된 이 이교적인 신앙은 부패한 로마교회를 못마땅하게 여기던 사람들로부터 압도적인 지지를 받았다. 그 강력한 영향력 때문에 중세 남프랑스 국가의 왕인 툴루즈 백작조차도 카타리파를 비호하지 않을 수 없었고, 이 새로운 종교는 곧 남프랑스 일대에서 로마의 교권 지배를 몰아내기에 이를 만큼 성장했다.

로마의 입장에 보면 카타리파는 가톨릭교회가 성립한 이후 가장 위협적인 존재였다. 통일된 가톨릭 교권 제국인 중세 서유럽 세계의 심장부였던 로마교회는, 고대의 교부들이 싸워 박멸했다고 믿었던 이교적 이단이 악마의 생명을 얻어 되살아나 암 병터처럼 급속하게 증식하는 것을 목격하고 공황 상태에 빠졌다. 그리하여 교황 인노켄티우스 3세는, 카타리파의 죄를 따져 묻기 위해 파견한 교황청 특사가 누군가에 의해 암살당한 사건을 계기로 카타리파를 격멸하기 위한 십자군 결성을 전 서유럽에 포고하기에 이른다. 카타리파의 근거지로 지목된 남프랑스 알비의 이름을 첫머리에 단 새로운 십자군, 즉 알비주아 십자군의 주력을 담당한 것은 문명화된 남프랑스의 막대한 부와 번영에 질시와도 같은 음습한 야심을 품고 있던 카페 왕조 프랑스의 국왕을 비롯한 야만적인 북프랑스의 제후들이었다.

알비주아 십자군은 "저 사악하고 오만한 프로방스의 백성을 징계하고, 악의를 갖고 로마교황청을 함부로 비난하는 것을 막기 위해" 30만이라는 미증유의 대군을 이끌고 몽펠리에에서 카르카손으로 진격했다. 1209년 7월의 일이다. 이리하여 몇 차례에 걸친 불안정하고 짧은 정치적 휴전 시기를 포함하여 1244년 카타리파 최후의 산악 거점인 몽세귀르 성채가 함락될 때까지 36여 년에 걸친 처참한 알비주아 십자군 전쟁이 시작되었다. 십자군의 잔학한 만행은 일찍이 유례를 찾아보기 힘든 것이었다. 몰살해야 할 이단과 보호해야 할 가톨릭 신자를 어떻게 판별해야 하느냐는 질 문을 받은 종군 신부의 수장이자 시토 수도원의 원장인 아르노 아 말릭은 "모두 죽여라. 신은 신의 백성을 아실 것이다"라고 대답했 다. 첫 전투인 베지에 함락 때만 적어도 3만 명을 학살하고 마을을 약탈, 방화하여 이틀이나 계속 불길이 올랐다. 시민도 병사도, 여 자도 어린아이도, 이단도 가톨릭도 그곳에 살고 있었다는 이유만 으로 아무런 구별 없이 완전히 평등하게 살육당했다. 아틸라 왕*의 야만적인 군대가 침입한 이후 처음으로 서유럽이 목격한 용서 없는 대학살이었다.

그러나 베지에의 비극은 서막에 불과했다. 전쟁은 이후 35년이 나 계속되었다. 남프랑스 땅에서 로마교회에 정면으로 대항한 카 타리파 조직은 이 전쟁에서 패함으로써 궤멸되었다. 명문 툴루즈 백작 가문은 몰락하고, 잠깐 동안 부활한 빛의 지중해 문명은 다 시 완전한 재와 먼지로 돌아갔다. 그리고 높은 긍지를 갖고 있던 오크의 나라는 오랫동안 끊임없이 이민족의 지배를 당하는 비참 하고 암담한 굴종의 세월로 내몰리게 되었다.

전쟁이 끝나도 북쪽에서 침입한 자들에게 점령당하고 있는 한, 남프랑스의 여러 도시에 평화는 돌아오지 않았다. 교황이 고문까 지 공인한 도미니크 수도회의 이단 심문관은 죄 없는 사람들을 체

---

* Attila. 훈족의 왕(434~453년 재위)으로, 남부 발칸 지방과 그리스, 이어서 갈리아 와 이탈리아까지 침략했다. 훈족의 주력인 기마대가 쓸고 지나가면 집은 불타고 농경 지는 황폐화되었으며 살육이 이어져 남아나는 게 없었을 정도였다고 한다.

포하고 차례로 투옥했다. 심문관은 그들의 생손톱을 뽑고 온몸을 바늘로 찌르고 며칠이나 거꾸로 매달아놓고 뜨거운 기름에 두 손을 강제로 집어넣었다. 말할 것도 없이 그 끝에 있는 것은 불길한 불꽃을 올리며 활활 타오르는 화형대였다. 끝없는 체포, 투옥, 고문, 처형의 집요한 반복은 점령 아래 지하로 숨어든 카타리파 조직 잔당들을 확실한 힘으로 막다른 궁지에 한 발 한 발 몰아갔다. 몇 세대에 걸친 이단 사냥의 결과, 14세기 초에 이르면 조직된 카타리파의 활동은 적어도 기록된 역사의 표면에서는 완전히 사라지고 말았다.

내가 학교에서 배운 카타리파에 관한 역사 지식은 이 정도였다. 나는 왜 가케루가 이미 역사의 어둠 깊숙이 사라진, 700~800년이나 지난 이단의 존재에 관심을 가지는지, 그 이유를 도저히 상상할 수 없었다.

"카타리파에 흥미를 가지는 이유는 뭐야?"

"카타리파 운동 안에는 마술과 민중 반란의 자생적인 결합이 있다고 생각했기 때문이야."

"마술과 민중 반란……"

"정확히 말하면 마술이 아니라 비교인데…… 그것만이 아니야. 마니교와 그노시스주의를 통해 카타리파는 고대 동방 이교의 흐름을 계승하고 있거든."

가케루가 어딘지 모르게 수상쩍은 오컬트적 지식에 엄청난 관심이 있다는 건 전부터 알고 있었다. 가케루의 말에 촉발되어 나는 카타리파의 교의에 대한 모호한 기억을 더듬어보았다. 수수께끼 같은 고대 동방의 신비적인 이교, 신플라톤주의로 유입된 디오니소스교나 피타고라스교, 페르시아의 조로아스터교, 미트라교, 이집트의 오시리스 신앙 등이 초기 로마제국 시대의 그노시스주의나 마니교에 영향을 주었다는 것, 그리고 아득히 10세기 가까운 세월을 거쳐 그노시스주의나 마니교의 이상한 교의가 카타리파에 계승된 모양이라는 것…… 이런 막연한 지식이 의식의 표면으로 떠올랐다.

카타리파는 신약의 신과 구약의 신을 분리했다고 한다. 신약성서의 예수라는 신은 사랑과 구원의 신이지만, 구약성서의 아브라함, 이삭, 야곱의 신은 질시와 증오로 가득 찬 잔혹한 신이다. 이 두 신이 같은 신일 리 없다. 진정한 신은 신약의 신이고 구약에 나오는 신의 정체는 사실 악마다. 구약성서의 천지창조는 악마에 의한 세계 창조를 의미하는 것이다. 이렇게 생각한 카타리파는 인간 역시 악마에 의해 창조된 존재이므로 모든 삶의 영위는 악마를 이롭게 하는 나쁜 행위라고 결론짓고, 그 극한에서 일종의 자살교로 순화해갔다는 어쩐지 섬뜩한 전설까지 있었다.

"나치즘의 힘은 본질적으로 영적인 힘이었어. 그래서 나치즘을 무너뜨리기 위한 싸움은 어디까지나 영적인 싸움 외에는 없었지. 전에 말한 것처럼 바이마르 공화국에서 나치즘과 진정으로 대치할 수 있던 것은 슈타이너의 인지학 운동뿐이었던 거지. 나치와의 투쟁 전선은 가두, 즉 나치 돌격대와 공산당 적색 전선 사이에만 있던 게 아니야. 진정한 전선은 영적인 세계에 있었고 슈타이너파와 나치의 오컬티스트 사이에 있었지.

하지만 영적 투쟁에서 슈타이너파 세력은 패하여 사라졌어. 민중 반란을 진압한 것은 흑마술 진영이었지. 민중의 봉기와 결합할 수 없었던 백마술은 나치즘에 의해 분쇄당한 거야. 그 후 나치를 영적 본질로 두고 타도하려고 애쓴 세력은 어디에도 존재하지 않게 되었어. 이렇게 해서 전쟁으로 가는 길이 깨끗이 치워진 거지. 하지만 나치의 유럽 정복 전쟁의 와중에서 단 한 사람, 정면으로 나치의 오컬티즘에 대항한 여성 사상가가 태어났어. 시몬 베유야. 아나르코생디칼리슴*의 전투적 혁명가였던 베유는 의용병으로 참가한 스페인에서의 경험과 공장 노동자로서 체험한 현장 경험을 통해 스탈린의 수용소 국가 소련에도, 또한 노예 공장의 부 위에 구축된 미국에도 본질적인 점에서 나치즘을 타도할 만한 영적인 힘이 있을 수 없다고 생각했지. 나치가 프랑스를 점령한 가운데 베유는 그때까지의 평화주의를 버리고 레지스탕스의 최전선에 서기를 바랐는데, 동시에 그것은 깊은 신비 사상으로 치우치는 데 대응한 것이었어. 플라톤과 그리스도를 직결시킨 베유의 신비 사상은 전형적인 서유럽 비교의 이념에 뿌리내린 거였지. 하지만 그녀는 친한 성직자들의 강력한 권유에도 불구하고 결국 가톨릭 세례를 끝까지 거부했어. 포악한 구약의 신과 신약의 신을 같은 신으로 인정할 수 없었던 거지."

"그거, 카타리파의 교의와 비슷한 거 아니야?" 문득 생각이 떠

---

* anarcho-syndicalisme. 무정부주의적 사회의 실현을 목표로 한 사상이나 운동.

오른 나는 이렇게 물었다.

"맞아, 베유는 카타리파를 높이 평가했어. 슈타이너파가 패배한 후 베유만이 남프랑스의 한쪽 구석에서 나치와의 영적 투쟁을 계속했지."

얼마 전 뤽상부르 공원에서 한 이야기와도 겹쳐져 나도 가케루의 카타리파에 대한 관심을 조금은 이해할 수 있게 되었다. 나는 이야기를 처음으로 되돌리려 했다.

"그런데 도아트 문서와 카타리파는 어떤 관계가 있는 건데?"

"도아트 문서가 랑그도크 지방의 고문서를 집대성한 것이라는 이야기는 전에 했지? 랑그도크는 카타리파의 연고지라서 도아트 문서에는 카타리파 관련 자료가 적잖이 포함되어 있을 거야."

뭔가를 감추고 있다고 나는 생각했다. 거짓말을 한다고 느낀 것은 아니지만, 알고 있는 것을 모두 이야기하지 않은 것만은 확실했다. 나는 방향을 바꿔서 다른 식으로 질문했다.

"하지만 문서의 내용을 알고 싶으면 복사한 것만으로 충분한 거 아니야? 왜 원본을 손에 넣을 필요가 있지? 절차도 복잡할 텐데 말이야."

"추리한 게 좀 있어서. 그걸 확인해보고 싶어."

가케루의 방어선 일부를 깨는 데 성공한 듯했다. 나는 다시 질문을 계속했다.

"어떤 추리인데?"

"자세한 것은 생략하고, 각 권의 페이지 수, 기술한 것의 배열, 요점을 뽑아 적은 것, 색인 등을 자세히 검토한 결과, 도아트 문서에는 의도적인 누락 부분이 있다는 것, 그리고 그것이 몇 권의 어느 부분인지까지는 대충 예상할 수 있었어."

"도아트 문서의 의도적인 누락 부분……"

"그래. 완성된 당초에는 도아트 문서의 어딘가에 포함되어 있었을 부분이 후세의 누군가에 의해 삭제된 것 같다는 설은 비교적 오래전부터 있었어. 그게 몇 권의 어디쯤이고 어떤 내용이었는지, 누가 왜 삭제했는지 하는 식의 연구도 오랫동안 많은 학자에 의해 상당히 축적되어왔지만, 아직은 정설이라고 할 만한 건 없어."

"하지만 페이지를 찢어낸 흔적이 남아 있을 거 아냐. 그러면 누락된 게 몇 권의 몇 페이지인지는 생각해볼 것까지도 없을 거고."

"그런데 전체적으로 명확한 파손은 보이지 않아. 물론 페이지를 찢은 흔적 같은 것은 어디에도 없고."

"그럼 대체 어떻게?"

"물론 전문적인 장정 직인과 서체 모사에 정교한 서기를 동원해서 삭제한 흔적을 완벽하게 감추었겠지. 거기서 범인의 프로필을 어느 정도 추정할 수도 있지만, 그건 말 안 해도 되겠지?"

"그래서 복사본이 아니라 원본을 보고 싶은 거구나."

"그래. 하지만 학자들이 한 엑스선 조사에서도 확정적인 결과는 나오지 않았을 정도니까 별로 기대하지는 않아. 그래도 그 권의 해당 부분을 주의 깊게 살펴보면 뭔가 미세한 흔적 정도는 찾아낼 수 있을지도 모르지."

가케루는 아직 도아트 문서에 대한 조사와 카타리파 연구의 관계에 대해서는 아무런 대답도 하지 않았다. 나는 거듭 따지고 들었다.

"도아트 문서의 누락 부분에는 카타리파에 대한 기술이 있는 거야?"

"자료의 전후 배열 상황을 보고 나는 그렇게 추정했어. 아마 틀림없을 거야."

"거기에 대체 뭐가 쓰여 있었을까? 그런 고생을 해가면서까지 숨겨야만 했던 비밀이 뭐였을까? 카타리파가 사라진 것은 13세기, 도아트 문서가 편찬된 것은 17세기야. 카타리파가 소멸되고 나서 400년도 넘게 지났는데 왜 카타리파에 대한 자료를 숨겨야만 했을까? 역사학자 말고는 아무도 흥미를 갖지 않았을 것 같은데."

나는 호기심에 물었지만 가케루는 말없이 고개를 살짝 흔들 뿐이었다. 이 청년의 일이다. 누락 부분의 내용에 대해서도 뭔가 추정하고 있을 것이다. 하지만 내 질문을 무시하고 가케루는 결코 그 이상의 말은 하려 하지 않았다. 이런 상황에서는 전 세계의 어느 누구도 이 일본인의 입을 열게 할 수 없다는 것을 나는 경험으로 잘 알고 있었다. 어쩔 수 없이 화제를 바꿔 물었다.

"네 방에 자료와 함께 놓여 있던 사진, 그건 뭐야?"

"태양 십자가야."

가케루는 대수롭지 않게 대답했다. 금속제 같은 십자가 중앙에 가로대의 절반쯤 되는 길이의 지름을 가진 원반이 조합되어 있는 모양이었다.

"태양 십자가……" 나는 중얼거렸다.

"피레네 지방의 유적에는 옛날부터 적지 않게 있던 도상이야. 보통 그리스도교 이전의 토착 태양 신앙이 그리스도교 신앙의 상징인 십자가에 편입되어 남은 것이라고 하지. 그 사진은 귀중한 거야. 입수하는 데 꽤 고생했지. 미국인 친구한테 부탁해 워싱턴의 국립 고문서관에서 일부러 구해 왔어."

"워싱턴에서?"

"그래, OSS의 자료 파일 안에 있었어."

가케루의 설명에 따르면 OSS는 CIA의 전신으로, 제2차 세계대전 시기부터 전후에 걸쳐 활동한 미국의 정보기관이었다. 내 머리로는 피레네 지방의 종교적 도상과 미국 정보기관 사이에 대체 무슨 관계가 있는지, 그리고 가케루가 왜 그런 사진을 그렇게 고생하면서까지 입수해야 했는지, 전혀 이해할 수 없었다.

"그런데 여름방학에는 뭐 할 거야? 설마 여름 동안에도 파리에 있으려는 건 아니지?"

"바르베스 경감의 고향 마을에 초대받았어. 아마 그곳에 갈 것 같아."

"몽세귀르가 있어서?"

가케루가 가볍게 고개를 끄덕였다. 봄 무렵 『알비주아 십자군 서사시』에 열중하고 있을 때부터 가케루는 카타리파가 멸망한 성지 몽세귀르로 떠나는 순례 여행에 대해 몇 번인가 아주 열정적인 어조로 이야기한 적이 있었다. 몽세귀르가 마치 이 청년 자신의 성지이기도 하다는 듯한 어조로 말이다. 그리고 장 폴 바르베스가 나고 자란 곳은 몽세귀르 유적지에서 가까운 피레네 지방의 한촌일 터였다. 가케루는 가능한 한 남의 손님이 되지 않으려고 늘 애를 써왔는데, 몽세귀르의 마력은 일시적으로나마 이 청년이 자기 신조까지 문제 삼지 않게 할 만큼 강렬한 것일까?

"지젤도 여름에는 몽세귀르에 있을 예정이라고 했어. 거기에 로슈포르가의 산장이 있다던데."

로슈포르는 그 주변의 대지주이기도 하다는 이야기였다.

"샤를 실뱅 교수도 여름에는 로슈포르가 산장에 머무르며 몽세귀르 유적을 조사할 모양인가 봐. 아마 거기서도 그와 만나게 되겠지. 조사에 동행하지 않겠느냐는 권유도 받았어."

슬슬 시간이 다 되었다. 우리는 카페를 나와 지하철역까지 몽마르트르 가를 걸었다.

여전히 강렬한 햇살이 돌로 된 거리를 쨍쨍 내리쬐고 있었다. 조그맣게 그늘진 건물 입구에서는 짧은 반바지만 입고 벌거벗은 어린아이가 혼자 빈 폴리에틸렌병을 가지고 놀고 있었다. 아이는 길거리의 뜨거운 돌바닥에 엉덩이를 붙이고 털썩 주저앉아 병을 번쩍 쳐들었다가 바닥에 내리쳤다. 그리고 병이 어딘지 모르게 맥 빠진 소리를 낼 때마다 뭐가 그리 우스운지 조그만 얼굴을 주름투성이로 만들며 무척이나 기쁜 듯이 웃었다. 그 공허한 울림 속에서 불타오를 만큼 과열된 하얀 거리가 순식간에 환상적인 광경으로 변모해가는 착각에 사로잡혀 나는 가볍게 고개를 가로저었다.

샤를 실뱅의 아파트는 몽파르나스에 있었다. 국립 도서관에서 실뱅 조교수와 지젤을 만난 우리는 특별 열람실에서 가케루가 보고 싶어 한 도아트 문서 몇 권을 살펴본 다음 실뱅의 권유로 그의 집에 들르기로 한 것이었다. 팔레 루아얄의 분수대 옆에 주차한 실뱅의 BMW 528을 타고 우리 네 명은 몽파르나스로 향했다.

외관은 낡은 석조 건물이었지만 내부는 콘크리트로 개축된 근대적인 건물 3층에 실뱅의 아파트가 있었다. 현관 옆의 넓은 거실은 흰색과 검은색으로 통일된 기능적인 실내 장식으로 쾌적한 느낌을 주었다. 마치 화성인을 위해 디자인된 듯한 기묘한 형상의 플라스틱 의자에 앉자 나는 실내 여기저기를 둘러보기 시작했다. 바닥과 천장은 흰색이고 벽만 검게 칠해져 있었다. 플라스틱판의 곡면을 조합하여 정교하게 만들어진 의자와 탁자도 검은색이었다. 천장까지 닿는 조립 가구 선반에는 술병, 책, 레코드, 텔레비전, 스테레오 세트 등이 잘 정리되어 있었다. 반대쪽 벽에는 이 방의 분위기에 어울리게 표현주의 계통의 그림 몇 점이 걸려 있고, 창으로 내다보이는 몽파르나스의 악명 높은 초고층 건물조차 여기서는 실내 장식의 일부인 듯 조화를 이루었다.

"삭제된 흔적은 찾지 못했지만 낙심할 필요는 없네."

음료수를 돌리면서 실뱅이 가케루에게 말했다. 국립 도서관에서의 조사는 결국 실패로 끝났다.

"하지만 도아트 문서의 실물을 들고 볼 수 있었다는 것만으로도 저는 만족했어요."

지젤의 이러한 감상에는 나도 동감이었다. 그 자체가 로코코 시대의 미술 공예품인 표지에 콜베르가의 유명한 뱀 문장을 날인한, 붉은 로코코 가죽 장정의 화려한 필사본은 그것만으로도 한번 볼 만한 가치가 있었다.

"예, 애초부터 그 정도의 기대는 하지 않았으니까요." 가케루가 대답했다.

"하지만 그 부분을 지적한 자네의 추리는 훌륭했네. 만약 논문을 쓸 생각이라면 발표할 자리는 내가 마련하지."

"실뱅 선생님." 지젤이 불렀다. "대체 언제 누가 왜 도아트 문서를 삭제했을까요? 삭제된 페이지에는 뭐가 쓰여 있었을까요?"

"지젤, 그건 아무도 몰라. 지금까지 수많은 학자가 여러 가지 설을 주장했지만, 정설이라고 할 만한 것은 없거든. 결국 역사의 수수께끼로 남겠지. 잃어버린 몇 페이지가 우연히 발견되지 않는 한 말이야."

샤를 실뱅은 먼지투성이의 고문서 속에서 살고 있는 촌스러운 학자라기보다는 주거의 취향에서도 알 수 있듯이 사치스러운 지적 딜레탕트 청년이라는 인상이 강했다. 홀어머니 손에 길러진 소년 시절뿐만 아니라 툴루즈의 대학에 있을 때도, 파리의 대학으로 오고 나서도 역사학자로서 안정된 지위를 얻기까지 상당히 고생했다는 걸 지젤에게 들어 알고 있었다. 하지만 그의 태도에는 그런 생활상의 그늘을 느끼게 하는 것은 전혀 없었고, 유산을 탕진하며 지적인 도락에 빠져 있는 운 좋은 청년 같은 분위기가 짙었다. 복장에도 티 나지 않게 신경을 쓰는 듯했고, 차분하고 영리해 보이는 이목구비와 여유 있는 부드러운 표정에 이따금씩 보여주는 예리한 시선이 합쳐진 인상은 솔직히 말해 상당히 매력적이었다. 이런 청년 학자니 지젤 같은 아가씨가 동경하는 것도 무리는

64

아니라는 생각이 들었다.

"가케루 씨는 어떻게 생각해요?" 지젤이 물었다. "삭제된 부분만이 아니라 그것을 실행한 범인이나 동기에 대해서도 훌륭한 생각이 있을 것 같은데요? 나디아한테서 들었거든요. 가케루 씨가 이야기책에나 나올 법한 명탐정이었다고요."

"그래, 나도 자네의 의견을 듣고 싶네."

지젤에 이어 실뱅 조교수도 가케루를 추궁하고 나섰다. 두 사람의 재촉을 받은 가케루는 어쩔 수 없이 입을 열었다.

"알다시피 도아트 문서는 소유자가 세 번 바뀌었습니다. 최초는 물론 콜베르 가문이고 다음은 부르봉 왕가입니다. 1732년 어떤 이유에선지 루이 15세가 콜베르가에게서 도아트 문서를 빼앗았습니다. 1789년의 대혁명으로 부르봉 왕가가 무너지자 도아트 문서는 다른 왕실 재산과 함께 프랑스 공화국 소유가 되었지요. 지금 국립 도서관의 장서가 되어 있는 것은 그 때문입니다. 합리적으로 생각하면, 삭제가 이루어진 것은 소유자가 바뀌기 직전이었을 겁니다. 다시 말해 1732년 콜베르가 사람에 의해서였거나 아니면 1789년 부르봉 왕가 사람에 의해서였거나……"

"그건 왜죠?" 지젤이 물었다.

"삭제는 흔적이 전혀 남지 않도록 아주 정교한 솜씨로 이루어졌습니다. 페이지는 잘리거나 찢긴 것이 아닙니다. 오늘 조사로 재확인했습니다만, 삭제된 부분이 있는 권은 페이지 수를 맞추기 위해 아마 한 권이 통째로 위조되었을 겁니다. 다시 말해 삭제된 부분만을 빼놓은 완벽한 복제본이 만들어졌을 거라는 겁니다. 그렇게 하기 위해서는 서체 모사에 능숙한 위필 전문가, 다른 권과 같은 체재의 책을 만들 수 있는 장정 직인이 동원되었겠지요. 다른 권과 같은 질, 게다가 같은 정도로 낡아 보이는 용지, 잉크, 표지 가죽 등도 조달되어야 했을 겁니다. 그리고 마지막으로 완성된 복제본이 다른 권과 같은 세월만큼 더러워지고 낡아 보이게 하기 위한 공작이 아주 세밀하게 이루어졌겠지요. 이런 작업에는 미술품이나 공예품의 위작을 직업으로 하는 특수한 범죄 전문가가 필요합니다. 그만큼 대규모의 작업이 가능했던 사람은 대체 어떤 인물이었을까요? 단지 도아트 문서를 열람하기만 한 자는 불가능합니다. 밤중에 숨어든 도둑이 할 수도 없었을 겁니다. 그들은 기껏해야 목적한 페이지를 찢어버릴 수만 있었겠지요. 그렇다면 이 완벽한 삭제 작업의 유일한 범인은 도아트 문서의 정식 소유자였다고 생각할 수밖에 없을 겁니다."

"하지만 도아트 문서의 정식 소유자가 왜 그런 성가신 일을 했을까요?" 지젤이 당연한 의문을 제기했다.

"소유자가 아니라면 불가능하다, 그러나 소유자는 그럴 필요가 없다…… 이 배리를 풀기 위해서는 소유자이면서 소유자가 아닌 특수한 조건을 생각해봐야 합니다."

"소유자이면서 소유자가 아닌 특수한 조건……" 곤혹스럽다는 듯이 지젤이 중얼거렸다.

"알았다, 난." 가케루의 사고법을 알고 있는 내가 구조선을 띄웠다. "오늘의 정당한 소유자가 내일은 소유자가 아니게 되는 경우야. 오늘은 아직 소유자니까 아무리 성가신 세공이라도 실행할 수 있는 입장이지. 하지만 내일은 소유자가 아니게 되기 때문에 도아트 문서에 어떤 작위를 가할 필요가 생겼을지도 모르거든. 범인은 미리 자신의 소유물에서 페이지를 훔쳐낸 거지.

범인은 아마 왕실에 도아트 문서의 제출을 요구받은 콜베르가 사람일 거야. 1789년의 혼란기에 부르봉 왕가 사람한테 그런 세공을 할 여유는 없었을 테니까. 그 이유는 혁명기라는 어수선한 시대 배경에만 있는 건 아니야. 부르봉 왕가는 설마 혁명에 의해 자신들이 타도될 거라고는 전혀 생각하지 않았어. 국왕이 체포될 때까지, 아니 체포된 후에도 이 나라에서 왕제가 진짜 소멸될 거라고는 생각지도 못했거든. 소유자가 바뀐다는 걸 예견할 수 없었던 사람들이 그런 삭제 공작을 했을 리도 없고. 그렇다면 두 번째 소유자였던 루이 15세 또는 부르봉 왕가 사람은 범인이 되기 어렵지. 그리고 만약 공화국이 왕가에게서 도아트 문서를 빼앗아 가는 걸 막으려는 자가 있었다면 그렇게 성가신 세공을 할 필요가 전혀 없었을 거야. 통째로 가져가서 숨겨버리면 되었을 테니까. 삭제하고 그것을 교묘하게 은폐해야 했던 인물은 문서의 이관에 공공연히 반대할 수 없는 입장에 있고, 실력을 행사해서 도아트 문서를 숨길 수 없는 사람이겠지. 이 조건에 맞는 건 1789년의 부르봉 왕가가 아니라 1732년의 콜베르가일 거야. 콜베르가는 왕가에 도아트 문서가 압수된다는 걸 예상하고 있었어. 문서를 건네고 싶지 않지만 왕명을 거역할 수는 없었지. 콜베르가를 망칠 각오가 아니라면 문서를 숨기거나 갖고 도망칠 수도 없었을 거야. 그래서 어떻게 해서든 건네고 싶지 않은 부분만을 교묘하게 삭제하고, 비밀을 지킬 준비를 마친 다음 더 이상 필요 없는 도아트 문서 전체를 국왕한테 헌납했겠지."

"그렇다면 누가 언제라는 수수께끼는 풀린 거네. 콜베르가의 사람이 1732년에 했든가 그 조금 전에 했겠지. 하지만 왜, 어떤 동기로 그렇게 했을까?"

"도아트 문서에 숨겨진 비밀을 국왕의 손에 넘기지 않겠다는 게 범행의 동기야"라고 나는 지젤의 물음에 답했지만 그 대답은 스스로 생각하기에도 아주 불충분했다. 그렇게까지 해서 감추려고 했던 비밀이 무엇이었는지를 알지 못하는 한 동기의 해명은 납득할 만한 것이 될 수 없다. 나는 유감스럽다는 듯이 말을 이었다.

"하지만 뭘 숨기려고 했는지는 실뱅 선생님의 말처럼 역사의 영원한 수수께끼겠지."

"나디아." 실뱅 조교수가 내 이름을 불렀다. "지금 자네의 추리를 조금 더 전개해보면 좋겠네. 분명히 비밀의 정체 자체는 영원한 수수께끼겠지만, 어떤 종류의 비밀인지는 어느 정도 추정할 수 있을 테니까."

"선생님, 제가 생각해볼게요" 하고 지젤이 말했다. 지젤은 이러한 가정의 수수께끼 풀이에 푹 빠진 모양이었다.

"아마 그 비밀은 외부에서 콜베르가로 들어온 걸 거예요. 왜냐하면 삭제된 건 콜베르의 비망록 같은 것도, 콜베르 일족의 가문 기록도 아니니까요. 콜베르가의 고유한 비밀, 예컨대 푸케의 전례처럼 콜베르가 재무장관이라는 지위를 이용해서 부정한 축재를 했다든가 콜베르가의 사람이 무슨 정치적 음모를 계획한 일이 있었다든가 특권 계급으로 올라간 콜베르가의 조상이 실은 비천한 계급 출신이었다든가 하는 종류의 것이 아니었다는 것은 도아트 문서의 성격에서 볼 때 분명한 것 같아요. 삭제된 게 어떤 내용의 한 부분이었는지는 차치하고, 도아트 문서가 랑그도크 지방의 고문서를 편찬한 것인 한 비밀은 콜베르가 내부에서 생겨난 게 아니라 외부에서 도아트 문서와 함께 콜베르가로 들어온 걸 거예요. 그건 아마 남프랑스 랑그도크 지방의, 도아트 문서가 편찬된 17세기보다 훨씬 전 시대의 것이었다고 생각할 수 있지 않을까요? 하지만 원래 콜베르가와는 무관한, 수도에서 멀리 떨어진 벽지에 파묻혀 있던 오래된 시대의 비밀을 왜 그토록 집요하게 지키려고 한 걸까요? 대체 어떤 이해관계 때문에 콜베르가의 사람은 그 비밀을 지켜내려고 한 걸까요? 이런 식으로 시간과 공간을 넘어 인간을 지배하는 비밀이란……"

"재산이야. 숨겨진 보물. 혹시 도아트 문서 안에 오래된 시대에 숨겨진 보물이나 그것이 매장된 장소를 암시하는 기록이 포함되어 있었다면 콜베르가는 그것을 일족의 비밀로 해두고 싶었을 거야." 생각지도 못한 진전에 나는 좀 흥분한 목소리로 말했다. "저기, 지젤. 랑그도크에도 템플기사단의 숨겨진 보물 전설 같은 게 남아 있지 않아?"

"있어…… 카타리파의 숨겨진 보물 전설."

"카타리파의 숨겨진 보물……" 나는 중얼거렸다.

"13세기에 멸망한 카타리파가 몽세귀르에서 가까운 피레네의 깊숙한 산속 동굴에 막대한 보물을 묻어두었다는 전설이 있어. 단순히 전설이라고만은 할 수 없지. 사실 여기저기에서 카타리파 시대의 오래된 금화나 보석이 발굴되고 있으니까."

"아마 그걸 거야." 나는 흥분해서 외쳤다. 그런데 지젤의 태도가 좀 변한 듯했다. 그녀는 뭔가를 무서워하는 듯이 갑작스레 입을 다물었다.

"왜 그래, 지젤?"

"지젤은 지금 협박장 때문에 두려워하고 있는 거네. 그렇지, 지젤?"

샤를 실뱅이 다소 비아냥거리듯이 입술을 삐죽이며 말했다. 너무나도 어이가 없다는 듯한 표정이었다.

"뭔가요, 협박장이라는 건?"

내 질문을 받은 실뱅은 자리에서 일어나 옆방 서재에서 종이 한 장을 들고 돌아왔다.

"가케루 군, 자네도 한번 봐두는 게 좋을 거네. 우리의 발굴 계획에는 이런 악질적인 방해도 있으니까."

나는 가케루의 손 쪽으로 얼굴을 내밀며 들여다보았다. 종이에는 짧은 문장이 타이핑되어 있었다.

피에르 로제 드 미르푸아의 보물을 노리는 자에게는 카타리파의 저주가 내릴 것이다. 묵시록의 분노가 그 머리 위에 떨어질 것이다.

〈네 기사〉라는 서명이 되어 있었다. 연극 같은 못된 장난이 우스워서 나는 무심코 웃고 말았다. 그러고 나서 웃음을 삼키며 질문했다.

"미르푸아의 피에르 로제가 누구죠?"

"피에르 로제는 몽세귀르 수비군의 사령관이야. 성이 함락되기 전에 카타리파 장로의 명령으로 몽세귀르의 막대한 황금을 모조리 아리에주 강 상류의 안전한 동굴로 옮겼다는 전설이 있어." 지젤이 내 질문에 답했다.

"그런데 왜 선생님께 이런 편지가 온 건가요?"

"나한테만 온 게 아니네. 지젤의 아버님인 오귀스트 로슈포르 씨한테도 왔다네. 나는 오랫동안 카타리파의 지하 신전이 몽세귀르 근처에 있었을 거라고 생각했네. 이때까지 발견된 흔적은 없으니까 혹시 발견한다면 보존 상태는 완벽할 거야. 나한테는 확신이 있었지만 대학에 예산을 청구할 만큼의 문헌적인 증거는 없었지. 그러던 중에 로슈포르 씨가 발굴 조사를 위한 원조를 자청하고 나서주셨네."

"내가 아빠한테 부탁했어. 엄마의 추억을 위해 필요한 돈은 얼마든지 내준다고 하셨어. 엄마도 카타리파의 유적을 발굴하는 게 꿈이었거든. 엄마의 노트에는 생세르낭 문서를 입수하면, 이라는 기술이 몇 번이나 나와. 생세르낭 문서가 발견되면 발굴할 장소가 분명해진다고 말이야."

"생세르낭 문서는 또 뭐야?" 나는 지젤에게 물었다.

"그걸 모르겠어. 실뱅 선생님도 그런 고문서는 존재하지 않는다고 말씀하시고."

"성 세르낭은 고대의 순교자라네. 그 묘 위에 세워졌다고 하는 것이 툴루즈의 베네딕트회 수도원인 생세르낭 성당인데, 성 세르낭이라는 사람과 관련된 것이든 생세르낭 성당에 소장되어 있는 것이든 그 문제와 관련된 문서는 존재하지 않아. 적어도 학계에 보고된 적은 한 번도 없지."

"어딘가에 묻혀 잊히고 말았을 거예요. 왜냐하면 엄마는 그게 어딘가에 있다고 믿고 있었으니까요."

학자적으로 자못 엄격한 실뱅의 단정도, 어머니에게 열중해서 말하는 지젤의 확신에는 털끝만큼의 동요도 줄 수 없는 것 같았다. 지젤은 죽은 어머니의 열렬한 숭배자였다.

"하지만 실뱅 선생님이나 지젤의 아버님은 카타리파의 황금을 발굴하려는 건 아니겠죠?" 하고 내가 물었다.

"물론이지. 순수한 학술상의 조사네."

"이런 편지를 보냈을 것으로 짐작되는 사람은 없나요?"

"MRO에서 항의가 들어왔는데, 그들도 카타리파의 저주라든가 묵시록의 기사라든가 하는 헛소리를 곧이듣고 있는 것 같지는 않네."

"뭔가요, MRO라는 건?" 내가 다시 물었다.

"옥시탕 해방운동이야. 랑그도크 분리파로 환경운동 단체인데, 전부터 아버지가 추진하는 원자력 발전소 건설에 반대하고 있어. 그런데 같은 로슈포르가 한다는 이유로 유적 조사에도 항의하고 있거든." 지젤이 대답했다.

지방의 분리독립파가 중앙의 학자에 의한 유적 발굴에 반대하는 건 그 옳고 그름을 떠나 이해할 수 없는 것은 아니었다. 브르타

뉴의 분리파는 에펠탑을 폭파하려고도 했다. 텔레비전 방송에 의한 표준어 보급이 자신들의 전통 언어인 브르통어를 파괴한다는 이유에서였다. 다시 말해 중앙국가의 문화제국주의에 대한 저항 투쟁이라는 것이 그들의 논리였다. 같은 논리로 국가의 교육 관료인 파리의 학자가 랑그도크의 사적을 멋대로 파괴하는 건 용납할 수 없다는 식의 주장도 성립하는 것이다. 수도의 문화제국주의자와 현지의 독점 자본가가 결탁하고 있다는 이야기가 되면 반대 이유는 더욱 강고해진다. 로슈포르가 원자력 발전소 건설로 랑그도크의 자연을 파괴하려는 원흉이라는 점까지 생각하면 실뱅의 계획에 MRO로부터 간섭이 들어오는 것도 당연하다고 할 수 있었다.

"아무튼 가케루 군이 나와 함께 현지 조사를 하기로 마음먹은 이상, 자네한테도 이미 묵시록의 저주가 걸린 셈이네." 실뱅이 쓴웃음을 지으면서 농담으로 말했다.

실뱅 조교수와 중세사에 대한 전문적인 논의를 시작한 가케루를 방에 남겨두고 나와 지젤은 한 발 먼저 아파트를 나섰다.

"나디아, 아직 시간 좀 있어?"

숨 막힐 듯이 더운 몽파르나스의 혼잡한 거리에서 지젤이 물었다. 슬슬 5시가 되어가는 시각인데도 거리에 내리쬐는 햇살은 쇠할 기미를 전혀 보이지 않았다. 지젤의 의견에 따라 우리는 카페 '돔'으로 들어갔다. 관광객을 상대로 하는 명물 카페라서 평범하고 재미없는 곳이었지만 너무 더워 도저히 견딜 재간이 없어서였다. 나는 아직도 상경한 촌뜨기 기분에서 벗어나지 못한 지젤에게 간단히 타협했다. 눈앞에 있던 가게가 우연히 돔이었기 때문이다.

나는, 어디라도 좋아, 한시라도 빨리 시원한 그늘에서 차가운 맥주를 마실 수만 있다면, 하는 심정이었다.

이런 더위에도 점잔을 빼는 새침한 얼굴만은 무너뜨리지 않고 있는 검은 옷의 종업원에게 마실 것을 주문하고 나서 나는 지젤에게 말했다.

"할 이야기가 있다니, 뭔데?"

"나디아, 너한테 부탁이 있어."

"좋아, 무슨 일인데?"

"줄리앙에 대해 얘기했지?"

확실하지 않은 지젤의 말을 해석한 바로는, 줄리앙 뤼미에르는 요컨대 그녀의 연인이었다. 줄리앙은 핵물리학자로, 특히 실용적인 원자로 연구가 전문이었다. 그는 툴루즈의 로슈포르 원자력 연구소에 근무하고 있었다. 무척 유능해서 이제 겨우 서른 살일 뿐인데도 일찌감치 연구 부문의 실질적인 책임자라는 지위에 발탁되었다. "노벨상이 확실한 거물"이라는 것이 줄리앙에 대한 오귀스트 로슈포르의 평가라고 한다.

"줄리앙이 왜?"

"줄리앙이 아니야. 줄리앙의 누나 문제야."

줄리앙의 누나 시몬 뤼미에르는 남프랑스 세트의 여교사로, 옥시탕 해방운동의 지도자 중 한 사람이기도 한 모양이었다.

"줄리앙의 누나한테 협박장에 대해 물어보고 싶어. 실뱅 선생님은 그냥 짓궂은 장난이라고 생각해서 신경도 쓰지 않지만, 나는 그 협박장이 걱정돼 죽겠어."

"하지만 MRO가 협박장을 보냈다는 증거는 없잖아."

"증거는 없지만 그래도 MRO에 일단 확인해보고 싶어. 다음 주에는 시몬이 파리로 올라와. 아직 만난 적은 없지만 그때 협박장에 대해 물어볼 생각이야. 하지만 혼자 모르는 사람을 만나는 게 좀 무서워서. 나하고 같이 가줄 수 없을까?"

동생이 원자력 발전소의 연구기술자고 누나는 반원전파인 환경운동가라는 묘한 남매지만, 두 사람 사이는 그리 나쁘지 않은 모양이었다. 지젤에게는 협박장 건뿐만 아니라 연인의 누나를 한번 만나 보고 싶은 마음이 있는지도 몰랐다. 나도 랑그도크 분리파의 지도자라는 시몬 뤼미에르라는 인물에 다소 흥미를 느끼기도 했다. 스페인의 바스크 해방운동에 참가한 앙투안을 떠올렸기 때문인지도 모른다. 지젤이 말을 이었다.

"게다가 줄리앙의 누나는 좀 이상한 사람인가 봐. 침대가 있어도 일부러 바닥에서 잔다든가 채소 나부랭이하고 빵만, 그것도 아주 조금밖에 먹지 않는다든가…… 몸이 약한데도 그런 기행만 하고 있다고 줄리앙이 걱정했어."

그때 내 마음에 떠오른 것은 간소한 생활이라 칭하는 야부키 가케루의 생활 태도였다. 이 두 사람에게는 어딘가 닮은 구석이 있을지도 모른다.

작열하는 태양이 드디어 집들 위로 기울어질 무렵이었다. 돔의 테라스에서 바라보는 몽파르나스의 거리는 일을 끝내고 돌아가는 사람들로 붐비기 시작했다. 누구나 요상한 더위에 숨을 몰아쉬며 땀투성이가 된 채 언짢은 듯 말없이 귀가를 서두르고 있었다.

"좋아. 걱정되면 가케루한테도 같이 가자고 하자."

내 말에 지젤이 안심한 듯 가벼운 미소를 지었다.

# 3

6월 21일 오후 6시경, 나는 가케루와 둘이서 센 강 변을 걷고 있었다. 이미 저녁인데도 대기에 충만한 열기는 조금도 시들지 않았다. 집회가 끝나고 얼마 되지 않은 모양인지 지하철역으로 가는 보도는 몇몇 사람들 무리로 몹시 북적거렸다. 우리와 지나치듯이 흩어져 가는 청년들의 손에 들린 깃대와 현수막이 눈에 띄었다. 오후부터 저녁에 걸쳐 샹드마르스 공원에서는 전국에서 모인 환경운동가들의 반원전 집회가 열렸을 터였다. 줄리앙 뤼미에르가 알려줘서 시몬은 집회가 끝난 후 우리가 찾아갈 예정이라는 걸 알고 있었다.

거대하게 쌓아 올려진 모양 없는 철골 다발이 곧 시야에 들어왔다. 우리는 천천히 목적지를 향해 걸었다. 에펠탑의 방대한 중량을 지탱하는 네 개의 거대한 다리 가운데 북쪽 다리 밑에서 약속대로 지젤이 우리를 기다리고 있었다. 다리 밑 매점 앞은 아이스크림이나 핫도그를 입에 잔뜩 넣고 있는 관광객들로 가득했다. 그 속에서 나를 발견한 지젤은 까치발로 서서 손을 흔들었다.

"왔어?"

"응, 아마 저 사람일 거야."

지젤이 자신 없게 가리킨 사람은 벤치에 앉아 담배를 피우고 있는, 서른을 조금 넘은 정도의 아직 젊은 여자였다. 거무스름한 복장 탓인지 내게는 한 마리 까마귀가 음산하게 웅크리고 있는 것처럼 보였다.

기묘한 모양으로 뭉개진 베레모에서는 짧게 잘랐는데도 부스스하게 흐트러진 머리카락이 비어져 나와 있었다. 도수가 높아 보이는 두꺼운 렌즈의 안경과 비쩍 말라 뾰족한 턱이 인상적이었다. 입고 있는 옷은 모두 유행이 지난 것으로, 오래 입어 낡은 것이었다. 악취미라고는 할 수 없지만 전체적으로 너무 뒤죽박죽 조화가 안 된 느낌이었다. 게다가 어딘지 모르게 좀 지저분한 느낌마저 들었다. 옷차림에 신경을 쓴다는 발상 자체가 아예 결여되어 있는 부류의 인간임이 틀림없었다.

나는 지젤과 가케루를 뒤에 남겨두고 빠른 걸음으로 그녀에게 다가갔다.

"뤼미에르 씨, 아닌가요?"

손가락에 끼운 담배를 피우는 것도 잊어버린 듯이 뭔가 타인이 짐작할 수 없는 사념에 빠져 있던 여자가 내 목소리에 놀라 얼굴을 들었다. 그리고 어딘지 모르게 망연한 시선에 초점이 돌아오자 이번에는 눈앞에서 무슨 기묘한 동물을 발견하기라도 한 듯한 눈빛으로 거리낌 없이 나를 유심히 바라보았다.

"시몬 뤼미에르 씨 아닌가요?" 나는 다시 한 번 물었다.

"맞아요. 제가 뤼미에르예요." 여자가 드디어 입을 열었다. "당신이 지젤 로슈포르?"

"아니요, 지젤은 곧 올 거예요. 저는 나디아 모가르라고 해요. 지젤의 친구예요." 걸어오는 지젤과 가케루를 가리키며 나는 말했다.

"옆의 동양인은 누구죠?"

"일본인이에요. 성은 야부키고요."

"야부키. 야부키 씨, 라고 한단 말이죠?"

시몬은 가케루의 이름을 듣고서 갑작스레 입을 다물었다. 그리고 바로 전에 꽁초를 버렸는데도 다시 새로운 담배에 불을 붙였다. 그러고 보니 끝까지 다 피운 짧은 지탕 담배꽁초가 여자의 발밑에 거리낌 없이 흩어져 있었다.

"지젤, 이분이 뤼미에르 씨야."

내가 이렇게 소개해도 시몬의 집어삼킬 듯한 시선은 뭔가 인사말을 우물거리고 있는 지젤을 완전히 무시하고 오로지 가케루 쪽으로만 똑바로 향해 있었다. 안경 속의 연한 갈색 눈동자가 탐욕스러울 정도로 빛났다. 시몬의 이런 눈이 내 주의를 사로잡았다. 거기에는 분명히 고등중학의 여교사에 어울리는 지적이고 어른스러운 차분함이 있었지만, 눈동자 안에 어른어른 내비치는 건 아주 미칠 것만 같은 보이지 않는 불꽃이었다. 이렇듯 교묘하게 혼합된 두 가지 인상이 나를 당혹스럽게 했다.

시몬의 응시를 대하는 가케루의 태도도 보통이 아니었다. 그는 말없이 멀거니 여자의 얼굴을 바라볼 뿐이었다. 마치 넋이 나간 듯한 태도였는데, 그런 때의 가케루가 실은 상대에게 이상할 정도의 관심을 갖고 있는 것임을 나는 잘 알고 있었다. 이렇게 부자연스럽게 서로 노려보는 상황을 옆에서 깬 건 지젤이었다.

"뤼미에르 씨, 줄리앙의 누님이죠?"

지젤의 목소리는 속삭이는 듯했지만, 여자는 어둠 속에서 위협당했을 때처럼 어깨를 움찔 떨었다. 그리고 비로소 가케루 옆에 있는 아가씨의 존재를 확인한 듯했다. 여자의 목소리는 중얼거림에 가까웠다.

"그래요. 당신이 나를 만나고 싶어 한다는……"

"앉아도 되겠죠?" 상대가 고개를 끄덕이는 것을 보고 지젤은 시몬이 있는 벤치 끝에 조심스럽게 살짝 앉았다.

"줄리앙한테서 얘기 많이 들었어요. 무슨 이상한 편지 때문에 나한테 할 이야기가 있다고요?"

"맞아요. 그건……" 지젤은 잠깐 우물거리고는 과감히 빠른 말투로 말을 이었다. "뤼미에르 씨, 당신들이 보낸 건가요?"

"아뇨." 시몬의 대답은 간결하고 단정적이었다.

"하지만 당신들은 아버지를 싫어하잖아요?"

"좋아하고 싫어하고의 문제가 아니에요, 지젤. 우리는 로슈포르 씨가 세우려는 원자력 발전소에 반대하는 거예요. 랑그도크의 문화유산을 망치려고 한다면 우리는 그것에도 반대해요. 하지만 그런 터무니없는 협박장이라니, 당치도 않은 일이에요. 로슈포르 씨한테도 실뱅 씨한테도 우리 주장은 항의문의 형태로 분명히 전달했어요."

시몬 뤼미에르의 몸은 낙엽이 떨어진 앙상한 겨울나무를 떠올리게 하는 야위고 거친 느낌이었다. 그러나 추하고 빈약해 보이는 그 몸에 전혀 어울리지 않게 낮고 허스키한 매력적인 목소리로 그녀는 거침없이 이야기했다. 말투에는 상대를 약간 무시하는 듯한, 상대의 유치함을 우습게 여기는 듯한 쓴웃음이 희미하게 섞여 있었다. 그러나 듣는 사람을 불쾌하게 하는 것으로 느껴지지는 않다. 오히려 여교사가 교단에서 아이들에게 이야기할 때의 자유로운, 장난기와 가벼운 비아냥거림이 들어 있는 생생한 말투를 떠올리게 했다.

"줄리앙이 편지 내용을 알려주었어요. 나는 상당히 어처구니없는 못된 장난이라고 생각했고요. 우리 운동은 묵시록이나 카타리파의 저주와는 아무런 관계가 없어요. 지젤, 당신 아버지가 어떤 악당이라도 해도 개인적인 위해를 입을 걱정은 없어요. 우리는 테러리즘을 부정하니까요."

말을 마쳤을 때 떠오른 시몬의 미소는 그것을 본 사람이라면 누구든지 방어 자세나 경계심을 풀게 하는 독특하고도 온화하며 부드러운 그늘이 있었다. 거친 피부나 푸석푸석한 머리카락에 먼저 눈이 가서 좀처럼 깨닫지 못하지만, 시몬 뤼미에르는 개성적이긴 하지만 아름답다고 해도 좋을 만큼 기분 좋고 반듯한 용모의 여자였다.

"묵시록의 저주는 그렇게 어처구니없는 게 아닙니다."

그때 어딘지 모르게 도발적인 어조로 옆에서 가케루가 말했다. 질문을 받지 않았는데도 스스로 뭔가를 말하는 일이 전혀 없는 청년이 대체 무슨 일일까? 지젤과 시몬의 대화가 원만히 끝나려고 하는 지금, 대체 무슨 생각으로 다시 지젤을 겁먹게 하는 말을 하는 것일까?

"무슨 뜻인가요, 야부키 씨?"

놀라서 할 말도 잊고 그저 가케루의 옆얼굴만 바라보는 지젤 대신 시몬이 격식을 갖춘 말투로 딱딱하게 되물었다. 가케루는 잠시 침묵하며 어딘가 평가를 하는 듯한 표정으로 시몬 뤼미에르를 바라보고 나서 천천히 입을 열었다.

"카타리파의 기원은 10세기경에 불가리아에서 형성된 보고밀파라고 여겨집니다. 보고밀파는 우상숭배나 형해화한 의례를 거부하고 신약, 「시편」, 예언서만을 받아들여야 한다고 주장했지요. 7세기에서 9세기에 걸쳐 비잔틴 제국 내에서 활동했다고 전하는 바울파가 어쩌면 보고밀파의 원류였을지도 모르는데, 이 이단은 신약성서 안에서도 특히 사도 바울만을 중시한 것으로 알려져 있습니다. 어떤 경전을 숭배하는가에 따라 무수한 종파가 분립하게 되는 사정은 불교에서도 마찬가지입니다만, 많은 분파 조직의 연합체였던 카타리파 중에는 「요한 묵시록」만을 유일한 성전으로 보는 일파가 존재했다고 전합니다. 〈요한의 제자들〉이라고 자칭한 이 분파는 전체적으로 카타리파가 쇠망하던 시기, 즉 알비주아 십자군이 점령한 가운데 가혹한 종교 탄압과 이단 심문이 랑그도크 전역을 뒤덮던 12세기 말이 전성기였습니다. 후세에 묵시파로 불리게 된 이 집단은 북방의 침략자가 묵시록에 묘사된 비참한 최후를 맞이할 거라고 예언했을 뿐만 아니라 스스로 암살자 비밀결사를 조직하여 도미니크 수도회의 이단 심문관이나 십자군 장병들을 차례로 살해했습니다. 그들이 신앙의 상징으로 삼은 것은 묵시록의 봉인에서 유래하는 7이라는 숫자, 그리고 하얀색, 붉은색, 검은색, 푸른색의 네 마리 말이었습니다……"

"나도 묵시파에 대해서는 알고 있어요." 시몬은 강한 어조로 가케루의 이야기를 가로막았다. "관심이 있어서 예전에 카타리파에 대해 살펴봤어요. 하지만 카타리파의 본질은 힘에 대한 공포와 철저한 비폭력 사상이었어요. 가톨릭교회의 타락한 폭력에 같은 폭력으로 보복하자고 주장한 묵시파는 카타리파의 퇴폐한 모습이었지요."

"저는 그저 묵시록의 저주에 역사적 배경이 있다는 것을 지적했을 뿐입니다." 딱딱한 어조로 가케루가 반론했다.

"그렇다면 당신은 12세기의 암살자 비밀결사가 현대까지 살아남았고 그들이 그 협박장을 썼다고 말하고 싶은 건가요?" 시몬은 짓궂은 표정으로 가케루를 조롱했다.

"어쩌면요."

"설마요, 그런 일은 불가능해요. 있을 수 없어요. 12세기의 카타리파 신도가 우리 시대 아직 어딘가에 살고 있다는 걸 대체 누가 진지하게 받아들이겠어요?"

강력한 말로 몇 번이고 부정하는 시몬의 태도에서 어딘지 모르게 부자연스러운 점이 느껴졌다. 불가해한 두려움 같은 것이 한순간 그녀의 표정에 스친 듯했다. 가케루는 뭔가 살피는 듯이 묘하게 찡그린 얼굴로 시몬을 바라보며 기괴한 말을 속삭였다.

"글쎄요, 그건 어떨까요? 파미르 고원의 황야에는 이슬람교 과격파로, 암살 집단으로 불리는 이스마일파가 20세기인 오늘날까지 살아남아 있습니다. 저는 교단의 창설자 하산 사바흐의 직계 수십 대째에 해당한다는 '산의 노인'이 어딘가에 아직 생존해 있다는 소문을 들은 적이 있습니다. 동방에서 쇄도한 강력한 몽골 기마군단의 대학살에 의해 이스마일파가 근절되었다고 전하는데, 그것은 카타리파의 멸망과 거의 동시대의 일입니다. 암살 교단의 자손이 현대까지 살아남아 있다면, 카타리파나 묵시파도 아직 살아남았을 수 있다고 할 수도 있겠지요······"

"아뇨, 랑그도크는 좁은 땅이에요. 산맥이나 사막, 황야뿐인 광대한 중앙아시아와 똑같이 생각할 수는 없어요."

이것으로 카타리파에 대한 논의는 끝이라는 의미도 담아서 시몬은 단언하듯이 말했다. 가케루는 더 이상 반론하지 않았다. 그는 어딘지 모르게 비위에 거슬리는 엷은 웃음을 띠며 잠자코 있었다. 나는 이런 황당무계한 이야기를 가케루가 진지하게 믿고 있다고는 생각하지 않았다. 700년도 더 된 옛날의 이단이나 비밀결사가 지금도 이 나라에 존재한다는 이야기를 진지하게 받아들일 수는 없다. 그러나 그런 공상을 진지하게 이야기하는 가케루의 의도가 정말 어디에 있는지 나는 이해할 수 없었다.

그보다는 가케루와 시몬 사이에 흐르는 적의와도 비슷한 냉랭

한 분위기가 더 마음에 걸렸다. 두 사람 다 초면일 텐데 대체 어떻게 된 일일까? 게다가 모르는 사람에게는 오만불손하게도 비치는 이 일본인은 무슨 일을 당해도 결코 동요하지 않는데, 시몬 뤼미에르에게는 자기 존재를 위협당하기라도 하는 듯 부자연스러운 태도가 느껴졌다. 거기에 초조함과 과도한 대항의식이 섞인 것으로 보인 건 내 착각이었을까?

두 사람은 카타리파나 묵시파라는 분파와 관련된 역사 해석상의 논쟁으로 보이면서 사실은 격렬하게 전혀 다른 싸움을 벌이는 것처럼 생각되었다. 가케루에게도, 시몬에게도 다른 사람이 짐작할 수 없는 필사적인 싸움인 듯했다. 나는 다시 한 번 까마귀처럼 보이는 음산하고 거무스름한 복장의 여교사를 바라보았다. 야위어 뼈가 앙상한 여성의 어디에 가케루와 전 존재를 걸고 대항할 만큼의 대단한 정신력이 숨어 있는 것일까?

"오늘은 이만 돌아가 봐야겠어요."

이렇게 말하면서 일어나는 시몬에게 지젤이 간청하는 듯한 어조로 말했다. 아직 뿌리 깊은 불안이 완전히 해소되지 않은 게 분명했다.

"다시 만날 수 있을까요?"

"네, 또 보죠. 난 여름 동안 샤투이 마을에 있을 테니까요. 샤투이, 어딘지 알죠?"

"아버지가 원자력 발전소를 세우려는 동네 말이죠?"

시몬은 머뭇머뭇 대답한 지젤에게 놀리는 듯한 웃음으로 응수했다.

"당신, 줄리앙을 좋아하죠? 동생은 양심적인 과학자예요. 원자력 발전 개발에 불안을 느끼고 있죠. 로슈포르 산업의 연구소에 근무하고 있는데도 의문을 품고 있어요. 다음에는 줄리앙과 셋이서 만나요."

"여름에는 몽세귀르의 산장에 있을 거예요. 샤투이 마을은 몽세귀르에서 가깝죠?"

"차로 30~40분 거리일 거예요."

"에스클라르몽드 산장에도 놀러 오세요." 지젤이 말했다. 무슨 내력으로 붙여진 것인지, 로슈포르가의 산장은 에스클라르몽드라는 우아한 여성의 이름으로 불리고 있는 모양이었다.

"네. 기회가 있으면요."

시몬의 손을 세게 잡은 지젤은 "꼭이요"라고 거듭 확인했다. 그리고 떠나는 시몬의 뒷모습을 가만히 바라보면서 내게 이렇게 속삭였다.

"저 사람, 좋은 사람 같아. 난 그렇게 생각해."

지젤과 헤어져 센 강의 강변길로 나가자 강 건너에 있는 샤요 궁의 광대한 돌층계에 점점이 흩어져 있는 사람 그림자가 보였다. 데트랑프로 칠한 듯한 파란 하늘에 나타난 태양이 하얀 불꽃을 올리며 활활 타올랐다. 가로막는 것이 없는 강렬한 햇살을 받으며 이에나 다리를 걷기 시작했을 때였다. 분주한 듯이 흐트러진 딱딱한 구두 소리가 신경이 쓰여 나는 어깨 너머로 돌아보았다. 잔달음을 쳐 오는 여자는 조금 전에 공원 벤치에서 헤어진 세트의 여교사였다.

"야부키 씨, 당신 오늘 밤에는 집으로 돌아가면 안 돼요."

인사도 없이 여자는 난데없이 이렇게 말했다. 달려온 탓인지 숨이 차 괴로운 듯 가슴 언저리를 손으로 누르고 있었다. 집어삼킬 듯한 눈빛으로 가케루를 응시하며 여자는 험악한 표정으로 단숨에 말했다.

"이 도시에 있어선 안 돼요. 집에 들르지 말고 곧바로 역으로 가세요. 그리고 먼 시골, 가능하면 외국으로 나가요."

심한 기침이 여자의 말을 끊었다. 몸을 비틀 만큼 고통스러운 기침이었다. 오른쪽 난간을 잡고 기침 발작을 견디는 여자를 가케루는 스스럼없이 쳐다보았다. 그리고 기침이 멎은 것을 보고 뿌리치기라도 하듯이 짧게 말했다.

"왜죠?"

"만나버렸기 때문이에요. 아무튼 내가 말한 대로 하세요. 이걸로 표를 사요."

가케루의 질문을 무시하고 여자는 꼭 쥐고 있어서 꼬깃꼬깃해진 고액의 파란 지폐 두세 장을 가케루의 손에 쥐여 주었다. 여자의 입가에는 애원하는 듯한 깊은 주름이 새겨져 있었고, 가망 없는 기도를 할 때처럼 두 손은 가슴 앞에서 꼭 맞잡고 있었다. 그러고 나서 "알았죠?"라고 나지막하게 중얼거린 뒤, 대꾸도 하지 않고 말없이 있는 가케루를 열병처럼 반짝반짝 빛나는 눈으로 다시 한번 강하게 응시했다. 그와 동시에 돌연 돌아서더니 잰걸음으로 다리 옆으로 걸어갔다. 아연실색한 나는 여자의 야윈 뒷모습이 인파속에 섞여 드는 것을 그저 바라보기만 했다.

"가케루, 대체 무슨 일이야?"

센 강에 면한 뉴욕 거리에 있는 레스토랑이었다. 가케루는 예수회 수도사 같은 금욕적인 식생활을 지키기 위해 레스토랑에서의 외식은 되도록 피하는데도 내 권유에 따라 이 가게에 들어왔다는 것 자체가 이상하다면 이상한 일이었다.

"무슨 일이냐니까? 시몬 뤼미에르를 만났을 때 너 좀 이상했어."

"이상…… 했어, 내가?"

"그래, 이상했어. 꼭 무슨 협박을 당하고 있는 사람 같았거든."

가케루는 눈을 가늘게 뜨고 나를 보았다. 그 표정에도 평소의 차가운 의지력이 어딘가 흔들리고 있는 느낌이 있었다.

"잘 모르겠어."

"잘 모르겠다니, 뭐가?"

"내가. 아니, 스승님의 가르침의 의미가."

"스승님이라는 건 또 누굴 말하는 거야?"

"늙은 티베트인이야. 스승님은, 세계에는 선도 악도 존재하지 않는다고 내게 가르쳤거든. 나는 무너져 내릴 듯한 절에서 최후의 해탈 때까지 계속 앉아 있기로 결심했지. 첫 번째와 두 번째 이탈이 나를 덮쳐왔어. 하지만 진정으로 해탈하기 위해서는 세 번째의 결정적인 이탈을 체험해야 했지. 그런데도 스승님은 나한테 말했어. 지상으로 돌아가라고. 지상으로 돌아가 악과 싸우라고.

나 자신이 악이라는 걸 알았을 때 내가 얼마나 힘들었는지. 이탈 체험은 나를 새로운 지평으로 이끌어주었어. 나는 악이다, 하지만 세계에는 선도 악도 사실상 존재하지 않는다. 이런 인식이 찾아왔을 때 처음으로, 그래, 처음으로 나는 영혼의 안식을 실감할 수 있었어. 그대로 죽어도 좋다고 생각할 만큼 깊고 깊은 안식…… 그런데도 그 늙은 티베트인은 말했지. 지상으로 돌아가 악과 싸우라고. 그렇게 하지 않으면 세 번째 이탈은 결코 찾아오지 않을 거라고.

마틸드는 악이었을까? 싸워야 할 악이었을까? ……모르겠어. 나는 마틸드를 죽였어. 사실은 선도 악도 존재하지 않는 것처럼 삶도 죽음도 사실상 존재하지 않으니까, 설령 마틸드의 찻잔과 내 찻잔을 바꿔치기했다고 한들, 그 결과 죽은 사람이 내가 아니라 마틸드가 되었다고 한들 그런 것에 대단한 의미가 있을 리 없지 않을까? 나는 이렇게 생각했어. 하지만, 하지만 말이야, 나한테도 은밀하게 마틸드에 대한 살의가 있었는지도 몰라. 마틸드는 나보다도 더 나 자신, 바로 나 자신이었으니까. 일찍이 악인 자신을 증오한 것처럼 나는 마틸드를 증오했었는지도 몰라. 그렇다면 내가 도달했을 그 통찰은 어떻게 되는 건지. 아니, 존재하는 것이 존재하지 않는 것이라고 가르쳐준 스승님이 대체 왜 나한테 선을 행하고 악과 싸우라고 했는지, 그 의미를 난 모르겠어……"

가케루는 고통스러운 어조로 띄엄띄엄 말했다. 독백에 가까운 가케루의 그 말의 의미를 나는 전혀 이해할 수 없었다. 하지만 라루스가 사건 때의 처신 때문에 가케루가 깊은 자기 회의에 빠져 있다는 것만큼은 알 것 같았다.

"괜찮아."

이유도 없이 나는 부드러운 어조로 말했다. 상처 입고 고통스러워하는 청년을 안아주고 싶은 마음이 간절했다.

"나갈까?"

냅킨을 던지고 이렇게 말할 때의 가케루는 평소의 가케루로 돌아와 있었다. 격한 의지가 허공을 꿰뚫고 여느 때의 무뚝뚝한 무표정을 떠받쳤다. 우리는 다시 센 강 변의 길로 돌아가 걷기 시작했다.

이에나 다리에서 그리 멀지 않은 센 강 변의 거리에서 우리가 어떤 자들에게 습격당한 것은 그 잠시 후의 일이었다.

제2장

에스클라르몽드 저택의 참극

# 1

조그마한 마을은 사방이 둥글고 푸른 언덕으로 둘러싸여 있었
다. 마을이 내려다보이는 고개에 차를 세우고 나는 쾌활하게 외쳤
다.

"다 왔다. 이제 이 고개만 내려가면 돼."

내 손바닥에 들어올 만큼 작은 마을과 거기에 이르는 구불구불
한 언덕길을 가리키며 위세 좋게 외쳤는데도 동행의 반응은 그다
지 적극적이라고는 할 수 없었다. 조수석에 앉은 가케루는 쌀쌀맞
게 고개만 끄덕일 뿐이었고, 뒷자리에 앉은 장 폴은 거대한 몸집
을 옹색한 좌석에 옆으로 구겨 넣은 채 내 흥분에는 아랑곳하지도
않고 코 고는 소리를 멈출 기색조차 보이지 않았다.

"장 폴 아저씨, 장 폴 아저씨."

나는 팔을 뒤로 뻗어, 잠에 빠져 좀체 깨어나지 않는 회색 곰처

럼 큰 몸집의 남자를 힘껏 흔들었다. 장 폴은 크게 하품을 하면서 잠에 취한 얼굴로 불만스럽다는 듯이 일어났다.

"알았다, 알았어."

"도착했어요. 아저씨 고향."

"이야, 도착했구나."

우리가 내려다보고 있는 곳은 장 폴의 고향 샤투이 마을이었다. 어제 파리를 출발하고 나서 줄곧, 여름휴가 철에 접어들어 혼잡해진 자동차 전용 도로를 달려왔다. 어깨의 상처가 다 낫지 않은 가케루를 제외하고 나와 장 폴이 밤을 새워 교대로 운전하며 여기까지 온 것이다.

랑그도크 지방은 남쪽으로 피레네의 국경 산맥에 막혀 있고, 서쪽은 대서양 연안에 이르는 가스코뉴 지방, 동쪽은 지중해를 바라다보는 프로방스 지방과 경계를 접하고 있다. 중심 도시는 툴루즈로, 철도로 동쪽으로 가면 먼저 카르카손, 다음이 나르본, 나르본에서 남쪽으로 페르피냥, 동쪽으로 베지에, 몽펠리에 순으로 거의 지중해를 따라 몇 개의 지방 도시가 산재해 있다. 이 마을이 있는 곳은 아리에주 도의 푸아 지역으로, 피레네의 산기슭에 해당하는 골짜기에 자리하고 있다. 도청 소재지인 푸아에 소규모 금속 공업이, 라블라네에 섬유 공업이 있는 것을 제외하면 특별히 산업이라고 할 만한 것은 아무것도 없었다. 인구의 격감을 고민하면서 옥수수를 재배하는 농가와 양치기만이 바지런히 살고 있다. 쇠퇴하기 시작한 산간의 을씨년스러운 변경 지방이었다.

카르카손을 지나 완만한 구릉지대를 차로 한 시간쯤 오르면 이곳 샤투이 마을에 도착한다. 샤투이 반대쪽으로 빠져 20분쯤 가면 라블라네, 라블라네에서 20분쯤 험한 산길을 올라가면 카타리파의 성지 몽세귀르의 바위산에 이른다. 라블라네에서 가장 가까운 도시는 푸아로, 툴루즈까지는 차로 세 시간 남짓 걸린다.

저격이 있던 날 밤, 병원에서 응급처치를 받은 가케루는 의사의 제지를 뿌리치고 자신의 방으로 돌아갔다. 탄환은 급소를 피해 갔지만, 다량의 출혈로 보통이라면 위험하다고 할 수 있는 상태였다. 하지만 가케루는 예의 그 광기 어린 자기 통제력을 발휘할 수 있는 청년이었다. 간소한 생활에 의사가 끼어들 여지가 없다는 것인지, 병원에는 두 번 다시 가지 않았다. 이런 가케루가 내게는 마치 고행자처럼 보였다. 그리고 그 고행은 어딘가 부자연스러운 자기 처벌의 느낌마저 주었다.

그러나 내 내부에서는 모호하기는 했으나 서서히 하나의 도식이 떠오르고 있었다.

카타리파와 몽세귀르의 유적에 대한 가케루의 심한 집착, 피레네 지방의 종교적 유물 하나를 촬영한 것으로 보이는 사진을 미국에까지 손을 써서 얻으려고 했을 만큼 강렬한 태양 십자가에 대한 관심, 게다가 스스로가 가케루의 저격범이거나 아무리 생각해도 범인을 잘 알고 있다고밖에 볼 수 없는 시몬 뤼미에르에 대한 부자연스러운 침묵…… 또는 선도 악도, 삶도 죽음도 사실은 존재하지 않는다고 말하면서 여전히 악을—자신 안에 있는 것이든, 타자에게서 본 것이든—진실로 없다고 생각할 수 없는 자신에 대한 회의, 그리고 한편으로 악 같은 것은 존재하지 않는다고 가르치면서 다른 한편으로는 악과 싸워야 한다고 한 티베트인 스승의 가르침에 대한 어쩔 도리가 없는 혼란된 생각…… 이런 모든 것이 루시퍼의 겨울에 대한 기억과 연관되면서 가케루의 내면에서 뭔가 이해하기 힘든, 감춰진 관련성을 갖고 있는 듯하다는 게 내게는 확실한 사실처럼 생각되었던 것이다.

어느 날 아버지의 오랜 파트너이자 파리 경찰청의 경감 장 폴 바르베스가 내게 말했다.

"나디아, 틀림없어. 테러리스트의 소행일 거야. 가케루 군 때문에 〈붉은 죽음〉의 수도 조직은 궤멸 상태에 빠진 셈이거든. 틀림없이 그에 대한 보복이었을 거야."

경찰청의 조사가 엉뚱하게 잘못된 방향으로 빠진 건 말할 것도 없이 가케루의 엄중한 입막음 탓이었다. 그 사건을 예고했다고밖에 생각할 수 없는 시몬 뤼미에르의 수상한 언동은 고사하고, 협박장이나 카타리파 유적의 발굴 계획에 대해서조차 나는 수사 당국에 한 마디도 하지 않았던 것이다. 그래도 특별히 장 폴에게 부탁해서 가케루의 신변 경호를 좀 더 엄중히 하는 데는 성공했다. 그의 싸구려 호텔에는 상당 기간 동안 바르베스 경감의 부하가 잠복해 있었고, 장 폴 자신도 짬을 내서 가끔 들르는 모양이었다.

아무 말 없이 침대 위에 웅크리고 있는 일본인에게는 독특한 분위기가 있었다. 확실히 숨소리조차 내지 않고 조용히 있지만, 그 조용함에는 이를테면 상처를 입고 체력이 회복되기를 기다리는 맹수의 무시무시한 침묵 같은 것이 있는 듯했다. 시몬 뤼미에르와 만나고 난 직후 이 청년이 언뜻 내비친 고통스러운 속내는 그 후 두 번 다시 보이지 않았다. 무뚝뚝한 침묵은 이전보다 더욱 깊어졌고, 그래서 세계를 차단해버리기라도 한 듯한 가면 같은 무표정은 거의 무너지는 일이 없었다. 새로운 생명력을 얻어 되살아났을 때 이 맹수가 어떤 먹잇감에 덤벼들려고 하는지 나는 전혀 알 수 없었다. 어딘지 모르게 섬뜩한 침묵이었지만, 나는 이 청년에게 이전보다 더 강하게 끌리는 자신을 발견했다.

센 강 변에서 나를 구해준 일에는, 기묘하게도 그다지 절실한 감사의 마음이 생겨나지 않았다. 물론 일반적인 의미에서는 가케루에게 감사하고 있다. 하지만 그는 인명 존중이라든가 인명 구조의 의무라든가 하는 사회 윤리의 차원에서 살고 있는 사람이 아니다. 나도 이 청년과 마주할 때는 보통의 사회생활에 맞는 상식적인 발상의 세계에서 벗어나버린 듯한 느낌에 사로잡힌다. 그보다는 단단한 돌바닥으로 밀쳐졌을 때 느낀 청년의 나긋나긋한 육체의 무게감이 몸속 깊이 강렬한 인상으로 새겨졌다.

수수께끼는 깊어지기만 할 뿐이었지만, 내게 가케루는 이전보다 더 두께와 깊이를 숨기고 있는 존재로 바뀌어 있었다. 가케루가 얼굴에 붙이고 있는 차가운 가면 안쪽이 살짝 들여다보인 듯한 기분이 들었던 것이다. 그러나 그것으로 가케루라는 인물의 비밀이 풀렸다고는 도저히 말할 수 없었다. 오히려 가면 아래를 살짝 내보인 일로 이 기묘한 청년의 수수께끼는 더욱 깊어질 뿐이었다. 그리고 그런 만큼 나는 가케루에게 강하게 끌리고 있었다.

기묘하고 혼란스러운 기분이었다. 그것을 연애감정이라고 할 수 있다면 훨씬 후련한 기분이었을 것이다. 그것이 연애심리라면 내게는 아주 친숙한 마음의 움직임이고, 좀 내려놓기 힘든 점이 있다고 해도 대체로 잘 해나갈 수 있을 것이다. 하지만 스무 살짜리 처녀가 보통의 연인을 사랑하듯이 이 청년을 사랑할 수 있을까? 적어도 내게는 불가능했다. 앙투안에게 느낀 마음을 가케루에게 느낀다는 것은 도저히 상상할 수 없었다. 그런데도 병상의 가케루에게 강하게 끌리는 마음을 억누를 수 없었다. 불가해하고 혼란스러운 마음인 채 나는 그때까지처럼 자신을 끝까지 억누를 수밖에 없었다. 갑작스럽고 다소 제멋대로인 점도 있는 호기심의 발작에 사로잡힌 것처럼, 젊고 아마도 조금은 미인이라고 자부해도 좋을 아가씨에게 주어진 특권을 행사하고 있다는 태도로 나는 가케루 앞에 나타나기로 했다.

아무래도 귀찮아하는 듯한 가케루의 태도는 무시하기로 하고 나는 거의 매일처럼 가케루의 다락방으로 찾아갔다. 그리고 부상으로 걸을 수 없는 가케루를 위해 도서관에서 자료를 빌려다 주는 일이 내 일과처럼 되었다. 전쟁 중에 마르세유에서 발행되었던 《남프랑스 통신》이라는 동인지적인 성격의 잡지를 찾는 데는 무척 고생했다. 대학 도서관, 국립 도서관, 끝내는 몇 군데 고서점에도 의뢰하여 철저히 조사해봤지만 다른 호는 있어도 가케루가 지정한 호만은 도무지 찾을 수가 없었다. 나는 타고난 탐정 근성을 발휘해서 결국 예전에 이 잡지의 편집장이었다는 노인이 파리에 살고 있다는 걸 알아냈다.

그 집을 방문하여 알게 된 것은 그 노인이 꽤 오래전에 사망했다는 사실이었다. 노인의 딸인 미혼의 중년 여성은 친절하게 서재를 찾아봐주었지만 끝내 문제의 잡지는 발견되지 않았다. 노인의 친구이자 잡지의 부편집장이었다는 인물의 소식이 남아 있는 최후의 가능성이었다. 페르낭 랑베르라는 이름의 그 노인은 아직 생존해 있었지만, 유감스럽게도 주소가 마르세유였다. 내 수사도 여기서 중단할 수밖에 없었는데, 가케루는 페르낭 랑베르에게 편지를 쓴 모양이었다. 랑베르뿐만 아니라 툴루즈에 사는 빌랑쿠르라는 사람에게 보내는 편지도 부쳐달라는 부탁을 받았지만, 그 사람이 어떤 인물인지는 알 수 없었다. 설사 부상을 입어 누워 있다고 해도 이 남자의 신비주의에는 조금의 변화도 없었다.

물론 나는 가케루가 겪은 재난에 대해 생각해보는 일도 많았다. 시몬 뤼미에르의 수상한 언동에서 봤을 때 그녀의 동료가 저지른 범행이라고 생각하는 것이 가장 자연스러웠지만, 그 경우에는 동기라는 점에서 의문이 남았다. MRO에는 살의를 갖고 가케루를 저격할 만한 어떤 동기도 없을 터였다.

다른 한편, MRO가 보낸 것인지 아닌지와는 별개로 예의 그 협박장도 있었다. 그러나 범인이 협박장을 보낸 인물과 동일인이라고 해도 역시 부자연스러운 점이 너무 많았다. 만약 발굴 계획을 저지하는 것이 범행의 동기였다면 중심 인물인 샤를 실뱅, 아니면 재정 원조자인 오귀스트 로슈포르를 저격했어야 한다. 발굴 준비 조사에 약간의 협력을 할까 말까 한 정도의 사람을 습격한다고 해서 대체 어떤 효과를 기대할 수 있겠는가. 사실 이 사건이 있고 난 후에도 샤를 실뱅은 계획의 변경 따위는 전혀 고려하지 않았다. 그리고 6월 말에는 몽세귀르에서 기다리고 있겠다는 전언을 남기고 한 발 먼저 남프랑스로 떠났다.

　관계자 중에서 이 사건 때문에 심한 불안과 동요에 빠진 사람은 지젤 로슈포르가 거의 유일했다. 지젤만이 그 협박장과 가케루 사건을 일직선상에 놓고 생각했고 또 그것을 전혀 의심하려 들지 않았다. 그리고 가케루를 사건에 휩쓸리게 했다는 점에서 자신을 책망하고, 다음 희생자가 누구일지 견딜 수 없는 불안에 휩싸여 있었다. 나는 그런 지젤을 위해 아직 여름방학 전이었지만, 아무튼 툴루즈로 돌아가도록 설득할 수밖에 없었다. 한편 피해자인 가케루 자신은 몽세귀르로 가는 일을 중단할 생각 같은 건 전혀 없었다. 어떤 폭력적인 협박이 이 청년의 의지를 꺾을 수 있겠는가. 살해하는 것 외에 이 청년의 결의를 바꿀 방법이 있을 리 없다. 요컨대 이 사건이 남긴 것은 그저 지젤에 대한 과도한 협박 효과뿐이었다고 할 수 있을 것이다. 그래서 장 폴의 휴가 일정과 가케루의 부상 정도를 감안해서 우리는 결국 7월 10일 오후에 파리를 출발하게 되었다.

　마을을 둘러싸고 늘어선 언덕은 줄무늬를 이룬 다양한 농담의 숲이고, 그 숲은 남프랑스의 햇빛을 눈이 아플 정도로 반사하고 있었다. 하지만 그토록 강한 햇살이 내리쬐고 있는데도 매연으로 불쾌하게 끈적거리는 한증막 같은 파리의 열기와는 전혀 달랐다. 불어오는 바람은 조용한 냉기를 끊임없이 날라다 주어 상쾌했다. 그도 그럴 것이 이곳은 피레네오리앙탈 산기슭에 위치한 고원지대였다.

샤투이 마을은 풍부한 숲으로 채워진 완만하게 움푹 파인 지역의 밑바닥에서 졸고 있는, 쓸쓸한 붉은 지붕의 군락이었다. 남프랑스 특유의 붉은 기와지붕은 오랜 세월의 비바람에 노출되고 세월에 거무스름해져 어딘지 모르게 음산한 색조여서 그런지 차분해 보였다.

고개에서 내려간 지점에 있는 마을 입구 근처에는 이런 한촌치고는 꽤 훌륭하게 지어진 로마네스크풍의 교회당이 있었는데, 육각형의 돌탑이 삼각 지붕을 이고 하늘을 가리키고 있었다. 교회다운 건물은 둘이었다. 하나는 마을의 중앙 광장에 면해 있고, 또 하나는 고개 오른쪽에 보이는 낮은 언덕 위에 있었다. 언덕 위의 교회는 마치 버려진 것처럼 몹시 황폐한 상태라 멀리서 보기에도 살풍경했다.

마을 주위의 언덕이나 그것에 이어지는 나지막한 산들은 여러 겹의 주름을 이루며 서서히 고도를 높여가다 결국에는 시야 끝에서 피레네 산맥의 몹시 거친 바위 봉우리들로 이어졌다. 뾰족하게 줄지어 늘어선 험준한 바위 봉우리들은 오로지 파랗기만 한 남프랑스의 여름 하늘 아래에서 좌우로 빈틈없는 회색의 벽이 되어 시야 끝까지 이어지고 있을 뿐이었다. 산맥 바로 앞에도 벌거숭이 바위산이 여기저기에 머리를 쳐들고 있고, 산꼭대기에는 어느 시대에 만들어진 것인지도 모를 무너져가는 돌 성채가 지금도 묵직하게 하늘을 노려보고 있었다.

"가요."

나는 누구에게랄 것도 없이 나지막한 목소리로 말하고 눈 아래의 단출한 마을을 향해 시트로엥 메하리를 움직이기 시작했다.

마을 입구에서 가까운 교회의 묘지 옆 작은 광장에는 이 나라 곳곳에 있는 것과 같은 전사자 위령비가 세워져 있었다. 나무 그늘의 벤치에 앉아 있던 마을 노인은 앞을 지나는 우리 차를 아주 의심스러워하는 시선으로 잠자코 응시했다. 외지인의 마음을 압박하는 배타적이고 집요한 시선이 기를 쓰고 들러붙는 것 같아 마음이 편하지 않았다.

"할아버지들이 신경을 쓰고 있군." 장 폴이 말했다. "나디아가 아니라 가케루 군이 신기해서일 거야. 아무튼 일본인은 고사하고 동양인이 마을에 온 것도 이게 처음일 테니까."

위령비가 있는 광장 옆을 빠져나가 마을을 가로지르며 흐르고 있는 조그만 개울을 우체국 옆의 멋진 돌다리로 건너자 장 폴은 좁은 골목에서 왼쪽으로 돌라고 내게 지시했다. 골목으로 들어서자 곧 장 폴의 나이 지긋한 백모 폴린느의 집이 나왔다.

"장 폴, 잘 왔다."

차 소리를 들었는지 빨강, 파랑, 노랑 등 원색의 비닐 테이프로 만든 출입구의 포렴 안쪽에서 작은 몸집의 야윈 노파가 얼굴을 내밀었다. 그러나 사투리가 심한 폴린느의 말은 순간적으로 외국어로 느껴질 정도였다. 오크 문명의 중심지였던 이 지방에는 사라졌다고 생각한 오크어의 영향이 바로 최근까지 진하게 남아 있었을 것이다.

산뜻하게 정돈된 2층 거실에는 먼저 온 손님이 있었는데, 폴린느는 장 노디에라고 소개했다. 폴린느는 차를 준비하러, 장 폴은 3층의 침실을 보러 자리를 떠났고, 거실에 남은 사람은 노디에라는 사내, 가케루, 나, 이렇게 세 명뿐이었다. 노디에는 우리를 수상쩍다는 듯이 바라보았다. 컵에 담긴 적포도주를 단숨에 들이켠 그는 손바닥으로 입을 난폭하게 훔치고는 거리낌 없는 태도로 말했다.

"당신인가, 그 일본인이라는 사람이?"

고약하게 엷은 웃음을 띤 사내가 시비조로 말했지만, 길쭉한 직사각형 모양의 출창에 기대고 있던 가케루는 상대의 얼굴을 힐끗 쳐다보기만 할 뿐 아무 말도 하지 않았다. 그건 그렇다 쳐도 이 사내가 어떻게 가케루를 알고 있는지 나는 이해할 수가 없었다.

"당신도 카타리파의 황금을 노리고 온 건가? 얼른 돌아가는 게 좋을 거야. 다음에는 부상 정도로 끝나지 않을 테니까."

"노디에 씨, 왠가요? 왜 그런 말을 해서 위협하는 거죠?" 살짝 긴장하면서 나는 무심코 끼어들었다.

"묵시록의 저주지. 카타리파의 보물을 노리는 자는 모조리 지옥에 떨어질 테니까."

나는 사내의 말에 놀라 우뚝 섰다. 그건 협박장의 위협 문구를 떠올리게 하는 말이었다. 불길한 편지를 보낸 사람이 혹시 이 사내인 걸까?

"할머니, 또 뵙겠수다."

고개를 드는 의문을 확인할 틈도 없이 사내는 부엌에 있는 폴린느에게 난폭한 인사를 던지고 일부러 계단의 판자를 소리 나게 밟으며 자리를 떴다. 대체 어떤 사람일까? 여기저기 진흙으로 더럽혀진 파란색 작업복 차림에 거칠고 붉은 머리는 감지도 않은 듯

뒤엉켜 있었다. 햇볕에 탄 검붉은 얼굴, 자라는 대로 내버려둔 반백의 수염, 핏발이 선 눈, 게다가 육체노동자 같은 굵은 팔과 다부진 몸집…… 이 마을의 농부나 목부인 걸까?

그러나 위협적인 태도나 난폭한 말에도 불구하고 장 노디에에게는 상스럽다거나 비속한 것과는 좀 다른 분위기가 있었다. 아주 지저분한 데다 지치고 무지한 촌놈 같은 외양이었으나 그에게서는 어쩐지 단단한 심지 같은 게 느껴졌다. 그것은 자포자기한 채 꼴사납게 도망칠 뿐인 패잔병 무리 속에서 여전히 죽음을 마다하지 않고 조직된 후퇴전을 벌일 만한 용기를 지닌 병사들의 고결함을 떠올리게 하는 유의 마음속 깊은 심지였다. 나는 강한 흥미를 느끼고 부엌에서 돌아온 노파에게 물었다.

"할머니, 노디에라는 사람은 대체 어떤 사람이에요?"

난로 앞의 흔들의자에 앉은 폴린느는 무릎 위에 커피 잔을 놓고 느릿느릿 이야기를 시작했다. 나도 커피를 입으로 가져가면서 노파의 이야기에 귀를 기울였다.

"장 노디에는 어릴 때부터 몽세귀르의 로슈포르라는 부호의 산장에서 일했어요. 그곳 부인을 모시는 종복이었지요. 주로 말을 보살피거나 산책할 때 따라가는 게 그의 일이었어요. 그런데 10년쯤 전 어느 날 이유도 없이, 정말 난데없이 부인을 죽이고 말았지요."

폴린느의 이야기는 놀랄 만했다. 지젤의 어머니는 그냥 돌아가신 게 아니라 살해당한 것이었다. 그때 나는 지젤이 자신의 어머니가 돌아가신 사정에 대해 한 번도 자세히 이야기하려 하지 않던 것을 떠올렸다.

장 노디에는 주느비에브 로슈포르의 종복이었다. 그리고 어느 날 이유도 없이 몽세귀르의 낭떠러지에서 여주인 주느비에브를 떨어뜨려 살해했다고 한다. 노디에는 10년간 복역했다. 가석방된 것은 올 초였다. 그는 이 마을에 있는 노후한 농가를 수리해 살면서 매일 미친 듯이 몽세귀르의 바위 봉우리 주변을 여기저기 파고 다닌다고 했다.

"대체 뭘 파낼 생각일까요?"

"마을 사람들 말로는 몽세귀르의 황금이라고 해요. 그리고 자기 이외에 누군가가 보물을 찾으려고 하면 그야말로 서슬이 퍼레져서 다짜고짜 멱살을 잡으려고 달려든답니다. 누가 가로챌 거라고 생각하는 모양이에요. 10년이나 어두운 곳에 있던 탓인지 머리가 좀 이상해진 거지요."

"노디에 씨는 혼자 살고 있나요? 마을 사람들 중에 친한 사람은 없어요?" 하고 나는 물었다.

"노디에의 죽은 백모가 이 마을 사람이었는데 나와 무척 친했어요. 그런 인연으로 우리 집에 가끔 얼굴을 비쳤는데, 우리 집 말고는 어울리는 집이 없었던 것 같아요. 사실은 착한 아이인데 그렇게 비뚤어진 태도만 보이니 형무소에 갔다 온 사람이라는 마을 사람들의 편견만 부채질할 따름이지요. 그런데 마을 신부님의 부탁을 받고 세트의 여교사한테 방을 빌려주고 있어요. 신부님과 그 선생님뿐이에요, 이 마을에서 노디에와 어울리는 사람은요."

마을의 신부는 폴 소네라고 하는데 MRO의 지지자라기보다는 조언자 중의 한 사람인 모양이다. 여교사는 물론 시몬 뤼미에르일 것이다. 원자력 발전소 건설 반대운동을 위해 이 마을에서 방학의 대부분을 보낸다고 했으니 방은 그 때문에 빌린 것임이 틀림없다.

"침실 준비는 다 되었으니까 짐을 옮길까?"

계단을 내려온 장 폴이 말했다. 그래, 저녁때까지 좀 쉬기로 하자. 오늘 밤 6시에는 지젤이 기다리는 에스클라르몽드 산장에 가야 한다. 그제 파리로 걸려 온 장거리 전화로 지젤과 약속한 것이다. 그때 지젤은 우리뿐 아니라 시몬 뤼미에르도 초대할 예정이라고 했다.

창문 너머의 상쾌한 고원 바람에 감싸인 채 나는 푹 잤다. 눈을 떴을 때는 전날 밤부터 한 자동차 여행의 피로도 말끔히 가셨고 체력도 완전히 회복되어 있었다. 몽세귀르까지는 40분쯤 걸린다고 했지만 우리는 약속 시간인 저녁 6시보다 두 시간 이른 4시가 좀 지난 시간에 일찌감치 샤투이 마을을 출발했다. 가는 도중에 있는 라블라네에서 잠깐 볼일이 있다는 장 폴의 사정에 맞추기 위해서였다. 졸리는 듯한 남프랑스의 전원 풍경이 이어졌다. 많이 기울어진 오후의 햇빛이 나무와 집들의 그림자를 땅에 길게 드리웠다. 마을 변두리의 가로수 길을 빠져나가 완만한 경사를 이루며 길 양쪽으로 부풀어 올라 있는 넓은 목초지를 바라보며 차를 몰아 가자 곧 기묘한 광경이 우리 앞에 펼쳐졌다.

드넓은 초지에는 수많은 천막이 설치되어 있고, 도로와의 사이에는 그곳에 있는 재목이나 돌로 만든 긴 울타리가 이어져 있었다. 급하게 만들어진 울타리는 흙을 쌓아 돋운 낮은 누각을 따라 세워져 있었다. 요소요소에 통나무를 짜서 올린 감시탑이 있었고, 장발이나 수염이 덥수룩한 얼굴의 젊은이들이 망을 보고 있었다. 일대의 목초지를 배경으로 빨갛고 파란 원색이 선명한 천막들 중앙에는 얕은 도랑에 에워싸인 채 서툴게 지은 오두막이 있고 그 지붕 위에도 높은 망루가 세워져 있었다. 감시탑에도 망루에도 비바람에 색이 바랜 빨간색과 초록색의 무수한 깃발이 나부꼈다.

"이곳 사람들은 '요새'라고 부르는데, 여기가 원자력 발전소 건설 예정지야. 올여름에는 토지의 강제 수용이 있을 것 같다고 해서 현지 사람만이 아니라 전국에서 발전소 건설을 반대하는 사람들이 몰려와 이렇게 머무르고 있지." 장 폴이 설명했다.

요새에서 15분쯤 가니 라블라네였다. 라블라네는 몽세귀르를 포함한 산들로 올라가는 입구에 해당하는, 특별할 것도 없는 아주 작은 시골 마을이었다. 마을 광장에 면한 카페에 가케루와 나를 남겨두고 장 폴은 마을 사무소로 갔다.

"초등학교 때 친구가 이 마을 헌병대에 있는데, 잠깐 인사나 하고 올 테니까 여기서 좀 기다리고 있어."

그것이 장 폴의 볼일이었다. 아직 4시 반. 앞으로 한 시간 넘게 이 살풍경한 시골 마을에서 시간을 보내게 될 것 같았다.

카페의 창 너머로 올려다보는 하늘이 순식간에 어두워졌다. 음울한 비구름이 바람에 찢기며 무서운 속도로 상공을 흘러갔다. 축축하게 습기를 머금은 바람이 열린 문이나 창문으로 불어와 살갗에 달라붙었다. 5시가 지나서는 뇌우가 내릴 듯한 가운데 강풍에 날아가는 작은 새처럼 빨간 알파로메오 스파이더 한 대가 전속력으로 달려갔다. 나는 아주 짧은 순간, 운전석에 앉은 청년의 옆얼굴을 포착할 수가 있었다. 뇌우가 내리기 전에 집에 도착하려고 마을 안에서도 위험할 만큼의 속도를 내고 있음이 틀림없었다. 일단 정차해서 덮개를 닫는 것보다 시간과 경쟁하며 뇌우을 빠져나가 보겠다는 결단력 있는 도박사 같은 운전이었다.

결국 세찬 뇌우가 내리기 시작한 것은 5시 반쯤이었다. 시계를 보고 일어선 나에게 마을 사무소에서 돌아온 장 폴이 말했다.

"나디아, 내가 운전할까? 여기서부터는 위험한 산길이야."

"괜찮아요."

나는 이렇게 말하고 앞 유리를 세차게 때리는 큰비 속으로 천천히 차를 출발시켰다. 하늘은 해 질 녘보다 훨씬 어두워져 있었다. 때마침 맨손으로 심장을 움켜쥐는 듯한 굉음이 계속해서 울려 퍼졌다. 나는 여태껏 그토록 무시무시한 천둥소리를 한 번도 들어본 적이 없었다.

어쩌면 장 폴의 말을 따르는 게 옳았을지도 몰랐다. 마을의 초라한 중심가를 벗어나 국도를 한참 달려간 곳에서 왼쪽으로 꺾자 점점 더 심하게 구부러지는, 오르막길뿐인 험준한 산길이었다. 여기저기에 토사가 무너질 위험이 있다는 표지판이 있고, 좁고 앞이 잘 보이지 않는 비탈길은 몹시 미끄러지기 쉬웠다. 하늘은 불길한 먹구름으로 뒤덮이고, 기관총을 쏴대는 듯한 굵은 비가 격렬한 기세로 끊임없이 옆에서 내리쳤다.

신중한 운전으로 깎아지른 듯한 벼랑을 따라 난 가파른 비탈길을 가까스로 다 올라갔을 때였다. 창세에 넘실거리던 대지가 거기서 하늘까지 닿으려고 솟아오르기라도 한 것처럼 우뚝 솟구친 험준한 바위 봉우리가 불쑥 앞쪽에 나타났다.

"저게 몽세귀르의 바위산이야."

장 폴의 말에 나는 잠자코 고개를 끄덕였다. 바위 봉우리 몽세귀르는 보는 이에게 묵직한 위압감을 주며 눈앞에 우뚝 솟아 있었다. 하늘에서 쏟아지는 무수한 은 화살과 낮게 깔린 시커먼 비구름을 배경으로 계속해서 작열하는 창백한 번갯불에 떠오른 바위산 정상에는 카타리파의 석조 유적이 당장이라도 무너져 내릴 것처럼 위태롭게 매달려 있었다. 그런 불안한 마음을 일게 하는 이상한 광경은, 몽세귀르에 대해 가톨릭 측이 악의를 담아 사용한 "독기를 품은 용의 머리" 또는 "악마의 예배당"이라는 불길한 말을 새삼 떠올리게 했다.

몽세귀르의 바위 봉우리를 정면으로 바라보며 마지막 고개를 넘자 도로는 완만한 내리막길이었다. 바위산의 입구인 듯한 높다란 초원 앞에서 나는 왼쪽으로 꺾어 1차선인 사설 도로로 들어가려고 했다. 그때 경사가 급한 사설 도로를 굉장한 기세로 내려온 소형 트럭이 내 시트로엥의 코끝을 스치고 순식간에 라블라네 방향으로 사라졌다. 급브레이크를 밟으면서 나는 "뭐 저런 난폭한 놈이 다 있어!" 하고 욕을 퍼부었다.

낮은 산을 감듯이 만들어진 사설 도로의 가파른 고갯길을 다 올라가자 몽세귀르의 바위 봉우리를 측면에서 올려다보는 정상의 부지 가득히, 보기만 해도 굉장한 저택이 세워져 있었다. 그것이 우리의 목적지인 에스클라르몽드 산장이었다.

산장의 정면 현관 앞에는 콘크리트 바닥의 넓은 주차장과 그 안쪽에는 지붕이 달린 차고가 있었다. 차고에는 몇 대의 차가 있었는데 그중 한 대는 조금 전에 본 빨간 알파로메오였다. 현관 앞에 주차된, 낡아서 칠까지 벗겨지기 시작한 중고 시트로엥 옆에 내 메하리를 세우고 나는 가케루나 장 폴보다 한 발 먼저 산장 현관 앞으로 튀어나온 커다란 차양 밑으로 뛰어갔다. 뇌우는 점차 약해지기 시작했고, 낡은 저택은 음산하고 고요했다. 세찬 뇌우에 맞서 눈앞에 우뚝 솟은 거대한 산장은 세세히 바라볼 여유도 없던 내게조차 언뜻 보기에도 이상한 인상을 주었다. 2대 전 로슈포르 가의 여주인이 심령술에 빠져 세우게 했다는 이 건축물은 어딘지 모르게 동양 이교의 신전을 연상케 했다. 기괴한 취향을 담은 창이나 문의 세부는 아르누보계의 건축가가 손댔을 거라고 여겨지지만, 반세기도 넘은 옛날의 전위 건축물이라기보다는 역시 동방의 이교 종교 건축과 더 닮아 보였다.

내가 초인종을 울리자 문을 열러 나온 사람은, 커다란 눈을 번쩍 뜨고 뭔가에 겁먹은 것처럼 보이는 지젤이었다.

"기다리고 있었어. 정말 잘 왔어."

이렇게 말하며 달려오는 지젤에게 나는 "지독한 비야"라고만 대답했다.

"힘들었겠네. 이 근처는 여름에도 이맘때쯤 저녁에 뇌우가 잦아. 하지만 곧 그쳐."

지젤은 이어서 들어온 장 폴에게 가볍게 인사하고 가케루에게는 손을 잡는 듯이 하며 진심으로 말했다.

"이제 상처는 다 나았어요? 걱정했어요. 나디아한테 병문안을 가고 싶다고 말했는데 당신이 절 거절했잖아요. 여기로 오고 나서도 늘 불안해서⋯⋯"

"상처는 별것 아닙니다. 이제 말끔히 나았습니다."

이렇게 대답한 가케루를 선두로 지젤은 정말 기쁜 듯이 우리를 현관으로 이어지는 대기실에서 건물 왼쪽의 홀로 안내했다. 홀 입구에서 젊은 여성이 기다리고 있었는데 뭔가에 마음을 뺏기고 있는 듯 어딘가 침착하지 못한 모습이었다.

"니콜, 이쪽은 나디아 모가르예요."

지젤의 소개에도 계모인 니콜은 건성이었다. 그리고 입속으로 인사말을 중얼거리고는 허둥지둥 저택 안쪽으로 가버렸다.

니콜 로슈포르는 서른을 약간 넘은 젊은 여성이었다. 그녀는 양어깨를 대담하게 드러낸, 올해 유행하는 원피스를 평상복처럼 입고 있었다. 한눈에 유명 디자이너의 옷임을 알 수 있었다. 그 옷 하나가 내 몇 년 치 옷값에 맞먹을 것이다. 커다란 눈, 코, 입술이 사람들 눈을 끄는 화려한 용모의 미인이었다. 겉모습만 보면 도저히 서른이 넘은 사람으로 보이지 않았다. 지젤이 동경을 담아 말했는데, 니콜에게는 확실히 사교계의 여왕다운 화려함과 무게가 있었다. 그러나 내게는 어딘가 신경질적인 초조함을 숨기고 있는 태도가 천박하게 여겨졌다.

엄청나게 큰 유리창이 인상적인 에스클라르몽드 산장의 홀에는 두 명의 손님이 먼저 와 있었는데, 각자 편한 자세로 쉬고 있었다. 뇌운에 막힌 어두운 하늘을 창 너머로 바라보고 있는 이는 샤를 실뱅 조교수였다. 그는 우리를 보자 아주 기쁘다는 듯이 손을 들어 자신이 있는 창가로 불렀다.

"가케루 군, 나디아, 정말 잘 왔어. 몽세귀르의 바위 봉우리가 자네들을 환대하고 있네."

실뱅이 불러 창가로 간 가케루와 헤어져 나는 홀 중앙에 선 채 거기에 있는 또 한 사람의 청년을 주목했다. 안락의자에 단정하지 못한 자세로 기댄 청년은, 싸구려 같은 짙은 색의 표지를 이쪽으로 향한 채 골똘히 만화 잡지를 보고 있었다. 관심도 없는 것처럼 우리 쪽을 바라본 청년의 옆얼굴은 라블라네에서 본 무모한 알파로메오 운전자가 틀림없었다.

"나디아, 이쪽은 줄리앙 뤼미에르야."

지젤에게 소개받을 것도 없이 나도 짐작은 하고 있었다. 누나인 시몬과 어딘가 닮은 구석이 있었기 때문이다. 줄리앙은 앉은 채 한 손만 아무렇지 않게 내밀었다.

"무슨 연구를 하고 있어요?"

"고속증식로의 기초 연구죠 뭐."

나의 의례적인 질문에 줄리앙은 다소 귀찮은 듯이 짧게 대꾸하고 그대로 다시 만화 잡지에 열중하기 시작했다. 고답적으로 타인들을 무시하는 듯한, 머리가 뛰어나게 좋은 사람에게서 흔히 볼 수 있는 성격으로 생각되었는데 신기하게도 반감은 일지 않았다. 오히려 극채색 표지의 만화책에 푹 빠져 있는 어린아이 같은 모습은 내게조차 묘한 호감을 갖게 하는 흥미로운 매력을 발산했다. 아무튼 청년은 뇌우와의 경쟁에서 이긴 모양인지 옷도 신발도 전혀 젖지 않은 듯했다.

줄리앙을 관찰하는 것은 그쯤 하고 나는 지젤과 함께 가케루와 실뱅이 열심히 이야기를 나누는 창가로 갔다.

"보게. 저게 카타리파의 성스러운 신전이네."

다가간 나에게 가케루와의 대화를 중단한 실뱅이 마치 연인을 소개할 때와 같은 말투로 말했다. 나는 창밖의 광경을 가만히 주시했다.

돌연 뇌우가 그쳤다. 하늘에 낮게 깔린 뇌운이 엄청난 기세로 하늘 저편으로 날아갔다. 그리고 비 그친 저녁 하늘을 배경으로 몽세귀르의 거대한 바위 봉우리가 우뚝 솟은 채 의연한 모습을 드러냈다. 석양에 엷은 장밋빛으로 물든 카타리파의 성채는 수직으로 깎아지른 험준한 벼랑 위에 날개를 쉬게 하는 한 마리 새처럼 보였다.

"멋진 전망이야." 옆의 지젤에게 나는 이렇게 속삭였다.

"성채 위에 누가 올라가면 그 사람까지 잘 보여."

저기서 떨어지면 끝장이겠구나, 하고 생각하며 나는 무심코 지젤의 옆얼굴을 힐끗 훔쳐보았다. 오늘 아침 폴린느에게 들은 10년 전의 참극을 떠올렸던 것이다. 지젤의 어머니 주느비에브 로슈포르가 저 벼랑 위에서 장 노디에에게 떠밀려 떨어졌다고 하는⋯⋯

"시몬 뤼미에르는 왔어?" 불행한 사건을 머리에서 떨쳐내려고 나는 화제를 돌렸다.

"응, 한 시간이나 전에. 5시에 폴 소네라는 신부님과 같이 왔어. 시몬은 지난주에도 왔었어. 아빠는 툴루즈에 가 계셔서 니콜이랑

셋이서만 이야기했어. 오늘 밤 모임은 니콜이 아빠한테 부탁한 거고. 시몬과 아빠가 의논해서 대립이 해소되면 좋을 텐데……"

지젤은 아주 순진한 말을 했다. 환경운동가와 로슈포르 원자력 산업의 사장이 그렇게 간단히 의견 일치를 볼 리 없는데도 말이다. 나는 화제를 돌리며 물었다.

"지금 어디 있어?"

가케루의 저격 사건을 예고한 그 여자를 나는 한시라도 빨리 만나 보고 싶었다. 왜 그런 경고를 할 수 있었는지, 대체 뭘 알고 있는 건지, 어떻게 해서든 추궁해보고 싶었다.

"소네 신부님은 아빠 서재에 있어. 시몬은 도서실에서 책을 읽고 있고. 니콜도 같이 있을 거야. 그리고 독일인 손님 한 분이 자료실에……"

"자료실에는 뭐가 있는데?"

"돌아가신 엄마가 수집한 카타리파 관련 자료가 있는 방이야. 그런데 참 이상한 독일인이야. 오늘 저녁에 아빠를 만나러 왔는데, 나는 어제 몽세귀르 유적지에서 한 번 만났거든……"

# 2

어제 지젤은 저물녘에 몽세귀르 성터를 산책하고 있었다. 관광객의 발길도 끊어진 인적 없는 돌 폐허에 혼자 있으면 마치 넋을 잃은 듯한 두려운 감각의 바다에 빠져들 것만 같다. 그런 기분으로 무너지기 시작한 성벽의 그늘에 웅크리고 있는데 문득 시야 귀퉁이에 보였다 안 보였다 하는 검은 사람의 모습이 들어왔다.

외국에서 온 듯한 몸집이 큰 노인이었다. 서서히 짙어가는 남빛 하늘 아래, 노인은 좁고 위험한 돌층계를 걸어 낮은 벽 위로 올라가 보기도 하고 남북으로 두 군데에 있는 아치형 문의 돌을 자세히 관찰하기도 하는 등 아주 정성껏 유적을 견학하고 있는 듯이 보였다. 뒷짐을 지고 천천히 돌아다니다가 가끔은 발길을 멈추고 무슨 말인지 나지막한 목소리로 중얼거리거나 가볍게 고개를 가로젓는 노인에게 지젤은 문득 말을 걸어보고 싶어졌다. 바라보고 있으니 단순한 관광객으로 보이지 않았던 것이다.

"연구자신가요?"

노인은 지젤 쪽을 보았다. 다소 탁해진 청회색의 눈이 찌를 듯이 날카로웠다. 그러고 나서 부드러운 표정으로 희미하게 웃으며 말했다. 그러나 웃을수록 얼굴은 꼭 가면을 닮아갔다.

"아니, 아니요. 당치도 않소."

말투로 보아 독일인일 거라고 지젤은 추측했다. 그러고는 다소 당황하며 짧은 변명을 했다. 노인은 먼 기억을 떠올리는 것처럼 느릿한 프랑스어로 대답했다.

"하지만 상관없겠지요, 아가씨. 물론 전문 연구자는 아니지만 몽세귀르 유적에 대해서는 약간의 지식이 있다오. 무슨 알고 싶은 거라도 있나요?"

노인은 어쩌면 역사 연구에 취미가 있는 민간인인지도 몰랐다.

"저는 이곳의 기묘한 분위기를 좋아해요. 성채라고 불리지만 전혀 성답지 않은 이 분위기가요……"

파리의 대학에서 카타리파 연구의 권위자 샤를 실뱅 아래서 배우려는 지젤이었기에 특별히 몽세귀르에 관한 초보적인 의문이 있는 것도 아니었다. 그러나 잠깐 이 노인과 이야기해보고 싶다는 마음에 이런 말을 중얼거렸던 것이다.

"맞소, 아가씨." 질문이라고도 할 수 없는 지젤의 중얼거림에 노인은 꼼꼼하고 엄격한 태도로 대답하기 시작했다.

"보통 이 유적은 '몽세귀르 성'이라고 불리오만, 처음부터 군사적인 목적으로 건설된 것은 아니었소. 물론 몽세귀르는 카타리파의 마지막 저항 거점이었고, 난공불락의 요새로서 도움이 되었다는 것도 역사적 사실이지요. 몽세귀르를 포위한 십자군은 모두 1만명이라는 대군이었지만 카타리파 수비대는 400~500명에 불과했으니까. 그래도 그 용맹한 장수 피에르 로제가 이끄는 몽세귀르 수비대는 열 달에 이르는 공방전을 버틸 수 있었다오. 공격군은 결국 이 산 정상까지 쳐들어올 수 없었지요.

정확히 말하자면 몽세귀르는 함락된 것이 아니라 조건부로 문을 열었던 것이라오. 피에르 로제가 공격군 측에 내건 조건은 수비대원이라고 해도 항복한 후 스스로 카타리파의 신앙을 버리는 자는 모두 용서해주어야 한다는 것이었소. 그 때문에 성문을 연후 몽세귀르 바위산 기슭에서 산 채로 불태워진 것은 마지막까지 신앙을 버리지 않았던 210명뿐이었지요……"

그렇다. 산기슭의 초원에 설치된 화형대로 향하는 비통한 대열 속에는 미모로 유명한 몽세귀르 영주의 딸 에스클라르몽드의 모습도 보였다. 젊은 에스클라르몽드 역시 신앙을 버리기보다는 어머니와 할머니와 함께 굳이 화형대를 택했던 것이다. 그것은 지중해의 보석이라고 할 만한 중세 오크 문명이 3대에 걸쳐 자랑해온 번영의 비극적인 종말을 이야기해주는 광경이었다. 로슈포르가의 산장 이름은 푸아 백작의 사촌 여동생이었던 순교자 에스클라르몽드에게서 따온 것이다.

"성을 열어 적을 속인 수비대장 피에르 로제의 진짜 의도는 네 명의 완덕자完德者와 몽세귀르의 숨겨진 보물을 구해내는 데 있었다고 전해진다오. 완덕자라는 말은 알고 있나요?"

117

카타리파 교의의 근본에는, 현세에는 악이 전면적으로 지배하고 있다는 인식이 있다. 거기에서 현실 세계는 악마의 피조물이라는 교의가 나온다. 인간은 악마의 세계로 떨어진 정령이며, 진정한 창조주인 신의 세계에 이르기 위해서는 현실 세계에서 가능한한 떨어져 물질적인 유혹을 물리치고 극한적인 금욕 생활을 실행해야만 한다. 모든 살생의 금지, 절대적인 채식주의, 성관계의 금지는 당연한 것이었다. '카타리Cathari'는 '청정'을 의미하는 그리스어 '카타로스catharos'에서 유래한 말인데, 그들이 '청정파(카타리파)'로 불린 데에는 이런 배경이 있었던 것이다. 그러나 카타리파 교의의 엄격한 실천은 대다수 사람에게는 당연히 불가능한 일이었다. 그래서 신자는 카타리파의 가르침에 귀의한 일반 신도와 교의의 충실한 실천자인 '완덕자'로 구별되었다.

신도가 완덕자 대열에 가세할 때 이루어지는 의식이 콩솔라망*이다. 대부분의 일반 신도는 임종 때 콩솔라망을 받게 된다. 신도는 죽기 직전에 가까스로 더러움으로 가득 찬 악마의 지배에서 벗어나 이 의식으로 신의 세계에서 유래하는 자기 안의 정령이라는 존재에 눈뜨는 것이다. 이 때문에 완덕자의 가장 중요한 활동은 임종을 맞이하는 신도에게 콩솔라망을 베풀어주는 일이 되었다.

카타리파 교단이 해체 직전까지 내몰린 13세기 후반이 되면 '인내endura'의 관행이 생겨난다. 인내란 죽음에 이르는 장기간에 걸친 절식 상태를 말하는데, 악마의 세계인 현세를 거부하고 오로

---

* 콩솔라멘툼consōlāméntum. 완덕자의 안수로 행해지는 성령 세례.

지 금욕에 의한 내적 영성에 눈뜨려고 하는 카타리파 교의의 가장 철저한 실천이라 할 수 있다. 카타리파가 일종의 자살교라는 전설은 여기서 생겨났다.

지젤은 노인의 물음에 대답했다.

"완덕자는 로마교회의 그것과는 다릅니다만, 카타리파에서는 일종의 성직자라고 볼 수 있는 존재였어요."

"뭐 그렇게 생각해도 틀린 것은 아니지요. 그래서 몽세귀르가 군사 요새였다는 것은 사실이지만 원래는 카타리파의 성지였던 것이라오. 가톨릭 측이 악마의 예배당이라고 명명한 데서도 알 수 있듯이 원래 이 건축물은 카타리파의 신전으로 지어진 것이었소. 몽세귀르의 폐허에 선 자가 느끼는 신기한 분위기는 아마 이런 역사적 배경이 있어서겠지요. 그건 그렇고……"

노인은 지젤에게 말한다기보다는 자기 자신에게 말하는 듯이 나지막하게 중얼거렸다. 그 시선은 무너지기 시작한 석벽 위를 망연히 떠돌고 있는 것처럼 보였다.

"변하지 않았소, 이곳은 하나도 변하지 않았소……"

"전에도 몽세귀르에 오신 적이 있나요?"

"그렇다오, 아가씨. 하지만 옛날, 아주 먼 옛날의 일이오."

지젤이 던진 아무렇지 않은 질문에 노인은 경계하는 기색을 보이며 말을 흐리더니 별안간 부자연스럽게 입을 다물어버렸다.

이것이 어제 일이었다고 한다. 지젤은 나에게 설명을 계속했다.

"어두워지기 시작해서 나는 산을 내려왔어. 그 사람은 그때까지 폐허의 돌에 앉아 뭔가 생각에 잠겨 있는 듯 보였고. 그리고 오늘 저녁 초인종이 울려서 나가 보니까 그 독일인이 현관에 서 있는 거야. 깜짝 놀랐지. 하지만 그 할아버지는 마치 초면인 것처럼 인사하면서 자기 이름은 발터 페스트라고 하더라고. 아빠와 잠깐 이야기를 나누고 지금은 자료실에 있어."

묘한 이야기였다. 창가에서 황혼의 몽세귀르를 바라보며 전문적인 이야기에 빠져 있는 가케루와 실뱅을 남겨두고 우리는 홀 중앙으로 돌아왔다.

"나디아, 너 말 탈 줄 알아?" 지젤이 물었다.

"무슨, 당치도 않지. 어릴 때 뤽상부르 공원에서 당나귀를 타본 게 전부야."

"그래서 안 된다니까, 도시에서 자란 애들은. 파리에서 자라서 줄리앙도, 누나 시몬도 탈 줄 몰라. 우리 집 사람들은 다들 아주 잘 타. 실뱅 선생님도 니콜의 권유로 막 연습을 시작한 참이야. 내일부터 너한테도 가르쳐줄게. 내 말, 굉장히 좋은 말이야. 순백색이고 정말 영리하거든."

지젤은 본격적으로 나서며 내일은 억지로 말 앞으로 데려갈 듯한 기색이었다.

"이거 읽을래요?"

줄리앙이 히죽 웃으며 예의 그 만화 잡지를 내게 건넸다.

"미치광이 과학자가 주인공이지요. 시몬 누나가 보면 아무래도 나 역시 그런 사람일 것 같지만요."

"전 파리에서 시몬과 만났어요. 당신을 고뇌하는 양심파 과학자라고 하던데요."

"뭐 그런 셈인지도 모르죠. 차라리 연구소 같은 덴 그만두라고 누나는 말하지만. 하지만 나한테서 연구소를 빼면 아무것도 남지 않아요. 그래서 미치광이 과학자의 SF만화나 보고 있는 거죠. 최소한의 자기비판인가, 이게."

청년은 우스꽝스럽게 찡그린 얼굴을 지어 보였다.

줄리앙과 이런 이야기를 하고 있을 때였다. 초조해 보이는 표정의 니콜이 잰걸음으로 홀로 들어와 부르짖을 만큼 막다른 지경에 몰린 어조로 말했다.

"자료실의 손님, 아무리 문을 두드려도 대답이 없어요. 문은 안에서 잠겨 있고요…… 정말이지 대체 어떻게 된 걸까요?"

"졸고 있겠지요." 줄리앙이 관심이 없다는 듯한 어조로 대꾸했다.

"여벌의 열쇠가 있을 거예요." 지젤은 이렇게 중얼거리며 홀 안쪽으로 이어진 식당 쪽으로 사라졌고, 돌아왔을 때는 손에 열쇠를 쥐고 있었다.

지젤과 니콜이 홀을 나갔으나 좀처럼 돌아오지 않았다. 나와 줄리앙은 잠자코 두 사람이 돌아오기를 기다렸다. 홀 구석진 자리에서 장 폴이 무료한 듯이 사진 잡지의 페이지를 넘기고 있었다.

"어디, 좀 보고 올까요?"

이렇게 말하고 천천히 일어난 줄리앙을 나도 말없이 따라갔다. 상당한 시간이 지나기도 했고, 동시에 니콜의 태도 때문이기도 했다. 니콜의 표정이나 어조는 단순히 수상쩍다는 것만은 아니었다. 어떤 두려움이나 불안 같은 그늘이 지우기 힘들게 배어 있는 듯 보였다.

홀을 나가 대기실과 응접실 앞을 지나 다시 천장이 높고 널찍한 방으로 들어갔다. 그곳은 마치 박물관이나 미술관의 한 방 같았다. 중세의 갑옷, 돌 조각상, 오래된 그림, 벽걸이 장식. 벽을 따라 배치된 몇 개의 유리 상자에는 금, 은, 보석을 사용한 화려한 공예품. 그리고 진열된 장검, 단검, 활, 창, 도끼 등의 무구……

하지만 차분히 전시품을 바라볼 여유도 없이 나는 줄리앙을 따라 진열실 안쪽에 있는 계단을 뛰어 올라갔다.

2층은 양쪽에 방이 있는 긴 복도가 안쪽까지 이어져 있었다. 계단을 다 올라가자 노란 전등 불빛 아래 막다른 곳의 왼쪽 방 앞에 있는 니콜과 지젤의 모습이 보였다.

"페스트 씨, 페스트 씨."

지젤은 소리를 치면서 문을 탕탕 두드리고 있었다. 이런 소동을 듣고 나온 것인지, 그때 복도 오른쪽에 있는 도서실에서 세트의 여교사 시몬 뤼미에르가 상황을 보러 나왔다. 시몬과 말을 나눌 여유도 없이 우리는 다 같이 복도를 지나 문 앞으로 가서 니콜과 지젤을 에워싸고 제각기 물었다.

"열쇠로는 안 열려요. 아마 안에서 걸쇠를 건 모양이에요. 게다가 전혀 인기척이 느껴지지 않아요."

견딜 수 없는 불안과 두려움을 얼굴에 드러내며 지젤이 말했다. 나는 좀 수상쩍은 기분이 들었다. 아무튼 방 안에서 무슨 일이 일어났는지는 아직 아무도 모른다. 그런데도 지젤의 반응은 너무나도 예민하다. 니콜도 마찬가지다. 문을 두드리며 손님의 이름을 부르는 니콜의 외침은 거의 비명에 가까웠다.

"아래로 가서 장 폴 아저씨를 불러와." 나는 지젤에게 말했다.

니콜을 대신해서 줄리앙이 문을 두드리기 시작했다. 그러나 방에서는 아무 소리도 들려오지 않았다. 몸집이 큰 남자가 계단을 뛰어 올라오는 야단스러운 소리가 들리고 뒤이어 굵고 탁한 소리가 울렸다.

"대체 무슨 일입니까?"

장 폴은 빠른 말투로 설명하는 지젤과 니콜의 이야기를 들었다. 두껍게 썬 햄 같은 턱에 손을 대고 그는 천천히 입을 열었다.

"문을 부숴도 되겠지만 그 정도의 일은 아니겠지요…… 창문은 어떻게 되어 있습니까?"

"발코니가 있어 중정의 계단을 통해 방으로 들어갈 수는 있습니다만." 니콜이 긴장된 어조로 설명했다.

"제가 중정에서 보고 오죠." 줄리앙이 복도를 달리기 시작했다. 그 뒤로 장 폴이 외쳤다.

"아래에 있는 일본인하고 함께 가게."

우리는 침묵을 지킨 채 기다렸다. 불과 2, 3분의 짧은 시간이었을 텐데도 내게는 터무니없이 길게 느껴졌다. 지젤이 내 손을 아플 만큼 꼭 쥐고 있었다. 니콜은 얼굴이 일그러질 정도로 긴장해서 시퍼레진 입술을 꼭 깨물고 있었다. 시몬 뤼미에르는 어딘지 모르게 남 일처럼 하찮다는 듯이 그녀를 바라보았다.

무슨 소리가 들려온 듯했다. 틀림없었다. 문 너머에서 희미하게 울리는 것은 누군가의 발소리였다. 지젤이 움찔 어깨를 떨었다.

발소리가 멈추고 걸쇠를 푸는 소리가 들리더니 문이 안쪽에서 조용히 열렸다.

어슴푸레함을 등지고 멍하니 서 있는 사람은 살짝 눈살을 찌푸린 가케루였다. 나는 서둘러 발돋움을 하여 청년의 어깨 너머로 실내를 들여다보았다. 창밖은 땅거미가 지기 시작하고 있었다. 전등이 켜져 있지 않아서 세로로 길쭉한 방 안은 어둑어둑했다. 내 시선은 바닥 위를 움직여 갔다. 그것을 발견한 건 지젤이 살짝 빨랐는지도 모른다. 귀가 지젤의 비명으로 찢어질 듯이 된 것과 어슴푸레한 어둠에 집중된 눈이 바닥에 길게 뻗어 있는 것의 정체를 포착한 것은 거의 동시였다.

나는 보았다. 천장을 보고 쓰러져 손발을 부자연스럽게 구부리고 있는 한 남자를. 남자의 머리와 바닥의 일부는 꺼림칙한 얼룩으로 검게 더럽혀져 있었다. 그러나 내 시선을 사로잡으며 속을 메스껍게 한 것은 남자의 시체도 흩어진 핏자국도 아니었다. 나는 믿을 수 없는 마음으로 시체의 왼쪽 흉부에 아주 높다랗게 꽂혀 있는 가는 막대기를 보고 있었다. 그것은 틀림없이 이미 사용되지 않은 지 오래되었을 살인 도구, 바로 고풍스럽게 만들어진 화살이었다.

"바르베스 경감님." 가케루가 속삭이는 소리가 마치 멀리서 들려오는 듯했다. "아무래도 살인 같네요. ……게다가 피해자는 어쩐 일인지 정성 들여 두 번이나 살해당했습니다."

발코니에 면한, 왼쪽에 한 사람 정도 지나갈 폭만큼 열려 있는 유리문 너머로 복도의 희미한 빛에 어슴푸레하게 떠오른 줄리앙의 새파래진 얼굴이 보였다.

"아무도 들어오지 마십시오."

장 폴은 명령하는 어조로 말하고는 가케루 옆을 지나 시체에 다가갔다.

"완전히 죽었네. ……가케루 군, 나는 지금 라블라네 헌병대에 전화를 걸 테니까 그들이 도착할 때까지 아무도 다가오지 못하도록 여기서 감시하고 있어주겠나? 나는 이 사람들하고 같이 아래 홀에서 기다리고 있겠네."

시체는 가케루에게 맡기고, 장 폴은 먼저 범인일 가능성이 있는 산장 사람들이나 손님들을 감시하기로 결정한 모양이었다. 문밖에 있던 사람들은 장 폴에게 밀려 방 앞을 떠나기 시작했다.

"나디아, 안 돼. 넌 바로 손대고 싶겠지만."

나는 남의 눈을 피해 방으로 들어가려고 했으나 순식간에 장 폴에게 붙잡혀 끌려 나오고 말았다. 언제 왔는지 계단으로 향하는 복도에 있는 사람들 사이에는 아래층에 있었을 샤를 실뱅, 그리고 아직 쉰 살이 안 되어 보이는 지적인 풍모의 낯선 남자와 온화한 인상의 초로의 인물이 섞여 있었다. 아마 지젤의 아버지 오귀스트 로슈포르와 폴 소네 신부일 것이다.

야위고 키가 크며 살갗이 희고 긴 얼굴의 오귀스트 로슈포르는 실업가라기보다는 바티칸의 고위 성직자나 대학 교수 비슷한 분위기를 풍기는 남자였다. 이마의 머리카락이 살짝 성기긴 했지만 그 밖에는 쉰이 넘은 실제 나이를 엿보이게 하는 구석은 없었다. 계단을 내려가는 몸의 움직임도 아주 젊었다. 곤혹스러운 표정으로 니콜에게 뭔가 묻는 낮은 목소리에서는, 명령을 위해 결코 목소리를 거칠게 할 필요가 없는 사람의 위엄을 갖춘 부드러운 차분함이 느껴졌다. 로슈포르가의 수장이라는 지위를 보여주는 복잡한 세공의 묵직한 금반지를 낀 남프랑스 재계의 제왕은 발소리를 죽여 살금살금 걷고 속삭이듯이 이야기하는 아주 조용한 외양이었다.

평상복을 입은 소네 신부는 오래 입어서 낡은 짙은 갈색 양복에 실용성만을 중시한 묵직한 사각의 가죽 구두를 신고, 세탁한 다음 다리미질을 하지 않은 셔츠의 옷깃을 풀고 넥타이를 매지 않은 모습이었다. 조심스러운 태도로 사람들의 뒤를 따라 걷는 몸집이 작은 노인은 아직 일흔이 되지 않은 듯했지만 나이보다 훨씬 늙어 보였다. 침착성을 잃고 빠른 말투로 속삭이는 소리를 주고받는 그들 가운데 망연한 표정인 자, 사태를 제대로 파악하지 못한 채 요령부득인 얼굴로 있는 자, 공포에 새파래진 자들이 섞여 있었다.

홀로 돌아오자 장 폴은 사람들의 주의를 모으기 위해 두 팔을 들어 위압하는 듯한 말투로 말하기 시작했다.

"저는 파리 경찰청의 바르베스 경감입니다. 아무래도 살인 현장에 있게 된 것 같습니다. 이제 전화를 걸겠습니다만, 담당자가 도착할 때까지는 모두 제 지시에 따라주시기 바랍니다. ……산장에 있는 사람은 이게 다인가요?"

직업적인 의심을 감추려고도 하지 않는 장 폴은 심술궂은 얼굴로 홀에 있는 사람들을 둘러보았다.

"조리실에 있는 고용인 두 사람을 제외하고 산장에 있는 사람은 다 모였소." 오귀스트 로슈포르가 대답했다. "고용인들은 산장 뒤쪽의 마구간 가까이에 있는 오두막에 사는데, 조리실에 있는 두 사람 말고는 모두 휴가여서 푸아에 갔을 거요."

"당신이 로슈포르 씨인가요?" 장 폴이 확인했다.

"그렇소. 나는 사정을 잘 모르겠소만, 자료실에서 독일인 손님이 죽은 것 같다는데 그게 사실이오? 현장 보존을 그 동양인한테 맡겨둬도 괜찮은 거요?"

"그 이야기는 나중에 하지요. 전화 좀 빌리겠습니다."

툴루즈 기업왕의 권위도 장 폴에게는 전혀 통하지 않는 모양이었다. 장 폴은 어깨를 으스대며 홀 구석에 있는 전화기로 가서 낮고 빠른 말로 이야기하기 시작했다. 그 어조에서는 살인자 사냥의 베테랑임을 은연중에 보여주는, 습관화된 직업적인 긴장감이 느껴졌다.

홀에 있는 사람은 오귀스트와 니콜 부부, 그들의 딸 지젤, 시몬과 줄리앙 남매, 샤를 실뱅 조교수, 폴 소네 신부 그리고 장 폴과 나, 이렇게 아홉 명이었다. 또한 이 산장의 2층에는 시체 하나와 그것을 무관심하게 바라보는 감시자인 동양인 한 명이 있다. 살인 현장에는 들어가지 않고 그대로 중정에서 홀로 돌아와 있던 줄리앙은 안락의자에 기댄 채 어딘지 모르게 불성실한, 마치 재미있어 하는 듯한 표정으로 사람들의 얼굴을 유심히 둘러보고 있었다. 줄리앙 옆에는 지젤이 있었는데, 핏기 없는 창백한 얼굴로 뭔가를 곰곰이 생각하고 있는 듯했다. 계단 옆에 있는 로슈포르 부부는 나지막한 목소리로 뭔가 열심히 이야기를 나누었다. 아마 니콜이 남편에게 사정을 설명하고 있을 것이다. 시몬 뤼미에르는 소네 신부 옆에 서서 곤혹스러운 표정을 짓고 있었다. 샤를 실뱅 교수는 잠자코 창으로 몽세귀르 바위산을 바라보았다. 창밖은 이제 완전히 어두워져 있었다.

"그런데 2층에 너부러져 있는 시체가 누구인지 간단히 설명해 줄 수 있는 분 없습니까?"

전화로 이야기를 마친 장 폴의 말에 로슈포르가 홀 중앙으로 나와 대답했다.

"발터 페스트라는 사람이오. 오늘 오후 늦게 이곳에 도착했소. 라블라네에서는 택시로 왔다고 했소."

"어떤 사람입니까, 그 사람은? 도대체 왜 그 방에 혼자 있었던 겁니까?"

"페스트 씨는 뮌헨의 골동품상이오. 선대께서 중세 골동품을 수집하는 데 열심이었기 때문에 나도 좋은 고객이 될 거라고 생각한 모양인지, 상업상의 용무로 툴루즈에 올 때 꼭 한 번 만나고 싶다는 편지를 보낸 것이 여기에 오게 된 계기였소. 오늘은 4시쯤 도착했소. 한 시간쯤 이야기를 나눈 다음 저녁 식사 때까지 자료실에서 기다리게 된 거요. 편지에도 이번 기회에 꼭 보여주고 싶은 게 있다고 쓰여 있었는데, 장사의 특성상 페스트 씨는 내 전처인 주느비에브가 수집한 카타리파와 관련된 오래된 책에 관심이 있는 듯해서 아내한테 자료실로 안내하게 한 거요."

"6시가 지나서 식전주라도 드릴 생각으로 부르러 갔는데……"

남편의 이야기를 이어받은 이는 니콜이었다.

"그런데 문이 열리지 않고 실내에서 아무 소리도 들리지 않아서 조금 전의 그런 소동이 벌어진 거군요." 장 폴은 납득한다는 듯이 크게 고개를 끄덕였다. "그 남자한테서 무슨 묘한 거동이나 인상에 남는 것은 없었습니까? 누군가 목숨을 노리고 있는 것 같았다든가 하는 거요."

"아니요." 니콜은 일단 부정했다. 그러고는 그다지 중요하지 않다는 듯이 한 마디만 덧붙였다. "상당히 소중한 듯이 서류 가방을 꼭 안고 있었습니다."

"그러고 보니 가방에 뭔가 오래된 책을 넣었던 것 같은데……" 로슈포르가 말했다. "처음에 내가 응접실로 들어갔을 때 읽고 있던 책을 황급히 가방에 넣었었소."

피해자 발터 페스트가 골동품상이라는 로슈포르의 설명은 노인이 카타리파의 역사에 약간의 지식이 있었다는 지젤의 이야기와 부합했다. 직업상 중세 역사에 대한 지식이 있는 게 당연하기 때문이다. 하지만 페스트는 이미 어제저녁 몽세귀르에 모습을 드러냈다. 오늘 저녁까지 만 하루 동안 대체 어디서 뭘 한 것일까? 이것은 조사해볼 필요가 있다고 나는 생각했다.

산장 앞에 자동차가 멈추는 소리가 들렸다. 이어서 현관의 초인종 소리가 조급하게 울렸다. 라블라네의 헌병들이 도착했음이 틀림없다.

"바르베스, 살인 사건이라는 게 사실인가?"

니콜의 안내로 홀로 들어온 사람은 헌병대 제복을 입은 중년의 남자였다. 부하인 듯한 제복 입은 남자들이 뒤를 따랐다.

"라블라네 헌병대의 카사르 대장입니다." 장 폴이 남자를 홀에 있는 사람들에게 소개했다. "시체는 2층에 있네. 관계자는 여기 다 있는 것 같으니까 여기서 대기하라고 하고, 일단 현장을 보는 게 낫겠지."

이 카사르라는 남자가 라블라네의 사무소에서 근무하는 장 폴의 오랜 친구임이 분명했다. 보아하니 두 사람은 동년배였는데, 장 폴은 프로레슬러처럼 몸집이 큰 사람이었지만 카사르 대장은 선량해 보이는 눈을 깜박거리는 게 버릇인 듯한, 공처럼 통통하게 살찌고 몸집이 작은 중년의 남자였다.

"이런 시골에서는 살인 사건이 잘 일어나지 않네, 바르베스. 요 10년간 내가 다룬 건 단 두 건이었지. 아내를 빼앗긴 남편이 여자와 정부를 총으로 쏴 죽인 것이 한 건, 그리고……"

"알았네, 알았어. 아무튼 이런 데서 투덜대는 건 그만두게."

무턱대고 두 팔을 흔들며 지긋지긋한 살인 사건이 자신의 관내에서 일어났다는 불운한 처지를 한탄하는 카사르 대장의 입을 장폴이 난폭하게 막았다.

"바르베스, 물론 도와주겠지? 이 산장의 주인은 로슈포르 씨야. 그 로슈포르 씨란 말일세. 무슨 실수라도 해보게, 시골 경관의 가느다란 목 같은 건 순식간에 날아가네. 나 혼자 남겨두고 도망가지는 말게."

"휴가 중이지만, 뭐 상관없겠지. 나도 이 사건에는 흥미가 있으니까. 마치 기다렸다는 듯이 내 앞에서 죽였네. 건방진 놈이야. 이 손으로 잡지 못하면 분이 안 풀리겠지."

이런 말을 나누면서 현장으로 향하던 두 사람을 나는 몇 걸음 뒤에서 따라가고 있었는데 계단 밑에서 결국 카사르 대장에게 들키고 말았다.

"그런데 바르베스, 자네 뒤에 있는 사람은 누군가? 자네 부하인 것 같은데 경찰청의 여성 경관인가?"

"아니네, 카사르."

나는 이때만큼은 잘 보이려고 했다. 어떻게든 경관들의 수사에 끼어들어야 했다.

"파리 경찰청 모가르 경정의 딸, 나디아 모가르입니다."

"나디아." 장 폴이 험악하게 으르렁거렸다.

"이야, 모가르 경정의 따님이라고. 나는 시골 경관에 불과하지만 그래도 경찰청의 모가르 경정에 대한 이야기는 자주 듣소."

"지난겨울에 일어난 라루스가의 머리 없는 시체 사건, 아마 알고 계실 거라고 생각합니다만, 저는 그때도 아빠를 도왔어요. 그렇지요, 장 폴 아저씨?"

내가 자기소개를 하자 아주 기특해하는 카사르 대장과는 반대로 장 폴은 그저 씁쓸한 얼굴로 잠자코 있었다. 그것을 무시하고 두 사람 사이에 끼어든 나는 개의치 않고 성큼성큼 2층 복도를 걸어가 자료실 앞에서 카사르 대장에게 말했다.

"대장님, 현장은 여기예요."

"알았어." 혀를 차면서 대꾸한 사람은 장 폴이었다. "하지만 보기만 하는 거야. 절대 손대면 안 돼."

장 폴도 지난겨울의 내 활약상을 조금은 평가해주고 있을 것이다. 마지못해하면서도 내가 살인 현장인 자료실로 들어가는 것을 굳이 막지는 않겠다고 마음먹은 듯했다. 어쩌면 막는다고 해도 도저히 막을 수 없을 것임을 벌써 눈치챈 건지도 모른다. 그는 이어서 방 안을 향해 말했다.

"가케루 군, 수고했네."

불도 켜지 않은 채 가케루는 문 옆의 벽에 가볍게 기대고 있었다. 장 폴이 부르자 복도에서 새어 든 희미한 빛에 누르스름하게 물든 청년이 몸을 살짝 건드리는 것이 보였다. 이어서 어슴푸레함 속에서 가케루의 목소리가 들려왔다.

"저도 아래 홀에서 다른 사람들과 함께 기다리겠습니다."

"발코니로 나가는 유리 미닫이문은 처음부터 저런 식으로 열려 있었겠지?"

"예. 저는 조금도 건드리지 않았습니다."

"좋아. 그런데 어떤가, 가케루 군? 자네도 밝은 빛 아래서 이 현장을 살펴봐도 좋네. 어차피 나디아도 함께 있으니까. 카사르 대장도 특별히 불평하지 않을 거고."

"혹시 가능하다면," 가케루는 종잇조각 하나를 장 폴에게 건넸다. "여기에 쓰여 있는 것에 대한 조사를 부탁드리고 싶은데요."

"알았네, 나중에 해두지. 그런데 어떤가, 같이 하는 게?"

"아닙니다, 저는 아래에서 기다리고 있겠습니다. 소네 신부님께 물어보고 싶은 것도 있고요."

장 폴의 요청을 아무렇지 않게 거절한 가케루는 복도를 지나

사라졌다. 물론 우리보다 한 발 먼저 현장 조사를 끝냈을 것이다. 이번에는 홀에 있는 사람들을 상대로 심문을 시작할 모양이다. 착착 수사를 진행하고 있는 듯한 가케루의 모습에 나는 가벼운 초조함을 느끼며 입술을 깨물었다. 그건 그렇고 이 무슨 불공평한 대우란 말인가. 어쩐 일인지 장 폴은 가케루만 대우해주고 있다. 화가 났지만 살인 현장에 대한 흥미가 훨씬 더 컸다. 나는 몸을 단단히 하고 지켜보았다.

지문 흔적에 주의하면서 장 폴이 문 옆에 있는 전등 스위치를 올렸다. 주위는 순식간에 구석까지 환하게 밝아졌다. 볼수록 기묘한 느낌을 주는 방이었다. 이상하게 길쭉한 방이었는데, 복도에서 들어오면 문 맞은편에 다시 복도가 이어지고 있는 듯하다고 해야 할까? 세로로 긴 방 끝에는 바닥까지 닿는 유리 미닫이문이 있었고, 틀림없이 작은 유리 조각으로 보이는 것들이 창가의 바닥에 온통 흩어져서 조금 전에 켠 전등 불빛에 반짝거렸다. 미닫이문 가운데쯤에 살 하나가 가로지르고 있었는데, 깨진 것은 상단 유리였다. 유리가 깨진 걸 그제야 알게 된 것은, 경금속 문틀만을 남기고 상단의 깨진 유리가 완전히 다 떨어져 있었기 때문이다. 그것은 마치 사고로 자동차의 앞 유리가 깨질 때와 같은 모양이었다. 그러나 유리가 깨진 방식에 대해서는 조금 뒤에 자세히 살펴보기로 하고 나는 우선 좌우의 벽을 둘러보았다.

벽에는 좌우 모두 천장까지 책장이나 장식장이 붙박이로 만들어져 있고, 그 절반이 넘는 부분이 책으로 빈틈없이 채워져 있었다. 유리문 장식장에 진열되어 있는 것은 오래된 사본들이었다.

상당히 귀중한 자료임이 틀림없을 것이다. 장과 장 사이의 틈으로 안쪽이 벽인 곳이 좌우에 한 곳씩 있었고, 왼쪽 벽에는 중세의 쇠뇌와 몇 개의 화살이 든 화살집이 장식되어 있었다. 오른쪽 벽에는 무슨 물건을 놓아두는 받침대 같은 것이 보일 뿐이었는데, 모든 것이 빈틈없이 꽉 차 있는 인상의 이 방에서 그곳만 묘하게 으스스 춥게 느껴졌다.

방의 세로 방향 거의 한가운데쯤에는 창문을 향하고 있는 의자 하나가 놓여 있었다. 의자의 위치는 가로선에서도 거의 중앙이라고 할 수 있었지만, 이상하게 길쭉한 이 방에서는 이렇게 표현하는 것이 그다지 의미가 없었다. 의자 옆은 좌우 어느 쪽도 한 사람이 겨우 지나칠 만큼의 공간밖에 남아 있지 않았던 것이다. 그 왼쪽 공간에 노인의 시체가 있고, 오른쪽 공간에는 검은색의 가죽 서류 가방이 난폭하게 내던져져 있었다. 물론 방에 있는 것은 이 의자 하나뿐으로 사람이 앉을 만한 곳은 달리 없었다.

안락의자는 보기에도 묵직했다. 나 혼자의 힘으로는 들기는커녕 움직일 수조차 없을 게 빤하다. 앉은 사람의 머리보다 높은 등받이나 색다른 모양의 팔걸이 등으로 보건대 상당히 오래된 물건임이 분명했고, 목재 부분은 세월 탓에 거무스름한 적갈색의 둔한 광택을 발했다. 덮인 천도 털이 빠진 데다 색을 알아볼 수 없을 만큼 바랬다.

조금 전까지 내린 세찬 뇌우로 방에는 상당히 안쪽까지 다량의 비가 흘러 들어와 있었다. 바닥은 창문에서 문까지 흙 묻은 신발로 온통 더럽혀진 채였다. 누구에게랄 것도 없는 다음과 같은 말을 혼자 중얼거림으로 장 폴이 깨진 유리와 함께 이 흙 묻은 신발 자국에 주목하고 있음을 알 수 있었다.

"안에서 걸어 잠긴 문, 심하게 깨진 유리, 바닥의 흙 묻은 신발 자국, 게다가 시체란 말이지."

"범인은 이 유리를 깨고 침입한 거로군…… 그렇지, 바르베스?"

깨진 유리문을 바라보던 카사르 대장이 갑자기 뛰어오를 기세로 장 폴의 이름을 불렀다. 뭔가 생각난 게 있는 모양이었다. 장폴은 무뚝뚝한 목소리로 대답했다.

"난 또 뭐라고."

"어처구니없는 실수를 저질렀는지도 모르겠네. 놈이 범인인 게 틀림없네."

"카사르, 차분히 얘기해보게. 놈이라니, 대체 누구를 말하는 건가?"

장 폴은 느닷없이 깜짝 놀란 모습의 카사르 대장에게 울리는 굵고 낮은 목소리로 물었다.

"장 노디에야. 10년 전에 이곳 여주인을 살해한 남자일세." 카사르 대장의 목소리는 이제 비명에 가까웠다.

"노디에? 무슨 일인지 처음부터 얘기해보게." 장 폴이 크게 소리쳤다.

"특별히 감추고 있던 건 아니네. 이제야 깨달은 거야. 바르베스, 믿어주게. 그래, 자네 전화를 받고 라블라네에서 이 산장으로 급히 오는 길이었네." 카사르 대장은 드디어 조리 있게 설명하기 시작했다. 애가 탄 장 폴의 고함이 적당한 효과를 발휘한 듯했다. "자네한테 전화를 받은 시각이 6시 15분, 그로부터 10분쯤 후니까 6시 25분쯤이겠지. 푸아로 가는 국도에서 왼쪽으로 꺾어 한참 가다가 몽페리에를 빠져나가는 길에서 골짜기를 흐르는 개울의 다리를 건너고 좀 지나서였네. 드디어 고생스러운 산길로 들어선 참이었지. 비로 길이 미끄러지기 쉬워서였을 거네. 고갯길 도중에 도로 옆의 도랑에 빠져 움직이지 못하고 있는 소형차가 있었네. 차를 길 위로 빼내려고 무턱대고 엔진을 고속으로 회전시키고 있었는데, 우리 사이렌 소리가 가까워지자 갑자기 조용해지고 말았네. 이상해서 차를 멈추고 부하한테 보고 오라고 했지. 잠시 후에 부하 헌병이 흙투성이가 돼서 돌아왔네. 차에 타고 있던 사람은 노디에였는데, 느닷없이 운전석에서 뛰어나와 자기를 밀치고 그대로 골짜기 쪽으로 굴러떨어지듯이 도망쳐버렸다는 거네."

"그 차, 파란색 르노 4 왜건 아닌가요?" 내가 외쳤다.

"그렇소. 르노 4 왜건이었소. 이 주변의 농부가 흔히 타는 차요. 짐칸에 농기구를 싣기도 하는. 노디에는 농기구 같은 게 아니라 삽이라든가 해머, 곡괭이 같은 굴을 파는 도구를 싣고 있었소만."

"장 폴 아저씨, 그거예요, 그 차예요. 이 산장으로 올라오는 사설도로 입구에서 우리 코앞을 스치고 간 차 말이에요."

"아무래도 확실한 것 같군." 음험한 목소리로 장 폴이 으르렁거렸다. 움츠러든 모습의 카사르 대장이 비참할 만큼 떨리는 목소리로 내게 물었다.

"저기, 노디에의 차가 혹시 이 산장에서 내려간 건가요?"

"네, 굉장한 기세였어요."

"그놈이군, 그놈이 범인이야. 나는 이제 끝장이군."

그러나 이야기를 듣고 보니, 이 선량하고 다소 무능해 보이는 시골 경관의 머리 위에 대체 뭐가 덮친 것인지, 그리고 그 충격이 얼마나 심한 것인지도 이해할 법했다. 10년 만에 자유의 몸이 된 장 노디에는 그 후 거의 매일 파란색 르노 4 왜건을 타고 샤투이 마을의 오두막에서 몽세귀르를 찾아가, 다른 사람들은 짐작할 수 없는 목적으로 바위산 중턱이나 주변을 여기저기 파헤쳤다. 때로는 로프에 매달려 암벽을 타면서 바위가 움푹 파인 곳이나 풀과 관목이 자라는 곳 등을 자세히 조사하고 다니는 노디에의 모습이 보였다고도 한다. 가석방자의 수상한 행동은 금세 현지인의 의혹을 불렀다. 사정을 안 니콜 로슈포르의 요청으로 카사르 대장은 이전부터 노디에의 언동에 은밀한 감시의 시선을 보내고 있었다. 그런데도 오늘 밤과 같은 사건이 벌어지고 만 것이다. 업무 태만으로 탄핵을 받는 게 아닐까 하는 두려움으로 카사르 대장이 공황 상태에 빠진 것도 무리는 아니다. 아무튼 상대는 남프랑스 재계의 지배자 로슈포르 일족이니까.

이야기를 들은 장 폴은 쓴웃음을 지으면서 카사르 대장에게 일단 노디에의 행방을 확인하라고 지시했다. 대장은 황급히 계단 아래로 내려갔다. 물론 여기저기에 연락을 취해 노디에를 추적하기 위해서였다. 카사르의 발소리가 사라지고 나서 장 폴은 드디어 의자 옆에 나뒹구는 피해자 근처의 바닥에 한쪽 무릎을 꿇었다.

"어디 보자…… 그런데 이상하군. '피해자는 두 번 살해'된 건가? 확실히 그런 것 같군."

나는 장 폴이 중얼거린 말의 의미를 이해할 수 없었다. 노인의
머리 앞부분은 완전히 깨져 있었다. 이마는 묘한 모양으로 함몰되
었고 찢어진 피부에서는 다량의 피가 흘러나와 얼굴이나 머리카
락, 주변의 바닥을 불길한 색으로 물들였다. 게다가 노인의 심장
에는 화살 한 대가 깊숙이 박힌 채였다.

"타살打殺일까요? 아니면 화살로 사살된 걸까요?"

장 폴의 어깨 너머로 피투성이가 된 섬뜩한 시체를 주뼛주뼛
들여다보면서 내가 물었다. 장 폴은 즉각 대답했다. 어딘가 대수
롭지 않게 여기는 듯한 전문가의 어조였다.

"타살이지. 가슴의 상처에서는 거의 출혈이 없어. 아마 심장이
멈춘 후에 화살에 찔렸기 때문이겠지. 나중에 의사한테 확인하기
로 하고, 먼저 타살을 한 다음에 시체의 가슴에 화살을 쏜 순서는
거의 틀림없다고 생각해도 좋아……"

다음으로 장 폴이 조사하기 시작한 것은 의자 앞 바닥에 굴러
다니는 지름 20센티미터쯤 되는 돌로 된 둥근 공, 즉 석구였다. 물
론 천연의 것은 아니었다. 마치 어린이용 지구의처럼 표면에는 불
규칙한 모양이 얇게 부조되어 있었다. 오래되어 누르스름한 빛을
띠었지만 재질은 아마 흰색 대리석일 것이다. 장 폴이 손수건을
사용해 주의 깊게 살짝 굴리자 그때까지 바닥에 닿아 있던 부분을
옆에서 볼 수 있었다. 거기에는 검붉은 피가 끈적끈적하게 얼룩져
있었다. 내 눈에도 석구가 노인의 타살에 사용된 흉기라는 데는
의심의 여지가 없는 것으로 보였다.

"이상한 도구로 사람 머리를 쳤군그래." 장 폴이 중얼거렸다.

"보세요, 장 폴 아저씨."

나는 손가락으로 가운데가 둥글게 파여 있는 두꺼운 나무 받침대를 가리켰다. 왼쪽 벽에 걸린 활이나 화살과 쌍이 되어야 할 오른쪽 공간이 묘하게 공허한 느낌을 주는 것을 조금 전부터 주목하고 있었던 것이다. 나는 계속해서 말했다.

"대리석 구슬을 장식하기 위한 받침대예요. 처음에는 여기에 놓여 있었을 거예요."

"여기가 흉기를 가져온 데란 말이지." 장 폴은 나를 밀어젖히고 받침대가 있는 벽 앞에 섰다.

"아마 틀림없을 거예요."

하지만 어떤 장식물인지, 나중에 확인해봐야겠다고 나는 생각했다.

장 폴은 이 방에 있는 유일한 안락의자를 조사하기 시작했다. 옆에서 들여다보는 내게 마치 심술궂은 시험관을 흉내 내는 듯한 어조로 "나디아, 이 의미를 알겠어?" 하고 물었다.

들여다보니 앉으면 머리가 닿는 의자의 등받이 부분에서 그 위쪽에 걸쳐 다량의 피가 묻어 있었다. 게다가 피가 튄 부분의 조금 아래쪽 천에는 갈고리에 찢긴 구멍 비슷하게 조그맣게 찢어진 데가 있었고, 거기에도 희미하게 피가 스며들어 있었다. 장 폴은 재빠른 동작으로 시체 옆에 구부리고 앉아 등 밑으로 손을 넣어 뭔가를 찾았다. 기대한 것을 발견했는지 그는 기쁜 듯이 두 손바닥을 맞대고 문지르면서 일어났다. 얼굴에는 만족스러운 엷은 웃음이 배어났다.

"화살촉이 등까지 나와 있는 거죠?"

"맞아. 너도 알았어?"

어이가 없을 만큼 단순한 추정이 아닌가. 의자의 등받이가 피로 물들어 있고 천에 갈고리로 찢긴 구멍이 남아 있다면 시체는 의자에 앉은 자세에서 화살을 맞았다고 생각해야 한다. 화살이 심장을 관통하고 의자 등받이에까지 작은 흠집을 낸 것이다. 그러나 기쁜 듯이 엷은 웃음을 띤 이 몸집 큰 사람은 사실 아무것도 모르고 있었다. 나는 다시 노인의 얼굴을 바라보았다. 두 눈 모두 뜨고 있는데 거기에는 의심이나 공포의 그늘이 없는 듯 보였다. 앞이마는 뭉개졌고 안면은 피투성이였지만, 내가 본 인상으로는 죽은 사람의 표정이 오히려 온화한 것처럼 느껴졌다. 도저히 이해할 수가 없는 노인의 이 표정이 난문처럼 나를 괴롭혔다. 내 고민 따위는 전혀 모르겠다는 듯이 장 폴은 의자 옆의 가방을 힐끗 쳐다보고는 벽에 걸린 쇠뇌 앞에 섰다.

"이게 두 번째 흉기로군. 화살집에 남아 있는 화살도 시체에 박혀 있는 것과 같은 것 같고."

몸을 비스듬히 해서 어떻게든 손을 대지 않고 덮개가 열린 서류 가방 안을 들여다보던 내 귓가에 장 폴의 이런 혼잣말이 들려왔다. 기묘했다. 내가 들여다보니 가방 안은 낡은 책 한 권 말고는 텅 비어 있었다. 독일인이 소중히 안고 있었다는 가방의 내용물은 감쪽같이 사라진 것이다. 아마 전쟁 전에 출판되었을, 낡아빠진 두꺼운 책의 책등에는 독일어로 『20세기의 신화』라는 제목이 쓰여 있었다. 설마 이 헌책을 꼭 껴안고 있던 건 아닐 것이다. 가방의 내용물이 감쪽같이 사라졌다는 사실은 의자 주위에도, 시체 주위에도 책이 한 권도 떨어져 있지 않았다는 또 하나의 사실과 완전히 부합했다. 나는 혼자 납득하고 일어섰다.

"화살집에 남아 있는 것은 열한 대. 개수로 봐도 나머지 한 대가 범행에 사용된 게 틀림없는 것 같군."

다가간 내게 장 폴이 말했다. 장 폴은 포켓북만큼 커다란 수첩을 열고 뭔가 메모하고 있었는데, 아마 화살집의 화살이 원래 몇 대가 있어야 하는지를 나중에 확인해보려는 게 분명했다.

우리의 마지막 조사는 발코니로 통하는 부서진 미닫이문 주변이었다. 폭이 좁은 방 가득히 상하 두 단으로 된 유리 미닫이문 한 장이 달렸는데, 지금은 완전히 닫힌 상태가 아니라 정확히 사람 한 명이 지나갈 만큼 왼쪽으로 열려 있었다. 문 양쪽에는 커튼이 묶여 있었다. 나는 묶인 커튼 뒤를 무심히 들여다보았다. 추측한 대로 유리문의 자물쇠는 커튼 뒤쪽에 있고, 문을 완전히 닫으면 자동으로 잠기는 구조였다. 그때였다. 문득 발밑을 보다가 거기서 중대한 발견을 했다. 의자 등받이의 혈흔이나 빈 서류 가방과 함께 그것은 결코 겉으로 드러나지 않은 이 사건의 심오함을 드러내주는 결정적인 증거였다.

"장 폴 아저씨." 나는 외쳤다.

"무슨 좋은 거라도 발견한 거야?"

"보세요."

장 폴은 내 손가락이 가리키는 데를 보고 나서도 관심이 없다는 듯이 투덜거렸다.

"죽은 나비잖아?"

확실히 보통의 죽은 나비다. 친절하게 가르쳐주었는데도 이 새로운 증거의 의미를 판독할 수 없는 장 폴이라면, 나중에 어떻게 되든 내 알 바 아니다. 멋대로 빗나간 방향으로 나아가 헤매도 할 수 없는 일이다. 질리지도 않고 유리가 깨진 모습을 조사하기 시작한 장 폴에게 나는 마음속으로 이런 악담을 퍼부었다. 바보 같은 장 폴 아저씨……

나비가 죽어 있는 장소는 미닫이문 틀의 가장 구석진 곳으로, 문틀이 바닥과 벽을 따라 직각으로 교차하는 모서리 부분이었다. 얇은 비단처럼 반투명한 파란 날개가 유난히 아름다운 산호랑나비였다. 커다랗게 펼쳐진 날개는 전혀 손상되지 않은 상태였다. 비에 흠뻑 젖어 있긴 했지만, 죽은 나비는 표본처럼 완벽한 상태였다. 깨져 떨어진 유리와 상처 하나 없이 완벽한 모습의 나비 사체. 이 조합이 보여주는 상황은 너무나도 결정적이지 않은가.

장 폴이 열중하고 있는 유리문은 중앙의 살로 상하 두 단으로 나뉘어 있었는데, 그 상단이 완전히 깨져 떨어져 있었다. 실내에 흩어져 있는 것은 아주 작고 뾰족한 유리 파편뿐이었는데, 모두 같은 크기로 보였다. 금이 간 채 아직 무사히 남아 있는 하단의 유리를 손으로 튕겨보던 장 폴이 내게 설명했다.

"깨진 모양을 보니 특수 강화유리야. 자동차의 앞 유리와 같은 거지. 보통의 유리보다는 충격에 훨씬 강하지만, 가해진 힘이 한도 이상이 되면 전체가 순식간에 작은 파편으로 산산이 부서져버리거든. 독일인을 살해한 범인은 먼저 유리를 깨고, 다음으로 손을 집어넣어 미닫이문의 자물쇠를 연 다음에 문을 열고 방으로 침입한 거야……"

예상대로 완전히 빗나간 짐작에 발목이 잡혀 있는 장 폴을 남겨두고 나는 다시 한 번 문으로 돌아가 주의 깊게 자물쇠와 걸쇠의 모습을 살펴보았다. 문밖에서는 열쇠로 여닫을 수밖에 없지만, 실내에서는 단지 쇠붙이 손잡이를 돌리기만 하면 자물쇠를 잠그고 또 풀 수 있었다. 자물쇠 아래에는 안쪽 걸쇠가 있었는데, 이것은 실내에서만 조작할 수 있었다. 조금 전에 열쇠로 열어도 문이 움직이지 않았던 건 이 안쪽 걸쇠가 걸려 있었기 때문이다. 아무리 자세히 살펴봐도 문밖에서 걸쇠를 건 흔적은 없었다. 꽉 닫힌 문에는 아래위의 틈 같은 건 전혀 없고, 열쇠 구멍도 문 바깥에만 있을 뿐이었다. 안쪽에는 쇠붙이 손잡이가 달려 있을 뿐이므로 거기에 실이나 끈을 통과시키는 것은 아예 불가능했다. 걸쇠 주위에는 바늘이라든가 핀 같은 것을 댄 흔적도 없었다. 여기에는 밀실에 관한 기계적인 트릭이 성립할 여지가 없었다. 그렇다, 안쪽 걸쇠가 일반적인 방식으로 방 안에서 걸린 것은 의심할 수 없는 사실이었다.

"바르베스, 나야."

카사르 대장이 외치며 들어왔다. 문 앞은 몇 명의 경관들로 가득 차 있었다.

"푸아에서 의사와 감식반 사람들이 도착했네."

라블라네 같은 작은 마을의 헌병대에는 제대로 조직된 감식반이 없을 것이다. 그 때문에 아리에주의 도청이 있는 푸아에서 지원반이 도착한 모양이었다. 뒷일을 카사르 대장에게 맡기고 장 폴과 나는 창문 쪽을 통해 현장을 떠났다. 물론 장 폴은 마치 자신의 부하에게 지시하는 것처럼 당연한 태도로 중점을 두어 지문 검색을 해야 할 곳을 담당자들에게 주지시키는 일을 잊지 않았다.

# 3

역시 자료실 안과 마찬가지로 발코니에도 흙 묻은 신발 흔적이 남아 있었다. 바로 옆에 있는 계단에도 똑같은 자국이 흩어져 있었다. 우리는 실내 조사를 카사르 대장 일행에게 맡기고 이제 바깥을 조사해보기로 했다.

"가케루 군이나 줄리앙 뤼미에르의 것은 아니겠지?"

카사르 대장의 부하에게서 빌린 대형 손전등으로 주위를 비추면서 장 폴이 말했다. 확실히 말한 그대로였다. 바깥에서 자료실로 들어온 후에도 두 사람의 신발은 전혀 더러워지지 않았었다. 보기만 해도 그 이유는 명백했다. 중정에 면한 산장 1층에는 왼쪽 동 끝의 조리실 쪽과 그 맞은편에 있는 오른쪽 동의 중앙, 이 두 곳에 출입구가 열려 있었다. 그런데 발코니 밑은 돌바닥이어서 어떤 출구로 나오더라도 발코니를 따라 그 아래만 걷는다면 신발을 더럽히지 않고 자료실 밑의 계단까지 올 수 있는 구조였던 것이다.

밤의 어둠 속에는 습한 식물 냄새가 짙게 떠돌고 있었다. 손전등으로 발밑을 비추면서 우리는 그대로 산장 뒤쪽으로 나갔다. 화단 끝의 지면은 뇌우에 젖어 있었으며, 약간 낮은 곳에는 물이 고여 있고 그 주위는 진창이었다. 진창이나 젖은 지면에도 역시 발자국이 남아 있었다. 발자국을 따라가니 무릎까지 풀이 무성한 비탈이 나왔다. 무성한 관목이 점점이 여기저기에 보였다. 내리막 비탈면의 초원에도 아주 최근에 누군가 헤치고 지나간 흔적으로 보이는 꺾인 풀줄기, 흙 묻은 신발에 밟혀 지면에 뭉개진 풀잎 등이 무수히 발견되었다. 손전등으로 그것들 하나하나를 확인하면서 장 폴은 의외로 가벼운 동작으로 비탈을 내려갔다.

비로 다량의 물기를 머금은 지면에 구두와 바짓부리가 흙투성이가 되었고 젖은 풀은 미끄러지기 쉬웠다. 장 폴의 뒤를 따라 가까스로 포장된 사설 도로까지 내려갔을 때 내 하반신은 흠뻑 젖어 있었다.

그곳은 1차선밖에 되지 않는 사설 도로의 초입과 산장의 거의 중간 지점이었는데, 오가는 차가 간신히 비켜 지날 수 있을 정도로 비탈면을 깎아 길을 넓혀놓은 곳이었다. 도로 구석의 포장이 끝난 지점에서 우리는 새로운 것을 발견했다. 젖은 흙 위에 차바퀴 흔적이 남아 있었던 것이다.

"틀림없어. 범인은 여기에 차를 세우고 풀밭 비탈을 걸어 올라가 산장 뒤쪽으로 간 거야. 그러고 나서 바깥 계단을 통해 발코니로 올라가 유리문을 깨고 자료실에 침입한 거지……" 장 폴이 중얼거렸다. 내가 말을 이었다.

"그리고 독일인 손님을 죽이고 여기까지 돌아온 거죠. 여기서 차를 돌려 전속력으로 언덕을 내려가 사설 도로의 출구에서 우리 차와 충돌할 뻔한 거예요. ……산길로 오는 도중에 카사르 대장이 잡지 못했다는 그 남자, 장 노디에가 이 사건의 범인인 걸까요?"

나는 다소 도발적으로 물어보았다. 장 폴은 아주 만족스러운 듯이 낮게 울리는 목소리로 그렇다고 대답하고는 산장의 정면 현관을 향해 언덕길이 된 보도를 성큼성큼 걷기 시작했다.

사설 도로의 가파른 언덕길을 다 올라간 우리는 다시 에스클라르몽드 산장의 현관 앞 너른 정원으로 갔다. 어딘가 이상하게 곡선적인 인상의 웅장한 건축물이 어둠 속에 우뚝 솟아 있었다. 앞쪽 정원은 경찰차 몇 대와 포장이 달린 소형 트럭으로 가득 차 있었다. 현관으로 들어서고 나서 나는 홀로 향하는 장 폴과 헤어져 대기실 옆의 응접실로 들어갔다. 현관 앞에서 양쪽으로 열리는 커다란 창문을 통해 거기에 가케루가 있는 것을 확인해둔 터였다.

"가케루, 이런 데서 뭘 하고 있어?" 나는 뒤로 문을 잠그며 불렀다. "카사르 대장이 도착할 때까지 현장을 조사하기에는 충분한 시간이었을 텐데. 뭐 알아낸 거 없어?"

들고 있던 잡지를 소파에 내던진 가케루는 이상하게 속내를 들여다볼 수 있게 하는 찡그린 얼굴로 나를 쳐다보았다. 잡지는 놀랍게도 줄리앙의 만화 잡지였다. 매번 겪는 일이지만 이 청년의 불성실한 태도에는 화가 날 뿐이다. 이런 때에 만화 같은 걸 보다니, 대체 무슨 생각인 건지.

"자료실에서 뭐 좀 알아냈어?"

"아아, 자료실…… 나디아, 그곳은 보고야. 유리 장식장 안을 봤어?"

거기에는 낡고 얼룩투성이에다 장정까지 헐기 시작한 사본이나 고문서 같은 것이 보관되어 있을 뿐이었다.

"『양원이론兩原理論』, 『리옹 전례서』, 게다가 『비밀의 만찬』이라고도 불리는 『요한 문답록』. 이것들은 모두 카타리파의 경전이야. 아마 700년 이상 전에 만들어진 고사본일걸. 가톨릭 측의 자료도 있었어. 『반카타리파 대전大全』의 사본 일부. 이건 도미니크회의 수도사인 이단 심문관 순교자 성 베드로가 썼다고 알려져 있지. 파리 주교 오베르뉴의 기욤이 쓴 대저 『우주론』, 밀라노의 이단 심문관 크레모나의 모네타가 쓴 『반카타리파·발도파 대전』…… 어느 것이나 가격을 붙일 수 없을 만큼 아주 귀중한 자료들이야. 유리 장식장 안의 고사본들만이 아니야. 방 벽에 바닥에서 천장까지 빈틈없이 채워져 있는 것은 최근 몇 세기 동안 세계 각지에서 간행된 카타리파 관련 연구서들뿐이야. 의심할 여지 없이 세계 유수의 컬렉션이지. 개인 소장품으로는 세계 최대 규모일지도 몰라."

나는 기가 막혔다. 살인 사건의 현장에서 이 청년은 오로지 먼지투성이 고문서나 도움도 되지 않는 책표지만 바라보며 감탄만 한 모양이다.

"내가 물은 건 그런 게 아니야. 너를 습격한 사람과 오늘 밤 사건의 범인은 동일 인물이라고 생각하거든."

가케루의 대답은 살짝 고개를 갸우뚱하는 동작뿐이었다. 물론 나도 이 청년이 대답할 거라고 기대한 것은 아니다. 내게는 생각이 정리되고 있었다. 관계자에게서 필요한 정보만 얻을 수 있다면 어쩌면 진범의 이름을 대는 것이 가능할지도 모른다.

"하지만 재미있어." 가케루가 엷은 웃음을 지으며 중얼거렸다.

"재미있다니, 뭐가?"

"그런 게 있을 리 없다는 시몬 뤼미에르 씨의 단정에도 불구하고 몽세귀르라는 땅에 카타리파의 암살자가 되살아난 거지. 나디아, 협박장 말이야, 그 협박장. 묵시록의 네 기사가 보내온 죽음의 편지……"

나는 가케루가 무슨 말을 하려는지 도무지 이해할 수 없었다. 협박장을 보낸 사람이 오늘 밤 살인 사건의 범인이라는 증거라도 쥐고 있는 것일까?

그때 문이 열렸다. 들어온 사람은 장 폴과 카사르 대장이었다. 아마 관계자 심문에 대비해서 간단한 협의라도 시작할 생각이겠지.

"가케루 군, 어떤가? 자네도 옆에서 우리 이야기를 들어보지 않겠나?"

두 사람과 엇갈리며 방을 나가려고 한 가케루에게 장 폴이 말을 걸었다. 장 폴은 가케루를 수사에 끌어들이고 싶어 안달이었다. 라루스가 살인 사건 이후 이 거칠고 몸집 큰 남자 내부에는 가케루에 대한 기묘한 우정이 생겨났다. 일을 인생 최고의 가치로 삼아온 무취미한 중년 남자에게 그 상대와 함께 일을 하는 것 이외에 자신의 우정을 표현할 방법이 없다고도 할 수 있었다. 그렇다고 파리 경찰청의 수사에 정체를 알 수 없는 동양인을 참가시킬 수는 없다. 그런 의미에서 오늘 밤의 사건은 장 폴에게 얻기 힘든 기회가 된 셈이다. 자신은 휴가 중인 몸이고 수사에 정식 책임을 지는 것도 아니다. 말하자면 손님이고, 초대에 응한다면 자신의 친구도 함께, 라며 초대한 사람에게 교섭하기에도 편한 입장인 셈이다. 이 기회에 장 폴은 가케루와 함께 일을 해보고 싶다는 몇 달 전부터의 뿌리 깊은 바람을 단숨에 실현하자고 결심했을 것이다.

장 폴의 말에 가볍게 고개를 끄덕인 가케루는 잠자코 문 옆의 작은 의자에 앉았다. 그것을 기다리고 있던 사람처럼 카사르 대장은 수첩을 한 손에 들고 이야기를 시작했다. 창문으로 쌀쌀한 고원의 밤바람이 불어 들고 있는데도 카사르의 이마에는 굵은 땀방울이 솟아났다. 이 사람 좋은 인물은 조금 전의 충격에서 아직도 충분히 헤어 나오지 못한 모양이었다. 부드러운 눈을 깜박거리면서 대장은 마치 무서운 상사에게 보고라도 할 때처럼 어딘가 마음 약한 어조로 더듬더듬 이야기를 시작했다.

"바르베스, 우선 피해자의 사망 시각부터 말해도 되겠나? 의사의 얘기로는 피해자가 죽은 것은 대략 5시 반경. 앞뒤로 여유를 둔다고 해도 기껏해야 15분씩인 듯하네. 사인은 둔기에 의한 두개골의 전두부 골절로 즉사. 왼쪽 흉부에 꽂힌 회살은 심장을 관통했는데, 이것은 피해자가 사망한 직후에 실행된 것이라고 하네. 그리고 바르베스, 자네가 신경 쓴 질문 말인데 의사한테 물어보았네. 화살은 실제로 활에서 발사된 것인지 아닌지, 손으로 직접 피해자의 가슴에 찔렀을 가능성은 없는지. 그런데 의사는 활로 쏜 것이라고 했네. 상처의 모양, 체조직의 파손 정도로 판단할 수 있다고 하네. 팔 힘만으로는 단번에 흉부를 관통하는 건 어렵고, 여러 차례 화살에 힘을 주었다면 당연히 사체에 그 흔적이 남는다는 거지."

"추정한 대로군. 피해자인 페스트는 의자에 앉은 자세에서 화살을 맞은 거네. 이런 자세의 남자 흉부에 손으로 화살을 찔러 넣는 건 상당히 어려울 테니까 말일세."

"지문은 자료실의 안쪽 자물쇠, 벽의 활, 비어 있던 가방 등에서 이 집 사람의 것이 아닌 새로운 지문이 검색되었네. 손가락이 피투성이인 채로 닿은 것이겠지. 둔기에는 오른손 엄지손가락과 검지의 피 지문이 찍혀 있었네. 이것도 같은 사람의 것이네. 기록에 있는 장 노디에의 지문은 오늘 밤 안에 조회가 끝날 예정이네. 정체를 알 수 없는 지문은 이것뿐이고, 나머지는 모두 이 집 사람들 것뿐이었네. 이 집에 머물고 있는 손님인 실뱅이라는 남자의 지문이 그중에서 가장 많았던 모양이네. ……바르베스, 역시 범인은 노디에겠지?"

비통한 탄식으로 카사르 대장의 보고가 끝났다. 카사르의 비탄에 동조할 기색이 전혀 없는 장 폴이 이번에는 수첩을 펼쳤다.

"자세한 심문은 나중에 하기로 하고, 홀의 관계자들한테 우선 다음 두 가지로 좁혀서 물어봤네. 오늘 저녁 5시경에서 6시경까지 어디서 뭘 하고 있었는가. 그리고 범행 현장인 자료실의 유리가 깨지는 소리를 들었는가, 들었다면 몇 시 몇 분쯤이었는가, 하는 것이었지."

내가 가케루와 이야기하는 동안 장 폴은 이미 자신 있는 알리바이 조사를 끝낸 모양이었다. 펼친 수첩을 들여다보니 외견과 어울리지 않게 꼼꼼한 글씨로 다음과 같은 메모가 적혀 있었다.

**4시경** : 독일인 골동품상 발터 페스트 도착. 이 시각 산장에 있던 사람은 로슈포르 부부, 딸 지젤, 머물고 있던 손님 샤를 실뱅, 이렇게 4명.

**4시경~5시경** : 현관 옆의 응접실에서 로슈포르, 페스트와 용건에 대한 이야기.

**5시 몇 분 전** : 초대한 손님 폴 소네 신부와 시몬 뤼미에르 도착.

**5시경** : 로슈포르는 용건 이야기를 나누려 소네 신부를 데리고 왼쪽 동 2층 서재로. 니콜은 페스트를 자료실로 안내. 그리고 지젤이 시몬을 도서실로 안내.

**5시경~6시 10분(시체 발견 시각)** : 로슈포르와 소네 신부는 서재에서 용건 이야기.

**5시경~6시 5분** : 시몬은 도서실에서 지젤, 니콜과 교대로 약 30분씩 잡담. 지젤은 5시 반경까지 도서실에, 그 후에는 1층 홀로. 지젤과 교대로 니콜이 도서실로, 6시까지.

**5시경~6시 10분(시체 발견 시각)** : 실뱅은 홀에서 5시부터 6시까지, 전반 30분은 니콜과 후반 30분은 지젤과 잡담. 6시부터 시체 발견 때까지 10분쯤은 홀에서 일본인 야부키 가케루와 잡담.

**5시 25분** : 줄리앙 뤼미에르 도착. 시체 발견 때까지 홀에서 독서 (여기서 나는 웃음을 삼키지 않을 수 없었다. 줄리앙이 읽고 있던 것은 예의 그 SF만화 잡지였다).

**5시 반경** : 세찬 뇌우 내리기 시작.

**6시경** : 니콜, 도서실을 나와 아래층 조리실로 가서 식사 준비를 확인하고 자료실의 페스트를 부르러 감. 도중에 현관 앞 복도에서 그때 도착한 초대 손님 나디아 이하 두 명과도 인사를 나눔.

**6시 5분** : 자료실 앞 복도에는 니콜, 지젤, 줄리앙, 시몬 그리고 다른 두 명(바르베스, 나디아 모가르).

**6시 10분** : 시체 발견. 자료실 앞 복도에는 실뱅, 소네, 로슈포르, 이 세 명이 새롭게 합류. 단 야부키, 줄리앙, 이 둘은 발코니를 통해 자료실로 들어가기 위해 그 자리에 없었음.


"피해자인 발터 페스트는 약속대로 4시 반경에 산장에 도착했네. 라블라네에서 택시로 온 모양이야." 장 폴은 수첩의 메모를 보면서 조사 결과를 설명하기 시작했다.

"피해자가 자신의 차로 오지 않았다면 물론 택시겠지. 이곳 몽세귀르는 완전히 육지의 외로운 섬이니까 말이야. 버스 노선조차 없어. 걸어오든가 아니면 차로 오는 방법밖에 없으니까."

"됐으니까 잠자코 듣게." 장 폴이 낮게 으르렁거리는 소리로 카사르 대장의 쓸데없는 말을 막고 설명을 계속했다. "오늘 밤 안에 페스트를 태운 택시를 찾아내야 하네. 게다가 라블라네에 호텔을 잡아놨을지도 몰라. 서류 가방 하나만 갖고 독일에서 이 먼 몽세귀르까지 왔을 리는 없을 테니까. 여행 가방이 없는 걸 보면 아마 호텔에 방을 잡아놓고 택시를 불렀을 거야."

"호텔에 묵었다면 에스파뉴 호텔이겠지. 별 세 개짜리 호텔이고 풀장도 있으니까. 외국인이 묵는 곳은 대개 거기지. 택시도 라 블라네에는 다섯 대밖에 없고 운전수도 모두 신용할 수 있는 사람들이니까 전화 한 통만 하면 조사를 끝낼 수 있네. 바르베스, 당장 조사해보는 게 좋겠나?"

당장에라도 전화로 달려갈 듯한 카사르 대장을 손으로 제지하며 장 폴이 말했다.

"호텔이나 택시가 도망가겠나? 머릿속을 정리하는 게 먼저네.

페스트는 이 응접실로 안내받아 5시경까지 약 한 시간 동안 로슈포르와 용건에 대한 이야기를 나눴네. 5시 조금 전에 다른 손님이 왔기 때문에 페스트는 본인의 희망대로 자료실로 안내되었지. 로슈포르의 말이 거래 이야기는 저녁 식사 후에 계속하자고 확인을 해줬다고 하네. 새로 온 손님 중의 한 사람은 폴 소네라는 샤투이의 시골 사제네. 전쟁 전에 내가 그 마을에 있었을 때는 아직 부임하지 않아서 잘은 모르지만, 마을 사람들의 평판은 나쁘지 않다고 하네. 로슈포르는 현관에서 왼쪽 동 2층에 있는 자신의 서재로 노신부를 안내했고 시체가 발견될 때까지 한 시간 이상 같이 있었다고 했네."

"로슈포르와 소네 신부한테는 알리바이가 있다는 말이군." 카사르 대장이 자신 없는 목소리로 말했다.

"일단은 그렇다는 얘기네. 자세한 것은 아직 물어보지 않았으니까. 소네 신부와 함께 온 사람은 서른 살이 넘은 여교사로 이름은 시몬 뤼미에르네. 묘한 여자인데 고집이 세고 머리도 나쁘지 않아. 어딘지 모르게 무슨 내막이 있을 듯한 생김새의 여자야."

무척 언짢아하는 장 폴의 찌푸린 얼굴은 시몬에게 무척 애를 먹었음을 말해주었다. 물론 어떤 경우든 공무원에게 얌전히 협력할 시몬이 아니었다. 아마 공식적으로 어떤 수사권도 갖고 있지 않다는 장 폴의 약점을 찌르며 시몬은 간단히 이 파리 경찰청 경감의 코를 납작하게 해주었을 것이다. 시몬이 장 폴의 사건이었던 가케루 저격 사건에 깊이 관련되었을지도 모르는 여자라는 것을 알려주면 대체 어떤 얼굴이 될지를 생각하고 나는 터져 나오려는 웃음을 필사적으로 삼켰다. 하지만 가케루의 입막음이 있는 이상 그걸 말할 수는 없었다.

"로슈포르와 소네 신부, 이 두 사람이 왼쪽 동 2층으로 사라지자 이번에는 시몬 뤼미에르, 피해자 페스트 그리고 니콜과 지젤, 이 네 명이 오른쪽 동 2층으로 올라갔네. 지젤과 시몬은 도서실로 들어갔고 5시 반경까지 거기서 잡담을 나누었지. 니콜은 페스트를 자료실로 안내한 후 1층 홀로 돌아와 저녁 식사 준비를 확인하러 안쪽의 조리실에 갔을 때 이외에는 거의 그곳에 있으면서 5시 전부터 홀에 있던 손님 실뱅과 잡담을 나누었네. ……그런데 카사르, 뇌우가 쏟아지기 시작한 정확한 시각은 확인했나?"

"물론 확인했네, 바르베스." 이렇게 대답하는 카사르 대장은 약간 의기양양했다. "자네가 말한 대로 지방 기상대에 전화해보았네. 이 일대에서는 5시 29분 전후라고 하더군. 그 밖에 이 근처에 사는 사람 중에 뇌우가 내리기 시작한 시간을 정확히 알고 있는 사람을 샅샅이 알아봤네. 몽세귀르에서 비가 내리기 시작한 것은 5시 29분이라고 생각해도 좋을 거네."

"그런가? 그럼 좀 더 명확해지는군. 하루 종일 시계를 보면서 움직이는 사람은 아무도 없으니까 말이야. 증언에는 아무래도 최소한 몇 분 정도의 오차가 있다네. 사망 추정시각은 5시 30분을 중심으로 전후 15분, 다시 말해 5시 15분에서 5시 45분까지 30분 사이네. 문제는 5시 반경 누가 뭘 하고 있었는가 하는 점인데, 여기가 좀 확실하지 않았네. 시몬 뤼미에르의 남동생인 줄리앙이라는 좀 건방진 젊은이 말인데, 이놈은 '5시 반경 산장에 도착했다'고 말했네. 니콜은 '5시 반경 홀을 나가 도서실로 갔다'고 했고. 지젤은 '5시 반경 니콜이 와서 교대로 홀로 내려갔다'고 했지. 그런데 말이야, 계속 홀에 있던 실뱅은 '줄리앙이 현관으로 뛰어든 것은 비가 오기 2, 3분 전이고, 그때 홀에 있던 사람은 자기 혼자였다'고 했거든. 다시 말해 줄리앙이 도착한 시간에 지젤과 니콜은 둘 다 도서실에 있었다는 이야기가 되는 셈이지. 실뱅의 얘기로는 지젤이 홀로 돌아온 것은 비가 오고 나서 2, 3분 후라고 하네. 비가 내리기 시작한 시각이 정확해지면 이 부분의 애매한 점도 확실해지겠지······."

이렇게 말하며 장 폴은 수첩의 다음 페이지에 새롭게 이런 시간표를 덧붙였다.

**5시 25분** : 니콜, 홀에서 도서실로.

**5시 26분 :** 줄리앙, 산장에 도착. 홀로 감.

**5시 29분 :** 뇌우 내리기 시작.

**5시 32분 :** 지젤, 도서실에서 홀로 감.

"이래도 아직 1분 정도의 오차는 있는데 뭐 대충 이런 정도겠지. 카사르, 내가 세세한 부분에 너무 집착한다고 생각하겠지. 하지만 나중에 알게 될 걸세. 이건 범인이 언제 살인 현장에 침입했는지를 확정하기 위해 결정적으로 중요한 거라네.

그리고 30분 동안은 별다른 움직임이 없네. 우리가 여기에 도착한 것은 6시경이었지. 현관을 들어선 곳에서 니콜을 만났네. 니콜은 그 조금 전에 도서실을 나와서 계단을 내려와 조리실을 들여다봤을 뿐이고, 페스트가 있는 자료실로 가기 위해 다시 한 번 계단을 올라가는 참이었네. 지젤의 안내로 홀에 들어서자 거기에는 줄리앙과 실뱅이 있었지. 그러고 나서 한바탕 소란이 벌어졌고, 최종적으로 독일인의 시체를 발견한 것은 6시 10분이었네. 시간 관계에서 또 하나 중요한 증언이 나왔네. 줄리앙이라는 젊은이가 저택의 사설 도로를 올라왔을 때의 일이네. 다시 말해 5시 25분쯤이되는 거지. 그때 언덕길 도중에 길이 약간 넓어진 곳에는 이미 노디에의 파란색 르노 4 왜건이 주차되어 있었다는 증언이야. 게다가 그때 운전석에는 아무도 없었다네. 이 르노 4 왜건이 다음으로 목격된 것은 6시경이네. 사설 도로 출구에서 우리 차 앞을 스치고 굉장한 기세로 라블라네 방향으로 달려갔지. 늦어도 6시 15분까지는 몽페리에 앞에 도착했을 텐데, 카사르, 자네한테 발견된 것이

6시 25분이네. 그렇다면 약 10분간 도랑에 빠진 차를 도로로 끌어 올리려고 쓸데없이 가속페달을 밟고 있었던 셈이지."

"역시 노디에로군." 카사르 대장이 다시 비통한 신음을 토했다.

"그런데 두 번째 문제는, 범인이 자료실에 침입한 것은 언제인 가, 바꿔 말하면 자료실의 유리가 깨진 것은 언제인가, 하는 점이 네. 살인 현장인 자료실은 완전히 방음되어 있네. 그 때문에 유리 가 깨진 듯한 소리를 들은 사람은 모두 다섯 명뿐이네. 중정을 끼 고 자료실과 거의 마주 보고 있는 서재에 있던 두 사람, 그러니까 로슈포르와 소네 신부지. 게다가 자료실과 비스듬히 마주 보고 있 는 도서실에 있던 시몬, 지젤, 니콜, 이 세 명도. 하긴 이 다섯 명 가운데 확실히 들었다는 사람은 소네 신부와 니콜, 이 두 명뿐이 네. 나머지 세 사람은 들은 것 같다거나 말을 듣고 보니 그런 것 같기도 하다는 정도의 아주 애매한 증언이었지.

서재에 있던 소네 신부의 이야기로는, 단단한 것이 깨지는 소리 가 난 것은 5시 27분. 우연히 시계를 봤던 것이 행운이었다네. 그 2, 3분쯤 후에 뇌우가 쏟아지기 시작했다는 로슈포르의 이야기에 서 보면 5시 27분이라는 시간은 계산과 딱 맞아떨어지지. 바로 그 소리가 났을 때 니콜은 도서실의 문을 막 열었던 참이었네. 이것 도 운이 좋았지. 문을 열지 않았다면 도서실 안에 있던 지젤과 시 몬에게도 당연히 들리지 않았을 테니까. 세 사람 다 쿵 하고 뭔가 가 떨어지는 듯한 소리를 들었는데, 가장 확실하게 들은 사람은 아직 복도에 있던 니콜이고, 지젤은 이야기를 듣고 알았다는 정도 라고 말했네. 이는 소네 신부와 함께 있던 로슈포르와 같은 반응이지. 결국은 천둥소리겠지, 했던 모양이네. 몇 분 후에 비가 내리기 시작했다는 증언도 서재와 도서실에 있던 사람들 모두 일치하네."

"하지만 장 폴 아저씨." 내가 끼어들었다. 이 이야기에 어쩐지 석연찮은 느낌이 남았던 것이다. "아저씨의 시간표에서는 니콜이 홀로 나온 건 5시 25분이었어요. 홀에서 2층 도서실까지 1분이 걸렸다고 해도 5시 26분에는 도서실 문을 열었을 거예요. 5시 27분이라는 서재에 있던 사람들의 증언과는 1분쯤 달라져요."

"아무도 그때마다 시계를 본 것은 아니니까. 만약 봤다고 해도 그게 1분 정도 차이가 나는 것은 흔한 일이지. 그렇게 말한다면 로슈포르는 소리가 나고 나서 2, 3분 후에 비가 내리기 시작했다고 주장하고 있고, 지젤이나 니콜은 3, 4분 후였다고 증언하고 있거든. 이 정도의 오차는 흔히 있는 일이야. 1분쯤 어긋난 거라면 대체로 신용할 만한 숫자라고 생각해도 좋아. 시몬은 4, 5분 후였다고 말했어. 이 1분, 2분의 차이가 결정적인 사태가 아닌 한 자료실의 유리가 깨진 것은 일단 5시 27분경이었다고 생각해도 될 거야."

"알았어요, 장 폴 아저씨. 일단 5시 27분경이라고 해두죠. 하지만 2, 3분에서 4, 5분이라는 폭으로 증언하는 이상, 5시 24분에서 5시 28분 사이의 언제라는 식으로 폭을 두는 게 좋을 것 같아요. 그런 상태에서 일단 시각을 정리해두기로 하죠.

자료실의 유리가 깨진 것은 앞뒤로 몇 분의 폭을 두고 대략 5시 27분. 그 무렵 서재에는 로슈포르와 소네 신부, 도서실에는 시몬, 지젤, 니콜이 있었어요. 홀에는 실뱅과 줄리앙, 이 두 사람이 있었

159

는데, 둘 다 유리가 깨지는 소리를 듣지 못했어요. 그렇죠?"

"나머지는 고용인이로군." 카사르 대장이 덧붙였다. "이 집 고용인은 모두 여섯 명인데, 가정부인 르메르 부인과 니콜의 하녀, 두 사람은 5시부터 6시까지 조리실에서 저녁 식사 준비를 하고 있었네. 그 한 시간 동안 한순간도 서로 눈을 뗀 적이 없고 내내 함께 있었다는 증언이 나왔다. 말 사육 담당인 방돌 부자와 운전수, 요리사, 이 네 명은 휴가로 푸아로 나가서 아직 돌아오지 않았고. 다시 말해……"

"다시 말해 서재에 두 명, 도서실에 세 명, 홀에 두 명, 조리실에 두 명, 그때 집 안에 있던 사람은 모두 서로 알리바이를 확인해주고 있다는 얘기로군요."

"그렇게 되는 셈이지." 어딘지 모르게 언짢은 듯이 장 폴이 말했다.

이상하다. 그럴 리가 없다. 어딘가 교묘하게 짜인 기만이 숨어 있을 것이다. 나는 그렇게 생각했다. 그러나 진상으로 향해야 할 기만의 균열을 아무리 해도 아직 발견할 수가 없었다. 나는 초조했다. 하지만 어떻게 할 도리가 없었다. 가케루는 한 마디도 하지 않고 입가에 여유 있는 엷은 웃음의 주름을 새기며 침묵을 지키고 있었다.

"그런데 깨진 유리 말인데, 감식반은 뭐라고 하던가?" 장 폴이 물었다.

"바르베스, 깜박 잊고 말을 안 했군." 카사르 대장이 외쳤다. "감식반 말로는 그 정도 두께의 강화유리라면 사람의 손으로 깨는 데는 상당한 힘이 필요하다고 하네. 꽤 큰 도구로, 다시 말해 타격면이 이 정도……"라고 말하며 카사르 대장은 두 손의 엄지와 검지로 커다란 원을 만들어 보였다. "큰 쇠망치나 도끼 같은 것으로 있는 힘껏 치지 않으면 안 된다고 했네. 그래서 나는 노디에의 차 짐칸에서 구멍을 뚫는 도구를 가져오게 해서 감식반한테 보여줬네. 그랬더니 담당자가 그것들 중에서 딱 맞을 것 같은 대형 해머를 찾아내주었지. 내일이라도 당장 그 두께의 강화유리로 실험해보기로 했네."

"바르베스 경감님." 난데없이 가케루가 옆에서 말했다. "제가 부탁한 실험 말인데요, 결과가 어떻게 나왔습니까?"

"카사르, 그거네. 내가 메모를 넘겼잖은가." 장 폴이 말했다. "해봤나?"

"물론이네, 바르베스. 그 실험에 무슨 의미가 있는지 나는 잘 모르겠지만 말이야……

메모에 적힌 대로 시체를 안락의자에 앉혔네. 물론 등으로 빠져나와 있는 화살촉이 의자 등받이에 남아 있는 찢긴 자국과 딱 맞게 주의해서 시체의 자세를 조정했지. 그리고 주문대로 계측을 해봤네." 카사르 대장은 수첩에 끼워진 종이에 적힌 숫자를 읽기 시작했다. "피해자의 흉곽에 꽂힌 화살은 비스듬히 오른쪽 위 방향을 향하고 있었네. 각도는 세로 9도에서 10도 사이, 가로는 3도가 좀 넘었네. 충고한 대로 수사 중에도 의자의 위치는 조금도 움직이지 않으려고 주의했고, 다리 네 개의 위치는 바닥에 표시를 해두었네. 묵직한 의자라서 그럴 리는 없다고 생각하지만, 만약 움직여도 그걸로 원래 자리에 정확히 되돌릴 수 있을 거네. 다른 계측 결과도 여기에 써두었네. 의자에 다시 앉힌 시체의 가슴에 난 상처 위치를 측정한 숫자 같은 거네. 바닥과 벽에서의 거리로 측정되어 있지."

카사르 대장은 종잇조각을 가케루에게 건넸다. 나는 가케루의 착상이 이해되지 않은 건 아니었지만, 그래도 중요한 데서 생각이 혼란스러워졌다. 자세한 것은 잘 모르지만 활에서 쏘아진 화살의 경우에는 총알의 탄도보다 훨씬 큰 편각이 생길 것이다. 발사물에 가해지는 힘, 즉 발사 때의 초속이 무척 다르기 때문이다. 게다가 의자 등받이에 난 흔적과 피해자의 흉부에 난 상처 즉 인체에 화살이 뚫고 들어간 지점, 그리고 기껏해야 화살 오늬의 위치라는 서로 너무 근접해 있는 이 세 점밖에 정해진 위치의 점을 구할 수 없는 직선에서는 그것을 앞으로 쭉 뻗으면 오차 범위가 너무 크지 않은가. 또 있다. 거의 순간적으로 통과해버리는 총알과 달리, 이를테면 보다 느리게 신체 조직에 침입하고 게다가 관통하지 않고 체내에 남게 되는 길쭉한 형상의 물체인 화살의 경우, 몸이 뚫릴 때 압박된 생리 조직의 반동 같은 힘이 작용하여 화살의 침입 각도나 위치가 시간이 지남에 따라 상당히 바뀌는 일도 있지 않을까?

가케루의 의도는 아마 쇠뇌를 쏘는 자세를 취한 범인의 어깨 높이에서 대체적인 범인의 신장을 밝혀내는 데 있을 것이다. 하지만 나의 초보적인 의문이 모두 전혀 문제가 되지 않는 거라고 해도, 여기서 얻은 숫자로 범인의 신장을 맞히는 일은 거의 불가능하다. 계산이 성립하기 위해서는 범인이 쇠뇌를 쏘는 자세를 취한 장소, 화살을 발사한 장소가 지정되어야만 하기 때문이다. 그러나 장소를 특정할 수 있는 증거는, 내가 아는 한 살인 현장 어디에도 없었다.

"너, 범인이 그 방 어디서 화살을 쐈는지 알고 있는 거야?" 나는 가케루를 추궁했다.

"몰라. ……내가 관심이 있는 건 어디서 쐈는가가 아니라 어디에서 쏠 수 없었는가 하는 거야."

어디에서는 쏠 수 없었는가…… 가케루는 의미가 있는 듯 너무 이상하게 말해서 나는 그 진의를 파악할 수 없었다.

"어디에서 쏠 수 없었는가라니? 가케루, 대체 무슨 뜻이야?"

"시간이 아니라 공간이 이 사건의 열쇠라는 거지."

수수께끼 같은 부자연스러운 미소를 지으며 가케루가 말했다. 그리고 카사르 대장의 조사 결과에 충분히 만족한 듯 손에 든 종이에 적힌 숫자를 자세히 들여다보며 다시 침묵에 빠졌다.

# 4

가케루가 입을 닫아버리자 주위에는 짧은 침묵이 흘렀다. 뭔가 수수께끼 같은 생각이 있는 듯한 이 일본인을 내가 추궁하려 들 때였다. 그때까지 자신 없는 듯 얼굴을 숙이고 있던 카사르 대장이 무척 머뭇머뭇하는 어조로 말했다.

"바르베스, 범인은 역시 장 노디에겠지?"

"우선 노디에를 체포하는 데 나는 전혀 이견이 없지만……" 장폴의 어조는 평소와 달리 시원시원하지 않았다.

"노디에가 범인이 아닌 건가?"

"그런 말을 한 건 아니네." 장 폴이 소리쳤다. "아마 그놈이 죽였겠지. 동기는 별개로 하고, 노디에의 오늘 밤 행동은 확실히 좀 지나쳐. 사설 도로 중간에 차를 세우고 뒤쪽으로 이 산장에 침입해 자료실에서 독일인을 죽이고 도망친 거지. 노디에라는 남자는 이

집 주인 로슈포르의 전처를 죽였다고 했지 않나. 그런 점에서 그놈의 이번 살해도 동기는 분명하겠지."

"장 폴 아저씨, 아니에요." 내가 말했다. 내게는 그가 초조해하는 이유가 잘 이해되지 않았다.

"뭐가 아니라는 거지?"

"자신이 믿고 있지 않는 걸 다른 사람한테 말하면 안 되죠. 왜냐면 그렇잖아요, 5시 25분경에 이미 노디에의 파란색 르노 4 왜건은 사설 도로 중간에 주차되어 있었는데 차 안은 비어 있었어요. 풀밭을 올라 산장 뒤로 해서 자료실로 들어간 것도 분명해요. 바깥 계단에서 2층 발코니로 올라가 5시 27분경에 유리문 상단을 깨고 자료실로 침입했겠지요. 손을 넣어 유리문의 걸쇠를 벗기고 한 사람이 들어갈 만큼 문을 연 다음 현장인 방으로 들어간 것처럼 보여요. 독일인 발터 페스트를 타살하고 시체의 가슴에 화살을 쏜 다음에 문에 걸쇠를 걸어서 살인이 뒤늦게 발각되도록 해놓고 현장에서 도망쳤어요. 왔던 길로 되돌아가 언덕길 중간에 세워둔 차를 타고 맹렬히 사설 도로의 언덕길을 내려가기 시작했지요. 사설 도로 출구를 통과한 건 6시경이었어요……

장 폴 아저씨, 지금까지의 조사로 노디에의 행동을 재현하면 이렇게 돼요. 하지만 유리가 깨진 소리가 난 것은 5시 27분, 뇌우가 내리기 시작한 건 5시 29분이에요. 시간에 약간의 오차가 있다고 해도 증언은 모두 뇌우가 내리기 몇 분 전에 유리 깨지는 소리가 들렸다는 거였어요. 만약 뇌우가 내리기 전에 노디에가 현장에 침입했다면 왜 방 안에 흙이 묻은 젖은 발자국이 나 있는 거죠? 장 폴 아저씨, 저랑 둘이서 조사했으니까 잘 아실 거예요. 산장 뒤에서 사설 도로 중간으로 나가는 풀밭 비탈에는 수렁이나 늪도 없었어요. 비가 내리기 전에 그곳을 지났다면 신발이 그렇게 흙투성이가 되었을 리 없어요.

그러니까 유리를 깬 사람은 노디에가 아니에요. 아마 유리를 깬 사람이 독일인을 살해한 진범일 테니까, 노디에는 시체의 최초 발견자일 수는 있어도 이 사건의 범인은 아닐 거예요. 사실은 아저씨도 이렇게 생각하고 있잖아요. 그런데도 아저씨는 비가 내리기 전에 유리를 깨고 독일인을 죽인 노디에가 일단 차 근처까지 도망쳤다가 몇 분 후에 뇌우가 내리는 가운데 뭔가 놓고 온 물건이라도 가지러 다시 현장까지 왔다 간 거라는 말인가요?"

"나디아, 너도 실제로 머리가 그리 나쁘지는 않네. 네 아빠를 많이 닮았어." 장 폴은 두 팔을 크게 벌리고 어깨를 슬쩍 들썩이며 말했다. 얼굴에는 쓴웃음을 짓고 있었다. "확실히 네가 말한 대로야. 하지만 지금으로서는 노디에가 놓고 온 물건을 가지러 태연히 돌아왔다는 이야기를 믿기로 해둔 거야. 너는 무시할지 모르지만, 그런 일은 종종 일어나거든. 살인을 저지른 사람이 잊어먹고 치우지 못한 증거가 불안해서 잠시 후에 다시 현장으로 돌아가는 일이 말이야. 살인과 가택 침입이 두 사람에 의해 거의 동시에 우연히 이루어졌다는 이야기가 더 가능성이 없어 보이는데."

"역시 노디에를 쫓겠다는 건가요?"

"수사의 상궤지. 사라진 놈을 쫓으라는 게. 노디에를 잡아놓고 보면 그놈이 재차 현장에 들어갔는지 어떤지도 확실해질 테니까."

나는 잠자코 장 폴의 거칠고 울퉁불퉁한 얼굴을 쳐다보았다. 그는 말을 이었다.

"나도 그쯤은 생각해. 내 생각도 너와 같아. 의문은 노디에의 흙 묻은 신발뿐만이 아니야. 유리를 깨려고 노디에가 대형 해머를 갖고 있었다면 왜 같은 도구로 독일인의 머리를 때리지 않았을까? 뭔가 알 수 없는 이유로 해머를 사용하는 게 싫었다고 해도, 하필이면 그런 돌덩이로 사람 머리를 박살내는 것도 아주 이상한 일이야. 그 방의 장식장에는 은으로 된 문진도 있고 묵직한 청동 화병도 있었어. 어느 것이나 사람 머리를 때리는 데는 편리한 도구지. 그 지긋지긋한 돌덩이는 잡는 데가 없어서 한 손으로는 집을 수도 없어. 두 손을 쓰지 않으면 들어 올릴 수도 없지. 게다가 둥글고 표면이 매끈해서 애써 들어 올려도 손바닥에서 미끄러지기 십상이야. 그런 것을 일부러 흉기로 택한 사람의 생각이 나는 전혀 이해가 안 돼.

잘 알 수 없는 것은 또 있어. 독일인이 고의적으로 두 번이나 죽임을 당한 것은 차치한다고 해도, 독일인을 타살한 후 왜 다시 쇠뇌로 심장을 쏘았느냐 하는 거야. 머리를 맞고 바닥에 쓰러진 남자의 가슴에 화살을 박아놓으려고 했다면 이걸로 충분했을 텐데 말이야."

이렇게 말하며 장 폴은 옆의 탁자를 주먹으로 탕 쳤다. 정말 울분을 토하는 모습이 우스워서 나는 웃음을 삼킬 수밖에 없었다. 그때 옆에서 카사르 대장의 맥 빠진 목소리가 들렸다.

"하지만 말이야, 바르베스. 의자에 앉아 있는 걸 내리쳤다고 하

면 어떻게 되는 거지? 의자에 있는 시체의 심장에 손으로 화살을
찔러 넣는 것은 어려울 테니까 말이야……"

장 폴이 기쁜 듯이 엷은 웃음을 지었다. 그리고 카사르 대장에
게 이렇게 대답했다.

"카사르, 지금 여기서 실제로 해보면 되네. 내가 피해자 독일인
이라고 해보자고. 의자도 마침 똑같은 거야. 그 돌덩이로 내 머리
를 내리쳐보게."

카사르 대장은 놀라서 눈을 깜박깜박했지만, 장 폴이 거듭 재
촉하자 어쩔 수 없이 부하에게 증거물인 석구를 가져오라고 했다.
그리고 문 앞에서 묵직해 보이는 석구를 장갑 낀 두 손으로 받아
들고 장 폴 앞에 섰다. 석구에는 생생한 핏자국이 남아 있었지만
그 섬뜩함보다는 무척이나 당혹스러워하는 카사르 대장의 태도가
너무 딱해서 또 우스웠다. 장 폴은 의자에 앉은 채 엉덩이의 위치
를 옮겨 자신의 머리 높이를 조정했다. 피해자의 머리 높이를 재
현하려고 한 것이다.

"바르베스, 어떻게 하면 되겠나?" 카사르 대장이 한심한 목소리
로 물었다.

"정말 내리쳐도 좋은데, 다만 내리칠 곳은 피해자와 똑같은 이
마 위가 아니면 곤란하네."

카사르 대장이 숨을 삼켰다. 그렇다, 의자에 앉아 있는 남자를
앞쪽에서 이 흉기로 내리치기 위해서는 방법은 단 하나, 두 손으로
들어 올려 두개골의 정수리를 내리치는 것 이외에 다른 방법이 없
다. 다시 말해 높은 의자에 등을 기대고 앉은 남자의 앞이마 윗부

분에 이 흉기로 치명적인 타격을 가하는 건 극히 어려운 일이었다.

"이런 식으로……" 장 폴은 이렇게 말하며 천장을 올려다보았다. 의자의 등받이는 거의 수직이고 앉은 사람의 머리보다 높기 때문에 천장을 올려다보기 위해서는 후두부를 등받이에 붙이고 턱을 억지로 앞으로 내미는 부자연스러운 자세를 취해야만 했다. "천장을 올려다보고 있었다면 또 모르겠지만, 앞이나 옆을 보고 있었다면 아무것도 안 되겠지. 의자 앞에는 유리문 너머로 중정의 광경이 펼쳐져 있네. 곁에 있던 책이라도 읽고 있었다면 얼굴은 아래를 향했겠지. 그 어느 쪽일 수도 있겠지만, 아무것도 없는 천장을 이런 무리한 자세로 바라보고 있었을 가능성은 일단 없다고 봐도 좋겠지. 그렇다면 상처가 난 위치에서 볼 때 그 돌덩이로 의자에 앉아 있는 사람을 내리친다는 것은 거의 불가능한 일이야."

"하지만 현장에는 읽다 만 책 같은 건 없었어요." 내가 옆에서 끼어들었다. 장 폴이 텅 빈 서류 가방의 의미에 주목하고 있는지 어떤지 이런 식으로 넌지시 마음속을 떠봤다.

"그렇다면 앞을 향한 채 중정이라도 보고 있었겠지. 그래 봬도 꽤 정성 들여 만든 중정인 것 같으니까 말이야. 외국인이 신기한 듯 바라보고 있었다고 해도 별로 이상하지 않을 거야."

장 폴은 아주 귀찮다는 듯이 대답하고 다시 카사르 대장을 상대로 말을 계속했다.

"아마 독일인은 서 있을 때 공격당했을 거네. 하지만 이게 또 묘하네. 흉기인 석구를 양손으로 들어 올리고 다가오는 범인한테 피해자는 전혀 도망치려고도 하지 않고 자신의 대머리를 내밀었다는 얘기가 되니까. 내리쳐달라고 말하는 것처럼 말이야. 게다가 범인은 요란하게 유리문을 깨고 침입했네. 그걸 생각하면 살의가 없는 것처럼 보이면서 장난처럼 석구를 들어 보이고, 그러고 나서 느닷없이 내리쳤다고 하는 것도 상당히 무리가 있지."

"그래, 장 폴. 자네도 그 사람의 사인을 봤잖은가. 즉사였다고 하는데 그 사람 얼굴은 기껏해야 가볍게 놀라는 표정이었어. 살인자가 다가오는 걸 목격한 사람의 얼굴로는 보이지 않아. 눈앞에서 유리를 깬 남자가 침입하는 정경을 봐야 했다는 것만으로도 얼굴에 좀 더 심한 감정이 드러날 수밖에 없는데 말이야."

"뭐 그렇긴 하지만, 사람의 죽은 얼굴 같은 건 믿을 게 못 되네." 이렇게 대답한 장 폴은 그다지 내 의견을 존중하는 것 같지는 않았다. 그때 카사르 대장이 중얼거렸다.

"나는 잘 모르겠지만 말이야, 범인은 왜 바닥에 쓰러진 남자를 일부러 의자에 앉힌 걸까?"

"화살을 손으로 찔러 넣은 게 아니라 어디까지나 활로 쏘고 싶었던 거겠지. 왜 그렇게 성가신 일을 했는지는 전혀 모르겠네.

설사 쇠뇌라도 바닥에 쓰러져 있는 사람한테 옆에 선 사수가 바로 위에서 화살을 쏘는 것은 조준이라는 점에서만 봐도 상당히 어려운 일일 거네. 표적까지의 거리도 너무 가까웠을 거고. 의자 등받이는 앉은 사람의 머리보다 높고, 양쪽이 팔걸이인 앉은 자리의 폭도 사람의 몸집보다 그리 넓지 않네. 이 의자에 앉혀두면 신장을 관통하기에 딱 좋은 자세로 시체를 고정시킬 수 있는 셈이지."

"부자연스러워요, 장 폴 아저씨. 아저씨 말은 부자연스럽다고요. 그렇다면 왜 시체의 가슴에 화살을 쏜 후 범인이 다시 시체를 바닥에 쓰러뜨려서 놓았을까요? 게다가 막 사용한 쇠뇌를 왜 일부러 벽에 돌려놓았고요? 한시라도 빨리 도망치고 싶었을 텐데 말이에요. 마치 예의 바른 어린애 같잖아요. 뒷정리는 말끔히 해 놓아야지, 뭐 이런 건가요? 그렇다면 흉기로 쓴 석구도 원래대로 장식장의 받침대에 돌려놓았으면 좋았을 텐데, 그건 또 난폭하게 바닥에 내팽개친 채 있었어요. 노디에가 혼자 했다는 것도 억지로 그렇게 생각해서예요. 부자연스러운 점이 이렇게 많잖아요. 장 폴 아저씨, 아직도 생각이 달라지지 않았어요?"

이런 내 설득에도 장 폴은 전혀 꿈쩍하지 않았다. 얼간이처럼 뻔뻔한 얼굴로 그저 히죽히죽 웃을 뿐이었다. 그렇다면 어쩔 수 없다. 나는 여기서 갖고 있던 폭탄 하나를 던지기로 했다.

"장 폴 아저씨, 그렇다면 가르쳐드릴게요. 노디에가 범인이 될 수 없는 이유를요. 이것에 비하면 유리가 깨진 시각과 뇌우가 내리기 시작한 시각의 오차 같은 건 전혀 중요한 문제가 될 수 없어요. ……아저씨, 죽은 나비를 봤죠?"

"그게 어떻다는 건데?"

"잠자코 들어보세요. 아저씨가 모르는 걸 가르쳐드릴 테니까요.

나비는 표본처럼 완벽했어요. 나비가 죽어 있는 곳은 창틀 구석의 모서리였어요. 미닫이를 완전히 닫았다면 날개가 뭉개지고 부서질 만한 장소예요. 하지만 죽은 나비는 하나도 손상되지 않았어요. 그리고……"

"그리고 어쨌다는 건데?" 옆에서 불쑥 끼어든 사람은, 사건 검토가 시작되고 나서 지금까지 거의 말을 하지 않고 있던 가케루였다. 청년은 어딘지 모르게 재미있어하는 듯한 얼굴로 나를 쳐다보고 있었다. 도발하는 것처럼 느껴진 가케루의 말을 받아치기 위해 나는 단호한 어조로 말했다.

"그리고…… 끝까지 닫지 않으면 미닫이문의 자물쇠는 채워지지 않는 구조였어요. 그러니까 완전히 닫히지 않으면 자물쇠는 절대 잠기지 않는 거지요. 장 폴 아저씨, 이것이 뭘 의미하는지 아시겠어요?"

냉엄한 표정을 무너뜨리지 않으려고 나는 목 안쪽에서 복받치는 득의양양한 기분을 억눌러야만 했다. 내 발견으로 장 폴의 주장은 전제부터 무너져버렸다. 잠시 침묵이 이어졌다. 장 폴은 기분 나쁜 엷은 웃음을 거둬들이고 다소 진지한 표정으로 뭔가를 생각하기 시작했다. 그러고 나서 내게 대답했다.

"넌 자료실 미닫이문이 처음부터 열려 있었다고 말하고 싶은 거야?"

"맞아요. 정말 그랬어요. 망가지지 않고 남아 있는 나비의 사체가 말해주는 것은, 오늘 저녁에는 단 한 번도 미닫이문이 완전히 닫힌 적이 없었다는 사실이에요.

생각해보세요. 나비의 날개가 완전하게 보존되기 위해서는 적어도 이 정도의 폭으로 문이 열려 있어야 해요." 이렇게 말하며 나는 기세 좋게 왼손 주먹을 내밀었다. "이만큼의 폭으로 문이 열려 있었다면 누구나 한순간에 알 수가 있어요, 문이 닫혀 있는지 열려 있는지 정도는요. 다시 말해 미닫이문의 자물쇠가 채워져 있는지 아닌지는요. 방 바깥에서 온 사람이 누구였든 살인 현장에 침입하려고 미닫이문의 유리를 깰 필요 같은 건 처음부터 아예 없었다는 말이에요. 다만 방 안에 있던 사람은 별개예요. 아무튼 미닫이문이 방 폭 전체를 차지하고 있으니까, 구석에 묶인 커튼에 가려 유리문이 나비 날개의 폭 정도 열려 있었다고 해도 눈치채지 못하는 일은 충분히 있을 수 있어요. 하지만 방 안에서 유리가 깨졌을 가능성은 없어. 깨진 유리의 파편은 발코니가 아니라 방바닥에 흩어져 있었으니까요. 역시 유리는 바깥에서 깬 거지요. 하지만 침입자가 현장에 들어가기 위해 유리를 깰 필요는 없었다는 거예요."

"그 이야기는 좀 무리인데." 장 폴이 반론에 나섰다. "범인이 현장에 침입했을 때는 유리문이 닫혀 있었는지도 모르지. 나비는 유리가 깨지고 문이 열린 후에 날아온 걸 거고. 유리가 깨진 것이 5시 27분경, 우리가 나비 사체를 발견한 것은 기껏해야 6시 45분이었잖아. 나비가 날아올 여유는 한 시간 이상, 아마 한 시간 20분이나 있었을 테니까."

"장 폴 아저씨, 아저씨. 아저씨한테 소중한 그 한 시간 20분은 존재할 리가 없어요, 아저씨한테는 유감스럽지만요. 나비가 날이 저물어 어두워졌는데 날아다닐 거라고 생각하세요? 산호랑나비는 나방이 아니에요. 비가 그쳤을 때는 이미 하늘이 어두웠을 거예요. 비가 그치고 나서 우리가 발견하기까지 그사이에 나비가 그곳으로 날아왔을 가능성은 없어요. 게다가 나비의 사체는 비로 흠뻑 젖어 있었어요. 그걸 봐도 비가 그친 후에 나비가 날아왔을 가능성은 없다고 봐야겠지요. 다음으로 그 이전, 다시 말해 뇌우가 내리기 시작한 5시 29분부터 하늘이 어두워지고 비가 그쳤을 때까지의 일이에요. 장 폴 아저씨, 저는요 나비가 비, 그것도 그렇게 세찬 뇌우 속을 날아다녔다고는 도저히 생각되지 않아요. 만약 날아다녔다고 해도 그런 큰비 속에서는 순식간에 땅바닥으로 떨어지고 말았을 거예요. 그렇다면 아저씨가 말한 한 시간 20분에서 남은 시간은 단 2분뿐이에요. 유리 깨지는 소리가 들린 5시 27분경부터 뇌우가 내리기 시작한 5시 29분까지 그 2분뿐이지요. 물론 유리가 깨지고 나서 비가 내릴 때까지 그 2, 3분 동안에도 죽기 직전의 나비가 날아올 가능성이 전혀 없다고는 할 수 없어요. 하지만 그것보다는 처음부터 유리문에는 꼭 닫히지 않은 틈이 있었고, 나비가 날아온 것은 범인이 침입하기 훨씬 전일 가능성이 더 커요. 이렇게 생각하는 게 저는 훨씬 합리적이라고 생각하는데요."

"제가 발코니에서 자료실로 들어갔을 때 나비는 이미 미닫이문 틀에 죽어 있었습니다."

가케루가 옆에서 말했다. 나를 도와준 것이었지만, 어딘지 모르게 될 대로 되라는 식의 어조였다. 마치 그런 걸 아무리 조사한들 진상과는 무관하다고 말하는 듯했다.

"그건 6시 10분경이었겠지? 좋아. 비가 그치고 나서 날아온 게 아니라면 역시 5시 27분에서 29분 사이에 온 거겠지. 만약 그렇지 않다면 문은 열려 있지 않았다는 얘기가 되고, 당연히 자물쇠도 채워져 있지 않았다고 해야 해. 그런 어이없는 일은 있을 수 없어.

사실 범인은 유리를 깨고 현장에 들어온 거야. 처음부터 문이 열려 있었다면 유리를 깰 필요가 어디 있었겠어?"

"범인이 유리를 깬 것은 방으로 들어오기 위해서가 아니었다고 한다면요……"

하지만 장 폴은 내 암시 같은 건 전혀 개의치 않았다. 나는 입술을 깨물고 입을 다물었다. 정확히 지적은 해둔 것이다. 지력이 떨어지는 이 경찰견이 내 지적을 무시한다면 그다음은 내 알 바 아니다.

"카사르, 이제 슬슬 관계자 심문을 시작해볼까? 나는 우선 폴 소네라는 신부한테 장 노디에의 최근 생활에 대해 물어보려고 하네. 마을 신부라면 가석방 중인 전과자에게도 당연히 얼마간 관심을 가졌을 테니까. 어쩌면 노디에를 붙잡는 데 중요한 정보를 얻어낼 수 있을지도 모르고."

장 폴의 지시로 카사르 대장의 부하가 소네 신부를 부르러 갔다. 헌병이 나가자 장 폴은 우리에게 말했다.

"자, 나디아, 가케루 군. 이제부터는 자네들을 여기 있게 할 수 없네. 공식적인 심문에 민간인이 동석할 수 없다는 것은 자네들도 알고 있겠지? 재미있는 이야기가 있으면 나중에 알려주겠네. 끝날 때까지 홀에서 기다리고 있게."

그때였다. 느닷없이 안색이 변한 헌병 한 사람이 엄청난 기세로 뛰어왔다. 그 뒤로는 온화한 소네 신부의 얼굴이 보였다.

"대체 무슨 일이야?" 카사르 대장이 부하를 나무랐다.

"대장님, 큰일입니다. 또 죽었습니다."

상기된 헌병의 말에 방 안에 있는 사람들 모두 자리에서 일어났다. 가케루만이 아주 무관심한 태도로 차분한 것이 오히려 이상해 보였다.

"누가 죽었는데?"

장 폴이 고함을 지르자 젊은 헌병은 딱하게도 당황하여 어쩔 줄을 몰랐다. 그러더니 크게 침을 삼키고 나서 간신히 대답했다.

"아니, 경감님. 사람이 아닙니다. 죽은 건 사람이 아닙니다."

"사람이 아니라고?"

"말입니다. 죽은 것은 말입니다."

"말이 죽었다……" 장 폴은 어안이 벙벙한 채 중얼거렸다.

젊은 헌병의 이야기는 이랬다. 휴가를 얻어 푸아로 갔던 말 사육 담당자인 방돌이 평소보다 조금 늦은 시간에 마구간을 둘러보러 갔다. 거기서 발견한 것이 말의 사체였다. 마구간에서 사육하고 있던 말 한 필이 이마에 총을 맞고 피투성이가 된 채 쓰러져 있었다는 것이다. 헌병은 마지막에 이렇게 덧붙였다.

"죽은 것은 이 집 아가씨인 지젤 로슈포르의 백마라고 합니다."

"흰말이?"

문 앞에서 우연히 헌병의 보고를 들은 듯한 소네 신부의 신음 소리였다. 소네 신부는 경악에 일그러진 얼굴로 무의식중에 십자가를 그으며 여전히 중얼거리고 있었다.

"어찌 흰말이…… 흰말이……"

"신부님, 대체 왜 그러십니까?"

너무 심하게 놀라는 소네 신부를 보고 당황한 장 폴이 물었다.

하지만 신부는 망연히 머리를 가로저을 뿐이었다.

그때 보고를 받자마자 방을 뛰쳐나갔던 카사르 대장이 울먹이는 얼굴로 돌아왔다.

"바르베스, 나는 이제 뭐가 어떻게 된 건지 통 모르겠네…… 아직 돌아가지 않고 있던 의사를 붙잡고 지금 당장 마구간으로 가서 말의 사체를 조사해보라고 했네. 그러자 의사가 시뻘게진 얼굴로 화를 내더니, '내 전문은 인간의 사체야. 말의 맥 따위 짚을 것 같은가? 장난하지 말게' 하고 마구 호통을 치는 거네. 푸아에서 불러와 상당히 오랫동안 기다리게 해서 아마 기분이 언짢아졌겠지만 말이야. 바르베스, 이런 경우에는 어떻게 해야 하나? 역시 수의사를 불러야겠지?"

치밀어 오르는 웃음을 억지로 삼키는 데 정말이지 나는 온몸의 힘을 모아야만 했다. 보아하니 장 폴도 몹시 괴로운 듯이 얼굴을 실룩실룩했다. 억지로 삼킨 폭소가 위 안에서 날뛰고 있음이 틀림없었다. 웃음의 발작이 차츰 진정되자 장 폴은 이런 말을 던지고 방을 나갔다.

"자, 기다리게. 어떻게든 달래서 인간 전문 의사도 알 만한 것을 조사해보도록 하겠네."

얼마 후 돌아온 장 폴은 의자에 털썩 앉더니 팔짱을 끼고 참으로 지긋지긋하다는 듯한 으르렁거리는 소리로 말했다.

"의사는 마구간으로 보냈는데, 대체 누가 무슨 목적으로 말 같은 걸 죽이고 난리야. 그렇지, 신부님, 뭔가 알고 계신 것 같았는데요."

그때까지 불러온 경관들에게 완전히 잊혀 있던 소네 신부는 돌연 장 폴의 질문을 받자 마치 협박이라도 당한 듯이 놀라며 늙어서 야윈 고목 같은 몸을 덜덜 떨었다.

"신부님, 뭐라도 좋으니까 아는 게 있으면 일단 가르쳐주시겠습니까?" 장 폴이 거듭 말했다.

"내가 생각한 건, 그래, 뭐라 해야 좋을까, 너무 황당무계한 일이라서 말이네."

이렇게 중얼거린 뒤 신부는 입을 다물고는 그저 고개를 절레절레 흔들 뿐이었다. 미적지근한 태도에 장 폴이 화가 나 속을 끓이면서 언성을 높이려고 할 때였다. 방 구석진 곳에서 가케루가 중얼거리는 소리가 들려왔다. 그것은 어딘지 모르게 불쾌하게 신경에 달라붙는, 음산한 중얼거림이었다.

"그리고 보니 흰말 한 필이 있고 그 위에 탄 사람은 활을 들고 있었습니다. 그는 승리자로서 월계관을 받아 썼고, 또 더 큰 승리를 거두기 위해서 나아갔습니다……"*

"대체 뭔가, 가케루 군?"

"경감님, 말이 죽었다는 소리를 듣고 소네 신부님이 저렇게 놀라는 이유라면 아마 제가 설명할 수 있을 것 같은데요."

"무슨 좋은 생각이라도 있나?" 장 폴이 기쁜 듯이 외쳤다.

"말이 죽임을 당한 이유는 확실합니다."

"그거 좋네, 훌륭해. 일단 나한테도 설명해주게."

---

* 「요한 묵시록」제6장 2절.

"그건 상관없습니다만." 가케루는 희미하게 쓴웃음을 지으며 말했다. 나에게는 아니꼽게 생각될 만큼 비밀스러운 발상의 일단을 드디어 말할 마음이 든 모양이었다. 그러고 나서 천천히 방 가운데 있는 넓은 탁자를 가리켰다. "카사르 대장님, 그 석구를 저기로 가져다주시겠습니까? ……그렇지요, 그렇게 놓으면 됩니다. 저는 바르베스 경감님의 의문 몇 가지도 함께 설명할 수 있을 것 같습니다. 예컨대 왜 이렇게 다루기 힘든 물건을 굳이 흉기로 택했는가, 왜 피해자를 타살한 후에 다시 화살을 시체의 심장에 쏘았는가. 말을 죽이는 기묘한 행위는 사건 안에서 보이는 이런 기묘함과 처음부터 동일한 근거를 가진 것입니다."

"왜 그런가, 가케루 군? 범인은 왜 그런 기묘한 일을 한 거지?"

"범인은 살인의 주제를 우리 앞에 남겨두고 싶었습니다. 이 석구의 표면은 종교상의 주제를 다룬 부조로 되어 있습니다. 상당히 마멸되었긴 해도 아직 무늬를 판별할 수는 있습니다."

우리는 다가가 석구의 표면에 있는 복잡한 무늬를 관찰하기 시작했다. 집중하고 들여다보니 처음에는 그저 무질서하고 혼란스럽게만 보였던 선이나 우묵한 곳으로만 보인 것들이 서서히 모호한 무늬로 떠오르기 시작했다. 어렴풋한 인상을 정리해보니 그것은 몇 명의 남자가 식사를 하는 정경을 새긴 것이었다. 우리의 시선은 식탁 중앙에 있는 이상한 풍모의 인물에게 모아졌다. 그 인물은 옆에 있는 또 한 인물에게 뭔가를 알리는 것처럼 보였다. 내 옆에서 열심히 석구를 들여다보던 장 폴이 이런 감상을 늘어놓았다.

"식탁 한가운데 있는 사람은 혹시 예수 아닌가? 이 남자 주위에서 다들 밥을 먹고 있는 것처럼 보이는데, 옆에 있는 사람은 누구지? 새겨진 방식이 그 밖의 사람들과 달리 이 사람만 유난히 강조되고 있는 것 같은데, 성서에 있는 최후의 만찬 정경을 새긴 것이라고 한다면, 베드로인가?"

나는 무슨 식사 모임을 하는 정경이 새겨져 있다는 것밖에 알 수 없었다. 장 폴이 말한 것처럼 최후의 만찬을 주제로 한 것으로 생각하기에는 참석자 수가 너무 많았다. 게다가 한가운데에 있는 인물도 도저히 예수 그리스도로는 생각되지 않았다. 어느 시대에 어떤 배경에서 만들어진 것인지는 전혀 모르겠지만, 나는 한가운데 있는 인물이 예수라기보다는 붓다처럼 보였다. 예컨대 두 손의 위치다. 오른손은 무릎 위에서 일곱 개의 별을 들고 있고, 왼손은 손바닥을 이쪽으로 보인 채 하늘을 가리키고 있다. 다만 새끼손가락과 넷째 손가락은 구부려져 있다. 위를 가리키며 펼쳐져 있는 것은 나머지 세 손가락뿐이다. 불상을 떠올리게 한 것은 특히 복부 근처였다. 복부는 부드럽고 낙낙하게 부풀어 있고, 상당히 풍만한 흉부도 둥그스름하고 아름다웠다. 입고 있는 옷에는 양식화된 주름이 그리스 조각만큼 세밀한 것이 아니라 아주 넓은 간격으로 물결치고 있었다. 마모되어 잘 판별할 수는 없지만, 표정은 그 어디에서도 감정을 엿볼 수 없게 할 만큼 단조롭고, 게다가 무시무시할 만큼 위엄 있는 존재감을 드러내고 있었다. 이 인물을 둘러싸고 있는 것은 아마 촛대일 것이다. 모두 일곱 개였다. 그때 가케루가 말했다.

"그렇습니다. 한가운데에 있는 인물은 예수입니다. 다만 복음서의 예수가 아니라 두려워해야 할 심판자 예수, 묵시록의 예수입니다. '그분의 머리와 머리털은 양털같이 또는 눈같이 희었으며 눈은 불꽃 같았고 발은 풀무불에 단 놋쇠 같았으며 음성은 큰 물소리 같았습니다. 오른손에는 일곱 별을 쥐고 계셨으며 입에서는 날카로운 쌍날칼이 나왔고 얼굴은 대낮의 태양처럼 빛났습니다.'[*]「요한 묵시록」에 그려져 있는 아주 이상하기 그지없는 모습의 예수가 이 인물입니다.

예수 옆에 있는 사람은 베드로가 아니라 요한입니다. 이 부조의 정경은 카타리파의 경전인 『비밀의 만찬』에서 나온 것이겠지요. 『비밀의 만찬』은 『요한 문답록』으로 불리기도 합니다. 여기서도 알 수 있듯이 천상의 만찬 자리에서 예수가 옆에 있는 요한에게 카타리파의 경전을 이야기한다는 구성으로 되어 있습니다. 불가리아에서 성립한 경전이라고 하는데 서유럽에 전래된 것은 12세기 말로, 카타리파 중에서도 비교적 온건한 일파가 이것에 의거하게 되었습니다.

알비주아 십자군에 의해 중세 남프랑스 국가가 괴멸한 후 무참하기 이를 데 없는 종교 탄압의 폭압 속에서 이 온건파로부터 〈요한의 제자들〉이라 자칭한, 부모를 닮지 않은 피투성이의 못된 아이가 태어납니다. 이른바 묵시파입니다. 〈요한의 제자들〉은 십자군 장병이나 도미니크 수도회의 이단 심판관을 잇따라 암살한 비밀결사로, 말기 카타리파 중에서 가장 과격한 분파였습니다. 몽세

---

[*] 「요한 묵시록」 제1장 14~16절.

귀르가 함락되고 나서 8년이 지난 1252년, 이단 심판관 순교자 성 베드로를 암살하는 데 성공한 것도 지하 깊숙이 잠행하고 있던 묵시파 신도였을 겁니다. 같은 해 로마교황 인노켄티우스 4세가 칙서 「아드 엑스티르판다Ad extirpanda」를 내려 이단 심문에 고문을 공식적으로 인정한 것도, 순교자 성 베드로 암살을 정점으로 하는 〈요한의 제자들〉의 암살 공세에 두려움을 가졌기 때문이라고 할 수 있겠지요. 물론 묵시파의 마지막 표적은 카타리파에게 사탄의 자식이나 다름없는 로마교황 인노켄티우스 4세로 정해져 있었기 때문에 그가 겁을 먹고 위축되어 악명 높은 고문 장려 선언을 한 것도 당연한 일이었을지도 모릅니다."

"가케루 군, 석구에 새겨진 부조의 내력은 잘 알았네. 그런데 그것이 사건과 어떤 관련이 있다는 건가?"

구제 불능의 질문이었다. 나는 방을 뛰어나가 지젤을 찾아서 성서를 빌려달라고 부탁했다. 지젤이 찾아준 가죽 표지의 묵직하고 커다란 책을 옆구리에 끼고 응접실로 돌아온 나는 떨리는 손으로 해당 페이지를 펼치고 소리를 내서 읽기 시작했다. 놀라는 장 폴의 얼굴이 시야 구석으로 들어왔다.

"「요한 묵시록」 제6장. '나는 어린양이 그 일곱 봉인 중의 하나를 떼시는 것을 보았습니다. 그리고 네 생물 중의 하나가 우레 같은 소리로 "나오너라" 하고 외치는 음성을 들었습니다. 그리고 보니 흰말 한 필이 있고 그 위에 탄 사람은 활을 들고 있었습니다. 그는 승리자로서 월계관을 받아 썼고, 또 더 큰 승리를 거두기 위해서 나아갔습니다.'*

맞아요. 가케루가 말하고 싶은 건 이거예요, 장 폴 아저씨. 그리고 소네 신부님이 흰말의 사체라며 안색을 바꾼 것도 같은 이유에서일 거예요. 오늘 밤의 사건에 불길한 색채를 띠게 하는 것은 예외 없이 카타리파와 「요한 묵시록」에서 유래하는 수수께끼 같은 암호예요. 좀 더 적당한 도구가 얼마든지 있는데도 범인이 흉기로 사용한 것은 요한이 부조된 석구였어요. 그리고 필요한 것도 아닌데 일부러 사체를 다시 한 번 활과 화살로 죽였어요. 활과 화살로요, 아저씨. 환영의 범인은 자신이 타기 위해 흰말을 골랐어요. 말을 죽인 것은 그 때문이에요. 묵시록의 기사가 타는 말은 이 세상의 것이어서는 안 되거든요."

"석구의 요한, 활과 화살, 흰말. 하지만 그런 게, 그런 게……" 카사르 대장이 겁을 먹은 듯이 중얼거렸다.

"하지만 범인이 거의 편집증적인 노력으로 남기려고 한 메시지가 그겁니다." 가케루가 말을 이었다. "흉악한 범행에 왜 이런 석구가 사용되어야만 했는지, 왜 사체의 심장에 다시 한 번 화살을 쏘아야만 했는지, 왜 일부러 마구간에서 흰말을 죽여야만 했는지…… 너무나도 광기 어린, 이런 착란적인 갖가지 수수께끼에 대한 다소라도 합리적인 해답은 이것 외에 존재할 수 없습니다."

"정말 말도 안 되는군." 장 폴이 신음하듯 내뱉었다.

나는 입술을 꽉 깨물었다. 묵시록의 저주. 협박장에 쓰여 있던 그 말과 너무나도 불길한 협박장의 〈네 기사〉라는 서명이 마음속

---

* 「요한 묵시록」 제6장 1, 2절.

에 떠올랐다. 이 얼마나 어이없는 일인가, 라고 생각하면서 등줄기에 흐르는 식은땀은 멈출 줄을 몰랐다. 환영 속에서 백마를 탄 기사가 끝 모를 어둠 속을 달려갔다. 은색으로 빛나는 갑옷을 입고 얼굴이 있어야 할 곳에는 그저 무시무시한 공허가 새까만 모습을 내비치고 있었다. 팔에 안은 십자 활에서는 아직 발사되지 않은 흉포한 화살촉이 날카롭게 쑥 내밀어져 있었다. 그때 묵시록의 짐승이 찢어질 만큼 큰 소리로 '나오너라' 하고 부르는 듯했다. 거기에 응하듯이 흰말은 포물선을 그리며 어둠 속을 달렸다……

제3장

# 라블라네 묘지의 총성

# 1

눈을 뜬 것은 오전 10시가 지난 시각이었다. 머리맡의 시계를 보고 나는 무심코 혀를 찼다. 오후에는 에스클라르몽드 산장에서 지젤과 만나기로 약속되어 있었던 것이다. 하지만 별 도리가 없었다. 어젯밤 가케루와 둘이서 샤투이 마을에 도착했을 때는 이미 한밤중을 지난 시각이었고, 그 후에도 간단한 야식을 먹기 전에 에스클라르몽드 산장에서는 물어볼 시간이 없었던 관계자 심문 결과를 장 폴에게 들으려고 상당히 오랫동안 그가 돌아오기를 기다렸던 것이다. 결국 장 폴은 돌아오지 않았다. 잠자리에 들고 나서도 동틀 무렵까지 잠들지 못했는데, 그 이유는 사건의 흥분 때문이 아니었다. 나는 잠자리에서 몇 시간이나 폴린느에게서 빌려 온 성서를 노려보고 있었다. 불길한 상상이 나를 붙들고 아무리 해도 놓아주지 않았던 탓이었다. 에스클라르몽드 산장의 자료실에 쓰러져 있던 시체, 그 사체가 이 사건의 마지막 시체가 아닐 거라는 불길한 예감……

전쟁을 암시한다는 흰말을 탄 묵시록의 첫 번째 기사 뒤에는 다른 세 명의 기사가 따르고 있다. 내가 거듭 읽은 것은 다음과 같은 구절이었다.

어린양이 둘째 봉인을 떼셨을 때에 나는 둘째 생물이 "나오너라" 하고 외치는 음성을 들었습니다.

그러자 다른 말 한 필이 나오는데 이번에는 붉은 말이었습니다. 그리고 그 위에 탄 사람은 세상에서 평화를 없애버리고 사람들로 하여금 서로 죽이게 하는 권한을 받았습니다. 곧 큰 칼을 받은 것입니다.

어린양이 셋째 봉인을 떼셨을 때에 나는 셋째 생물이 "나오너라" 하고 외치는 음성을 들었습니다. 그리고 보니 검은 말 한 필이 있고 그 위에 탄 사람은 손에 저울을 들고 있었습니다.

그러자 "하루 품삯으로 고작 밀 한 되, 아니면 보리 석 되를 살 뿐이다. 올리브기름이나 포도주는 아예 생각지도 마라" 하는 소리가 들려왔습니다. 그것은 네 생물 한가운데서 들려오는 듯했습니다.

어린양이 넷째 봉인을 떼셨을 때에 나는 넷째 생물이 "나오너라" 하고 외치는 음성을 들었습니다. 그리고 보니 푸르스름한 말 한 필이 있고 그 위에 탄 사람은 죽음이라는 이름을 가진 사람이었습니다. 그리고 그 뒤에는 지옥이 따르고 있었습니다.

그들에게는 땅의 4분의 1을 지배하는 권한 곧 칼과 기근과 죽음, 그리고 땅의 짐승들을 가지고 사람을 죽이는 권한이 주어졌습니다.*

흰말을 탄 기사는 묵시록의 네 기사 중 첫 번째 사람에 지나지 않는다. 그 뒤에는 내란을 암시하는 붉은 말의 기사, 기근을 암시하는 검은 말의 기사, 그리고 역병을 암시하는 푸르스름한 말을 탄 기사가 뒤따른다. 예의 협박장의 서명도 〈네 기사〉였다. 그렇다면 독일인 골동품상 발터 페스트를 쓰러뜨린 첫 번째 기사에 이어서 나머지 세 명의 불길한 기사가 등장하여 나머지 세 희생자의 목숨을 빼앗게 될 가능성을 생각할 수밖에 없었다. 나를 괴롭힌 것은 이런 무시무시한 예감만이 아니었다. 누군가가 발터 페스트를 살해한 그 방법은 그래도 괜찮았다. 그런데 범인은 왜 유리를 깨야만 했을까? 그 이유만 밝혀진다면 장 폴이나 카사르 대장처럼 장 노디에를 억지로 범인으로 만들어낼 필요도 없어진다. 그리고 내게는 깰 필요가 없는 유리를 깬 범인의 이상한 행동이 지니는 의미가 아직 모호하기는 해도 어렴풋이 이해되기 시작했다. 오늘도 조사하면 그것은 한층 명확해질 것이다. 나를 괴롭힌 것은 살해 방법이 아니라 범행의 동기였다.

확실히 협박장은 있다. 그러나 협박은 카타리파의 보물을 노리는 자를 대상으로 한 것이다. 설마 700년이나 전의 이단 암살결사가 현대에 되살아나 보내온 것은 아니겠지만, 어떤 이유로든 보물에 관심을 가진 자의 소행인 점만은 분명하다. 이 점에서 의심스러운 사람은 먼저 시몬 뤼미에르와 그 일당이다. 그들은 정치적인 주장의 일환으로 카타리파 유적의 발굴 조사에 철저하게 반대하

---

* 「요한 묵시록」 제6장 3~8절.

고 있다. 다음은 장 노디에다. 보물을 찾아 미친 듯이 몽세귀르를 파헤치고 있던 이 남자에게 카타리파 유적의 조직적인 발굴 계획은 무시할 수 없는 위협으로 느껴졌을 것임이 틀림없기 때문이다. 발굴 계획의 흑막이 10년 전부터 특수한 인연이 있는 로슈포르라면 더욱 그럴 것이다. 협박장을 보낸 사람이 시몬 일당이거나 아니면 노디에일 가능성은 상당히 농후하다. 그러나 시몬 일당의 경우에도, 노디에의 경우에도 협박장이나 괴롭힘 정도라면 모를까 살인으로 이을 만큼의 동기가 있다고는 생각하기 힘들다. 그뿐만이 아니다. 협박장을 보낸 사람이 노리는 거라면 발굴 계획의 중심인물인 실뱅이나 로슈포르가 적합하다. 협박장을 보낸 사람이 발터 페스트의 살해범이라고 생각하기 위해서는 범인에게 페스트가 카타리파의 보물을 '위협하는' 존재였다고 가정해야 하는데, 지금까지는 그것을 보여주는 사실은 발견되지 않았다. 하지만 이 점에서 내게 아무런 생각이 없는 것은 아니었다.

발터 페스트의 서류 가방에는 그런 헌책이 아닌 좀 더 중요한 뭔가가 들어 있었을 것이다. 그것은 현장의 정황에서 추정해볼 수 있다. 페스트는 자료실에서 한 시간 동안이나 아무것도 하지 않고 있었을까? 그럴 리 없다. 그렇다면 로슈포르에게 말한 대로 자료실에 있는 카타리파 관련 컬렉션을 살펴보고 있었을까? 이 경우에는 그가 보고 있던 서적이 바닥에 떨어져 있어야만 한다. 습격을 당해 살해된 그에게는 자료를 책장에 돌려놓을 시간적인 여유 같은 건 없었다고 봐야 할 것이다. 그러나 시체 주위에 책은 한 권도 떨어져 있지 않았다. 한편 가방 덮개는 열려 있었다. 열려 있었다는 것은 뭔가 내용물이 꺼내졌음을 의미한다. 그대로 열린 채 있었다는 건 꺼낸 내용물을 아직 가방에 돌려놓지 않았음을 말해 준다. 게다가 살인 현장에서는 가방의 내용물이라고 생각할 만한 것이 책이든 서류든 아무것도 발견되지 않았다. 그런 점들이 보여 주는 사태는 단 하나가 아닐까?

발터 페스트는 자료실에서 혼자 책이나 서류, 아니면 그 밖의 무엇인지는 모르겠지만 지참한 가방의 내용물을 보고 있었다. 하 지만 그것은 페스트를 습격한 자가 가져갔다. 내게는 이 이상의 설명은 있을 수 없을 것 같았다. 그리고 여기서부터는 다음 두 가 지 가설이 나온다. 첫째는 범인의 주요 목적이 페스트의 가방에 든 내용물을 빼앗는 데 있었던 것이 아닐까, 그것을 위해 페스트 를 죽인 것이 아닐까 하는 가설이다. 둘째는, 어쩌면 지나치게 모 험적인 것일지도 모르지만, 페스트와 로슈포르의 용건에 관한 이 야기의 진정한 목적이 가방의 내용물과 어떤 관련을 갖고 있는 게 아닐까 하는 점이다. 로슈포르는 이렇게 말했다. 페스트와는 아직 용건에 관한 이야기를 나누는 도중이었지만, 다른 손님이 와서 저 녁 식사 후에 다시 이야기를 계속하기로 하고 자료실로 안내했다 고. 두 사람의 만남은 로슈포르가 현장 심문 때 경관을 상대로 말 한 것, 즉 골동품을 사네 마네 하는 종류의 것이 아니라 사실은 페 스트가 소지하고 있는 뭔가를 로슈포르가 매입한다는 비밀 협의 를 위해 마련된 게 아니었을까? 4시부터 5시까지 약 한 시간 동안 의 협의에서는 아직 서로의 조건을 충분히 해결하는 데 이르지 못 했다. 그래서 잠시 생각할 시간을 두고 저녁 식사 후에 다시 이야기를 마무리 짓기로 했다. 자료실로 안내된 페스트는 거기에서 가방 안에 든 내용물을 꺼내 밤의 협의 재개에 대비해 그것을 검토하고 있었다……

이렇게 생각하면 강탈당한 가방의 내용물이 바로 로슈포르가 페스트에게서 매입하려고 한 것이 아닐까, 하고 생각을 더욱 진척시키고 싶은 마음이 들었다. 지금까지는 입증할 수 없던 몇 가지 비약이 포함된 가정임은 분명하지만, 나는 그렇게 생각하고 싶었다. 페스트가 살해당했다는 사실을 알았을 때 로슈포르의 태도에는 먹잇감을 옆에서 날치기당한 자의 분함이 스며들어 있었던 게 아닐까? 현장 보존에 대해서 장 폴에게 거듭 확인한 것도 가방 안의 내용물이 아직 남아 있을지도 모른다는 가능성을 생각했기 때문이 아닐까?

내가 이런 추측에 집착하는 것은 협박장을 보낸 사람과 독일인 살해범을 연결시키는 가는 실이 거기에 있다고 믿었기 때문이다. 페스트라는 존재가 협박장을 보낸 사람에게 위협이 된 것은, 페스트가 소지하고 있던 그 뭔가 때문이 아니었을까? 그것이 로슈포르의 손에 넘어감으로써 카타리파의 비밀이 위협받게 되는 그 뭔가를 페스트가 소지하고 있었다…… 카타리파의 보물 수호자를 자처하는 범인은 그 뭔가를 로슈포르에게, 즉 발굴 계획의 관계자에게 건네지 못하게 페스트를 살해하고 가방 안의 내용물을 강탈해 간 것이다.

로슈포르는 아마 사건을 해명하는 데 결정적일 뭔가를 의도적으로 숨기고 있을 것이다. 그에게서 올바른 증언을 끌어낸다면 내 추리의 상당 부분이 확인될 테지만, 경관에게조차 거짓말을 한 로슈포르에게 숨기고 있는 진실을 털어놓게 할 적절한 방법이 떠오르지 않았다. 당장은 동기 면이 아니라 범행 방법의 면에서 범인을 추적해가는 것 외의 방법은 없을 듯하다. 로슈포르와의 대결은 그다음 일이다.

범인이 어젯밤의 사건 관계자 이외에 존재한다는 생각은 어리석다. 로슈포르가와 무관한 외부인의 범행일 수 없음은 자료실의 깨진 유리만 봐도 분명하다. 애초에 5시 반을 중심으로 그 전후 약 30분밖에 되지 않는 피해자의 사망 추정시각의 폭에서 생각해봐도, 그렇게 짧은 시간 안에 노디에가 아닌 다른 인물이 산장 외부에서 자료실에 침입했을 가능성은 거의 없다. 범인일지 어떨지는 별개로 하더라도 노디에가 자료실에 들어간 건 확실한데, 만약 그런 일이 있었다고 한다면 단 30분 사이에 서로 무관한 두 사람이 따로따로 자료실에 침입했다는 이야기가 된다. 이런 우연은 도저히 믿을 수 없다. 그렇다면 페스트를 살해한 범인은 역시 산장 내부에 있던 사람들 중에서 찾아내야 한다. 이런 면에서의 수사에 나는 자신이 있었다. 이유 없이 깨진 유리문의 수수께끼를 풀 수 있다면 거기서 범인의 이름도 자연스럽게 떠오를 것이다.

침실에서 2층 거실로 내려가자 장 폴과 폴린느의 모습은 보이지 않고 가케루만 구석의 소파에서 전에 본 적이 있는 독일어 책을 보고 있었다. 그것은 분명히 페스트의 가방 안에 있던 낡은 책이었다.

"장 폴 아저씨가 가져온 거지?"

"가능하면 어젯밤 안에 보여달라고 부탁해두었어. 그건 그렇고 허락도 없이 미안하지만, 아침에 네 차 좀 썼어."

이렇게 말하며 가케루는 탁자 위의 차 열쇠를 눈으로 가리켰다. 대체 어디에 간 것일까? 나는 흥미를 느끼고 추궁했다.

"어딜 다녀온 거야?"

"몽세귀르."

"지젤의 집에 갔다 온 거네. 그렇지?"

어젯밤에 무슨 냄새를 맡은 가케루가 아침 일찍 살인 현장을 조사하러 간 게 틀림없다고 생각했다. 그건 그렇고 대체 뭘 조사했을까? 이렇게 생각한 내게 가케루의 대답은 전혀 예상 밖이었다.

"바위산에 있는 카타리파의 유적에 갔었어. 아침 해가 떠오르는 걸 보려고. 사실은 하지 때의 일출이 좋은데, 그건 계산으로 수정할 수 없는 건 아니야. 에스클라르몽드 산장에는 돌아올 때 잠깐 들러서 지젤을 만났어."

"별다른 건 없었어?"

"응."

가케루의 대답은 너무나도 쌀쌀맞았다. 이 청년은 대체 무슨 이유로 지젤을 만난 것일까? 나는 가케루의 의도를 알 수 없었지만, 뭐 상관없다. 오후에 에스클라르몽드 산장을 방문하면 가케루와 지젤이 무슨 이야기를 했는지도 알아낼 생각이었다. 하품을 삼키면서 그가 들고 있는 책에 주의를 돌리며 물었다.

"무슨 책이야?"

가케루의 손에서 책을 집어 들고 팔랑팔랑 넘겨 보았다. 페이지는 누르스름해져 있고 곰팡이 냄새가 희미하게 코를 찔렀다.

제목은 『20세기의 신화』. 저자는 알프레트 로젠베르크*. 안표지의 헌사에는 고딕체로 이렇게 인쇄되어 있었다.

세계대전에서 명예와 자유를 위해, 독일의 생명과 독일 국가를 위해 쓰러진 2백만 독일 전사를 위하여.

"특별히 진귀한 책은 아니야. 1930년대에 출판되어 제3제국이 붕괴될 때까지 15년간 백만 부 넘게 팔렸다고 하니까. '나치즘의 성서'라고 했을 정도니까 확실히 베스트셀러가 되었겠지. 백만 부라는 건 아주 과장된 선전은 아닐 거야."

"나치즘의 성서라고?"

나는 여기저기 페이지를 넘기며 간단히 훑어보았다. 그러고 보니 '아리아적'이라든가 '게르만적' '북유럽적=독일적'이라는 종류의 말이 무척 많은 듯했다.

"어떤 인물이야? 이 로젠베르크라는 사람 말이야."

"디트리히 에카르트**와 나란히 나치즘의 최대 이론가였던 사람이지. 출신은 발트 지방이지만 말이야. 히틀러와 만나게 된 것은 1919년경, 뮌헨 시대부터니까 상당히 오래되었지. 나치당 창당기부터 당 간부라고 할 수 있어. 1930년경에는 나치당의 외교부

---

* Alfred Rosenberg(1893~1946). 나치의 정치가이자 인종 이론가. 제2차 세계대전 중에는 점령지의 미술품 등을 독일로 빼돌리는 작전을 주도했다.
** Dietrich Eckart(1868~1923). 독일의 정치인으로, 민족사회주의 독일 노동자당(나치당)의 중요했던 초기 당원이자 1923년 맥주홀 폭동의 참가자다.

장으로 국회의원이 되기도 했지. 하긴 나치의 정권 획득이 1933년 인데 그 이후에는 오랫동안 찬밥 신세였지. 그다지 실무적으로 유능한 사람은 아니었던 모양이야.

그래서 로젠베르크는 정치가보다는 이론가로서 유명했던 인물이야. 다만 나치 간부로는 소수인 러시아 문제 전문가였기 때문에 1941년 독·소 개전 후에야 드디어 정치가로서의 운이 트인 건지, 동부 지역 점령지 관할부 장관에 임명되었어. 그 때문에 패전 후에는 강제수용소의 대량 학살을 포함한 동부 점령지 정책의 최고 책임자로서 전범 혐의로 뉘른베르크 재판에서 교수형을 선고받는 처지에 놓였으니까, 정치가로서의 출세는 상당히 높은 데까지 이르렀다고 봐야겠지."

"그런데 이 책에는 어떤 내용이 쓰여 있는데?"

"반볼셰비즘과 반가톨릭주의, 반유대주의와 아리아 인종 이론으로 양념된 게르만 민족의 역사철학이라고 해야 하나? 논리의 얼개는 비합리주의 철학과 국가유기체설의 색채가 강해. 하지만 로젠베르크의 새로운 세계사는 침몰된 아틀란티스 대륙에 대한 기술이 발단이 되고 있는 그런 것이지만 말이야."

"다시 말해 아주 터무니없는 것일 뿐이라는 거네."

나는 단정했다. 나치의 어용 철학에 제대로 된 내용을 기대하는 건 처음부터 무리한 주문일 것이다.

"어떤 의미에서는." 가케루는 어쩐 일인지 의미심장하게 말했다.

"무슨 뜻이야?"

"철학으로서도 정치학으로서도 『20세기의 신화』는 그냥 시시한 책이야. 그렇지만 오컬트 연구서로서는 상당히 흥미로운 문헌이지. 이 책의 주제가 오컬트 세계사의 시도에 있다고 한다면 황당무계하고 터무니없는 것도 다른 의미를 갖게 되거든."

나는 가케루의 취향을 알고 있었기에 이런 화제에 깊이 파고들 생각은 없었다. 그런 것보다는 왜 그 독일인이 역사에 의해 말살되고 잊힌 이 낡은 책을 하필이면 살해당할 때까지 가방에 넣어 가지고 다녔는지에 관심이 있었다.

"살해당한 독일인은 전 나치 당원이었을까?"

"그랬을지도 모르지만 그렇지 않았을지도 몰라. 아무튼 백만 부나 팔린 책이니까. 갖고 다녔다고 해서 나치 당원이었다는 증거는 되지 않지. 게다가 대부분의 나치 당원이 이 책을 전부 읽지는 않았어. 히틀러가 말하길 '말보다 못한 지능을 가진 금발들'에게는 지나치게 어려웠던 거지."

"전쟁이 끝난 지 30년이나 되어 이 책을 들고 나왔다고 해서 그 사람이 전 나치 당원이었다고는 할 수 없다는 거지? 그렇다면 왜 발터 페스트는 살해당하기 직전까지 이 책을 갖고 있었을까?"

"아마 이유는 간단할 거야."

이렇게 말한 가케루는 어떤 페이지를 찾으면서 천천히 책을 펼쳤다. 그 페이지 몇 행인가에 도저히 삼십 몇 년도 더 된 옛날 것이라고는 생각되지 않는, 아주 최근에 그어진 밑줄이 있어 보는 사람의 시선을 끌었다.

"읽어봐." 나는 어려울 것 같은 독일어를 독해하기가 귀찮아서 가케루에게 간단한 번역을 부탁했다.

"교활한 변호사로부터 기만당하고, 유대인 은행가로부터 착취당하고, 번뜩이는 기지를 보여주면서 그래도 아직 약간 남은 과거를 먹고 살고 있는, 오늘날 민주화된 프랑스를 보는 자는 이 나라가 그 옛날 북방에서 남쪽 끝에 이르기까지 영웅적 투쟁의 초점에 서 있었다는 사실은 상상조차 할 수 없을 것이다. ……'교양인' 중 어떤 사람이 오늘날까지도 그 폐허가 늠름한 인간의 일단을 숨겨놓고 있는 고덕적인 툴루즈 시에 대해 뭔가를 말할 수 있을까? 피비린내 나는 전쟁으로 망가지고 없어진 그 시의 대단한 명문名門에 대해 누가 알고 있을까? 그 성은 오늘날 옛 모습을 거의 찾아볼 수 없는 처참한 돌무덤을 남겼을 뿐이고, 그 촌락은 황량하여 옛날을 그리워할 연고도 없으며, 그 영지는 얼마 안 되는 비참한 주민을 갖고 있을 뿐인 푸아 백작가의 역사를 어떤 사람이 전해들었을까? 1200년경 그 대담한 백작 한 사람은 이렇게 공언했다. '교황은 내 종교와 아무런 관계도 없다. 각 인간의 신앙은 자유여야만 하니까.' 오늘날에도 여전히 아주 부분적으로 실현된 게르만적 원시 사상은 남부 프랑스 전체에서 그 우수한 피를 흘리게 했다. 그리고 그런 범위 안에서 그 피의 소멸과 함께 영구히 질식당하게 된 것이다……"

다 읽은 가케루에게 나는 감상을 말했다.

"장중하면서도 침울하고 억제 속의 격정이라고 해야 하나? 게르만적 미문의 전형이네. 아니면 게르만적 악문이라고 해야 하나? 아무튼 '과거를 먹고 살고 있는' 우리 프랑스인에게는 지루하고 촌스럽기만 한 물건이야. 그건 그렇고 카타리파에 상당히 열중해 있는 사람이네. 나치의 공인 철학과 카타리파. 참 이상한 조합 아니야?"

"로젠베르크는 게르만 민족의 투쟁사, 자기 형성사로서의 세계사, 즉 서양사를 해석한 거지. 부패한 라틴의 로마교황 지배 세력에 대한 게르만인 서고트족의 자손들에 의한 반란. 간단히 말하면 로젠베르크의 카타리파관은 이런 거지. 그 밖의 반가톨릭 이단파, 발도파, 아널드파, 위그노파, 개혁 후의 루터파 등에도 게르만 민족의 종교적 해방운동이라는 동일한 관점에서의 평가가 이루어지고 있는데, 로젠베르크를 가장 깊이 매료시킨 것은 역시 카타리파의 존재였던 모양이야. 그의 자전에는 카타리파의 연고지에 대한 절절한 마음이 쓰여 있어 아주 흥미로웠어. 그런데 그것만이 아니야. 몽세귀르의 숨겨진 보물 전설을 로젠베르크도 굳게 믿고 있었나 봐."

"그렇다면 알겠네."

이런 배경을 알고 보니, 제2차 세계대전 중에 청춘 시절을 보낸 독일인이 옛날에 읽던 『20세기의 신화』를 여행 가방에 넣어 몽세귀르를 방문한 사실도 그다지 불가해한 것은 아니었다.

"그런데 오늘 아침에 장 폴 아저씨 만났어?"

"내가 일어났을 때 마침 돌아온 참이었어. 결국 밤을 샌 모양이야."

"심문 상황은 얘기해줬어?"

"응."

장 폴의 심문은 당연히 범행 시각으로 추정되는 5시 반경의 관계자 알리바이 조사에 집중되어 있었다. 하지만 그 점에서 새로운 사실은 나오지 않은 모양이다. 시몬, 니콜, 지젤 이 세 명은 함께 유리 깨지는 소리를 들었고, 소네와 로슈포르도 마찬가지다. 그 무렵 줄리앙과 실뱅은 아래층 홀에 있었고 2층에는 가지 않았다. 이렇게 대체적인 사정은 현장에서 장 폴이 처음에 요약한 대로였는데, 세세한 점에서는 몇 가지 덧붙여진 모양이었다.

도서실에 있던 시몬은 5시 20분 전후에 5분쯤 화장실에 갔다. 이것은 역으로 지젤도 그 시간에 도서실에 혼자 있었다는 얘기가 된다.

서재에 있던 두 사람도 5시 반경, 뇌우가 내리기 시작한 시각 전후에 교대로 5분 정도씩 방을 비웠다.

당시 에스클라르몽드 산장에 있던 사람들 중에 유리가 깨지는 소리를 듣지 못한 건 홀에 있던 줄리앙 뤼미에르와 샤를 실뱅, 이 두 사람뿐이다. 그런데 두 사람 모두 뇌우가 내리기 3, 4분 전, 즉 5시 25분경에 줄리앙이 산장에 도착하고, 뇌우가 내리기 시작한 2, 3분 후, 즉 5시 32분경에 지젤이 도서실에서 홀로 나오기까지 약 7분 동안 계속 홀의 안락의자에서 서로 잡담을 나누었다고 증언했다.

조리실에 있던 여성 고용인 두 명에게는 특별히 참고가 될 만한 이야기는 들을 수 없었다. 다만 유리가 깨지는 소리는 들었는데, 다른 증언과 거의 마찬가지로 뇌우가 내리기 3, 4분 전이라고 했다.

살인 현장의 내력에 대해서도 수사진의 질문이 집중되었다. 지금은 자료실로 되어 있는 공간이지만, 원래는 발코니로 나가기 위한 폭 넓은 복도였던 모양이다. 그래서 그 방의 이상한 모양도 납득되었다. 자료실은 죽은 주느비에브가 수집한 카타리파 관련 컬렉션을 보관하기 위해 몇 년 전에 개조된 것으로, 그 고풍스러운 산장에 어울리지 않게 새로 정교한 자물쇠가 달리고 아래위로 전혀 빈틈이 없는 튼튼한 문이라든가 온통 특수한 강화유리를 사용한 미닫이문 등이 눈에 띄는 것도 그 때문이다. 독립된 자료실이 생길 때까지는 카타리파 관련 문헌도 다른 서적과 함께 도서실 책장에 보관되어 있었다.

지젤이 책을 찾기 위해 가끔 자물쇠를 열 때 이외에는 보통 드나드는 사람이 없는 늘 닫혀 있는 방이었는데, 사정이 다소 바뀐 것은 6월 이후 실뱅 조교수가 에스클라르몽드 산장에 머물게 되면서부터였다. 카타리파 연구의 전문가인 실뱅은 자연스럽게 이 방을 찾는 일이 많아졌다. 자료실에 의자 하나를 옮겨 온 것도 실뱅의 요청에 의해서였다. 자료의 보관을 목적으로 하는 서고였기 때문에 자료실에는 원래 의자 같은 건 구비되어 있지 않았던 것이다. 의자는 1층의 진열실에 있던 것을 옮겨 왔다.

흉기로 사용된 석구는 15년쯤 전에 에스클라르몽드 산장 근처의 밭에서 발굴된 것이라고 한다. 주느비에브는 카타리파의 유품이라고 믿고 발굴한 농부에게 상당한 돈을 주고 사들였다. 물론 나무 받침대는 새로 만든 것이다.

진열실에 있는 중세 골동품과 마찬가지로 흉기로 사용된 쇠뇌도 주느비에브의 아버지인 선대 로슈포르가 모은 것이다. 화살집과 쇠뇌 자체는 오래된 것이지만 화살은 새로 만든 것이다. 화살집에 들어 있던 화살은 열두 대였는데 그 하나가 독일인 시체에 쏘인 것이다. 이 쇠뇌가 자료실 벽에 장식되게 된 데는 상당한 이유가 있었다. 주느비에브는 스포츠 애호가로, 승마와 암벽등반이 취미였다고 한다. 그런데 기분 전환을 위해 남편 로슈포르를 꾀어 쇠뇌를 쏘는 연습에 열중하기 시작한 적이 있었다. 그녀는 아버지의 컬렉션 중에서 아직 사용할 수 있을 만한 쇠뇌를 골라 손질을 하고, 줄이나 용수철 등의 쇠붙이와 많은 양의 화살 등을 새로 만들어 상당한 기간 동안 이 기묘한 스포츠에 빠져 있었다고 한다. 이 취미 활동이 활발해지고 나서는 직인에게 의뢰하여 새롭게 만든 쇠뇌도 여러 개 있었는데, 애용했던 것은 최초의 그 오래된 쇠뇌였다. 이런 사정으로 자료실에는 주느비에브가 애용하던 오래된 쇠뇌가 장식된 것이었다. 이 쇠뇌는 주느비에브가 죽은 후에도 금속 부분이 녹슬지 않도록 하는 등 어느 정도 손질을 했기 때문에 지금도 충분히 사용할 수 있었다. 한때 죽은 어머니의 물건이라면 뭐든지 관심을 가진 지젤이 이 스포츠에 열중해서였다. 그렇다고는 해도 나무 부분이 뒤틀리거나 해서 어쩌면 명중률이 약간 떨어졌을지도 모른다고 생각했으나, 카사르 대장 등의 실험에 따르면 현장인 실내에서 단거리에 있는 표적을 겨눌 때는 거의 문제가 없었다고 한다. 또한 말의 두개골에서 적출된 총알에서 흉기에 사용된 총은 아마 전쟁 전에 생산된 모제르총이었다는 사실이 밝혀졌다.

"가케루, 그래서 너는 발터 페스트 살해범이 누구라고 생각해?"

일본인은 가볍게 어깨를 들썩일 뿐 말이 없었지만, 나는 이 정도의 무뚝뚝한 태도에는 충분히 익숙해졌기에 개의치 않고 물고 늘어졌다.

"나는 에스클라르몽드 산장 내부에 범인이 있다고 생각해. 그래, 단연코 확실해. 너도 그렇게 생각하지? 장 노디에가 범인이라니, 정말 말도 안 된다니까."

"침입하는 데 불필요했을 텐데 일부러 자료실 유리를 깨야만 했던 이유는 뭐였을까? 너는 이 의문이 풀리면 사건의 진상은 밝혀질 거라고 생각하고 있겠지?"

드디어 가케루가 내 이야기에 반응을 보였다. 살짝 얕보는 듯한, 재미있어하는 듯한, 어딘지 모르게 비위에 거슬리는 엷은 웃음을 입가에 새기고 있었다. 나는 분연히 말했다.

"그래, 맞아. 전혀 부서지지 않은 나비 사체에서 유리가 깨질 필요가 없었다는 점을 지적한 사람이 누구라고 생각해? 장 폴 아저씨도 아니고 너도 아니야. 바로 나야. 이제 와서 너도 처음부터 그걸 알고 있었다고 말하려는 건 아니겠지?"

"엄청 진지한데. 아니, 나디아, 아무도 너의 독창적인 새로운 발견을 부정할 생각 같은 건 없어. 다만 나는……"

"뭔데?"

"유리가 깨진 이유만을 단독적인 것으로 생각해나가면 다소 잘못된 방향으로 이끌릴 수도 있다는 걸 지적하고 싶었을 뿐이야."

"그럼 물어보겠는데, 너의 현상학적 추리는 어떻게 되는 거야?

페스트 살해를 현상학적으로 다시 보면 대체 어떻게 된다는 건데?"

"간단한 거야. 너도 스스로 해보면 돼."

"네 입으로 듣고 싶어. 설사 알고 있다고 해도 살해 방법이나 범인의 이름까지 말하라는 건 아니야. 그냥 추리의 전제가 되는 부분만은 묻기만 하면 언제든지 얘기해준다고 라루스가 살인 사건 때 말했잖아."

짧은 침묵이 흐른 뒤 내 추궁에 못 이겼는지 가케루는 천천히 이야기하기 시작했다. 온몸의 신경을 곤두세우고 나는 가케루의 이야기에 귀를 기울였다.

"주어진 소재는 무한하게 다양한 논리적 해석을 허용해. 하지만 어떤 사실에 관한 복수의 논리적 해석이 서로 진실을 주장할 때 거기에는 어느 것이 맞는지를 판단할 기준이 존재하지 않아. 중요한 것은 사건의 각 부분이나 요소로 분해한 뒤 그 재구성에 빠지는 것이 아니라 사건을 어디까지나 현상으로, 즉 의미와 의미가 뒤얽힌 유기체적 전체로 보고, 거기에서 전체의 지렛대에 해당하는 것을 발견하는 거야. 어젯밤 사건 전체의 지렛대라고 할 만한 것은……"

"그게 뭔데?"

"그건 '두 번에 걸쳐 살해된 시체'야. 왜 피해자 발터 페스트는 타살당하고 나서 다시 사살당해야만 했는가, '두 번에 걸쳐 살해된 시체'라는 현상의 의미를 직관하고 그 중심에 사건을 만들어내는 다양한 사건을 재배치해보는 것. 그때 특히 중요한 것은 쇠뇌나 석구를 비롯한 묵시록풍의 무대 장치야. 필요도 없이 깨진 유리는 그중의 비교적 중요성이 낮은 한 현상에 불과해."

나는 가케루의 사고법을 그런 대로 이해하고 있다고 생각했지만, 그래도 내가 발견한 깨진 유리를 둘러싼 수수께끼를 과소평가하는 듯한 표현에는 아무래도 저항감을 느낄 수밖에 없었다. 게다가 어젯밤부터 가케루가 했던 수상한 언동에도 나름대로 주의를 기울일 필요가 있었다. 장 폴에게 현장 조사 권유를 받았을 때 가케루는 그걸 거절하고 한 발 먼저 홀로 내려갔다. '소네 신부님께 물어볼 게 있다'고 하면서. 게다가 오늘 아침에는 몽세귀르에 가기도 했는데, 그것은 지젤을 만나기 위해서인 것으로 보인다. 어젯밤의 언쟁이나 가택수사 탓에 기회를 놓친 것도 있겠지만, 추궁해야 할 사람은 다른 누구도 아니고 센 강 변의 저격 사건을 예고한 수수께끼의 여교사 시몬 뤼미에르여야 할 텐데도 가케루는 에스클라르몽드 산장의 홀에서 시몬에게 한 번도 말조차 걸려고 하지 않았다. 그런데도 소네 신부나 지젤과는 이야기를 나눈 것이다. 안락의자 탐정을 자처하고 있기 때문인지 어떤지는 모르겠으나 평소라면 그런 때에 결코 자신의 몸을 움직이려 하지 않는 청년인데도, 에스클라르몽드 산장 내의 가택수사 권유를 받았을 때는 이상하리만큼 적극적인 태도로 장 폴과 행동을 같이했다.

가케루가 사건을 해명하기 위해 뭔가 일관된 의도로 수사하고 있음은 확실했다. 그리고 그중에서도 가장 이해할 수 없는 것이 어젯밤부터 이 청년이 보여주고 있는 사건에 대한 적극성이다. 라루스가 사건 때는 내가 억지로 권해야 마지못해 움직였던 인간이었는데…… 의문은 그치지 않았지만 나는 화제를 돌리려고 했다. 가케루는 내가 아무리 물어도 그 이상은 결코 이야기하려 하지 않는 표정이었기 때문이다.

"그런데 지금 장 폴 아저씨는 어디 있어?"

"장 노디에의 집에."

"왜?"

"아직 어두운 새벽녘에 노디에가 일단 집으로 돌아온 모양이야. 감시하고 있던 카사르 대장의 부하가 노디에인 듯한 남자한테 얻어맞고 꽁꽁 묶여 있었대."

"뭐라고?"

나는 의자에서 일어나며 외쳤다. 이렇게 중요한 일을 물어볼 때까지 잠자코 있는 가케루의 태도가 몹시 괘씸했다. 그런데 왜 노디에는 집으로 돌아간 것일까? 감시의 위험을 알았을 텐데.

"대체 어디 가는 거야?"

너무나도 무시무시한 기세로 계단으로 돌진했기 때문일까? 계단을 뛰어 올라가는 내 등에 비아냥거림이 섞인 목소리가 꽂혔다.

침실에서 나이트가운을 벗고, 허물처럼 벗은 파자마를 침대 위에 내던지고 나는 서둘러 셔츠와 청바지를 입었다. 헝클어진 머리를 한쪽 손으로 매만지면서 문까지 좁은 계단을 뛰어 내려온 내게 자전거를 옆에 세워둔 가케루가 천천히 말했다.

"나도 갈게. 시몬 뤼미에르한테 할 얘기가 있거든."

서서히 달리기 시작한 자전거 뒤로 나는 달려가면서 뛰어올랐다.

"빨리 가, 가케루."

집 앞의 완만한 언덕을 올라 돌다리 옆에서 가케루는 핸들을 왼쪽으로 꺾었다. 노디에의 집으로 가는 길을 알고 있는 듯했다. 내 주문에 응하기 위해선지 길로 나서자마자 가케루는 무서운 기세로 페달을 밟기 시작했다. 잘못하면 떨어질 것만 같아 나는 젖먹던 힘을 다해 가케루의 등에 달라붙었다.

가케루가 자전거를 세운 곳은 마을 외곽에 있는 몹시 황폐한 농가 앞이었다. 집 앞을 흐르는 시내 옆에서 장 폴과 카사르 대장이 심각한 표정으로 무슨 말인가를 주고받고 있었다.

"장 폴 아저씨, 어떻게 된 거예요?" 나는 자전거 뒤에서 뛰어내리며 소리쳤다.

"장 노디에야." 장 폴은 무척 언짢은 어조로 으르렁거렸다.

"어젯밤부터 부하를 이 집 뒤에서 감시하게 했는데, 새벽녘에 느닷없이 뒤에서 세게 얻어맞고 졸도를 한 모양입니다. 자, 집 안 좀 보세요." 카사르 대장의 원망스럽다는 듯한 말이었다.

부엌과 거실과 침실밖에 없는 작은 집 안은 엉망진창으로 온통 어질러져 있었다. 강도가 든 후의 어질러짐이라고밖에 생각되지 않았다.

"얻어맞은 헌병은 노디에의 얼굴을 확실히 본 건가요?"

"아니요. 아무튼 어두웠고 뒤에서 맞은 거라 얼굴은 보지 못했답니다."

"그럼 정말 노디에였는지 어떤지는 모르는 거네요?"

"노디에가 맞습니다. 다른 누가 이런 짓을 한단 말입니까? 장기도주에 대비해서 돈이나 도피 생활에 필요한 물건들을 챙기러 돌아온 거겠지요."

나는 납득할 수 없었다. 혹시 노디에 본인이 돌아왔다면 이런 식으로 온 집을 헤집지 않아도 어디에 뭐가 있는지 정도는 알 것 아닌가. 찾고 있는 물건이 어디에 있는지 모르는 사람만이 이런 식으로 온통 헤집어놓지 않을까? 내 의문에 장 폴이 인정머리 없게 대답했다.

"경찰한테 쫓겨 미칠 듯이 초조한 범인의 경우 흔히 이런 일이 있어. 특별히 드문 일도 아니야."

"에스클라르몽드 산장에는 밤새 감시를 붙여놨겠군요?"

어젯밤에는 에스클라르몽드 산장 내부의 철저한 수색이 가까스로 끝난 12시경에 우리 전원이 산장을 떠났다. 장 폴은 헌병대 일행과 라블라네에서 묵었고, 나와 가케루는 소네 신부가 운전하는 중고 시트로엥의 미등을 따르듯이 샤투이 마을까지 돌아왔다. 마을 교회 옆에서 시트로엥은 멈췄고 소네 신부만이 아니라 시몬도 함께 차에서 내린 듯했다. 사건이 일어난 날 밤이기도 하고 시몬은 범인으로 지목된 노디에의 집에 세를 들고 있기 때문에 혼자 돌아갈 마음이 들지 않아 소네 신부의 집에 묵기로 한 걸 거라고 그때 나는 생각했다.

결국 고용인 이외에 에스클라르몽드 산장에 남은 사람은 로슈포르가의 세 명, 즉 오귀스트와 니콜, 지젤, 거기에 손님인 실뱅과 줄리앙, 이렇게 모두 다섯 명이었을 것이다. 모레는 줄리앙 뤼미에르도 로슈포르가 사람들과 동행하여 카르카손의 혁명 기념일 불꽃축제를 구경할 예정인 모양이었다. 카르카손의 혁명 기념일 불꽃축제는 호화로운 불꽃놀이로 전국적으로 유명한 행사였다.

"물론이고말고요. 어떤 사정으로 노디에가 에스클라르몽드 산장으로 돌아올 가능성도 있으니까요. 앞쪽 정원수 뒤와 사설 도로 입구의 수풀 속에서 밤새 부하가 잠복하고 있었지요."

카사르 대장의 설명으로는 밤중에 산장을 나간 사람은 산장에 들어간 사람과 마찬가지로 한 사람도 없었다고 한다. 그렇다면 사건 관계자로 이 집을 덮칠 수 있었던 사람은 같은 마을에 있던 시몬과 소네 신부, 이 두 사람이 되는 것일까?

"시몬 씨는 어디 있어요?"

"어젯밤에는 소네 신부님 댁에서 묵었습니다. 뒤숭숭하니까 여기로는 돌아오지 않는 게 좋을 것 같아서 내가 신부님께 부탁했거든요. 불과 한 시간쯤 전에 신부님 댁에서 돌아왔습니다. 지금은 자신의 셋방에 있겠지요."

"우리는 마을로 돌아가려는데, 자네들은 어떻게 하겠나?" 장 폴이 물었다.

"저는 남아서 시몬 씨와 얘기 좀 하려고요."

두 경관은 라블라네 헌병대의 차로 마을 쪽으로 돌아갔다. 우리는 농가 옆에 지어진, 예전에는 가축우리로 사용되었던 것 같지만 지금은 일단 청결하고 지내기 편하게 개조된 벽돌 오두막으로 걸어갔다. 가까운 전봇대에서 오두막으로 아주 새것인 전화선이 연결되어 있었다. 새로이 전화선을 연결한 까닭은 이 오두막이 역시 MRO의 현지 본부가 되어서일 것이다. 문을 연 사람은 피곤에 지쳐 안색이 좋지 않은 시몬이었다. 시몬은 우리 앞에서 괴로운 듯이 연신 콜록거렸다. 그러고 보니 처음 만났을 때도, 어젯밤에도 결코 건강해 보이지는 않았다. 어쩌면 병치레가 잦은 사람인지도 모른다, 라고 그때 나는 처음으로 그렇게 생각했다. 여자는 가케루를 보더니 가볍게 빈정거리듯이 얼굴을 일그러뜨렸다.

"당신이 좋아하는 묵시록의 암살자가 정말 묘에서 기어 나온 걸까요?"

"경찰은 장 노디에 짓이라고 단정 짓고 있어요." 잠자코 여자의 얼굴을 무뚝뚝하게 쳐다보고만 있는 가케루를 대신해서 내가 말했다.

"말도 안 돼. 노디에는 죄가 없어요. 암살자의 망령이 죽였다고 생각하는 편이 더 그럴듯할 거예요."

"그것보다 시몬 뤼미에르 씨, 제가 알고 싶은 것은 그날 일이에요. 당신은 어떻게 가케루가 습격을 받을 걸 예고할 수 있었던 거죠? 총알은 저를 맞힐 가능성도 있었으니까 당사자로서 당신한테 설명을 요구할 권리는 있다고 생각해요."

"수수께끼지요. 이 사람 얼굴을 보고 불현듯 그걸 깨달았어요. ……아무래도 저한테는 블라바츠키 부인 같은 오컬트 능력이 있나 보네요."

여교사는 묘한 웃음을 짓고 있었다. 요컨대 놀리고 있는 것이다. 나는 화가 나서 정신없이 물고 늘어졌다.

"그런 말로 납득할 수 있을 거라고 생각해요? 만약 제가 그 일을 경찰에 얘기하면 당신은 아마 주요 용의자가 되었을 거예요.

체포되었을지도 모르고요. 어젯밤 일도 분명히 당신이 범인이라고 의심했을걸요. 지금이라도 저는 그 일을 폭로할 수 있어요."

시몬은 잠깐 입을 다물고 내 얼굴을 물끄러미 쳐다보았다. 그러고 나서 천천히 이야기했다.

"당신, 젊은 사람이 그러면 안 돼요. 권력을 배경으로 남을 자기 생각대로 하려 들다니. 경찰을 협박 수단으로 해서 무력한 상대한테 억지로 말을 하게 하다니. 그래요, 그건 용서받을 수 없는 일이에요. 정말 나쁜 일이에요."

시몬의 표정이 변해 있었다. 게다가 엄숙하다고 해도 좋을 정도의 어조였다. 나는 문득 울고 싶은 마음이 들었다. 그게 아닌데도, 시몬의 말을 들으니 내가 비열한 짓을 하고 말았다, 죄를 짓고 말았다, 하는 느낌이 들었던 것이다. 거기에는 그것을 의심할 수 없게 만들어버리는, 뭔가 압도적으로 강력한 인격의 박력 같은 것이 있었다. 그러나 그 정신력에는 상대를 고발하거나 때려눕히려는 적대적이고 폭력적인 인상은 전혀 없었다. 목소리는 어머니의 슬픔 비슷한 그늘을 띠고, 표정은 끝 모를 온화한 위엄으로 가득 차 있었다.

"죄송해요, 시몬 씨. 다시는 그런 식으로 말하지 않을게요. 그러니 용서하세요."

거의 반사적으로 나는 비참한 기분으로 이렇게 중얼거렸다. 설사 의심스러운 사람이었다고 해도 결코 그런 태도를 취해서는 안 되는 거였다. 혹시라도 앙투안이 지금의 내 말을 들었다면 대체 어떻게 생각했을까? 두 번 다시 나를 용서하지 않았을지도 모른다. 내 연인이 되었을지도 모르는, 마드리드에서 살해당한 청년은 추억 속에서 소리치고 있었다. 세계에는 악이 있고 인간에게는 용서받지 못하는 일이 있다, 숙명적으로 용서되지 않는 범죄를 저지르는 악한 인간에게도 그런 자신만은 용서하지 않는다는 지력과 의지가 주어져 있다, 그것만이 인간은 선한 존재일 수 있고 세계도 선한 것일 수 있다는 희망을 지탱하는 것이다, 나는 그것을 증명하기 위해서라면 죽어도 좋다…… 라고. 그리고 그는 아무에게도 알리지 않고 잠자코 그것을 실행했다.

앙투안은 늘 말했다. 어떤 사람에게도, 아무리 용렬하고 거칠고 잔인해 보이는 사람에게도 마음속 깊은 데에는 뭔가 반짝반짝 빛나는 수정 조각 같은 것이 있다, 철학자가 생각하는 절대정신은 존재하지 않지만 누구의 마음속에도 깃들어 있는 세계정신의 조각 같은 것이 있다, 라고. 그것은 지옥의 한복판에서 신을 발견한, 그리고 우연히 지옥에서 기어 나와 자기가 본 것을 우리에게 말해준 러시아인 작가의 말이 틀림없었지만, 내게는 원전을 가져와 앙투안을 놀릴 생각은 들지 않았다.

내가 이런 것을 떠올리게 된 건 시몬 탓이었다. 진지해졌을 때의 시몬 뤼미에르는 인간의 마음속 깊이 숨어 있는 세계정신의 조각 같은 것을 강력하게 상기시키는 신기한 능력을, 이를테면 영적인 힘이라고 할 만한 것을 느끼게 한다.

시몬 앞에 있기가 답답해져 나는 별안간 입을 다물었다. 시몬은 어조를 바꿔 서먹서먹하게 가케루에게 말했다.

"그런데 야부키 씨, 무슨 용건으로 왔어요?"

"특별한 볼일은 없습니다. 카타리파에 대해 생각하고 있는 걸 좀 들려주었으면 하는 것뿐입니다. 나디아의 질문을 지금 억지로 듣고자 하는 것은 아닙니다. 그보다 관심이 있는 건 당신의 사상입니다."

"좋아요. 들어오세요. 나도 당신 생각에는 흥미가 있으니까요. 특히 살인의 옳고 그름이나 악과의 싸움이라는 점을 둘러싸고요."

시몬은 가볍게 입술을 일그러뜨리고 가케루의 눈을 강하게 응시하면서 천천히 말했다. 시몬의 권유로 가케루는 오두막 안으로 들어갔지만, 나는 일단 마을로 돌아가기로 했다. 오후에 약속이 있다는 구실을 댔으나 사실은 혼자 있고 싶었다. 분명히 오후에는 에스클라르몽드 산장에 갈 생각이었다. 가케루와 나는 내일부터 며칠간 남프랑스 여행을 떠난다. 가케루의 목적은 아무래도 역사에 나타난 카타리파의 수수께끼를 탐구하는 데 있는 모양이었다. 가케루의 탐색 여행에 동행하는 것은 파리를 출발할 때부터 예정되어 있던 일이었다. 중상에서 가까스로 회복한 청년이 좀 걱정스러웠던 탓도 있었다. 그리고 아무리 색다른 성격이라 해도 어딘가 기묘하게 매력적인 청년과 둘이서 한여름의 피레네와 지중해 지방을 여행하는 데 대한 기대가 내 마음을 전혀 움직이지 않았다고는 말할 수 없었다. 그러나 좀 더 매력적이었던 건, 확실히 그렇다고 말하지는 않았지만 아마 카타리파의 황금을 발견하려고 결심한 듯한 가케루의 탐색 여행을 옆에서 지켜보는 일이고, 가능하면 그 보물찾기에 나 자신이 참가한다는 것이었다. 우리는 내일 툴루즈에서 하룻밤을 묵고 이튿날에는 혁명 기념일 불꽃축제를 하는 카르카손에서 하룻밤을, 그러고 나서 랑그도크 지방을 떠나 마르세유 등의 프로방스 지방까지 여행하기로 한 터였다. 그래서 어젯밤에 살인 사건이 벌어진 에스클라르몽드 산장의 현장 조사를 하고 싶다면 내게는 오늘 오후밖에 시간이 없었다.

그러나 시몬을 만난 후에는 독일인 발터 페스트 살인 사건에 대한 흥미도 완전히 퇴색되고 말았다. 그보다는 뤽상부르 공원에서 가케루와 나눴던 대화가 그 후 한 발짝도 나아가지 못했다는 점이 새삼 내 마음을 무겁게 했다. 시몬은 이런 기분에 빠져 있는 내게, 집 앞을 흐르는 시내에 걸쳐진 작은 다리까지 바래다주면서 이렇게 말했다. 중얼거리는 듯한 물음이었다.

"나디아 씨, 저 사람, 정말 자유로운가요?"

"가케루 말인가요?" 내가 반문했다.

"네, 야부키 씨요."

질문의 의미를 전혀 이해할 수 없었다. 허를 찔린 것처럼 나는 말문이 막혔다. 느닷없이 대체 무슨 말을 하려는 것일까?

"저 사람, 정말 자유로울지도 모르겠어요. 하지만 그러기 위해서 얼마나 황량한 풍경의 세계에서 살고 있는 걸까요? 꽃이나 태양이나 바다나 색이 선명한 아름다운 것들을 영혼에서부터 모두 내몰아야만 하는 자유란 대체 뭘까요? 저 사람의 심적 세계에는 살아 있는 다른 사람이 한 사람도 없다는 거, 당신은 알고 있나요?"

자전거는 가케루를 위해 남겨두고 천천히 걸어서 돌아갔다. 생각할 거리가 많다는 기분이 들어서였다. 근사한 플라타너스 가로수 길을 빠져나가 반짝일 만큼 푸른 것들의 홍수를 헤엄쳐 건너는 쾌감에 젖은 채 여름의 맑은 태양을 온몸으로 받으며 걸었다.

시골티가 나는 한촌의 중심부였다. 한 집밖에 없는 초라한 카페에도, 변변찮은 호텔 앞에 놓인 물빛 파라솔 아래에도 서늘한 바람을 쐬는 손님들의 모습은 거의 보이지 않았다. 바싹 말라 희읍스름해진 도로에는 오가는 사람도 없고, 어쩐지 을씨년스러운 남프랑스 한촌의 풍경만 펼쳐져 있을 뿐이었다. 다만 투명한 고원의 대기를 뚫고 흰 불꽃과도 닮은 강렬한 햇빛이 흙먼지를 뒤집어쓴 돌바닥에 쨍쨍 내리쬐고 있었다. 내 몸통보다 굵고 옹이투성이인 플라타너스 가로수만이 바싹 마른 도로에 시원해 보이는 그림자를 점점이 드리우고 있었다.

나는 마을 교회로 향했다. 오후에 에스클라르몽드 산장으로 가기 전에 일단 소네 신부의 이야기를 들어둘 필요가 있었기 때문이다. 마을의 집들 사이로 삼각 지붕을 내밀고 있는 작은 교회의 첨탑을 울적한 마음으로 바라보았다. 차분한 색으로 붉게 녹슨 집들의 지붕 너머로 피레네의 산들이 연한 푸른빛으로 희미하게 보였다. 역시 인적 없는 돌 깔린 원형의 광장에 선 나를 건초 냄새와 작은 벌레 소리가 정겹게 감쌌다. 상쾌하게 멀어지는 마음으로 시선은 그저 연푸른 산들의 능선만을 멍하니 더듬었다.

# 2

 

 

 

 

 

나를 집 안으로 기분 좋게 맞아들인 시골 사제는 조심스러운 태도로 용건을 물었다. 묘한 신부구나, 하고 나는 생각했다. 야위고 몸집이 작은, 거의 병약해 보이기조차 한 늙은 몸 구석구석에까지 오랜 세월의 고생이 달라붙어 있었다. 그러나 애매한 미소를 짓는 조그마한 입술 언저리에는 상대의 긴장을 풀어주고 신기하게 마음을 누그러뜨려주는 효과가 있었다. 그리고 적갈색의 깊은 주름으로 둘러싸인 파랗고 투명한 두 눈동자에는 나이를 넘어선 깊은 지력이 깃들어 있는 듯했다. 소네 신부는 어디에나 있는, 달리 적당한 직업을 찾을 수 없어 어쩔 수 없이 성직에 몸을 담은 종류의 장사꾼 같은 신부도 아닌 것 같고, 코끼리 피부만큼이나 두꺼운 얼굴의 강요하는 듯한 미소로 타인에게는 조금도 자명하지 않은 확신을 팔려고 내놓는, 무자각한 오만을 선의의 당의로 감싼 종류의 신부도 아닌 듯했다.

"신부님, 갑작스러울지 모르겠습니다만, 어젯밤 일을 좀 상세하게 들려주실 수 없을까요?"

"그거야 상관없소만, 대체 무슨 연유인가요?"

다소 곤혹스러워하는 신부의 어조에 나는 단단히 벼르고 대답했다.

"경찰은 마치 장 노디에가 범인인 것처럼 단정 짓고 있어요. 하지만 저는 그렇게 생각하지 않거든요. 노디에의 억울함을 확실히 증명하고 싶어요."

"아가씨는 아마추어 탐정인가요?" 소네 신부는 이렇게 말하며 입을 오므리고 재미있다는 듯이 허허 웃었다. "나도 어릴 때는 탐정물을 많이 읽었소. 내 동업자인 브라운*이라는 영국인 이야기가 무척 재미있었지⋯⋯ 알겠소. 그런데 뭘 알고 싶은 거요?"

"어제 에스클라르몽드 산장에서 본 것을 빠짐없이 설명해주셨으면 해요."

짧은 침묵이 흐른 후 노신부는 이야기를 시작했다.

"내 친구인 여교사 시몬 뤼미에르가 로슈포르 씨 댁에 초대를 받아서 나도 같이 갔으면 좋겠다는 부탁을 받은 게 며칠 전이었소. 원자력 발전소 문제로 이전부터 요청을 했지만 늘 거절당하기만 했던 공식적인 만남이 이번 기회에 이루어질 수 있을 것 같아서 뤼미에르 양은 단단히 벼르고 있었소. 하지만 자신이 나가면

---

* 영국 작가 길버트 키스 체스터턴Gilbert Keith Chesterton이 창조한 탐정 캐릭터인 브라운 신부.

회견은 곧바로 서로 비난을 주고받는 난투장이 되어버릴 게 뻔할 거라고 했소. '그 남자의 코앞에 제가 하려는 일의 의미를 정면으로 들이대는 것이 제 역할이에요. 하지만 그 전에 그 남자와 좀 냉정하게 이야기를 나눠보는 것도 필요할 거예요. 원자력 발전소를 건설하려는 로슈포르의 속셈을 알아두는 것도 중요한 일이니까요. 소네 신부님, 그 역할을 신부님께 부탁드려요'라고 말이오. 뭐 그렇게 된 거지요.

나와 뤼미에르 양이 몽세귀르의 산장에 도착한 것은 어제저녁 5시 조금 전이었을 거요. 내 늙은 당나귀를 타고 말이오."

이 농담에 나는 쓴웃음을 지었다. 늙은 당나귀는 물론 소네 신부의 중고 시트로엥일 것이다. 칠이 벗겨지기 시작한 상처투성이의 차체와 헐떡이는 듯한 엔진 소리는 확실히 늙어서 둔한 가축을 떠올리게 했다.

"약속대로 일단 나 혼자 로슈포르 씨와 이야기하게 되었소. 나는 로슈포르 씨의 안내로 2층 서재로 갔소. 우리가 이야기를 나누었던 서재는 그 불운한 독일인이 살해당한 방과 중정을 사이에 두고 거의 마주 보는 위치에 있소. ……이것은 어제 경찰이 자세히 물었던 것인데, 5시 지나서부터 6시 지나서까지 약 한 시간 동안 우리는 거의 함께 있었소. 거의, 라는 것은 나도 로슈포르 씨도 각각 5분씩 방을 나간 적이 있기 때문이오. 이야기를 시작하고 나서 20분쯤 지났을까? 내가 떨고 있는 것을 보고 로슈포르 씨는 난로에 불을 피우기로 한 모양이오. 겨울에는 엔진 상태가 안 좋아지는 늙은 당나귀와 마찬가지로 나도 몹시 추위를 타서 한여름에도 해가 진 시간에는 불이 그리워지는 일이 있다오."

고원의 대기는 여름에도 차갑다. 대낮에도 그늘에서 장시간 바람을 맞고 있으면 젊은 나조차 으스스 추울 정도다. 그렇게 벽이 두꺼운 고풍스러운 저택 안에서는 저녁때에 이 노인의 상한 육체가 추위로 떨기 시작한 것도 당연한 일이었으리라.

"그래서 로슈포르 씨는 나를 위해 난로에 땔 장작을 가지러 방을 나선 거요. 그렇다고 긴 시간은 아니었소. 기껏해야 5, 6분일 거요. 수고를 끼쳐 미안해하는 나한테 '하인이 외출 중인데 뭐 집 바깥까지 가지러 가는 것도 아닙니다. 이 방 바로 옆에 있는 창고에 장작이 준비되어 있으니까요', 이렇게 말하며 나갔소. 곧 양손 가득히 못 쓰게 된 길고 짧은 건축용 나뭇조각을 들고 와서 곧바로 난로에 넣고 불을 지폈는데, 옛날 그대로 직접 나무를 때는 난로는 좋은 물건이오. 점화용의 가스난로와 환기장치가 완비되어 있어서 장작은 금세 활활 타오르기 시작했고 불쾌한 연기 걱정은 전혀 없었소.

로슈포르 씨가 수상한 표정으로 말을 끊게 한 것은 장작에 불을 지피기 직전이었소. 나도 이유는 알았소. 뭔가 쓰러지는 듯이 둔탁한 소리가 희미하게 들려왔으니까. 벽시계를 올려다보니 5시 27분이었소. 하지만 결국은 천둥소리이겠거니 하고 이야기가 되었소. 창문으로 올려다보았더니 하늘은 당장이라도 비가 쏟아질 것처럼 새까매져 있었소. 지금 생각하면 운 좋게 창문이 열려 있었던 덕분에 유리 깨지는 소리가 들려온 거요. 뇌우의 전조인 습한 바람이 불어왔는데, 불을 지피기 시작했을 때 대량의 연기를 방 밖으로 내보내기 위해 일단 열어둔 거라오. 로슈포르 씨가 없는 동안 나는 내내 창문의 유리 너머로 바깥 광경을 바라보았소. 하늘에는 무시무시한 강풍에 찢겨 흩어지는 불길한 먹구름이 깔려 있었지요……"

"로슈포르 씨가 장작을 가지러 나간 5분여간 서재 창문으로 바깥을 바라보고 계셨군요. 그때 중정 건너편에 있는 자료실은 어땠습니까? 중정에 수상한 사람이 있는 것은 보지 못하셨나요?"

어쩌면 어떤 자가 중정에서 살인 현장으로 침입할 기회를 엿보고 있었을지도 모른다. 나는 다소 흥분하여 물었다.

"아가씨, 안타깝지만 그건 불가능하다오. 분명히 내가 창문으로 바깥을 보고 있던 무렵은 자료실에서 그 무시무시한 범죄가 저질러지기 직전이었을 텐데, 아가씨도 가 보면 알겠지만 서재의 창문 앞에는 커다란 플라타너스 여러 그루가 심어져 있소. 그 때문에 겨울이라면 모르겠지만 잎이 무성한 요즘은 건물 건너편을 볼 수는 없다오. 서재의 창문에서 보이는 것은 하늘, 그리고 중정을 향해 튀어나와 있는 2층의 발코니에 늘어선 화분의 꽃들뿐이라고 해도 좋을 거요. 잘 손질된 예쁜 꽃이었는데, 로슈포르 씨가 돌아올 때까지 나는 발코니에 늘어서 있는 화초를 바라보았지요."

"비가 내리기 시작한 것은요?"

"로슈포르 씨가 난로 앞에서 장작에 불을 지피고 있을 때였소. 소리가 나고 2, 3분 지나서였소."

"보고 계신 동안 발코니를 지나간 사람은 없었나요?"

노신부는 재미있어하는 얼굴로 대답했다.

"어젯밤에도 바르베스라는 파리 경찰청의 경감이 몇 번이나 같은 질문을 했는데, 아가씨와 같은 생각이었을 거요. 하지만 지나간 사람은 한 사람도 없었소. 로슈포르 씨가 장작을 가지러 간다고 속이고 다른 방의 창문으로 발코니로 나가서 그 끝에 있는 계단을 통해 중정으로 내려가는 일은 없었다오. 나는 그렇게 증언했소.

뇌우가 쏟아지기 시작하자, 열어둔 창문으로 빗방울이 굉장한 기세로 들이쳤소. 창문을 닫은 것은 그 때문이오. 그 후 나는 곧바로 2층에 있는 화장실로 손을 씻으러 갔고, 서재를 비운 것은 한 5분쯤이었을 거요. 돌아오니 난로가 활활 타고 있었소. 로슈포르 씨가 차례로 장작을 던져 넣고 있었지요. 지독한 뇌우가 미친 듯이 날뛰고 있는 바깥에서는 믿을 수 없을 정도로 따뜻해서 기분이 좋았소. 우리가 일단 이야기를 마치고 아래층의 홀로 내려가자 아직 30대로 보이는 실뱅이라는 대학 교수와 젊은 일본인이 있었는데, 아무래도 자료실의 상황이 이상하다고 했소. 안색이 바뀐 줄리앙 뤼미에르가 홀로 뛰어온 것도 그때였소. 그는 중정을 지나 발코니에서 자료실의 상황을 보러 가야 하는데 함께 갔으면 한다고 일본인한테 말했소. 외치는 듯한 어조였소. 두 사람이 중정으로 나가기 위해 홀 안쪽으로 사라지고 나서 돌연 걱정스러운 표정이 된 로슈포르 씨가 우리도 2층으로 가 보자고 했소. 그때까지 있던 서재와는 정반대 쪽인 건물의 오른쪽 동 2층으로 올라가자 복도의 막다른 데에 있는 방 앞에 많은 사람이 모여 있었는데, 아무튼 이상한 분위기였소……"

"신부님, 알겠어요. 신부님이 자료실 앞으로 오셨을 때부터의 일은 저도 함께 있었기 때문에 설명하실 필요는 없어요. 그 후 홀에서 일본인이 뭔가 물었을 거라고 생각합니다만, 대체 무슨 이야기였는지요?"

"역시 2층 서재에 있었을 때의 사정을 물어서 간단히 말해주었소. 지금 아가씨한테 이야기한 만큼 상세히 답할 시간도 없었지만 그 청년은 충분히 만족한 듯했소."

왜 가케루는 먼저 소네 신부에게 사정을 들으러 간 것일까? 그때 가케루가 생각한 것을 나는 잘 이해할 수 없었다.

오후의 현장 조사에 대비하기 위해 필요한 최소한의 사실은 무사히 들을 수 있었지만, 손목시계를 본 것은 좀 더 이 신부의 이야기를 들어보고 싶다는 마음을 누를 수 없었기 때문이다. 기묘하게 매력적인 노신부의 사람됨 때문이었는지도 모른다. 나는 안내된 거실이 소박하다기보다는 단적으로 가난해 보이는, 아무런 꾸밈이 없이 텅 비었다는 점이 마음에 들었다. 신기하게도 약함과 가난함을 온화하고 평온한 분위기로 용해시킨 정신이 깃들기에 아주 적절한 공간이라고 느껴졌다.

"신부님, 난데없지만, 가르쳐주셨으면 하는 것이 있어요."

"뭔가요?" 신부는 온화하면서도 마음속 깊은 데까지 꿰뚫어 보는 듯한 날카로운 시선으로 일순 내 얼굴을 쳐다보았다.

"……성서에 대해서예요."

머뭇거리는 내 말에 신부는 순식간에 환하게 웃으며 대답했다. 그것은 진심으로 재미있어하고 즐거워하는 듯한 웃음이었다.

"병자와 아가씨의 회심은 깊이 의심하라. 나는 탐정 양의 본심을 정확히 알고 있어요."

중병으로 죽어가는 사람이나 실연으로 세상을 비관하는 젊은 아가씨의 결심은 그다지 믿어서는 안 된다. 즉 곤란해졌을 때 신을 찾는다는 뜻이리라. 멋쩍은 나머지 나는 열없이 웃음을 지었다. 신부는 말을 이었다.

"아가씨의 질문은 성서에서도 신약뿐, 신약에서도 맨 끝 부분이겠지요?"

물론 그걸 물을 생각이었다. 나는 성서를 거의 펼쳐 본 일이 없으며 교회 같은 데는 한 번도 스스로 가 본 적이 없었다. 따라서 이 기회에 「요한 묵시록」에 대한 지식이 없는 것을 조금이라도 보충해두는 게 좋겠다고 생각한 것이다.

"저기, 아주 초보적인 것이어서 부끄럽습니다만, 묵시록의 작자 요한은 사도 요한을 가리키는 건가요?"

"나는 그저 시골 사제이지 성서학자가 아닌지라 아주 상식적인 대답밖에 할 수 없지만 그래도 상관없겠소?"

"네, 저한테는 상식적인 지식이 필요하거든요."

이렇게 대답한 것은 내 본심이었다. 협박장의 경우에도, 살인자의 경우에도, 범행의 배경으로 묵시록을 아주 상식적인 방식으로 읽고 또 사용하고 있는 것이다. 범인이 전문적인 성서 연구가가 아닌 한은.

"성서에 나오는 요한은 모두 세 명이오. 열두 제자 중의 한 사람이던 사도 요한과 예수에게 세례를 베푼 세례 요한은 유명하지만,

그 밖에 장로 요한이라는 인물도 등장한다오. 그런데 묵시록의 작자가 이 세 사람 중 누구인지, 아니면 이 세 사람 이외의 전혀 다른 인물인지는 지금까지도 확실하지 않소. 작자 요한이 사도 요한이라고 하는 사람이 많지만, 루돌프 슈타이너라는 독일 신비학자처럼 세례 요한이라고 주장하는 사람도 있소. 묵시록이라는 말의 의미는 알고 있나요?" 노신부는 반대로 나에게 물었다.

"비밀을 이야기하는 책을 의미한다는 이야기는 들은 적이 있습니다만." 나는 자신 없게 대답했다.

"맞아요, 아가씨. 어원은 그리스어 아포칼립스이고, 아포칼립스의 동사는 아포칼립틴인데, 이것은 '덮어 없애다'라는 뜻이오. 묵시록apocalypse이란 사람들의 눈에 감추어져 있는 것, 즉 비밀 교리esoterism를 덮어 제거하기 위해 쓰인 책이라는 뜻이지요. 에소테리즘의 어원은 역시 그리스어로 에소테리코스인데, '안쪽의'라는 뜻이오. 신비주의mysticism의 어원이 눈이나 입을 '닫는다'는 그리스어 동사에서 유래한다고 한다면, 아포칼립스라는 말의 의미도 분명해질 거요."

다시 말해 미스테르mystère가 뭔가를 비밀로 하는 것, 에조테릭ésotérique이 비밀이 된 뭔가, 그리고 아포칼립스가 비밀인 뭔가를 밝히는 것이라는 관계고, 각각 그리스어의 '닫는다' '안쪽의' '덮어 없애다'라는 말에서 유래한 모양이다.

"그런데 아가씨, 당신은 「요한 묵시록」이 삭제된 성서가 있었다는 걸 알고 있소? 그리스도교가 로마제국에서 정식으로 승인된 것은 313년의 일인데, 그로부터 반세기쯤 후에 개최된 라오디게

아 종교회의에서 일단 묵시록은 성서에서 삭제한다는 결정이 이루어진 거요. 이때부터 한참 동안 성서에는 묵시록이 들어 있지 않게 되었소. 이미 10년도 넘은 일이오만, 로슈포르 부인은 어떻게든 4세기경에 필사된, 묵시록이 삭제된 성서를 입수해서 컬렉션에 넣고 싶어 하셨는데……"

"신부님은 지젤의 어머니, 그러니까 주느비에브 로슈포르를 알고 계셨나요?" 허를 찔린 듯이 나는 작게 소리쳤다.

"음." 노신부는 고개를 끄덕였다. "어떤 일로 알게 되었소만, 그후로 가끔 이야기하러 찾아오곤 했소. 나도 젊을 때는 종교 연구 방향으로 나아갈까 하는 생각도 했던 터라 한때는 고문헌을 닥치는 대로 읽기도 했다오. 로슈포르 부인은 민간 카타리파 연구자였는데, 그런 이야기를 할 수 있는 친구가 근처에 없었기 때문일 거요. 날 찾아오게 된 것도 그 때문이었을 거."

"그럼 신부님은 주느비에브가 살해당했을 때의 사정을 잘 알고 계시겠네요."

이 이야기는 나중에 한꺼번에 들어보려고 마음먹은 나는 그 사실만 확인해두었다. 어젯밤에 일어난 살인 사건의 배후에는 10년 전의 또 다른 살인 사건이 있고, 그 두 사건에는 뭔가 깊은 관계가 숨어 있는 듯했다. 하지만 지젤을 상대로 이 사건의 자세한 사정을 들려달라고 하면 너무나도 무신경한 일인 것 같아서 어쩐지 마음이 무거웠다. 누가 자기 어머니의 끔찍한 죽음에 대해 남에게 이야기하고 싶겠는가. 그런데 소네 신부에게 그 이야기를 들을 수 있다면 그보다 나은 게 없었다.

"나중에 10년 전의 사건에 대한 이야기도 듣고 싶습니다만, 일단 묵시록에 대한 이야기를 할게요. 4세기에 어떻게 해서 묵시록이 성서에서 삭제된 건가요?"

"너무 자세한 설명은 필요 없겠지요. 당신은 묵시록을 읽고 어떻게 생각했소?"

"무서운 예언 같던데요." 나는 솔직히 말했다. 묵시록은 신의 의지에 의한 세계와 인류의 대파멸을 예언한 책이다. 어젯밤에도 나는 다시 읽어보았다.

"세계의 파멸과 메시아의 도래 또는 신의 왕국 실현이라는 주제는 물론 「요한 묵시록」에만 있는 독자적인 것이 아니라오." 노신부는 이어서 설명했다. "신의 나라가 도래하는 이야기라면 「마르코의 복음서」 안에도 예수 자신의 말로 기록되어 있지만, 그 원형은 물론 구약 안에 있소. 특히 「다니엘서」나 「에제키엘서」라는 묵시 문학의 원류에 해당하는 예언서 중에 같은 주제가 언급되어 있소. 그건 알고 있소? 당시 유대인은 천지창조 이래의 세계가 파멸하고 새로운 세계가 시작된다는 종말론과 유대인의 신앙이 승리하여 유대의 신이 전 세계를 지배할 때가 온다는 기대를 아울러 믿고 있었소. 메시아 대망도 같은 흐름에서 나온 신앙이오. 초기 그리스도교도는 이 메시아론을 환골탈태시켜 계승하고, 또 세계의 파멸과 신의 왕국의 도래라는 사상도 구약성서 안의 중심적인 가르침으로 계승했던 것이오. 망국과 이민족 지배에 고통 받고 있던 유대인이 세계의 파멸과 신의 왕국의 도래를 대망한 것처럼, 로마제국의 잔인한 박해와 탄압을 받은 가장 초기의 그리스도교도 역시 「다니엘서」에서 영향을 받은 「요한 묵시록」을 만들어내고 또 믿고 있었소. 파멸로부터 구원받은 자가 신앙심 깊은 유대인뿐이라고 한다거나 민족을 불문하고 회개한 자 전부라고 한다면 내용이 무척 달라지지요. 여기에서 민족 종교인 유대교와 세계 종교가 된 그리스도교의 근본적인 차이점이 드러나는 것이오. 그런데 외견상 이론의 골격이 거의 다르지 않은 것은 사실이오. 초기 그리스도교 교회에서는 묵시록이야말로 신약 중에서 가장 중요한 텍스트라고 생각되었던 적도 있고……"

그것으로 나는 이해했다. 다시 말해 사정이 변했다는 것이리라. 한편에서는 아무리 기다려도 파멸은 도래하지 않고, 잔인한 로마제국의 번영은 끝날 기미조차 보이지 않는다. 당연히 묵시록의 예언에 대한 열의는 떨어져간다. 한편 로마제국이 일변하여 그리스도교를 공인하고, 나아가 국가 종교의 지위까지 제공해준 것이다. 나라를 갖지 못한 유대교도였기 때문에, 그리고 초기 그리스도교도였기에 세계의 파멸에 의한 신의 왕국이 도래하기를 열렬히 대망한 것이었다. 그런데 세계 최대이자 최강인 로마제국을 자신의 조국으로 획득한 그리스도교 교회로서는 묵시록의 불길한 예언이 오히려 성가신 방해물로 변한 것이다.

그래서 신의 왕국의 의미가 의도적으로 변경된다. 5세기에 아우구스티누스가 신의 왕국은 그리스도교 교회의 내부에서 이미 실현되었다, 묵시록의 파멸도 회심할 때 일어나는 신자의 마음속 사건을 우화로 그린 것에 지나지 않는다는 해석을 고안해내게 되고, 최종적으로 정통파의 교리가 확립되어갔다. 소네 신부는 말을 이었다.

"그 후에 「요한 묵시록」을 문자 그대로 믿고 세계의 파멸로 신의 왕국이 도래할 거라고 확신하는 자들은 다양한 이단이 되어 역사 여기저기에 모습을 드러내는 존재가 될 뿐이었소. 아니, 오히려 이렇게 말하는 것이 나을 거요. 자신의 나라를 갖지 못한 자, 가난한 자, 억압받는 자, 가령 이 세계가 멸망해도 전혀 상관없다고 생각할 만큼 불행한 처지에 있는 자들이 성서 안의 묵시록에서 자신의 신앙 표현을 찾았지만, 그것은 항상 이단으로 처벌되었다고 말이오."

"카타리파에서도 나라를 빼앗긴 후에 묵시록을 받드는 집단이 생겨났다고 하던데요."

"〈요한의 제자들〉이지요. 하지만 묵시록은 카타리파 안에만 존재한 것이 아니오. 헤아릴 수 없이 다양한 천년왕국주의 운동이 모두 묵시록이라고 할 수 있을 테니까요."

"신부님의 이야기를 들으면, 교회에 대해 아주 비판적이신 것 같은데요……"

"이런, 그렇게 보이오?" 신부는 희미하게 웃었다. "나는 아사 직전의 아이들에게 빵을 주는 것이 아니라 득의양양하게 복음을 설파하는 우는 범하지 않겠다는 생각을 할 뿐이오. 그때 굶주린 아이에게 복음을 설파하는 자 자신이 포식하고 있다면, 그것은 단지 어리석은 것에서 끝나는 게 아니라 잔인무도한 행위가 되는 거요. 누구도 복음을 먹을 수는 없을 테니까 말이오. 복음이 빵을 대신할 수 있다, 즉 이 둘이 교환 가능하다는 어리석은 착각은 결코 예수의 가르침에 속하지 않소. 그것은 신의 왕국에 속한 것을 단지 마음의 상태로 환원했을 때만 생겨나는 생각이오. 빵으로 복음을 대신하는 유물론과 마찬가지로 잘못된 생각인 거지요."

"신부님이 시몬 뤼미에르 일행의 운동에 호의적인 것도 그런 이유에서인가요? 신부님이 그런 식으로 생각한 것은 언제쯤부터인가요?" 나는 거듭 물었다.

"이걸 좀 보시오."

이렇게 말하며 손목 안쪽을 보여준 신부의 어조는 그때까지와 특별히 달라지지 않았다. 야위고 노래진 주름투성이의 손목 안쪽에는 세월에 희미해지기는 했지만 평생 지워지지 않을 숫자 문신이 불길하게 새겨져 있었다.

"나치 강제수용소에서 배운 거요. 나뿐만이 아니오. 수많은 신부가 체포되었으니까. 우리는 수용소 안에서 처음으로 손을 써서 일하는 사람들과 함께 생활하게 되었소. 아무튼 대부분의 신부가 중산 계급이나 좀 더 특권적인 계층 출신이었기 때문에 그것은 아주 충격적인 체험이었소. 자신의 손을 써서 일해야만 했고, 빵이 없다는 것이 어떤 것인지를 자신의 위장으로 배우게 되었던 거지요. 교회가 가난한 자들 사이에 있어야 한다는 것의 진정한 의미를 알았던 건 그때였소. 전후에 우리는 노동 사제라 불리게 되었지요. 수용소의 체험을 잊지 않으려고 해방된 후에도 가난한 사람들 사이에서 나날의 양식을 구하는 생활을 여전히 계속했기 때문이오. 우리는 교회 개혁운동도 조직했소만, 그건 그다지 잘되진 않았어요……" 마치 추억 속에 잠겨들 때처럼 신부의 이마에는 깊은 주름이 생겼다.

"신부님, 면회 때 장 노디에는 무슨 말을 했나요? 여주인인 주느비에브를 죽인 게 정말 노디에였나요?"

"노디에가 고백한 것은 아무한테도 가르쳐줄 수 없소. 직업상의 비밀이오." 노신부는 쓴웃음을 지으면서 내 호기심을 가벼이 나무랐다. "노디에는 몽세귀르의 바위산에서 여주인을 밀어 떨어뜨렸다는 혐의로 체포되고 기소되었는데, 그 현장을 목격한 것은 불과 일곱 살짜리 어린애뿐이었소. 범행의 동기도 불분명했지요. 이런 재판에서 검사가 유죄 판결을 얻어낼 수 있었던 이유는 단 하나, 노디에 자신이 마치 유죄 판결을 바라는 것처럼 행동했기 때문이오. 그는 마지막까지 법정에서 침묵을 지켰고, 끝까지 아무런 변명도 하지 않았소. 나는 검사가 한 어린애를 미끼로 비열한 협박을 한 게 아닐까 하고 생각했지만······"

"신부님은 어떻게 생각하나요? 노디에가 범인이었다고 생각하세요?"

"그것도 말할 수 없소."

"알겠습니다." 할 수 없이 나는 질문의 방향을 바꿔보았다. "장 노디에와 시몬 뤼미에르는 옛날부터 알고 지낸 사이인가요?"

"그건 아니오. 노디에가 가석방되고 이 마을에 살기 시작하고 나서요. 내가 두 사람을 서로 소개시켜주었소. 시몬 뤼미에르는, 그 사람들 운동이 마을의 원자력 발전소 건설 반대에 힘을 모으게 되어 작년부터 이 마을에 자주 찾아오게 되었는데, 봄방학부터는 결국 방학 내내 노디에의 오두막을 빌려 마을에 상주하게 되었소. 올여름 뤼미에르 양이 샤투이에 온 것은 열흘 전이었지만, 그 직전, 그러니까 지난달 마지막 날에 노디에가 뤼미에르 양의 볼일 때문에 세트까지 만나러 갔을 거요. 세트는 처음 가 보는 거라고 했소."

"신부님이 시몬 씨와 알게 된 것은 최근의 일인가요?"

"그렇소. 작년부터니까 그다지 오랜 친구라고는 말할 수 없지요. 로슈포르의 원자력 발전소가 우리를 만나게 해준 거나 마찬가지라오."

"시몬 뤼미에르라는 사람은 어떤 여성인가요? 저는 지금까지 세 번 만났습니다만, 인상이 아주 혼란스러워서요."

"시몬과 줄리앙 남매는 파리에서 태어났소. 부모는 아직 파리에서 건강하게 살고 있는데, 아버지가 의사라는 이야기를 들은 적이 있소……" 질문에 응해 노신부가 이야기하기 시작했다.

남매는 둘 다 상당한 수재였다. 누나는 고등사범학교에 진학했다. 나중에 철학 교수 자격을 얻게 될 시몬은 이공계로 진학한 동생 줄리앙과는 달리 대학에 재학할 때부터 그 관심 방면에서 활발하고 상당히 과격한 운동가였다고 한다.

동생은 학업을 마치자 툴루즈에 있는 로슈포르 원자력 연구소에 직장을 얻어 연구자로서의 길을 순조롭게 걷기 시작했지만, 누나는 그렇게 되지 않았다. 그녀는 먼저 노동자로서 르노 공장의 현장에 들어가는 것을 택했다. 몸을 망쳐 한동안 휴양을 했는데, 그 후에는 자원봉사 활동으로 중동에 있는 팔레스타인 난민 캠프에서 간호사로 일하기도 했다. 세트의 고등중학에서 철학 교사직을 얻은 것은 불과 2년쯤 전이라고 한다. 거기서 그녀는 MRO의 환경운동 활동가와 알게 되고 공명하여 운동에 가담하게 되었다.

"뤼미에르 양이 MRO 운동에 끌린 것은 그때까지 학생운동에서도, 노동운동에서도, 팔레스타인 난민 캠프에서도 볼 수 없었던 것이 거기에 있었기 때문이라고 내게 말했소. MRO의 동료들 사이에서 그녀가 발견한 것은, 산업화에 의한 환경 파괴에 항의하고 지역분권의 작은 공동사회를 구상하는 새로운 사회주의의 맹아였는데, 나아가 비폭력의 이념과 사회의 변혁을 어디까지나 영혼의 문제로 생각하려는 MRO의 자세이기도 했소. MRO에는 적잖은 수의 종교인도 참가하고 있고 거기에서의 논의도 활발하오. 뤼미에르 양은 전투적인 사회주의자였을 텐데 마음속에서 무슨 일이 일어났는지, 나하고 나누는 얘기는 거의 종교에 관한 이야기뿐이었소. 그렇다고 뤼미에르 양의 신앙에 문제가 없는 건 아니지만……"

"그건 왠가요?"

"교회나 구약의 신을 인정하지 않는다는 교양상의 것은 아무래도 좋소. 고대의 그노시스주의나 중세의 카타리파야말로 정통적인 그리스도교라는 상당히 과격한 이단적인 주장도 일부러 왈가왈부할 만한 문제는 아니오. 내가 걱정하는 것은, 예컨대 뤼미에르 양이 생활하는 모습이오. 팔레스타인 난민 아이들이 굶는 동안에는 자신도 절대로 포식할 수 없다며 체력의 한계를 넘어서면서까지 단식을 이어가지요. 단식하지 않을 때도 빵과 채소 나부랭이를 아주 조금 먹을 뿐이고. 한겨울에도 변변찮은 담요만 뒤집어

쓰고 딱딱한 바닥에서 잔다오. 교사로 일해서 받은 월급은 대부분 세트나 몽펠리에 있는 인도차이나 난민을 위해 써버리고. …… 고행은 확실히 신앙 안에서 신과 만나기 위한 좋은 방법이오. 그렇다고 해서 닥치는 대로 몸을 괴롭히기만 한다고 되는 건 아니오. 고행의 경우에도 어느 교단에나 수백 세대에 이르는 오랜 예지의 결정, 그러니까 고행의 조직된 방법이 전하고 있지요. 뤼미에르 양의 방식은 지도도 없이 닥치는 대로 밀림 속으로 들어가는 것과 같은 건데, 그런 무모함은 결코 좋은 그리스도교도가 할 행동이 아니오. 자선의 경우도 고행과 마찬가지일 거요. 뤼미에르 양의 경우, 신을 찾는 그 태도가 너무나도 과격하오. 어쩌면 자신의 의지와 지력을 지나치게 믿고 있다고 할 수 있겠지요. 그런 무리한 고행 때문에 혹시라도 몸을 해치고 그 결과 생명을 잃게 되기라도 한다면 그거야말로 불신의 행동이라는 말을 들어도 어쩔 수 없는 일일 테니까 말이오……"

　시몬의 건강을 진심으로 걱정하는 듯이 눈살을 찌푸리며 소네 신부는 말을 마쳤다. 그러나 소네 신부의 이런 이야기에서도 시몬 뤼미에르라는 사람의 수수께끼 같은 프로필은 조금도 명료한 윤곽으로 떠오르지 않았다. 오랜 방문을 마치고 나는 에스클라르몽드 산장으로 가기 위해 마을 교회 옆에 있는 초라한 사제의 집을 나섰다.


　라블라네로 들어간 나는 세 명의 지인이 벌이고 있는 걱정스러운 광경을 목격하고 포장된 도로 한구석에 내 시트로엥 메하리를

세웠다. 이 조그만 시골 마을에서는 양쪽에 몇몇 상점이 줄지어
있는 이곳이 번화가의 한쪽 편이었다.

"카사르 대장님. 실뱅 선생님." 나는 차에서 불러보았다.

거리에 면한 3층 건물의 호텔 앞에서 격렬하게 말다툼을 벌이
고 있는 사람은 카사르 헌병대장과 에스클라르몽드 산장에 머물
고 있는 실뱅 조교수였다. 그 옆에서 혼자 마음을 졸이고 있는 이
는 내 친구 지젤이었다.

두 사람은 말다툼을 하느라 내가 부르는 소리에는 전혀 귀를
기울이려고 하지 않았다. 다만 목소리를 듣고 이쪽으로 얼굴을 돌
린 지젤이 순식간에 안도하는 모습으로 달려왔다.

"대체 무슨 일이야?" 좌석에서 몸을 내밀고 내가 물었다.

"나디아, 마침 정말 잘 왔어."

상당히 놀란 모양인지 지젤의 목소리는 조금씩 떨리고 있었다.
너무 마음을 졸이고 있던 탓인지 요령부득인 지젤의 설명을 정리
하면 대체로 이런 사정인 듯했다.

30분쯤 전의 일이다. 라블라네에 볼일이 있다는 실뱅을 위해
지젤은 차를 운전해서 몽세귀르의 산장에서 마을로 내려왔다. 실
뱅의 목적지는 에스파뉴 호텔이었다. 지젤이 라블라네의 중앙 광
장에 있는 주차장에 차를 세워놓고 오자 마침 안색이 바뀐 카사르
대장이 호텔로 뛰어 들어간 참이었다. 놀라서 바라보고 있으니 카
사르 대장이 마치 범죄자를 현행범으로 체포하기라도 한 모습으
로 아주 거칠게 실뱅의 팔을 붙잡고 호텔에서 나왔다. 그러나 지
지 않고 실뱅도 억지로 몸을 떼어냈고, 그로부터 5분쯤 이런 상태

로 서로 고함을 지르고 있다고 했다.

"체포할 거요, 말 거요? 안 할 거면 나는 자유예요. 걷고 싶으니까 냉큼 저리 물러나요." 실뱅이 고함을 쳤다.

"아니, 당신 설명을 들을 때까지 돌려보낼 수 없어. 당신이 하려고 한 짓은 명백한 범죄 행위야." 카사르 대장이 되받아 윽박질렀다.

"그게 어쨌는데요? 이유는 아까 말한 대로라고. 그걸로 납득할 수 없으면 체포든 뭐든 맘대로 하라니까. 자, 할 거요, 말 거요?"

두 사람은 잠깐 동안 말없이 서로 노려보았다. 침묵을 깬 것은 카사르 대장 쪽이었다.

"좋아, 가 봐. 하지만 허가 없이 체제지를 벗어나는 것은 절대 금지야. 나는 절대 의심을 거둔 게 아니니까."

"부탁한다고 해도 몽세귀르는 안 떠나요. 일 때문에 여름이 끝날 때까지 에스클라르몽드 산장에 머무는 게 애초의 예정이었으니까. 그건 그렇고 나한테 들러붙어 쓸데없이 시간 낭비하지 말고, 어제 독일인을 살해한 범인이나 얼른 잡는 게 어때요? 장 노디에를 말이오."

이 말을 내뱉고 실뱅은 광장 쪽으로 성큼성큼 걸어갔다. 차에서 얼굴을 내밀고 있는 나를 전혀 알아보지 못한 듯했다. 실뱅의 뒤를 쫓아가기 전에 지젤이 빠른 말투로 속삭였다.

"아마 이 일로 예정이 바뀌지 않는다면 이제부터 선생님하고 푸아까지 가게 될 거야. 산장으로 돌아가려면 한 시간 이상 걸리겠지만, 가지 말고 기다려줘. 그사이 산장에서는 줄리앙이 네 말

벗을 해줄 테니까."

차에서 내린 나는 실뱅의 뒷모습을 분한 얼굴로 쳐다보고 있는 카사르 대장에게 다가갔다.

"아, 아가씨였군요." 드디어 나를 알아본 카사르 대장이 말했다. 아직 흥분이 가시지 않은 말투였다.

"대체 무슨 일이 있었던 거예요?"

"저 남자가 무단으로 호텔 객실에 들어가려고 했어요. 그 독일 인이 묵고 있던 객실에요."

대낮의 시골 호텔에서는 흔히 있는 일이지만 실뱅은 아무도 없 는 프런트 벽에서 멋대로 열쇠를 꺼내 2층에 있는 발터 페스트의 방으로 들어가려고 했던 것이다. 우연히 호텔 종업원이 페스트의 객실을 열고 있는 실뱅을 발견하고 수상히 여겨 거기서 승강이를 벌이다가 곧 마을의 헌병대에 통보했다고 한다.

"그래서 실뱅 선생님은 뭐라고 변명하던가요?"

"요컨대 갑자기 협박조로 나온 거지요. 세 살짜리 어린애도 속 일 수 없을 것 같은 하찮은 거짓말을 술술 늘어놓을 뿐이었어요. '어제 살해당한 독일인의 방을 한번 보고 싶었을 뿐이다, 단순한 호기심에 지나지 않는다, 무단으로 열쇠를 가져온 것은 프런트에 아무도 없었기 때문인데 일부러 수고를 끼칠 것까지도 없다고 생 각해서다', 뭐 그런 식이었지요."

"하지만 이상하네요. 실뱅 선생님은 어떻게 페스트가 묵은 호텔 하고 정확한 방 번호까지 알고 있었을까요? 어제 사건이 벌어진 후 지금까지 그분이 이 마을에 내려온 적이 없는데 말이에요. 사건 전에도 페스트와 실뱅 선생님은 서로 말을 나눈 일이 없었어요. 페스트 본인의 입으로 말해줬을 가능성도 없고요."

"알 수 없는 건 그것만이 아닙니다. 그 남자의 목적도 이해할 수가 없어요. 아무리 시골 경찰이라고 해도 페스트가 묵은 장소를 찾아내는 정도의 일이야 어젯밤에 끝냈지요. 여행 가방이나 페스트의 소지품은 전부 헌병대로 옮겨놓았고요. 이제 와서 독일인이 묵었던 방에 들어간들 무슨 이익이 있다는 건지 원."

나도 전혀 이해할 수가 없었다. 문제의 객실이나 페스트의 여행 가방은 나중에 보여달라고 하고 나는 화제를 좀 바꾸기로 했다.

"무슨 새롭게 알게 된 사실은 없나요?"

"⋯⋯글쎄요, 자료실에 남겨진 지문은 역시 장 노디에의 것이었습니다. 우리한테는 노디에를 놓쳤다는 약점이 있기 때문에 꽤씸한 남자지만 실뱅을 체포할 수도 없었지요. 아무튼 로슈포르가의 손님이니까요."

카사르 대장은 아직도 분한 데다 그 울분을 풀 길이 없다는 듯한 표정이었다.

"그리고 독일인은 사흘 전, 그러니까 7월 9일에 이 호텔에 묵었습니다. 그것도 기묘한 일이지요. 라블라네에 온 목적이 에스클라르몽드 산장을 방문하는 데 있었다면 왜 9일과 10일 이틀이나 이런 시골 마을에 죽치고 있었는지. 도착한 이상 얼른 로슈포르 씨의 집으로 가면 되었을 텐데 말이지요. 게다가 더 이상한 일이 있어요. 어제 페스트를 몽세귀르까지 태우고 간 택시 말인데요, 그 전날인 7월 10일 오후에도 페스트를 태우고 몽세귀르로 갔답니

다. 그제 페스트는 몽세귀르까지 갔으면서 에스클라르몽드 산장
에는 방문하지 않았다는 이야기가 되지요."

나는 내가 느낀 가벼운 놀라움을 카사르 대장에게 들키지 않으
려고 조심스럽게 억눌러야만 했다. 카사르 대장은 지젤이 그날 몽
세귀르의 산정에서 우연히 페스트를 만났고 또 말을 주고받았다
는 사실을 아직 모르고 있었다. 즉 지젤은 어젯밤의 심문에서 그
사실을 경찰에 의도적으로 숨겼다는 이야기가 된다. 나는 지젤이
왜 그 일을 일부러 숨겼는지 전혀 이해할 수 없었다. 지젤은 이 사
건의 배경에 대해 아직 우리가 모르는 뭔가를 숨기고 있는지도 모
른다. 어쩌면 지젤이 이 사건을 좀 더 깊숙이 이해하고 있을 가능
성도 무시해서는 안 될지 모른다. 이런 불안한 의심이 떠나지 않
고 나를 괴롭혔다.

"그리고 새로운 수확 중에서 가장 중요한 것인데, 실은 발터 페
스트가 습격을 당한 것은 어젯밤이 처음이 아니었습니다."

"언제 어디서요?" 나는 단단히 벼르고 반문했다.

"7월 9일, 독일인이 라블라네에 도착한 그날 밤 10시쯤, 장소는
이 호텔 뒤쪽에 있는 마을 묘지입니다.

가 보면 알 수 있습니다만, 큰길 뒤는 숲과 묘지밖에 없는 조그
만 산기슭입니다. 그 묘지는 밤이 되면 무척 조용한 곳이에요. 주
변에 인가가 전혀 없는 것은 아닙니다만, 10시쯤 되면 거의 인적
이 끊깁니다. 시골 사람은 밤에 빨리 자니까요."

두꺼운 구름이 끼어 깜깜한 밤이었다. 마을 광장에 면한 선술집
에서 저녁부터 싸구려 술을 마셔낸 취객 한 사람이 집으로 돌아가

기 위해 묘지 옆을 지난 것이 10시쯤이었다. 물론 거칠게 부순 돌을 쌓아 올렸을 뿐인, 남자의 키보다 조금 높은 묘지의 석벽과 여름 채소가 심어져 앞이 잘 보이지 않는 밭 사이에 있는 샛길에는 통행인의 모습이 전혀 없었다. 남자가 불안한 걸음으로 어두운 밤길을 비틀비틀 걷고 있을 때였다. 홀연 묘지에서 여자의 날카로운 외침이 들려왔다. 곧이어 작은 폭발음이 들렸다. 수상한 얼굴로 걸음을 멈춘 남자가 보니 묘지의 돌담에 있는 작은 출입문이 열리고 젊은 여자인 듯한 사람이 뛰어나왔다. 여자는 취한 눈으로 어안이 벙벙한 채 바라보고 있는 남자 옆을 재빨리 빠져나가 순식간에 마을의 거리 쪽으로 모습을 감추고 말았다.

잠깐의 틈을 두고 같은 철책 문에서 나온 사람은 몸집이 큰 남자였다. 몸매나 걷는 모습에서 볼 때 노인 같았다. 노인은 서두르는 기색도 없이 어슬렁어슬렁 걸어왔다.

"무슨 일이 있었습니까?"

지나치려는 노인에게 남자가 말을 건 것은 거의 우연한 일이었다.

"아닙니다. 걱정하지 마십시오. 아무 일도 아닙니다" 하고 대답한 것은 시골 농부라도 알 수 있는 외국인의 목소리였다.

남자는 자신의 마을 묘지에 침입하여 수상한 행동을 하고 있는 외국인에게 불현듯 의심이 들었다. 잘 돌지 않는 혀로, 대체 누구냐, 무슨 목적으로 이런 시각에 어두운 묘지에 들어갔느냐, 경우에 따라서는 헌병대에 통보하겠다, 이렇게 추궁하자 노인은, 자신은 독일인 관광객으로 에스파뉴 호텔에 묵고 있다, 밤에 산책을 하다가 묘지가 보고 싶어 무단으로 들어간 것은 미안하지만 절대 수상한 사람은 아니다, 하고 변명했다. 발음은 이상했지만 유창한 프랑스어하며, 밤눈에도 근사하게 지어진 것으로 보이는 여름 양복, 노인답게 차분한 태도가, 볼수록 시골 농부에게는 부유한 외국인 여행자로밖에 보이지 않았다. 마지막에는 의심도 풀려 두 사람은 악수를 나누고 반대 방향으로 헤어졌다.

"근본은 괜찮은 사람인데 어쩔 수 없이 술을 좋아하거든요. 오늘까지 그런 일이 있었다는 걸 까맣게 잊어먹고 있었답니다. 나한테 출두한 것은 어젯밤 에스클라르몽드 산장에서 일어난 사건을 소문으로 듣고 난 후였지요. 우리는 당연히 묘지 안을 샅샅이 조사했습니다. 거기서 발견한 것은……"

"대체 뭐였나요?"

"풀이 무성한 곳에 떨어져 있던 소형 권총입니다. 여성용의 귀여운 베레타였지요. 그리고 그 근처에 있던 사이프러스 나무에 새 탄환이 박혀 있었습니다. 정식으로 조사한 결과는 아직 나오지 않았지만, 그 권총에서 발사된 것이 틀림없겠지요."

한여름 오후의 햇볕을 받으며 호텔 앞에 서서 나눈 이야기가 너무 길어진 것 같았다. 카사르 대장은 마음이 진정되지 않는 듯 지면에 세워놓은 럭비공 같은 몸집을 조금씩 흔들기 시작했다. 뭔가 볼일을 떠올리고 내 상대를 하고 있을 수는 없다는 마음이 들어서일 것이다.

"대장님, 정말 여러모로 감사했습니다. 한 가지만 더 부탁이 있는데요. 페스트 씨의 여행 가방과 묵고 있던 호텔의 방 좀 보여주실 수 없을까요?"

"그거야 손쉬운 일입니다, 아가씨. 난 시간이 없습니다만, 부하
한테 안내하라고 하지요. 아무튼 서까지 일단 가셔야겠네요."

# 3

 

호텔 방에는 실뱅을 주거침입으로 이끌 만한 것이 아무것도 없
었다. 헌병대로 옮겨져 있기 때문에 페스트의 짐이 없는 건 당연
하다고 해도, 벽에 쓰인 글자라든가 의미가 있을 듯한 얼룩이라든
가 쓰레기통 안의 휴지라든가 비치된 편지지에 남겨진 펜 자국이
라든가, 뭔가 미수에 그친 침입자의 비밀 목적을 엿보게 할 만한
것이 없을까 하고 바닥을 기어 다니다시피 찾아봤지만 수확은 하
나도 없었다. 쓸데없는 수고라는 점에서는 페스트의 여행 가방을
검사한 일도 마찬가지였다. 유명 상표의 천으로 된 여행 가방이었
는데 갈아입을 속옷이나 셔츠, 여름 양복 한 벌, 그리고 파자마나
양말 등의 의류가 대부분이었다. 그 밖에는 세면도구, 몽세귀르의
해설서를 포함해 독일어와 프랑스어로 된 포켓북이 세 권쯤, 영업
용으로 보이는 고미술품 카탈로그 몇 종류, 필기도구, 그리고 반

쯤 담겨 있는 위스키 한 병 정도로, 색다른 것이나 흥미를 끌 만한 것은 아무것도 들어 있지 않았다.

호텔에 침입하려 한 실뱅의 의도를 나는 여전히 잘 이해할 수 없었다. 설령 페스트의 가방이 아직 호텔에 있었다고 해도 그 안에는 훔쳐낼 만큼 중요한 것은 하나도 없었던 것이다.

라블라네의 묘지에서 일어난 7월 9일 밤의 사건도 무슨 의미가 있는지 전혀 이해할 수 없었다. 페스트를 쏜 여자는 대체 누구였을까? 하지만 페스트가 권총을 쏘았고 놀라서 도망친 쪽이 여자였다는 해석도 성립할 수 있다. 그렇다고 해도 수수께끼의 여자와 페스트 사이에 무슨 말썽이 있었다는 점만은 분명하다.

수수께끼 여자의 대체적인 외모에 들어맞는 사건 관계자는 세 명밖에 없다. 지젤과 니콜과 시몬이다. 그러나 그중의 누구에게 페스트를 습격할 이유가 있다는 것일까?

라블라네에서 얻은 새로운 정보를 여러모로 검토하는 중에 차는 이미 에스클라르몽드 산장으로 이어지는 사설 도로의 좁은 언덕길에 당도했다. 덮개를 걷고 연 상태로 달리고 있으니 고원의 맑은 대기와 반짝반짝 빛나는 피레네 지방의 태양이 황홀할 만큼 상쾌했다. 산장 앞 정원에 있는 주차장에 시트로엥 메하리를 세우고 나는 다시 몽세귀르 영주의 딸 에스클라르몽드의 이름을 딴 크고 호화로운 산장을 올려다보았다.

정면에서 바라보는 에스클라르몽드 산장은 옆으로 길게 뻗은 석조 2층 건물로, 주요 부분은 환한 회색의 석재지만 창이나 차양 등의 요소에는 이 지방에서 유난히 자주 보이는 종류의 붉은 벽돌이 건축재로서 효과적으로 사용되었다. 무엇보다도 먼저 눈을 끄는 것은 벽돌과 같은 색깔의 붉은 기와로 온통 뒤덮인 넓은 지붕이었다. 정면의 지붕은 1층의 차양에 해당하는 위치에서 뒤쪽을 향해 서서히 내려가며 2층의 지붕 끝까지 크고 넓은 사면을 이루었다. 즉 건물 정면의 2층은 지붕만으로 이루어진 셈이다. 어젯밤에 알아낸 사실로, 너무나도 불균형하게 거대한 정면의 지붕 때문에 전체적으로 디귿 자 모양으로 된 산장의 오른쪽과 왼쪽의 날개 부분은 2층에서 연결되어 있지 않았다. 일단 계단을 통해 아래층으로 내려가지 않으면 자료실이나 도서실이 있는 오른쪽 동의 2층에서 서재가 있는 왼쪽 동의 2층으로 갈 수 없는 것이다.

에스클라르몽드 산장은 반세기도 더 지난 3대 전 로슈포르가의 여주인, 즉 죽은 주느비에브 로슈포르의 할머니가 세운 것이라고 한다. 색다른 동양 취미의 소유자였던 모양인데, 광대한 지붕만이 눈길을 끄는 에스클라르몽드 산장의 정면은 어딘가 중국에 있는 왕궁이나 사원 건축과 비슷한 느낌마저 주었다. 거대한 사다리꼴로 보이는 정면 지붕의 선이 미묘하게 휘어 있기 때문인지도 모른다. 어젯밤 빗속에서 잠깐 바라봤을 때도 묘하게 부드럽고 곡선적인, 어딘지 모르게 식물 같다는 인상을 받았다.

아르누보계의 건축가가 설계했을, 짙은 초록색으로 칠해진 주철로 만든 창틀이나 정면 현관 앞의 낮은 철책, 그리고 굵은 철제 틀에 여기저기 유리를 넣은, 상당히 정성 들여 세공을 한 현관문 등 건물의 세부에는 어디에나 식물의 뿌리나 줄기를 연상시키는 유려하고 무르게 느껴지는 곡선이 특징적이었다. 붉은 기와나 붉은 벽돌을 많이 사용한 석조 중국 사원에 어지러운 아르누보식의 장식이 곳곳에 끼워 넣어진 인상인데, 신기하게도 조화롭지 못하다는 느낌은 주지 않았다. 오히려 그 나름의 기묘한 매력조차 느끼게 하는 건물이라고 해도 좋았다. 그건 그렇고 일부러 이런 색다른 산장을 짓게 한 여성이니 상당히 별난 성격의 사람이었을 것이다. 아들인 선대 로슈포르는 에스클라르몽드 산장의 진열실에서도 알 수 있듯이 중세의 골동품 수집에 열중하여 결국 툴루즈에 사설 박물관까지 세운 사람이고, 손녀인 주느비에브는 카타리파의 고문헌을 사들여 개인 소장품으로는 세계 최대라는 컬렉션을 남겼다. 로슈포르가에서는 상당히 기묘하고 시대착오적인 취미의 소유자가 좋이 3대나 이어진 것이다.

초인종을 울리자 문을 연 사람은 줄리앙 뤼미에르였다. 지금 막 일어난 모양인지 줄리앙은 무척 부신 듯한 눈으로 한낮의 푸른 하늘을 올려다보았다. 그러고는 천천히 내 얼굴로 시선을 옮겨 학생끼리의 거리낌 없는 어조로 말했다.

"고용인 외에는 아무도 없어. 지젤이 너한테 집 안 안내를 해달라고 나한테 부탁했거든. 자, 들어와."

우리는 홀 구석에 있는 안락의자에 나란히 앉았다. 곧 가슴까지 덮은 흰 앞치마 차림의 가정부가 차를 가져왔다. 옷장같이 네모나고 묵직해 보이는 체격의 중년 여성이었다. 어젯밤에는 르메르 부인이라고 불렀는데, 지젤의 이야기로는 20년 넘게 에스클라르몽드 산장에서 일하고 있는 고참 하인이라고 했다. 이 가정부와 아직 스무 살을 갓 넘겼을 뿐인 젊은 하녀 브리짓, 이 둘만이 어제 저녁 사건이 벌어질 무렵 산장에 남아 있던 고용인이다. 브리짓과 마찬가지로 툴루즈에 있는 로슈포르 저택에서 여름 동안에만 와 있는 요리사와 운전수, 그리고 말을 돌보는 목동 부자는 여름휴가로 마을로 나가 있었다.

요리사와 운전수와 하녀는 여름이 끝나면 주인인 로슈포르 일가와 함께 툴루즈로 돌아간다. 산장에 남는 것은 가정부 르메르 부인과 말 사육 담당자인 방돌 부자뿐인 셈이다. 가정부 르메르 부인은 생전의 주느비에브가 여름만이 아니라 거의 1년 내내 이곳 몽세귀르에서 지내던 무렵부터 산장을 책임지고 관리해온, 이를테면 에스클라르몽드 산장의 주인 같은 존재라고 한다.

"나중에 잠깐 어제 일 좀 물어보고 싶은데요. 괜찮을까요, 르메르 부인?"

"지젤 아가씨한테서 당신 이야기는 들었습니다. 식당 쪽에 있을 테니까 언제든지 와도 좋습니다." 나에게 질문을 받는 것을 충분히 납득하고 있다고는 생각되지 않았다. 경계심이 섞인 좀 딱딱한 어조로 대답한 가정부가 홀을 떠났다.

"나디아라고 했던가. 네가 알고 싶은 건 어젯밤 5시에서 6시까지 관계자의 알리바이일 텐데." 이렇게 말하고 줄리앙은 가슴에 달린 호주머니에서 노트에서 찢어낸 종이를 꺼냈다. "내 정리로는 이렇게 돼."

나는 종잇조각에 쓰인 정말 개성적으로 난잡한 글자의 배열을 바라보았다. 그것은 어젯밤 장 폴이 작성한 것과 같은 종류의 시간표였다. 다만 관심의 초점은 5시 반을 중심으로 전후 30분, 즉 5시

15분부터 45분까지로, 발터 페스트의 사망 추정시각으로 좁혀져
있었다. 내게는 한 가지만 빼고 새로운 사실은 없는 듯 보였다.

**5시 15분** : 왼쪽 동 2층 서재에 오귀스트 로슈포르와 폴 소네.

정면 1층 홀에 샤를 실뱅과 니콜 로슈포르.

오른쪽 동 2층 도서실에 시몬 뤼미에르와 지젤 로슈포르.

(나, 줄리앙 뤼미에르는 5시를 지나서 차로 라블라네를 통과. 이
시각에는 몽페리에를 지나 몽세귀르로 가는 산길을 달리고 있었
던 셈이다. 또한 고용인 르메르 부인과 브리짓은 문제가 되는 30
분 동안 조리실에 늘 함께 있어서 완전히 알리바이가 입증되었다
고 생각되기에 이하의 정리에서는 제외한다.)

**5시 20분경** : 도서실의 시몬, 5분쯤 화장실에 감.

같은 시간, 서재의 로슈포르, 장작을 가지러 5분쯤 방을 나감.

같은 시간, 내가 에스클라르몽드 산장의 사설 도로 중간에서 장
노디에의 르노 4를 목격.

**5시 25분** : 니콜, 홀에서 나가 도서실로 향함.

**5시 26분** : 내가 산장에 도착. 곧바로 아무도 없는 홀로 들어감.

**5시 27분경** : 자료실의 유리가 깨지는 소리. 도서실에서는 문을
연 니콜, 실내의 지젤과 시몬 이 세 명이, 서재에서는 소네와 로
슈포르 두 사람이 그 소리를 들음.

**5시 29분** : 세찬 뇌우가 쏟아지기 시작.

**5시 30분 전후** : 먼저 실뱅이 식당 쪽에서 홀로 돌아옴. 다음으로
지젤이 도서실에서 홀로 돌아옴.

**5시 35분경** : 소네, 5분쯤 화장실에 감.

중간까지 읽어 내려간 나는 움찔했다. 완전히 새로운 사실이 쓰여 있었기 때문이다.

5시 26분경 산장에 도착한 줄리앙이 홀에 들어서자 그곳에는 아무도 없었다. 그리고 5시 30분 전후로 실뱅은 식당 안쪽에서 홀로 돌아왔다고 한다.

"이거, 사실이에요?" 나는 종잇조각을 손에 들고 소리쳤다. "당신이 도착했을 때 실뱅 선생님이 홀에 없었다는 거 말이에요."

그러나 어젯밤의 심문에서 줄리앙은 5시 30분 전후에는 내내 실뱅과 홀에 같이 있었다고 말하지 않았던가. 물론 실뱅도 같은 말을 했다.

"사실이야. 독일인의 시체가 발견된 후의 일이었어. 실뱅 씨가 구석 쪽으로 나를 불러 이렇게 말하는 거야. 물론 자신은 이 사건과 아무런 관계가 없지만, 5시 반 전에 잠깐이라도 홀을 벗어났다는 걸 당국에서 알게 되면 뭔가 성가신 일이 생길지도 모른다, 경찰이 귀찮게 따라다니는 것도 싫으니까 지젤이 홀로 나올 때까지 내내 같이 있었다고 말해주었으면 좋겠다고 말이야. 지난달부터 이 산장에 와 있는 실뱅 씨와는 이미 아는 사이인 데다 모처럼 부탁한 일이라 거절할 생각도 들지 않아서 일단 그렇게 말하기로 한 거지. 실뱅 씨한테는 그 외에도 묘한 구석이 있어. 누나한테 들은 얘긴데, 지난 보름 사이에 실뱅 씨는 한밤중에 몇 번인가 폴 소네 신부님의 집을 방문한 모양이야. 그런데 어젯밤에 두 사람은 마치 초면인 것 같은 태도였거든. 실뱅 씨뿐만 아니라 소네 신부님도 실뱅 씨와의 관계를 숨기고 싶어 하는 눈치였어."

미소를 지으며 태연히 있는 줄리앙에게 나는 물었다.

"그런데 왜 마음이 바뀐 거예요? 이 시간표를 왜 나한테 보여줄 생각이 든 거죠?"

"실뱅 씨와 약속한 것은 경관을 상대할 때만 그런 거니까. 그리고 너는 경관이 아니잖아. 다시 말해 마음이 바뀐 것도, 약속을 깬 것도 아니라는 거지."

오늘 조사의 초점은 이것으로 한 가지 늘어나게 되었다. 5시 27분경, 유리가 깨진 자료실에 침입한 사람은 누구일까? 내 의심은 실뱅에게도 향해야만 한다. 그리고 소네 신부와 실뱅의 비밀스러운 관계…… 두 사람은 대체 뭘 숨기고 있는 것일까?

"그런데 어디서부터 보는 게 좋을까?" 줄리앙이 일어서면서 말했다.

"우선 전체의 배치를 머릿속에 잘 넣어두고 싶어요."

줄리앙의 안내로 내가 관찰한 에스클라르몽드 산장의 내부는 대충 다음과 같았다.

이 건물은 위에서 보면 커다란 디귿 자 모양을 이루고 있다. 디귿 자 모양의 세로선이 산장의 정면이고, 거의 그 한가운데에 현관이 있다. 디귿 자의 윗부분 가로선이 왼쪽 동, 아래 가로선이 오른쪽 동으로, 오른쪽 동과 왼쪽 동에는 1층과 같은 넓이의 2층이 있는데, 정면에는 2층이 없다. 정면의 그 거대한 지붕 때문이다.

현관을 들어서면 대기실이 있고 그 오른쪽에는 응접실이 있다.

어젯밤 장 폴 일행과 조사 협의를 한 방으로, 로슈포르와 페스트의 수수께끼 같은 용건 이야기가 이루어진 곳이기도 하다. 응접실 오른쪽에는 중세의 골동품으로 가득 찬 거대한 진열실이 있고, 그 안쪽에는 오른쪽 동 2층으로 올라가는 계단과 오른쪽 동 1층에 있는, 당구대 등이 놓인 넓은 오락실로 이어지는 입구가 있다.

대기실 왼쪽에는 진열실과 거의 같은 크기의 홀이 있고 안쪽에는 진열실과 마찬가지로 2층으로 올라가는 계단이 있다. 홀도 진열실도 천장이 뚫려 있어 정면 지붕의 경사에 따라 안쪽으로 갈수록 점차 높아진다. 다만 뚫린 것은 홀과 진열실뿐으로, 대기실과 응접실에는 일반적인 높이의 천장 판이 붙어 있다. 홀 안쪽에는 식당이 있고, 그다음은 통로 왼쪽에 배선실, 조리실이 이어지며 오른쪽에는 식량 창고와 술 창고 등이 있다. 왼쪽 동 1층 안쪽의 복도는 막다른 곳에서 오른쪽으로 꺾으면 중정으로 나가는 출입구가 있다. 먼저 1층을 대강 보고, 그 출입구까지 갔을 때 나는 발을 멈췄다.

"중정으로 가는 출구는 여기뿐인가요?" 나는 안내하는 줄리앙에게 물었다.

"아니, 아마 너도 봤을 텐데, 오른쪽 동 오락실에서 중정으로 나갈 수 있게 되어 있어. 하지만 당장은 고려할 필요가 없어. 오랫동안 닫혀 있었고 올해도 아직 열어놓지 않았으니까. 경첩이 완전히 녹슬어서 최근에 열린 흔적은 없어."

"시체를 발견했을 때, 그때 당신이 바깥에서 자료실로 돌아왔을 때도 이 출구를 사용했나요?"

"그럼, 일본인과 둘이서 홀에서 복도를 빠져나가 여기서 중정으로 나갔지. 내가 실뱅 씨한테 5시 반경 어디에 있었느냐고 물었더니 술 창고에 갔다고 했어."

이런 배치도라면 조리실에 있는 두 사람이 전혀 눈치채지 못하게 홀에서 술 창고로 갈 수 있다. 술 창고뿐만 아니라 출입구에서 중정으로 나가는 것도, 중정을 가로질러 자료실 아래까지도 갈 수 있었다. 생각에 잠겨 있는 내게 줄리앙이 말했다.

"5시 25분경, 니콜이 홀을 나갔을 때 단 2분 만에 실뱅 씨가 자료실까지 갈 수 있었을까? 네가 생각하는 것은 이런 거겠지? 그런데 갈 수 있어. 내가 오늘 아침에 실험해봤거든. 홀에서 자료실의 유리문 바깥까지 보통 걸음으로 걸어도 중정을 통해서 가면 1분 10초밖에 걸리지 않았어. 잠깐 가 볼까?"

우리는 출입구를 통해 중정으로 나갔다. 거기에는 왼쪽 동 2층의 중정 옆에 있는 발코니의 계단이 있었다. 우리는 숲 같은 정원수를 가로질러 정자 옆을 지나 오른쪽 동 2층의 발코니로 올라가는 계단 밑으로 갔다. 거기에서 돌아보니 왼쪽 동 2층에 있는 서재의 창문은 잎이 무성한 나무들에 가려 전혀 볼 수 없었다. 그 위에 있는 다락의 환한 출창만이 나무들 꼭대기 위로 간신히 바라보일 뿐이었다. 이래서는 서재의 창가에 있던 소네 신부도 중정에서 수상한 사람을 발견했을 리가 없다.

줄리앙은 개의치 않고 발코니의 계단을 올라갔다. 나도 서둘러 뒤를 따랐다.

"홀에서 여기까지 2분이면 충분히 올 수 있지만, 문제는 그다음이야. 비가 내리기 시작하고 곧바로, 늦어도 5시 30분경에는 실뱅 씨가 홀로 돌아왔거든. 이건 내가 증인이야. 그렇다면 단 5분이나 6분밖에 홀을 비우지 않았다는 얘기지. 그런데 왕복하는 시간만 보면, 가는 데 2분 가까이 걸렸어. 돌아올 때는 아무리 서두른다고 해도 그 절반인 1분은 필요할 거야. 다 해서 3분, 즉 최대로 계산해도 실뱅 씨가 자료실에 있을 수 있는 시간은 기껏해야 3분밖에 안 된다는 거지. 단 3분 만에 그런 일을 할 수 있을까? 유리를 깨서 침입하고 독일인의 머리를 내리치고 활로 시체의 가슴을 쏘고…… 살인 전문가라면 또 모르겠지만 말이야. 내가 실뱅 씨의 성격을 좀 아는데, 그 남자한테는 도저히 불가능한 일이야. 내 실험에서는 이동하는 시간까지 포함해서 최소한 10분은 필요했어."

자료실의 유리문은 아직 무참히 깨진 채였다. 그러나 커튼이 쳐져 있어 방 안을 들여다볼 수는 없었다. 나는 발코니의 좀 더 앞쪽까지 걸어갔다. 발코니에 면한, 자료실 앞에는 방이 두 개 있었다. 앞쪽의 방 창문이 열려 있어 레이스 커튼이 시원스레 바람에 흔들렸다.

"거기는 내 방이야. 단 어젯밤부터." 줄리앙이 엷은 웃음을 지으며 말했다. 아무래도 이 청년은 하나하나 내 생각을 앞질러 가는 것 같아 좀 불쾌했다.

오른쪽 동 2층은 진열실에서 올라간 계단 앞으로 길게 복도가 이어져 있고, 그 끝에는 창고가 있었다. 복도 왼쪽은 앞에서부터 화장실과 손님용 침실이 두 개 이어져 있고, 그다음이 살인 현장인 자료실이다. 오른쪽은 앞에서부터 객실을 겸한 넓은 도서실,

안쪽은 역시 손님용 침실이다.

"지난달부터 실뱅 씨가 묵고 있는 곳은 도서실 안쪽에 있는 오른쪽 객실이야. 발코니에 면해 있는, 즉 바깥에서 발코니를 통해 자료실로 갈 수 있고, 원하기만 하면 거기에 있는 독일인의 머리를 내리칠 수도 있는 이 두 개의 객실은 유감스럽게도 올여름에는 아직 한 번도 사용된 적이 없지. 작년부터 문에는 자물쇠가 잠겨 있고 창문도 굳게 닫혀 있었어. 경찰도 조사해본 것 같은데, 어제저녁에 이 두 방 어딘가를 사용해 복도에서 발코니로 빠져나갔을 가능성은 없어. 객실의 창문은 양쪽 다 오랫동안 열린 흔적이 없었으니까. 경찰의 허가가 나와서 내가 간신히 이 방의 침대를 차지하게 된 것은 무려 어제 한밤중에 가까운 시간이었어."

줄리앙의 설명 때문에 열려 있는 창에서 발상한 내 가설은 순식간에 소리를 내며 무너져버렸다. 살인이 일어나기 전후 30분의 시간대에 오른쪽 동 2층에 있던 지젤, 시몬, 니콜, 이 세 명의 여성은 누구나 복도에서 혼자가 될 기회를 가졌을 것이다. 시몬은 화장실에 갔고, 그사이에 지젤은 혼자였다. 니콜도 홀에서 다른 데 들르지 않고 곧장 도서실로 왔다고만은 할 수 없다. 그중의 누군가가 유리를 깨러, 또는 객실에서 발코니를 지나 자료실 앞까지 갈 수 있었을지도 모른다. 그러나 아무래도 그럴 가능성은 없었다.

"도서실에 있던 세 명은 함께 유리가 깨지는 소리를 들었다고 했잖아요. 그중 누군가가 유리를 깬다는 건 아예 불가능한 일이에요. 게다가 세 사람 다 시간적 여유라고 해봐야 고작 5분 정도니까요. 남자인 실뱅 선생님이 3분 안에 끝내는 데 무리가 있을 정도라면, 여자가 독일인을 살해하는 건 5분이 있어도 무리겠지요."

나는 자신을 납득시키기 위해 이렇게 중얼거려봤지만, 어딘가 지기 싫어 억지를 부리고 있다는 느낌도 없지 않았다.

"하지만……"

나는 무슨 말을 하려다가 갑자기 입을 다물었다. 3분이든 5분이든 독일인을 살해하기에는 무리다. 이런 나 자신의 말에서 생각지도 못한 사고의 손거스러미 같은 것을 느꼈던 탓이다. 거기에는 묘한 저항감이 있었는데, 아직 모호하고 혼란스럽긴 했지만 뭔가 중요한 발상이 소용돌이치기 시작한 듯했다. 이것과 원래 깨질 필요가 없었던 살인 현장의 유리라는 수수께끼를 연결할 수 있다면…… 그러나 나는 아직 생각을 충분히 정리할 수가 없었다.

"왼쪽 동 2층으로 가 보죠." 대신에 나는 전혀 다른 말을 했다.

오른쪽 동과 왼쪽 동의 2층에는 직접적인 통로가 없다. 집 안에서 오른쪽과 왼쪽의 2층을 왕복하려면 일단 계단을 내려가 건물 정면부의 1층을 통해 다시 계단을 올라갈 수밖에 없다. 또 한 가지는 중정에 면한 2층의 발코니로 나가 귀퉁이의 계단을 이용해 중정을 왕복하는, 일단 집 밖으로 나가야만 하는 방법이다.

"서재의 두 사람이라면 가능성은 로슈포르보다는 소네 신부 쪽에 있지. 어떤 상정을 제외한다면, 소네 신부가 화장실에 간 것은 뇌우가 쏟아지기 시작한 후, 그러니까 5시 35분쯤의 일이야. 유리가 깨지는 소리가 들리고 나서 7, 8분 후가 되겠지. 하지만 그 경우에는 자료실까지 갈 수 있었을는지는 몰라도 시체의 최초 발견자가 되는 게 고작일 거야."

뒤늦게나마 바보 같은 내게도 점차 알게 된 사실이 있었다. 그 시간표든, 안내하면서 사람을 깔보는 듯한 어조의 설명이든 모든 것은 오전 중에 줄리앙 뤼미에르가 산장 내부 조사를 다 마쳤음을 보여주는 것 외에 아무것도 아니었다. 대체 무슨 일일까? 이 청년 물리학자는 아마추어 탐정에 지원하기라도 할 생각인 걸까?

"줄리앙 뤼미에르 씨, 당신은 무슨 생각인 거죠? 내가 오기 전에 집 안을 다 조사한 거 맞죠?"

내 물음에 줄리앙은 살짝 뜸을 두고 대답했다. 마치 재미있는 농담이라도 할 때와 같은 말투였다.

"뭐, 말하자면 너의 경쟁 상대로 입후보했다고 해야 하나. 지젤한테 이야기는 들었는데, 파리의 여자 명탐정의 솜씨를 이 눈으로 직접 보고 싶어서 말이지."

농담 같은 말투에는 뭔가 다른 게 있었다. 대체 뭐가 이 청년의 관심을 사로잡은 걸까? 어떤 의혹이 그를 사건의 진상 규명으로 향하게 한 것일까?

"좋아요." 나는 대꾸했다. "그럼 당신은 누가 수상하다고 생각해요?"

"노디에는 아니야. 저택 외부 사람의 짓도 아니지. 그렇다면 범인은 어제저녁 여기에 있었던 여섯 명 안에 숨어 있는 셈이지."

"일곱 명이겠죠." 나는 좀 빈정거리듯이 말했다. "내가 볼 땐 당신도 훌륭한 용의자 중 한 명인걸요."

줄리앙은 아주 젊은 얼굴에 매력적인 엷은 웃음을 지으며 말했다.

"내가 탐정을 지원한 동기도 그건데 말이지, 아름다운 아가씨가 독일인 살해의 용의자를 보는 시선으로 나를 바라보는 것은 참을 수 없거든. 자신의 의혹을 벗기 위해서 오늘 아침에도 일찍 일어나 집 안을 휘젓고 다닌 거지."

"그래서 뭘 알아냈어요?"

"음, 단 두 가지."

"어떤 건데요?" 나는 벼르고 물었다.

"하나는 가정부 르메르 부인의 이야기지. 직접 물어보는 게 좋을 거야."

중정에서 저택으로 이어지는 출입구를 통해 우리는 집 안으로 들어갔다. 넓은 식당의 스무 명은 앉을 수 있을 듯한 식탁의 구석 자리에 앉아 기다리고 있으니 곧 줄리앙이 르메르 부인을 데려왔다.

"르메르 부인, 아침에 저한테 해준 얘기를 이 아가씨한테도 들려주지 않겠어요?"

"줄리앙 씨, 그건 곤란해요. 남한테 그런 얘기는 할 수 없어요."

자꾸만 주저하는 가정부에게 줄리앙은 이야기를 숨김없이 털어놓으라고 거리낌 없이 강요했다. 그것은 쾌활한 무책임이라고 할 만한 태도였는데, 몹시도 넉살 좋지만 아무도 반감을 가질 수 없는, 이상하게 매력적으로 보이는 뻔뻔한 언행이었다.

"르메르 부인, 저도 로슈포르가 사람은 아니에요. 이 아가씨하고 똑같은 입장이에요."

"하지만 줄리앙 씨는 달라요. 같지 않지요. 가족이 된 거나 다를 바 없잖아요. 지젤 아가씨와 결혼하실 분인걸요.”

“그렇다면 더 잘됐네요. 다시 말해서 저는 부인께 미래의 주인인 셈이니까요. 미래의 주인이 부탁하는 거예요. 그 이야기, 한 번만 더 해주세요, 르메르 부인. 아무한테도 말하지 않을 테니까요.”

가정부의 망설임은 표면적인 것에 지나지 않았다. 사실은 이야기해도 좋다는 마음인 것이다. 다만 로슈포르가의 고용인이라는 입장이 입을 무겁게 하고 있을 터다. 이런 르메르 부인에게 줄리앙은 결국 억지로 입을 열게 하고 말았다. 예의 그 쾌활한 뻔뻔함으로.

“어제 오후의 일이었어요. 볼일이 있어 산장 뒤쪽의 목장으로 나갔지요. 마구간 뒤쪽에 사람들 눈에 띄지 않는 그늘에서였어요. 남자와 여자가 다투는 소리가 들렸지요. 다투고 있는 것 같았지만, 두 사람 다 목소리를 죽이고 되도록 다른 사람의 주의를 끌지 않으려고 조심하는 기색이었어요. 하지만 저는 알았어요, 누구인지를요.”

“도대체 누구였는데요?” 강한 흥미를 느끼며 내가 물었다.

“사모님, 니콜 사모님이었어요.”

“그럼 남자는요?”

“장 노디에……”

어제 오후 마구간 뒤쪽에서 니콜 로슈포르와 장 노디에가 비밀리에 만났다는 것이다. 게다가 낮은 목소리로 뭔가 다투고 있었던 모양이다.

“틀림없죠, 노디에였다는 건?”

"확실해요. 저는 전의 사모님, 그러니까 주느비에브 사모님을 오랫동안 노디에와 둘이서 모셨으니까요. 노디에의 목소리를 잘 못 들을 리는 없어요."

"그런데 무슨 이야기를 하던가요?"

"몰라요. 저는 남의 얘기를 엿듣진 않으니까요. 게다가 소리도 거의 알아들을 수 없을 만큼 작았고요."

남의 얘기를 엿듣지 않는다는 말은 거짓말일 게 뻔하다. 그러나 목소리가 작아서 거의 알아들을 수 없었다는 건 사실인 듯했다.

"하지만 뭔가 한 마디 정도는……" 나는 물고 늘어졌다.

"그래요, '독일인 손님'이라든가 '가방의 내용물'이라든가 '오늘 4시에'라든가 하는 니콜 사모님의 말이 토막토막 들렸어요. 그리고 노디에는 뭔가 사모님을 협박하고 있는 것 같았어요."

노디에가 니콜을 협박하고 있었다. 그리고 발터 페스트가 언제 에스클라르몽드 산장을 방문할 예정인지 니콜에게서 억지로 캐낸 모양이었다. 아무튼 이것으로 수수께끼 하나가 풀렸다. 노디에가 그날 독일인이 방문한 것을 어떻게 알고 있었는지, 에스클라르몽드 산장에 침입하면 독일인을 덮칠 수 있다는 것을 어떻게 알았는지, 하는 수수께끼가. 설사 강요받았다고 하더라도 노디에에게 알려준 사람은 니콜 로슈포르였다.

"니콜은 왜 노디에한테 협박을 받은 거지? 어떤 약점을 잡힌 걸까?" 나는 혼자 중얼거렸다. 그러고 나서 르메르 부인에게 물었다.

"노디에의 말은 들리지 않았나요?"

"사모님이 저항하자 '그랜드 호텔'이라든가 '세트'라든가 하는 말로 위협하는 것 같았어요."

르메르 부인에게서 들을 수 있는 이야기는 이것이 전부였다. 가정부가 나간 뒤 나는 줄리앙에게 말했다.

"저 사람, 니콜을 그다지 좋게 생각하지 않나 보네요. 예전 사모님이었던 주느비에브를 잊을 수 없는 걸까요?"

"맞아. 그래서 주느비에브의 외동딸이라는 이유로 지젤한테는 충실하지만, 니콜도 주인인 로슈포르 씨도 잘 따르지 않지."

"오귀스트 로슈포르 씨한테도요?" 나는 좀 의외라는 생각에 반문했다. 후처인 니콜은 그렇다 쳐도 로슈포르는 이 집안의 주인이 아닌가.

"르메르 부인의 입장에서 보면 진짜 로슈포르가 사람은 주느비에브와 지젤뿐이지. 오귀스트 씨는 바깥에서 로슈포르가로 들어온 사람이라는 거고. 주느비에브의 처녀 시절부터 있던 이 집안의 고참 하인은 다들 그래. 아마 장 노디에도 마찬가지일걸."

"그런데 또 하나의 발견이라는 건 뭐예요?"

줄리앙은 가볍게 어깨를 들썩이며 히죽 웃었다.

"대단한 건 아니야. 니콜이 남편의 서재를 정리하려고 했다는 것일 뿐이지. 적어도 본인은 그렇게 변명했어."

"그건 대체 무슨 말이에요?"

"아침 일찍부터 온 집을 휘젓고 다녔다고 했지? 당연히 로슈포르 씨의 서재도 탐험하지 않을 수 없었지. 사장님과 시골 사제, 이 두 사람도 탐정의 알리바이 조사에 예외가 될 수는 없거든. 로슈포르 씨도 니콜도 아직 잠자고 있을 시간이어서 나는 멋대로 서재에 침입하기로 했지. 탐정이라는 건 때로 범죄자 같은 일도 하지 않으면 안 된다는 건 너도 잘 알겠지? 자물쇠가 잠겼으면 좀 성가시겠다고 생각했는데, 밀기만 했는데도 서재 문이 그냥 열리더라고. 그런데 말이야, 먼저 들어가 있던 침입자가 있더란 말이지."

"니콜 말이군요." 조금 전에 줄리앙이 입에 담은 암시적인 말을 떠올리고 내가 말했다.

"맞아, 책상 서랍은 다 열려 있고 그 밖에 뭔가 숨길 수 있는 곳은 어디나 예외 없이 수색한 흔적이 남아 있었지. 니콜은 관능을 자극하는 듯이 살갗도 드러내고 있었는데, 사실 꽤 좋은 볼거리였지. 남편한테 들키지 않으려고 침대에서 빠져나온 그대로였거든. 실내복조차 걸치지 않고 너무도 화려하고 뇌쇄적인 잠옷 차림이었지. 내가 들어갔을 때는 책상 위의 금괴와 한창 격투를 벌이는 중이었는데……"

"니콜은 뭘 찾고 있었을까요?"

"물론 나도 그렇게 물어봤지. 사모님, 뭘 찾고 계신가요? 괜찮으시면 도와드리고 싶은데요, 라고 말이야. 그때 니콜의 얼굴을 봤어야 하는데. 깜짝 놀랐는지 개구리처럼 눈알을 빙빙 돌리고는, 미안하지만 방을 정리하는 중이니까 용건이 있으면 다음에……, 하면서 영문을 알 수 없는 말을 중얼거리는 게 고작이었지. 먼저 온 이 손님 때문에 나는 현장 조사를 오전 중으로 연기해야 했고."

노디에에게 협박을 당하고 있었다는 니콜. 로슈포르의 서재를 몰래 탐색하고 있었다는 니콜. 그녀의 수수께끼 같은 행동이 내 의심을 부추겼다. 그러나 나는 화제를 원래로 돌려야 했다.

"그래, 서재를 조사한 결과는 어땠나요?"

"두 사람의 알리바이는 완벽했지. 로슈포르도 소네 신부도 자료실까지 가서 독일인을 죽였을 가능성은 없어. 서재에서 자료실 앞의 발코니로 가는 데는 두 가지 경로밖에 없거든. 먼저 2층에서 홀까지 내려가서 식당을 빠져나가 출입구를 나가서는 중정을 가로질러 오른쪽 동 발코니의 계단을 올라가는 경로. 다음은 서재에서 발코니로 나가 계단을 통해 중정으로 내려가 그대로 가로질러 자료실이 있는 오른쪽 동 발코니로 올라가는 경로. 내 실험으로는 앞의 방법으로 서재에서 자료실까지 가는 데 채 3분이 안 걸렸고, 뒤의 방법으로는 1분쯤이었어. 하지만 대부분의 경우 홀에 사람이 있었지. 니콜도 실뱅도 나도 지젤도, 소네 신부나 로슈포르 씨가 계단을 내려오는 걸 보지 못했거든. 물론 니콜이 도서실로 간 이후부터 내가 산장에 도착하여 홀에 들어설 때까지 사이에 실뱅이 잠깐 술 창고에 갔기 때문에 아주 짧은 시간이지만 홀에 아무도 없던 때가 있었다는 사실을 잊어서는 안 되겠지. 그렇지만 홀에 아무도 없었던 것은 불과 1, 2분밖에 안 되었을 거야. 좀 더 짧았을 가능성도 많아. 5분 정도밖에 방을 나가 있지 않았다는 소네 신부도 그렇고, 로슈포르 씨도 홀을 지나 서재와 자료실을 왕복할 시간은 전혀 없었던 셈이지. 두 번째 경로인데, 운 좋게 소네 신부가 왼쪽 동 발코니의 계단을 감시했던 탓에 소네 신부의 말을 믿는다면 로슈포르가 그 경로를 이용할 수 없었던 건 분명해. 문제는 소네 신부야. 아까 '어떤 상정을 제외한다면'이라고 했는데, 로슈포르가 장작을 가지러 간 사이에 발코니의 계단을 이용해 서재와 자료실을 왕복하는 것은 가능하거든. 5시 35분경에 소네 신부가 화장실에 갔을 때의 일은 생각하지 않아도 좋아. 혹시 소네 신부가 서재 옆에 있는 거실의 화장실 창문으로 발코니로 나간 다음 중정으로 내려가서 자료실까지 갔다고 한다면, 그렇게 억수같이 비가 쏟아졌으니까 반드시 온몸이 흠뻑 젖었을 거야. 하지만 소네 신부한테서는 큰비 속을 걸어간 흔적을 전혀 찾아볼 수 없었지. 문제가 되는 것은 로슈포르 씨가 방을 비웠을 때야."

"하지만 당신 계산으로 자료실까지 왕복 2분이라고 한다면 남는 시간은 3분밖에 되지 않아요. 실뱅 선생님과 마찬가지로 그 노인이 단 3분 만에 그런 일을 할 수 있을 거라고는 도저히 생각되지 않아요. 소네 신부를 의심하는 것도 상당히 어렵겠는데요."

"그렇지."

"하지만 일단 내 눈으로 확인하고 싶어요. 서재로 안내해줄래요?"

"해주고말고."

우리는 홀에서 계단을 통해 왼쪽 동 2층으로 올라갔다. 왼쪽 동 2층도 오른쪽 동과 대체로 같은 구조로, 계단을 올라가자 거기에서 건물의 안쪽까지 긴 복도가 이어져 있었다. 복도 왼쪽의 앞쪽 방 두 개는 현재 사용하지 않는 침실이다. 그 안쪽에 지젤의 방이 있다. 오른쪽에는 먼저 로슈포르 부부의 침실, 화장실과 작은 거실, 가장 안쪽이 문제의 서재였다.

서재 조사에서는 새로운 것을 발견할 수 없었다. 줄리앙이 말한 대로였다. 창문으로는 정원수 때문에 중정을 내다볼 수 없었지만,

발코니의 계단은 잘 보였다. 이것도 소네 신부의 말을 뒷받침해줄 뿐이었다. 우리는 서재를 나왔다.

"여기로군요. 로슈포르 씨가 장작을 가지러 갔다는 곳요." 복도 끝에 있는 작은 문 앞에서 내가 말했다.

"들어가 볼래? 거기에서 다락으로 올라갈 수도 있을 거야."

창고에는 창문이 없었기에 줄리앙은 고생스럽게 전등 스위치를 찾아야만 했다. 먼지투성이의 부서진 가구나 나무 상자 등이 멋대로 쌓여 있었다. 구석에는 난로에 땔 장작으로 쓰기 위해 잘라놓은 팔뚝만 한 굵기의 생나무 몇 다발이 포개져 있었다. 안쪽의 좁고 가파른 계단을 올라가면 다락이었다. 마구 짓밟힌 마루의 먼지로 어젯밤 장 폴 일행이 여기까지 수색했음을 알 수 있었다. 유리를 깬 도구 같은 것을 찾으려고 했을 것이다. 다락에는 채광을 위한 조그만 창이 있어서 아래의 창고처럼 깜깜하지는 않았다. 가까운 창에 얼굴을 바싹 대자 중정을 통해 맞은편 동에 있는 방의 모습이 보였다.

"저기요, 여기 좀 보세요."

나는 조그맣게 소리쳤다. 바로 맞은편의 자료실은 어느새 커튼이 열려 있었다. 방 가운데서 열심히 뭔가를 생각하고 있는 사람은 니콜이었다. 그때 문이 난폭하게 열리고 로슈포르가 들어왔다. 그리고 소리까지는 들리지 않았지만, 보기만 해도 뭔가 긴장된 대화가 오간다는 것을 알 수 있었다. 나는 애가 타서 안쪽으로 열리는 출창의 자물쇠를 열려고 했다. 운 좋게도 자물쇠와 경첩은 녹슬어 있지 않았다. 창은 막힘없이 열리고 순식간에 중정의 소리가 먼지투성이의 다락으로 들어왔다. 그러나 건너편 동의 이야기 소리까지는 역시 무리인 듯했다.

"뭘 하는 걸까요?"

"내가 보기에 이건 부부싸움인데, 그것도 꽤 심각한." 말투와는 반대로 줄리앙도 열정적인 시선으로 바라보고 있었다.

표정으로도 알 수 있는 날카로운 외침과 함께 느닷없이 니콜의 팔이 올라가고 로슈포르의 뺨을 세게 때렸다. 로슈포르는 묘하게 고약한, 엷은 웃음을 지었을 뿐 몸을 빙 돌려 그대로 방에서 나가버렸다. 니콜은 흥분으로 몸을 떨었고 곧 발코니 쪽으로 와서 커튼을 닫아버렸다.

"어떻게 할 거예요? 자료실로 가 볼래요?" 내가 줄리앙에게 물었다. "오늘 아침 일도 있고, 출입이 금지된 살인 현장에 니콜이 굳이 침입한 데도 무슨 이유가 있을 거예요."

"아니, 붙잡힌다고 해도 어차피 털어놓지는 않을 거야. 오히려 경계하게만 하겠지. 그보다 지금은 모르는 체하고 있는 게 나아……"

우리는 홀로 돌아가 조리실의 르메르 부인에게 지젤이 돌아오면 중정으로 오라는 말을 전해달라고 하고 나갔다. 줄리앙이 나를 이끈 곳은 오후의 강한 햇살을 피해 플라타너스 나무로 둘러싸인 중정의 조그만 정자였다.

# 4

"그런데 니콜은 대체 뭘 찾고 있었을까? 넌 어떻게 생각해?"

"그야 빤하지요. 그거, 독일인의 가방에 든 거요."

초록색의 유성도료가 칠해진 정자의 나무 벤치에 앉아 발터 페스트의 서류 가방에 대한 내 추리를 얘기했다. 줄리앙은 희한하게도 잠자코 귀를 기울이고 있었다. 내 이야기를 이어받아 이번에는 줄리앙이 말했다.

"실뱅과 니콜 외에도 이 집에서 이상한 행동을 하는 사람이 있어. 예를 들어 로슈포르 씨야. 아직 어두운 새벽녘의 일이었지. 내가 홀로 내려갔을 때 승마복 차림의 로슈포르 씨가 막 돌아왔어. 기분이 상한 듯이 나를 외면하고 2층으로 올라갔는데, 한밤중에 멀리 말을 타고 나가는 것도 상당히 묘한 취미잖아."

"하지만 에스클라르몽드 산장을 감시하고 있던 헌병들은 밤중에 이곳을 빠져나간 사람이 아무도 없었다고 했어요."

"아마 뒤쪽의 목장 쪽으로 간 거겠지. 그러면 사람들 눈에 띄지 않았을 거야."

에스클라르몽드 산장의 뒤쪽은 잡초가 무성한 가파른 비탈이고, 조금 내려가면 산장 정면에서 언덕을 둘러싸듯이 내려온 사설 도로에 닿는다. 오가는 차가 스쳐 지나갈 수 있도록 살짝 넓어지는 장소가 사건 날 저녁 노디에의 르노 4 왜건이 있던 곳이다. 그곳에서 사설 도로를 가로지르면 이번에는 완만한 오르막 비탈이 나오고 그 끝은 로슈포르가의 목장이다. 그곳에 노디에와 니콜이 비밀리에 만났던 마구간과 사료 창고가 있다. 조련을 겸한 사육 담당자인 방돌 부자가 살고 있는 집은 거기에서 100미터쯤 가야 있다.

"목장 너머에 뭐가 있는데요?"

"아무것도 없어. 라블라네에서 몽세귀르에 걸친 산의 비탈이 나오는데 그곳은 보는 것처럼 깊은 삼림이지. 숲 앞에서 왼쪽으로 가면 라블라네에서 산길로 내려올 수 있는 곳은 있지만 말이야."

시간 순서로는 이렇게 된다. 우선 로슈포르가 깊은 밤 외출한 다음 새벽녘에 가까운 아주 늦은 시간에 잠들었다. 다음으로 니콜이 아침 일찍, 깊은 잠에 빠져 있는 남편 옆을 빠져나와 서재 탐색을 시작한 것이다.

"저기요, 혹시 페스트의 가방에 든 것의 일부분은 어제 로슈포르 씨의 손에 넘어갔을지도 몰라요. 일단 용건 이야기를 끝낼 때 페스트는 로슈포르 씨한테 검토를 위한 참고자료 같은 걸 건넸을

지도 모르지요. 어쩌면 원본은 자신이 갖고 복사본을 로슈포르 씨한테 넘겼다거나…… 로슈포르 씨는 한밤중에 그걸 숨기러 나갔을 거고, 니콜이 오늘 아침에 찾고 있던 것도 아마 그걸 거예요."

"어쩌면 로슈포르 씨가 범인이고, 독일인한테 뺏은 가방의 내용물을 숨기러 갔다라……"

물론 그 가능성은 로슈포르와 마찬가지로 다른 여섯 명에게도 있다. 타인에 대해 이렇게 말하고 있는 줄리앙 뤼미에르도 결코 예외는 아니다. 그러나 나는 줄리앙이 줄 정보에 굶주려 있었다. 사건의 배경을 이루고 있는 로슈포르가의 내부 사정을 알기 위해서는 이 청년에게 말하게 하는 것 외에 방법이 있을 것 같지 않았다. 그래서 나는 줄리앙에게 이런 교환 조건을 제시했다.

"나한테는 당신한테 가르쳐줄 수 있는 것이 아주 많아요. 어젯밤의 살인 현장 상황이라든가 오늘 오후 라블라네에서 있었던 사소한 사건이라든가…… 그 대신 당신은 로슈포르가의 내부 사정을 이것저것 가르쳐줬으면 좋겠어요. 지젤도 나한테는 말하고 싶지 않은 게 있어요. 한 일가로서 당연한 일이겠지요. 하지만 당신은……"

"가문 안에 있는지 밖에 있는지 분명하지 않다, 알아낸 비밀을 다른 사람한테 폭로하는 데도 거리낌 없는 사람이다, 뭐 이런 말인가? 좋아, 좋지 뭐. 아마추어 탐정으로서는 네가 쥐고 있는 경찰 정보가 꼭 필요하니까. 로슈포르가의 수치든 비밀이든 알고 있는 게 있다면 뭐든 가르쳐주지."

여전히 입은 걸었지만 그것을 조금도 불쾌하게 느껴지게 하지 않는 것이 이 청년의 흥미로운 성격이었다. 얼굴 앞에서 윙윙거리는 벌레를 가볍게 쫓아내고 나서 나는 질문을 시작했다. 미풍이 수목의 잎들을 기분 좋게 흔들어대고 있었다.

"먼저 로슈포르 부부에 대해 가르쳐줬으면 해요."

다락에서 훔쳐보게 된, 자료실에서 부부싸움을 하던 광경을 떠올리며 나는 이런 말을 꺼냈다.

"솔직히 두 사람의 사이는 어떤가요?"

"냉동 상태지. 아주 딱딱하게 굳은 상태야. 데릴사위를 맞아들여야 할 딸이자 로슈포르 재벌의 상속자였던 주느비에브가 죽고 나서 오귀스트 로슈포르는 한동안 조용히 지냈지. 로슈포르 일족 안에서는 주느비에브가 있어야 로슈포르도 의미가 있었거든. 확실히 기업 경영이라는 면에서는 영리하고 아주 유능한 사람이었지만, 남프랑스의 명문 일족 사이에서는 외부에서 들어온 남자에게 6대째 로슈포르를 칭하게 하는 것에 대한 불쾌감이 흘러넘칠 정도였지."

로슈포르 일족의 역사는 제정 시대로까지 거슬러 올라간다고 한다. 가계 전설에 따르면 13세기경에 툴루즈의 시참사회市參事會에도 이름을 올린 오랜 가문이라고 하는데, 이는 역시 전설이라 보는 것이 무방할 것이다.

초대 로슈포르는 대혁명의 혼란한 와중에 부상한 툴루즈의 시골 상인이었다. 그리고 로슈포르가의 첫 획기적인 성공은 황제의 스페인 원정을 통해서였다. 상인 로슈포르는 원정군의 군수물자 조달과 전선으로의 수송 업무를 독점하며 막대한 부를 축적하는

데 성공했다. 그러나 로슈포르는 나폴레옹의 어용상인으로 성장하는 것을 조심스럽게 피했다. 정치나 당대 권력자와 거리를 둠으로써 황제의 몰락이나 그 후의 정치적 격동기에도 로슈포르 상회는 여전히 성장을 지속할 수 있었다.

2대째와 3대째 로슈포르의 시대, 즉 제3공화제 시대*에 로슈포르가의 자본은 상업에서 금융으로 활동의 중심을 옮겼다. 로슈포르는 호상豪商에서 은행가로 직업을 바꾼 것이다. 2대째 로슈포르가 설립한 은행 조직망은 남프랑스를 중심으로 전국에 펼쳐지게되었다. 양 대전을 전후하는 시대에 은행가 로슈포르는 동시에 공장주를 겸했다. 풍부한 자금을 배경으로 제조업 분야의 우량 기업들을 차례로 매수해나간 것이다. 상인도 은행가도 아니라 온갖 부의 원천인 산업계를 지배하는 것이 로슈포르가의 최종 목표였다. 이리하여 로슈포르 기업복합체가 형성되었다.

제2차 세계대전 중에 아버지로부터 사업을 이어받은 5대째 로슈포르는 21세기 중공업의 왕자 자리를 차지하는 것은 원자력 산업일 거라고 예견했다. 그가 설립한 로슈포르 원자력 산업 회사는 벨기에인 앙팡 남작의 프라마톰사와 나란히 원자력 발전기를 제조할 수 있는 단 두 개뿐인 프랑스 기업이다. "원자력을 외국인에게 맡기지 마라"를 슬로건으로 활발하게 전개하고 있는 캠페인은 물론 프라마톰사를 표적으로 한 거고, 이에 성공하여 프랑스의 원자력 산업을 독점하게 되면 로슈포르가가 로스차일드가와 정면으

---

* 1870년부터 1940년까지, 프로이센과의 전쟁 후의 임시공화제에서 시작되어 제2차 세계대전 종전에 이르는 기간.

로 겨루는 것도 꿈은 아닐 것이다.

지젤의 할아버지인 5대째 로슈포르의 상속자는 외동딸 주느비에브였다. 5대째 로슈포르는 오랜 친구이자 유능하고 충실한 총지배인으로서 로슈포르가의 번영을 위해 공헌한 이의 장남 오귀스트를 주목했다. 오귀스트는 파리 이공과대학을 우수한 성적으로 졸업했을 뿐 아니라 아버지의 업무를 이어받은 뒤에는 경영자로서의 수완도 훌륭하게 증명했다.

아버지의 희망으로 주느비에브는 오귀스트와 결혼했다. 오귀스트 로슈포르가 6대째 로슈포르가 되는 데는 그다지 많은 시간이 필요하지 않았다. 그러나 로슈포르 일족 안에서 오귀스트 로슈포르의 권력은 오귀스트의 재완을 높이 평가하고 외동딸의 신랑감으로 선택한 5대째 로슈포르의 지지와 로슈포르 본가의 유일한 정통 계승자인 아내 주느비에브의 권위에만 의존한 무척 취약한 것이었다고 한다.

"당연히 그 시기의 일은 나도 직접 알지는 못하는데, 먼저 은퇴해서 딸과 함께 에스클라르몽드 산장에서 살고 있던 5대째 로슈포르가 병사했지. 그 무렵 오귀스트는 주말에만 가족이 있는 몽세귀르에 머물고 나머지는 툴루즈의 로슈포르 저택에서 지내며 매일 일에 쫓겼던 모양이지만 말이야."

그리하여 오귀스트의 권력을 지탱해주는 다리 하나가 무너졌다. 5대째 로슈포르의 죽음과 함께 일족 내의 오귀스트에 대한 공격은 그 이전과 비교되지 않을 만큼 심해졌다. 그 선봉에 선 사람이 주느비에브의 사촌 오빠인 알랭 로슈포르였다. 로슈포르 재벌의 중추 산업 부문을 장악하고 기업복합체 전체를 지배하고 있는 오귀스트에 대해 금융 부문의 총괄 책임자 지위에 있던 알랭은 종래의 실력 제2위라는 지위에서 일거에 오귀스트를 압도하고 재벌 전체의 지배권을 획득하려고 교묘한 책동을 시작한 것이다.

주느비에브가 죽은 것은 아버지가 죽은 다음 해의 일이었다. 이것으로 오귀스트를 지탱하고 있던 나머지 다리 하나도 순식간에 무너져 내려 오귀스트는 로슈포르 일족의 공세에 일방적으로 몰리기만 하는 처지가 되었다. 그러나 알랭에 의해 목을 졸리면서도 오귀스트는 은밀히 기사회생의 대책을 강구하고 있었다. 상업 부문의 책임자로 로슈포르 재벌 내의 제3위 실력자였던, 주느비에브의 숙부인 피에르 로슈포르와 손을 잡는다는 계획이었다. 알랭과 피에르 사이가 나쁘다는 것은 일족 안에서도 잘 알려져 있었다. 오귀스트는 피에르의 딸이자 당시에 갓 스무 살을 넘긴 니콜과 약혼했다. 오귀스트와 피에르의 생각지도 못한 동맹으로 알랭 세력은 돌연 딴죽이 걸려 전세는 단숨에 역전되었다. 알랭이 금융 부문의 책임자 지위에서 쫓겨나고 알랭 지지 세력이 완전히 침묵을 강요받게 된 것은 그 이듬해의 일이었다. 같은 해에 오귀스트는 니콜과 성대한 결혼식을 올렸다.

"오귀스트 로슈포르라는 사람도 대단한 책략가로군요." 나는 감상을 말했다.

"뚱보 피에르가 오귀스트와 손을 잡은 것은 물론 훌륭한 미끼가 있었기 때문이지. 다음 로슈포르가의 수장은 니콜이 낳은 아이거나 남자아이가 생기지 않을 경우에는 지젤과 결혼하는 피에르의 손자 한 명이 된다는 것이 두 사람 사이에서 약속된 것임이 틀림없어. 오귀스트가 지젤과 내 결혼을 허락하지 않는 것도 피에르와 그런 밀약이 있었기 때문이라고 생각해도 무방하겠지. 나한테서 떼어내기 위해 지젤을 파리의 대학에 보내기까지 했으니까 말이야. 정말 웃기는 이야기지. 하지만 말이야, 설사 아버지의 명령이라도 지젤은 뚱보 피에르의 손자하고는 결혼하지 않을 거야. 정략결혼을 한 니콜과 오귀스트의 실정을 자신의 눈으로 똑똑히 보고 있으니까 말이야."

툴루즈에서 학창시절을 보낼 때 니콜에게는 젊은 연인이 있었던 모양이다. 그러나 아버지의 명령, 그리고 로슈포르 본가의 영부인에게 주어질 명예나 호화로운 생활의 유혹에 저항할 수 없었는지도 모른다. 아무튼 니콜에게는 연인이었던 가난한 학생과 멋대로 결혼할 만큼의 용기가 없었던 것이다.

"이런 부자연스러운 관계에서 생겨난 부부가 잘될 리 없겠지. 로슈포르 쪽이 저자세로 나와 표면적으로는 어떻게든 봉합되었지만, 두 사람 사이는 완전히 식어버렸지. 니콜은 사교계에서 화려하게 놀고 다니며 로슈포르의 돈을 물 쓰듯이 쓰고 있어. 생활도 툴루즈에 있는 건 1년 중 3분의 1에 지나지 않고 나머지는 파리 아니면 몬테카를로의 별장에서 지내."

"지젤은 대체 어떻게 할 생각인 걸까요?"

지젤의 입에서는 결코 들을 수 없을 이토록 으스스한 로슈포르가의 실상을 알고 나는 새삼 어린 여자 친구의 장래가 걱정되었다.

"줄리앙, 지젤은 무슨 일이 있어도 당신하고 결혼하겠다고 해요. 당신, 로슈포르 씨하고 대결해서 지지 않을 자신 있어요?"

"니콜의 옛 연인처럼 취급해서는 곤란하지." 줄리앙은 다시 익살맞은 어투로 말했다. "로슈포르 씨가 내 두뇌를 필요로 하는 거지 내가 로슈포르 씨의 돈이나 권력을 필요로 하는 건 아니야. 프라마톰사나 원자력 공사에서도 친절한 권유가 들어오고 있고. 아무튼 나는 고속증식로 연구를 위해서는 이 나라에서 절대 빼놓을 수 없는 인재니까 말이야. 게다가 우리 집은 옛날부터 재벌 일가의 세력 다툼과는 무관한 장소에서 견실하게 살고 있거든. 아버지는 의사고 누나는 교사야. 어떻게 넘어져도 뚱보 피에르나 오귀스트 로슈포르의 권모술수에 걸려들 리가 없지. 로슈포르 재벌 같은 건 갖고 싶은 놈한테 줘버리면 그만이고. 다만 지젤은 내 거지."

집으로 돌아온 지젤이 정자로 들어온 것은 줄리앙의 이야기가 거의 끝날 무렵이었다. 로슈포르가의 내부 사정을 알고 나니 이 어린 여자 친구의 존재가 지금까지와는 상당히 달라 보였다. 하지만 그 때문만이 아니라 돌아온 지젤의 태도가 좀 이상했다. 소녀는 두려움과 흥분으로 신경이 견디지 못할 만큼 시달리고 있는 듯했다.

"지젤, 얘기할 게 좀 있어. 나디아는 아직 올라가 보지 않았으니까 몽세귀르 성터에 가 보는 게 어떨까? 걸으면서 이야기하지 않을래?"

줄리앙의 이 말에 지젤은 큰 눈을 더 크게 뜨고 고개를 까딱 끄덕였다. 나는 줄리앙이 지젤에게 이런 권유를 한 속마음을 알았다. 지젤과 함께 실뱅도 돌아왔을 것이다. 산장에는 니콜도, 로슈포르 씨도 있다. 이 세 명 중 누군가가 불쑥 나타날지도 모르는 곳에서는 차분하게 이야기할 수 없기 때문에 장소를 바꾸자는 것이 줄리앙의 제안이었다.

에스클라르몽드 산장의 사설 도로를 걸어 내려가 포장도로에서 왼쪽으로 가니 곧 몽세귀르 바위산 기슭에 펼쳐진, 경사진 초원이 나왔다. 우리는 바위산으로 올라가는 입구를 향해 초원에 난 좁은 길을 천천히 올랐다. 줄리앙은 산장에서 가져온, 소리로 뭔가 금속성의 물건이 들어 있음을 알 수 있는 작은 천 주머니를 한 손에 들고 있었다.

오후 3시를 넘긴 시각이었지만 머리 위의 태양은 조금도 기세가 꺾이지 않았다. 밑이 빠진 듯이 파란 하늘과 고원의 맑은 대기. 불어오는 부드러운 바람 때문에 빈틈없이 초원을 뒤덮고 있는 초록의 풀들은 마치 바닷가의 풍경처럼 느릿하게 물결치고 있었다.

지젤이 발길을 멈추고 돌아본 곳은 산기슭 비탈면에 서 있는, 열쇠 구멍처럼 생긴 비석 앞이었다. 그 비석 상부에는 별과 세 개의 십자가가 새겨져 있었다.

"에스클라르몽드를 비롯해 210명의 순교자가 거대한 화형대에서 산 채로 불태워진 곳이 여기야." 지젤이 먼눈으로 중얼거리듯이 말했다.

비석을 조금 지난 지점부터 초원의 비탈면은 급해지고 곧 바위산 중턱에 있는 삼림대 사이의 좁은 산길이 되었다. 한 사람이 간신히 지날 수 있을 만한 폭이었다. 숲 속에 난 구불구불하고 가파른 언덕길을 한 발 한 발 올라가자 아무래도 숨이 가빠졌다. 표면의 흙이 오랜 세월에 걸쳐 흘러 가버렸는지 좁고 가파른 샛길에는 여기저기 바윗덩어리가 모습을 드러내고 있었고, 그 때문에 걷기가 더욱 힘들었다. 거친 숨을 토해내며 중턱의 숲을 지나자 그 뒤로는 벌거숭이 바위 표면이 거칠게 드러났다. 정신이 번쩍 들 정도로 가파른 비탈이었다. 발을 디딜 돌이 무너져 몸의 균형이 골짜기 쪽으로 기울어질 것 같아 일순 몸이 오그라드는 느낌이었다. 거기서부터는 오른다기보다는 바위에 달라붙어 기어오르는 기분이었다.

드디어 비스듬히 위쪽에 성터의 석벽이 보이기 시작했을 때 온몸은 이미 땀범벅이었다. 앞머리가 땀으로 이마에 들러붙었다. 숨을 쉬기도 힘들었다. 심장은 가슴안에서 미친 듯이 날뛰었다.

기괴한 석조 건축은 좁은 산꼭대기의 평지 가득히 세워져 있었다. 지젤은 무너지기 시작한, 그래도 아직 상당히 높은 성벽을 따라 왼쪽으로 가서 석조 건축물 뒤로 돌아갔다. 거기에는 벽이 무너진 곳에 짧은 철제 사다리가 걸쳐 있어 그것을 타고 내부로 들어갈 수 있었다.


"입구는 남북으로 하나씩 있는데, 먼저 망루에서 봐봐. 편의적으로 망루라고 부르긴 하는데 진짜 목적이 뭔지는 잘 모르겠어."

돌로 된 천장이 무너져 내린 망루에는 먼저 앞쪽에 작은 공간이 있고, 다시 한 번 철제 사다리로 내벽의 잔해 위로 올라가자 다음에는 가장 안쪽에 탑으로 올라가기 위한 입구가 있는, 상당히 넓은 공간이 나왔다. 무너지기는 했지만 활 모양으로 굽은 천장의 남아 있는 부분으로 볼 때 이 공간이 아치형으로 만들어졌음을 알 수 있었다. 그 상부에는 바닥이 없어져버렸지만 원래는 2층에 해당하는 공간이 있었을 것이다. 그리고 2층 부분의 벽에는 몇 개의 창이 나 있었다. 1층에는 석벽이 길쭉하게 파인, 화살 쏘는 구멍도 만들어져 있었다.

"이상하네. 앞쪽 공간 1층에는 창이 전혀 없었던 것 같아." 내가 말했다.

"이상한 건 그것만이 아니야." 지젤이 대꾸했다. "교회 건축이든 성벽 건축이든, 알려진 어떤 중세 건축과도 비슷한 데가 전혀 없는 건조물이야. 망루는 이렇게 직사각형이지만 본체 쪽은 묘하게 일그러진, 극단적으로 길쭉한 오각형인데, 거기가 탁 트인 큰 홀이었던 모양이야. 여기에도 아마 2층과 옥상이 있었겠지만, 밖을 향해서는 화살 쏘는 구멍도 내다보는 창도 만들어지지 않았어. 사실 마니교도의 신전이라고밖에 생각할 수 없는 거지."

우리는 망루를 나와 다시 벽을 돌아 북쪽 입구에서 본체 부분의 넓은 구내로 들어갔다. 확실히 기괴한 형상이었다. 지젤이 말한 대로 망루와 경계가 된 벽의 2층에 해당하는 높이에 화살 쏘는 구멍이 있을 뿐이었다. 남북의 입구 옆에는 각각 무너지기 시작한 좁은 돌계단이 남아 있었다. 돌계단은 서쪽 끝의 짧은 벽에도 있었는데, 거기에서 요새 위로 나갈 수 있게 되어 있었다. 우리는 그 계단을 올랐다.

굉장한 높이였다. 15미터쯤 될 것 같은 석벽 바로 아래에 그대로 100미터나 깎아지른 낭떠러지가 이어졌다. 나는 엎드려 기는 자세로 벽 위에서 머리만 내밀어 보았다. 이 바위산보다는 훨씬 낮지만, 맞은편의 좀 높은 산 위에 어딘지 모르게 동양풍으로 보이는 에스클라르몽드 산장의 기와지붕이 훤히 내려다보였다.

전망은 근사했다. 랑그도크의 푸른 대지가 끝없이 기복을 이루고 그 사이에 붉은 기와의 촌락이 점점이 흩어져 있었다. 시야 끝에는 동서로 이어지는 피레네의 바위 봉우리가 줄지어 있었다. 옆에 있는 줄리앙의 긴 수염이 바람에 흐트러졌다. 그때 그의 기묘한 행동이 눈에 띄었다. 천 주머니에서 모양도 크기도 각각인 금속 조각을 꺼내서는 마치 어깨의 힘을 시험하듯이 아무것도 없는 낭떠러지 너머로 던지기 시작했던 것이다. "뭘 하는 거예요?" 하고 내가 물어도 청년은 히죽히죽 웃기만 할 뿐 아무 대꾸도 하지 않았다. 어쩔 수 없이 나는 잠자코 있는 지젤 쪽으로 향했다. 지젤은 두 무릎을 감싸듯이 가만히 웅크리고 있었다.

"지젤, 할 얘기가 있지 않아?" 나는 이렇게 말해보았다.

지젤은 야단맞은 어린애처럼 얼굴을 일그러뜨린 채 잠자코 있었다. 그러고는 나와 줄리앙 쪽을 차례로 보고 구원을 찾는 듯한 시선으로 간절히 바라보았다.

"아가씨, 말해버리지?" 줄리앙은 지젤의 긴장을 풀어주기 위해 좀 난폭한 어투로 말했다.

"미안해. 나, 숨긴 게 있어." 울음을 터뜨릴 것처럼 굳은 어조로 지젤이 이야기하기 시작했다. "왜냐하면 장 노디에가 너무 딱했으니까. 그 사람이 다시 감옥에 들어가다니, 그런 가엾은 일이 있어서는 안 되는 거니까."

"그제 독일인뿐만이 아니라 여기서 장 노디에도 만난 거지?" 내가 물었다. 그제야 알았다. 지젤이 발터 페스트에 대해 경찰에 침묵을 지킨 이유를.

"그래." 커다란 눈을 더욱 크게 뜨고 지젤은 어린아이처럼 꾸벅고개를 끄덕였다.

이틀 전 저녁, 지젤이 이 돌투성이 폐허의 문을 나섰을 때였다.

"지젤 아가씨."

옆에서 누가 불러 무심코 돌아보니 장 노디에가 저녁 어둠에 녹아든 그림자처럼 서 있었다.

"가석방이 된 장 노디에가 몽세귀르 근처에 자주 온다는 것은 니콜한테 들어 알고 있었어. 하지만 거기서 만난 건 그때가 처음이었어. 무섭진 않았어. 그 일이 벌어졌을 때 나는 아직 아주 어렸지만, 엄마 외에는 장 노디에만큼 마음속 깊이 날 사랑해준 사람이 그 후로 한 사람도 없었으니까. 언제든 장 노디에가 있으면 무섭지 않았어. 그렇게 강하고 마음씨 고운 사람은 달리 없었거든. 나와 엄마를 위해서라면 기꺼이 머리부터 지옥에라도 뛰어들 그런 사람이었어."

"노디에가 무슨 말 안 했어?" 줄리앙이 물었다. 농담 같은 표정은 사라지고 아주 진지한 얼굴이었다.

"옛날과 다름없는 아주 맑은 미소였어. 그리고 말했어. '주느비에브 사모님의 원수를 갚을 때까지는 지젤 아가씨와 만나지 않겠다고 결심했는데, 이렇게 우연히 만나버린 것은 감사하게도 신이

278

이끌어주신 것임이 틀림없어요'라고."

"원수를 갚다니…… 노디에가 죽인 게 아니었어?" 무심코 말하고 나서 나는 분별없는 자신의 말을 후회했다. 살해당한 사람은 지젤의 친어머니였다.

"그 사람이 그런 일을 할 리 없어. 무슨 실수가 있었던 거야. 장 노디에가 말했어. '지젤 아가씨를 위해서만 10년간 감옥에 있었던 것은 아닙니다. 사모님을 어이없이 돌아가시게 했다는 죄를 스스로 받아들인 겁니다'라고 말이야…… 엄마가 여기 이 장소에서 떨어지는 것을 산장의 창으로 보고 나는 거의 반미치광이가 되고 말았어. 오랫동안 악몽에 시달리기도 하고 경련을 일으키기도 하고 정신을 잃기도 했어. 툴루즈의 의사는 내가 이제 정신적으로 다시 일어설 수 없을지도 모른다며 걱정했다고 해. 그 후로 오랫동안 나는 정신병원의 특별실에 들어가 있었어."

그제야 나는 알았다. 노디에가 재판 때도 계속해서 침묵을 지킨 이유를. 일시적으로 정신착란 상태가 된 어린 지젤이 법정에서 증언을 강요받게 되는 일만은 어떻게든 피하고 싶었을 것이다. 그 일로 파괴되기 시작한 지젤의 마음이 돌이킬 수 없는 곳까지 몰리고 마는 것을 노디에는 염려했다. 소네 신부의 이야기도 이를 뒷받침한다. 노디에가 말한 검사의 비열한 협박이란 지젤을 재판에 끌어들여 그녀의 마음을 뒤틀리게 해도 좋은가 하는 것이었을 터다. 그러나 지젤의 신변을 걱정한 노디에가 법정에서 침묵을 지켰다고 해서 그것이 노디에가 주느비에브를 죽인 범인이 아니었다는 사실이 되지는 않는다. 오히려 어머니를 죽인 죄의식에서 적어도 딸에게만은 쓸데없는 정신적 부담을 주지 않으려 했다고 생각하는 것이 이치에 맞는다.

"노디에가 말한 것은 그뿐이었어?" 내가 거듭 물었다.

"앞으로 어떤 사람을 만나는데, 그것도 엄마의 원수를 갚기 위해서라고……"

그래서 지젤은 노디에가 발터 페스트를 살해한 범인이라고 믿고 있는 것이다. 그러나 어떻게 된 일일까? 노디에는 발터 페스트가 10년 전에 몽세귀르에 와서 이 산정에서 주느비에브를 밀어떨어뜨렸다고 말하고 싶은 것일까? 아무튼 지젤은 노디에를 보호하려고 여기서 독일인을 만난 일마저 경찰에 알리지 않았을 것이다.

"그런데 왜 우리한테 이야기할 생각을 한 거야? 어제도 독일인에 대해 얘기했지만 나한테조차 노디에를 만났다는 얘기는 하지 않았잖아."

"권총 때문이야. 장 노디에가 독일인을 죽인 범인이 아니라는 걸 알았으니까."

지젤은 에스클라르몽드 산장으로 돌아오는 길에 못마땅해하는 실뱅을 설득해서 어떻게든 카사르 대장의 오해를 풀기 위해 라블라네 헌병대에 들렀다고 한다. 거기서 본 적이 없느냐는 질문을 받은 것이 예의 그 소형 권총이었던 것이다.

"그건 엄마의 권총이었어." 이렇게 말한 지젤의 얼굴은 고통스러운 듯 묵직하게 일그러져 있었다. "지난주의 일이야. 아빠는 없었지만 아무튼 시몬을 한 번 집에 초대했어. 니콜과 셋이서 이야기했지. 그때 우연히 총 이야기가 나와서 나는 엄마가 갖고 있던 권총을 꺼내 두 사람한테 보여줬어. 그게 그 권총이야."

나중에 생각하니 그때 권총이 분실된 게 틀림없다고 지젤은 말했다. 다만 훔쳐 간 사람이 니콜인지 시몬인지는 판단할 수 없다고 했다.

"카사르 대장한테는 또 숨기고 말았어. 나한테는 니콜이나 시몬이 독일인 살해범이라고는 도저히 생각되지 않아서야. 하지만 어떻게 해야 좋을까?"

지젤은 혼란스러워하며 두려워하고 있었다. 그것도 당연하다. 협박장에서 시작되어 예고대로 살인 사건이 일어났다. 게다가 가족이나 가까운 사람들 사이에 독일인을 살해한 끔찍한 범인이 숨어 있다는 것도 의심해야 한다. 어머니의 살해 현장을 목격한 정신적 충격으로 어릴 때부터 극단적으로 취약해진 신경에 시달려야만 했던 이 소녀에게 어젯밤 사건이 얼마나 무서운 부담인지는 말할 필요도 없었다. 줄리앙이 탐정을 지원하고 나선 것은 농담 같은 이유였지만, 그 밑바닥에 있는 진지한 동기를 그때 나는 이해할 수 있을 듯했다. 에스클라르몽드 산장 안에서 이런 지젤을 지킬 수 있는 사람은 오직 연인 줄리앙뿐이다. 보이지 않는 살인자로부터 지젤의 몸을 보호하기 위해 그는 독자적으로 조사하기로 결심한 것임이 분명했다.

"지젤, 10년 전에 넌 뭘 본 거야? 혹시 괜찮으면 자세히 얘기해 줬으면 좋겠는데. 노디에는 지금 독일인 살해 용의로 경찰한테 쫓기고 있어. 우리가 노디에의 혐의를 풀어주기 위해서도 네 어머니가 추락사한 사건을 좀 더 알아둘 필요가 있을 것 같아."

"나도 다시 한 번 네 입을 통해 듣고 싶은데." 줄리앙이 재촉하자 지젤이 드디어 무거운 입을 열었다.

"엄마는 거의 몽세귀르에서 지냈어. 엄마가 카타리파에 대해 그렇게까지 관심을 가진 건 어릴 때부터 살았던 에스클라르몽드 산장 탓이었을지도 몰라. 이따금 툴루즈나 파리의 저택에 가는 일도 있었지만, 실제로 살았다고 할 수 있는 곳은 에스클라르몽드 산장이었어. 그래서 나도 태어나서 엄마가 돌아가실 때까지 여기서 자란 셈이지. 엄마는 좀 특이한 성격이었는지도 모르겠어……

엄마의 할머니도 기묘한 사람이었어. 심령술에 열중했는데 그 무렵 무척 유명했다는 블라바츠키 부인이라는 심령술사와도 교제가 있었고 그 여자의 운동에 많은 돈을 냈던 모양이야. 에스클라르몽드 산장도 그 할머니의 취향으로 지어졌으니까 어딘지 모르게 중국이나 일본의 불교 사원 같은 분위기가 있잖아. 엄마의 어머니는 젊을 때 돌아가셨대. 그래서 엄마는 그 할머니가 키웠어. 하지만 할머니는 역시 몽세귀르에 틀어박혀서 거의 나가지 않았대. 어릴 때 엄마는 육아 같은 데는 완전히 무관심했던 할머니의 지시로 툴루즈에서 유모 손에 자랐다고 해. 조금 자라자 할머니가 있는 몽세귀르로 데려왔고, 중세에 관심을 가진 데는 엄마의 아버지, 그러니까 우리 할아버지의 영향이 있었을 텐데, 현실을 벗어난 별난 성격은 할머니한테서 물려받은 걸 거야.

산장을 지은 건 할머니지만 에스클라르몽드 산장이라는 이름을 붙인 사람은 엄마였어. 에스클라르몽드 드 푸아는 푸아 백작의 사촌 여동생이자 미모로 평판이 자자했던 고귀한 자작 부인이었어. 하지만 카타리파에 입신하고 나서는 지위도 재산도 아낌없이 다 버리고 인적이 드문 피레네 산속인 이곳 몽세귀르에 은거하게 되었대. 파미에에서 열린 성 도미니크와 카타리파 사제의 논쟁 석상에서 에스클라르몽드가 발언하려고 했을 때 도미니크회 사제가 '부인은 집에 돌아가 실이나 자아라'고 했다는 유명한 이야기가 있을 정도야. 엄마는 그 에스클라르몽드에게 자신을 겹치고 있었는지도 몰라. 이런 깊은 산속에서 카타리파의 고문헌에 파묻혀 살고 있었지만, 엄마는 결코 서재파는 아니었어. 진정한 스포츠 애호가였지."

"그게 승마와 암벽등반이었구나?"

"맞아, 둘 다 무척 잘했어. 엄마가 몽세귀르를 떠나지 못한 것은 여기에 목장과 암벽이 모두 갖춰져 있기 때문이었어. 장 노디에는 내가 태어나기 전, 그리고 엄마와 아빠가 결혼하기도 전부터 산장에서 일하던 사람이야. 처음에는 말을 돌보는 일로 고용되었지만 엄마의 마음에 들어 오랫동안 거의 엄마 혼자만을 위한 종복처럼 지냈어. 멀리 말을 타고 나갈 때나 암벽등반을 할 때 동행하는 것이 노디에의 일이었거든.

그 끔찍한 사건이 일어난 일요일에도, 엄마는 오후에 노디에와 둘이서 몽세귀르의 암벽을 등반하러 갔어. 나는 산장 홀의 창으로 두 사람이 절벽을 천천히 올라가는 것을 바라보고 있었지. 아주 어릴 때부터 익숙한 광경이었으니까 나는 아무 걱정도 하지 않았어. 엄마와 노디에에게 몽세귀르의 암벽은 연습장에 불과했으니까. 몇 번이고 반복해서 올랐기 때문에 마지막에는 눈을 감고도 올라갈 수 있을 정도였거든. 먼저 정상에 오른 사람은 노디에였어. 이어서 엄마도 무사히 거기까지 다 올라갔어. 창에서 내가 보고 있는 것을 알고 있는 엄마는 신호로 크게 손을 흔들어주었어. 그러고 나서 두 사람은 암벽의 가장자리를 떠나 내 눈에서 보이지 않게 되었지. 평소처럼 이번에는 뒤쪽의 절벽을 내려가기 시작했을 거야. 그런데 난데없이 누군가한테 떠밀리는 것처럼 불안정한 엄마의 뒷모습이 보였어. 그리고 다음 순간의 일이었어. 엄마는 발을 헛디디고 그 끔찍한 암벽을 천천히 낙하하고 있었어……"

제4장

# 카르카손 성벽에 목을 맨 사람

# 1

붉은 벽돌의 거리 툴루즈는 가릴 것 없는 한여름의 태양이 내리쬐어 땀범벅인 채 고통스럽게 헐떡이고 있었다. 고원 마을과는 전혀 다른 매연 섞인 도회의 대기가 목에, 겨드랑이에 축축하게 휘감겼다. 숨 막힐 듯한 그 더위가 내게는 견딜 수 없이 불쾌했다. 중세부터 랑그도크 지방의 중심 도시였던 툴루즈는 대도회의 떠들썩하고 외잡스러운 위엄도 부족하고, 그렇다고 작은 지방 도시의 단정하고 상쾌한 분위기도 없는, 어딘지 모르게 어중간한 인상을 주는 도시였다.

오전 중에 버스로 샤투이 마을을 출발했는데 툴루즈에 도착하니 오후 1시가 지나 있었다. 역 앞 광장의 버스터미널에서 구시가의 가운데쯤에 있는 카피톨 광장까지 간 우리는 가까운 카페에 자리를 잡았다.

"오늘 예정은 어떻게 돼?" 나는 가케루에게 물었다. "나는 로슈 포르 기념박물관에만 갈 수 있으면 그걸로 충분해."

"생세르낭 성당에서 사람을 만나기로 했어. 그러고 나서 광장에서 또 한 사람."

"어떤 사람들이야? 뭐 때문에 만나는데?"

"처음에 만날 사람은 모로 신부라고, 아마 대전 때부터 생세르낭 성당에 있었을 거야. 다음이 빌랑쿠르 교수. 툴루즈 대학의 중세사학자인데 이단 심문관 생조르주에 대한 논문을 쓴 사람이야. 네가 열심히 찾아주었던 그《남프랑스 통신》에는 앙리 투르뉘라는 사람의 「생세르낭 문서고 : 도아트 문서 누락 부분의 복원을 위해」라는 논문이 실렸을 거야. 나는《남프랑스 통신》의 다음 호 예고에서 이 논문의 필자 이름을 알았는데……"

"생세르낭 문서…… 저기, 가케루, 지젤이 그 문서에 대해 말한 거 기억해? 주느비에브의 노트에 몇 번이나 나온다고 말이야."

"응." 가케루는 마음이 없는 듯한 얼굴로 고개를 끄덕였다. "《남프랑스 통신》이 아무리 해도 손에 들어오지 않는 이상, 나는 다른 방법으로 도아트 문서의 누락 부분에 대해 흥미로운 언급이 있는 것 같은 생세르낭 문서의 수수께끼를 풀어보려고 한 거야. 생세르낭 성당을 약간이라도 다룬 책, 기사, 논문을 처음부터 조사했어. 그리고 툴루즈의 생세르낭 성당을 보여주는 선과 아직 알려져 있지 않은 오래된 기록이나 고문서류를 보여주는 선이 교차한 일이 아주 애매하고 암시적이긴 하지만 과거에 두 번 있었다는 것이 밝혀졌어. 가능성이 있을 것 같아서 추적해봤는데, 결국 잘못된 짐작이었다는 예는 많이 있었으니까 그 둘이 환상의 생세르낭 문서로 연결되지 않는다면 내 조사는 최종적으로 실패로 돌아가겠지."

"최후의 가능성이라는 얘기네. 그런데 남은 둘이라는 건 어떤 거였어?"

"하나는 빌랑쿠르 교수가 학회지에 발표한 논문이야. 거기에는 '발송되지 않았던 교황청에 보내는 서한'과 생세르낭 성당의 관계를 암시하는 기술이 있었지. 그를 만나서 그 점을 좀 더 자세히 물어볼 필요가 있어. ……또 하나는 이거야."

이렇게 말하며 가케루는 복사한 신문기사 조각을 꺼냈다. 제목은 「생세르낭 사원에서 고문서 발견」이라고 되어 있고 본문은 불과 스무 줄쯤 되는 짧은 기사였다.

재작년 생세르낭 성당 뒤쪽의 일부 돌바닥이 무너져 내렸고 거기에서 발견된 움막 안에 상당한 양의 고문서류가 양호한 상태로 보존되어 있다는 사실이 이번에 밝혀졌다. 발견된 문서는 모두 약 백 점 가까이 되고 사본, 서한, 기록 등 여러 종류에 걸쳐 있는데 오래된 것으로는 10세기 이전으로 거슬러 올라가는 문서도 포함되어 있다고 한다. 앞으로 교회 자료로서 정규 조사, 검토가 이루어질 예정인데 그 성과가 기대된다.

"이건 당시 발행되고 있던 툴루즈 지방지의 1942년 1월 30일자 기사야. 나는 어떻게든 이 기사를 쓴 기자의 행방을 알고 싶었는데 역시 무리였어. 백 점에 이르는 고문서의 존재에 대해 어떤

학자도 모르는 거야. 다시 말해 기사로 예고한 학자에 의한 조사 같은 것은 전혀 이루어지지 않았다는 거지. 그렇다면 그 고문서 더미는 어떻게 되었을까……?"

"그래서 생세르낭 성당에 가는구나? 그런데 약속 시간은 언제야?"

가케루가 모로 신부를 만나기로 약속한 시간까지는 아직 많이 남아 있었다. 우리는 카페에서 좀 더 시간을 보내야 했다. 이 시간 에는 박물관도 아직 점심 휴식 시간일 터였다.

"저기 말이야, 왜 지젤한테 그런 걸 부탁했어?"

나는 페스트 살해로 화제를 옮겼다. 사건이 일어난 후 가케루 가 관심을 갖고 이야기한 두 사람 중 소네 신부의 경우에는 내 추 적 조사에서도 특별히 재미있는 이야기는 들을 수 없었다. 신부는 가케루가 묻는 대로 사건 당시의 정보를, 내게 이야기한 것과 완 전히 같은 내용으로 이야기했을 뿐이라고 했다. 한편 지젤로부터 는 아주 흥미로운 이야기를 들을 수 있었다. 페스트가 살해된 날 밤 돌아가기 직전에 가케루가 은밀히 지젤을 불러 "에스클라르몽 드 산장에서 경관들이 철수하고 이어서 산장에 머무는 모두가 각 자의 방으로 들어간 뒤 누군가 왼쪽 동 2층의 창고에 몰래 숨어들 테니까 복도에 주의하고 있다가 발소리를 들으면 그게 누구인지 확인해주었으면 좋겠다"는 뜻의 의뢰를 했다는 것이다. 지젤의 침 실은 문제의 창고에서 가장 가까운 곳에 있어서 감시 장소로는 최 적이었지만, 그렇다고 해도 대체 누가 어떤 목적으로 한밤중 창고 에 숨어든다는 것일까? 물론 가택수사 때 그 창고도 철저하게 조사했고, 자료실의 유리를 깼을지도 모르는 도구를 비롯하여 눈에 띄는 것은 모두 카사르 대장 일행이 가져간 후의 일이었다. 도대체 가케루는 지젤에게 왜 그런 묘한 감시를 부탁한 것일까? 내 질문에 답하여 지젤이 말했다.

"나도 잘 모르겠어. 하지만 결국 아무도 오지 않았어. 나는 좀 예민한 편이라 아무리 발소리를 죽인다고 해도 누군가 방 앞을 지나면 반드시 알아채거든. 게다가 창고의 문은 열 때 살짝 삐걱거리는 좀 불쾌한 소리가 나거든. 혹시 누군가 창고에 들어가려고 했다면 분명히 알았을 거야."

그리고 이튿날 아침 에스클라르몽드 산장을 찾아온 가케루에게 아무도 오지 않았다고 알렸는데, 가케루는 그다지 낙담한 것 같지도 않았다고 했다.

"가케루, 대체 누가 창고에 숨어들 거라고 생각했어?"

가케루는 내 질문을 태연하게 묵살했다. 정말 비위에 거슬리는 청년이다. 어젯밤에는 내가 하루 걸려 조사한 것을 교묘한 질문으로 깡그리 말하게 한 주제에 마치 내가 억지로 자신의 귀에 시시한 이야기를 불어넣기라도 한 것처럼 재미없다는 얼굴을 하고 있었다. 살짝 흥미를 보인 것은 사건과는 거의 관계도 없는 무의미한 에피소드, 즉 몽세귀르 산꼭대기에서 줄리앙이 주머니 안의 쇠붙이를 공중에 흩뿌렸다는 이야기를 했을 때뿐이었다. 정말 어떻게 된 사람인 건지. 나는 가케루가 도대체 무슨 생각을 하고 있는지 전혀 알 수 없었다. 도저히 가케루의 침묵을 깰 수 있을 것 같지 않아서 나는 하는 수 없이 화제를 바꿔 물었다.

"그런데 어제 내가 돌아간 다음에 시몬이 어떻게 그 저격 사건을 예견할 수 있었는지 제대로 털어놓았어?"

"아니, 나도 굳이 묻지 않았어. 시몬 뤼미에르하고는 철학상의 주제를 둘러싸고 약간의 논의를 했을 뿐이야. 그건 나름대로 꽤 흥미로운 논의였어."

"알았어. 하지만 남프랑스를 여행하기 전에 이것만은 제대로 물어보고 싶어. 이 여행의 목적이 카타리파의 보물을 찾아내기 위해 필요한 조사인 건 맞는 거지?"

"그렇다고도 할 수 있고 아니라고도 할 수 있지. 네가 생각하고 있는 의미에서는 카타리파의 비밀 같은 건 존재하지 않는다고 판단하는 편이 낫겠지만…… 그보다는 당장 페스트 살해의 진상을 규명하는 데 필요한 여행이라고 말해야 하나? 너는 내가 아무리 강조해도 별로 진지하게 생각하려고 하지 않지만, 페스트 살해의 열쇠는 어디까지나 「요한 묵시록」과 카타리파의 역사 안에 있어. 사건의 배경을 알고 싶으면 생세르낭 문서의 행방을 찾는 게 나을 거야. 피해자 발터 페스트가 어떤 자고, 왜 살해되었는지도 그런 방향에서 조사해야 알게 될 거야."

또 자못 의미가 있는 듯한 가케루의 이야기였다. 페스트가 살해되기 훨씬 전부터 이미 계획하고 있던 남프랑스 여행이었다. 한데 카타리파의 숨겨진 보물과 관련된 문제에 대해서는 일부러 입을 다물고, 이번에는 무슨 생각이 있는 건지, 페스트 살해를 규명하기 위해 필요한 조사 여행이라고 강변하기 시작한 것이다.

"그런데 넌 왜 이 사건에 그렇게 적극적인 관심을 보이고 있는 거야? 라루스가 사건 때는 완전히 무관심해서 내가 강력하게 권하지 않았다면 아마 아무것도 하지 않았을 거잖아."

"사건 그 자체에 대해서는 특별히 흥미 없어." 가케루는 살짝 얼굴을 일그러뜨리며 암시적인 말을 하기 시작했다. "범인한테도 관심 없어. 이건 네가 가르쳐준 건데, 그저 사건의 심층에는 또 하나의 구조가 있어. 그것이 지금 생각하고 있는 것과 밀접하게 관련되어 있기도 하고."

"지금 생각하고 있는 건 뭔데? 게다가 내가 너한테 가르쳐줬다는 건 또 뭐야?"

"네가 가르쳐준 것은 나와 똑같은 걸 알고 있는 사람이 에스클라르몽드 산장의 관계자 안에 있다는 사실이지. ……지금 생각하고 있는 것은 악에 대해서야. 시몬 뤼미에르하고의 논의도 그런 점에서 이루어졌어. 그녀하고는 다시 만나겠지만 말이야. 내가 산에서 내려온 진짜 이유, 내가 찾아내지 않으면 안 되는 진정한 적, 그놈의 모습이 드디어 어렴풋이 보이기 시작한 참이야. 생세르낭 문서의 수수께끼를 추적하는 것도 같은 이유에서지."

"좋아. 생세르낭 문서와 페스트 살해 사이에 관계가 있는지 없는지는 며칠 안에 그 여행으로 알게 될 테니까. 이제 슬슬 박물관으로 가 볼까?"

손목시계를 보며 나는 자리에서 일어섰다. 자못 거드름을 피우는 가케루의 이야기에는 동조할 필요를 느끼지 못했다. 악의 발견, 그게 어떻다는 건가? 박물관도 문을 열 시간이 되어 있었다.

나는 어제의 조사를 통해 페스트 살해의 진상 규명에 상당히 강한 자신감을 갖기 시작했다. 묵시록이나 카타리파를 둘러싼 조사 여행의 결과를 기대하지 않아도 독자적인 추리로 확실히 범인을 맞힐 수 있을 터였다. 왜냐하면 나는 이미 범인이 깰 필요가 없는 유리를 왜 일부러 깼는가 하는 수수께끼를 풀었기 때문이다. 열쇠는 어제 오후 에스클라르몽드 산장에서 현장 조사를 하고 있을 때 문득 떠오른 발상에 있었다. 줄리앙이 제시한 숫자는 나 자신의 실험에 의해서도 확인되었다. 즉 페스트 살해에는 최소 10분 이상의 시간이 필요했을 텐데 에스클라르몽드 산장의 사건 관계자 전원이 범행 당시 5분 이상 혼자 있지 않았던 것이다. 3분이어도 5분이어도 독일인을 살해하기는 어렵다, 이렇게 말하며 무심코 입을 다물었을 때 나는 깨달았다. 깨지 않아도 되는 유리를 범인이 일부러 깬 이유를.

범행 방법은 해명할 수 있었지만 아직 범인을 확정할 만한 자료가 부족했다. 그러나 남프랑스 여행에서 돌아오고 나서 관계자의 이해 배경을 다른 각도에서 조사해보면 그 공백도 확실하게 메울 수 있을 것이다.

로슈포르 기념박물관은 카피톨 광장과 같은 구시가에 있었다. 몇 번인가 길을 물으면서 노후한 집들 사이를 빠져나갔다. 고원 마을에서 막 내려온 내게는 툴루즈의 더위와 숨 막힘이 도저히 견딜 수가 없었다. 7월의 햇빛에 타오르는 오래된 시가는 세월에 잠식당해 돌의 무게에 찌부러뜨려진 것처럼 그저 쓸쓸하게 웅크리고 있을 뿐이었다.

구불구불 도는 좁은 골목을 돌아 우리는 드디어 목적지를 찾아 낼 수 있었다. 붉은 벽돌의 벽면이 지저분해지고 표면이 벗겨져 떨어져 나가기 시작한 낡은 민가 사이에 작은 앞뜰이 있는 3층 건물이 있었다. 낮은 철책의 장난감 같은 문은 열린 채였고, 앞뜰에 심어진 성장이 좋지 못한 정원수 몇 그루 사이로 현관 옆의 석벽에 끼워 넣어진 동판을 볼 수 있었다. 청록색을 띤 동판에는 〈로슈 포르 기념박물관〉이라는 글자가 새겨져 있었다. 아마 낡은 민가를 통째로 매수하여 개조한 것이리라. 낮은 철책으로 거리에서 차단되어 있는 것이나, 볼품없는 명색뿐인 앞뜰이 붙어 있는 것 외에는 옆으로 이어진 붉은 벽돌 건물과 특별히 다른 점은 없었다. 똑같이 낡았고 똑같이 거무스름했으며 똑같이 폭이 좁고 지저분한 집이었다.

방문객도 적어서인지 입구의 문에는 자물쇠가 걸려 있어 가케루는 일부러 현관의 초인종을 눌러야 했다. 안내인이 모습을 드러내기까지 상당한 시간이 걸린 것 같았다.

전시실은 1층과 2층이었다. 무구를 중심으로 한 중세의 공예품으로 가득 차 있었다. 나는 어둑어둑하고 곰팡이 냄새가 나는 분위기에 우울해졌지만, 가케루는 지루한 기색도 없이 전시품을 자세히 들여다보며 안내인에게 이것저것 물었다. 녹이 슨 큰 갑옷, 방패, 장검, 창, 도끼 등 어느 것이나 흉악한 살인 도구뿐이었고, 개중에 금이나 보석의 상감 등이 정교하게 세공되어 보는 이의 눈길을 사로잡는 훌륭한 미술 공예품도 있었다. 그러나 대개는 내 흥미를 끌 만한 전시품이라고 할 수는 없었다.

계단을 올라가 2층 홀 중앙에는 당구대 두 개를 합쳐놓은 크기쯤 되는 성벽도시 모형이 평편한 유리 상자 안에 들어 있었다.

"이거, 어딘가요?"

살짝 시선이 끌려 내가 질문하자 안내인은 무척 졸린 듯한 목소리로 설명하기 시작했다. 어쩌면 낮잠을 즐기고 있다가 우리 때문에 깨어난 건지도 모른다.

"13세기 초 레이몽 6세 치하의 툴루즈입니다. 이 도시의 기원은 오랜 로마 시대까지 거슬러 올라갑니다만, 한 나라의 수도로서 완전한 위용을 갖추게 된 것은 툴루즈 백작 레이몽 4세 시대쯤부터라고 합니다. 레이몽 4세, 제1차 십자군 원정의 최고 지휘관을 한 그 레이몽 4세입니다. 툴루즈를 '장밋빛 도시'라는 별명으로 부르는 것은, 보시는 대로 붉은 벽돌로 지은 건축이 구시가 대부분을 차지하고 있었기 때문인데, 이것도 레이몽 4세 시대쯤부터입니다. 툴루즈 근교의 채석장에서는 석재가 고갈되어 건축용 재료로 가론 강의 점토로 만든 벽돌을 주로 쓰게 되었기 때문입니다."

마음이 없는 듯한 안내인의 설명을 막고 내가 말했다.

"이건 전쟁 광경인가요?"

입체 모형을 세부까지 자세히 관찰한 나는 굳게 닫힌 성문, 성벽에서 나부끼는 무수한 깃발, 곳곳에 보이는 무장한 병사 등에 주목했다. 기묘한 기계도 있었다. 성의 병사가 요새나 탑 위에서 조작하고 있는 것은 아마 투석기일 것이다. 사람의 머리 크기만한 둥근 돌을 기계장치로 멀리 던지게 되어 있었다. 한편 공격군은 바퀴로 움직이는 거대한 망루로 성벽에 접근하고 있었다. 망루를 끌고 있는 것은 온몸을 숨길 수 있을 만큼 커다란 방패를 빈틈없이 세워 자신의 몸을 지키고 있는 보병들이었다. 내 질문에 안내인이 대답했다.

"그렇습니다. 입체 모형은 전투 정경을 옮겨놓은 겁니다. 파리라는 도시에 바스티유 습격이 있던 1789년부터 몇 년간이 특별한 시대였던 것처럼, 1216년부터 1218년까지 3년간은 이곳 툴루즈의 특별한 시대였다고 할 수 있습니다. 입체 모형의 정경은 그 시대를 재현해놓은 겁니다. 또한 『알비주아 십자군 서사시』의 제2부에서도 그 시기가 그려져 있습니다. 너무나도 특권적이어서 영속하지 못했던 짧은 해방과 자유의 한 시대를 그린 오크어 문학의 대표작이 『알비주아 십자군 서사시』 제2부입니다."

안내인의 설명에 따르면 1209년 여름 몽펠리에에서 랑그도크 지방으로 침공한 30만 명의 알비주아 십자군의 총공세로 남프랑스 국가의 수도 툴루즈는 어쩔 수 없이 비극적인 굴복을 할 수밖에 없었다. 그러나 1216년부터 프로방스에서의 반격을 배경으로 십자군의 무장 점령 아래에 있던 툴루즈 시민이 가두에 바리케이드를 치고 일제히 봉기하여 끝내 점령군을 성 밖으로 몰아내 툴루즈 시 전체를 해방시켰다는 것이다. 용병대장 출신으로 '무적의 몽포르'라 불린 십자군 총대장 시몽 드 몽포르는 툴루즈가 봉기했다는 소식에 분개하여 곧바로 제2차 툴루즈 공성전을 시작했다. 입체 모형은 그때의 공성전을 재현한 것이었다. 옆에서 설명을 듣고 있던 가케루가 그때 불쑥 입을 열었다.

"입체 모형은 툴루즈가 봉기한 1216년부터 3년의 기간 중에서,

또는 십자군이 랑그도크에서 철수함으로써 알비주아 십자군 전쟁의 제1막이 내린 1224년까지 7년의 기간 중에서 특히 1218년 6월 25일을 골라 재현한 것 아닌지요?"

"허어, 그걸 어떻게 아십니까?"

가케루의 말에 안내인이 흥미롭다는 표정으로 응했다. 박물관이나 미술관 안내인이라는 사람들은 대체로 다소 핵심을 찌르는 질문을 하는 관람객에게 얼마간 붙임성 있게 대응하는 법이다. 안내인의 얼굴에서 졸린 듯한 모습이 사라지고 이번에는 오히려 묻지도 않은 것까지 말해줄 것만 같은 분위기가 되었다.

"앞문의 망루에 설치된 투석기로 조준하고 있는 사람은 여성이지요?" 가케루가 묻기 시작했다. 가케루의 손가락 끝에는 갑옷을 입은 성의 병사에 섞여 투석기 같은 기계를 조작하고 있는, 머리나 의복에서 볼 때 확실히 여성처럼 보이는 인물이 있었다. "그리고 조준당하고 있는 사람은 시의 앞문 앞에 진을 친 공격군의 중앙에 있는 인물인 듯합니다."

이렇게 말하고 가케루의 손가락이 가리킨 것은 십자군 측 본진의 중앙에서 지휘를 하고 있는 기사 인형이었다. 아주 눈에 띄게 만들어진 인형은 총사령관다운 갑옷을 입고 있었다. 가케루는 말을 이었다.

"툴루즈 공성전이 한창이던 1218년 6월 25일의 일이었습니다. 용병대장 시몽 드 몽포르는 성의 앞문 망루에서 발사된 투석기의 돌에 맞아 쓰러졌습니다. 조준을 한 사람은 툴루즈 시민인 한 여성이었다고 합니다. 하지만 몽포르는 성벽 밑에서 성의 병사가 내던진 큰 돌에 투구가 찌부러뜨려져 죽었다는 다른 설도 있는 것 같습니다."

"맞습니다. 말씀하신 대롭니다. 몽포르가 전사했다는 소식이 전해지자마자 지중해에서 대서양까지 랑그도크 전역에 환성이 흘러넘쳤다고 합니다. 어쨌든 침략군의 총대장이 쓰러진 것이고, 그뿐 아니라 잔학한 몽포르에 대한 랑그도크 민중의 증오는 아주 격렬했으니까요. 그도 그럴 것이 어떤 전투에서는 길 안내를 시키기 위해 한 사람만, 그것도 한쪽 눈만 남겨두고 100명의 포로 전원의 눈알을 도려냈다는 이야기가 있는 몽포르였으니까요."

"그렇지요. 그래서 그 시기를 그린다면 1216년의 툴루즈 봉기의 날이거나 1218년 몽포르 전사의 날, 그 기념비적인 날들 중 하루여야 한다고 생각했을 뿐입니다."

"하지만 투석기의 조준이라는 게 그렇게 정확한 것이었을까요?"

나는 의문을 제기했다. 모형 투석기는 너무 작아서 일단 어떤 구조로 되어 있는지 잘 알 수 없었지만, 아무튼 원시적인 공작물인 것은 틀림없다. 그런 장치로 수십 미터나 떨어져 있는 사람을 정확하게 조준할 수 있을까?

"글쎄요. 그래서 몽포르의 전사에는 또 한 가지 설이 있습니다. 성벽 밑에서 큰 돌에 철갑이 찌부러져 참사했다고 말이지요. 저쪽에 실물 투석기가 있는데, 물론 옛날 것은 아닙니다. 전시용으로 제작한 것이지요. 로슈포르 산업의 실험실에 근무하고 있는 기술자가 제작했는데 그 사람도 말하더군요. 그런 걸로 몽포르를 죽였을 리가 없다, 만약 전설이 사실이라면 소가 뒷걸음치다 쥐를 잡은 격이라고요. 다만 원리는 같아도 근대적인 공작 기술을 활용하면 충분히 전설대로 기능할 수 있는 정교한 장치를 만들 수 있다고 합니다. 어쨌든 강철 용수철의 반발력과 나사의 정밀도가 문제라고 합니다만……"

예상대로 안내인은 내버려두면 한없이 말을 계속할 것 같았다. 나는 관심이 있는 쇠뇌로 화제를 옮기려고 했다.

"다시 말해 쇠뇌와 지금의 크로스보 같은 관계로, 현대적인 투석기도 만들 수 있다는 거군요?"

최근의 크로스보는 총에 강철 활을 단 듯한 모양이고, 초속 50미터 이상의 고속으로 화살을 발사할 수 있다. 단거리라면 정밀도도 총기와 비교할 수 있을 정도로 향상되었다. 꾐에 넘어간 안내인은 다양한 형태의 쇠뇌가 전시되어 있는 벽 앞으로 우리를 안내하고 열심히 설명하기 시작했다.

"쇠뇌는 활을 기계화한 것입니다. 가장 오래된 기록으로는 카이사르의 갈리아 원정에 사용되었다고 하는데, 이것은 대차臺車가 달려 있는 대형으로 오히려 투석기의 일종이라 생각하는 편이 좋을 겁니다. 캐터펄트, 발리스타*로 불린 장치였겠지요.

서구에서 십자가 모양의 보통 쇠뇌가 등장한 것은 12세기 무렵입니다. 축이 되는 나무 끝에 활이 달려 있기 때문에 머리 부분이 없는 십자가 모양인 셈이지요. 조작은 다소 복잡해서 일단 축이

---

* 성城을 공격하기 위해 만든, 고대 그리스와 로마 시대의 투석기들로, 소형은 캐터펄트catapult, 대형은 발리스타ballista로 구분한다.

되는 나무 끝에 등자鐙子를 달아 여기에 한 발을 넣고 체중을 이용하면서 걸쇠로 줄을 앞으로 강하게 당겨 방아쇠에 겁니다. 특히 강력한 합성 자재로 만든 활을 붙인 경우에는 따로 줄을 당기는 기기를 사용하는 것도 있습니다. 화살의 장착이 끝나면 축이 되는 나무를 들어 조준하고 방아쇠를 당겨 화살을 발사하는 겁니다. 쇠뇌의 화살은 일반 화살보다 짧은 것이 보통인데, 화살촉도 작고 단단하며 특별한 모양을 한 것이 많습니다. 쇠뇌는 사정거리가 길고, 장궁을 당기는 만큼의 체력과 숙련도를 필요로 하지 않으며 조준도 정확한 등의 장점이 있습니다. 한편 단점은 무겁고 발사 준비에 시간이 걸린다는 점입니다."

이렇게 설명하는 중에도 안내인은 차례로 여러 가지 종류의 쇠뇌를 보여주었다. 도르래를 이용하여 줄을 당기는 기기를 사용하는 것, 공기총처럼 일단 축이 되는 나무를 꺾어 줄을 죄는 것 등 여러 종류의 쇠뇌가 전시되어 있었다.

쇠뇌는 조작이 복잡하고 발사할 때까지 어느 정도 시간도 필요하지만 그만큼 체력이 필요 없고 명중률도 높다. 일단 줄을 잡아당긴 후에 차분히 표적을 겨눌 수 있고 방아쇠로 화살을 발사하기 때문이다. 다시 말해 발터 페스트를 살해한 자는 굳이 화살을 숙련되게 다룰 수 있는 성인 남성일 필요가 없는 것이다. 조작법만 알고 있으면 사정거리가 짧은 좁은 실내이므로 설사 여자라도 페스트의 심장에 화살을 박는 것은 충분히 가능하다. 확실히 로슈포르와 지젤은 쇠뇌를 다룰 수 있다. 그러나 다른 관계자들도 잠깐만 연습하면 그 정도는 쉽게 할 수 있을 것이다.

한 시간쯤 박물관에 있었다. 슬슬 시간이 되어 우리는 안내인에게 감사 인사를 하고 다시 구시가의 뒷길로 나왔다. 다음 목적지는 생세르낭 성당이었다. 손목시계를 보고 나는 가케루에게 좀 서둘러 가자고 재촉했다.

"서두르자. 약속 시간까지 20분밖에 안 남았어."

카피톨 광장에서 북쪽을 바라보니 고풍스러운 집들 사이로 11세기에서 13세기에 걸쳐 베네딕트회 수도원으로 건설되었다는 생세르낭 성당의 드높은 5층 첨탑이 우뚝 솟아 있었다. 이 전형적인 로마네스크 양식의 첨탑만을 표지로 삼아 적당히 길을 선택하면서 구시가를 안쪽으로 나아가자 곧 생세르낭 성당의 거대한 측면이 나왔다.

성당을 둘러싼 검은 철책 앞에는, 보도를 따라 바닥에 잡동사니를 늘어놓았을 뿐인 골동품 시장이 열리고 있었다. 우리는 철책을 따라 노천 시장의 잡동사니 사이를 빠져나갔다. 자세히 보니 시곗바늘이 없는 오래된 벽시계, 여기저기가 눈에 띄게 파여 있는 커다란 적동 냄비, 색 바랜 벽걸이 장식이나 깔개, 부서지고 붉게 녹슨 옛날의 무구도 많았다. 녹이 슬어 채소조차 자를 수 없을 듯한 크고 작은 검, 소총이나 나무 부분이 갈라진 화승총, 총신이 무척 긴 단발권총, 게다가 청동포의 포신까지 바닥에 나뒹굴고 있었다.

노천 시장을 빠져나가 성당의 거대한 석조 외벽을 오른쪽으로 돌았다. 연한 갈색의 높은 석벽만이 눈에 들어와 전체 구조가 어떻게 되어 있는지는 알 수 없었다. 거리가 너무 가깝기 때문이었다. 가까스로 정면에 도착한 것은 이 장대한 로마네스크 교회 건축물을 거의 반 바퀴나 돌고 난 후였다.

세월에 썩기 시작하여 거무스름했지만 볼수록 거대한 나무 문을 통해 우리는 성당 안으로 들어갔다. 일순 조용하고 태평한 박명이 나를 감쌌다. 그곳은 외계로부터 두꺼운 석벽으로 단절된 신성한 이공간이었다. 몹시 높은 돌 천장은 거의 박명과 하나로 섞여 있고, 멀리 앞쪽에 조그맣게 보이는 정면의 제단만이 스테인드글라스의 엷은 빛에 희미하게 떠올라 있었다. 박명의 성당 안에는 제단을 향해 길게 이어진 긴 의자의 열 사이로 희미하게 곰팡이 냄새가 나는 공기가 썰렁하게 흘렀다.

"기다리고 있었습니다. 당신이 야부키 씨지요?"

옆쪽의 어둑한 곳에서 이런 속삭임이 들려왔다. 고개를 돌려 보니 검은 수도복 차림에다 극단적으로 구부러진 등이 싫어도 눈에 띄게 되고 마는 작은 몸집의 노인이 그림자처럼 가만히 서 있었다. 이 성당의 문과 마찬가지로 세월에 썩기 시작한 인상의 노인이 문제의 모로 신부인 모양이었다.

옆의 출구로 나가자 여름 오후의 햇빛에 수목이나 화초의 색채가 눈부실 정도의 작은 정원이 나왔다. 성당의 석벽과 검게 칠해진 철책 사이에 만들어진 세로로 긴 화단에는 산뜻한 여름 꽃이 흐드러지게 피어 있었다. 벌레 소리와 뒤섞인 거리의 먼 웅성거림도 푸른 하늘과 햇빛과 화초의 색채와 마찬가지로 내 기분을 편하게 해주었다. 그러나 신성한 것, 장엄한 것은 왜 이토록 나를 지치게 하는 것일까?

"편지를 받았습니다만, 옛날 일에 대해 무슨 알고 싶은 것이 있다고요?"

새우등의 노인은 좌우 어깨를 가볍게 흔들면서 걷고 있었다. 먼지가 되어 평온하게 썩어가는 것만이 인생에 남겨진 유일한 목적이라도 되는 것처럼 온화한 무관심이 희미하게 떠돌았다.

"제2차 세계대전 중의 일입니다만, 이 성당의 지하에서 고문서가 발견되었다는 이야기 말인데요."

가케루의 말에 노인은 일순 발길을 멈추고 뭔가를 생각할 때처럼 머리를 늘어뜨렸다. 짤막한 침묵이 있고 나서 노인의 가라앉는 듯한 중얼거림이 들려왔다.

"……그래요, 그런 얘기가 있었소."

"그 고문서는 대체 어떻게 되었습니까?" 잠자코 있는 노인에게 가케루가 물었다.

"없소. 잃어버리고 말았소."

"어쩌다가요?" 옆에서 내가 작은 소리로 외쳤다.

신부는 자신이 생세르낭 성당에 온 것은 전쟁이 끝나기 전해였기 때문에 나중에 막연한 이야기를 들은 적이 있을 뿐이지만, 하고 서두를 꺼내고 나서 나지막한 목소리로 마치 혼잣말처럼 이야기하기 시작했다.

"1940년 9월의 일이었다고 하오. 성당의 오래된 돌바닥 일부가 무너졌는데, 거기에서 작은 지하실이 발견되었소. 지하실이라고 해봤자 사람 세 명이 들어가면 운신도 할 수 없는 조그만 돌 움막이었다오. 고문서는 거기서 발견되었소. 하지만 시기가 나빴지요. 전쟁의 혼란이 한창일 때라 성당에 의한 조직적인 조사는 불가능했던 거요. 어쩔 수 없이 원장은 다소라도 그 방면의 지식이 있는 젊은 신부에게 고문서의 잠정적인 정리와 보관을 맡기기로 했소. 그래서 젊은 신부는 친구인 민간 향토사가의 도움을 받아 조금이나마 고문서 중에 흥미 있는 것의 연구를 계속했다고 하오.

예기치 않은 불행은 느닷없이 닥쳐왔소. 어디서 알았는지 신문에 그 고문서를 발견한 경위가 실리고 말았지요. 경찰대가 이 성당에 들이닥친 것은 그날 밤이었소. 경찰을 실제로 지휘한 자는 나치 친위대 제복을 입은 두 명의 독일인 장교였다고 하오. 고문서는 압수되고 신부는 연행되었소. 그리고 둘 다 끝내 돌아오지 못했다고 하오."

"그 신부의 이름을 알고 계십니까?" 가케루가 물었다.

"조사해보면……"

"부탁드립니다. 만약 생존해 계신다면 그 후의 소식도 알아봐주셨으면 합니다."

"이삼일 안에 조사하도록 준비하겠소."

"그리고 말씀하신 그 민간 향토사가 말입니다만, 혹시 이름이라든가 그 후의 소식 같은 걸 알고 계십니까?"

"유감스럽게도 내 기억에는 없소. 당시의 원장님도 돌아가셨고, 여기서는 내가 가장 고참이 되고 말았소. 다른 방법으로 조사해볼 수밖에 없을 것 같소만."

모로 신부가 말한 다른 방법으로도 가망성이 충분히 있을 듯했다. 신부에게 작별을 고하고 우리는 다음 약속이 기다리는 카피톨 광장으로 향했다.

"저기, 가케루, 어떻게 할 거야? 예정대로 내일 카르카손에는 가는 거야?"

주느비에브의 노트에 있었다는 생세르낭 문서, 앙리 투르뉘라는 사람의 논문에서 다뤄지고 있는 듯한 생세르낭 문서의 정체가 드디어 모호한 안개 속에서 모습을 드러내기 시작한 참이었다. 물론 주느비에브든 투르뉘든 백 점에 이르는 문서 전부를 가리켜 그렇게 부른 건 아니었을 것이다. 생세르낭 성당의 지하에서 발견되어 결국 다시 어둠 속에 묻혀버린 문서들 중에는 틀림없이 도아트 문서의 누락 부분에 관한 수수께끼와 관련된 중요한 자료가 포함되어 있을 것이다. 모로 신부의 이야기에 나온 젊은 신부의 소식은 며칠 후가 아니면 알 수 없다고 해도, 그에게 도움을 주었다는 민간 향토사가에 대해서는 우리가 조사해볼 수 있다. 툴루즈에서 50대 이상의 향토사가를 이 잡듯이 훑으면 된다. 옛날이라고 해도 고작 삼십 몇 년 전이다. 정력적으로 돌아다니면 이삼일 안에 뭔가 수확을 얻을 수 있지 않을까? 생세르낭 문서의 비밀을 알고 있는 사람을 나는 어떻게든 만나 보고 싶었다. 그러기 위해서는 앞으로 며칠은 툴루즈에 머물러도 좋다고 생각했다.

"예정대로 내일은 카르카손에 갈 거야. 약속이 있거든."

"누구하고?" 나는 조금 낙담하며 물었다.

"세트의 여교사, 시몬 뤼미에르야."

그러고 보니 나도 지젤과 약속이 있었다. 생세르낭 문서는 모로 신부의 조사가 끝날 때까지 일단 뒤로 미뤄두는 수밖에 없을 것 같았다.

카피톨 광장에서 올려다본 푸른 여름 하늘은 구름이 나타나기 시작한 탓인지 숨 막히게 더울 듯이 보얗게 흐려졌다. 광장은 세 방향에 주랑이 있는, 옆으로 긴 건물로 둘러싸여 있었다. 그 한쪽에 벽돌과 돌을 교대로 쌓아 올린 장대한 르네상스풍 건축물이 광장의 이름이 유래한 예전의 시청사일 것이다.

지방 도시로서는 지나치게 근사한, 돌이 깔린 광대한 광장이었다. 차에 점령당하지 않아서인지 그런 느낌이 한층 강했다. 시청사의 크고 둥근 시계 바로 밑에서 기다리고 있는 우리 앞에, 불그스름한 얼굴에 기력이 왕성해 보이는 쉰 살쯤 된 당당한 풍채의 남자가 멈춰 섰다.

"야부키 씨인가요? 내가 빌랑쿠르이오만."

쩌렁쩌렁 울리는 큰 소리였다. 빌랑쿠르 교수는 자못 유쾌한 듯 큼직한 몸을 흔들면서 우리를 광장에 면한 카페의 테라스로 안내했다. 그리고 주문한 맥주를 단숨에 들이켜고는, 기다리고 있는 종업원에게 바로 두 잔째를 시키고 나서 말했다.

"편지로는 생조르주에 대해 관심이 있는 것 같았소만……"

"예. 선생님이 쓰신 논문을 보면 생조르주가 죽은 것은 생세르낭 성당에서였다고 하셨는데, 저는 그걸 잘 모르겠습니다. 도미니크 수도회의 수도사가 왜 베네딕트 수도회의 수도원으로 도망쳤고 그곳에서 죽었는지를 말이지요. 툴루즈에는 그 밖에도 도미니크 수도회의 자코뱅 수도원이 있었는데 말입니다."

"그렇소, 야부키 씨. 당연한 의문이라고 해야 할 거요." 불그스름한 얼굴을 흥분으로 붉히며 빌랑쿠르 교수가 소리쳤다. "그리고 그 의문에 답할 수 있는 사람은, 세상이 넓다고는 하나 이 빌랑쿠르뿐이오. 내가 아벨라르 생조르주의 전기를 쓰면 그것도 말끔히 밝혀질 테지만, 뭐 일본에서 일부러 가르침을 청해 온 청년을 위해서라면 지금 여기서 알려줘도 되겠지. 무지는 죄악이라고 하지 않소? 그렇다면 가르침을 거절하고 타인을 무지한 상태에 방치하는 것 또한 죄라는 얘기니까."

대단한 자신감인데, 어디까지가 진심이고 어디서부터 농담인지 전혀 알 수 없었다. 이 압도적인 쾌활함 앞에서 나는 그저 어안이 벙벙한 채 잠자코 있을 수밖에 없었다. 교수는 주위에 신경도 쓰지 않고 교실에서 강의할 때처럼 쩌렁쩌렁 울리는 큰 소리로 이야기를 시작했다.

"학구적으로 나의 첫 연구 과제는 이단 심문 제도의 형성 과정이었소. 당신은 그것에 대해 약간이라도 기본 지식은 있소?"

가케루는 이야기를 재촉하는 듯이 가볍게 고개를 가로저었다. 크게 기침을 한 교수는 의젓하게 고개를 끄덕이고서 다음과 같은 배경 설명을 천천히 시작했다.

빌랑쿠르 교수가 설명하기 시작한 것은, 12세기에서 13세기에 걸친 로마교회 조직의 부패한 상황이었다. 성직 매매, 축첩과 간음, 농민으로부터 착취한 부로 호화롭게 생활하는 등 차마 눈 뜨고 볼 수 없는 성직자의 부패와 타락. 이윽고 아래로부터 자연발생적인 비판 운동이 활발해졌다. 성직자들의 타락을 격렬한 말로 탄핵하고, 조금의 타협도 허락하지 않고 청빈과 겸양과 순결의 사도적 생활을 엄격하게 실행하는 방랑 설교사 무리를 도처에서 볼 수 있게 되었다. 이는 마르틴 루터의 등장보다 4세기나 앞서 전개된 강력한 민중적 종교개혁운동이었다. 교황청은 이러한 아래로부터의 운동에 대해 처음부터 전면적으로 부정하고 탄압하는 태도를 취한 것은 아니었다. 그러나 그 에너지가 로마교회의 수도회제도에 충분히 흡수될 수 없게 되었을 때, 즉 사도적 생활을 하는 유랑 설교사들이 결국 독자적인 교의와 조직을 형성하기 시작했을 때 교회의 위기감은 한계점에 이르렀다. 12세기 후반 중세 최대의 이단 카타리파가 성립한 것이다.

로마교회는 엄중하게 카타리파를 이단으로 단죄하고, 각지의 주교에게 카타리파의 추방과 그 세력의 일소를 명했다. 그러나 로마교회의 타락을 탄핵하는 카타리파 설교사는 민중의 마음을 깊이 사로잡아 오히려 카타리파의 영향력은 전 유럽으로 확대되기만 할 뿐이었다.

카타리파가 그칠 줄 모르고 급성장하여 그야말로 로마교회의 토대를 위협하게 되었을 때 교황 인노켄티우스 3세는 완전히 새로운 카타리파 대책을 실시할 수밖에 없게 되었다. 그것을 고안하여 교황에게 제안한 사람이 나중에 도미니크 수도회를 창설하게 되는 도밍고 데 구스만, 즉 성 도미니크였다.

1206년 7월의 일이었다. 랑그도크를 통과한 오스마 주교 디에고의 수행원 중에 오스마 성당의 부제 도미니크가 있었다. 그는 카타리파 대책을 위해 파견된 교황사절단이 랑그도크 땅에서 얼마나 무력한지를 목격했다. 다수의 수행원을 거느리고 호화로운 의상을 걸친 교황 사절의 언동은, 현세의 부를 무시하고 청빈하게 살며 바래고 해진 옷 외에는 아무것도 소유하지 않고 자신이 설파하는 신앙을 완벽하게 체현하고 있는 카타리파 사제들과의 현격한 차이를 민중에게 폭로하는 효과만 낳았던 것이다. 도미니크는 이단의 영향력으로부터 진정으로 민중의 마음을 되찾으려면 지금까지의 방식을 완전히 바꿔야 한다고 생각했다. 그래서 도미니크는 먼저 자신도 카타리파 사제와 마찬가지로 청빈과 단식의 사도적 생활을 시작했다. 그런 바탕 위에서 가르침을 설파하고 카타리파에 논쟁을 청하면서 랑그도크 전역을 돌아다니며 전도했던 것이다.

도미니크 수도회의 발단이 여기에 있다. 그러므로 도미니크 수도회는 그것에 이어 생겨난 프란체스코 수도회 등의 새로운 탁발 수도회와 함께 로마교회의 기초를 위협하는 카타리파 등의 이단에 대해 종교적 전투를 청하고 그것을 근절시키는 로마교황 직속의 종교적 돌격대로서 형성되었다고도 할 수 있다.

도미니크 수도회 등 13세기의 탁발 수도회와 마찬가지로 이단 심문 제도도 12세기 후반부터의 대대적인 이단 운동에 대한 로마교회의 대책으로 형성되었다. 종래의 이단 대책은 로마교회의 이른바 정규 종교 행정기구인 교구 조직, 즉 각지의 주교에게 맡겨져 있었다. 그러나 이것이 카타리파의 맹위 앞에 전적으로 무력한 모습을 드러내자, 그 충격으로 로마교회는 교황 직속의 이단 심문관 제도를 구상하게 된 것이다. 그 기원은 1233년 교황 그레고리우스 9세에 의해 남프랑스에 설치된 이단 심문소였다.

교황 직속의 이단 심문관은 특정한 교구에 한정되지 않고 가톨릭 교권 전역에서 심문 권한을 행사할 수 있었다. 이단 심문관은 교황의 대리라는 권한을 부여받음으로써 지상 명령인 이단 박멸을 위해서는 각지의 영주나 주교까지 그 위력과 명령에 복종하게 할 만큼 강대한 권력을 갖게 되었다. 그리고 이단 심문관에는 대체로 도미니크 수도회의 수도사가 임명되었다. 여기서 카타리파의 충격에 의해 로마교회 내에 발생한 두 가지 움직임, 즉 탁발 수도회 제도와 이단 심문 제도가 서로 결합하게 된다.

"도미니크 수도회와 이단 심문관이 이단을 박멸하기 위한 최후의 무기를 손에 넣은 것은 1252년의 일이었소. 교황 인노켄티우스 4세가 칙서 「아드 엑스티르판다」를 통해 결국 이단 심문을 위한 고문을 공인하기에 이른 일이었지. 그 결과가 어떤 것이었는지는 설명할 필요도 없을 거요. 고문을 무기로 한 이단 사냥, 마녀사냥은 그 후 4세기 동안 총 수백만 명을 학살하는 가공할 만한 맹위를 떨치게 되었으니까 말이오. 여기서 드디어 '철퇴 생조르주'가 등장하게 되는데……"

교수는 세 잔째 맥주를 마시고 한숨을 돌렸다. 해는 드디어 살짝 기울기 시작하고 광장은 오후의 햇빛 홍수에 잠겼다. 가로등이 널찍하게 이어지는 돌바닥 여기저기에 작은 그림자를 만들고 있는 것 외에는 그저 하얗게 망막을 태우는 빛의 범람뿐이었다.

교수의 이야기는 이어졌다. ……남프랑스 일대에서 로마교회 세력을 몰아내고 완성된 이단적인 교의와 독자적인 집권적 조직을, 그리고 동쪽으로는 흑해에서 서쪽으로는 대서양에 이르기까지 형성한 카타리파 세력의 숨통을 끊기 위해 교황 인노켄티우스

3세는 결국 카타리파와 그 비호자인 툴루즈 백작 등 랑그도크 세력에 대한 전면적인 군사 대결을 결의했다. 이렇게 해서 시작된 것이 1209년 7월의 베지에 대학살에서부터 몽세귀르에서 최후의 저항전이 끝나는 1244년 3월까지 36여 년에 걸친 알비주아 십자군 전쟁이다. 몽세귀르를 함락한 후에는 당시의 스페인 국경에 가까운 천연 요새 케피뷔스 성이 카타리파 잔당의 최후 피난처가 되었는데, 그것도 1256년에 함락함으로써 로마교회는 위험하기 그지없는 이단 세력의 절멸을 완료했다.

십자군에 의한 학살에서 살아남은 카타리파 사제들은 신앙의 등불을 지키기 위해 대부분 마을에서 떨어진 깊은 산속이나 삼림에 숨어 살았다. 그중에는 30년간에 걸친 집요한 추적을 피해 위험한 도시나 궁벽한 한촌을 불문하고 랑그도크 전역에 출몰한 완덕자 기라벨 드 카스트르도 있었다. 그들은 설교나 죽음에 직면한 카타리파 신도에게 콩솔라망을 베풀기 위해 어떤 요청에도 응하며 점령하의 마을들을 헌신적으로 돌아다녔다.

지하로 숨어들어 활동을 계속하는 카타리파 잔당을 가차 없이 몰아낸 이들이 바로 점령하의 랑그도크 전역에서 무자비한 공포 정치를 펼친 이단 심문관이었다. 그중에서도 가장 공포의 대상이었던 이가 '철퇴 생조르주'라는 별명을 가진 아벨라르 드 생조르주였다고 한다.

"철퇴 생조르주는 몽세귀르 성이 함락되고 사반세기가 지나는 동안에도 랑그도크 지방에 여전히 뿌리 깊은 영향력을 갖고 있는 카타리파를 근절하기 위해 계속해서 신도를 포박해서 잔인한 고문을 하고 화형대로 보내고 있었지. 그것은 단순히 카타리파 잔당을 몰살하기 위한 것만이 아니었소."

"그럼 대체 뭐 때문이었나요?" 내가 물었다.

"카타리파 신도가 단결하는 데 중심이 되는 것, 은밀히 몽세귀르에서 옮겨 왔다고 전해진 카타리파의 숨겨진 보물이라 불린 것, 그것을 카타리파의 손에서 탈취하는 것이 이단 심문관 생조르주의 숨은 의도였소. 다시 말해 신앙의 상징을 탈취함으로써 지하로 숨어들어 활동하는 카타리파에 최후의 일격을 가하려고 한 셈이지. 그것은 지금까지 별로 주목받은 적이 없는, 생조르주가 교황청에 보낸 서한에 암시되어 있소."

"그래서 어떻게 되었나요? 카타리파의 숨겨진 보물은 도미니크 수도회의 손에 넘어간 건가요?"

나는 교수의 이야기에 흥분하고 말았다. 700년이나 지난 옛날 일이라고는 해도, 아무튼 카타리파의 숨겨진 보물의 행방에 관한 문제다. 그러나 교수는 기대를 갖게 하는 엷은 웃음으로 애매하게 대답할 뿐이었다.

"아마도 일단은."

"그게 무슨 뜻인가요?"

"여기서부터가 30년에 걸쳐 내가 조사해온 역사의 진상이오. 어떤 역사가나 알고 있는 것은 다음 세 가지 사실이지. 1295년 카타리파의 주교 브노아 드 텔룸의 후계자로 카타리파 최후의 주교가 된 아르망 드 샤를노아가 발데스 지방의 산속에서 체포되어, 카르카손에서 입맛을 다시며 그를 기다리고 있던 이단 심문관 생조르주에게 호송되었지. 이게 첫 번째요. 두 번째는 아르망 드 샤를노아가 고문으로 심한 괴롭힘을 당하다 죽은 일을 계기로 1295년 카타리파에 의해 카르카손 대폭동이 일어났다는 것이지. 그리고 세 번째는 폭동의 난을 피해 툴루즈로 갔던 생조르주가 어쩐 일인지 베네딕트 수도회의 생세르낭 성당에서 죽었다는 기묘한 사실이오. 생조르주는 일단 병사한 것으로 되어 있지만, 그 당시에는 카타리파 암살단의 습격을 받았다는 소문도 뿌리 깊이 나돌았다고 하니까.

이 세 가지 사실로부터 나는 다음과 같이 추론했지. 카타리파 신앙의 상징이라고 하는 숨겨진 보물을 당시 보관하고 있던 인물이 누구일지 생각하면, 답은 당연히 멸절 직전의 막다른 곳에 몰렸던 카타리파 신도 지하 조직의 정점에 있었던 아르망 드 샤를노아일 거요. 생조르주가 무슨 수를 써서라도 샤를노아를 체포하라는 명령을 내린 것도 그 때문이었다. 그렇다면 샤를노아를 포박함으로써 숨겨진 보물이 생조르주의 손에 넘어간 것일까? 하지만 사실은 그렇지 않았소. 생조르주는 로마 교황의 칙령으로 그것을 찾고 있었소. 만약 그것을 입수했다면 당연히 교황청에 보고서를 제출했을 테고, 카타리파의 숨겨진 보물은 그 시점에서 공적인 존재가 되어야 했을 거요. 그러나 그런 사실은 없었소. 한편 성지 몽세귀르의 카타리파 신전에 안치되어 있었다고 전하는 성스러운 숨겨진 보물을 설령 최고위의 주교였다고 해도 평소에 소지하고 다녔을 리가 없소. 오히려 숨겨진 보물은 몽세귀르 신전이 아니라 비밀 보관소에 숨겨져 있었다고 생각해야 할 거요.

그러면 샤를노아가 왜 죽음에 이르는 고문으로 심한 괴롭힘을 당하다 결국 죽임을 당했는지도 명백해지는 거지. 원래 밀실에서 샤를노아를 죽여도 의미가 없었을 거요. 샤를노아의 공개 처형이 야말로 카타리파의 근절을 내외에 과시하는 의식으로 강력하게 요구되고 있었는데도 생조르주가 그걸 할 수 없었던 것은 어떻게 든 샤를노아한테서 카타리파의 숨겨진 보물의 소재를 알아낼 필요가 있었기 때문이지. 털어놓았다면 공개 처형 되었을 샤를노아가 결국 고문실에서 심한 괴롭힘을 당하다 죽었다는 건, 카타리파의 주교로서는 당연하지만 최후의 최후까지 입을 다물었다는 것을 말해주지."

"그렇다면 아르망 드 샤를노아의 죽음과 함께 숨겨진 보물의 행방은 영원히 잊히고 만 걸까요?" 내가 물었다.

"자, 다음 이야기를 들어보게. ……카르카손에서 일어난 카타리파의 폭동은 1283년에도 기록되어 있지. 이때는 법정이 습격 목표가 되었소. 카타리파의 용의자 명부를 탈취하는 것이 목표였다고 하오. 그런데 1295년의 폭동에서 제일 먼저 습격당한 곳은 생조르주의 본거지인 도미니크 수도회의 수도원이었지. 이 사실은 1295년의 카타리파 폭동이 샤를노아의 학살을 동기로 일어난 것이었음을 명백하게 보여주고 있소.

폭동이 거칠어지는 카르카손에서 단신으로 탈출한 생조르주가 툴루즈에서 피난처를 찾은 것은 당연했지. 로마교회와 북프랑스의 왕이 랑그도크를 지배하는 데 중심이 된 곳이 툴루즈였기 때문이지. 하지만 생조르주는 툴루즈에 도착한 그날 갑자기 병사했다고 되어 있소. 그것도 그가 속한 도미니크 수도회의 자코뱅 수도원이 아니라 오히려 뿌리 깊은 대립 관계에 있었던 베네딕트 수도회의 생세르낭 성당에서 말이지.

이것은 15세기에 쓰인 툴루즈 시 참의회의 기록에 있는 내용인데, 당시의 전승에서는 생조르주가 병사한 것이 아니라 카타리파에 의해 암살당했다고 되어 있는 모양이오. 거기에는 생조르주가 카르카손에서 내쳐 달려 지친 말을 끌고 생세르낭 성당에 들어가려는 순간 문 앞에서 기다리고 있던 암살자가 그를 찔러 죽이고 그대로 도주했다고 하지. 이 전승을 믿으면 모든 것이 합리적으로 설명될 수 있지. 카르카손 폭동은 학살자 생조르주에게 보복하기 위해 일어난 것이었소. 카르카손에서 생조르주를 놓친 카타리파 암살결사는 툴루즈로 먼저 가서 그가 들를 것 같은 곳에 망을 치고 기다렸던 거지. 한편 생조르주는 암살자가 잠복하고 있을 것을 염려해 자코뱅 수도원이 아니라 베네딕트 수도회의 생세르낭 성당으로 들어가려고 한 거고. 하지만 주도면밀한 암살자는 생세르낭 성당의 문 앞에도 망을 치고 있었던 거지. 문 앞에서 습격당한 생조르주의 시체는 생세르낭 성당으로 옮겨졌소. 카르카손의 폭동에 충격을 받은 교회 측은 카타리파 암살자의 성공을 인정하지 않으려고 생조르주의 죽음을 병사라고 공표하기로 결정하고……"

"알겠습니다." 가케루가 말했다. "그런데 교수님께서 논문에 암시하고 있는 '발송되지 않았던 교황청에 보내는 서한'이라는 것은요?"

"나는 이 가설을 뒷받침하기 위한 자료를 오랫동안 찾아왔소.

내가 주목한 것은 도미니크 수도회에 남아 있는 오래된 연보였지. 거기에는 '이단 심문관 생조르주의 병사로 교황청에 보낼 서한은 발송되지 못하고 교황청의 탐색 명령이 있었으나 찾아내지 못했다. 서한은 분실된 모양……'이라는 의미의 짧은 기술이 남아 있소. 샤를노아의 죽음에 관한 보고서도 당연히 쓰여야 했지만 그것도 존재하지 않지. 부쳐지기 전에 카르카손 폭동의 와중에서 사라졌을 거요. 도미니크 수도회의 어떤 사람이 그것을 찾아내라는 명령을 받았지만 찾을 수 없었던 거지. 내 가설의 상당 부분이 이 서한에 의해 입증될 수 있을 텐데 700년 전에 분실된 것이라 도움이 안 되는 거지……"

한여름의 긴 오후도 드디어 파랗게 어두워지기 시작한 시각이었다. 어느새 하늘은 엷게 흐려졌고 환한 청회색이 어디까지고 한결같이 펼쳐져 있었다. 교수에게 예를 표하고 자리에서 일어서려고 했을 때였다. 마치 내친김에라는 듯이 교수가 말했다.

"그 서한 말인데, 20년쯤 전에 발표한 내 논문을 읽고 흥미를 보인 사람은 결국 두 사람뿐이었소. 한 사람은 자네고, 또 한 사람은 예전의 학생이오. 실뱅이라는 꽤 우수한 학생이었는데 지금은 파리의 대학에서 가르치고 있지."

"샤를 실뱅 조교수 말이군요."

나는 깜짝 놀라며 외치듯이 말했다. 실뱅이 툴루즈의 학생 시절부터 지금의 우리와 똑같은 탐색을 했다면 당연히 생세르냥 문서의 존재도 진작 알고 있었을 터였다. 그러나 그는 그런 문서는 존재하지 않는다고 우리 앞에서 단언했다. 내 가슴에서는 불식할 수 없는 의혹이 솟아났다. 되도록 빨리 실뱅에 대해 좀 더 조사해볼 필요가 있었다.

자리에서 일어난 가케루가 카페 앞의 혼잡한 인파에 이리저리 밀리면서 빌랑쿠르 교수와 작별 인사를 나누었다. 광장을 지나는 군중의 머리 위로 황혼이 붉은 벽돌 거리에 보랏빛 그늘을 짙게 번지게 하고 있었다. 저물녘의 뜨뜻미지근한 미풍이 집들 사이를 조용히 흐르며 대낮의 열기를 흩뜨리고 지나갔다.

# 2

툴루즈에서 열차로 한 시간쯤 걸려 카르카손 역에 도착한 것은 이미 정오가 다 된 시각이었다. 혁명 기념일 불꽃축제를 하는 카르카손은 구름 한 점 없이 활짝 갠, 여름의 남프랑스에서도 보기 드물게 좋은 날씨였다. 작년에는 해가 저문 뒤 앙투안과 둘이서 콩코르드 광장까지 불꽃놀이를 구경하러 갔다. 숨도 쉴 수 없을 만큼 혼잡했지만 인파에 밀려 서로 떨어지지 않으려고 굳게 맞잡은 손바닥의 열기와 습기를 나는 아직도 정겨운 마음으로 떠올릴 수 있다. 앙투안은 "배외주의자의 야단법석이지, 결국"이라고 여느 때처럼 얇은 입술을 살짝 심술궂게 일그러뜨리며 중얼거렸다. 그러나 어두운 하늘에 부서져 흩어지는 아름다운 빛의 포말을 올려다볼 때는 마치 사심 없는 어린아이처럼 도취된 온화한 표정이었다.

그것에 비하면 차창에 얼굴을 가까이 붙이고, 흘러가는 남프랑스의 전원 풍경만 말없이 바라보고 있는 이 청년은 어떨까? 어떤 아름다운 것이 이 청년의 영혼을 빨아들일 수 있을까? 온 하늘에 흩뿌려지는 눈부신 불꽃의 난무도 이 청년의 어두운 눈동자 속에 있는 것을 비쳐낼 수는 없는 것일까? 이 청년을 '황량하게 죽은 풍경 속의 자유'라고 표현한 세트의 여교사를 떠올리고 나는 시몬 뤼미에르와 좀 더 얘기해보고 싶다, 그녀가 생각하고 있는 것을 좀 더 자세히 알고 싶다는 갑작스러운 바람을 좀이 쑤실 만큼 강하게 느꼈다. 그리고 오늘 밤 가케루가 시몬과 만날 때는 나도 함께 가려고 마음속으로 정해두었다. 언제부터인가 나는 그 평범한 여교사 안에서 가케루의 눈동자 속에 깃든 가공할 만한 어둠에 대항할 유일한, 상상을 초월하는 강력한 정신력을 느끼기 시작했는지도 모른다.

플랫폼에 내려 여기저기 잡초가 얼굴을 내밀고 있는 선로를 건너 작은 역사 밖으로 나갔다. 눈앞에 있는 좁고 촌스러운 느낌의 운하는 흐르지 않는 탁한 초록색 물을 채워놓고 있었다. 역 앞인데도 운하의 둑은 포석이 아니라 흙을 쌓아 올린 것이었다. 거기에는 여름풀이 무성해서 시골 도시의 고색창연하고 나른한 분위기가 엿보였다.

운하에 걸쳐진 짧은 다리 위에서 긴 머리칼의 아가씨가 철제 난간에 기대고 초록색으로 탁해진 수면을 멍하니 내려다보고 있었다. 어젯밤에 전화로 약속한 대로 우리의 도착을 기다리고 있는 지젤이었다.

"지젤."

내가 부르는 소리에 아가씨는 손을 흔들면서 종종걸음으로 달려왔다.

"오래 기다렸어?"

"아니, 지금 막 왔어."

우리는 역사 옆의 공터에 주차된 깜찍하게 노란색으로 칠해진 지젤의 푸조 카프리올레에 올라탔다. 오전 이른 시간에 로슈포르 일가는 지젤의 차와 로슈포르의 다임러 리무진에 나눠 타고 카르카손에 도착한 모양이었다. 사육 담당인 방돌 부자는 말과 함께 어제부터 카르카손에 있다고 했다.

"호텔은 예약해뒀어. 하지만 먼저 성벽도시로 가 보자. 2시부터 하는 가장행렬을 구경하고 나서 호텔로 안내할게."

"다른 사람들은?" 내가 물었다.

"아빠와 니콜은 호텔에 있어. 실뱅 선생님은 성벽도시에 갔고. 줄리앙은 시몬이 호텔로 찾아와서 둘이 어디 나갔어. 저녁때까지는 돌아온다고 했어."

"시몬 혼자였어?"

"아니, 소네 신부님하고 같이 왔다던데."

지젤의 이야기로 보면 결국 발터 페스트 살해 관계자 전원이 오늘 혁명 기념일 불꽃축제를 하는 카르카손에 모인 셈이었다. 나는 실뱅이 툴루즈 대학의 학생일 때 이미 생세르낭 문서의 존재를 알고 있었음이 틀림없다는 것을 말할까도 생각해봤지만, 이 단계에서는 지젤에게도 입을 다무는 것이 낫겠다고 생각을 고쳐먹었다.

차창으로 바라보이는 시가의 광경은 시대에 뒤처진 고전적인 남프랑스 지방 도시의 그것이었다. 활기 없는 한길의 상점가를 사람들이 드문드문 느릿하게 오가고 있었다. 그것은 강렬한 피레네 지방의 햇빛에 온몸의 힘을 빨아 먹힌 자들의 기진맥진한 발걸음으로 보였다. 그곳만 무척 화려한 색채로 그려진 볼품없는 극장의 간판을 보니 파리에서는 이미 반년도 전에 상영되었던 영화가 이제야 걸려 있는 듯했다. 파리에서 그 영화가 좋은 평가를 받았던 것이 아주 오래된 일처럼 여겨졌다.

하지만 시가를 빠져나가 오드 강의 좁은 강줄기를 돌다리로 건넌 지점에서부터 거리에도 활기가 넘치기 시작했다. 옛날부터 있었던 비좁고 답답한 거리는 크고 작은 자동차로 가득 차 있어 거의 옴짝달싹도 할 수 없는 지경이었다. 막혀 있는 차와 차 사이를 관광객인 듯한 편한 복장의 남녀가 서둘러 빠져나갔다. 경적이나 사람들의 외침 등 떠들썩한 거리의 소음이 납작한 돌이 깔린 비좁은 길에 메아리쳤다.

"여기서부터 걸어가자." 혼잡한 거리를 보고 지젤은 옆의 골목에 노란색 푸조를 주차하고 나서 말했다. "평소라면 성벽도시 앞까지 갈 수 있는데 기마행렬 때문에 교통을 통제해서 더 이상은 도저히 갈 수 없을 것 같아."

앞쪽의 약간 높은 언덕 위로 벌써 목적지인 성벽도시가 바라보였다. 활짝 갠 밝은 여름 하늘 아래 이중의 성벽이 언덕의 기복을 따라 놀랄 만큼 길게 구불구불 이어졌다. 성벽에는 크고 작은 성루나 망루가 죽 늘어서 있었다. 크고 둥근 탑은 대부분 동화책에

나오는 성 같은, 어딘지 모르게 한가한 느낌이 나는 붉은 삼각 지
붕이었다. 지붕이 없는 사각의 탑도 있었는데, 옥상은 그대로 전
투용의 망루로 사용되었을 것이다.

낮은 언덕을 둘러싼 채 웅크리고 있는 카르카손의 성벽도시는
거대한 돌로 만든 용의 모습을 연상시켰다. 허물어지거나 부서진
부분이 한 군데도 없이 완벽하게 보수된 성채는 수백 년 전 모습
을 그대로 유지하고 있는 듯 보였다. 마치 수백 년 전 시대로 돌아
가 이 성채를 바라보고 있다는 기묘한 감각에 사로잡혔다. 이런
내게 옆에서 지젤이 말했다.

"나디아, 근사하지? 카르카손의 성벽도시는 현존하는 서유럽
최대 규모야. 최초로 마을을 만든 사람은 로마인이었는데, 게르
만인의 민족이동 때는 서고트족의 근거지가 되었어. 중세 전반의
400년간은 툴루즈 백작 가문에 복속된 트랭카벨 자작 가문의 것
이었고. 트랭카벨가는 카르카손, 베지에, 알비, 라제스의 영주였기
때문에 카르카손 시는 이 광대한 자작령의 수도가 되었지. 알비주
아 십자군 후에도 영국군이 두 번이나 이 성을 공격했는데 성벽도
시는 난공불락이었대."

"트랭카벨은 알비주아 십자군의 시몽 드 몽포르하고 싸운 영주
지?" 내가 물었다.

"맞아. 몽포르한테 모살당한 사람이 레이몽 로제 트랭카벨이
야."

잠자코 앞서 걸어가는 가케루를 따라 돌이 깔린 가파른 비탈길
을 올라갔다. 순식간에 온몸의 피부에서 땀이 솟아났다. 머리 위

의 푸른 하늘은 틀림없이 남프랑스의 하늘빛이었지만, 지중해 연안 지방과 이곳 피레네 산기슭 지방은 같은 파란색 하늘이라도 미묘하게 색조가 달랐다. 성벽 위에 펼쳐져 있는 것은, 해안 지방의 한없이 투명하고 탁 트인 파랑이 아니라 칙칙할 정도로 짙게 칠해진 파란색으로 다소 답답한 느낌을 줄 정도였다.

비탈길을 다 올라가자 거대한 성문이 나왔다. 잡초가 무성한 물 없는 해자를 돌다리로 건너 성 외벽의 열려 있는 아치형 문으로 들어갔다. 문 윗부분은 묵직한 석조 망루였다.

"이 문의 이름은요?" 가케루가 지젤에게 물었다.

"나르본 문이에요. 이 뒤쪽에 있는 것이 오드 문이고요. 성벽도시의 입구는 이 둘뿐이에요."

성벽도시의 외벽을 통과하면 외벽 너머에 만들어진 내벽이 있고, 안팎 이중의 성벽 사이에는 여기저기 잡초가 우거진 곳이 흩어져 띠 모양이 된 공터가 담이 되어 언덕을 일주하고 있는 듯했다. 이어서 우리는 외벽보다 훨씬 높고 견고하게 지어진 내벽의 성문을 지났다. 썩기 시작한 나무로 된 큰 문이 달린 제2의 성문이었는데 높이에 비해 폭이 극단적으로 좁았다. 이 거대한 성의 정문인데도 서너 명이 어깨를 나란히 하는 게 고작일 정도였다. 문 좌우에는 붉게 녹슨 철판의 삼각 지붕을 얹은 둥근 탑이 통과하는 자를 위압하듯이 드높이 우뚝 솟았고, 그 아래쪽에 입을 벌리고 있는 어둑어둑하고 가파른 돌길을 올라가서야 비로소 성 안으로 들어갈 수 있게 되어 있었다. 짧지만 가파른 비탈길, 돌이 깔린 좁은 통로, 그 좌우 석벽의 통행인을 내려다보는 위치에 뚫린 가늘고 긴 쇠 격자창이나 화살을 쏘는 어두운 구멍 등 이 모든 것이 외적의 침입을 여기서 저지하기 위해 교묘히 고안된 흔적이었다.

성 안으로 들어가자 거기에는 성벽과 같은 재질의 돌로 3층 정도로 지어진 민가가 밀집해 있고, 그 사이에는 구불구불 좁은 골목이 가로세로로 달리고 있었다. 분명 중세도시의 거리와 집의 모습이었지만, 길에 면한 집들 대부분은 이제 관광객을 상대로 하는 레스토랑이나 선물 가게들로 변해 있었다. 축제 탓에 어느 가게나 몹시 북적거렸다.

북적이는 곳을 피해 지젤은 좁고 답답한 거리를 성큼성큼 앞으로 나아갔다. 내 뒤에 가케루가 따라왔다.

"어디로 가는 거야?" 내가 지젤에게 물었다.

"콩탈 성의 중정. 거기서 기마행렬을 준비 중이야. 아빠의 밤색 말도 나가."

집들 사이로 앞쪽으로 거리가 열리자 성벽도시의 아성에 해당하는 석조 건축물이 나왔다. 지젤은 콩탈 성이라 불렀지만 영주의 성관이었던 건물임이 틀림없었다.

거리를 빠져나간 작은 광장에는 먼저 사다리꼴의 큰 지붕을 얹은 성루의 문과 그 좌우에 늘어선 반원형의 성벽이 있었고, 굵은 각재의 문살문을 빠져나가자 물 없는 광대한 해자가 전면에 펼쳐졌다. 해자 너머에는 다섯 개의 둥근 탑이 우뚝 솟아 있고, 탑과 탑 사이에는 높고 견고한 성벽이 빈틈없이 이어졌다. 해자에 걸쳐진 돌다리가 끝나는 곳, 즉 중앙의 두 탑 사이에는 건물의 굉장함에 비해 극단적으로 좁고 작은 문이 있었다. 물론 군사적인 필요에서 의도적으로 설계한 것이리라. 그곳의 두껍고 튼튼해 보이는 철문을 빠져나가자 드디어 성관의 널찍한 중정이 나왔다. 거의 4층 건물 높이의 성채 건축이 사방을 빈틈없이 둘러싼 중정은 엄청난 수의 사람들과 말들로 흘러넘치고 있었다.

"모두 해서 백 필 넘게 있을 거야. 사실은 십자군 시대 그대로 말에도 금속제 방호구를 입힐 예정이었는데, 준비 기간이 짧아서 할 수 없게 되었대."

말은 갑옷을 입지 않았지만 옆구리에는 각양각색의 화려한 무늬가 들어간 천을 늘어뜨리고 있었다. 흥분해서 소리 높이 우는 말들 사이나 사위의 건물 그늘에서는 이미 중세의 갑옷을 다 입은 남자들의 모습이 많이 보였다. 지젤은 광장 여기저기에 자꾸 눈길을 주며 누군가를 찾고 있는 듯했다.

"아, 있다!"

온몸을 덮는 잘 닦인 은색 갑옷, 왼손으로 안은 붉은 깃 장식이 선명한 투구, 허리에 찬 장검, 오른손에 들고 있는, 끝에 작은 삼각형 깃발이 달린 큰 창…… 이렇게 중세 기사처럼 분장하고 서 있는 사람은 에스클라르몽드에서 말을 보살핀다는 청년 조제프 방돌인 것 같았다.

"아가씨, 무지하게 더워서 꼭 지옥 같습니다."

"조제프, 약한 소리 하면 못써. 그 갑옷, 경금속 합금으로 만든 거잖아. 옛날 사람들은 강철 갑옷이었어."

청년은 얼굴에 땀을 비 오듯 계속 흘리면서, 아이고 맙소사, 하는 식으로 가볍게 머리를 흔들었다. 청년 옆에서 안정되지 않은 듯 몸서리를 치고 있는 것이 오귀스트 로슈포르의 말인 듯했다. 청년은 창과 투구를 발밑에 놓고 익숙한 태도로 말의 얼굴을 만지면서 자꾸만 무슨 말인가를 중얼거리며 파트너인 밤색 말을 달래려고 했다.

강한 성격이라 익숙지 않은 사람은 다룰 수 없다는 사나운 말로, 말에 대해 아는 게 없는 내게도 당당한 체구가 무척 근사해 보였다. 짙은 밤색이었는데 빛에 따라서는 어두운 붉은색으로도 보이는 독특한 색깔의 털이었다.

"아 참, 아가씨." 조제프는 목소리를 살짝 낮추고 지젤에게 말했다. "아까 누군가 이쪽을 보고 있는 느낌이 들어서 돌아봤는데요. 확실치는 않지만 아무래도 노디에 씨인 것 같았습니다."

"장 노디에가?" 지젤이 나지막하게 중얼거렸다. 그러고 나서 빠른 말투로 이렇게 말했다. "그거 아무한테도 말하면 안 돼. 알았지?"

"물론입니다, 아가씨. 노디에 씨는 저한테도 친형 같은 사람이니까요. 아버지도 독일인을 살해한 범인이 노디에 씨일 리 없다고 말합니다. 경찰에 밀고하다니, 당치도 않지요."

청년은 멋진 검은 머리를 한 손으로 아무렇게나 흐트러뜨리면서 흥분한 어조로, 그러나 조심스럽게 목소리만은 죽이고 대답했다.

"좋아, 조제프. 약속이야." 지젤은 다음으로 내 얼굴을 보고 가볍게 눈짓하면서 전혀 관계없는 말을 했다. "다 같이 성벽 구경이나 하자. 가장행렬이 시작될 때까지는 아직 시간이 있으니까."

지젤과 가케루와 함께 중정에서 성관의 어두운 곳으로 걸어간 나는 여기저기서 안내인의 장황한 설명을 들으면서도 오늘 노디 에가 등장한 의미를 이리저리 계속 생각했다.

성벽도시를 둘러본 다음에는 기마행렬을 구경했다. 성관의 중 정에 정렬한 중세 기사들이 영주 트렝카벨로 분장하고 있는, 검게 칠한 큰 갑옷을 입고 검은 말을 탄 청년을 선두로 구경꾼의 환성 속에 긴 열을 지으며 성문으로 걸어갔다.

행렬과 함께 골목 여기저기를 가득 메우고 있던 엄청난 관광객 무리도 대부분 성벽도시를 빠져나가 카르카손 시가지로 내려간 모양이었다. 문득 조용해진 중세의 집들 사이를 우리는 한 시간쯤 여기저기 돌아다닌 뒤 성문을 지나 비탈길을 내려가서 지젤의 차 로 돌아갔다.


그날 밤 로슈포르가 예약해둔 레스토랑 특별실에서는 어두운 하늘에 흩어지는 불꽃이 아주 잘 보였다. 그 이상은 바랄 수 없다 는 특별실에서 유명한 카르카손의 불꽃놀이를 구경하며 먹는 음 식 또한 호사스러웠다. 저녁 식사에 초대된 사람은 실뱅, 줄리앙, 나, 가케루, 그리고 지젤, 니콜, 오귀스트라는 로슈포르 가족을 다 합쳐 식탁에 앉은 이는 모두 일곱 명이었다.

그러나 근사한 요리를 둘러싼 좌중에는 처음부터 끝까지 묘하 게 걱정되는 부자연스러운 분위기가 이어졌다. 가케루가 처음부 터 끝까지 침묵을 지킨 것은 평소와 다름없었다. 초대한 로슈포르 조차 우리에 대한 태도는 나무랄 데 없이 정중했으나 거기에 마음이 담겨 있지 않다는 것은 너무나도 분명했다. 실뱅도 침착하지 못한 태도였다. 니콜은 끊어지곤 하는 대화를 어떻게든 억지로라도 이어보려고 애교를 부리고 있었으나 그 노력이 애처롭게 보일 정도로 좌중은 울적하게 가라앉을 뿐이었다. 그런 가운데서 기괴할 정도로 혼자 떠들고 다니는 이가 줄리앙이었다. 줄리앙은 실뱅이 라블라네에서 일으킨 사소한 사건을 비아냥거리는 어투로 농담 삼아 폭로한다거나 니콜과 로슈포르의 부부 사이를 소재로 거리낌 없는 농담을 했다. 끝내 이야기가 독일인 살해에 이르자 더 이상 견디지 못한 지젤이 소리쳤다.

"줄리앙, 그런 식으로 말하는 건 그만둬. 전혀 당신답지 않으니까."

"아 이런, 너까지 그렇게 무서운 얼굴로 나를 노려보는 거야? 농담이야 농담, 그냥 농담이라고. 봐, 아버님께서도 쓴웃음을 짓고 계시잖아. 천재한테 기행은 따르는 법이거든. 아인슈타인 영감에 비하면 나 같은 사람은 아주 정상적이고 상식적인 사람이라고. 안돼, 안 돼, 이런 일로 예쁜 눈썹을 치켜 올려서야 유명한 핵물리학의 젊은 천재인 나 줄리앙 뤼미에르의 귀여운 신부가 될 수 없지."

지젤이 비명을 지른 것은, 줄리앙이 이 자리에 독일인 살해의 하수인이 있을지도 모른다는 의미의 말을 농담처럼 입에 담았을 때였다. 나는 줄리앙이 이 만찬회를 절호의 기회로 삼아, 말하자면 위력정찰을 시도하고 있다는 것을 알 수 있었지만, 역시 지젤에게는 자극이 너무 강한 모양이었다.

"나, 호텔에서 좀 쉬어야겠어."

아주 신경질적으로 이마를 누르며 식탁에서 일어선 지젤을 "그럼 소인도"라고 중얼거리며 일부러 찡그린 표정을 지어 보인 줄리앙이 잰걸음으로 뒤쫓았다.

로슈포르는 단정한 얼굴을 불쾌한 듯이 일그러뜨린 채 말이 없었고, 의자 등받이에 기댄 니콜은 완전히 기력을 잃어버린 듯했다. 만찬은 이런 분위기에서 끝났다.

"가케루, 시몬하고 만나기로 한 약속 시간은 언제야?"

레스토랑에서 호텔로 가는 밤길을 걷는 도중에 내가 물었다. 가로등 불빛으로 손목시계를 보자 이미 10시 반이 지난 시각이었다. 지금 만나기에는 너무 늦은 거 아닐까, 나는 그렇게 생각한 것이다.

"새벽 2시." 가케루가 대답했다.

"한밤중인 2시라고? 대체 어디서?"

"성벽도시에서."

그런 시각에 그런 장소에서 만난다는 건 아무리 생각해도 너무 부자연스러웠다. 그러나 가케루는 그 이상의 질문에는 대답할 생각이 없는 듯 입을 다물었다. 나도 체념하고 아무 말도 하지 않았다. 뭐, 상관없다. 앞으로 세 시간 남짓 뒤의 일이다. 기다릴 수 없는 것도 아니니까.

일단 호텔로 돌아가 다시 외출한 것은 새벽 1시였다. 우리는 인적 없는 한밤중의 시가를 가로지르고 다리를 건너 성벽도시에 이르는 가파른 비탈길을 올랐다. 낮 동안의 흥청거림을 전혀 믿을 수 없는, 섬뜩할 만큼 조용한 암흑의 밤이었다.

가까스로 성벽도시의 나르본 문 앞에 이르자 어둠에 스며든 하얀 그림자가 어슴푸레하게 보였다. 그렇게 생각해서인지 여름밤의 공기가 좀 으스스하게 추울 정도였다. 지독한 고요함 속에서 성벽과 돌탑의 열이 어둠에 녹아들었다.

약속한 시각이었다. 시몬이 기다리고 있던 곳은 성의 외벽을 둘러싼 물 없는 해자에 걸쳐진, 성문 앞의 짧은 돌다리 옆이었다. 이런 시각에 이렇게 섬뜩한 장소에서 용케 혼자서 기다리고 있었다고 나는 살짝 감탄했다.

"야부키 씨, 무사히 왔군요." 어둠 속에서 시몬의 태연하고 침착한 목소리가 들려왔다. 잠자코 고개를 끄덕였을 뿐인 가케루에게 시몬이 이어서 말했다. "당신답네요. 이런 시각, 이런 장소에 불려나왔는데도 그 이유조차 물으려고 하지 않고 말이에요. 사실은 이제 노디에를 만날 거예요. 이 성 안에서요."

"장 노디에라고요?" 나는 엉겁결에 말했다. 시몬은 그런 나를 곁눈으로 힐끗 쳐다보았지만 약속에 없던 침입자를 굳이 타박하려고 하지는 않았다.

"독일인이 살해된 이튿날 가명으로 전보가 왔어요. 노디에라는 건 금방 알았지요. 로슈포르가와는 무관한, 신뢰할 수 있는 사람과 같이 오늘 이 시간에 이곳으로 와달라고요."

"대체 무슨 일일까요?"

"모르겠어요. 다만……"

"다만?" 나는 거듭 물었다.

"이전부터 저한테 뭔가 전할 게 있다고 했어요. 불과 사오일 전에, 그것이 곧 손에 들어올 거라는 말을 했는데."

"그런데 노디에하고는 어디서 만나나요?" 어딘가에 숨어 있을지도 모르는 누군가의 귀가 두려워 나는 거의 속삭이듯이 시몬에게 물었다.

"괜찮아요. 아무도 없으니까요. 좀 일찍 도착했는데 성문을 지난 사람은 한 명도 없었어요. 성내의 마을도 다들 잠들어 조용한 것 같고요."

마치 중세의 망령이 헤매다 나타날 것만 같은 어둠이었다. 우리는 시몬을 선두로 돌다리를 건너 아무도 없는 외벽의 성문을 빠져나갔다. 그러나 시몬은 눈앞에 있는 내벽의 성문이 아니라 그대로 내벽과 외벽 사이에 있는 울짱, 즉 내외의 성벽에 끼어 길게 이어진 길고 좁은 공터를 왼쪽 방향으로 걷기 시작했다. 좁다고 해도 폭은 30미터쯤이나 되었다. 약간의 기복이 있고 여기저기 듬성듬성해지기 시작한 잔디 사이에는 마른 흙이 그대로 얼굴을 내밀고 있었다.

별도 달도 없는 어두운 하늘 아래, 준비해 온 손전등을 든 시몬이 앞장서고 우리는 그저 묵묵히 따라 걸었다.

"성문을 들어가 외벽의 네 번째 탑이 약속 장소예요." 시몬이 말했다.

첫 번째 탑까지는 금방이었다. 이어서 어둠 속에 웅크리고 있는 거대한 두 번째 탑 아래를 통과했다. 울짱은 거기서 완만하게 오른쪽으로 꺾여, 카르카손 시가에서 볼 때 뒤쪽에 해당하는 부분으로 구부러진 채 이어졌다.

그러나 약속한 네 번째 탑에 이르기까지는 그로부터 엄청나게 긴 시간이 필요했다. 지나치게 길게 자란 잔디는 밤이슬에 젖어 미끄러지기 쉬웠고, 조용히 좌우에 우뚝 솟은 돌로 된 성벽에서는 아무 소리도 들려오지 않았다. 오래 걸어 드디어 세 번째 탑 앞에 이르자 시몬은 그 아래로 다가갔다.

"아직 세 번째예요." 나는 미심쩍어하며 속삭였다.

"괜찮아요. 여기서 성벽 위로 올라가는 거예요."

탑 아래쪽에 있는 쇠 문살문이 반쯤 열려 있었다. 그 안쪽에는 거의 머리가 닿을 것처럼 천장이 낮은 좁은 돌계단이 칠흑의 어둠 속으로 사라지고 있었다.

"어두우니까 발밑 조심해요."

우리는 서로 몸을 딱 붙인 채 손으로 더듬듯이 깜깜한 돌계단을 올라갔다. 탁한 공기와 두꺼운 석벽에 엄숙하게 포위된 압박감 때문인지 숨이 막힐 듯했다.

"아직인가요?" 앞서 가는 시몬의 등에 대고 나는 무심코 이렇게 말해버렸다. 휑뎅그렁한 첫 번째 홀은 너무나도 황량한 인상이었다. 홀에는 쌓인 먼지 외에 아무것도 없었다. 이어서 시몬의 손전등이 비춘 곳은 둥근 벽을 따라 만들어진 불과 50센티미터밖에 되지 않는 무척 좁은 돌층계였다. 거기에는 난간조차 달려 있지 않았다.

"관광객도 오지 않는 곳이니까 옛날 그대로예요. 떨어지지 않게 조심해요."

맨 먼저 시몬이 올라갔다. 가볍게 왼손을 석벽에 대고 오른손에

든 손전등으로 발밑을 비추며 조심스러운 발걸음으로 가까스로 다 올라갔다. 다음은 내 차례였다. 주뼛주뼛 발밑을 살피면서 천천히 올라가기 시작하자 시몬이 위에서 계단에 손전등 불빛을 비춰주었다. 가까스로 다 올라가 시몬 옆에 도착하자 가케루는 거의 주의하는 기색도 없이 편하게 계단을 뛰어 올라왔다.

돌계단이 끝난 좁은 층계참 구석이 탑 내부와 성벽을 잇는 조그마한 출입구였다. 거기에는 문이 없었고 등신대보다 약간 큼직한, 돌 잘린 곳이 아가리를 벌리고 있을 뿐이었다.

온통 빈틈없이 칠해진 듯한 탑 안의 어둠 속에서 성벽 위로 한 발을 내딛자 별도 달도 없는 밤하늘이었지만 바깥의 어둠에는 얼마간 환한 기운이 섞여 있는 것을 알 수 있었다. 앞을 보니 거의 정면에 목적지인 네 번째 탑이 어슴푸레 떠올라 있었다.

옛날에는 여기에서 적병에게 화살을 쏘거나 돌을 던져 떨어뜨렸겠지. 세 번째 탑과 네 번째 탑을 잇는 성벽 위의 통로는 간신히 어른 두 명이 나란히 걸을 수 있을 정도의 폭이었다.

드디어 목적지인 탑 옆에 도착했다. 그러나 성벽 위에서 탑으로 들어가기 위해서는 묵직해 보이는 문을 열어야만 하는 구조였다. 앞에 선 시몬이 열심히 문을 밀고 당겼다. 바깥쪽의 빗장은 분명히 벗겨져 있는데도 어쩐 일인지 문이 열리지 않았다.

"안 되겠어요. 안쪽의 빗장이 내려져 있나 봐요."

이렇게 중얼거리고 이번에는 가볍게 문을 두드렸다. 그리고 몇 번이고 되풀이하여 노디에의 이름을 불렀다. 아주 튼튼해 보이는 두꺼운 판자로 만들어진 문으로, 표면에 박힌 못대가리는 붉게 녹슬어 있었다.

"이상하네요. 먼저 와 있기로 약속했는데." 의아해하는 중얼거림을 내뱉은 시몬에게 옆에서 가케루가 낮은 목소리로 말했다.

"뤼미에르 씨, 손전등 좀."

가케루는 문 옆의 세로로 긴 좁은 돌 틈새에 얼굴을 댔다. 탑 안에서 성벽 위로 침입한 적병을 활로 쏘기 위한 구멍이었다. 손전등을 받은 가케루는 전신을 옆으로 비트는 부자연스러운 자세로 탑 안을 비추며 어떻게든 들여다보려고 했다. 이유 없는 불안이 나를 강력하게 휘감았다. 나는 초조한 목소리로 물었다.

"어떻게 된 거야? 노디에 씨는 아직 안 왔어?"

돌아본 가케루가 말없이 내 손에 손전등을 떠맡겼다. 손바닥에 금속 통의 차가운 감촉이 전해졌다. 나는 가케루를 흉내 내어 탑의 석벽 틈으로 내부를 들여다보려고 까치발을 했다. 무리한 자세 탓인지 등줄기가 좀 아팠다.

타원형의 엷은 빛의 고리가 어두운 탑 내의 홀 바닥을 기어갔다. 아무도 없는 듯했다. 이번에는 벽을 따라 조금 위쪽으로 비춰 보았다. 희미한 노란색 빛의 고리가 묘한 뭔가를 포착했다. 그 정체를 판별한 순간 나는 아플 만큼 두 눈을 크게 뜨고, 목구멍 언저리에서 당장이라도 폭발할 것 같은 뜨거운 덩어리를 필사적으로 삼켜야만 했다.

"가케루, 가케루……"

내가 본 것은 높은 천장의 들보에서 내려뜨려진 밧줄 끝에 아주 부자연스러운 자세로 목매달아 죽은 남자였다. 전신이 딱딱해진 남자는 손전등의 둥근 빛에 비쳐 아직도 천천히 회전하고 있었다.

그날 오후 아직 이른 시각이었다. 목매달아 죽은 노디에의 시체가 발견된 탑 옆에서 나는 장 폴과 카사르 대장에게 밤중에 시체를 발견하게 된 상황을 이것저것 설명해야 했다.

"나디아, 네가 한 일은 범죄야." 장 폴은 일부러 범죄라는 말을 강조하며 심술궂게 찡그린 얼굴로 말했다. "독일인 살해의 주요 용의자가 있는 곳을 알고 있으면서도 그걸 숨겼어. 그건 충분히 범죄라고."

"장 폴 아저씨, 저한테 어떤 방법이 있었는데요? 저도 가케루도 성문 앞에 도착할 때까지 시몬이 노디에와 만날 예정이라는 건 전혀 모르고 있었어요. 다 알고 숨긴 것도 아닌데 그렇게 말하는 건 너무 심하잖아요." 나는 발끈하여 반박했다.

"바르베스, 아가씨에 대해서는 그만하면 됐잖은가. 장 노디에는 목을 매고 자살한 거야. 독일인을 살해한 죄를 자백해서 우리의 수고를 덜어준 거지."

쾌활한 어조로 나를 위해 변론해준 사람은 사건을 해결해서 기분이 좋아진 모양인 카사르 대장이었다. 장 폴은 목구멍 안쪽에서 무섭게 으르렁거리는 소리로 대장의 낙천적인 발언을 순식간에 봉쇄해버렸다.

어젯밤에는 결국 한숨도 잘 수 없었다. 시체를 발견한 후 현장에는 가케루가 남고 시몬과 나는 성내의 길모퉁이에 있는 공중전화로 달려갔다. 15분여 만에 경찰대가 서둘러 도착했고, 나는 카르카손 경찰서의 경감에게 간단한 현장 심문을 받은 뒤 이번에는 경찰차에 태워져 본서까지 연행되었다. 용의자 취급을 당한 것은 아니었지만 그다지 유쾌한 경험이라고는 할 수 없었다. 왜 그런 시각에 그런 장소에 갔는지가 심문을 담당한 경관의 의혹을 부채질한 듯했다.

통보를 받은 카사르 대장과 장 폴이 도착한 것은 이른 아침 5시경이었다. 특히 노디에와의 관계를 추궁당한 시몬 뤼미에르, 그리고 외국인인 가케루를 제외하고 나만 풀려난 것도 불과 몇 시간 전이었다.

"하지만 바르베스, 알 수 없는 것은 이번에도 말이 죽임을 당했다는 거야." 카사르 대장이 머리를 흔들며 아주 당혹스러운 표정으로 말했다.

그렇다, 이번에도 묵시록의 예고대로 붉은 말이었다. 심야에 수사를 하고 있던 한 경관이 나르본 문을 들어가 왼쪽 외벽의 첫 번째 탑 아래에서 짙은 밤색 말이 이마에 총을 맞고 죽어 있는 것을 발견한 것이다. 오전 중에 말의 소유자가 밝혀졌다. 다름 아닌 오귀스트 로슈포르 소유의 말이었다. 어제 조제프라는 청년이 타고 기마행렬에 참가한 그 말이었던 것이다. 어젯밤 기마행렬이 끝나고 일단 울짱 안의 공터에 백 필 가까이 되는 말이 모여 있었는데, 밤까지는 대부분 말 주인이 끌고 갔다. 그러나 한창 혼란스러울 때 조제프가 아주 잠깐 한눈을 판 사이에 누군가가 말을 끌고 가 버렸다고 한다.

또 다른 정보에 따르면 불꽃놀이가 계속될 무렵 성벽도시 뒤쪽의 밭과 과수원 사이에서 나무에 매여 있던 밤색 말을 목격한 사람도 있다고 한다.

"어두워질 무렵에 훔쳐서 한밤중이 될 때까지 성 뒤쪽의 인적 없는 곳에 숨겨둔 것 같은데, 말이 죽임을 당한 것과 노디에가 죽은 것은 거의 같은 시각이야. 자살하려는 사람이 대체 왜 그렇게 성가신 짓을 한 걸까?"

수상쩍어하는 카사르 대장의 말을 막고 장 폴이 말했다.

"뭐, 됐네. 현장을 들여다볼까?"

시체 앞에서 현장 보존을 담당하고 있던 젊은 경찰의 안내로 우리는 성벽 위에서 탑 안의 홀로 들어갔다.

그곳은 탑의 바닥 면적에 빠듯한 원형 홀로, 채광을 위한 커다란 창이 하나도 없어서 대낮에도 어둑어둑했다. 실내의 부족한 빛은, 성 바깥에 면해 네 개, 문 옆에 하나가 설치된 화살 쏘는 구멍과 성 안으로 면한 하나뿐인 작은 창으로 새어 들어오는 게 전부였다.

화살 쏘는 구멍은 높이 1미터 정도로, 처음에는 어깨가 들어갈 만한 폭이지만 성 바깥으로 향하면서 좌우의 면적이 비스듬히 좁아지고, 구멍이 석벽 바깥으로 빠지는 부분에서는 가로로 손가락 세 개가 들어갈까 말까 할 정도의 세로로 긴 선 모양의 돌 틈이었다. 물론 성 안에서는 되도록 자유롭게 저격할 수 있고 성 바깥에 있는 적병의 저격은 거의 완벽하게 봉쇄하는, 군사 목적을 위해 공들여 고안된 것이다.

성 바깥에 면한 네 개의 화살 쏘는 구멍 가운데 두 개는 구멍의 각도가 거의 수평으로, 비교적 먼 곳에 있는 적병을 쏘기 위해 만

338

들어진 것인 듯하다. 좌우의 두 개는 구멍 자체가 일정한 각도로 아래로 비스듬히 만들어져 있다. 물론 성벽 바로 아래가 사각이 되기 때문일 것이다. 가케루가 노디에의 시체를 발견한 것은 성벽 위로 침입한 적병 때문에 만들어진 문 옆의 화살 쏘는 구멍이었다.

성 바깥에 면한 화살 쏘는 구멍은 바닥에서 상당히 높은 곳에 있어 저격수를 위해 둥근 홀의 내벽을 따라 어른 어깨 정도의 높이로 돌 받침대가 만들어져 있었다. 바닥에서 돌 받침대로 올라가기 위한 낮은 돌계단이 문 옆에 있었다.

"솜씨 좋은 고안인데요." 돌 받침대로 올라가 화살 쏘는 구멍을 들여다보며 내가 말했다. "이거라면 바깥에서 날아오는 화살은 거의 완벽하게 막을 수 있고 안에서는 편하게 화살을 쏠 수 있겠어요."

성 안에 면한 조그만 창도 역시 돌 받침대 위에 있었다. 거기에서 장 폴이 젊은 경관과 무슨 이야기에 열중하고 있는 것을 보고, 나는 탑 내벽을 따라 돌 받침대 위를 둥글게 절반쯤 돌아 작은 창 옆까지 가 보았다.

이 작은 창에 장 폴이 주목한 것도 당연했다. 단번에 살아 있는 인간의 몸을 시체로 만드는 데 이용된 밧줄이 지금도 창의 쇠 격자에서 천장의 들보를 통해 아래로 늘어뜨려져 있었다. 다만 밧줄은 중간이 절단되어 있었다. 노디에의 시체를 처리하기 위해 경관이 잘랐을 것이다.

"우선 밧줄 한쪽 끝을 창의 쇠 격자에 묶고, 그리고 나서 들보를 통해 다른 쪽 끝에 고리가 있는 밧줄을 내려뜨렸어. 그리고 밧줄을 끌어당겨 고리에 머리를 넣고 돌 받침대 위에서 뛰어내렸지…… 이런 순서 아니겠나?"

돌 받침대 아래에서 카사르 대장이 말했다. 창의 모습을 자세히 살펴보고 있던 장 폴이 대답했다.

"아니, 그게 아닐 거네. 카르카손 경찰서에서 고리 매듭을 봤잖은가. 노디에의 목에 파고들어 있던 거네. 고정된 고리가 아니었어. 던지는 밧줄처럼 당기면 고리가 조이는 식으로 되어 있었네. 그건 말이야, 먼저 고리를 만들고 나서 밧줄의 다른 쪽 끝을 들보에 통과시키고 그런 다음에 쇠 격자에 묶은 거라는 거지. 묶은 게 아니라 갈고리로 단단히 고정되어 있었네."

창이 열려 있는 곳은 내 얼굴 언저리였다. 가로세로 30센티미터쯤 되는 작은 창으로 안길이가 탑 벽의 두께만큼, 즉 30센티미터 이상이나 되었다. 쇠 격자는 가로세로 세 개씩 엄지손가락 두께의 철재를 튼튼하게 짜 맞춘 것으로, 벽의 가장 바깥쪽에 단단히 박혀 있었다. 장 폴이 힘껏 흔들어봤지만 창틀인 석재에 끝이 깊이 박혀 있어 미동도 하지 않았다.

장 폴은 쇠 격자의 가로 막대에 밧줄을 고정하고 있는 금속 고리를 벗겨내 손바닥에 놓고 관찰하기 시작했다.

"카라비너, 암벽등반 할 때 쓰는 소도구야."

확실히 노디에가 갖고 있을 법한 도구였다. 경금속으로 만든 타원 모양의 굵은 관이었는데, 일부가 용수철로 안쪽으로 열리는 구조였다. 사용하지 않을 때 벗겨지지 않도록 움직이는 부분을 잠가두기 위한 나사도 있었다.

카라비너에는 단단히 묶인 밧줄의 작은 고리가 끼워져 있고 한쪽 끝은 짧게 잘려 있었다.

"단면이 새것인데. 긴 밧줄에서 필요한 부분만 잘라 온 거로군."

장 폴이 문 쪽으로 간 후에도 나는 혼자 남아 창을 계속 살펴보았다. 창의 안쪽 틀은 나무로 만들어져 있었다. 거기서 내다본 밖은, 어둠에 익숙한 눈에는 눈이 부실 만큼 햇빛의 홍수였다. 사방 30센티미터로 잘라진 풍경은 성의 내벽과 그것을 배경으로 한 빈약한 사이프러스 나무 한 그루뿐이었다. 연한 갈색으로 쌓인 성벽의 돌이 뜨거운 남프랑스의 햇볕에 타서 묘하게 건조한 풍경을 만들어내고 있었다. 시야의 구석에서 마음에 걸리는 것을 느끼고 좀 더 잘 볼 수 있게 나는 석벽의 두께만큼의 안길이를 가진 깊은 창에 머리를 푹 집어넣고 이마를 거의 쇠 격자에 대듯이 했다. 역시 그랬다. 나무줄기에 몸을 기대고 이쪽을 보고 있는 사람은 분명 가케루였다. 가케루는 나보다 오래 경찰서에 남아 있었지만 이제야 무죄방면 된 모양이었다.

창에서 떨어지려고 했을 때 나는 작은 창 안에서 이상한 것을 발견했다. 짧은 바늘 하나였다. 경관들에게 들키지 않도록 주의하며 바늘을 집고 재빨리 손수건으로 싼 다음 그대로 여름 윗옷 안의 호주머니에 숨겼다. 그리고 나서 문을 조사하고 있던 장 폴의 옆을 지나 성벽 위로 나간 다음 손을 크게 흔들며 소리쳤다.

"가케루, 여기야."

일본인은 가볍게 한 손을 들어 나의 외침에 응했지만, 걸어올 기색은 전혀 없어 보였다. 탑까지 올라올 생각이 추호도 없는 모양이었다. 나는 그토록 현장 조사에 무관심한 탐정을 따로 알지 못한다. 그럼 끝날 때까지 나무 그늘에서 기다리라지. 나는 마음속으로 이렇게 중얼거리고 다시 문으로 향했다.

탑의 출입구에 달린 문에는 안팎으로 묵직해 보이는 빗장이 걸려 있었다. 바깥쪽 빗장은 커다란 맹꽁이자물쇠로 움직이지 않도록 고정되어 있었던 모양이다. 그러나 한밤중에 봤을 때 맹꽁이자물쇠는 이미 누군가에 의해 열린 채였다.

"비틀어 끊어진 맹꽁이자물쇠는 탑 안의 바닥에 내던져진 상태로 발견되었습니다. 이 탑으로 들어오기 위해서는 성문 쪽에 있는 이웃한 탑에서 성벽을 타고 올 수밖에 없습니다만, 아래에서 이웃한 탑으로 들어가는 입구의 문도 역시 같은 수법으로 자물쇠가 끊어져 있었습니다."

카르카손 경찰서의 젊은 경관이 장 폴 일행에게 설명했다. 나도 옆에서 귀를 기울였다.

"끊어진 맹꽁이자물쇠 외에는 쇠 지렛대가 바닥에서 발견되었습니다. 자물쇠를 비틀어 연 도구로 보입니다. 이 탑이나 이웃한 탑은 성의 뒤쪽이라 관광객이 가까이 다가오는 일도 없습니다. 성 관리자의 이야기로는, 오랫동안 자물쇠로 닫아놓았고 최근에는 들어간 사람이 아무도 없었을 거라고 합니다."

"방해받지 않고 목을 매기에는 상당히 편한 장소였던 셈이군."

"말씀하신 대롭니다, 바르베스 경감님. 아래의 울짱도 낮 동안은 물론이고 밤이 되면 일단 가까이 다가오는 사람이 절대 없으니까요."

장 폴이 늘 하는 품위 없는 농담이었지만 젊은 경관의 대응은 무척 진지했다.

"현장 조사에서 발견된 것 중에는 그 밖에 뭐가 있었지?"

"검입니다."

"검……, 그 검 말인가?" 이렇게 말하며 장 폴은 머리 위에서 손을 휘두르는 몸짓을 해 보였다.

"그렇습니다. 붉게 녹슨 오래된 장검입니다. 길거리의 골동품 가게에 굴러다니는 것 같은 그런 겁니다."

카사르 대장은 딱 질색이라는 듯한 느낌으로 과장되게 어깨를 움츠리며 눈을 깜박거렸다. 그러나 장 폴은 마치 예상하고 있었다는 듯한 어조로 난폭하게 말했다.

"어차피 그런 걸 거라고 생각했지. 활과 화살 다음에는 검이라는 거지. 묵시록대로 제대로 연출되었어. 그 밖에는?"

"특별한 건 없습니다. 나머지는 짧은 바늘 세 개가 바닥과 돌 받침대에서 발견되었습니다만."

"바늘이 세 개라…… 음, 실물은 나중에 카르카손 경찰서에 들를 때 보기로 하지."

장 폴은 젊은 경관의 설명에 어딘지 모르게 불만인 듯했다. 마치 그것을 달래는 듯한 어조로 카사르 대장이 말했다.

"바르베스, 대체 뭐가 마음에 걸리나? 설마 노디에의 죽음이 타살이라고 생각하는 건 아니겠지? ……살인 현장인 홀로 들어가려면 이 문을 지날 수밖에 없네. 그런데 문에는 안쪽에 투박한 빗장이 단단히 걸려 있었지. 사살한 거라면 모르겠지만 이런 화살 쏘는 구멍도 그렇고 쇠 격자가 박힌 창을 빠져나갈 수 있는 사람이 세상에 어디 있겠나? 누군가 들어와서 노디에를 매달기라도 했겠는가? 바르베스, 그건 불가능하네. 목숨이 끊어질 때까지 상당히 날뛴 모양인지 목에는 밧줄에 쓸린 자국이 붉게 남아 있긴 했지만, 그래도 의사 얘기로는 시체에는 맞은 흔적도, 억지로 약을 먹인 정황도 없었다고 하네. 의식을 잃게 하지 않았다면 다 큰 남자한테 대체 무슨 수로 밧줄 고리에 스스로 머리를 들이밀게 한단 말인가? 노디에는 자살한 게 분명하네."

카사르 대장의 이런 열변에도 장 폴은 불만스럽다는 듯이 킁킁거릴 뿐이었다. 그사이에 나는 문을 위에서 아래까지 자세히 살펴보았다. 내가 두 손으로 움직여야 할 정도로 묵직한 빗장은 결코 그런 짧은 바늘을 지렛목으로 삼아 밖에서 실이나 끈 따위로 움직일 수 있는 게 아니었다. 세월에 표면이 거무스름해지고 금이 간 나무판자여서 설사 있었다고 해도 바늘의 흔적 같은 게 발견되기는 어려웠지만, 내가 본 한에서는 어디에도 새로운 바늘의 흔적은 없었다.

현장 조사를 마치고 우리는 감시를 위해 남은 경관과 헤어져 이웃한 탑을 통해 아래의 초지로 내려갔다. 거기에서 기다리고 있던 가케루와 합류하여 일단 나르본 문까지 돌아간 다음 거대한 두 탑 사이에 끼인 내벽 성문을 빠져나가 성내의 마을로 들어갔다.

늘어선 집들, 레스토랑과 토산물 가게뿐인 옛날 그대로의 옹색한 거리를 지나 우리는 한 레스토랑을 골라 들어갔다. 한밤중에 내가 경찰에 연락할 때 쓴 공중전화가 있는 성내 우체국 뒤쪽의 레스토랑이었는데, 거리에서 계단으로 몇 단 높게 된 앞뜰 전체가 그대로 널찍한 테라스로 사용되고 있는 가게였다. 앞뜰 가득히 만들어진 나무틀에 포도덩굴이 아주 무성하게 휘감겨 있고, 서로 겹쳐진 잎과 잎이 천연의 초록색 지붕을 이루고 있었다.

"장 폴 아저씨, 노디에는 자살한 게 아니에요. 아저씨도 그렇게 생각하죠?"

철야를 한 탓인지 전혀 식욕이 없는 나는 정식인 스테이크 프리츠*를 입으로 가져갈 생각도 없이 그저 포크 끝으로 깨작거리면서 아무렇지 않게 말해보았다. 그러나 장 폴은 내 말을 들은 기색도 없이 두 사람 앞에 놓인 부야베스**를 열심히 먹고 있었다. 주문을 받으러 온 종업원이 "부야베스는 2인분입니다만"이라고 말했을 때도 황소 못지않은 이 대식가는 조금도 동요하는 기색이 없었다. 설령 '최소 3인분', 아니 '4인분'이라는 말을 들었다고 해도 품위 없는 엷은 웃음을 띠고 즐거운 듯이 손을 비비며 아마 쾌활하게 고개를 끄덕였을 것임이 틀림없다. 상식을 벗어난 이런 대식가는 그야말로 인류의 치욕이 아닌가. 마음속으로 이렇게 악담을 퍼부으며 나는 요리 접시를 마구 휘저었다.

"나디아, 안 먹을 거면 주문하지 말았어야지."

배부르게 먹고 눈을 가늘게 뜬 장 폴은 둥글게 뭉친 종이 냅킨을 식탁 위로 내던지며 내게 말했다.

"그건 어릴 때부터의 나쁜 버릇이야. 먹지 않은 것은 그대로 돌

---

\* 감자튀김을 곁들인 스테이크.
\*\* 지중해식 생선 스튜.

려줘야지. 그렇게 지저분하게 휘저으면 어떡하느냐고."

"알았어요, 아저씨. 그런데 노디에에 대해서는 어떻게 생각해요?"

나도 접시 위에 포크를 내던졌다. 분명히 접시 안은 그다지 깨끗한 상태라고는 할 수 없었다. 아무리 그렇다고 해도 이 둔중한 몸집 큰 사내에게서 아름다움과 추함을 주제로 설교를 들어야 할 이유는 없었다. 나는 불만스럽다는 듯이 입을 뾰족하게 내밀었나 보다. 그때 돌연 장 폴이 너무도 결연한 어조로 말하기 시작했다.

"노디에의 자살…… 확실히 묘한 구석이 적지 않아. 곧 자살하려는 사람이 일부러 훔친 말을 죽인다거나 붉게 녹슨 잡동사니 검을 죽을 장소까지 가져갈까? 물론 이런 유의 잔재주는 망측한 묵시록의 제2막을 연출하기 위한 것일 뿐이야. 하지만 제1막의 발터 페스트 살해로 노디에가 묵시록의 기사를 자처했다고 해도 왜 자신이 천장의 들보에 매달릴 때까지 똑같은 준비를 할 필요가 있었던 걸까? 게다가 현장에는 뭐에 썼는지 잘 알 수도 없는 바늘까지 떨어져 있었지. 조용히 혼자 죽고 싶어서 일부러 그런 인적 없는 장소를 골랐다면 왜 시몬 뤼미에르를 부른 걸까? 뭔가 착각해서 노디에가 그 여교사한테 반한 나머지 첫 발견은 다른 사람이 아닌 그 여자가 했으면 하는 생각이라도 한 걸까? 그렇다면 왜 신뢰할 수 있는 사람과 함께 오라고 한 거지? 그것도 로슈포르가의 관계자 이외라는 공들인 주문까지 붙여서 말이야.

하지만, 하지만 말이야. 나는 그저 경관일 뿐이야. 소설에 나오는 종이 세공물인 명탐정이 아니란 말이지. 현실의 사건에는 언제든 묘한 구석이 적잖이 있는 법이거든. 이 정도의 의문이 자살임을 보여주는 다른 압도적인 증거, 다시 말해 노디에가 도피 중에 막다른 곳에 몰린 심경의 지명수배자였고, 현장이 완벽한 밀실 상태였다는 사실을 뒤집을 만한 것이라고는 생각되지 않아. 하지만 말이지, 아무리 봐도 내 마음에 들지 않는 것은……"

"바르베스, 대체 뭔가?" 카사르 대장이 말했다.

"권총이야, 권총. ……말은 사살당했어. 총성 같은 소리를 들은 사람도 있는데, 몇 시간 있다가 다시 불꽃을 쏜 것이라고밖에 생각하지 않았지. 그건 좋다고. 노디에가 말을 죽이고 나서 목을 맨 거라면, 말을 쏜 총은 말의 시체 옆이나 자살 현장인 탑의 홀 같은 데 떨어져 있어야 되거든. 그런데 말이야, 카르카손 경찰서의 경관 수십 명이 넓은 울짱 일대에서 성문 밖까지 샅샅이 뒤졌는데도 결국 권총이 나오지 않았다는 거네. 카사르, 이 이야기를 어떻게 생각하나? 말을 죽인 후 성문을 나가 멀리 성 바깥까지 총을 처리하러 가고, 다시 멀리 그 탑까지 돌아와 목을 맨 것은 아무리 나라도 믿을 수가 없단 말이지. 안 좋은 예감이 들어. 안 좋은 예감이라는 건 내 경우에 대체로 들어맞거든. ……탄환을 정밀하게 검사하면 알겠지만, 최초의 흰말과 이번의 붉은 말을 죽인 총은 완전히 같은 모제르총이지 않았을까 하는 생각이 든다는 거지. 그렇다면 다음의 검은 말, 푸르스름한 말을 죽이기 위한 그 총이 어딘가에 있고, 누군가가 그것을 꼭 쥐고 그 시간까지 기다리고 있다고 생각하는 것도 당연한 일이겠지. 알았나, 카사르? 문제는 말 같은 게 아니라네. 이 망측한 연극은 말이 죽으면 그 근처에 반드시 사람 시체가 널브러져 있는 구상으로 연출되어왔다 그 말이네."

"하지만 바르베스, 흰말과 검은 말은 그렇다 치세. 밤색으로 어물어물 넘긴다면 붉은 말도 그렇다 치자고. 하지만 푸르스름한 말은 어디에도 없지 않은가? 범인은 대체 어디서 푸르스름한 말을 조달한다는 건가? 그건 불가능하네, 바르베스."

장 폴은 자라는 대로 내버려둔 수염이 난 턱을 내밀고 마음속에서 우러난 경멸의 시선을 담아 카사르 대장의 얼굴을 물끄러미 바라보았다. 그리고 그 대답은 예의 그 몹시 거친 콧김뿐이었다.

"이제 됐네, 카사르. 독일인 살해 관계자의 어젯밤 행동은 어떻게 되었나?"

"별로 필요 없을 것 같지만, 자네가 말해서 아침 내로 부하한테 조사해두라고 했네." 이렇게 말하며 카사르 대장은 닳아 떨어진 가죽 표지의 수첩을 꺼냈다.

카사르 대장의 결론을 요약하면, 노디에의 사망 추정시각인 밤 0시에서 1시까지 알리바이가 있는 사람은 한 명도 없었다는 것이다. 모두 호텔 방에서 혼자 있었다. 로슈포르 부부도 니콜이 피곤하다고 해서 방을 따로 잡았다. 소네 신부의 싸구려 숙소도 로슈포르 일행의 고급 호텔도 그럴 마음만 있다면 누구나 들키지 않고 나갈 수 있고 또 돌아올 수 있는 구조였다.

"가케루 군, 자네는 어떻게 생각하나?" 장 폴이 잠자코 있는 일본인에게 관심을 유도했다. 가케루가 입을 열었다.

"묵시록풍의 상징이 뭘 의미하는지를 알면 모든 것이 밝혀질 겁니다. 첫 번째 사건의 석구에 새겨진 요한, 활과 화살, 흰말, 이

번 사건의 검과 붉은 말…… 범인은 왜 이렇게 묵시록의 도구를 갖추는 데 집착하는 걸까요?"

"자네도 노디에가 자살한 게 아니라고 생각하고 있군그래. 범인이 제3, 제4의 희생자를 노리고 있다면? 자네는 범인이 누구라고 생각하나?"

가케루는 가볍게 고개를 저을 뿐 아무 대답도 하지 않았다.

"카르카손 경찰서에 들렀다가 일단 샤투이로 돌아갈까?"

알리바이 조사 결과가 불만이었는지 장 폴은 언짢은 표정으로 의자에서 일어났다.

"우리는 예정대로 마르세유로 갈 거예요. 다만 오늘은 카르카손에 묵고 싶지만요."

느닷없이 닥쳐온 수마에 간신히 저항하면서 나도 자리에서 일어났다. 포도덩굴 시렁의 푸른 천장을 통해 그것 역시 졸음을 재촉하는 듯이 식탁에는 복잡한 빛의 무늬가 만들어져 어른어른 움직이고 있었다. 바람과 잎과 한여름 햇빛의 못된 장난이었다.


"가케루, 탑에서 내가 불렀을 때 성벽 밑에서 뭘 조사한 거야?"

나는 가케루에게 물었다. 우리는 카르카손 경찰서 건너편에 있는, 넓은 가로수 길에 면한 카페 테라스에 앉아 있었다. 5시가 넘어가는 시간이었는데도 아직 저녁때라고 하기에는 하늘이 너무 환했고, 가로수 그림자가 고마울 정도로 강한 햇빛이 주위를 온통 하얗게 내리쬐고 있었다. 내 질문에 가케루가 드디어 대답했다.

"사이프러스 나무."

"사이프러스 나무에 뭐가 있었는데?"

"나무껍질에 새로운 상처가 있었어. 내 가슴께 높이였지. 뭔가에 강하게 쓸린 듯한 흔적이었는데, 넌 탑 안에서 그런 흔적을 발견하지 못한 거야?"

"응."

"뭐, 상관없어. 일부러 확인할 것까지는 없는 일이니까."

가케루는 희미하게 웃었다. 나는 영문을 알 수 없었다. 현장에 들어가려고도 하지 않은 주제에 이 청년의 태도에서는 마치 밀실 살인의 수수께끼가 이미 풀렸거나 적어도 중요한 단서를 손안에 쥐고 있는 듯한 여유가 느껴졌다.

"나왔어."

경찰서의 정면 현관을 나온 사람은 샤를 실뱅이었다. 오늘 오후 내내 에스클라르몽드 산장의 관계자는 교대로 경찰서에서 심문을 받았다. 그런데 가장 실력자인 로슈포르 일족은 먼저 아주 형식적인 질문을 받았을 뿐이어서 진작 풀려났다. 남아서 경관들의 집요한 심문을 받은 듯한 사람은 에스클라르몽드 산장에 머물고 있는 샤를 실뱅과 줄리앙 뤼미에르였다. 두 사람 중에서도 실뱅이 한 발 먼저 풀려난 모양이었다. 지젤과 로슈포르는 이미 툴루즈로 향하고 있었다. 우리는 신경이 쇠약해진 지젤의 부탁으로 두 사람을 기다리기 위해 여기로 온 것이다.

"이봐, 나디아. 생세르낭 문서 일로 실뱅 교수를 추궁해서는 안돼."

손을 흔들며 신호를 보내고 있는 나에게 나지막한 목소리로 가케루가 말했다. 빌랑쿠르 교수의 이야기를 통해 실뱅이 학창시절 생세르낭 문서에 대해 조사했다는 것을 알고 나서 왜 우리에게 거짓말을 했는지를 따져 묻기 위해서는 이번이 마지막 기회였다.

"알았어. 그런데 그건 왜?"

내 물음에 가케루는 가볍게 어깨를 으쓱할 뿐 말이 없었다. 어쩔 수 없다. 가케루에게 뭔가 생각이 있다면 나도 그것에 따를 수밖에. 이 정보에는 가케루에게 우선권이 있다는 걸 인정할 수밖에 없기 때문이다.

"아아, 피곤하다."

실뱅이 거리를 가로질러 우리 테이블로 다가와 아주 질린 듯한 표정으로 의자를 끌어당기며 천천히 앉았다. 내가 실뱅에게 말을 걸었다.

"선생님을 모시러 로슈포르 부인이 호텔에서 여기까지 차로 오겠다고 했어요. 이제 곧 도착할 거예요. 줄리앙 뤼미에르는 더 오래 걸릴 것 같나요?"

"아니, 이제 곧 무죄방면 될 시간이네. 아주 무례한 경관들이야. 우리 중 누군가가 어젯밤 성벽도시의 탑까지 가서 장 노디에가 목을 매는 걸 도와주기라도 했다는 듯한 태도였지."

"우리는 밤까지 새웠어요."

다시 분한 마음이 들어 내가 맞장구를 쳤다. 정말 바보 같은 경관들이다. 밀실 살인이라는 사실을 인정하려고 하지 않는 주제에 완전히 잘못 짚은 사람을 잡아놓고 집요한 심문만은 그만두려고 하지 않았기 때문이다. 물론 그 사람들이 노디에 살인의 수수께끼를 풀 리가 없다.

"실뱅 선생님은 툴루즈 출신이지요?"

가케루가 생세르냉 문서에 대한 직접적인 추궁을 하지 말라고 했기 때문에 나는 조금 다른 각도에서 이야기를 끌어내기로 했다.

"그래, 부모님도 다 툴루즈 사람이지. 나 역시 툴루즈에서 태어났고."

"왜 파리로 간 건가요?"

"음. 오래전 이야긴데 말이지, 고향을 떠나고 싶은 마음이 들었거든."

그때 카페 앞에 검은색의 다임러 리무진이 멈췄다. 내린 사람은 물론 니콜 로슈포르였다. 최신 유행의 화려한 여름옷 차림으로, 자신의 미모와 매력을 절대로 의심하지 않는, 마치 여왕이나 되는 듯한 걸음걸이로 걸어왔다. 옆자리에 앉은 니콜에게는 가볍게 고개만 끄덕인 실뱅은 내게 하던 이야기를 계속했다. 무시당한 것이 불만인 듯 니콜은 아름다운 코에 살짝 주름을 짓고 실뱅의 옆얼굴을 노려보았다.

"이유는, 그래, 실연이었지. 그것도 아주 호된 실연이었어. 상대 아가씨는 굉장한 미인이었네. 그 전에도 그 후에도 그렇게 아름다운 여자는 만난 적이 없어. 바보같이 사랑받고 있다고 믿었지. 물론 대학을 졸업하면 결혼할 생각이었어. 그런데 갑자기 그 아가씨가 다른 남자와 결혼할 생각이 든 거야. 정열적이고 격렬한 성격의 아가씨였으니까 나처럼 평범한 학자 지망의 남자한테는 만족할 수 없었던 거라고 생각하면 그래도 위안이라도 되었을 거야. 그런데 그 아가씨는 새로운 사랑을 위해 나를 버렸다는 생각조차 하지 않았지. 결국 툴루즈를 떠날 결심을 한 것은 그 사건 때문이었어."

"그리고 파리에서 고투 끝에 야심을 실현하고 연구자로서 성공을 거두었군요. 지젤은 당신의 열광적인 숭배자예요. 그런데 그 아가씨는 왜 당신을 버렸을까요?"

옆에서 끼어든 사람은 니콜이었다. 재미있어하는 듯한 희미한 웃음이 붉게 칠한 입 주위에 떠올랐다. 실뱅은 고개를 갸우뚱하며 미소를 지었다.

"부인, 왜라고 생각합니까? 여자 마음에 대한 분석은 여성이 더 잘할 테니까요."

"글쎄요. 새로운 사랑이 아니었다고 한다면, 젊은 아가씨가 가난한 학생을 떠날 이유는 하나밖에 없어요. 돈이지요. 그 아가씨가 결혼한 상대는 큰 부자 아니었나요?"

"정확히 맞혔네요. 저도 옛날에는 그렇게 생각했습니다."

"어머, 실뱅 씨, 지금 웃고 있네요. 절 바보로 취급한 거죠? 로슈포르의 돈을 휴지처럼 뿌리고 다니면서 그저 노는 데만 정신이 팔린 여자가 할 법한 말이라고 말이에요. 그렇게 생각한다고 얼굴에 정확히 쓰여 있어요. 그런데 그 후로 많은 시간이 지났을 텐데 왜 아직도 결혼하지 않은 건가요?"

"왜일까요? 실은 저도 잘 모르겠습니다. 당신은 이렇게 말하고 싶은 거군요. 아직도 그 아가씨를 잊지 못해서라고 말이지요."

"그런 건가요? 그렇다면 제가 충고 하나 해드리지요. 그 아가씨를 다시 한 번 만나 보세요. 혹시라도 시시한 여자라는 걸 알게 되면 당신은 옛날 기억에서 자유로워질 수 있을 거예요. 또 하나의 가능성은 좀 더 멋져요. 두 사람 사이에 옛날의 정열이 되살아나 새로운 사랑이 시작될지도 모르잖아요. 왜냐하면 성실한 연인보다 돈을 택한 여자는 늘 결혼 생활을 무료하게 여기고, 게다가 정조 관념도 거의 제로에 가깝다고 생각하는 것이 보통이니까요. 어머, 얼굴을 찌푸리시네요, 실뱅 씨. 추억 속의 소중한 연인을 저 같은 타락한 여자와 똑같이 취급해서는 곤란하다는 표정이군요."

니콜은 이렇게 말하며 아주 재미있다는 듯이 큰 소리로 웃었다. 실뱅은 쓴웃음을 지으며 잠자코 있었다. 옆에서 이야기를 듣고 있던 나는 니콜이라는 여성이 살짝 좋아졌다. 이렇게까지 숨김없이 자신에 대해 말하는 것은 아무나 할 수 있는 일이 아니다. 적어도 니콜의 태도에서는 부르주아적인 위선의 썩은 냄새는 나지 않았다. 그렇다고 해서 불쾌한 노악 취미로 말하는 것도 아니었다. 니콜 안에는 그것 역시 도덕임이 틀림없는 정신적 척추 같은 것이 지나고 있고, 거기에서 자신의 모습을 떼어내 똑바로 응시할 만한 힘이 있다. 지젤이 이 젊은 계모에게 동경 비슷한 마음을 품고 있는 것도 충분히 납득할 수 있을 것 같았다.

"부인, 이 기회에 좀 물어보고 싶은데 말이지요, 실제로 로슈포르 씨는 카타리파 유적 발굴에 대해 어떻게 생각하고 있나요? 확실히 자금을 지원해주겠다고 약속은 했지만, 로슈포르 씨 자신은 카타리파에 대해 거의 관심이 없거나, 오히려 숨겨진 적의 같은 것을 품고 있는 것 같다는 생각이 들어서요. 그런 사람이 대체 왜 거액을 지원하겠다고 나선 건지 해서 말이에요."

실뱅이 화제를 바꿔 니콜에게 물었다. 니콜은 아름다운 얼굴을 빈정거리는 희미한 웃음으로 일그러뜨리며 대답했다.

"오귀스트가 카타리파를 싫어한다는 것은 사실이에요. 그 사람은 어릴 때부터 죽은 주느비에브를 동경했어요. 말하자면 고용인의 아들이 주인집 외동딸한테 품는 가슴 답답한 연정 같은 것이지요. 주느비에브의 결혼 상대로 선택되었을 때는 정말 기뻤을 거예요. 두 사람의 결혼식 때 저는 아직 어린애였지만, 보고만 있어도 그걸 알 수 있었어요. 하지만 주느비에브라는 사람은, 융통성 없이 고지식하기만 한 수재였던 오귀스트 같은 사람한테는 처음부터 감당할 수 없는 여자였어요. 주느비에브와는 사촌이었으니까 저는 어릴 때부터 잘 알았는데, 정말 신기한 매력을 지닌 사람이었거든요. 설사 결혼을 했다고 해도 그 두 사람 사이에는 어떤 내면적인 관계도 생기지 않았을 거예요. 사는 세계가 전혀 달랐으니 당연한 거지요. 주느비에브는 전혀 무관한 남자였으니까 오히려 오귀스트와의 결혼을 받아들였던 거예요.

아내가 자신을 전혀 상대해주지 않자 오귀스트는 일벌레가 될 수밖에 없었어요. 하지만 주느비에브한테 사랑받고 싶다는 어릴 때부터의 열망은 채워지지 않은 채 내면으로 향했지요. 그는 남몰래 두 가지를 증오했어요. 하나는 카타리파와 몽세귀르예요. 또 하나는 아내의 종복이던 장 노디예지요. 이 둘이 주느비에브의 마음과 애정을 독점하고 있어서 자신이 따돌림을 당한다고 생각한 거죠. 그 사람답게 천박하고 뒤틀린 생각이지요. 지금도 같아요. 자료실을 만들어 카타리파 관련 컬렉션을 모두 거기에 넣어둔 것도 그런 것이 지긋지긋해서 보고 싶지 않기 때문이에요."

"하지만 그렇다면 왜 실뱅 선생님의 발굴 작업에 돈을 낼 마음이 든 걸까요?" 내가 니콜에게 물었다.

"어째서일까요? 지젤이 부탁해서일지도 모르지요. 주느비에브가 죽은 후 아내에 대한 오귀스트의 마음은 그대로 딸 지젤로 대상이 바뀌었어요. 그런데 지젤은 아버지를 그다지 좋아하지 않아요. 굳이 말하자면 계모인 저를 더 좋아할 정도죠. 딸의 애정을 붙들어두기 위해 할 수 있는 것은 돈을 주는 것뿐이에요. 그런데 지젤은 저와 달리 화려한 것을 좋아하는 낭비적인 아이가 아니지요. 그런 지젤이 부탁한 일이니까 오귀스트로서는 아주 기뻐하며 얼마든지 돈을 낼 마음이 든 거겠지요."

"이제야 풀려났네요."

그때 경찰서 정면 현관을 눈으로 가리키며 실뱅이 말했다. 부루퉁한 얼굴의 줄리앙 뤼미에르가 거리로 나오는 참이었다. 우리처럼 상당히 추궁당했음이 틀림없었다. 드디어 해가 기울고 거리에 시원한 미풍이 불기 시작하는 한여름의 저물녘이었다. 나는 일어나 줄리앙의 이름을 불렀다. 실뱅이 오고 나서는 재미없는 듯한 표정으로 잠자코 있던 가케루가 줄리앙을 맞이하러 조용히 자리에서 일어났다.

# 3

이튿날 오후, 마르세유에는 지중해의 뜨겁고 하얀 여름이 흘러 넘치고 있었다. 카르카손에서 다섯 시간 정도의 기차 여행을 끝내고 생샤를 역의 어둑한 구내에 한 발 내디딘 순간이었다. 한여름의 쨍쨍한 햇빛이 망막을 태우고 한없이 환한 가운데 내 시야는 어두워졌다. 기분을 새로이 하고 보니 내가 좋아하는 대도회의 난잡한 떠들썩함이 지중해의 타오르는 태양 아래 노골적으로 오장육부를 시달리게 하고 있었다.

마르세유에는 처음이었지만, 한눈에 나는 좀 누추하고 떠들썩한 이 거리의 분위기가 아주 마음에 들었다. 이 나라의 대도시 중에서 파리와 마르세유만이 진정한 의미의 도회라는 이름에 어울린다고 생각했다. 그제 갔던 툴루즈에도 또는 리옹이나 니스에도 없는 것이 파리와 마르세유에만은 있다. 군중이다. 거리 도처에 충만하여 끊임없이 흘러넘치는 엄청난 수의 군중. 지방 도시의 조용함은 곧 투명함이다. 공기가 맑다는 의미만은 아니다. 거기서는 사람과 사람의 관계도 숨이 막힐 만큼 투명하게 보인다. 사람은 항상 사회나 가정에 귀속된 누군가다. 거기서 나는 익명, 아무것도 아닌 사람으로 있을 수가 없다. 내가 숨어들 수 있는 곳은 오직 군중이라는 탁하고 불투명한, 방대한 타인들의 소용돌이 속이다. 군중 속에서 나는 무관한 타인들 사이에 몸을 숨기고 오히려 마술사처럼 자신의 모습을 감출 수도 있다. 거기서 나는 밀림의 작은 동물이 깊은 숲 속에 숨어 비로소 진정한 휴식을 취하는 것처럼, 희미하게 도취된 정취마저 풍기는 조용한 해방감에 전신을 담글 수 있는 것이다.

생샤를 역의 넓은 구내를 나와 매연으로 새까맣게 그을린 작은 개선문 광장을 지나 해안으로, 시의 중심부로 비좁고 답답한 비탈길을 내려가면서 나는 막연히 이런 생각을 하고 있었다. 생샤를 역의 넓은 구내를 빈틈없이 메우며 북적이는 사람들과 그 머리 위에서 한없이 느긋하게 소용돌이치는 기분 좋은 활기로 가득 찬 소음에 대한 인상은 곧 파리의 생라자르 역이나 리옹 역의 모습이었다. 그것은 그제의 툴루즈 역, 어제의 카르카손 역에서는 결코 발견할 수 없었던 종류의 광경이었다. 파리를 떠난 것이 꽤 오래된 듯한 기분이 들었다. 그래서인지 모르겠지만 군중 속에 몸을 섞는다는 쾌락의 예감이 오랜만에 나를 황홀케 했다.

머리카락이 눈는 듯 강렬한 햇살이 포도를 내리쬐고 있었다. 언덕길인 번화가의 비좁은 보도에는 막과자나 아이스크림, 그리고 막 잡아 온 생선이나 조개를 파는 노점이 잔뜩 늘어서 있었고, 물건을 파는 소리가 자동차의 경적과 뒤섞여 숨이 막힐 정도로 시끌벅적했다. 그 앞을 햇볕에 탄 팔이나 다리를 거리낌 없이 드러낸 남녀가 지나갔다. 누구나 길거리에 자욱한 숨 막힐 듯한 열기에 흘러내린 땀으로 온몸을 적신 채 그래도 빠른 걸음으로 바쁜 듯이 걸어갔다. 통행인 중에 동양인, 흑인, 아랍인이 눈에 띄는 것도 항구도시다웠다. 그러나 피부가 검은 것은 외국인만이 아니었다. 마르세유 사람 대부분이 아랍인에게 지지 않을 만큼 햇볕에 타 거무스름했다. 우리는 언덕길 중간에서 기차 여행의 피로를 풀기 위해 적당한 카페를 찾아 들어갔다.

"앞으로 만날 페르낭 랑베르가 《남프랑스 통신》의 부편집장이었다는 거지? 그 사람한테서 앙리 투르뉘의 소식을 알게 되면 좋을 텐데. 적어도 문제의 논문이 실렸던 《남프랑스 통신》이 발견되면 나는 그걸로 만족해."

가케루의 문의에 대한 랑베르의 대답은, 방문은 환영한다, 자세한 이야기는 그때 하자, 라는 너무나도 간단한 것이었다. 따라서 우리는 마르세유에서의 조사에서 어느 정도의 수확을 기대해야 할지, 그 판단의 재료를 거의 갖고 있지 못했다.

얼음을 넣은 페르노를 다 마시고 우리는 다시 한여름의 인파 속으로 발길을 옮겼다. 곧 언덕길의 상점가는 이 도시의 중심가인 듯한 칸비에르 거리라는 넓은 번화가와 교차했다. 지도가 머릿속에 들어 있는 듯 가케루는 헤매지도 않고 차례로 길을 골라 걸어갔다. 우리는 백화점이나 영화관이 있는 대로를 가로지르고 이번에는 다른 언덕길을 오르기 시작했다. 자못 상업 지역 같은 분위기가 났던 조금 전의 거리와는 달리 이번 언덕길은 주택가다운 차분함이 엿보였다. 통행인도 적어 휑한 포장도로의 돌바닥을 지중해의 거침없는 오후의 태양이 그저 강렬하게 내리쬐고 있을 뿐이었다. 거리에 면한 집들은 모두 하얗게 칠한 쇠살문을 단단히 내린 채 아주 조용했다.

"가케루, 아직이야?"

언덕길을 빠른 걸음으로 올라가는 가케루 탓에 온몸이 땀범벅이 된 채 헐떡거리며 나는 물었다. 역에서 이미 30분 이상 걸어왔을 것이다. 아무리 학생의 가난한 여행이라고 해도 이런 때는 택시쯤 어떻게 안 되는 것도 아니다. 역에서 내려 당연한 것처럼 걷기 시작한 가케루가 조금은 원망스러웠다.

"여기야."

가케루가 말한 곳은, 품위 있게 만든 작은 호텔과 유리가 끼워진 식료품점 사이에 있는 고풍스럽고 네모난 4층 건물의 아파트 앞이었다. 우리는 낮은 돌계단을 올라 공동 현관의 벽에 달린 우편함들 속에서 랑베르의 이름을 찾았다.

"있다."

나는 많은 조그만 상자 속에서 확실히 페르낭 랑베르라는 이름이 붙어 있는 우편함을 발견하고 약간 흥분했다. 드디어 여기서 생세르낭 문서를 둘러싼 역사의 수수께끼가 풀릴 터였다.

"가케루, 틀림없어. 가자."

엘리베이터가 없는 오래된 건물이었다. 난간에 근사한 나무 조각 장식이 되어 있는 폭넓은 계단으로 3층까지 올라가 우편함에서 본 집 번호로 랑베르의 집을 찾았다. 그 집은 복도의 가장 안쪽에 있었다. 가케루가 문을 두드렸으나 대답이 없었다. 이번에는 내가 대신 좀 세게 두드렸다. 그러나 집 안은 아주 조용하고 희미한 소리 하나 들리지 않았다.

"아무도 없나 봐. 어제 친 전보가 전해지지 않은 건가?"

랑베르에게 오늘 오후에 방문하겠다고 카르카손에서 전보를 쳐두었다. 랑베르와의 만남에 건 기대가 컸던 만큼 나를 덮친 낙담도 컸다. 그때였다. 물건을 담은 종이봉투를 두 손으로 안은 노인이 계단을 올라와 우리를 본 것인지 급한 걸음으로 복도를 걸어왔다.

"내가 랑베르네. 기다리게 한 건가?"

문 앞에서 기다리고 있던 우리에게 노인이 말했다. 우렁차고 침착한 데다 깊이 있는 목소리였다. 유행이 지난 낡아빠진 여름옷이었으나 가느다란 넥타이를 깔끔하게 매고 예의 바르게 손님을 맞이할 준비를 하고 있었다.

"혼자 사는 몸이라."

노인은 문 열쇠를 열고 우리를 집 안으로 안내했다. 전쟁 전에 자란 지방의 늙은 지식인이 얼마나 오랫동안 혼자 생활해온 것인지, 그런데도 물건을 담은 종이봉투가 전혀 어울려 보이지 않았다. 슈퍼마켓 종이봉투를 안은 노인의 모습은 어딘지 모르게 어색해, 보는 이로 하여금 미소 짓게 만드는 우스꽝스러움을 떠돌게 하고 있었다. 게다가 노인의 표정에 떠오른 재미있어하는 가벼운 미소는 그런 자신의 우스꽝스러움을 우선 자신부터 즐기고 있다는 마음의 여유를 엿보이게 했다. 거기에 있는 것은 세월이 연마한 만만치 않은 지성과 그것이 가능하게 한 고급 유머임이 분명했다.

쇠살문 탓에 어둑어둑한 첫 번째 방은 바닥도 벽도 수천 권이나 되는 엄청난 책 더미로 완전히 메워져 있었다. 서재를 지나가자 다음 방이 넓은 거실로, 벽에 붙여놓은 식탁에는 우리를 위한 점심 식사가 준비되어 있었다.

"책을 쓰고 계시는 건가요?"

포도주 마개를 따고 열심히 냉육 요리를 잘라 접시에 담아 주는 노인에게 내가 물었다. 서재의 책상에는 담배꽁초가 가득 담긴 재떨이나 쌓아놓은 책들 사이에 두꺼운 원고지 뭉치가 있어, 지나가는 내 시선을 끌었던 것이다.

"그렇다네, 아가씨. 『마르세유 시대의 시몬 베유』라는 제목으로 말이지. 살아 있는 동안 어떻게든 완성했으면 싶은데……"

"시몬 베유가 마르세유에 있었던 적이 있나요?"

고등사범학교 시절 시몬 드 보부아르조차 전혀 머리를 들 수 없었다는 일화가 남아 있을 정도의 수재로, 제2차 세계대전 중에 요절한 유명한 여성 사상가의 이름이 불쑥 노인의 입에서 나왔기 때문에 다소간의 관심을 갖고 나는 물어보았다.

"그렇다네, 베유가 마르세유에서 생활한 것은 1940년 9월부터 1942년 5월까지 2년 가까이였지. 우리가《남프랑스 통신》을 발행하고 있던 무렵의 일이라네. 유대인이었던 베유 일가는 독일군이 진주한 파리의 혼란과 위험을 피해 비점령 지역인 마르세유로 이 주해 온 거였지. 남프랑스 통신사의 비좁은 편집실에서 베유와 자주 이야기를 나눴네. 여름에는 그녀 일가의 아파트에 면한 카탈랑 해변에서 같이 수영도 했고. 30년도 더 된 옛날 일이지만……"

일순 노인은 추억을 더듬는 눈으로 먼 곳을 바라보는 듯했다.

"베유는 미국 망명을 결심한 부모와 함께 뉴욕으로 건너갔고, 뒤이어 그 안주의 땅을 버리고 홀로 런던으로 향했네. 레지스탕스에 지원하기 위해서였지. 그녀는 그곳에서 죽었네. 장렬한 생애였지."

"앙리 투르뉘는 《남프랑스 통신》의 동인이었습니까?"

드디어 주제로 들어가며 가케루가 물었다. 내가 말을 이었다.

"《남프랑스 통신》에 투르뉘의 「생세르낭 문서고」를 게재하게 된 경위, 그리고 그 후 투르뉘 씨의 소식을 어떻게든 알고 싶어요. 대체 왜 투르뉘의 논문이 게재된 호만 어디에도 없는 걸까요? 다른 호는 모두 도서관에 있는데 말이에요. 저희는 그걸 찾으려고 꽤 고생했거든요."

"음, 그 호는 모두 두 부밖에 남아 있지 않네. 공식적으로 그 호는 건너뛴 셈이지."

노인은 놀랄 만한 말을 했다. 전 세계에서 단 두 부밖에 남아 있지 않다. 그렇다면 내가 필사적으로 찾아다녔다고 해도 애초에 발견될 리가 없었던 것이다.

"단 두 부라고요? 그건 대체 어떻게 된 건가요?"

"인쇄된 단계에서 원고와 함께 공장에 있던 잡지는 한 권도 빠짐없이 관헌에 압수당하고 말았다네. 인쇄공이 견본으로 따로 남겨둔 두 권이 운 좋게 걸리지 않았던 거지."

"대체 이유가 뭔가요?" 내가 서둘러 물었다. "왜 경찰이 잡지를 압수한 거죠?"

"처음부터 이야기하는 게 나을 것 같네."

노인은 식탁에 두 팔꿈치를 세우고 엄지손가락으로 관자놀이를 세게 문지르면서 긴 이야기를 시작했다. 가케루는 앞머리를 훑듯이 하며 조용히 노인의 이야기에 귀를 기울였다. 예사롭지 않은 관심을 갖고 있을 때 늘 보이는 이 청년의 버릇이었다.

"몽펠리에의 친구 소개로 1941년 가을의 어느 날, 아직 서른도 안 된 낯선 청년이 우리 집으로 찾아왔네. 청년은 앙리 투르뉘라고 하며 툴루즈의 향토사 연구에 관심이 있다고 자신을 소개했지. 그때 투르뉘가 가져온 논문이 문제의 「생세르낭 문서고」였네."

초면이기는 했지만 청년의 지적이고 조심스러운 태도에 호감을 가졌던 랑베르는 원고의 질만 나쁘지 않다면 다음 호에 게재해도 좋다고 약속했다고 한다. 편집부에서 검토한 결과 문제없이 다음 호에 게재하기로 결정되었고, 랑베르는 그런 뜻을 툴루즈의 투르뉘에게 편지로 알렸다. 그러자 즉시 투르뉘로부터 정중한 감사편지가 도착했다.

"인쇄소가 경찰대의 급습을 받고 막 인쇄된 잡지가 모두 압수되고 만 것은 이듬해인 1942년 1월 31일의 일이었네. 물론 편집부나 우리 자택도 경찰의 수색을 면할 수 없었지."

이튿날 아침 랑베르 등은 마르세유 경찰서의 호출을 받고 가서 이런저런 질문을 받았다. 망명한 폴란드인 의사가 기고한 다소 시사적인 색채가 있는 논문에 대해서였다. 그 논문의 필자는 전날 밤 자택에서 체포된 상태였다. 랑베르 등에게 그 일은 도저히 납득할 수 없는 사건이었다. 확실히《남프랑스 통신》의 편집 방침은 비시 정권*의 대독협력 정부에 비판적이고, 동인이나 기고자 중에는 사회주의자도 포함되어 있긴 했다. 그렇지만 문제의 논문이 특별히 당국의 표적이 될 만한 것이라고는 도저히 생각되지 않았기 때문이다. 이전 호에는 편집부가 볼 때도 다소 위험하다고 생각되었던 좀 더 강한 논조의 논문도 게재된 적이 있었는데, 그때도 경찰과의 사이에서 특별히 문제가 되지는 않았다. 다만 잡지 압수 사건 직전이던 1월 24일에 비점령 지역인 마르세유에서도 처음으로 레지스탕스 대원 여섯 명의 처형이 단행되는 충격적인 사건이 벌어졌다. 처형은 차례로 툴루즈 스무 명이라는 식으로 이어졌고, 세트에서는 기아로 인한 폭동이 일어났다. 긴박한 정세를 배경으로 반정부적 언론 활동에 대한 비시 정부의 규제와 탄압이 한층 심해지는 어두운 예감 속에서《남프랑스 통신》압수 사건과 관련된 의혹도 서서히 잊혀갈 무렵의 일이었다.

"사전 연락도 없이 툴루즈에서 젊은 아가씨가 불쑥 나를 찾아왔네. 투르뇌의 약혼자라는 그 아가씨는 애처로울 만큼 겁에 질린 모습이었지. 아가씨가 눈물을 머금고 이야기한 것은 이런 사정이었네. 내가 압수 사건의 진상을 알게 된 것은 그 아가씨의 이야기

---

* 제2차 세계대전 중인 나치 독일의 점령 아래 있던 북부를 제외한 남부 프랑스를 1940년부터 1942년까지 다스린 정권. 파리 남쪽 비시를 수도로 하였으며, 공식적으로는 전쟁에 대해 중립을 내세웠지만 사실상 나치 독일의 괴뢰 국가였다.

를 들었기 때문이지."

사건은 마르세유에서 잡지가 압수당하기 전날 밤, 아가씨가 투르뉘의 집으로 찾아갔을 때 일어났다. 사전에 예고도 없이 덮쳐온 경관들은 투르뉘의 서재에 있던 역사학 관련 자료나 초고를 남김 없이 압수하고 이유도 알려주지 않은 채 약혼자 투르뉘를 연행해 갔다. 이튿날 아침, 투르뉘의 친구인 젊은 신부에게 의논하러 달려간 아가씨는 그곳에도 불길한 검은 손길이 뻗쳤다는 사실을 알게 되었다. 신부도 투르뉘보다 한 발 먼저 체포되었던 것이다.

"툴루즈의 향토사가가 앙리 투르뉘였군요."

랑베르 노인의 이야기를 가로막고 나는 무심코 외치고 말았다. 고문서류와 함께 연행된 생세르낭 성당의 젊은 신부의 친구는 다름 아닌 앙리 투르뉘였던 것이다. 랑베르는 조용한 어조로 말을 이었다.

"아가씨의 이야기에는 중요한 사실이 포함되어 있었네. 투르뉘의 집을 덮친 경찰대에는 고급장교 제복을 입은 독일군 두 명이 동행하고 있었다고 말이네. 그리고 투르뉘의 서재에서 그가 친구인 신부한테서 빌려 오랫동안 그것에 대한 논문을 썼던 양피지의 고문서를 발견하고는 만면에 희색을 띠고 서류 가방에 소중하게 넣어 갔다는 것이었지.

나는 그 이야기를 듣고 독일 장교의 진짜 목적이 무엇이었는지 금방 알 수 있었네. 편집자로서 투르뉘의 논문을 읽었기 때문이지."

이렇게 말하며 노인은 서재에서 낡은 잡지 한 권을 가져와 우리 앞에 내놓았다. 물론 문제의《남프랑스 통신》이었다. 기대감에 떨리는 손으로 나는 마른 소리를 내는 낡은 잡지의 누르스름한 페이지를 넘겼다.

"그건 자네들한테 빌려 주겠네. 복사하고 나중에 돌려주면 되네. 아무튼 한 권밖에 없어서 그냥 줄 수는 없다네."

"이런 귀중한 것을 빌려도 될까요?" 생각지도 못한 호의에 나는 감사하는 시선으로 노인의 얼굴을 쳐다보았다.

"괜찮네. 나 같은 노인의 이야기를 들으러 애써 마르세유까지 찾아와준 자네들에 대한 고마움의 표시라고 생각해주게."

"정말 감사합니다." 나는 진심으로 말했다. 노인은 이야기를 계속했다.

"읽어보면 알겠지만, 투르뉘의 논문은 우선 생세르낭 성당 지하에서 발견된 고문서가 그 유명한 도아트 문서 편찬을 위해 모아진 문서의 일부였음을 논증한 것이었네. 도아트 문서와 생세르낭 문서의 상세한 비교 검토가 이루어지고 더욱이 생세르낭 문서 전체에 붙은 오래된 설명문을 인용하며 제1장을 끝내고 있네. 그래, 그 부분이네."

내가 펼치고 있는 잡지의 페이지를 가리키며 랑베르가 말했다. 제1장 마지막 인용부호가 있는 문장은 이렇게 짧은 것이었다.


콜베르 각하의 명령에 따라 학자 장 드 도아트는 이 성당이 몰래 보관하고 있던 문서의 열람 및 필요한 부분의 필사를 요청했다. 엄명에 거역하기 힘들었던 원장은 몰래 보관하던 역대 문서를 학자 도아트에게 맡기지만 이후 그런 사태를 피하기 위해 학자 도아트로

부터 돌아온 모든 문서를 이 성당의 지하 깊숙이 매장할 것을 명했다······

"전문가가 아닌 내가 봐도 제1장의 논증은 완벽한 것으로 보였네. 그래, 확실히 생세르낭 성당에서 발견된 고문서는 도아트 문서 원전의 일부였다고 생각해도 무방하지. 이어서 제2장은 투르뉘 자신에 의해 우선 생세르낭 문서의 서한 제9호로 분류되었을 고문서의 검토로 옮겨 가네.

투르뉘가 주목한 문제의 오래된 편지는 라틴어로 쓰인 몇 장의 본문과 그 마지막에 붙은 한 장의 양피지 조각으로 구성되어 있었다고 하네. 양피지 조각에는 짧은 문장이 쓰여 있었지. 투르뉘에 따르면 오래된 그리스어인 듯한데, 그리스어를 모르는 투르뉘에게는 당장에는 판독 불가능한 것이었네. 투르뉘 자신은 이 양피지 조각에 대한 연구를 나중에 다시 할 생각이었던 모양이나 그 기회는 영영 주어지지 않은 셈이지. 편지의 본문은 거의 전문이 투르뉘의 논문에 번역되어 실려 있네. 그것은 13세기에 랑그도크에서 활동한, '철퇴 생조르주'라는 별명이 붙었다는 도미니크 수도회의 수도사로 이단 심문관이었던 아벨라르 드 생조르주가 로마교황 인노켄티우스 4세한테 올린 보고서였던 모양이네."

랑베르의 이야기는 놀랄 만한 내용이었다. 빌랑쿠르 교수가 그 존재를 추정했지만 실제로는 영원히 잃어버린 것으로 믿고 있던 생조르주의 보고서가 생세르낭 문서 안에 포함되어 있었다는 것이다. "그렇다면 그리스어로 쓰인 그 양피지 조각은······" 분주하게 잡지의 페이지를 넘기는 내 귀에 나지막한 목소리로 계속해서 말하는 노인의 이야기가 들려왔다.

"투르뉘의 손으로 라틴어가 번역되어 논문에 인용된 생조르주의 편지에는, 엄중한 칙명에 의해 오랫동안 탐색을 계속했던 '독룡의 머리', 즉 카타리파 주교 아르망 드 샤를노아를 포박하는 데 드디어 성공했다는 것, '악마의 숨겨진 보물'의 소재를 가리키는 것으로 추정되는 양피지 조각을 샤를노아의 신병과 함께 빼앗았다는 것, 그러나 양피지 조각에는 그리스어로 쓰여 있어 안타깝게도 판독할 수 없다는 것, 그래서 양피지 조각은 교황청에서 몽펠리에 또는 파리의 대학에 있는 적합한 신학자에게 해독을 의뢰하는 것이 적절할 것으로 사료되기에 이 보고서 말미에 첨부한다는 것, 칙서 「아드 엑스티르판다」에서 명령한 방법에 기초하여 샤를노아 자신의 입으로 '악마의 숨겨진 보물'의 소재를 말하게 하려는 노력을 거듭했으나 유감스럽게도 고문을 하는 중에 샤를노아가 영원히 입을 다물어버리는 사태에 이르고 말았다는 것…… 등이 기록되어 있었네.

투르뉘는 논문의 제3장에서 생조르주가 교황청에 보낸 서한이 왜 생세르낭 성당의 바닥 밑에 700년이나 몰래 보관되어 있었는가에 대한 타당한 가설을 이야기하고 있네……"

투르뉘가 논문에서 전개한 추리의 대부분은 빌랑쿠르 교수가 우리에게 들려준 가설과 일치했다. 즉 최후의 카타리파 주교 아르망 드 샤를노아를 고문하다 죽인 이단 심문관 생조르주는 주어진 임무의 한 단계가 끝나기도 해서 그때까지의 경과를 자세히 보고하는 서한을 작성한 것인데, 그것을 발송할 틈도 없이 샤를노아 학살을 계기로 불타오른 카르카손의 카타리파 폭동과 폭도에 의한 도미니크회 수도원 습격에 쫓겨 가까스로 화를 피해 툴루즈로 갔다. 그러나 배후에 카타리파 암살자가 있음을 감지한 생조르주는 툴루즈에 도착해서도 카르카손에서 폭도의 최대 표적이 된 도미니크회 수도원인 자코뱅 수도원을 피해 일부러 베네딕트 수도회의 생세르낭 성당으로 향했지만, 철퇴 생조르주를 노리고 있던 카타리파 암살자가 펼쳐놓은 필살의 그물망은 완벽했다. 생조르주는 생세르낭 성당의 문 앞에서 누군가에 의해 등 뒤에서 심장을 찔려 절명한 것이다.

아마 시체가 된 생조르주의 품속에 문제의 편지가 남아 있었을 것이다. 그런데 투르뉘는 그것이 생세르낭 성당에서 700년 동안 지하 깊숙이 파묻혀 망각되었던 이유를, 교황 체제의 돌격대로 조직된 도미니크 수도회 등 신흥 탁발 수도회 세력과 로마교회보다 오래된, 멀리 6세기로까지 그 기원을 거슬러 올라갈 수 있는 베네딕트 수도회의 음습한 대립과 항쟁이라는 당시의 배경에서 찾았다. 다시 말해 도미니크회 수도사인 이단 심문관 생조르주의 시체에서 발견된 문서를, 생세르낭 성당의 베네딕트회 수도사가 대립 상태에 있던 도미니크 수도회를 싫어해서 의도적으로 은닉한 것이 아닐까 하고 추측한 것이다. 도미니크 수도회나 프란시스코 수도회가 지탱하고 있던 이단 심문 제도와 무관한 위치에 있던 베네딕트회의 수도사라면 서한의 중요성을 알지도 못하고 특별한 이유 없이 그런 일을 했을 가능성도 적지 않다. 나중에 교황의 엄명에 의해 도미니크회 수도사가 잃어버린 서한을 필사적으로 찾기 시작했을 때 생세르냥 성당 측은 책임을 추궁당할 염려 때문에 내놓을 수 없는 상태가 되어버렸을 수 있다. 그들은 그대로 아무도 모르게 감추어 보관하는 극비 문서로 취급할 수밖에 없었을 것이며, 수백 년 후에는 그런 유래조차 망각되어 다른 많은 문서 속에 파묻히게 되었을 거라고 투르뉘는 추정했다.

투르뉘는 논문의 마지막 장에서 다시 생세르냥 문서와 도아트 문서의 관계를 주제로 다루고 있다. 투르뉘는 도아트 문서의 누락 부분에 대한 연래의 연구에도 약간의 지식이 있었던 듯하다. 그는 생세르냥 문서의 적잖은 부분이 도아트 문서에 필사되어 수록된 사실을 극명하게 예로 든 뒤, 문제의 생조르주 서한이 현존하는 도아트 문서에는 포함되어 있지 않았다는 점에서 도아트 문서 누락 부분의 원본이 다름 아닌 생조르주 서한이었을 거라고 결론지었던 것이다.

"투르뉘의 논문 개요에서도 알 수 있는 건데, 그리스어로 쓰인 양피지 조각은 생조르주가 말하는 '악마의 숨겨진 보물'을 찾기 위한 결정적인 열쇠가 될 만한 것이었네. 투르뉘 자신은 서한의 본문에만 주의를 기울여 생세르냥 문서와 도아트 문서의 관계를 규명하는 데만 학문적인 관심을 갖고 있었지. 숨겨진 보물 운운한 것에 대해서는 그다지 진지하게 받아들이지 않았어. 양피지 조각을 검토하는 일을 뒷전으로 미룬 것도 그 때문일 거네. 하지만 전혀 다른 방식으로 생각한 사람들도 있었지. 그리고 그 사람들이 제2차 세계대전 중인 프랑스에서 근세의 절대군주도 미치지 못할 만큼 극도로 무법적이고 잔인한 권력을 장악하고 있었다는 점이,

독실한 향토사 연구가 앙리 투르뉘의 머리 위에 떨어진 생각지도 못한 불행의 원인이 되었던 것이네. 투르뉘를 체포한 경관들의 배후에는 두 명의 독일 장교가 있었다는 그 아가씨의 이야기를 듣고 나는 이런 사실을 알 수 있었네. 그리고 독일인들의 진정한 목적이 투르뉘가 연구를 위해 생세르냥 성당에서 빌렸던 생조르주 서한, 또는 오히려 그 말미에 첨부된, 그리스어로 쓰인 수수께끼의 양피지 조각에 있었다는 것을 알고 내 확신은 더욱 깊어졌지. 가공할 만한 그 실태는 전후가 되어 비로소 알 수 있게 되었지만, 나치 지도부에 둥지를 틀고 있던 미치광이들이 믿을 수 없을 만큼 신비주의에 심취해 있었다는 것에 대해서는 당시에도 약간의 소문은 돌고 있었지. 투르뉘는 '악마의 숨겨진 보물'의 존재를 믿었던 나치 미치광이들의 수중에 들어간 것임이 틀림없었네. 나는 그렇게 생각했지.

가련한 아가씨였네. 결혼식이 바로 눈앞인데, 하며 울었지. 나는 아가씨가 임신한 몸이라는 것을 알 수 있었네. 투르뉘가 체포되고 나서 두 달 넘게 지났지만, 석방될 기미는 전혀 보이지 않았네. 얼마 후 알게 된 것은 투르뉘가 북방의 독일군 점령 지역으로 이송된 것 같다는, 아가씨에게는 거의 절망적인 사실이었지. 비시 정권 통치 아래 비점령 지역에서도 당시에는 수많은 유대인이나 반독 분자로 찍힌 자들이 동방으로 집단 강제 이송을 당하고 있었네. 어쩌면 투르뉘도 그 수인들 속에 휩쓸리는 것을 피하지 못한 거겠지."

노인의 조용한 어조에는 아직도 사라지지 않는 분노가 서려 있었다. 그러나 그보다 나를 숨이 막힐 정도의 흥분으로 몰아세운 것은, 가까스로 역사의 어둠에서 그 모습을 드러낸 생세르낭 문서, 생조르주 서한을 둘러싼 가공할 만한 비밀이었다. 노인의 이야기는 이어졌다.

"전쟁이 끝난 뒤의 일이네. 1942년 당시의 마르세유 서장을 추궁해서 나는 잡지 압수 사건의 진상을 들었네. 툴루즈에서 비시 정부의 관헌을 배후에서 조종한 두 명의 독일 장교는 잡지의 압수가 완벽하게 이루어지는지를 감시하기 위해 역시 마르세유에도 모습을 드러냈지. 서장은 그 두 사람의 이름을 나치 친위대 중령 클리크와 대위 페스트라고 기억하고 있었네."

나치 친위대의 대위 페스트…… 내가 들은 것은 전혀 예상하지 못한 인물의 이름이었다. 정신을 차리고 보니 입안이 바싹 말라 있었다. 노인이 알려준 진상은 너무도 충격적이었고 결코 생각지 못한 것이었다. 망연자실한 내 귀에 마치 먼 데서 들려오는 소리처럼 가케루의 질문이 희미하게 들려왔다.

"클리크. 마르틴 클리크임이 틀림없군요."

"그렇다네. 잡지의 압수 명령을 내린 자가 마르틴 클리크 중령이고 실제 지휘를 한 자가 발터 페스트 대위였다고 서장이 얘기했네." 그 어떤 의문도 끼어들 여지가 없는 어조로 노인이 이렇게 단정했다. "이것으로 내가 할 수 있는 이야기는 끝났네. 이번에 자네들이 편지로 전쟁 중의 그 작은 사건을 떠올리게 해줄 때까지 딱 한 번 앙리 투르뉘의 이름을 떠올리게 한 일이 있었네. 벌써 10년도 더 된 일이지. 전후에 파리로 옮겨 간《남프랑스 통신》의 전 편집장이었던 오랜 친구한테서 편지가 왔네. 편지에는, 앙리 투르뉘의 아들이라는 청년이 불쑥 찾아왔다, 사정은 알고 있었으므로 한 권밖에 없는 《남프랑스 통신》이지만 하도 부탁하기에 청년의 아버지가 쓴 논문이 실려 있는 호를 주기로 했다, 아들의 이야기로는 역시 투르뉘는 전쟁 중 강제수용소에서 죽었다 등등의 이야기가 쓰여 있었지. 그 편지가 결국 마지막이 되었네. 그 친구가 죽은 것은 그로부터 얼마 안 되어서였으니까.”

그랬던 것인가. 내가 《남프랑스 통신》의 전 편집장이었다는 사람의 자택에서도 잡지의 이 호를 발견할 수 없었던 데는 그런 사정이 있었던 것이다.

“랑베르 씨, 그 청년의 소식은 모르시나요?” 나는 가벼운 마음으로 물었다.

“편지에는, 그 당시에 파리 대학의 대학원에서 역시 아버지와 마찬가지로 중세사 공부를 하고 있는 것 같다고 했네. 전문 연구자가 될 생각이라고 했던 모양이네.”

머릿속에서 뭔가가 찰칵하고 움직였다. 나는 골똘히 생각했다. 그렇다면, 혹시라도 그렇다면 모든 것은 있어야 할 곳에 완벽하게 자리 잡게 된다. 제2차 세계대전 중에 앙리 투르뉘를 이 세상의 지옥으로 보내고 죽음에 이르게 한 남자 발터 페스트와 30년 후 전 친위대 대위 발터 페스트를 둔기와 화살로 두 번에 걸쳐 공들여 살해한 누군가……

“그 청년의 성은 역시 투르뉘였요? 하지만 실제 부모가 정식으로 결혼하기 전이었고 아버지 투르뉘는 나치의 강제수용소로 보내졌다고 한다면……"

"그래, 아가씨가 생각한 대로네. 그때 이 집으로 나를 찾아온 툴루즈의 젊은 아가씨는 자신을 잔 실뱅이라고 소개했지. 태어나고 나서 결국 한 번도 아버지의 얼굴을 볼 수 없었던 아들은 결국 어머니 쪽 성을 쓰게 되었겠지. 친구의 편지로는 청년이 샤를 실뱅이라고 했다더군."

어렴풋이 예상하고 있던 일이라 하더라도 랑베르 노인의 입에서 결국 샤를 실뱅의 이름이 나온 순간 나는 뇌수가 탈 정도의 흥분으로 온몸의 피가 역류하는 듯한 느낌에 압도당했다. 아직 생각해야 할 것은 무수히 있었다. 예컨대 발터 페스트의 서류 가방에 든 것, 실뱅이 아버지를 살해한 하수인이나 마찬가지인 발터 페스트를 살해한 방법, 발터 페스트가 삼십 몇 년의 세월을 건너뛰어 살해당하기 위해 다시 몽세귀르를 찾아온 진짜 이유, 가케루의 저격 사건과 예의 그 협박장, 카르카손에서 노디에를 살해한 방법과 동기…… 그러나 몽세귀르의 연쇄살인 사건에 따라다니는 퍼즐의 주요 부분이 이것으로 본래의 장소에 자리 잡게 된 것은 의심할 수 없었다. 이렇게 몸 안에 소용돌이치고 들끓는 흥분과 열기로 나는 무심코 혀가 타는 듯한 한숨을 내쉬었다.

짧은 시간에 너무나 많은 새로운 사실을 알게 되었기 때문에 극심한 혼란 속에서 어떻게든 그 사실들의 조각을 맞춰 수미일관한 논리를 구성하려고 악전고투하고 있는 내 옆에서 노인과 가케루는 평온한 대화를 나누고 있었다. 가케루는 오늘 랑베르로부터 알게 된 충격적인 새로운 사실들, 곧 생세르낭 성당의 젊은 신부의 친구였다는 툴루즈의 향토사가와《남프랑스 통신》에 수수께끼의 논문을 기고한 앙리 투르뉘가 동일 인물이었다는 것, 전쟁 중에 발견된 생세르낭 문서 안에는 교황에게 보낸 생조르주의 서한이 포함되어 있었다는 것, 에스클라르몽드 산장에서 살해당한 독일인 발터 페스트가 투르뉘를 강제수용소로 보낸 나치 친위대의 장교였다는 것, 그리고 파리 대학 역사학 조교수인 샤를 실뱅이 실은 앙리 투르뉘의 아들이라는 것 등 나를 압도한 이 정보들에 대해서도 마치 전부터 예상하고 있었던 것처럼 차분하고 거의 무관심해 보이는 태도를 조금도 무너뜨리지 않고 있었다.

"앙리 투르뉘와 관련된 사건이 일어난 것은 1942년 1월부터 3월 사이의 일이지요?" 가케루가 말했다. "그런데 아까 말씀하신 시몬 베유 얘긴데 말이죠, 그녀 일가가 대서양을 건너기 위해 먼저 마르세유에서 카르카손으로 향하는 기선에 승선한 것은 아마 같은 해 5월 중순의 일이었을 겁니다. 그렇다면 베유의 귀에 투르뉘 사건에 대한 이야기가 들어갔을 가능성도 있지 않았을까요?"

"베유 일가가 출발한 것은 1942년 5월 14일, 배는 리요테 원수호였네. 배까지 베유를 전송한 사람은 베유 남매의 친구였던 피에르와 엘렌 오노라 남매였지. 오노라가 이별의 말로 '시몬, 다시 만나자. 이 세상이든 아니면 저세상에서든' 하고 말하자 베유는 이렇게 대답했다고 하네. '저세상에서는 이제 만나지 못해'라고. 이것이 마르세유의 우리에게 베유가 마지막으로 남긴 육성이었네.

아니, 이야기가 좀 벗어났네. 그래, 자네 질문 말인데,《남프랑스 통신》편집장의 입에서 확실히 베유의 귀에 들어갔지. 자네는 마르세유 시절의 마지막 무렵에 쓰인 베유의 중세 남프랑스 문명과 카타리파의 신앙에 관한 두 개의 논문 「한 서사시를 통해 본 어느 문명의 고민」과 「남프랑스 문명의 영감은 어떻게 존재하는가」를 읽어봤나?"

"예, 물론이지요." 가케루가 짧게 대답했다.

"그 두 논문이 쓰인 것은 1942년 2월에서 3월에 걸쳐서였네. 그리고 베유는 3월 말에 카르카손과 알비에서 가까운 투르뉘를 여행했지. 그 여행에는 카르카손에서 시인 조 부스케와 만나는 것, 투르뉘에서는 베네딕트회 수도원에서 부활절 그레고리오 성가를 듣는 것 등의 목적이 있었던 듯하네. 그리고 2, 3월에는 남프랑스 문명과 카타리파를 주제로 한 두 논문을 연달아 쓰고, 그 직후인 3월 말에 카르카손과 알비 등 카타리파 연고지인 랑그도크 지방의 중심부를 여행한 베유의 마음속에는 반드시 카타리파의 매장물을 둘러싸고 나치가 일으킨 사건의 파문이 퍼져 있었을 거라고 나는 생각하네. 그 두 논문 전체가 카타리파의 역사를 자신의 과거에 편입하려고 한, 이를테면 흑마술이라고 해야 할 로젠베르크류의 나치적 신비주의에 대한 베유의 플라톤적·그리스도교적 신비주의에서의 반격이었다고도 할 수 있으니까. 오히려 베유는 독일의 군화에 짓밟히고 있던 조국 프랑스의 상황을 침략자 알비주아 십자군의 폭압으로 멸망당한 중세 남프랑스 국가에 견주었는지도 모르지. 『알비주아 십자군 서사시』에 쓰인 툴루즈의 저항자들처럼 베유는 스스로 레지스탕스 전선에 서기로 결심했을 거네. 그리고 나치 독일군과 알비주아 십자군, 점령하의 프랑스와 오크의 나라,

이렇게 그것들을 역사적으로 대비해서 보게 된 것은, 이단 심문관 생조르주와 친위대원 클리크 등 700년이나 되는 시간을 사이에 두고 도저히 우연이라고 볼 수 없을 만큼 유사했던 행동들을 알았기 때문이었는지도 모르겠네.

논문에서 베유는 이렇게 말하고 있지.

'오크어 문명을 키운 영감의 본질은 그리스의 영감이 지닌 본질과 같다. 그것은 힘에 대한 인식으로 이루어져 있다. 이 인식은 초자연적 용기에만 속한다. ……힘을 인식하는 것은 그것을 이 세상의 절대 지고한 것으로 인정하면서도 증오와 경멸을 담아 그것을 거절하는 것이다. 이 경멸은 힘의 타격에 노출되어 있는 자에 대한 동정의 다른 면이다.'

베유가 그때 도저히 용서할 수 없었던 것은 나치즘의 왜곡된 신비주의고 나치즘의 저주받은 계보 속에 하필이면 오크 문명과 그 완성된 정신적 표현인 카타리파의 신앙을 편입하려고 한 작위였을 거네……"

노인은 숙련된 어조로 말을 마쳤다. 노인이 이야기하는 도중 가케루가 몇 번인가 보인 거의 느낄 수 없을 만큼 희미하게 찌푸린 표정이 내게는 좀 이상하게 생각되었다. 노인이 책을 펼치고 베유의 논문 한 구절을 읽었을 때는 평소 가케루의 무표정 뒤에서 어딘가 고통을 참는 자의 긴장과 딱딱함을 느낀 것은 내 착각이었을까?

# 4

그로부터 한 시간쯤 지나 가케루와 나는 마르세유의 옛 항구가 정면으로 바라보이는 벨주 선착장의 나무 벤치에 나란히 앉아 있었다.

"앞으로 어떻게 할 거야?"

"음."

가케루는 침묵을 유지한 채 강렬한 지중해 오후의 햇살을 받으며 하얗게 반짝이는 항구의 수면만 응시했다. 더웠다. 한여름의 햇빛이 머리카락이나 피부를 태울 듯이 쨍쨍 내리쬐었지만, 끊임없이 옛 항구를 건너 불어오는 소금기를 머금은 바닷바람 덕분에 나는 오히려 상쾌한 기분이었다. 벤치에서 보니 마르세유의 옛 항구는 거의 수면이 보이지 않을 만큼 요트나 소형 어선 등으로 가득 메워진 크고 작은 돛대의 숲이었다. 그때 막 샤토 디프 성에서 흰색 유람선이 도착하여 아이들이 환성을 지르며 육지로 뛰어내렸다.

"우리도 샤토 디프 구경이나 가 볼까? 열차 시각까지 아직 세 시간도 더 남았으니까."

애초에 오늘 밤에는 마르세유에서 묵을 예정이었다. 그러나 랑베르 노인의 이야기가 모든 사정을 바꿔놓았다. 카르카손에서 헤어지기 전에 카사르 대장에게 부탁해둔 조사지만, 새로운 사태가 발생했으므로 한시라도 빨리 세트로 가서 우리 스스로 조사해볼 긴급한 필요가 생긴 것이다. 랑베르의 집에서 나온 후 우리는 열차 시각을 알아보고 나는 세트의 경찰서에, 가케루는 시몬 뤼미에르의 자택에 장거리 전화를 걸었다. 세트로 가는 예정일이 하루 앞당겨졌음을 전하기 위해서였다.

"너만 상관없다면 나는 이야기에 등장하는 마르세유의 선원이 몬테크리스토 섬의 보물이 있는 곳을 그 소유권과 함께 이탈리아인 사제인 늙은 수인에게 물려받았다는 그 요새 섬에 가 보는 것보다 해안 쪽으로 잠깐 산책을 가고 싶은데."

옛 항구의 리브 뇌브 선착장에서 우리는 해안을 향해 걸어갔다. 앞쪽의 언덕에는 노트르담 드 라 가르드 대성당의 지붕에서 항구 전체를 내려다보고 있는, 금박 가루를 칠한 성모상이 한여름의 정오를 지난 시간의 햇빛을 받아 반짝반짝 빛났다.

옛 항구에 면해 해안 도로에 늘어선 레스토랑은 시간 때문에 어디나 문이 닫혀 있고 쥐 죽은 듯 조용했다. 예정을 변경하게 되어 무엇보다 안타까운 것은 기대했던 마르세유의 생선 요리를 먹을 수 없게 된 점이었다. 보도에는 수영복이나 그 위에 가볍게 로브나 셔츠만 걸친 반라의 젊은이들이 뻔질나게 오가고 있었다. 길가의 노점에서 파는 아이스크림을 혀끝으로 살살 핥으면서 하얀 불꽃에 흔들리는 한여름의 풍경 속을 나는 아무것도 생각하지 않고 그저 천천히 걷기만 했다. 지중해의 바다와 태양과 하늘이 내 세포 하나하나에까지 깊숙이 스며드는 쾌감만을 온몸으로 철저하게 맛보려는 듯한 태세를 갖추고.

"가케루, 어디까지 가는 거야?"

"카탈랑 가 8번지." 가케루가 짧게 대답했다.

"거기 뭐가 있는데?"

"아무것도 없어. 그냥 바다가 보여."

그래서 나는 마음에 짚이는 데가 있었다. 랑베르 노인은 마르세유 시절의 베유 일가가 살았다는 아파트가 분명 카탈랑이라는 거리에 있었다고 했다. 그러나 이 청년은 문학 산책이나 그것과 유사한 취미를 가진 사람일 리 없다. 파리에서 몇 번 보들레르의 집이나 프루스트의 호텔 앞을 우연히 지날 때 가르쳐준 적이 있었으나, 마치 그런 게 자신과 무슨 관계가 있느냐는 듯이 완벽하게 무관심한 태도를 보여 질린 나머지 그 후로 나는 가케루에게 그런 종류의 이야기는 하지 않았다.

이미 리브 뇌브 선착장에서 옛 항구의 끝까지 와 있었다. 좁고 잘록한 옛 항구의 출구를 끼고 오른쪽의 생장 요새와 마주 보는 형태로 머리 위로 아주 높게 우뚝 솟은 것이 생니콜라 요새였다. 아주 우람한 석조 건조물의 토대 옆을 빠져나가 조금 더 나아간 곳이었다. 느닷없이 눈앞에 오후의 지중해가 펼쳐졌다. 거기서 길은 바다를 따라 왼쪽으로 꺾이고 우리는 카탈랑 가로 들어섰다.

"여기가 8번지야, 가케루."

나는 일부러 살짝 비아냥거리는 척하며 말했다. 그러나 가케루는 깔끔한 크림색으로 칠해진 7층이나 되는 높은 아파트 건물을 거의 무감하게 힐끗 올려다볼 뿐이었다. 이어서 나는 약국과 조그만 카페 사이에 있는 아파트 전체의 현관 앞에 섰다. 출입구 위에는 〈8번지〉라는 표지가 새겨져 있었다.

"들어가 보지 않아도 돼?"

"응." 가케루는 몸짓으로 그럴 필요가 없다는 것을 보이고는 그대로 좁은 차도를 건넜다.

카탈랑 가 입구에서 가까운 8번지 건물 바로 앞쪽에는 옆으로 뻗은 낮은 목책으로 거리보다 한 단 낮게 구획된 좁은 모래사장이 여름 바다를 향해 열려 있었다. 이 작은 해수욕장은 유료인 모양으로, 그곳으로 내려가기 위해서는 100미터쯤 되는 모래사장 양 끝에 설치된 요금소 건물을 지나야 하는 구조였다. 이곳이 랑베르가 말한 '카탈랑 해변'임이 틀림없었다.

같은 마르세유라고 해도 시가지는 빛의 색깔까지 달랐다. 눈앞의 벌거벗은 남녀들에 섞여 잠깐 수영을 하고 싶은 마음이었지만 그럴 만큼의 시간적 여유가 없는 우리는 목책에 기댄 채 끝없이 펼쳐진 한여름의 지중해를 바라보았다.

"어느 게 샤토 디프 섬이지?"

멀리 떠 있는 두 개의 작은 섬을 보고 내가 물었다. 푸른 하늘은 활짝 개어 환했고 머리 위에서 하얗게 작열하는 태양으로 해변은 흡사 빛의 홍수였다. 그리고 바다다. 아주 투명하게 푸른 지중해가 시야 끝까지 이어져 있었다. 이런 오후의 바다를 배경으로 해변에서 춤추고 있는 빨강, 하양, 검정, 노랑, 파랑 등의 선명한 원색의 무리는 모래사장에 모여드는 사람들의 수영복 색깔이었다. 어린애들이나 모래 위에서 배구를 하며 노는 벌거벗은 젊은이들의 열띤 환성은, 바라보는 내 귀에도 기분 좋게 울렸다.

"가케루, 랑베르 씨 이야기를 듣기 전부터 넌 알고 있던 것 같던데, 마르틴 클리크라는 사람은 대체 누구야?"

옛 항구에도 바다 내음이 희미하게 떠돌고 있었지만, 가로막는 것 없이 직접 불어오는 바닷바람은 건조한 바다 내음이 강렬했다. 나는 머리카락이나 목덜미를 어루만지듯이 불어오는 바람을 상쾌한 기분으로 맞으면서 가슴 가득 그 냄새를 들이마셨다.

"전쟁 중에 나치가 몽세귀르를 파헤친 적이 있었어. 로젠베르크가 카타리파의 숨겨진 보물 전설을 믿고 있었다는 얘기는 전에 했지? 나치의 몽세귀르 발굴대의 최고 책임자가 친위대 중령 클리크였어."

잠깐 사이를 두고 가케루는 이렇게 답했다.

"그럼, 알았다. 클리크 중령의 부관이었던 발터 페스트는 분명히 몽세귀르가 처음이 아니었겠구나. 하지만 아직 잘은 모르겠는데, 우연히 생세르낭 문서에 대한 기사가 신문에 실린 날 페스트 일행이 생세르낭 성당을 덮쳤고, 또 투르뉘에 대해 알아내고, 그 이튿날에는《남프랑스 통신》의 인쇄소까지 급습했다는 건 시간적으로 봐도 너무 빠른 반응 아닐까? 마치 대기하고 있었던 것 같잖아."

"그래, 사실은 대기하고 있었어." 가케루가 말했다. 부드럽고 긴 흑발이 바람에 흐트러졌다. "생세르낭 문서라는 이름으로 불린 생조르주 서한 말인데, 오랜 세월 동안 생세르낭 성당이 그걸 잊고, 교황청이 그걸 잊어도 생조르주 서한이라기보다는 그것에 붙어 있을 그리스 문자가 쓰인 수수께끼의 양피지 기록은 역사의 어둠 속에서 지하의 수맥처럼 많은 세대를 넘어 은밀히 흐르고 있었던 거지. 카타리파가 멸망하고 3세기가 지난 후 르네상스의 소용돌이 속에서 다시 동방의 고대 이교의 흐름을 이어받은 이단자 무리가 배출되기 시작했어. 신플라톤주의의 영향을 받은 이들 이단 사상가, 연금술사, 점성학자, 마술사, 카발라* 학자들 중에는 카타리파의 숨겨진 보물이나 그 행방에 대한 비밀 전승이 이루어지고 있었다고 해도 좋을 거야. 그 시대의 최대 이단 사상가로『신비 철학에 관하여』를 쓴 아그리파 폰네테스하임**의 저서에는 그가 이걸 알고 있었다고 추정할 수 있는 부분이 있어. 그 시대 카타리파의 숨겨진 보물은 상징화되어 비금속을 귀금속으로 변성하기 위한 현자의 돌이라고도, 최후의 만찬에서 그리스도가 손에 든 성배라고도, 또는 십자가 위 그리스도의 심장을 뚫은 로마 병사의 창으로 그것을 가진 자는 전 세계를 지배하게 된다는 '운명의 창'이

---

* 유대교 전통에 기초한 창조론, 종말론, 메시아론을 수반하는 신비주의 사상. 독특한 우주관을 갖고 있어 흔히 불교의 신비 사상인 밀교와의 유사성을 지적받곤 한다.
** Heinrich Cornelius Agrippa von Nettesheim(1486~1535). 르네상스기 독일의 마술사, 인문주의자, 신학자, 법률가, 군인, 의사. 프랑스 메스에서 시청의 법률 고문으로 있을 때, 마녀로 고발당한 농가의 주부를 열변으로 변호하여 구했으나 이 일을 이유로 도미니크 수도회의 공격을 받았다.

라고도 생각되었던 모양이야.

르네상스와 종교개혁에 대한 반동이었던 예수회 등을 급선봉으로 하는 반종교개혁의 한 시대를 거쳐 로코코 시대에는 마술적인 것이 다시 크게 유행하기 시작했지. 그 유행은 그야말로 부르봉 궁정의 중추에까지 이르렀어. 예를 들면 루이 14세의 공식 애인이었던 몽테스팡 공작 부인*이 다시 젊어지는 비법을 찾아 '마녀' 라부아쟁 부인이 주재한, 영아 살해를 정점으로 하는 흑미사 의식에 참가했다는 추문까지 폭로되었지. 도아트 문서의 편찬을 명한 콜베르는 바로 그 시대 부르봉 왕가의 궁정인이었고……"

"그랬구나." 나는 가만히 중얼거렸다.

직물상의 아들에서 루이 14세의 재무장관에까지 오른 야심가 콜베르. 그의 업적으로 들 수 있는 것은 중상주의에 의한 산업 육성과 해외 식민지 획득이며 그것을 위한 해군력 증강이었다. 요컨대 놀라운 솜씨를 가진 실무가였다고 할 수 있는 콜베르가 왜 도아트 문서 편찬이라는, 국가 재정과는 아무런 관계도 없는 문화 사업을 명한 것일까? 아마 콜베르는 궁정까지 휩쓸리게 하며 당시 크게 유행했다는 오컬트적 분위기 속에서 카타리파의 숨겨진 보물의 소재를 보여준다는 수수께끼 문서의 존재를 알았을 것이다. '대리석 인간' 콜베르는 실무가에 어울리는 태도로 그것을 곧바로 재정 문제로서만 생각하고 잃어버린 생조르주 서한을 찾기 위한 거대한 계획을 만들어낸다. 그것이 도아트 문서 편찬 계획이

---

* 원서에서는 공작 부인으로 나오는데 실제로는 후작 부인이다.

다. 8년간에 걸쳐 랑그도크 전역을 탐색한 장 드 도아트는 결국 생 세르냥 성당에서 문제의 서한을 찾아내는 데 성공했다.

"하지만 콜베르는 왜 곧바로 발굴을 시작하지 않았을까?"

내게는 그것이 의문이었다. 그러나 가케루의 설명은 무척 명쾌했다. 도아트 문서 편찬 계획의 완성, 즉 도아트 문서를 통해 생조르주 서한을 입수한 것이 1670년이었다. 계획을 시작한 것은 그 8년쯤 전인 1663년이다. 그 무렵 콜베르는 어떤 입장에 있었는가.

루이 14세의 재상이었던 마자랭의 재무관리자로서 경력을 시작한 콜베르에게 마자랭 사후에 나타난 최대 경쟁자는 마자랭의 오른팔로 두각을 나타내며 후계자 자리를 노리고 있던 재무장관 니콜라 푸케였다. 푸케는 매우 유능한 정치가이자 재무에 밝은 사람이었지만 미녀와 웅장하고 아름다운 건축물을 너무 사랑했다는 결점이 있었다. 호화롭고 웅장한 푸케의 대저택과 그곳에서의 호사스러운 생활은 초대된 국왕 루이 14세에게조차 불쾌감을 줄 정도였다고 한다. 1661년 마자랭이 죽은 그해에 푸케는 국비 남용과 수뢰 혐의로 체포된다. 콜베르는 3년에 걸친 재판에서 재무에 밝은 재능을 발휘하여 교묘한 변설로 죄를 벗어나려고 한 푸케의 독직을 입증하는 데 힘쓴다. 그는 최종적으로 경쟁자 푸케를 무너뜨리는 데 성공하고, 1664년 끝내 국왕의 재무장관 지위를 획득한다.

콜베르가 도아트 문서 편찬 사업에 착수한 것은 대망의 재무장관에 취임하기 1년 전이다. 8년 후 도아트 문서가 완성되었을 때 왕궁에서 차지하는 콜베르의 지위는 확고했다.

"다시 말해 경쟁자 푸케를 무너뜨리고 그 대신 국왕으로부터 푸케의 지위를 얻기 위해 콜베르는 국왕에게 바칠 매력적인 공물로서 카타리파의 숨겨진 보물을 입수하고 싶었다는 거네. 그렇지?" 나는 가케루에게 말하게 하지 않고 스스로 이야기를 정리하기 시작했다. "그런데 카타리파의 보물 없이도 얻을 수 있었던 지위가 6년 후에는 더욱 공고해졌고 콜베르는 더 이상 왕에게 보물을 건넬 필요가 없어진 셈이지. 오히려 실각한 전임자 푸케와 같은 운명에 빠졌을 때 자신을 지켜줄 유력한 무기로서 카타리파의 숨겨진 보물 이야기를 도아트 문서 귀퉁이에 감춰두기로 한 거야. 야심가로서는 당연한 판단이지."

그러나 콜베르가 죽은 뒤, 완성된 지 약 60년 만에 도아트 문서의 비밀은 왕실에 누설되고 말았다. 평범한 왕이던 루이 15세가 어디까지 진실을 알아냈을지는 의문이지만, 아무튼 국왕은 콜베르가에 도아트 문서를 헌상하라고 명했다. 도아트 문서에서 문제의 생조르주 서한이 부분적으로 삭제된 것은 아마 그때였을 것이다.

"제1차 세계대전 후의 혼란기에 디트리히 에카르트, 로젠베르크, 고트프리트 페더* 등 나치즘을 사상적으로 준비했던 신비주의자들이 결집해 있었던 〈툴레 협회〉 계열의 어떤 문서에는 놀랄 만한 것이 암시되어 있어." 가케루가 말을 이었다. "장미십자회를 잇는 대표적인 오컬트 결사 프리메이슨이 미국 독립전쟁과 프랑스혁명의 배후에 있었다는 전설은 너도 알고 있지? 익명의 필자, 내

---

* Gottfried Feder(1883~1941). 경제학자이자 초기 나치당의 주요 당원이었으며 당의 경제 이론가였다.

생각에는 논쟁에서 히틀러까지 압도했다는 여성 신비주의자 마틸데 폰 켐니츠 부인*일 거야. 그 필자는 프랑스 혁명을 위해 암약한 프리메이슨의 중요한 목적 가운데 하나가 부르봉 왕가로부터 도아트 문서를 탈취하는 데 있었다고 주장하지. 도아트 문서의 어떤 것이 그렇게까지 프리메이슨의 주의를 끌었는지에 대해서 그 필자는 특별히 언급하지는 않아. 하지만 로젠베르크 등이 도아트 문서의 누락 부분을 둘러싼 수수께끼에 대해 상당한 지식이 있었음을 여기서 확실히 엿볼 수는 있지."

가케루의 이야기에서 나는 어딘가에서 읽은 적이 있는 프리메이슨의 유명한 슬로건 "프랑스 공화국은 표면에 나타난 메이슨 결사고, 메이슨 결사는 숨겨진 프랑스 공화국이다"를 문득 떠올리고 있었다.

"나치즘 자체가 전쟁 전의 독일 하층사회를 지배하고 있던 뿌리 깊은 오컬트적 정신 풍토에서 성장해온 것인데, 1933년 니힐리즘 혁명에 승리한 나치가 독일 국가 자체가 된 후에는 나치적 신비주의자는 거의 세 개의 당 및 국가의 부국部局으로 조직되었지. 첫 번째가 히틀러의 철학적 의논자의 지위를 공인받은 로젠베르크가 이끄는 부국이었어. 두 번째는 〈독일 고대 유산 협회〉**라

---

* Mathilde von Kemnitz(1877~1966). 독일군 장군 에리히 루덴도르프의 두 번째 아내로, 민족주의적 종교운동을 전개한 지도자 중 하나였다.
** Deutsches Ahnenerbe. 아리아 인종의 인종학과 역사학 연구를 목적으로 친위대의 전국 지도자였던 하인리히 힘러 등에 의해 1935년에 설립된, 나치 독일의 공공 연구기관. 선사시대나 신화시대의 '북유럽 인종'이 세계를 지배했다는 것을 증명하기 위해 다양한 연구를 했다. 1937년 이후 이 기관의 명칭이 짧아져 〈아넨엘베〉가 되었다.

는 헤르만 비르트* 교수를 수장으로 한 일종의 오컬트 연구 기관이었지. 나중에 〈아넨엘베〉라고 불린 이 기관은 룬 문자나 게르만 신화 연구, 마지막에는 기괴한 이념에 기초한 인체실험에까지 손대게 되었어. 그 희생자가 된 사람들이 강제수용소의 수인들이었고. 그리고 세 번째가 훗날 〈아넨엘베〉까지 흡수하게 되는 하인리히 힘러**가 있는 나치 친위대였지."

"하지만 친위대는 일종의 비정규군 같은 것 아니었어?"

"정확히 말하면 국가가 아니라 당을 위한 경찰 군대라고 해야겠지. ……나치즘은 광범위한 정치사회 현상이었고, 그 결과 당연히 독특한 문화 현상을 수반하고 있었지. 하지만 나치즘의 본질은 일종의 유사 종교 현상이었어. 아시아나 라틴아메리카에 있는 많은 쿠데타 정부나 경찰국가의 권력주의, 나치 국가가 민주주의의 부정이나 제한, 테러에 의한 지배 등 외견상 유사한 점이 적지 않다고 해도, 예를 들면 나치즘은 오히려 본질적으로 맨슨 사건***에 가까운 현상이야."

가케루가 말한 것은 몇 년 전 미국 서해안에서 일어난 히피 집단에 의한 할리우드 여배우 살인 사건이었다. 히피들의 두목 맨슨은 무슨 기괴한 종교적 광신에 사로잡혀 그런 대량 학살로 달려간

* Herman Wirth(1885~1981). 나치에 동조했던 역사학자로, 주로 고대 종교와 상징을 연구했다.
** Heinrich Himmler(1900~45). 친위대 제국 총통의 직책을 오랜 기간 역임한 제3제국의 지도자 중 한 명.
*** 찰스 맨슨이 만든 범죄 집단 〈맨슨 패밀리〉 일당이 1969년 8월 9일, 영화감독 로만 폴란스키의 집에 침입하여 그의 아내이자 유명한 영화배우였던 샤론 테이트를 포함해 다섯 명을 잔혹하게 살해한 사건.

모양이었다.

"나치교, 또는 뮌헨에 있던 〈툴레 협회〉의 이름을 따서 툴레교라고 불러도 무방한데, 순수하게 악마주의적인 이 유사 종교야말로 나치즘 현상의 본질적 부분이지. 당내 숙청에서 수용소 국가에 이르는 권력주의적 통치 기술은 러시아의 볼셰비즘에서, 선전전이나 대중 조작 기술은 당시 할리우드 시스템을 전위로 한 미국 대중소비사회형의 경영학에서 배운 것에 지나지 않아.

툴레교의 본질에 대해서는 그것이 비교였던 만큼 당시부터 엄중한 비밀 속에 감추어져 있었고, 정확한 것은 툴레교가 몰락한 지금도 제대로 엿볼 수가 없지. 다만 주로 로젠베르크의 부국이 전개한 나치 공인의 이데올로기인 아리아 인종 이론이나 유대인의 세계 지배 음모론, 제3제국의 역사철학과 생활권 이론 등의 정치학이 이 악마주의적 유사 종교의 현세적인 형태, 즉 공교적 부분이고, 〈아넨엘베〉의 활동은 그 이론적인 형태, 즉 신학적 부분을 담당하는 것이었다고 대충 정의할 수 있을 거야. 나치즘의 신학은 결국 완성된 이론 체계를 이룰 수는 없었지만, 한스 회르비거*의 얼음 우주론, 코레시**의 지구 공동설 등의 유사 과학과 튜턴 신화의 상징학, 게다가 강령술에서 예지 능력, 감응 능력 등 초자연적인 능력에 이르는 잡다한 오컬트적·마술적 요소를 혼합한 것

---

* Hanns Hörbiger(1860~1931). 오스트리아 빈의 기계설계사. 달은 얼음으로 이루어졌고 처음에는 여섯 개였으나 지구와 충돌하며 사라졌고, 그때 지구에 떨어진 잔해들이 홍수와 화산을 일으켰다는 얼음 우주론을 주장했다.
** Cyrus Teed Koresh(1839~1908). 미국의 의사이자 연금술사로, 종교 지도자로 변모하여 오컬트적인 이론들을 전개했다. 1869년 지구와 하늘은 구체의 표면 안에 존재한다는 독특한 지구 공동설을 주장했다.

으로 구상되었다고 할 수 있지."

"그런데 나치 오컬티즘의 세 번째 부국이라는 친위대는…… 하지만 나는 잘 모르겠는데."

가케루의 이야기로 나는 머리가 다소 혼란스러웠다. 그렇다면 마술 애호가나 종교적 기인, 사교 광신자나 나치 지도부는 요컨대 많든 적든 간에 머리 상태가 이상해진 이상자나 공상가, 광인 무리일 수밖에 없다는 것 아닌가. 맨슨 사건 정도라면 모르겠지만 이런 종류의 인간들이 역사도 오래되었고 합리주의나 정밀과학의 문화 수준도 높은, 근대적으로 조직된 유력한 한 국민 전체를 한 시대에 걸쳐 근저에서부터 움직일 수 있었다고 말하는 것일까?

"나치 지도부와 친위대의 중추에 극비로 조직되어 있던 하인리히 힘러 등의 교단이야말로 툴레교의 핵심부, 즉 비교적인 부분이었다고 생각하는 연구자도 있어. 네 의문은 당연한 거야. 히틀러가 정말 그저 무해한 공상가였다면 나치즘이 현실적으로 그렇게 강대한 힘을 행사할 수 없었겠지. 히틀러도 힘러도 로젠베르크도 권력을 탈취한 후까지 나치 지도자로서 살아남았고, 유력한 정치가로서 제3제국을 움직인 자들은 누구나 예외 없이 자신의 비합리주의적 사상 신조와 정치 지도자로서 권력 역학의 합리성을 멋지게 분리하여 인식할 수 있었지. 그런 재능을 갖지 못한, 제1차 세계대전 후에 뮌헨의 〈툴레 협회〉 등에 무리 지어 있던 말 그대로 우직할 뿐이었던 오컬트적 몽상가들은 나치당이 국가로 전화하는 과정에서 거의 예외 없이 몰락해버린 셈이야.

하지만 나치 지도자들이 세심하고 교활한 정치 역학가고 가끔 현실감각을 결여한 동지들의 오컬트적 몽상을 공공연하게 조롱했다고 해도, 그것으로 한 국민 전체를 동원할 수 있었던 악마적 종교운동이라는 나치즘의 본질이 근본적으로 변하는 것은 아니야. 어떤 연구자는 힘러의 교단을 〈흑색 승단〉이라 불렀는데, 친위대 전체가 툴레교의 오의奧義에 참여하기 위한 신비주의적 계층 교육 체계를 이루고 있었지. 그 위계 체제는 의례와 마술과 상징에 의해서만 조직되어 있었어. 다시 말해 친위대는 제3제국으로 되살아난 템플기사단이었던 셈이지. 히틀러와 힘러 자신은 템플기사단보다는 예수회나 프리메이슨 조직에서 많은 자극을 받았다고 말했지만 말이야.

툴레교의 비밀 의식에 참여한 자는 세계를 절대적으로 지배해야 할 운명을 짊어진 신인神人이라고 믿어졌어. 외부를 향한 나치즘의 침략주의와 팽창주의는, 그 내부에서 세계의 진정한 주인인 신인을 준비하고 그것을 섬겨야 할 친위대의 엄중하게 숨겨진 비밀스러운 역할에 의해서만 유지되었던 거지."

"클리크나 페스트가 그 친위대 대원이었던 거구나." 악몽에 사로잡힌 기분으로 나는 물었다. 그야말로 미친 짓으로밖에 생각되지 않았다.

"마르틴 클리크는 아마 〈흑색 승단〉의 성지 올덴부르크의 비밀 의식에 참가를 허락받은 특권자였을 거야. 뉘른베르크 재판으로 교수형에 처해질 때 죽기 전에 자신의 교의에 따른 신비적인 기도를 올리게 해달라고 요구했다는 사실에서도 그걸 알 수 있지."

"클리크는 전범으로 사형을 당했구나. 그런데 페스트는?"

"같은 친위대원이라도 아래 계급에 속한 자들한테는 툴레교의 비밀이 거의 알려지지 않았어. 완전한 이중구조였지. 아마 페스트는 양산된 평균적 대원의 한 사람에 지나지 않았을 거야."

전격전의 승리로 프랑스의 절반을 점령했을 때 도아트 문서의 비밀까지 숙지하고 있었을 〈흑색 승단〉 대원 클리크 친위대 중령이, 친독 정권이 지배하는 남프랑스 랑그도크 지방에 파견된 것이다. 숨겨진 임무는 물론 로젠베르크가 찾았던 카타리파의 보물을 발굴하는 일이었다. 거기에 우연히 생세르낭 문서를 둘러싼 정보가 들어왔다. 마치 기다리던 것처럼 클리크 일행이 이 사냥감에 뛰어든 것도 당연한 일이었으리라.

"하지만 가케루, 아까는 로젠베르크의 부국과 힘러의 부국이 다르다고 말했잖아. 왜 로젠베르크는 직접 카타리파 문제를 다루지 않았을까?"

"제3제국의 이데올로기 감시를 임무로 하고 있던 로젠베르크의 부국에는 손발이 되어야 할 조직이 없었어. 당연히 테러나 강제 수단도 요구되는 카타리파 매장물을 조사하거나 발굴하기 위해서는 친위대 조직의 힘이 요구되었지. 그리고 독일과 소련의 전쟁이 시작된 후에는 우선 로젠베르크가 직접 남프랑스로 오는 것이 불가능해졌어. 그가 동부 점령지 장관에 임명되었기 때문이야. 그러니 로젠베르크로서는 힘러와 의논할 수밖에 없었겠지."

"그래서 클리크가 실제로 발굴을 하긴 한 거야?"

"응. 1941년부터 몽세귀르 부근의 산속에서 조직적인 발굴을 했어. 하지만 결국 실패로 끝나고 말았다고 해. 연합군의 노르망

디 상륙 작전 이후로 나치의 프랑스 점령 체제가 급속하게 붕괴되고 있던 혼란 속에서 몽세귀르 발굴 계획도 흐지부지 끝나고 만 모양이야."

에스클라르몽드 산장에서 발견된 발터 페스트의 가방 속에 든 것이 드디어 명료해졌다. 그래, 그것은 생조르주 서한일 수밖에 없다. 1942년에 생조르주 서한은 일단 클리크 일당의 손에 넘어 갔다가 결국 나중에 전범으로 사형에 처해지는 마르틴 클리크가 아니라 그의 부관이던 발터 페스트에게 남겨졌을 것이다. 그리고 전쟁이 끝나고 30년의 세월이 지난 후 새로이 몽세귀르를 발굴하기로 결심한 남프랑스 재계의 영웅 오귀스트 로슈포르가 서유럽 전역에 걸친 로슈포르 산업의 거대한 조직망을 동원하여 발터 페스트를 탐색하고 끝내 찾아냈으리라. 로슈포르에게 발터 페스트에 대해 알려준 이는 물론 샤를 실뱅이었을 것이다. 발터 페스트와의 교섭을 다름 아닌 몽세귀르 땅에서 하도록 한 것도 어쩌면 실뱅이었을지도 모른다.

"그런데 나치는 왜 발굴에 실패했을까? 문제의 생조르주 서한을 입수하는 데는 성공했으면서 말이야."

이렇게 말하고 나서야 나는 알았다. 클리크는, 그리고 당연히 문서의 내용을 보고받았던 로젠베르크도 양피지에 쓰인 그리스어의 암호를 해독할 수 없었던 거라고. 아마 콜베르가 발굴에 착수하지 않았던 것도 같은 이유였을 것이다. 그리고 700년의 수수께끼를 간직한 그리스어가 쓰인 양피지 조각은 지금 다름 아닌 발터 페스트를 살해한 진범, 따라서 장 노디에를 살해한 진범인 그 남

394

자의 수중에 있는 것이 확실하다. 이렇게 생각하니 뜨거운 기대와 흥분의 감각이 어쩔 수 없이 몸 안에 끓어올랐다. 내일이나 모레 나는 연쇄살인 사건의 진범뿐 아니라 어쩌면 700년에 걸쳐 기구한 운명을 겪은 그 수수께끼의 그리스 문자 양피지 조각도 동시에 찾아내게 될까…… 그때 이런 내 흥분에 찬물을 끼얹는 듯한 어조로 가케루가 말했다.

"너는 로마교회에서 악마의 숨겨진 보물, 독룡의 구슬이라 불린 카타리파의 매장물을 정말 찾을 생각이야?"

"물론이지. 왜냐하면 매장 지점을 기록한 양피지 조각은 범인한테 있을 테니까. 발터 페스트를 살해한 동기는 복수와 생조르주 서한을 강탈하는 것이었거든."

"하지만 카타리파의 숨겨진 보물을 노리는 자에게는 묵시록의 저주가 내린다잖아……"

어느새 오후가 한창인 시간이었다. 여기저기에서 일어나는 수증기로 해면은 하얗게 덮이기 시작했다. 눈앞에 보이는 조그만 두 섬도 이런 한여름의 안개에 가로막혀 어렴풋한 그림자를 드러낼 뿐이었다. 무척이나 환한 푸른 하늘과 아직도 약해질 줄 모르고 타오르는 백열의 태양만은 이전과 조금도 달라지지 않았다.

"농담하지 마."

물론 나는 가케루의 이야기를 진지하게 받아들일 수는 없었다. 묵시록의 저주라니, 이 얼마나 어처구니없는 말이란 말인가. 가케루는 하얗게 흐려 보이는 수평선을 응시하며 마치 혼잣말처럼 중얼거리기 시작했다.

"숨겨진 보물을 손에 넣으려고 한 이단 심문관 생조르주에 의해 투옥되어 고문을 받고 죽임을 당한 사람은 헤아릴 수가 없어. 카타리파 최후의 주교 아르망 드 샤를노아도 그중 한 명이지. 하지만 그런 생조르주도 묵시파의 암살자 손에 의해 비참한 최후를 마쳤어. 그리고 7세기 후에 그 단서를 발견한 신부나 향토사가 앙리 투르뉘는 나치 강제수용소에서 가축처럼 비참하게 괴롭힘을 당한 끝에 죽임을 당했지. 투르뉘 등을 수용소로 보낸 친위대원 한 사람은 뉘른베르크에서 교수형에 처해졌고, 또 한 사람은 전범으로 추궁당하는 것을 피해 전후 30년 동안 어떻게든 무사히 살아남았지만 결국에는 몽세귀르에서 살해당했어. 숨겨진 보물을 찾아 여기저기 발굴하고 다녔던 장 노디에가 살해된 것은 바로 어제 일이고…… 이런 게 모두 우연한 일일까?"

"물론 우연이지. 하지만 그 우연을 교활하게 이용한 남자가 있어. 페스트나 노디에의 시체를 숨겨진 보물을 둘러싼 오랜 시체 더미에 숨기려고 한 거야. 아주 흔한 수법이지. 묵시록의 저주라니, 투탕카멘 왕의 저주 같은 그런 이야기를 누가 믿겠어?"

"그럼 이렇게 바꿔 말해도 좋을 거야. 숨겨진 보물은 지금까지 네 번 역사의 표면에 잠깐 모습을 드러냈어. 그것을 탐색한 것은 13세기의 도미니크 수도회, 17세기의 콜베르가, 그리고 20세기의 나치 친위대였지. 십자군이나 부르봉 왕조의 절대주의 권력, 독일군의 흉포한 침략군 점령 권력을 조종한 이들 집단은 이를테면 국가 안의 국가, 권력 안의 권력이라고 해야 할 음산하고 악마적인 존재였지. 하지만 로마교회도, 부르봉 왕가도, 제3제국도, 한 시대를 구획한 이들 절대 권력 역시 그 탐색에는 실패한 거야."

"그래서 우리한테도 무리라는 거야? 하지만 네가 말하는 네 번째, 다시 말해 이번 로슈포르의 발굴 계획은 도미니크 수도회나 친위대 같은 조직이 실행하는 게 아니잖아. 로슈포르 산업은 확실히 강력한 조직이지만 처음부터 사람을 죽이거나 하지는 않을 거 아냐."

가케루는 대답하지 않고 내게 아주 익숙한 그 곡을 휘파람으로 불기 시작했다. 나는 순간 덜컥하는 마음으로 옆에 있는 청년의 단정한 얼굴을 바라보았다. 「대지의 노래」*는 우수에 찬 게르만의 어두운 격정을 간직하고 한여름의 해변을 기어가듯이 낮게 흘러갔다. 내 가슴이 덜컥한 것은 겨울의 라루스가 사건 이후 오랫동안 이 청년이 휘파람으로 그 곡을 부른 적이 없었기 때문이다. 가케루는 내가 옆에 있다는 것도 잊어버린 사람처럼 고립적인 태도로 자신의 밑바닥으로 점점 더 깊숙이 가라앉았다. 휘파람 소리가 뚝 그쳤다. 돌아보니 목덜미를 똑바로 세운 청년은 가로막는 것 하나 없이 아직도 높이 떠 있는 태양을 그저 일직선으로 응시하고 있었다. 마치 눈이 다 타버리기를 갈망하는 사람처럼 정체 모를 결의로 머리를 쳐들고.

"그만둬. 이 무슨 바보 같은 짓이야."

나는 정말로 가케루의 눈이 걱정되어 뒤에서 청년의 눈을 두 손으로 덮었다. 청년의 뺨이 희미하게 떨렸고, 그러고 나서 팽팽

---

* 중국의 시를 독일어 가사로 옮긴 구스타프 말러Gustav Mahler의 교향곡 「대지의 노래Das Lied von der Erde」(1908).

하던 긴장이 문득 풀린 듯했다.

"갈까?"

"가자."

조용히 머리를 흔들어 얼굴에서 내 손을 떼어낸 가케루가 걸어가기 시작했다. 해변에는 땀 냄새와 술렁거림만 남았다.

# 5

마르세유에서 지중해를 따라 열차로 두 시간쯤 가서 옛 대학도시인 몽펠리에 옆에 있는 작은 항구도시 세트에 도착했다. 도시의 변두리인 듯한 초라한 역사 앞에서 나와 가케루는 택시를 탔다. 손목시계를 보니 벌써 6시가 지나 있었다. 차창으로 올려다본 하늘은 황혼이 가까웠음을 느끼게 해주는 엷은 보랏빛으로 물들고 있었다.

"얼마나 걸리나요?"

"글쎄요, 운하 길이 막히지만 않는다면 10분 안에 도착할 겁니다."

자꾸 시간에 신경을 쓰고 있는 내게 아주 늠름한 몸집을 가진 중년의 운전수가 남프랑스 사투리가 강한 말로 느긋하게 대답했다. 화려한 색깔의 반팔 셔츠 아래로 드러난 나무줄기처럼 두꺼운 두 팔이 운전석에서 천천히 원을 그리자 차는 역전에서 똑바로 이어진, 황량하고 인적 없이 휑한 가로수 길에서 오른쪽으로 직각으로 돌았다. 차는 그대로 넓은 운하 위의 다리를 건너 운하를 따라 난 도로로 들어섰다.

"운하를 따라 이 길을 끝까지 가면 부두가 나옵니다. 수영을 하려면 해안을 따라 서쪽으로 15분쯤 가면 좋은 모래사장이 있지요."

이제 슬슬 저녁 시간인 탓인지 좁은 운하 길은 차로 혼잡했다. 한쪽에 호텔이나 카페, 레스토랑이 늘어선 보도에는 피서객인 듯한 남녀들이 아주 편해 보이는 복장으로 오가고 있었다. 해수욕을 하고 돌아가는 듯한 반라의 남녀도 적지 않았다. 열어놓은 차창으로 바람이 바다 내음을 실어 왔다.

드디어 목적지인 그랜드 호텔에 도착했다. 서둘러 차에서 내린 내게 제복을 입은 몸집이 작은 청년이 걸어왔다.

"모가르 씨입니까?"

"네. 기다리게 해서 죄송해요."

물론 청년은 세트 경찰서의 경관이었다. 오후의 전화로 확인한 대로 6시부터 호텔 앞에서 나를 기다리고 있었다. 친절해 보이는 둥근 얼굴의 청년은 정중한 태도로 가케루에게도 손을 내밀며 말했다.

"모가르 경정님의 따님이시라고요. 라블라네의 카사르 헌병대장님이 의뢰한 건입니다만, 올해 들어 문의하신 이름으로 숙박한 사람은 없었습니다."

카사르 대장에게 특별히 장 노디에와 니콜 로슈포르의 이름을 강조하며 에스클라르몽드 산장의 사건 관계자 가운데 이 호텔에 묵은 사람이 없는지 확인해달라고 부탁했던 터였다.

경관의 안내로 호텔의 홀로 들어섰다. 라루스가 사건 때 앙드레가 폭살당한 곳은 파리에 있는 같은 계열의 호텔이었다. 그곳과 비교하면 아주 아담한 호텔이었지만, 이 도시에서는 고급 호텔일 것이다. 가케루와 둘이서 홀 구석에 있는 소파에 앉아 기다리고 있으니 얼마 후 경관이 40대로 보이는 검은색 옷을 입은 남자를 데려왔다. 손님을 상대로 격식을 갖춘 부드러운 태도의 프런트 책임자에게 나는 이런 말을 꺼냈다.

"6월 30일에 이 사진 속의 누군가가 묵었을 거예요. 좀 확인해주시겠어요?"

지젤에게서 빌린 사진은 두 장이었다. 한 장은 실뱅, 니콜, 줄리앙, 지젤, 이렇게 네 명이 에스클라르몽드 산장의 중정을 배경으로 올여름에 찍은 사진이고 또 한 장은 말을 끌고 있는 로슈포르, 주느비에브, 그리고 아직 젊은 장 노디에가 찍힌, 10년도 더 된 옛날 사진이었다. 소네 신부와 시몬 뤼미에르의 사진은 준비할 수 없었으나 필요하다면 오늘 밤에 만날 예정인 시몬에게 빌리면 되었다.

남자는 주의 깊게 두 장의 사진을 들여다보더니 가볍게 고개를 끄덕이고는 한 장을 들고 프런트 쪽으로 갔다. 남자가 가슴에 장식이 달린 파란색 제복을 입은 보이와 둘이서 돌아오는 데는 10분도 채 걸리지 않았다.

"이 사진 속의 두 분이 닐 부부라는 이름으로 6월 29일과 30일 이틀간 묵었습니다. 담당했던 사람이 이 젊은이입니다."

프런트의 남자 손가락이 사진 위를 움직였다. 손가락이 가리킨 것은 물론 두 남녀, 샤를 실뱅과 니콜 로슈포르였다.

예상한 일이었지만 그래도 심한 두근거림이 멈추지 않았다. 실뱅과 니콜은 6월 29일과 30일 이틀간 이곳 세트에 머물렀다. 그것도 부부로 위장하고 같은 호텔, 같은 방에.

소네 신부는, 지난달 마지막 날 노디에가 시몬을 만나기 위해 처음으로 세트에 갔다고 했다. 노디에는 처음 이 도시에 왔으므로 세트에서 뭔가를 목격했다면 그것은 6월 30일이어야 한다. 노디에는 우연히 니콜과 실뱅이 같이 있는 모습을 목격한 것이다.

내 추리의 고리가 이어졌다. 이것으로 첫 번째 사건의 두 범인이 판명되었다. 두 번째 사건인 노디에의 살해 동기도 명백해졌다. 그러나 묵시록의 말은 아직 두 필이 남아 있다. 살인자들의 불길한 명부에 올라 있는 것은……

나는 경관과 호텔 종업원 두 명에게 감사를 전하고 끝까지 침묵을 지키고 있던 가케루를 밀 듯이 하며 호텔의 정면 현관으로 뛰어나갔다.

"가케루, 위험해."

"지젤과 로슈포르가 위험하다고 말하고 싶은 거지?"

니콜의 예전 연인이 툴루즈 대학의 학생이던 실뱅이었음이 틀림없었다. 카르카손에서 실뱅과 니콜은 우리에게 숨겨진 관계를 넌지시 알려주기까지 했던 것이다. 완전범죄에 대한 자신감이라고밖에 할 수 없다. 그 두 사람이 공모해서 앞으로 지젤과 로슈포르를 없애버리면 로슈포르가의 막대한 재산은 니콜과 실뱅에게 넘어가게 된다.

"툴루즈에서 네가 말한 것, 생세르낭 문서의 행방을 탐색하는 게 페스트 살해의 진상에 다가가기 위한 최단거리라고 했던 거, 정확히 맞았어."

나는 나지막한 목소리로 중얼거렸다. 그러나 자신의 공을 자랑하는 기색도 없이 가케루는 거리의 북적이는 사람들 틈을 걷기 시작했다.

오늘 밤 안에 몽세귀르로 돌아가야 할지, 어쨌든 장거리 전화를 하는 편이 나을지, 이런저런 생각에 마음이 흐트러져 걸음걸이가 늦어지는 나를 재촉하며 가케루는 운하를 따라 난 길을 항구 쪽으로 걸어갔다. 하늘은 보랏빛 구름으로 채색되더니 이윽고 짙은 남색의 어스레한 빛으로 물들며 저물기 시작했다.

"여기야."

가케루는 카페와 작은 영화관 사이의 골목길에서 왼쪽으로 꺾어 언뜻 보기에도 초라한 싸구려 호텔 안으로 들어갔다. 시몬에게 예약을 부탁해둔 호텔임이 틀림없었다. 나도 뒤를 따라 입구의 유리문을 밀고 들어섰다. 시몬 뤼미에르가 벌써 우리를 기다리고 있었다.

"젊은 부부가 둘이서 경영하고 있어요. 둘 다 환경운동가인데, 내 친구예요. 방이 마음에 들면 좋을 텐데."

시몬은 계단 난간에 기대고 지탕 담배 연기를 거리낌 없이 뿜어

대며 빠르게 말했다. 자기 동네까지 찾아온 손님인데도 환영 인사도 없이 느닷없이 이런 식의 말을 시작하는 게 과연 시몬다웠다.

"시몬 뤼미에르 씨, 환경운동가의 덕목에 금연이나 적어도 절연 같은 건 없는 거예요? 정말 늘 굴뚝이잖아요."

나는 우선 가볍게 비아냥거리는 말을 했다. 어제 카르카손에서의 밤을 계기로 우리는 전보다 훨씬 친해졌다. 인적이라고는 찾아볼 수 없는 심야의 중세 거리를, 전화를 찾으러 둘이서 뛰어다닌 경험이 크게 작용했는지도 몰랐다. 가케루가 저격을 당할 거라고 예고한 수수께끼는 남아 있었지만, 진범이 밝혀져 시몬에 대한 혐의가 완전히 없어진 마당이라 그 점에서의 집착도 사라져 있었다.

"담배가 내 약점이에요, 나디아 씨." 내 가벼운 비아냥거림에 시몬은 쾌활한 어조로 응했다.

그때 안에서 서른 전후의 젊은 어머니가 이제야 겨우 말을 하기 시작할 나이의 여자아이를 데리고 카운터까지 나왔다.

"시몬의 얘기를 듣고 기다리고 있었어요. 바로 방으로 안내해드릴게요."

머리를 대충 묶었을 뿐이고 화장기도 없으며 무척 사람 좋아 보이는 둥근 얼굴의 남프랑스 여자였다. 손님에 대한 예의를 무너뜨리지 않도록 자제하면서 만면에 친절한 미소를 짓고 있는 여주인을 보고 나는 한눈에 좋아하게 되었다. 여주인의 안내로 계단을 올라가는 우리 뒤에서 시몬이 말했다.

"짐만 놓고 나오세요. 레스토랑을 예약해두었으니까요."

시몬을 앞세우고 호텔을 나온 우리는 황혼의 운하 길을 걸어 바다 쪽으로 나아갔다. 나오기 전에 호텔에서 장거리 전화를 걸어 툴루즈의 본가로 돌아간 로슈포르와 지젤이 내일 밤까지는 그곳에 머물 거라는 사실을 알았다. 전화를 받은 에스클라르몽드 산장의 가정부가 실뱅, 니콜, 줄리앙은 산장에 있다고 했으니 오늘 밤에는 아무 일도 일어나지 않을 것이다. 나도 내일 밤까지만 몽세귀르로 돌아가면 된다.

저녁 식사 때라 좁은 도로는 무척 북적거렸다. 길가에는 크고 작은 레스토랑이 잇따라 늘어서 있고, 입구에 붙어 있는 요금표 앞은 몰려드는 손님들로 흘러넘쳤다. 어느 가게 앞이나 산더미처럼 쌓인 신선한 생선, 왕새우, 조개 등이 열심히 손님을 유혹하고 있었다. 어항도시답게 역시 생선요리 전문점이 압도적으로 많았다. 인파를 빠져나가 계속해서 걷고 있는 시몬이 우리에게 말했다.

"이 근처 가게는 가격에 비해 맛이 없어요. 관광객을 상대로 하기 때문이에요."

그때였다.

"뤼미에르 씨."

누군가 부르는 소리에 돌아보니, 지친 눈을 힘없이 깜박이는 몸집이 작은 중년의 동양인이었다. 어딘지 모르게 늙은 개의 무력함과 비슷한 인상을 주는 남자와 한두 마디 나누고 난 시몬이 우리 옆으로 돌아왔다. 남자는 비굴하다고 생각될 정도로 몇 번이고 머리를 조아리면서 언제까지나 우리가 떠나는 모습을 지켜보았다.

"캄보디아 사람이에요. 작년에 친척을 믿고 프랑스로 도망쳐 왔어요. 일자리를 찾는 데 살짝 도와준 거밖에 없는데 부끄러울 정

405

도로 고마워하는 바람에……"

"왜 도망쳐 왔을까요? 그 나라는 이제 전쟁도 끝났을 텐데" 하고 내가 물었지만, 시몬은 괴로운 표정으로 잠자코 고개만 옆으로 내저을 뿐이었다.

바다로 나가기 조금 전에 운하는 하얀 방파제로 막혔고, 거기서 오른쪽으로 꺾은 시몬은 돌이 깔린 가파른 언덕길을 오르기 시작했다. 시몬은 지중해에 임한 약간 높은 언덕의 비탈에 건설된 세트 시내를 고지대 쪽으로 점점 올라갔다. 세월의 흔적으로 거무스름해진 집들은 음산한 표정으로 언덕 중턱에 매달려 있는 듯이 보였다. 관광객이나 피서객에게 점령당한 아래쪽 해안 도로의 화려함과는 대조적으로 칙칙해 보이는 거리는 촌스러운 항구도시의 생활 냄새를 떠돌게 했다.

"여기예요."

세트의 언덕 꼭대기 근처의 민가들 사이에 조용히 끼어 있어 작정하고 찾지 않으면 지나치고 말 듯한, 눈에 띄지도 않는 조그만 레스토랑이었다. 그러나 좁은 가게 안은 일찌감치 자리가 다 찼을 만큼 북적거렸다.

"6월 30일, 노디에는 대체 무슨 이유로 세트에 온 거예요?" 니스풍 샐러드의 검은 올리브 열매를 포크 끝으로 돌려대면서 내가 물었다.

"지금 쓰고 있는 논문 때문에 줄리앙한테서 긴급하게 받고 싶은 자료가 있었어요. 동생이 몽세귀르로 갔을 때 그걸 소네 신부님한테 건넸고, 노디에가 여기까지 가져다준 거예요. 세트까지 올

다른 일이 있었는지는 모르겠어요. 나도 줄리앙도 바빠서 만나러 갈 시간을 낼 수 없었거든요."

"노디에도 참 친절한 사람이었네요."

인상과는 꽤 다른 노디에의 모습에 나는 좀 당혹스러웠다.

"혹시 당신들 운동의 지지자였나요?"

"아뇨." 시몬의 대답은 단정적이었다. "그 사람은 정치라든가 운동이라든가, 아무튼 현실적인 사회운동에는 전적으로 무관심한 사람이었어요. 그 점에서는 아주 철저했거든요. 장 노디에는, 그래요." 시몬은 일단 말을 끊고 나서 아주 진지한 얼굴로 툭 내뱉었다. "기사였어요."

"기사라고요?"

"그래요, 시대에 뒤처진 화석 같은 남자였지요. 순수한 랑그도크 사람이었던 노디에한테는 아마 기사도 정신의 피가 흐르고 있었을 거예요. 기사도와 궁정풍 연애의 모럴은 서유럽의 어떤 나라에서보다 먼저 오크의 나라에서 결정화되었거든요. 오크어의 음유시인들이 남긴 서정시를 보면 그걸 알 수 있어요. 노디에는 용감함, 고결함, 사심 없는 헌신이라는 기사적 모럴에 완전히 손발을 담그고 있는 것 같은 사람이었어요. 알게 된 지는 1년도 안 되었지만 나는 알 수 있었어요. 그리고 노디에는 여주인 주느비에브 로슈포르를 음유시인풍으로, 즉 플라톤풍으로 사랑하고 있었어요. 돈 같은 데 전혀 관심이 없는 노디에가 카타리파의 황금에 그런 집착을 갖게 된 것도 아마 주느비에브와의 추억 때문일 거라고 생각해요. 내가 물었더니 딱 한 마디를 한 적이 있어요. 찾고 있는 게 금반지라고요."

"카타리파의 숨겨진 보물이 금반지인 걸까요?"

"글쎄요. 그 말만 하고 입을 다물었으니까 잘은 모르겠어요. 반지를 찾는 일이 복수라는 말을 했지만요."

대체 누구에 대한 복수일까? 나는 도무지 이해할 수 없었다. 카타리파의 숨겨진 보물이 금반지라는 것도 기사도 이야기 같고 게다가 앞뒤가 너무 잘 맞아떨어졌다. 용이 지키고 있는 마법의 금반지…… 노디에는 그런 옛날이야기를 진심으로 믿고 있었던 것일까?

잠깐 말없이 음식을 입으로 가져가던 시몬이 얼굴을 들고 가케루를 불렀다. 잡담을 나누던 그때까지의 편안한 어조와는 전혀 달랐다. 거의 먹지도 않은 음식 접시를 옆으로 치우고 등을 곧게 펴고는 식탁 위에서 두 손을 굳게 깍지 낀 시몬은 진지한 표정으로 이야기를 시작했다.

"야부키 씨. 오늘 밤에는 꼭 해야 할 이야기를 하지요. 서로 탐색하는 것도, 전초전 같은 논의에도 이제 질렸거든요. 6월 21일 저물녘에 내가 왜 당신한테 도망가라고 했는지, 당신한테 닥칠 위험을 어떻게 예고할 수 있었는지, 우선 그 이야기부터 해야 할 것 같군요."

시몬은 살짝 고개를 숙인 채 얼굴을 들려고 하지 않았고, 가케루는 말없이 이야기에 귀를 기울이고 있었다. 긴장할 때 늘 하던 버릇대로 긴 앞머리 몇 가닥을 왼손 엄지와 검지로 살짝 집어 반복적으로 조용히 훑고 있을 뿐이었다.

"나는 마틸드 뒤 라브낭을 알았어요. 팔레스타인 난민 캠프에서 알게 되었거든요. 3년 전 여름방학에 그 여학생도 난민 봉사를 위해 내가 있던 임시 병원으로 찾아왔어요. 마침 줄리앙이 그리스 여행에서 돌아가는 길에 나한테 들렀던 무렵이었지요. 마틸드가 그렇게 무시무시한 사상을 갖게 된 것은 난민들의 비참한 생활을 직접 목격했기 때문이에요. 〈붉은 죽음〉이라는 음침한 비밀결사에 가입한 것도 아마 거기 있을 때였을 거예요. 마틸드를 그 조직으로 이끈 사람도 나는 대충 알고 있어요.

귀국하고 나서 마틸드와는 몇 번 만날 수 있었어요. 파리에 갈 때는 대체로 마틸드를 만났거든요. 그때마다 격렬한 논쟁을 벌이게 되었는데, 나도 마틸드도 절대 자신의 의견을 바꾸려고 하지 않았어요. 그런 마틸드한테서 오랜만에 편지가 온 것이 올 1월이었어요. 마틸드의 편지에는 은밀히 실행한 자금 강탈 계획이 틀어진 것, 계획을 깨뜨린 기묘한 일본인, 그 일본인과 최후의 대결을 시도할 생각인데 아마 자신은 살아남지 못할 거라는 것 등이 쓰여 있었어요. 마틸드가 죽었다는 소식이 들려온 것은 그로부터 얼마 후의 일이었어요.

처음으로 에펠탑 밑에서 만났을 때 당신이 마틸드가 편지에서 말한 그 일본인인 걸 알고 나는 깜짝 놀랐어요. 그런데 동시에 나는 탑 아래의 관광객 무리 속에서 예전에 본 적이 있는 남자의 얼굴을 순간적으로 알아봤어요. 팔레스타인 난민 캠프에 은밀하게 숨어 있던 남자, 다들 꺼림칙해하며 두려워하던 사신 같은 분위기의 과묵한 남자, 국적도 경력도 알 수 없는 수수께끼의 남자. 내 추측으로는 아마 마틸드의 귀에 그 섬뜩한 사상을 속삭여 난민의 비참한 상황에 심한 충격을 받고 있던 가련한 아가씨의 머리를 완전히 미쳐버리게 한 남자…… 마틸드와 관련해서 내가 알게 된 두 사람이 생각지도 못하게 같은 장소, 같은 시간에 내 앞에 나타났다는 믿을 수 없는 우연에 깜짝 놀랐죠. 그러다가 마음에 짚이는 게 있어 순식간에 온몸의 피가 얼어붙는 것 같았어요. 두 사람이 같은 장소에 있는 것은 우연이 아니었어요. 그 남자가 당신을 은밀히 미행하며 감시하고 있었기 때문이에요. 그렇다면 대체 무슨 목적으로.

결론은 단 하나밖에 없었어요. 그 남자가 나타날 때는 반드시 불길한 죽음의 그림자가 누군가의 머리 위에 떨어질 때에요. 용감한 팔레스타인 게릴라 병사들조차 자신들의 지도부와 은밀한 관련을 갖고 있는 듯한 신기한 외국인을 두려워하고 어쩐지 섬뜩해할 정도예요. 그 남자가 당신 주변에 나타난 이상 당신의 생명은 피할 수 없이 위협당하고 있을 터였어요."

그래서 나는 알았다. 시몬이 그토록 초조해하고 그토록 억지로 가케루를 어딘가로 도망치게 하려고 한 이유를. 가케루를 저격한 것은 역시 테러리스트 〈붉은 죽음〉이었다. 가케루도 미행과 감시를 눈치채고 있었을 것이다. 나는 그 무렵 가케루가 권총에 실탄을 장전하고 있던 일을 떠올렸다.

"그 남자의 이름은요?" 가케루가 물었다. 이 청년치고는 드물게도 무서울 정도로 진지한 어조였다.

"난민 캠프에서는 니콜라이라든가 일리치로 불렸는데, 물론 가

명이겠지요."

니콜라이 일리치…… 남자는 러시아인인 걸까?

"그 남자가 꾸민 짓이라고밖에 생각되지 않는 꺼림칙하고 무서운 사건이 일어난 후에는 악령 니콜라이, 사신 일리치, 뒤에서는 다들 그런 식으로 부르게 되었는데, 소련에서 온 사람이라고는 생각되지 않았어요. 러시아인이라면 아마 망명자 2세나 3세였을 거예요."

그때 정말 죽임을 당했을지도 몰랐으니 무척 진지한 가케루의 태도는 납득할 수 있었지만 그래도 좀 이상했다.

"니콜라이 일리치……"

그는 이렇게 나지막하게 중얼거리기만 했고, 얼굴은 섬뜩할 정도로 딱딱한 무표정으로 변해 있었다. 뭔가를 열심히 생각하기 시작한 것처럼 깊은 침묵으로 빠져들었다. 고개를 숙이고 입을 다물고 있는 가케루의 이런 완고한 침묵에 다그침을 받은 듯이 시몬은 결심한 듯 이어서 말했다.

"야부키 씨, 나는 감히 말해야겠어요. 아니, 묻지 않으면 안 돼요. 당신처럼 그런 체험을 깊이 한 사람이 어떻게 다른 사람을 죽일 수 있었어요? 그 불쌍한 마틸드를, 세계를 담글 악의 홍수를 앞두고 머리가 돌아버린 불쌍한 아가씨를 어떻게 죽일 수 있었어요? 나는 도무지 이해가 안 돼요. 정말 이해할 수가 없어요."

시몬이 말하는 '그런 체험'이란 무엇일까? 나는 무슨 이야기인지 알 수 없었다. 가케루는 심하게 눈살을 찌푸리며 고개를 들고 시몬의 얼굴을 가만히 쳐다보았다. 이 청년이 긴장하면 그렇게 되는지 모르겠지만, 그것은 단단한 돌에 새긴 것처럼 보이는 가면 같은 무시무시한 무표정이었다. 우주의 심연처럼 깊이를 알 수 없는 칠흑의 눈동자는 옆에 있는 나에게조차 절대영도의 지독한 한기를 느끼게 했다. 가케루의 이런 무언의 응시에도 시몬은 정면으로 맞서고 있었다.

눈도 깜작이지 않고 가케루를 응시하고 있는 시몬의 강렬한 시선은 견디기 힘들 만큼 열정적이어서 당장에라도 불타오를 것만 같았다. 이런 시몬을 보는 것은 그야말로 처음이었다. 빈정거리는 듯하고 어딘지 모르게 정체를 알 수 없는 여교사라는 相像, 학대받는 무력한 사람들에게 믿을 수 없을 정도의, 거의 기괴하다 싶을 만큼의 동정과 헌신을 쏟아붓는 격한 권력 비판자이자 전투적인 사회운동가라는 상, 광신적이고 어쩌면 자학적이라고 할 수밖에 없는, 자신의 신체에 대한 비정상적으로 가혹한 태도가 보여주는 종교적인 고행자 같은 상. 내 안의 이 모든 시몬의 상은 지금 가케루의 가면 같은 표정에 전력을 다해 덤벼들려고 하는 이상하게 탐하는 듯한 시선 앞에서 한순간에 무너지고 마는 환영에 지나지 않았다. 그 시선 앞에서는 어떤 허위도, 거짓말도, 변명도 결코 허락되지 않을 것 같았다. 애매함을 결코 허락하지 않는 작열하는 강철 같은 그 시선 때문에 그것들은 순식간에 뚫리고 찢기고 벌거벗겨지고 분쇄되고 타버리고 말 것만 같았다.

"야부키 씨……" 시몬이 다시 입을 열었을 때였다. 너무나 엄중하고 격한 분위기에 나는 압도되었다. "마틸드에 대해서 지금 이야기해줘야 해요."

이렇게 말한 시몬을 가로막고 가케루가 나지막한 소리로, 그러나 분명히 말했다.

"바다로. 해변으로 갑시다."

짧은 시간, 시몬은 숨겨진 것을 다 빼앗고 말겠다는 진지하고 격렬한 시선으로 청년을 응시했다. 그러고 나서 말없이 벌떡 일어섰다.

어둠 속에는 해명의 떠들썩함과 신선한 바다 냄새가 농밀하게 차 있었다. 끊임없이 꿈틀거리는 새까만 해면을 가로질러 어딘가 막연하게 뻗어 있는 돌로 된 팔 같은 것이 어둠을 배경으로 하얗고 어슴푸레하게 떠올라 있었다. 세트의 방파제였다. 방파제 끝에 있는 등대의 불빛이 느릿느릿한 주기로 어두운 바다 끝에 회전하는 빛의 다발을 계속해서 던지고 있었다.

바다를 내려다보는 비탈의 고색창연한 낡은 집들을 빠져나가자 이미 항구의 외해를 마주하고 있는 세트의 언덕에서 가장 높은 자리였다. 인적 없는 거리 한구석에는 높은 석벽이 길게 이어져 있었다.

"세트의 묘지예요." 시몬이 중얼거리듯이 한 마디를 했다.

"해변의 묘지군요." 나는 이렇게 말하고 석벽을 올려다보았다.

"그래요, 그 시인*의 묘도 여기예요."

묘지가 있는 언덕의 제일 높은 데서 해변으로 내려가는 넓은 보도에는 눈부실 정도로 하얀 형광등 가로등이 점점이 계속 이어

---

* 폴 발레리(Paul Valéry, 1871~1945)를 가리킴. 세트에서 태어난 폴 발레리는 이곳 '해변의 묘지'에 묻혔다. 그의 시 가운데는 「해변의 묘지」가 있다.

졌다. 바다에서 언덕의 비탈을 세차게 불어 올라온 바람이 내 머리를 흩뜨렸다. 가케루는 조금 뒤처져 우리 뒤를 따라 걸어왔다. 언덕길에 깔린 돌을 밟는 가케루의 발소리를 귓가로 들으면서 깊은 밤과 바다와 바람에 배어든 강한 바다 냄새에 나는 온몸을 열었다.

다가오는 사람을 위협할 만큼 해명이 요란하게 울려 퍼지고 있었다. 사람의 왕래가 끊긴 해안 도로를 가로지르자 험한 암벽 사이로 모래사장으로 이어지는 가파른 오솔길이 나왔다. 말없이 내려가는 시몬에 이어 날카로운 바위 모서리에 발을 헛디디면서 나도 해변으로 내려갔다. 그리고 물가의 마른 바위에 앉아 아직도 끝날 줄 모르는 어두운 바다의 굉음에 귀를 기울였다.

하늘도 어둡고 바다도 어두웠다. 무서울 정도의 파도 소리만이 나를 감싸고 있었다. 이 두려움의 의미를 나는 알고 싶었다. 무심코 바위에 대고 있던 손을 옆으로 뻗어 바싹 말라 뼈가 앙상한 시몬의 손바닥에 댔다. 내 마음을 알았는지 시몬은 상냥하게 내 손을 꼭 쥐었다.

등 뒤로 다가오는 가케루의 발소리가 들렸다. 모래를 밟는 무기질의 소리가 우리 뒤에서 멈췄다. 심한 긴장을 숨기고 있는 무서운 침묵이 파도 소리 사이를 메웠다. 시몬이 고발하는 자의 자르는 듯한 울림을 담아 날카롭고 짤막하게 말했다.

"당신은 늘 이렇게 다른 사람 어깨 너머로 바다를 바라보네요. 바다 앞에서 우리는 사라져버리는 거로군요."

가케루는 말이 없었다. 그러나 그 침묵에는 몸이 오그라들 정도로 사람을 위압하는 힘이 흘러넘치고 있었다. 앞쪽에는 거품과 함께 소용돌이치며 우리를 집어삼킬 듯 어두운 바다의 깊고 끝 모를 진동이 있고, 우리 뒤에는 혼자 말없이 서서 바다를 응시하고 있는 청년이 있었다. 바다와 청년 사이에서 우리는 거의 무無일 수밖에 없었다.

"당신의 영적인 분위기는 처음 만났을 때부터 내게 강한 인상을 주었어요. 내 의심은, 별들처럼 차갑게 빛나고 광물질의 촉감 같은 당신의 영적 인상이 오로지 타인들과 살아가는 것을 그만둔 대가로서만 가능해진 게 아닐까, 하는 것이었어요. 그렇다면 그건 아주 끔찍한 일이지요. 타인이 없는 황량한 세계의 아무런 감동도 없는, 사랑을 결여한 영력靈力…… 그건 정말 악마적인 것이기 때문이에요. 마틸드가 믿었던 기괴한 사상은 단순히 마르크시즘이라든가 볼셰비즘을, 상상할 수 있는 한 극단화한 것에 지나지 않았죠. 학대받는 사람들의 비참함과 제국주의자와 시온주의자에 대한 견딜 수 없는 증오의 발작이 마틸드를 그런 광기로 내몰았던 거예요. 그래서 마틸드의 악, 마틸드의 범죄는 용서받아야 해요. 그건 인간을 지배하는 무서운 역설의 함정에 빠져버린 불운한 아가씨가 이 세계에 충만한 악을 의도치 않게, 결과적으로 그 한 몸에 응축시켜버린 것이기 때문이에요. 마틸드는 세계와 화해하고 사람들과 서로 사랑하는 것을 너무나도 격렬하게 갈망했기 때문에 악과 광기와 범죄의 수렁에 빠져버린 거예요. 그리고 비참하고 구원 없는 절망 끝에 혼자 끔찍하게 죽었어요. 하지만 당신은 처음부터 인간과 세계를 사랑하려고 하지 않아요. 당신의 영력

은 어쩌면 나치의 광인들에게 깃들어 있는 것과 같은 건지도 몰라
요……"

"악, 그래요, 악이지요. 저는 어느 날 저 자신이 악이라는 것을
깨달았습니다. 이제 피할 수도 없는, 도망칠 수도 없는 그런 인식
이 푸른 번개처럼 나를 관통했지요. 끔찍한 자각이었어요. 그 한
순간 후 세계는 전도하여 이상하고 낯선 장소가 되었습니다."

파도 소리 가운데 거의 알아들을 수 없는 청년의 중얼거림이
희미하게 흘러나왔다.

"저는 마틸드보다 훨씬 더 마틸드적이었어요. 거기에는 확실
히 관념적인 것의 역설이 있었습니다. 정의의 관념은 폭탄처럼 사
람을 살육할 수 있어요. 인류 전체의 살육, 세계 전체의 파괴 열망
이 역으로 과도한 정의의 관념을 어둠의 깊은 심연에서 부른 거지
요. 사랑이라는 명사에 의해 증오를 정당화하고 합리화하는 관념
의 전도, 이것이 악입니다. 이상사회라는 이름으로 수용소 군도를
정당화하는 도착, 이것이 악입니다. 예전의 저나 마틸드 일행에게
국가 권력이 주어졌다면, 해방이라는 이름으로 국민의 절반을 살
육하는, 어떤 종교적 상상력도 달하지 못할 지옥마저 아무렇지 않
게 만들어냈겠지요.

악의 근거는 저에 대한 어쩔 도리 없는 집착에 있었어요. 나와
타자가, 나와 세계가 화합할 수 없으면 타자를, 세계를 사라지게
할 수밖에 없었던 거지요.

마틸드처럼 단호하게 자신을 처리할 수도 없을 만큼 제 죄업은
깊었습니다. 나날의 고행은 자신의 정체를 채찍질하며 분발하여

백일하에 드러내기 위한 노력이었어요. 타자도 아닌 자신, 공허한 나를 노출하지 않으면 안 되었지요. 나는 비열하다, 나는 더러운 인간이다, 나는 타인을 배반한 남자다, 나는 살아가기 위해 인육을 먹은 인간이다, 나는, 나는…… 이것이 제 주문呪文이었습니다. 저는 히말라야에도 갔어요. 가혹하게 육체를 막다른 곳에 몰아넣는 것이, 아무도 모르게 세계의 끝에서 삶과 죽음의 경계에 자신을 내던지는 것이 목적이었지요.

최초의 이탈은 무시무시한 눈보라 속에서, 하얀 어둠 속에서 저를 덮쳤습니다. 눈 속에서 길을 잃고 확실하게 기어드는 죽음의 공포에서 비참하게 움츠러든, 형편없는 쓰레기 같은 생명에 꼴사납게 집착하는 자신이 얼마나 한심하던지. 딱딱딱딱 이가 부러질 정도로 떨면서 간신히 판 눈 동굴 안에 웅크리고 있을 때였습니다. 저는 갑작스러운 공포의 발작으로 거의 숨이 막힐 지경이었어요. 구역질을 참으며 저를 공포로 때려눕힌 이상하게 강력한 시선의 원천을 찾아, 땅울림 소리를 내는 눈보라 속의 하얀 어둠을 주뼛주뼛 올려다보았지요. 요란하게 눈보라가 불어닥치는 상공 높이 뭔가가 있었어요. 저보다 훨씬 위대한 것, 거대한 것, 눈도 코도 입도 없는 무시무시한 존재가 쌀쌀하게 저를 내려다보고 있었지요. 그것은 분명히 거기에 있었어요. 그때 최초의 이탈이 저를 덮쳤습니다. 그때까지 한 마디를 외치는 것도 얼굴을 찡그릴 만큼 고통스러웠던 제 주문이 명료해지더니 쥐 죽은 듯이 조용해진 머릿속에서 고요하게 울려 퍼졌지요. 그것 앞에서 자신의 나약함, 자신의 추함, 자신의 무력함을 확인하는 데 아무런 부자연스러움도 있을 수 없었습니다. 태어나서 처음으로 저는 영원의 존재, 위대한 성령의 존재를 생생하게 지각했던 것이지요. 죽음을 앞두고 미쳐버릴 것 같았던 동물적 공포는 순식간에, 마치 홍수가 빠져나갈 때처럼 조용히 사라졌습니다. 눈 동굴에 웅크리고 앉아 저는 자신을 하나의 공허한 모래알이라고 생각했어요. 이 발견이 얼마나 신선하고 감동적이었는지 모릅니다. 갠지스 강 변의 모든 모래알 가운데 하나인 자신. 하지만 영원한 어머니인 갠지스는 언제나 거기에 있지요……"

시몬은 가케루의 혼잣말 같은 중얼거림을 온몸으로 열심히 듣고 있었다. 그 진지함은, 치면 울리는 강철의 단단함과 비슷했다.

"최초의 이탈 체험은 그저 입구에 지나지 않았습니다. 하지만 찾아온 정신적 변화는 너무나도 압도적이었지요. 인간인 나 이상의 존재를 인정하지 않았던 어리석은 오만함은 제 내부에서 결정적으로 파괴되었습니다. 저는 산기슭의 황무지에 무너지고 남은 돌 승원에서 새로운 생활을 시작하게 되었지요. 일과는 갠지스의 원류 가운데 하나인 골짜기를 흐르는 개울가에서 명상하는 것이었어요. 눈보라 치던 그 밤의 체험을 깊게 하고 진정으로 저 자신의 것으로 만들기 위해서는 설사 다리가 마비될 때까지라도 계속 앉아 있는 것이 제 결의였습니다. 스승님이 정해준 개울가의 바위 위에서 저는 매일 앉아 있었지요.

눈이 녹아 급류가 되어 흘러 내려가는 고지대의 늦은 봄날의 어느 오후였습니다. 저는 바위에 부딪치는 급류의 수면에 무수한 물방울이 일순 사방으로 흩날리는 모습을 보고 있었습니다. 물방울은 끊임없이 날아올라 아주 잠깐 공중을 떠돌다가 다시 급류의 수면으로 돌아갔지요. 히말라야의 고지대에도 밝은 햇빛이 찾아드는 계절이었어요. 저는 거의 도취되어 눈앞의 광경을 넋을 잃고 보았지요. 끊임없는 물방울의 난무는 햇빛을 머금고 일순 눈부시게 빛났습니다. 정말 아름다운 광경이었지요. 흩어지는 무수한 물방울, 공중에 난무하는 방울들의 반짝임, 일순간의 반짝임을 남기고 요란한 물결 속으로 돌아가는 물방울들…… 갠지스의 영원과 함께 그것은 영원의 광경이었습니다. 두 번째의 이탈이 찾아온 것은 그 순간이었습니다. 일순 존재하는 것이 시간과 공간을 가로질러 요란하게 흘러가는 그 수면에서 나가떨어져 공중을 떠도는 한 방울의 물방울이 된 것은 저 자신이었지요. 눈보라 치던 밤, 저를 바라보고 있던 그 존재도 역시 허상이었어요. 저는 나보다 깊은 나, 스승님이 우주 자체인 대아大我라고 부르는 걸 예감한 것에 지나지 않았습니다. 대아는 이 골짜기의 개울처럼 끊임없는 영원한 물결이었어요. 소아小我인 나는 골짜기의 급류가 일순 공중으로 튀어 오르는 무수한 물방울이었지요. 나는 한순간의 반짝임 후 다시 끝없는 물결 속으로 휩쓸려 가지요. 강은 요란한 원자原子의 물결로 변모해 있었어요. 시원에서 종말로 계속 흘러가는 원자의 대하가 별들을 낳고 또 멸망하고 있었습니다. 전율할 만큼 장대한 그 광경 속에서 저는 늙은 스승님의 가르침을 처음으로 세포 하나하나에 이르기까지 깊이 체험한 것이었습니다. 영겁회귀라는 가르침의 의미를……"

해명이 울리는 소리가 가케루의 나지막한 중얼거림에 화답하고 있었다. 등대 불빛에 떠오른 시몬의 탐하는 듯한 격렬한 시선이 문득 흔들렸다. 거기에 나타난 것은 어딘가 괴로운 듯하고 고통 비슷한 미소를 포함한, 부드럽게 젖은 입술과 그 양끝에 새겨진 깊은 주름이 있는 표정이었다. 미칠 듯한 안타까움에 고통스러운 듯한 입가의 주름은 마치 애원하는 듯이 실룩실룩 떨리고 있었다.

　"시몬 뤼미에르 씨." 가케루가 처음으로 상대의 이름을 불렀다. "저와 당신은 우연히 동시에 흩날린 두 방울의 물방울입니다. 하지만 우리는 이 세계에 존재하기 전에도, 죽어서 존재하지 않게 된 후에도 같은 영원의 물결 속에 녹아들어 우주와 일체인 대아인 나의 부분이 되는 겁니다. 마틸드는 죽었습니다. 운명이었지요. 그리고 운명은 축복할 만한 것입니다. 저는 그저 자아의 갑옷을 벗고 영원한 대하의 울림을 듣고 따르려는 자에 지나지 않습니다. 갠지스 강 가의 모래알처럼 공허하게 있으려고 애쓰는 자에 지나지 않지요. 운명의 속삭임으로 채우기 위해 불필요한 모든 것을 제거하고 오로지 공허하게 있으려는 것이 나라는 존재입니다. 타자와 세계를 지워버린 것이 아닙니다. 사라져버린 겁니다. 흘러가는 대하만을 실제라고 생각했을 때 세계도 역시 가상에 지나지 않습니다. 저와 당신이 가상인 것처럼요."

　"하지만 학대받는 자는 어떻게 되나요? 비참한 난민들은 어떻게 되는 건가요? 수용소 군도에서 신음하는 죄 없는 수인들은 어떻게 되는 건데요? 굶어서 아랫배가 부풀어 오른, 이 세계 도처에서 죽어가는 어린애들은요? 당신은 그것도 운명이다, '만사 오케이'라고 중얼거릴 뿐 그런 모든 비참함을, 모든 폭력과 만행을 인정하겠다는 건가요? 정말 그걸로 족한 건가요?"

애원하는 듯한 시몬의 필사적인 말이었다. 그것은 벼랑 끝에 몰린 자의 비명 같았다.

"무신론자이자 유물론자였을 당신이 처음으로 교회당 바닥에 무릎 꿇었을 때, 그 신비한 순간에 타인은 존재했습니까? 세계는 존재했습니까?" 마치 다그치는 듯한 가케루의 반문이었다.

새파랗게 질린 시몬이 그래도 의연하게 나직한 소리로 속삭이듯이 이야기하기 시작한 것은 잠시 후의 일이었다. 여전히 파도의 굉음은 끊임없이 귀를 때리고 있었다.

"1년 이상 간호사로 일한 팔레스타인 난민 캠프를 떠난 건 내 몸이 심하게 안 좋아져서였지만, 또 한 가지는 학창시절부터 갖고 있던 사상과 생활방식에 대해 무척 고통스러운 의혹에 사로잡혀 거기에서 탈출할 방도조차 전혀 알 수 없는 심한 정신적인 혼란과 쇠약에 빠져서였어요. 간단히 무시당하고 거의 사람으로 생각되지 않을 만큼 비참한 생활을 할 수밖에 없는 사람들 편에 서겠다는 조직이나 집단에 나는 늘 동정적이고자 노력해왔지요. 공감뿐만 아니라 나 자신이 그런 집단의 일원이었다는 점도 있었어요. 하지만 계급 투쟁이나 폭력 혁명이나 권력 탈취를 득의양양하게 입에 담는 그런 집단의 중심에는 내 공감을 절망시키는 것이 깊이 뿌리내리고 있다는 걸 어쩔 수 없이 깨닫게 되었지요.

무기를 손에 든 팔레스타인 사람들의 용감한 투쟁에 나는 늘 진심으로 감동받았어요. 비참한 노예들의 결사적인 저항은, 무엇보다 인간이라는 것은 존엄을 온몸으로 지켜내려는 한없는 용기에 의해 지탱되는 것이거든요. 하지만 강요된, 어쩔 수 없는 저항의 폭력이라 하더라도 폭력 안에는 그 행사자의 용기를, 명예심과 존엄을, 또는 인간적인 공감 능력을 어딘가 깊은 장소에서 확실하게 파먹는 사악한 것이 있다는 생각을 하게 되었어요. 폭력이 고립된 저항자의 유일한 태도 표명 방식이라는 것을 넘어 국가 권력 획득을 위한 정치 기계로까지 조직되고 동원되어갈 때 사태는 거의 절망적이 되는 것 같았거든요. 틀림없는 해방을 위한 폭력이 순식간에 이제 막 타도한 사악한 적의 폭력과 동질적인 잔인한 억압의 폭력으로 변용되어가는 무서운 역설을 대체 어떻게 생각해야 좋을까요?

당신은 아까 만난 캄보디아 사람의 이야기를 들어봐야 해요. 지금 캄보디아에서 끔찍한 일이 일어나지 않아야 할 텐데, 하고 나는 걱정하고 있거든요. 혁명의 승리가 타도된 적보다 더욱 무자비하고 잔학한 새로운 괴물을 만들어낼 뿐이라고 한다면, 학창시절부터 내가 10년 이상 해온 투쟁은 대체 뭐였나……, 그런 의혹이 무겁고 답답하게 저를 덮쳐누르고 있었어요. 세계에는 선 같은 게 없다, 있는 것은 오직 새까맣게 펼쳐지는 악의 한없는 연쇄뿐이지 않을까 하는 의심이 나를 괴롭혔어요. 이런 사상의 혼란이 가져오는 정신의 고통에 겹치듯이 어릴 때부터의 지병이 갑작스럽게 덮쳐와 나를 난폭하게 움켜쥐어 끔찍한 두통은 더욱 심해졌지요. 그래서 매일 아주 조그만 소리에도 머리를 쇠망치로 마구 두드리는 것 같은 심한 고통을 느끼고 있었어요.

그건 요양을 겸해 머무른 북아프리카 어느 시골 마을에 남아 있던 자그맣고 초라하다고밖에 할 수 없는 허름한 예배당에서 돌연 나를 찾아왔어요. 거무스름해진 벽과 낮고 둥근 천장의 어두운 곳에서 노르스름한 알전구 불빛에 확 떠오른 것은 정면 제단에 있는 삼각형 모양의 성모자상 그림뿐이었어요. 어떤 굉음보다 귀를 제압하는 듯한 무서운 정적이 흐르는 가운데 빛과 그림자가 자아내는 빨아들이는 듯한 광경 속에서 갑자기 뭔가가 날 덮쳤던 거지요. 나 자신보다 강력한 뭔가가 의심할 수 없는 현실감을 갖고 내 앞에 나타난 거였어요. 자신에 대한 불손한 집착이, 자아의 갑옷이 한순간에 파괴되어 정말 자연스럽게 나는 무릎을 꿇고 그것에 진심으로 기도했어요. 성당의 어둠 속에서 완강한 유물론자가 나가떨어진 것이지요. 그때부터 나는 영적인 것의 실재를, 어쩌면 오히려 실재라는 말의 진정한 의미를 확신하게 되었어요."

　"당신은 세례를 거부했다고 하더군요." 가케루가 속삭였다. "소네 신부님께 들었습니다."

　"내 신앙은 가톨릭교회에는 받아들여질 수 없는 것 같아요." 등대의 빛에 입가의 주름이 새기는 부드럽고 온화한 미소가 떠올랐다. "내가 카타리파의 신앙에 깊은 관심을 가진 것도 그 체험을 하고 나서였어요. 카타리파 사람들은 이 세계가 악으로 가득 차 있다는 것, 이 세계에는 신이 부재하다는 것, 이 세계는 흉악한 폭력과 권력이 지배하는 장소라는 것을 잘 알고 있었어요. 기도란 존재하지 않는 것에 대한 기도인 셈이지요. 악으로 가득 찬 이 세계에는 신이 존재하지 않기 때문에, 바로 그렇기 때문에 신이 존재할 만한 또 다른 세계가 실재한다는 사실이 드러나게 되는 거지요. 보이지 않는 세계, 존재하지 않는 세계는 그것에 대한 기도, 절망적인 광기 같은 기도 안에서만 그 모습을 힐끗 드러내는 거예요. 우리 안에는 이 세계를 지배하는 악, 사악한 힘을 결코 인정할 수 없는 뭔가가 포함되어 있어요. 마틸드 안에도 그게 있었지요. 우리 안에 학대받는 사람들에 대한 연민과 사랑이 있어야만 보이지 않는 세계, 선한 세계의 존재가 확인될 수 있는 거예요. 그 무력한 사랑, 영원히 좌절하도록 운명 지어진 사랑이 미친 듯한 기도를 부르지요. 영혼의 밑바닥에서 짜내지는 고통에 찬 기도 안에서만 신이 그 존재를 드러내는 거예요. 마틸드는 이 세계가 악으로 가득 차 있다는 걸 올바로 인식했어요. 하지만 그것을 자신의 힘으로 해결할 수 있는 것, 하지 않으면 안 되는 것이라고 생각했을 때 그 사악한 힘의 이론에 사로잡히고 만 거지요."

"자그맣고 보잘것없는 예배당에서 당신 앞에 나타나 당신을 무릎 꿇게 했다는 그것은 눈보라 치던 밤 제 머리 위를 지나갔던 그 새까만 그림자와 같은 것이었을까요? 만약 같은 것이었다면 당신은 그리스도의 사랑을 입에 담을 수 없습니다. 당신은 그리스도 교도일 수가 없는 거지요. 카타리파는 이교이지 이단이 아닙니다. 이 세계에서 함께 있는 타자들과 선한 관계를 실현하려고 노력할 때, 즉 영적인 체험을 사회화하려고 할 때, 거기에서 발생하는 것이 교회, 조직된 종교, 다시 말해 공교입니다. 그것들이 어느 시대, 어떤 나라에 있었다 하더라도 현세의 악에 가담한 자, 아니 체현한 자로서만 존재했다는 사실을 잊어서는 안 됩니다. 피레네 지방에 남겨진 태양 십자가의 상징은 영적 체험, 비교적인 것, 그 기초에 있던 토착적인 태양 신앙이나 신화와 상징의 세계상이 교회 권력의 십자가에 의해 완전히 부서지는 필연성을 보여준 것입니다. 태양 십자가야말로 카타리파 신앙의 상징이었는지도 모릅니다. 이것은 카타리파가 그리스도교와는 무관한, 전혀 다른 종교였다는 사실을 보여주는 중요한 증거가 될 만한 겁니다. 당신이 아직도 세계에 충만한 악을 거부하려 한다면 당신은 타자에 대한 사랑을 주장해서는 안 됩니다. 사랑과 연민을 멀리하지 않는다면, 마틸드처럼 그것이 증오와 폭력으로 반전해가는 역설도 끝까지 받아들여야만 합니다."

"아뇨, 아뇨, 아니에요." 시몬은 격렬한 어조로 가케루의 말을 부정했다. "영적인 것이 학대받는 사람들에 대한 당신의 차가운 무관심과 어떻게 양립할 수 있을까요? 신의 사랑을 안 사람이 어떻게 다른 사람들을 사랑하지 않을 수 있겠어요? 당신처럼 영적인 분이 어떻게 그 불쌍한 마틸드를 냉혹하고 무자비하게 죽음으로 내몰 수 있었을까요? 나는 도저히, 도저히 이해할 수가 없어요. 절대 이해할 수 없는 일이에요."

"당신은 모순되어 있어요." 반박하는 가케루의 어조에는 평소에 없는 초조함까지 묻어 있었다. "그렇다면 묻겠는데요, 여기에 사악하다고밖에 할 수 없는 남자가 있다고 합시다. 말 그대로 그는 악을 퍼뜨리고 다닙니다. 자연을 파괴하고 방사능으로 회복 불가능할 때까지 다 오염시키는 것만이 아닙니다. 오로지 무지와 빈곤과 폭압을 영겁의 것으로 확립하기 위해 그 강대한 권력을 활용하려고 합니다. 그런 남자한테 당신은 싸움을 선택하겠지요. 그래요, 실제로 선택했어요. 하지만 이 세계의 악과 싸우는 것 자체는 역설적으로 악을 뒤집어쓰는 일입니다. 무고한 천 명의 아이를 재미 삼아 학살하려는 권력자 앞에 권총을 든 당신이 세워졌다면 당신은 대체 어떻게 할까요? 천 명을 구하기 위해 당신은 방아쇠를 당길까요? 좋아요. 하지만 오직 천진난만한 천 명의 아이들을 구하기 위해서 좀 지저분하고 비열한 살육자를 쏘아 죽인 사람은 이미 마틸드와 같은 선택을 한 겁니다. 그러나 당신은 마틸드를 부정했습니다. 그렇다면 당신은 눈앞에서 천 명의 아이들 눈이 도려내지고 사지가 절단되는 것을 자신의 책임에 두고 묵시할 건가요? 그때 당신의 악에 대한 투쟁 결의와 약한 사람, 억압받는 사람들에 대한 사랑은 어떻게 되는 건가요? 당신은 분열되고 모순되어 있습니다. 조만간 당신은 그 끔찍한 선택 앞에 서게 되겠지요. 그때 당신은 어떻게 할 겁니까? ……이탈한 인간이 해야 할 일은……"

"뭔가요?" 시몬이 날카롭게 물었다. 그 목소리는 억지로 누른 비명처럼 들렸다.

"모든 것을 받아들이는 겁니다. 무고한 아이들이 한없이 학살당하는 이 세계의 모든 것을 긍정하는 겁니다. 사실은 선도 악도 있는 게 아닙니다. 150억 년을 가로질러 흘러오는 요란한 원자의 대하가 있을 뿐입니다. 그 물결만을 응시할 때 사람은 기쁨과 평온함으로 가득 차 중얼거리겠지요. '만사 오케이'라고."

"어떻게, 어떻게 눈앞의 악을 못 본 체하고 영혼의 평온함을 얻을 수 있다는 건가요? 불가능해요. 당신이 말하는 것은 전혀 불가능한 일이에요. 카타리파에 대해서도 당신은 근본적으로 오해하고 있어요. 카타리파는 이교가 아니에요. 그리스도교의 이단이라는 것도 겉모습뿐이에요. 카타리파의 신앙은 플라톤이 주장하고 그리스도 자신이 보여준 진정한 가르침의 정통 후계자예요. 카타리파가 태양 십자가를 상징으로 했다는 증거는 없어요. 하지만 만약 그랬다고 해도 '십자가에 걸린 태양'은 우리의 신앙을 그대로 상징하는 것이라고 해도 좋을 거예요. 악으로 가득 찬 이 세계에서 선한 것에 대한 갈망이, 받아야만 하는 폭압과 치욕을, 고뇌와 불행을 그대로 표현한 것이니까요. 십자가가, 잔혹한 처형대가 존재한다는 것, 이 세계가 권력과 폭력의 완전한 지배 아래 놓인 악의 왕국이라는 것. 그런 인식에서, 그런 인식에도 불구하고 한없는 경멸과 혐오를 담아 이 현실을 거절하고 이 세계를 거부하는 것이 가능하다는 근거를 우리에게 보여주어야 하는 게 십자가 위의 태양, 피와 모래를 태우는 지중해의 태양, 고대 그리스인의 영감을 키워준 태양, 시인들이 노래한 한여름의 태양이에요. 태양에 의해 지탱된 권력에 대한 한없는 경멸이야말로 맨몸으로 폭력의 공격에 노출되어 있는, 학대받는 사람들에 대한 연민의 다른 한 면이에요."

어둠과 파도의 굉음을 찢는 듯한 시몬의 열변이 끊어지지 않고 뿜어져 나왔다. 가케루는 어딘가 섬뜩한 침묵을 지키고 있었다. 말을 마친 시몬이 고통스럽게 콜록거렸다. 시몬은 바위 위에서 몸을 쥐어짜는 듯이 오랜 기침 발작을 견뎠다. 얼마 후 가케루가 입을 열었다. 그것은 진실의 예리한 칼로 위협하는 자의 무서운 어조였다.

"시몬 뤼미에르 씨, 시몬 뤼미에르 씨, 저는 지금 진실을 묻고 싶습니다. 진실을요. 당신이 이렇게 해야 한다고 생각하는 것이 아니라요. 실제로 당신이 어떻게 존재하는지를 묻고 싶습니다. 당신의 신앙은 완벽한가요, 절대 흔들리는 일은 없나요? 시몬 뤼미에르 씨, 신의 사랑, 신에 대한 사랑은 언제든 한순간이라도 흔들리는 일이 없는 건가요?"

기침 발작 후 숨이 끊어질 듯이 바위에 몸을 엎드리고 있던 시몬에게 가케루의 나지막한 목소리가 전기 충격과 같은 효과를 준 것처럼 보였다. 시몬은 벌떡 일으킨 몸을 억지로 비틀고 나서 묘하게 느릿느릿한 동작으로, 무서운 것을 볼 때처럼 주뼛주뼛 뒤에 있는 청년의 얼굴을 응시했다.

"타인의 비참, 타인의 불행이 빈틈없이 당신의 마음을 다 차지해버릴 때, 타자에 대한 사랑이 발작처럼 당신을 움켜쥘 때, 신에 대한 사랑은……"

가케루가 여기까지 말했을 때였다. 비참할 정도로 얇은 시몬의 어깨가 부르르 떨렸다. 그리고 마치 끌려가는 것처럼 그 뒤는 시몬이 중얼거렸다. 견딜 수 없을 만큼 처참한 중얼거림이었다.

"불가능해져요."

오랫동안 시몬도 가케루도 말이 없었다. 온몸의 힘을 다 짜내버린 것처럼, 넘어뜨려진 자처럼 시몬은 생기 없이 웅크리고 있었다. 파도 소리만이 어둠을 채웠다. 시몬은 쉰 목소리로 거의 알아들을 수 없는 장황한 중얼거림을 시작했다. 그것이 내게는 견딜 수 없는 고뇌 끝에 어쩔 수 없이 새 나오기 시작한 슬픈 오열처럼 들렸다. 한순간 나는 문득 이 가차 없는 일본인에게 날카로운 증오를 느꼈다.

"내 고통, 내 불행, 그것들은 그저 신의 사랑을 더욱 강하게 자각하기 위한 것일 뿐이에요. 설사 내가 부조리하게 지옥에 떨어져 영원히 고통 받게 된다고 해도 그게 대수겠어요? 그래도 나는 단 한순간이라도 이 세상에서 나를 살게 해주신 신에게, 그리고 영원하고 완전하고 무한한 기쁨인 신의 사랑을 알게 해주신 신에게 영원한 감사를 드리겠지요. 어떤 고통, 어떤 불행 속에 있어도, 오히려 그 안에 있기 때문에 신의 사랑을 알고, 신에 대한 사랑으로 살아가는 것만으로 내 영혼은 기쁨으로 넘치고 나는 영원한, 말할 수조차 없는 지극한 행복을 느껴요. 하지만 그런데도 이 확신이 근본에서부터 흔들리는, 아니 아무것도 알 수 없게 되는 때가 있어요. 꼭 있어요. 그것은…… 눈앞에서 불행한 사람을 볼 때에요. 상상 속에서도 같든가 그 이상이에요. 아픈 이를, 빨갛게 부어오른 뺨을 손바닥으로 힘껏 얻어맞을 때처럼 순간적으로 내 신경은 극심한 고통으로 비틀리고 광기 같은 경련이 덮쳐오지요. 아픈 치아라면 뺄 수 있어요. 그 고통조차도 신적인 것을 접하고 있다는 체험을 깊게 할지언정 신에 대한 사랑을 잊게 하는 것은 아니에요. 하지만 괴로워하는 다른 사람들의 존재만은 빼버릴 수 없어요. 그 극심한 고통이 극도로 잔혹하게 나를 덮쳐올 때…… 신에 대한 사랑도 거의, 거의 불가능해지고 말아요……"

시몬은 야윈 어깨를 감싸듯이 두 손으로 굳게 안고 띄엄띄엄 말했다.

"당신들의 복음서에는 예루살렘이 황폐해지는 것을 예감하고 눈물을 흘리는 그리스도의 이야기가 나오지요? 동정에 흔들려 한순간 신을 잃어버렸다고 솔직하게 고백한 당신의 나약함은 아마 당신의 신도 용서해주겠지요."

가케루는 별안간 부드럽게 속삭이듯이 이런 말을 했다. 그 속삭임은 시몬의 심한 비탄도 부드럽게 감싸버리는, 어딘가 마술적인 효과를 갖고 있는 듯했다. 그러나 이 저항하기 힘든 마력에 저항하는 것도 역시 시몬 자신이었다. 그녀는 몸 안쪽에서 쥐어짜내듯이 말했다.

"당신이 그리스도교도였다면 당신의 신앙은 동요하기 쉽고 이토록 나약한 내 신앙과는 비교가 안 될 정도로 강력한 것이었겠죠. 지금의 내 동정도 당신의 신 앞에서는 아주 사소한, 하잘것없는 것이 되어버릴 테니까요. 당신이 옳을지도 모르겠어요. 신에 대한 사랑과 인간에 대한 사랑은 사실 양자택일적인 것일지도 모르지요. 그럴지도 모르겠어요…… 하지만 그렇다면 당신은 왜 돌아온 건가요? 히말라야의 승원에서 아주 깊은 이탈과 신비 체험을 위한 비술을 배운 당신이 왜 다시 비참한 우리가 한없이 준동하는 악과 비탄으로 가득 찬 이 세계로 돌아온 건가요? 대체 왜죠? 내가 이해할 수 없는 것은 그것뿐이에요."

아주 무력한 시몬의 반문에 어쩐 일인지 가케루는 아무 대답도 하려 하지 않았다. 끝없는 해명이 침묵을 채우고 있었다. 힘이 다한 듯이 시몬은 비틀거리며 일어났다. 언제부터였는지 가케루의 휘파람 소리가 바닷바람에 흩어져 등 뒤의 어둠 속으로 사라질 뿐이었다. 나는 마치 중한 병자처럼 거친 숨을 몰아쉬는 시몬의 어깨에 가볍게 손을 얹었다.

제5장

# 몽세귀르 바위산의 사루

# 1

에스클라르몽드 산장의 호화로운 홀은 으스스할 정도로 휑하니 인기척이 없었다. 저녁의 짙은 어둠 속에서 창으로 멀리 올려다보이는 몽세귀르의 바위 봉우리는 새까맣게 우뚝 솟아 있다. 손목시계를 보니 벌써 6시 반을 지나고 있었다. 불안한 마음에 짓눌리는 듯한 기분에 나는 무심코 지젤에게 말을 걸었다.

"저녁에 네 아빠가 혼자 산책을 나가자 얼마 후에 뒤를 따르듯이 니콜과 실뱅 선생님이 같이 산장을 나선 거네."

"응, 30분쯤 전이야. 네가 도착하기 10분쯤 전에. 실뱅 선생님하고 니콜은 선생님의 BMW를 타고 나갔어. 아빠는 그 조금 전에 걸어서 사설 도로 언덕을 내려갔으니까 어딘가에서 따라잡았을 거야. 자기 침실에서 홀로 내려온 줄리앙이 세 사람이 어디 갔느냐고 물어서 내가 말해줬더니 무서운 표정으로, 절대 산장에서 나

435

가면 안 된다며 르메르 부인하고 같이 있으라고 하고는 그대로 알파로메오를 타고 튀어나갔어."

아무리 생각해도 내 실수였다. 역시 무리를 해서라도 어젯밤에 세트를 출발했어야 했다. 오늘 밤 늦게 툴루즈에서 에스클라르몽드 산장으로 올 예정이었던 지젤과 로슈포르 부녀가 예정을 바꿔 저녁 무렵 도착한 것도 불운한 계산 착오라고밖에 생각되지 않았다.

세트에서의 볼일을 끝낸 시몬 뤼미에르는 오늘 아침 나와 가케루와 함께 샤투이 마을로 돌아오기 위해 몸 상태가 몹시 좋지 않은 것을 무릅쓰고 카르카손행 열차에 몸을 실었다. 며칠 안에 샤투이 마을의 요새에 경찰대가 투입될지도 모른다는 정보가 흘러들어왔기 때문이다. 남프랑스 여행을 끝내고 돌아가는 길에 다시 한 번 출두하겠다고 전에 약속을 한 터라 우리는 카르카손 경찰서에 들러야 했다. 거기서 바보 같은 경관이 우리를 몇 시간이나 붙잡아두었다. 시몬과 둘이서 간신히 저녁 버스를 타고 샤투이 마을에 도착한 것은 5시가 다 된 시각이었다. 세 번째 범행이 일어날지도 모르는데 가케루의 태도는 정말 이해할 수 없었다. 내가 초조해하는 것을 옆에서 뻔히 보면서도 아주 태평했던 것이다. 그런 가케루와는 카르카손에서 헤어졌다. 나는 하루 더 카르카손을 구경하고 싶은 모양인 가케루와 행동을 같이할 수는 없었다. 무슨 일이 있어도 밤까지는 몽세귀르로 돌아와야 했다. 하지만 소네 신부의 집으로 가겠다는 시몬과 일단 헤어져 시트로엥 메하리를 몰고 에스클라르몽드 산장에 도착했을 때 산장에는 하녀와 불안해하는 듯한 지젤밖에 남아 있지 않았다.

"나, 장 폴 아저씨한테 전화할게."

한시라도 빨리 경관들을 오게 할 필요가 있었다. 불길한 예감을 견딜 수 없어 가슴을 졸였다.

"또 비가 올 것 같은데."

아직 어두워질 시각이 아닌데도 땅거미와 뒤섞인 비구름이 몽세귀르의 하늘을 급속히 검게 물들이기 시작했다.

"나디아, 대체 무슨 일이 일어나는 거야? 줄리앙도 아무것도 가르쳐주지 않고……"

"네 아빠가 위험할지도 몰라."

"왜?"

지젤은 겁에 질려 눈을 크게 뜨고 내 팔을 아플 만큼 움켜잡았다. 괜찮을 것이다. 진상을 아는 건 지젤의 권리다. 게다가 여러 사람이 보는 데서 무신경한 경관의 말로 알게 하는 것보다는 둘만 있을 때 내가 이야기해주는 것이 지젤에게는 훨씬 더 도움이 될 터였다. 나도 경관들이 도착할 때까지 무슨 이야기라도 하지 않으면 불안과 긴장을 더 이상 배겨낼 수 없을 것 같았다.

"좋아, 지젤. 머리를 써서 지금부터 내가 하는 얘기를 잘 들어. 네 아빠를, 그리고 너도 마찬가진데, 누군가가 노리고 있다는 걸 어떻게 알았는지 설명할 테니까."

르메르 부인에게 코냑을 갖다 달라고 한 뒤 창가에 안락의자를 가져다 놓고 점차 어두워지는 하늘을 올려다보며 나는 우선 독일인 살해의 진상부터 이야기하기 시작했다. 코냑은 물론 신경이 예민한 지젤을 위한 것이다.

"발터 페스트 살해의 진상을 내게 가르쳐준 것은 죽은 나비, 죽은 산호랑나비였어."

"나비가……"

"그래, 그 나비. 자료실 발코니에 면한 유리 미닫이문의 문턱 구석에 죽어 있던 나비는 그날 저녁 미닫이문이 꽉 닫혀 열쇠가 잠긴 적이 한 번도 없었다는 사실을 말해주었어. 나비 날개가 전혀 바스러지지 않았다는 걸 생각하면 미닫이문은 최소한 손바닥 폭 정도는 열려 있었다고 추정할 수 있거든. 그만큼만 열려 있어도 발코니 쪽에서 보면 미닫이문이 꽉 닫혀 있다고 잘못 볼 여지는 없어. 하지만 실내에서 볼 때는 달라. 묶여 있는 커튼 뒤라서 그만큼의 틈새는 완전히 가려져버리니까.

노디에든 다른 누구든 간에 살인자는 발코니로 침입한 게 틀림없어. 왜냐하면 복도로 통하는 자료실 문은 안쪽에서 단단히 자물쇠로 잠겨 있었으니까. 독일인 발터 페스트가 자물쇠를 잠갔다고 해도, 독일인을 죽인 후에 사건이 발각되는 걸 늦추려고 범인이 잠갔다고 해도 사정은 달라지지 않아. 범인이 복도에서 현장으로 들어가 독일인을 죽이고 다시 복도로 도주했다고 생각할 수는 없다는 거지."

복도에서 들어가 독일인을 살해한 범인이 문 자물쇠를 잠그고 발코니에서 중정을 통해 현장을 빠져나갔다는 가능성도 생각해봤다. 하지만 그건 몇 배나 어렵고, 결국엔 불가능한 일이었다. 그리고 유리는 어디까지나 바깥에서 깬 거였다. 범인이 일단 발코니로 나가 바깥에서 일부러 유리를 깼다고 한다면 범인은 유리문이 열려 있었다는 걸 알았을 것이다. 그때는 유리를 깰 필요가 없어진다. 미닫이문을 많이 열어놓기만 해도 유리문은 처음부터 열려 있던 거라고 수사진에게 알릴 수 있었을 테니 말이다.

그러나 결정적인 것은 사건 당시 오른쪽 동 2층에 있으면서 복도를 통해 살인 현장으로 들어갈 가능성이 있던 도서실의 시몬, 지젤, 니콜, 이 세 사람 모두 자료실에서 독일인을 살해한 후 발코니에서 중정으로 내려가 출입구에서 식당, 홀을 빠져나가 계단을 올라 자료실로 돌아올 만한 시간 동안 혼자 있었던 일이 없다는 점이다. 게다가 유리가 깨지는 소리는 세 사람이 같이 들었고, 홀에는 줄리앙이 도착하기 직전의 아주 짧은 시간을 제외하면 반드시 누군가는 있었다. 다른 사람의 눈에 띄지 않고 식당에서 정면 현관 쪽으로 홀을 가로질러 가는 것도 극히 어려웠다는 이야기다.

"범인은 중정을 통해 발코니로 현장에 침입한 거지. 그렇다면 열려 있는 유리문을 일부러 깬 이유는 뭘까? 경찰이 생각한 것처럼 그렇게 단순한 것일 수는 없어. 손을 넣어 자물쇠를 열려고 유리를 깼다는 건 있을 수 없는 일이야. 유리문은 처음부터 열려 있었으니까. ……그런데, 이걸 봐."

나는 이전부터 써두었던 표를 지젤에게 보여주었다. 그것은 내가 어떤 의도를 가지고 줄리앙의 시간표를 다시 만든 것이었다.

## 독일인 발터 페스트의 사망 추정시각
### 5시 30분(전후 15분의 폭)에 사건 관계자가 혼자 있던 시간

| | | | |
|---|---|---|---|
| 시몬 | 오른쪽 동 2층 도서실 | 약 5분 | 지젤의 증언. 5시 20분경 화장실에 감. |
| 지젤 | 오른쪽 동 2층 도서실 | 약 5분 | 시몬의 증언. 시몬이 화장실에 간 동안 시몬과 마찬가지로 혼자 있었음. |
| 니콜 | 정면 1층 홀에서 오른쪽 동 2층 도서실로 | 약 2분 이상 | 홀의 실뱅과 도서실의 시몬, 지젤의 증언. 단 홀에서 출발한 후 도서실에 도착할 때까지 보통 필요한 2분으로 역산. 어쩌면 2분 이상의 시간 동안 혼자 있었을 가능성이 있음. |
| 실뱅 | 정면 1층 홀에서 식당 쪽으로 | 4분 이상 | 줄리앙의 증언. 5시 26분경 줄리앙이 홀로 들어왔을 때 실뱅은 이미 없었음. 식당 쪽에서 홀로 돌아온 것은 약 4분 후였음. 니콜의 증언. 5시 25분경, 니콜이 홀을 떠나 도서실로 향할 때는 홀에 아직 실뱅이 있었음. |
| 줄리앙 | 정면 1층 홀 | 약 4분 이상 | 시몬과 지젤의 관계와 마찬가지로 실뱅이 홀에 있지 않을 때는 당연히 혼자 있었음. |

"거기까지만 봐도 좋아."

표를 들여다보고 있는 지젤에게 내가 말했다. 로슈포르와 소네 신부 부분은 당장 관계가 없기 때문이었다.

"홀과 도서실에 있었던 사람은 모두 혼자 있는 시간이 5분 이하였어. 줄리앙도 나도 정확히 실험해봤는데, 어떻게 하든 범행에는 최소한 10분 정도의 시간이 필요해. 그렇다면 아무도 범인이 될 수 없는 셈이지…… 이 표를 보고 있는데 문득 그 죽은 나비가 떠올랐어. 그래서 갑작스럽게 깨달았지. 〈5 + 5 = 10〉이라는 단순한 사실이. 그래, 단순한 거야."

"오 더하기 오는 십…… 나디아, 그건 또 뭐야?"

"홀에 있던 남자의 5분과 도서실에 있던 여자의 5분. 이걸 합치면 10분이 되지. 독일인을 살해하는 데 필요한 10분의 시간 말이야. 둘이서 분업하면, 남녀 공범자가 살해에 필요한 시간을 만들어내는 일이 가능하다는 거야…… 그리고 이렇게 생각하지 않으면 나비 수수께끼는 절대 풀리지 않아."

나는 열정적으로 단정했다. 툴루즈로 떠나기 전에도 여기까지는 명백했다. 다만 두 남자와 세 여자니 공범 가능성이 있는 것은 모두 여섯 쌍이다. 내게는 어느 쌍이든 의심스럽기도 하고 그렇지 않기도 했다. 특히 마음에 걸린 것은 다음의 세 쌍이었다. 시몬과 줄리앙, 이 두 사람은 누가 뭐래도 친남매. 다음으로 지젤과 줄리앙, 이 두 사람은 연인 사이다. 마지막으로 지젤과 실뱅, 이 두 사람은 친밀한 사제 관계. 나머지 세 쌍인 시몬과 실뱅, 니콜과 실뱅, 니콜과 줄리앙 쌍도 결코 무시해도 좋은 것은 아니라고 생각되었다. 확실히 겉으로 보기에 밀접한 관계가 없고, 시몬과 실뱅이나 니콜과 줄리앙 쌍의 경우에는 얼핏 대립적인 입장에 있는 것으로 보이기조차 했지만…… 이런 내가 최종적으로 공범자 조합을 확정할 수 있었던 것은 바로 어제 세트의 호텔에서 일어난 일 때문이었다. 내 이야기를 어디까지나 이해할 수 있는 건지, 지젤은 아주 미심쩍은 표정이었다.

"남자와 여자는 아마 이런 식으로 두 개의 5를 합쳐 10, 즉 독일인 살해를 연출한 거지. 허용된 10분 중에서 가장 중요한 장면은 말할 것도 없이 독일인을 때려 죽이는 일이었을 거야. 경계심을 풀게 하고 틈을 노려야 하는 살해 행위는 물론 처음에 문을 통해 현장으로 들어간 사람, 즉 여자가 하지 않으면 안 되었어. 낯선 남자가 발코니에서 침입하면 발터 페스트로서는 당연히 강한 경계심을 가지겠지. 여자가 가진 5분이라는 시간은 단지 틈을 보아 노인을 때려 죽이는 일에만 사용되었을 거야. 아마 여자가 흉기인 석구를 두 손으로 들어 올렸을 때조차 독일인은 아무런 의심도 품지 않았을걸. 돋을새김이 된 부분을 빛에 비춰 손님한테 잘 보여주려는 친절한 여성…… 독일인은 전혀 경계하지 않았을 거야.

독일인의 시체와 피범벅이 된 석구를 현장에 남기고 여자는 잰걸음으로 사라지지. 물론 문밖에서 열쇠를 잠갔다고 해도 안쪽 걸쇠는 걸리지 않았어. 다음으로 등장하는 사람이 남자야. 남자는 발코니에서 현장으로 접근해 유리 너머로 자료실을 들여다보았어. 공범자인 여자는 약속대로 독일인을 시체로 만들어놓았지. 그래서 남자는 계획대로, 예정과 달리 유리문은 살짝 열려 있었지만 개의치 않고 유리를 깼어. 무슨 일이 있어도 그렇게 해야만 한 거지. 공범자인 여자의 알리바이를 보증해주기 위해서야. 지젤, 여자는 너희와 함께 도서실에서 그 소리를 듣기로 되어 있었거든. 그렇게 해서 여자는 절대 범인일 수 없게 되는 거야. 진짜 살인자였던 여자의 알리바이를 만들 목적으로 깰 필요가 없는 유리를 굳이 깬 거지."

그렇다. 이것이 나비 수수께끼의 의미다. 남자는 살짝 열려 있는 유리문을 봤지만 발밑의 죽은 나비는 못 본 것이다. 남자는 그대로 유리를 깨고 나서 몸이 들어갈 폭만큼 문을 열고 안으로 침입했다. 그 아름다운 나비의 사체만 없었다면 누가 남자의 진짜 목적을 추리할 수 있었겠는가. 누구든 당연히 닫혀 있는 유리문의 자물쇠를 열기 위해 유리를 깬 거라고 믿었을 것이다. 불운은 공범자인 여자도 나비는 고사하고 유리문의 틈조차 알아채지 못한 일이었다. 아마 독일인이 환기를 위해 유리 미닫이문을 살짝 열어두었을 텐데, 그 틈은 커튼 뒤에 가려져 있어 여자에게는 보이지 않았을 것이다.

　"문이 살짝 열려 있는 것을 안 남자가 일단 유리문 밖에서 유리문을 완전히 닫아 자연스럽게 걸쇠가 걸리게 하고 나서 다시 유리를 깨고 손을 넣어 걸쇠를 풀고 문을 열어 안으로 들어가는 성가신 일을 해야 할 이유는 전혀 없었지. 마지막에는 몸이 들어갈 만큼 열린 유리문만 남을 테니까. 아무튼 완전히 닫힌 문의 유리를 깨든 살짝 틈이 있는 문의 유리를 깨든 범인한테는 유리가 깨지는 소리만 필요했던 거거든."

　현장 공작을 끝내고 독일인의 가방 안에 든 것을 빼낸 다음 자료실의 안쪽 걸쇠를 걸고 나서 남자는 중정을 통해 도주했다. 다만 한 가지 계산 착오는 홀을 비워둔 사이에 생각지도 못한 남자 줄리앙이 차로 산장에 도착해 있었던 일이다.

　"지젤, 이제 알겠지? 그래, 남자는 실뱅, 여자는 니콜이야. 두 사람은 시간을 재서 홀을 나갔어. 니콜은 집 안에서 계단으로 올라가 먼저 자료실에서 일을 마치고 나서 너하고 시몬이 있는 도서실로 들어간 거지. 중정을 통해 발코니에서 자료실로 접근한 실뱅이 예정대로 유리를 깬 게 바로 그때였지."

그 직후에 뇌우가 쏟아지기 시작했다. 세차게 내리는 비를 틈타 자료실에 침입한 장 노디에가 페스트의 시체를 처음으로 발견한 사람이다. 독일인의 가방 안에 든 것, 즉 노디에는 생조르주 서한을 찾아 방 안을 흙 묻은 신발로 밟고 다녔지만 탐색은 허사였다. 노디에가 가슴팍에 화살이 박힌 채 의자 위에 죽어 있는 페스트의 품속을 뒤지려고 했을 때일 것이다. 아직 부드러운 페스트의 시체는 그대로 바닥 위로 무너져 내리고 말았다. 처음에는 바닥에 쓰러진 시체가 다음에 화살을 박아 넣기 위해 의자에 앉혀졌고 그것이 다시 바닥으로 무너져 내리게 된 경과는 대체로 이랬을 것이다.

지젤의 얼굴은 창백했다. 손가락의 관절이 하얗게 떠오를 정도로 세게 가슴 앞에서 두 손을 맞잡고 있었다.

"믿을 수가 없어. 나는 믿기지가 않아. 니콜과 실뱅 선생님이 왜 그 독일인을 죽여야 한 건데? 장 노디에는 왜 살해된 거야? 난 잘 모르겠어."

"거기에는 아주 긴 이야기가 필요해. 그 전모를 알게 된 것은 바로 어제였어……"

내가 이야기한 것은 13세기에 시작되는 긴 이야기였다. 생조르주 서한의 기구한 운명과 그것이 불러일으킨 여러 가지 사건들, 지젤은 열심히 듣고 있는 것처럼 보였다…… 그러나 실뱅의 복수

계획에 언제 니콜이 참여한 것일까? 아무튼 발굴 계획에 진지해진 로슈포르에게 비밀 문서를 갖고 있을 발터 페스트의 존재를 살짝 알려주고 그 소재를 찾게 해서 몽세귀르까지 불러들이도록 로슈포르를 움직인 사람은 틀림없이 실뱅이었을 것이다. 계획을 자세하게 상의하기 위해서도 재회한 연인들은 6월 29일과 30일 따로따로 세트로 가서 이틀을 머물렀는데, 그것을 목격한 사람이 장노디에였다. 어디선가 발터 페스트 이야기를 알아낸 노디에는 몽세귀르 산 위에서 한 번, 그리고 사건이 일어난 날 밤에도 집요하게 페스트와의 접촉을 꾀했다. 물론 노린 것은 생조르주 서한이었다. 나는 말을 이었다.

"살해당하기 이틀 전 밤에도 라블라네의 묘지에서 페스트는 습격을 당했어. 범인은 니콜이었고. 네가 보여준 어머니의 권총을 훔친 사람은 니콜이야. 첫 번째는 실패했지만 두 번째는 성공했지. 하지만 노디에 살해는 처음부터 계획한 것이라기보다 어쩔 수 없이 도중에 계획에 들어간 것이었어. 그래, 두 사람의 공범 관계를 추측한 노디에는 그들의 안전을 위해 말살되어야만 한 거지."

아마 노디에가 니콜이나 실뱅에게 생조르주 서한을 내놓으라고 새로운 협박을 했을 것이다. 처음에 페스트를 살해할 때 많은 용의자 속에 몸을 숨기려고 니콜이 남편 로슈포르를 설득해 소네 신부나 시몬, 줄리앙을 산장으로 부르도록 한 것처럼, 두 번째의 노디에 살해에는 역시 관계자 전원이 모이는 카르카손의 혁명 기념일 불꽃축제의 밤이 선택되었다. 문서를 넘기는 장소로 그 탑 안을 지정한 것은 물론 실뱅 측이었을 터다.

"두 사람의 공범 관계가 어떻게 된 건지, 나는 아직 잘 모르겠어. 하지만 생조르주 서한의 강탈과 아버지 앙리 투르뉘의 복수라는 페스트 살해의 동기는 니콜이 아니라 실뱅한테 있어. 그런데도 페스트 살해의 주역은 종범이어야 할 니콜이 맡았지. 정말 니콜과 실뱅이 서로 깊이 사랑해서, 그러니까 말 그대로 일심동체여서 그런 일이 가능했던 걸까? 하지만 아직 두 필의 말이 남아 있다는 것, 즉 새로운 시체가 앞으로 둘이 예정되어 있다는 걸 생각하면 다른 가능성이 더 농후해져. 니콜한테는 살아 있어서는 곤란한, 정말 방해가 되는 인간이 주변에 둘 있었어. 그런데 자신이 손을 쓰면 동기라는 면에서 제일 먼저 의심을 받게 되지. 그래서 페스트 살해에 동기가 없는 니콜이 페스트를 죽이고, 그 대신 역시 동기가 없는 실뱅이 니콜을 위해 그 둘을 죽인다는 교환 살인을 약속했다고 한다면 모든 것이 명백해져……"

지젤은 고열을 앓는 병자처럼 덜덜 떨고 있었다. 얼굴에는 전혀 핏기가 없었다. 나는 지젤의 신경이 새삼 걱정되었다. 그때였다. 사설 도로의 언덕을 올라온 자동차가 앞뜰에 멈췄다. 차에서 내린 몸집 큰 사내가 홀의 창으로 내다보고 있는 내게 손으로 신호했다.

"비가 쏟아지기 전에 도착한 게 행운이야."

르메르 부인의 안내로 홀로 들어선 장 폴이 누구에게랄 것도 없이 말했다. 몸집 큰 사내 뒤에는 카사르 대장이 있었다. 대장이 대꾸했다.

"아니, 바르베스. 벌써 내리기 시작했네."

대장의 말대로였다. 새까만 창밖은 순식간에 세찬 뇌우에 묻히고 말았다.

"나디아, 대체 무슨 소동이야?" 장 폴이 불만스럽게 말했다. "마침 카사르하고 체스를 두고 있었거든. 이번에는 내가 이겼을 텐데, 참."

장 폴은 나를 상대로 체스를 해도 세 번에 한 번, 아니 다섯 번에 한 번 정도밖에 이기지 못했다. 체스도 조금은 뇌가 필요하다는 걸 언제까지고 깨닫지 못하는 것이 옆에서 보기에는 재미있는 점이었지만 말이다.

나는 순간적으로 머뭇거렸다. 노디에의 자살로 사건이 끝났다고 믿고 있는 카사르 대장에게 대체 어디서부터 설명해야 좋단 말인가. 로슈포르가 위험하다고 말해도 아마 상대해주지 않을 것이다.

그때 식당 쪽에서 시끄러운 소리가 들려왔다. 온몸에서 빗물을 뚝뚝 떨어뜨리며 홀로 달려온 사람은 말을 보살피는 청년 조제프 방돌이었다. 청년은 우리를 보고 목을 쥐어짜는 듯한 목소리로 소리쳤다.

"지젤 아가씨, 큰일입니다. 니콜 사모님의 검은 말이 마구간에서 사라졌습니다."

"검은 말을 도둑맞았다고?"

장 폴은 조제프 청년에게 마치 덤벼들 듯이 고함을 쳤다. 그러나 나는 그것에 놀라고 있을 여유가 없었다. 순간 번갯불이 홀 안을 비추었고 깨지기 쉬운 유리 같은 지젤의 비명 소리가 들렸다.

"보세요, 누가 있어요. 몽세귀르 산정에서 누군가 싸우고 있는 것 같아요."

다들 창가로 달려갔다. 그러나 큰비에 막힌 밤의 어둠 속에서 바위 봉우리는 간신히 흐릿한 윤곽만을 드러내고 있을 뿐, 도저히 지젤이 목격한 사람의 모습을 다시 확인할 방법은 없었다. 그 순간이었다. 다음 번갯불이 몽세귀르 산 위를 비스듬히 달렸다. 파르스름한 빛이 폭발하자 한순간이었지만 산정의 벼랑 위가 대낮처럼 밝았다. 옆에서 지젤이 비명을 지르며 바닥에 털썩 주저앉았다.

"카사르." 장 폴이 외쳤다.

나는 지금 내가 본 것을 전혀 믿지 못하고 망연자실해 있었다. 파르스름한 번갯불을 받으며 몽세귀르의 암벽에서 천천히 추락하고 있었던 것은 긴 자락의 스커트로 보아 남자가 아니라 분명히 여자였다……

"가세, 카사르. 자네는 벼랑 밑으로 가게. 나디아, 라블라네 헌병대에 연락해."

장 폴은 맹렬히 큰비 속으로 뛰어나갔다. 그 등 뒤에 조제프 청년이 소리쳤다.

"안 됩니다, 자동차로는. 그 벼랑 밑으로 가려면 걸어갈 수밖에 없습니다."

"괜찮네. 나는 산정으로 가겠네. 아직은 범인을 잡을 수 있을지도 몰라. 자네는 카사르를 안내해서 사람이 떨어진 데로 가주게. 무리긴 하겠지만, 아직 죽지 않았을지도 모르니까. 부탁하네."

"알겠습니다." 현관 앞에 있던 청년이 정신없이 외쳤다.

앞뜰에서 차를 돌린 장 폴은 그대로 사설 도로의 언덕길을 굉장한 속도로 내려갔다. 산정으로 가는 등산로 입구와 가장 가까운 산기슭 주차장까지 차로 갈 생각일 것이다. 산에서 내려오는 범인이 아직 등산로 입구에 도착하기 전에 그곳에 도착할 가능성은 남아 있다. 에스클라르몽드 산장에서 등산로 입구 밑의 주차장까지는 차로 6, 7분쯤 걸린다. 도로가 끝나는 주차장에서 완만한 비탈을 이루는 산기슭의 넓은 초원을 전력으로 달리면 등산로 입구까지 아마 5분. 그 광경을 목격하고 나서 장 폴이 차를 출발시키기까지 시동을 거는 데 조금 애를 먹어 2, 3분은 걸렸으므로 합쳐서 대충 15분쯤이면 등산로 입구에 도착할 것이다. 내 경험으로는 몽세귀르의 바위산을 내려오는 데는 10분도 걸리지 않는다. 위험을 무릅쓰고 달려서 내려오면 시간은 더욱 단축된다. 계산상으로는 도저히 제시간에 갈 수 있을 것 같지 않지만, 문제는 큰비 속이라는 점이다. 게다가 이제 거의 밤이라고 해도 좋을 정도로 어두웠다. 비와 어둠은 장 폴보다는 험하고 가파른 등산로를 내려와야 하는 범인에게 불리하게 작용할 것이다. 범인이 산기슭의 드넓은 초원에 몸을 숨기기 전에 장 폴이 등산로 입구에 도착할 가능성은 존재했다.

"지젤 좀 부탁해요. 그리고 라블라네 헌병대에 속히 사람을 보내라고 연락해주세요."

나는 비명을 듣고 집 안쪽에서 뛰어나온 르메르 부인에게 이런 말을 내뱉고 산장의 중정에서 뒤쪽으로 돌아가고 있는 카사르 대장을 쫓아 세찬 빗속으로 뛰어나갔다.

선두에 서서 달리는 청년은 산장 뒤쪽에서 사설 도로를 가로질러 목장 쪽으로 달려갔다. 나는 늦어지는 카사르 대장을 순식간에 따라잡았다. 로슈포르가의 마구간 옆에서 기다리고 있는 청년에게 대장보다 한 발 먼저 따라붙은 나는 잇따라 울리는 끔찍한 천둥소리에 지지 않으려고 큰 소리로 외쳤다.

"조제프, 어떻게 가요?"

"여기서 오른쪽으로 가면 등산로 입구인 초원 끝이 나옵니다. 낭떠러지 밑으로 가려면 왼쪽으로 목장 경계까지 가야 합니다. 그 다음은 아주 황폐한 바윗덩어리가 널려 있고 잡초만 자라는 야트막한 언덕입니다. 언덕을 넘으면 바위산의 능선을 따라 이어진 본격적인 급경사면이 나옵니다. 급경사면을 가로질러 가면 그 낭떠러지 밑이 나옵니다. 하지만 바위산 중턱에 있는 관목대 때문에 떨어진 사람을 금방 찾을 수 있을는지는 잘 모르겠습니다. 아무튼 가 보지요."

"그런 곳에는 말을 타고 갈 수는 없는 거죠?"

천둥소리에 놀라 마구간 바닥을 발로 구르고 있는 말들을 생각하면서 내가 물었다. 혹시 가능하다면 조제프 청년에게 말을 타고 한 발 먼저 현장에 가게 하는 것이 좋지 않을까 싶어서였다.

"끌고 가는 건 모르겠지만, 보통이라면 말을 타고 달리는 건 문제없습니다."

드디어 카사르 대장이 모습을 드러냈기에 조제프는 우리를 이끌고 달리기 시작했다. 큰비를 뚫고 어둠 속에서 황무지를 인정사정없이 질주하는 일은 칠칠치 못한 비만형에다 운동 부족인 중년 남자에게는 다소 가혹한 시련이었을 것이다. 나도 그 30여 분을 거뜬히 견뎠다고는 도저히 말할 수 없었다. 그러나 전방에는 내내 걱정스러운 듯이 나를 돌아보고 격려해주고 바위가 와르르 무너져 내린 곳에서는 주의 깊게 손을 내밀어 도와주는 조제프 청년이 있었다. 후방에는 여자의 이런 특권조차 허락되지 않아 금방이라도 쓰러질 것처럼 기진맥진한 채 비틀비틀 따라올 뿐인 카사르 대장이 있었다. 굵은 빗줄기가 끊임없이 온몸을 때려 몸은 뼛속까지 완전히 식어버릴 것 같은데도 바이스로 끊임없이 폐를 죄는 것처럼 매초마다 들이쉬고 뱉는 거친 숨은 마치 불꽃처럼 뜨거웠다.

고막을 찢을 듯한 천둥소리도 전혀 멎을 기미가 보이지 않았다. 그러나 번갯불이 단속적으로 시야를 파르스름한 빛으로 채울 때마다 눈앞에 우뚝 솟은 몽세귀르의 바위 봉우리가 조금씩 확실히 접근해왔기에, 미친 듯이 날뛰는 심장을 주체하지 못하고 있는 내게는 그것이 그나마 위안이 되었다.

목장의 목책을 넘고, 바위가 널려 있고 잡초가 무성한 언덕을 지나고, 새까만 바위 봉우리를 지탱하는 능선을 따라 발 딛기도 힘든 바위 비탈을 가로질렀다. 상당히 가파른 비탈은 크고 작은 바위 조각으로 메워져 있고, 바위와 바위 틈새에는 여기저기 세찬 물이 흐르고 있었다. 그 물은 아래쪽에 보이는 가파른 골짜기로 모여들고, 급히 만들어진 탁류가 되어 흘렀다. 여기서는 조제프 청년조차 달릴 수 없었다. 발을 잘못 디뎌 크고 작은 바위 부스러기와 함께 골짜기 쪽으로 떨어지기라도 하는 날에는 아무도 무사하지 못할 것이다. 조제프와 카사르 대장은 손전등을 준비해 왔다. 조제프는 자신의 발밑은 비추려 하지 않고 손을 잡고 이끌면서 내 발밑을 비춰주었다. 앞쪽의 어둠 속에서 세찬 빗소리를 뚫고 누군가 부르는 소리가 들려온 것은 능선을 따라 바위 비탈을 상당히 나아간 곳에서였다. 어둠 속에 웅크리고 있는 몽세귀르의 큰 바윗덩어리는 이제 앞쪽의 시야를 완전히 차지할 만큼 정말 거대했다.

"누군가 있어요."

조제프가 전등을 돌리면서 되불렀다. 그 대답은 이제 분명했다. 어떤 남자의 목소리가 우리를 부르고 있었다. 조제프와 나는 소리가 나는 방향으로 더욱 걸음을 재촉했다.

비탈의 골짜기 쪽이 급속히 높아졌다. 발밑의 바위 조각은 점차 토사와 섞여 있어 발을 디디는 곳은 한 걸음 한 걸음 나아갈 때마다 더욱 안정되었다. 지면에서 거의 직각으로 머리 위로 아득하게 우뚝 솟은 절벽 바로 아래에 이르자 막다른 곳이었다. 다만 암벽이 그대로 드러난 곳은 상당히 위쪽부터고, 중턱까지는 키 작은 관목이 빽빽이 우거져 있었다. 오른쪽은 급하게 고도를 높이는 바위 능선으로 차단되어 있지만 왼쪽은 골짜기가 거의 토사로 메워진 탓일 것이다. 비교적 평탄한 지면은 바위산의 기슭을 왼쪽으로 돌아 들어가듯이 시야 끝까지 이어져 있었다. 그곳은 바위 부스러기의 황무지와 초지와 무성한 관목이 무질서하게 겹쳐 줄무늬를 이루었다.

세차게 내리치던 큰비는 드디어 기세가 꺾이기 시작했다. 바위 절벽 밑을 찾아보고 있는 우리에게 다시 옆쪽에서 우리를 부르는 목소리가 들려왔다.

"여기야."

조제프가 비춘 손전등 불빛에 떠오른 것은, 내가 목소리를 알고 있는 청년, 온몸에서 빗물을 뚝뚝 떨어뜨리고 있는 줄리앙 뤼미에르였다. 이어서 빛의 고리가 비춘 것은 줄리앙의 발밑에 부자연스럽게 까맣게 부풀어 올라 있는 기묘한 물체였다. 거기에도 빗줄기가 세차게 내리치고 있었다. 줄리앙이 음침한 목소리로 속삭였다.

"검은 말, 묵시록의 세 번째 말이야. 물론 이마에 총을 맞고 죽어 있어."

손전등 불빛은 말의 사체 옆에 내던져진 기묘한 도구도 비추고 있었다. 나는 가까이 다가가 들여다보았다.

"저울이야. 아마 전대의 로슈포르가 모은 옛날 도구의 하나일 거야. 산장 전시실에서 본 적이 있거든. 검은 말의 기사는 저울을 갖고 있어야 하지. 정확히 「요한 묵시록」에 쓰인 대로야."

줄리앙이 말했다. 언뜻 보기에도 그것은 확실히 고색창연한 골동품 저울이었다.

기근을 상징한다는 검은 말을 탄 기사는 저울을 갖고 등장한다. "하루 품삯으로 고작 밀 한 되, 아니면 보리 석 되를 살 뿐이다. 올리브기름이나 포도주는 아예 생각지도 마라"라는 기괴한 말은 보통 곡류의 가격이 폭등하여 민중이 기근에 시달리는데도 특권자들은 고가의 사치품이었던 올리브유나 포도주 밭을 밀어버리려고 하지 않는다는 의미로 해석되고 있다.

"벼랑 위에서 떨어진 사람이 있습니다. 줄리앙 씨는 보지 못했습니까?"

왜 줄리앙이 여기에 있는지를 추궁하기도 전에 조제프 청년이 숨을 헐떡거리며 물었다. 콜록거리는 거친 숨을 몰아쉬며 구르는 듯한 걸음으로 간신히 도착한 카사르 대장의 손전등 불빛 고리도 크게 흔들리면서 줄리앙의 상반신을 비추었다. 기묘하게 일그러진 표정으로 줄리앙이 말없이 가리킨 방향으로 두 줄기 빛의 다발이 거의 동시에 향했다. 그 순간 이번 소나기의 마지막 번갯불이 주위를 대낮처럼 환하게 비추었다.

내가 본 것은 구역질이 날 만큼 처참한, 내동댕이쳐지고 고꾸라지고 거인의 발에 짓밟힌 듯한 인간의 뼈와 살덩어리였다. 머릿속이 뜨거운 불꼬챙이로 관통당한 것처럼 뜨거웠다. 위와 폐, 목구멍 안쪽에서 치밀어 오르는 것을 참으려고 비에 축축하게 젖은 온몸을 뻣뻣하게 세웠을 때였다. 또 다른 남자의 목소리가 들렸다. 그는 왼쪽의 잡초와 관목 들판을 잰걸음으로 걸어왔다.

"여깁니다. 누굽니까?" 전등을 흔들면서 조제프가 외쳤다. 비는 급속도록 그치기 시작했다.

"나야. 조제프, 자넨가?"

앞쪽의 어둠 속에서 들려온 것은 어딘가 신경질적인 초조함이 섞여 있는 로슈포르의 목소리였다.


한 시간쯤 후 나는 에스클라르몽드 산장의 2층 지젤의 방에서 계단을 내려가 홀로 들어섰다. 차가워진 몸에 뜨거운 샤워는 뭐라 말할 수 없이 상쾌했다. 가엾게도 카사르 대장은 지금도 흠뻑 젖은 옷 그대로 절벽 밑에서 현장 조사와 사체 수습을 하고 있었다. 물론 장 폴도 함께였다. 세탁해놓은 지젤의 옷으로 갈아입자 마치 되살아난 듯한 기분이 들었다.

추락하여 처참하게 손상된 사체는 니콜 로슈포르였다. 피는 흐를 때부터 비가 씻어냈기 때문에 하얗게 불은 몸은 눈을 돌리고 싶을 만큼 처참한 모습만 두드러졌다. 거의 기적처럼 상처 하나 없는 얼굴을 보고 니콜임을 확인하자 카사르 대장은 현장에 조제프 청년만을 남기고 그대로 관계자 전원에게 일단 에스클라르몽드 산장으로 돌아가도록 명령했다. 올 때와 달리 시간을 다투는 일이 아니었으므로 우리는 줄리앙과 로슈포르가 왔던 길을 통해 산장으로 돌아가기로 했다.

몽세귀르 바위 봉우리의 기슭을 따라 잡초와 관목이 우거진 완만한 비탈을 빙 돌아갔다. 멀리 아래쪽 골짜기에 몽세귀르 마을의 길쭉하게 늘어선 집들의 불빛 행렬이 내려다보이는 곳에 이르렀다. 등산로 입구의 초원까지는 이제 조금만 가면 되었다. 비는 그쳤지만 풀은 다량의 물을 머금어 걷기 어려웠다. 천으로 된 신발도, 청바지 자락도 젖은 흙으로 질척질척했다. 뇌우를 몰고 온 구름이 사라지고 말끔히 갠 밤하늘에는 무수한 별들이 빛났고, 내가 아는 별자리도 몇 개쯤 찾아낼 수 있었다. 비가 그친 상쾌한 밤바람이었을 테지만 속까지 다 젖은 몸에는 겨울 찬바람보다 차가웠다. 우리는 오른쪽으로 거대한 바윗덩어리를 보면서 잰걸음으로 말없이 걸었다.

줄리앙은 적당한 데서 방향을 왼쪽으로 잡고 완만한 비탈길을 내려가기 시작했다. 초지를 빠져나가 포장도로로 나가기 위해서였다. 큰비가 그친 후 별빛에 의지해서 잡초와 관목이 무성한 비탈길을 걷는 것보다 조금 돌아가더라도 도로까지 나가는 것이 좋다고 판단했기 때문이다. 비탈이 심하게 푹 꺼져 사람 키만큼 흙벼랑이 된 곳을 풀뿌리에 의지하여 기어 내려가니 그곳은 이미 몽세귀르 마을로 내려가는 구불구불한 포장도로였다. 물론 우리는 마을과는 반대 방향으로 나아갔다. 젖은 콘크리트 노면을 밟고 다시 몽세귀르 바위산을 왼쪽으로 돌아가자 어둠 속에 드디어 주차장이 떠올랐다.

한 발 앞서 에스클라르몽드 산장에 돌아가 있던 장 폴의 지시로 주차장에는 카사르 대장의 부하들과 라블라네 헌병대의 경찰차 몇 대가 대기하고 있었다. 우리는 그 차에 나눠 타고 산장에 도착했다.

놀랍게도 에스클라르몽드 산장의 홀에서 기다리고 있던 사람은 장 폴과 지젤, 그 둘만이 아니었다. 역시 비에 흠뻑 젖은 옷을 입은 채 묘하게 살기등등한 표정을 한 시몬 뤼미에르, 게다가 침울한 인상의 소네 신부까지 우리를 기다리고 있었다. 급속하게 차가워지는 고원의 밤이었다. 창백하기는 했지만 침통한 표정의 차분한 지젤은 어른스러운 태도로 르메르 부인에게 각자가 뜨거운 목욕을 하고 마른 옷으로 갈아입을 수 있도록 준비하라고 지시했다. 지젤의 호의를 거절한 것은 도착한 경찰의들을 이끌고 그대로 벼랑 아래의 추락사 현장으로 돌아가야 하는 카사르 대장과 장 폴, 그리고 언짢은 듯 말없이 그저 고개만 가로저은 시몬, 이렇게 세 명뿐이었다. 나는 세트에서 무척 고통스러워하던 시몬의 모습을 떠올리고 새삼스럽게 그녀의 몸을 걱정했다. 그러나 구석의 나무 의자에 앉아 두 팔로 자신의 몸을 꼭 안고 있으면서 이까지 딱딱거리며 떨고 있는 그녀를 바라보기만 할 뿐 어찌할 도리가 없었다. 시몬은 이런 식으로 자신의 몸을 일부러 괴롭히고 있었는데, 창백한 얼굴도 불덩이 같은 호흡도 이제는 거의 병자라고밖에 생각되지 않았다.

장 폴의 범인 추적은 실패로 끝난 모양이었다. 그 대신 그가 붙잡은 것은, 등산로 입구 근처의 주차장에 중고 시트로엥을 세워두고 차 안에 있던 소네 신부, 그리고 큰비가 내리치는 가운데 등산로 입구 앞에서 마치 미친 여자처럼 온몸이 젖는 것도 개의치 않고 꼼짝도 하지 않은 채 뭔가 골똘히 생각에 잠겨 있던 시몬이었다. 중고 시트로엥 옆에는 줄리앙의 알파로메오도 세워져 있었다. 장 폴은 시몬을 소네 신부의 차에 억지로 밀어 넣고 신부에게 헌병들이 도착하면 곧바로 등산로 입구로 보내라는 전언과 함께 에스클라르몽드 산장의 홀에서 기다리라고 명했다. 헌병들이 도착하여 등산로 입구 주변의 경계망을 점검한 뒤 장 폴이 일단 에스클라르몽드 산장으로 돌아온 것은 우리가 도착하기 불과 5분 전이었던 모양이다. 경찰차에 나눠 탄 일행이 산장에 도착했을 때 물에 빠진 생쥐 같은 카사르 대장에게, 마찬가지로 온몸이 흠뻑 젖은 장 폴이 빠른 말로 속삭이는 것을 나는 놓치지 않았다.

"여교사는 이상하게 시선을 고정한 채 침묵만 지키고 있지만,

신부 쪽에서 중요한 정보를 얻었네. 7시 10분경에 등산로 입구로 달려 내려온 남자가 있었네. 신부의 차 옆에 세워두었던 BMW를 타고 순식간에 라블라네 쪽으로 사라졌다는 거네. 신부는 분명히 실뱅이었다고 했네. 이런 사정이라 무의미한 일이긴 하겠지만, 자네 부하들한테 등산로 입구를 지키라고 해두었네. 벼랑 아래쪽 일이 일단락되면 만약을 위해 산을 수색할 수 있도록 준비 좀 해주게. 가능성은 별로 없지만, 그래도 범인이 아직 산속에 숨어 있을 만일을 위해서네."

# 2

니콜이 추락사한 이튿날 밤이었다. 나는 가케루와 둘이서 샤투 이의 밤길을 걸었다. 축제의 술렁거림이 다가오고 있었다. 어두운 밤길이었지만 마을 사람들은 들뜬 마음으로 오가고 있었다. 나는 옆에 있는 청년에게 이야기를 했다.

"저기 말이야, 실뱅이 니콜을 죽였을까? 실뱅은 복수를 마치고 어딘가에서 자살할 생각일까?"

"실뱅은 억울한 죄를 뒤집어쓴 거야."

가케루의 대답은 너무나도 뜻밖이었다. 그때까지 나처럼 가케 루도 〈실뱅=니콜〉 공범설을 취하고 있다고만 생각하고 있었다. 애초에 나를 이끌고 실뱅의 범행 동기를 발견하게 한 사람은 사실 상 가케루였으니까.

"거짓말하지 마. 그럼 대체 누가 페스트와 노디에를 죽인 거야?"

"니콜의 시체 옆에도 또 묵시록의 상징이 놓여 있었어. 만약 진범을 알고 싶다면, 몇 번이고 말한 것처럼 그 사실의 숨겨진 의미를 생각해봐야 할 거야."

"너는 어떻게 생각하는데?" 나는 강한 어조로 청년에게 캐물었다.

"내가 아니라 줄리앙한테 물어봐야겠지. 탐정 역할이라면 줄리앙 뤼미에르가 훌륭하게 해줄 거야. 그런 식으로 짜인 거야, 이 사건은."

가케루는 수수께끼 같은 말을 흘리고 묘하게 엷은 웃음을 지어 보였다. 사건의 수수께끼를 푸는 사람은 자신이 아니라 줄리앙 뤼미에르라는 것이다. 확실히 줄리앙은 아마추어 탐정을 지원했다. 어제 로슈포르에게 위험이 닥칠 것을 알아차린 듯 산장을 나간 것을 생각하면, 줄리앙이 독자적인 추리로 실뱅의 범행을 예측하고 있던 것도 사실인 모양이다. 그러나 가케루는 겨울의 라루스가 사건 때와 달리 이번 사건에는 아주 적극적인 관심을 갖고 있는 듯한 태도를 보이고 있었다. 그런데 탐정 역할을 할 생각이 없다고 해도 줄리앙에게 만사를 맡기는 모습이다. 대체 무슨 일일까? 미심쩍은 표정을 짓는 내게 어딘지 모르게 음침한 어조로 가케루가 말을 이었다.

"내가 무관심할 수 없는 것은 생세르낭 문서의 행방과…… 그래, 그리고 그 여성의 운명뿐이야. 나는 시몬한테 가 볼 거야. 소네 신부의 가정부가 붙어 있을 테지만."

시몬은 어젯밤 늦게 에스클라르몽드 산장에서 결국 졸도했다. 우연히 그 자리에 있던 경찰의의 진단으로 푸아의 병원까지 이송하려 할 때였다. 혼신의 힘을 다해 바닥에서 일어난 시몬이 열병에 걸린 듯 반짝반짝 빛나는 눈으로 의사를 노려보며 띄엄띄엄 말했다. 내장에서 쥐어짜는 듯한 신음 소리였다. 얼굴은 고통으로 일그러졌지만 어조는 으스스할 만큼 냉정하기 그지없었다.

"난, 집으로, 돌아가겠어요. 병원에, 집어넣고, 싶으면…… 저를, 체포, 하고 나서, 해야 할, 거예요……"

시몬이 입가에 띤 엷은 웃음은 유령의 미소 같아 나는 오싹했다. 당연히 소네 신부가 데려다주기로 했다. 담요에 싸여 신부의 차로 옮겨지는 시몬을 보내고 나는 경찰의에게 물었다.

"폐렴인가요?"

"천만에요. 당신 친구라면 하루빨리 툴루즈로 가서 전문의의 진찰을 받으라고 설득하세요. 이런 단계에 아직도 돌아다니는 건 기적 같은 일입니다. 자살 행위나 다름없어요. 영양실조와 급성폐렴과 위경련이 동시에 나타난 것이 아닌 한 그 증상은……"

"선생님, 뭔가요?"

"아니, 그만두죠. 큰 병원에서 하루빨리 진단을 받아야 합니다."

의사는 언짢은 듯한 얼굴로 입을 다물었다. 이튿날도 아직 노디에에게서 빌린 방에 누워 있는 걸 보면 입원을 권한 소네 신부의 설득도 전혀 통하지 않은 듯했다.

마을 변두리에 있는 노디에의 오두막으로 향하는 가케루와 헤어져 나는 왼쪽의 언덕으로 올라갔다. 가케루는 미심쩍어하는 태도였지만 내 확신은 흔들리지 않았다. 물론 실뱅이 범인인 게 분명하다. 언덕 위의 공터에서는 마을 축제가 시작된 모양이었다. 어두운 밤하늘에는 줄로 건너질러진 고풍스러운 전광 장식인 파랗고 빨간 소형 전구가 무수히 점멸하고 있었다.

기묘한 것은 줄리앙과 지젤이었다. 오늘 낮에 에스클라르몽드 산장으로 전화했는데 두 사람은 차로 툴루즈에 갔다는 것이었다. 그들은 오늘 밤 늦게야 돌아온다고 했다. 지젤은 그렇다 치고 친누나가 죽어가는 이런 때에 연인과 툴루즈로 놀러 가는 줄리앙의 태도는 아무리 생각해도 이해되지 않았다.

그다지 관심은 없었지만 장 폴에게 수사의 개요를 물어 들었다. 물론 니콜을 살해한 범인은 실뱅으로, 도주를 목격한 소네 신부의 증언뿐만 아니라 모든 증거가 그를 가리키고 있다고 했다.

산책하러 나간 로슈포르와 그 뒤를 따라간 줄리앙은 각각 다른 지점에서 니콜이 추락하는 장면을 목격했다. 우리와는 반대 방향에서 몽세귀르 바위 봉우리의 기슭을 돌아간 줄리앙이 현장에 가장 빨리 도착했다. 산기슭의 초지에서는 로슈포르가 줄리앙과 그다지 떨어져 있지 않았을 테지만 5분쯤 늦게 도착한 것은 나이 탓이리라. 줄리앙과 로슈포르 사이에 도착한 것이 우리였다.

니콜이 추락한 시각은 7시쯤이었다. 우리는 7시 30분경에 벼랑 밑의 현장에 도착했다. 그리고 등산로 입구에서 산기슭을 돌아 벼랑 밑의 현장까지 가는 데만, 아무리 서둘러도 40분 가까이 걸린다. 줄리앙과 로슈포르가 30여 분 만에 도착할 수 있었던 것은 우연히 등산로 입구보다 현장에 훨씬 가까운 지점에 있었기 때문이다. 산정에서 니콜을 밀어 떨어뜨리고 나서 산을 내려오고 다시 산기슭을 돌아 현장에 30분 이내에 도착한다는 것은 절대 불가능하다. 낮에도 산을 내려오는 데는 10분 이상 걸리기 때문이다.

실뱅 이외에 범행이 가능했던 사람은 등산로 입구 부근에서 발견된 두 사람, 즉 소네 신부와 시몬일 것이다. 장 폴이 두 사람을 발견한 것은 대충 7시 15분쯤이었다. 15분쯤이라면 병든 여성이나 노인이라도 바위산에서 내려올 시간적 여유는 있었다고 볼 수 있다. 그러나 소네 신부의 옷은 전혀 젖어 있지 않았고, 시몬도 세찬 비가 쏟아지는 가운데 바위산을 달려 내려오는 거친 행동을 할 수 있는 몸이라고는 도저히 생각되지 않았다. 게다가 소네 신부의 증언도 있다.

소네 신부에 따르면, 카르카손에서 돌아와 신부의 집에 들른 시몬에게 어딘가로부터 전화가 걸려 왔다. 전화를 받은 후 시몬이 한시바삐 몽세귀르로 가고 싶다고 해서 차로 동행하게 되었다. 몽세귀르의 주차장에 도착한 것은 7시가 지나서였는데, 이미 큰비가 쏟아지고 있었다. 시몬은 등산로 입구를 보고 온다며 차에서 내렸고, 노령의 신부는 비를 피해 차 안에 남았다. 10분 넘게 돌아오지 않기에 결국 부르러 가려고 했을 때 마침 장 폴이 차 유리를 두드렸다는 것이다. 두 사람이 공모하여 신부가 거짓 증언을 하지 않는 한 시몬의 범행은 불가능하다. 10분 남짓한 시간에 그 험한 바위산을 오르고 다시 내려온다는 것은 그 누구도 불가능한 일이기 때문이다.

줄리앙은, 로슈포르와 그를 쫓아간 실뱅과 니콜을 추적하여 사설 도로를 내려갔고, 얼마 후 몽세귀르의 주차장에서 실뱅의 BMW를 발견했다. 그러나 전처 주느비에브가 추락사한 이후 결코 몽세귀르의 바위 봉우리에 오르려고 하지 않았던 로슈포르를 생각하고 등산로 입구 방향이 아니라 산기슭의 초원지대 쪽을 탐색하기로 했다. 시간과 기분에 여유가 있을 때는 주느비에브의 시체가 발견된 벼랑 밑 주변을 산책하는 일도 적지 않았던 로슈포르를 떠올렸던 것이다. 20분쯤 찾아본 후 드디어 뇌우가 쏟아지기 시작한 바람에 어둠 속에서 찾는 걸 그만두고 일단 산장으로 돌아가려고 한 참이었다. 허공을 가르는 절규에 이끌려 산정을 올려다보니 하늘에서 번뜩이는 푸르스름한 번갯불에 추락하는 사람의 모습이 보였다고 했다.

로슈포르의 이야기는 좀 더 간단했다. 6시경에 에스클라르몽드 산장을 떠나 사설 도로로 내려가 주차장 옆쪽으로 산기슭의 초지를 들어갔고, 그대로 바위산 기슭을 어슬렁어슬렁 돌기 시작했다. 곧 어두워진다는 것을 알아서 벼랑 밑까지 갈 생각은 없었지만 뇌우를 몰고 온 구름 때문에 생각보다 빨리 어두워졌고, 돌아가려고 했을 때는 이미 큰비가 쏟아지기 시작했다. 큰비 속에서 니콜이 추락하는 모습을 목격한 것은 줄리앙과 마찬가지였다. 산장으로 돌아가 알리지 않고 큰비가 쏟아지는 가운데 군이 혼자서 벼랑 밑으로 간 것은 역시 전처 주느비에브의 기억이 뇌리에 스쳐서였다. 피해자가 아내 니콜이라고는 생각지도 못했지만, 추락하는 사람의 모습을 목격한 순간 발이 멋대로 달리기 시작했다고 했다.

결국 페스트 살해와 노디에 살해의 공범자들이 서로 죽이게 된 셈이다. 실뱅은 교환 살인을 하기로 한 약속을 지킬 생각 같은 건 처음부터 아예 없었을 것이다. 아무런 이해 대립도 미움도 없는 로슈포르 부녀 두 명을 살해하는 것보다 약속을 지키지 않는다며 화를 내고 협박할 위험한 공범자인 니콜 한 사람을 처리하는 편이 더 타당한 선택이라고 생각했을 것이다. 계산 착오는 등산로 입구로 달려 내려오는 모습을, 누군가의 연락을 받고 불려 나온 시몬에게 들켜버린 일이다. 시치미를 뗀 얼굴로 산장으로 돌아간다는 당초의 계획이 무산되자 주차장에 세워둔 BMW를 타고 몽세귀르를 탈출할 수밖에 없었을 것이다. 또는 다음과 같은 추측도 가능하다.

처음부터 공범자 니콜을 살해하는 것과 그 직후에 도망가는 것까지 실뱅의 계산에 들어 있었다. 아버지의 복수와 생조르주 서한을 입수하는 데 성공한 이상 사회적 지위를 버리고 도주하는 것에 만족했을지도 모른다. 어쩌면 네 마리째의 푸르스름한 말을 생각하면 실뱅이 어딘가에서 자살한 시체로 발견될 가능성도 머리에서 지울 수가 없었다. 실뱅의 계산 속에 네 번째 말은 진작부터 자기 처벌을 위해 준비되어 있었을지도 모른다.

마을 언덕 위 광장에는 머리 위로 건너질러진 줄에 몇 개의 알전구가 달려 있고, 누르스름한 빛이 주위의 공간 전체를 정겨운 색으로 떠오르게 하고 있었다. 입구에는 골판지와 재목으로 급조된 문이 있고, 조화나 전광 장식을 위한 소형 전구로 장식되어 있었다. 광장 주위에는 수많은 테이블과 의자가 놓이고 어디나 마을 사람들로 만원이었다. 한구석에 설치된 간소한 가건물은 술이나 간단한 요리를 내놓는 창구가 되어 있었고, 그 앞은 무척 혼잡했다. 옛날 남프랑스의 전통 의상인 레이스로 장식된 긴 스커트를 입은 청년단의 아가씨들이 아마추어 종업원이 되어 테이블 사이를 돌아다니고 있었는데, 기다릴 수 없는 마을 사람들은 각자 멋대로 창구에서 술이나 청량음료를 차례로 주문하고 있었다. 쾌활한 콧노래를 부르며 양손에 네 개의 잔을 위태롭게 든 몸집이 큰 농부와 테이블 사이의 좁은 통로에서 부딪칠 뻔했다. 머리 위에 맥주를 뒤집어쓰는 것만은 도저히 견딜 수 없다. 벌써 술이 거나하게 취한 마을 사람 앞에서 재빨리 몸을 빼 길을 터주자 남자는 어릿광대처럼 호들갑스럽게 고맙다고 했다.

앞쪽에 만들어진 무대 위에서는 마을에서 마을로 축제의 밤을 따라 여행하고 있음이 틀림없는, 시골을 돌아다니는 작은 악단이 쾌활한 남국의 노래를 상당히 빠른 박자로 연주하고 있었다. 객석과 무대 사이에 마련된 공터에서는 남녀노소가 무리를 지어 춤을 추었다.

"나디아, 여기다."

물론 장 폴의 굵고 탁한 목소리였다. 한 발 먼저 집을 나온 장 폴은 마을의 죽마고우인 듯한 남자 몇 명과 한 테이블에 앉아 있었다. 이 술고래 앞에는 빈 칼바도스 잔이 이미 반 타나 늘어서 있었다. 주문을 받으러 오지 않는 아마추어 종업원 때문에 속이 탄 이 꺼림칙한 술고래는 술을 한꺼번에 반 타씩 주문하는 새로운 작전을 개시한 모양이었다. 장 폴이 마지막 잔을 단숨에 들이켠 순간,

어디서랄 것도 없이 좌중에서 양철 쟁반에 올려진 칼바도스 반 타를 다시 내밀고는 모두가 입을 맞춰 폭소를 터뜨렸다. 재치 있는 남자가 장 폴을 위해 한 타를 한꺼번에 주문해둔 모양이었다.

"나디아, 춤출 줄 알지?"

갑자기 엄숙한 얼굴로 장 폴이 말했다. 곡은 미친 듯한 속도로 회전하는 춤곡이었다.

"좋아요, 아저씨가 취해 있지만 않으면요."

새로운 칼바도스를 다시 단숨에 입에 털어 넣은 장 폴이 거대한 몸을 가볍게 좌우로 흔들면서 내 손을 끌고 춤추는 곳으로 나아갔다.

"이런."

돌연 몸집 큰 남자가 나를 잡아채듯이 안고 곡에 맞춰 엄청난 속도로 돌기 시작했다. 확실히 장 폴은 전혀 취하지 않았다. 얼핏 소처럼 둔해 보이지만 학창시절에 아마추어 복서였던 데서도 알 수 있듯이, 사실 발군의 운동신경을 가진 장 폴은 늘 일류 춤꾼이었다. 그러나 어릴 때부터 봐왔지만 이렇게 열중해서 춤을 즐기는 장 폴은 처음이었다. 나는 숨을 헐떡였다.

"그만, 아저씨. 눈이 핑핑 돌아요. 항복이에요, 항복."

다음 곡은 비교적 느린 리듬이었다. 땀에 흠뻑 젖은 나는 거친 숨으로 슬슬 스텝을 밟았다. 서른 살 이상이나 많은 남자에게 멋대로 휘둘리는 것이 부아가 나서 나는 억지를 부렸다.

"실뱅은 잡았어요? 이런 데서 농땡이나 부리고 있어도 되는 거예요? 체력이라면 정말 아저씨는 고릴라한테도 절대 지지 않겠네요."

"나디아, 실뱅의 출생을 조사한 일은 분명히 공을 세운 거야. 그 점에 대해서는 아저씨도 경의를 표하지. 하지만 들리는 이야기로 는 가케루 군의 조사에 너는 그저 들러리로 따라다녔을 뿐인 것 같던데."

스텝을 잘못 밟은 것처럼 보이게 해서 나는 샌들의 나무 굽으 로 이 몸집 큰 남자의 발등을 힘껏 밟아주었다. 그런데 이 남자는 발등에 신경 같은 건 하나도 통하지 않는 사람처럼 태연자약했다. 하지만 놀랄 일은 아니다. 이 몸집 큰 남자의 육체에 신경이 통하 지 않는 곳은 특별히 발등만은 아니니까.

"말이야, 말. 네 번째 말이 아직 남아 있어. 사건이 끝났다고 생 각하는 건 큰 오산이라고."

묘하게 자신 있는 듯한 장 폴의 말이었다. 이 경찰견은 이제 와 서 대체 무슨 냄새를 맡았단 말인가. 알 수 없었다. 아무리 생각해 봐도 나는 알 수 없었다.

한밤중이었다. 아니, 내게는 언뜻 그렇게 생각되었다. 창밖은 어둡고 모두 잠들어 주위는 완전한 정적이었다. 눈을 비비며 머리 맡의 시계를 보니 아직 새벽 4시 반이 조금 안 된 시간이었다. 난 폭하게 문을 두드리는 소리는 그치지 않았다.

"누구예요?" 나는 침대에서 상반신을 일으키며 말했다.

"나야. 차 좀 쓸게."

가케루의 어조에는 억누를 수 없는 긴장감이 흘러넘치고 있었다. 잠은 순식간에 달아났다.

"잠깐만 기다려."

나는 재빨리 셔츠와 청바지를 입고 문을 열었다. 천 가방을 어깨에 메고 완전히 외출 차림을 한 청년이 서 있었다.

"어디 가는데?"

"몽세귀르."

이 한 마디만 하고 가케루는 침대 옆 탁자 위에 있던 시트로엥 메하리의 열쇠를 재빨리 집어 들고 순식간에 계단을 내려갔다.

"기다려."

윗옷과 천 가방을 손에 들고 나도 엄청난 기세로 계단을 뛰어 내려갔다. 문밖으로 뛰어나가자 가케루는 열심히 액셀을 밟고 있는 참이었다. 분주하게 조수석에 올라탄 순간, 등이 좌석에 푹 꺼질 정도의 가속으로 시트로엥은 앞쪽의 어둠 속으로 튀어나갔다.

"그렇게 난폭하게 다루지 마. 너, 이 차 성능 알잖아."

요컨대 가케루는 내 가냘픈 망아지의 옆구리를 힘껏 찬 것이다. 내 항의에도 가케루는 말이 없었다. 시트로엥은 순식간에 샤투이 마을을 지나 인적이 전혀 없는 라블라네의 가도로 나갔다. 속도계의 바늘은 금세 이 차의 최고 속도인 100킬로미터를 넘었다. 맞은편에서 오는 차가 없어 망정이지 야간인 걸 생각하면 자살 행위나 다름없는 난폭한 운전이었다.

"저기, 가케루, 대체 무슨 일이야?"

소녀 신부의 가정부가 심부름을 왔던 모양이다. 집에는 귀가 먹은 노파 이외에 우리밖에 없었다. 장 폴은 축제가 끝난 뒤 다시 라블라네 헌병대로 가버린 터였다. 아래층에서 자고 있던 가케루가 현관으로 나가자 가정부는 소네 신부의 전언이 쓰인 종이를 내밀었다. 소네 신부를 깨운 시몬이 무슨 전화라도 받은 건지 당장 몽세귀르로 가고 싶다며 말려도 말을 듣지 않는다, 너무 서슬이 퍼레서 말리는 게 오히려 몸에 해로울 것 같아 데리고 가긴 하는데, 이 마을에서는 알릴 곳도 없어 일단 바르베스 경감에게 전하기로 했다는 내용인 듯했다. 우리가 출발한 것은 소네 신부와 시몬이 출발하고 나서 30분쯤 후였을 것이다. 소름이 끼칠 만한 가케루의 무모한 운전은 몽세귀르까지, 앞서 가는 차와의 30분 차이를 줄여보려는 데서 나온 모양인 듯했다.

"무리야, 가케루. 불가능해. 보통으로 달리면 40분, 소네 신부의 차라도 기껏해야 50분 거리야. 신부님과 시몬은 이미 몽세귀르로 오르는 산길을 달리고 있을걸. 포르쉐나 알파인이라면 모를까 이 차 엔진은 Ⅱ CV와 마찬가지란 말이야. 절대 무리야."

"라블라네까지만 버텨주면 돼. 시트로엥 메하리는 내가 한 대 사 줄게. 네 낙타méhari는 여기서 짧은 생을 마감하는 거지."

이런 무책임한 말을 중얼거리며 가케루는 울음을 터뜨릴 것처럼 비명을 지르고 있는 엔진은 상관하지 않고 더욱 액셀을 밟았다. 라블라네를 지나 푸아로 가는 국도로 나가자 이른 아침이라고 해도 역시 드문드문 차가 달리고 있었다. 가케루는 브레이크를 거의 사용하지 않고 절묘한 핸들 조작으로 적잖은 수의 차를 추월했다. 나는 가케루의 운전 기술을 전적으로 신뢰하지만, 이때는 몇 번인가 비명을 눌러 참을 수밖에 없었다.

시트로엥 메하리는 라블라네의 거리를 질주했다. 드디어 하늘이 밝아오기 시작했다. 갑작스럽게 급브레이크를 밟자 차체가 분해될 것처럼 거의 반쯤 돌면서 차가 멈췄다. 라블라네 헌병대 앞이었다. 무슨 일인가 하는 표정으로 달려오는 경관들 중에는 장 폴의 모습도 있었다. 장 폴 일행도 몇 대의 경찰차로 출발하기 직전인 듯했다.

"어떻게 알았나?" 얼굴을 돌리고 싶어지는 장 폴의 고함 소리였다.

"뭘요?" 차에서 내리면서 나도 소리쳤다. 가케루는 이미 건물 앞 길바닥에 세워져 있는 한 대의 차 안을 들여다보고 있었다. 물론 열쇠와 가솔린의 유무를 살펴보고 있는 것이다. 가케루는 그 차를 훔칠 생각인 모양이었다. 가케루가 점찍은 것은 틀림없이 실뱅의 BMW 528이었다. 그 차라면 시속 200킬로미터는 낼 수 있을 것이다. 푸아로 가는 길에 버려져 있던 걸 어제 아침에 발견하고 여기까지 옮겨놓았다고 축제 때 장 폴이 말했었다.

"말이야, 방금 에스클라르몽드 산장에서 또 통보가 왔어. 한밤중에 총성이 들려 나가 보니 또 마구간에서 말 한 마리가 죽어 있었다는구나. 게다가 이번 사체에는 야단스럽게 파란색 페인트가 쏟아져 있었다는군."

나도 BMW에 올라타고, 아연실색한 장 폴에게 창 너머로 이렇게 소리쳤다.

"시몬하고 소네 신부가 몽세귀르로 가고 있어요. 우리는 그들을 쫓아가는 중이에요."

"차를 교환하는 데 30초를 썼어. 나디아, 안전벨트 매."

샤투이에서 라블라네까지 보통이라면 20분쯤 걸리는데 내 메하리는 무려 그 절반인 채 10분도 걸리지 않고 주파했다. 자동차 전용 도로도 아닌 보통의 좁은 시골길을 10분간 평균 시속 100킬로미터 전후로 달려온 것이다. 계산해보니 신부와 시몬은 몽세귀르로 가는 산길을 앞으로 10분만 달리면 산기슭의 주차장에 도착한다. 시간에 맞춰 갈 수 있을지도 모른다. 나는 처음으로 그렇게 생각했다. 푸아로 가는 국도를 질주하는 BMW의 속도계 바늘은 순식간에 150킬로미터를 돌파해 200킬로미터에 가까워졌다. 라블라네를 벗어난 지점에서는 아직 뒤쪽에 몇 대의 경찰차가 보였지만 국도에서 몽세귀르로 좌회전한 지점에서는 이미 그 자취도 찾아볼 수 없었다.

그러나 좁고 구불구불한 데다 왼쪽이 벼랑인 산길에서는 아무리 가케루라도 150킬로미터로 달릴 수는 없었다. 그래도 고작 2차선밖에 되지 않는 데다 전혀 앞을 내다볼 수 없는 험한 산길인데도 조금이라도 직선인 길이 나오면 속도계의 바늘은 순식간에 120, 130킬로미터까지 올라갔다.

험한 벼랑을 도려내듯이 만들어진 험난한 도로에서 나는 몇 번이나 거인의 손에 내 심장이 움켜잡힌 듯한 느낌을 받았다. 도처에 있는 급커브에서 가케루는 오른쪽 발을 옆으로 한 채 액셀과 브레이크를 동시에 밟고 공회전 소리를 내며 시프트다운* 하면서 맹렬한 급감속을 되풀이했다. 옆으로 미끄러지는 기술이기 때문에 조금이라도 카운터 스티어**를 잘못하면 왼쪽 암벽에 엄청난 기세로 충돌하거나 오른쪽의 새까만 골짜기 아래로 자동차와 함께 떨어지게 될 것이다. 더욱 무서운 것은 길모퉁이 저쪽에서 불시에 차가 나타났을 때다. 이런 산길을 상식을 벗어난 속도로 곡예처럼 질주하다가 어떤 재앙을 부를지는 생각해볼 것도 없기 때문이다. 나는 그저 이렇게 이른 아침에 몽세귀르 마을 사람들이 라블라네로 차를 몰고 오는 일이 없기만을 기도했다.

필사적인 마음으로 좌석에 달라붙어 몇 번인가 목구멍 안에서 비명을 억지로 눌러 참았을 때였다. 돌연 눈앞에 널찍한 경관이 펼쳐졌다. 거무스름한 이른 아침의 빛이 희미하게 어둠을 침식하기 시작했다. 밤에서 아침으로 넘어가는 짧은 시간의 어슴푸레함이었지만 그래도 박명의 하늘을 배경으로 저편에 우뚝 솟은 천연의 바위 탑의 존재만은 알아볼 수 있었다. 이제 산길의 험한 오르막길은 끝났다. 앞으로는 몽세귀르의 바위 봉우리 기슭까지 완만한 비탈의 목초지 사이를 느슨하게 구부러진 도로를 따라 내려가기만 하면 되었다.

손목시계를 보니 5시 5분 전이었다. 가케루는 액셀 페달을 바닥이 눌려 찌부러질 정도로 힘껏 밟았다. BMW의 강철 호랑이는 맹렬한 신음 소리를 내며 급가속을 위해 등이 좌석에 박힐 만큼의 기세로 사납게 노면을 차고 튀어나갔다. 떨리는 속도계의 바늘은 순식간에 200킬로미터를 돌파했다. 바람이 요란하게 귓가에

---

* 커브 길이나 고개를 올라갈 때 자동차의 변속 기어를 1단 또는 2단이나 3단으로 낮게 전환하는 것.
** 레이싱 기술의 하나로 뒷바퀴가 오른쪽으로 미끄러지면 핸들을 오른쪽으로, 뒷바퀴가 왼쪽으로 미끄러지면 핸들을 왼쪽으로 꺾는 것. '역逆핸들'이라고도 한다.

울렸다. 보통이라면 차로 40분쯤 걸리는 거리였지만, 노인인 신부는 안전 운전을 하기 때문에 50분쯤 걸렸을지도 모른다. 그렇다면 신부가 도착한 것은 기껏해야 5분쯤 전일 것이다. 두 사람이 아직 산기슭의 주차장 근처에 있을 가능성도 있다. 우리는 40분 거리를 25분까지 단축한 것이다.

"가케루, 저기 소네 신부님이야."

곧 산기슭의 주차장으로 이어지는 도로가 작은 기복을 이루는 곳이었다. 거기서는 등산로 입구 앞의 초원이 내다보였는데, 바위와 관목이 겹쳐진 입구의 좁고 험준하며 가파른 언덕 조금 앞쪽에 낯익은 사람의 모습이 아침의 박명 속에 언뜻 나타났던 것이다.

다음 순간, 이번에는 나도 비명을 지르고 말았다. 가케루가 드디어 운전을 잘못했다고 생각한 것이다. BMW는 200킬로미터의 속도를 급브레이크로 죽이면서 주차장으로 내려가는 도로를 벗어나 목장의 낮은 목책을 치고 그대로 초지로 돌진했다. 주차장에서 등산로 입구까지 걸어가는 시간을 절약할 생각인 모양이었다. 정지整地 작업이 되어 있지 않은 흙과 바위와 풀뿐인 비탈을 차는 거의 굴러떨어지듯이 내려갔다. 폭풍 속의 작은 배에서 바라보는 것처럼 시야는 좌우로 심하게 흔들렸다. 안전벨트가 세게 조여 일순 숨조차 쉴 수 없는 압박감으로 가슴이 찌부러질지 모르겠다고 생각했을 때 등산로 입구 근처의 흙 언덕 위로 올라타듯이 BMW는 멈췄다.

"신부님, 시몬은 어디 있습니까?" 안전벨트를 풀고 발밑의 천 가방을 집어 든 가케루가 크게 기울어진 차체에서 뛰어내리며 외쳤다.

"위에 있소, 산정에. 10분 전에 올라갔다오. 시몬의 얘기로는 그 전에 로슈포르하고 또 한 남자가……"

신부의 말을 끝까지 들으려고도 하지 않고 청년은 야생 짐승을 떠올리게 하는 유연한 동작으로 순식간에 바위로 된 가파른 언덕을 뛰어오르기 시작했다.

"가케루, 기다려."

기울어진 차체에서 겨우 빠져나온 나도 가케루의 뒤를 쫓았다. 여태껏 그토록 힘든 등산은 경험한 적이 없었다. 보통으로 올라간 다고 해도 정상에 도착할 무렵에는 온몸이 땀으로 흠뻑 젖고, 목은 토해내는 숨으로 폭발할 것처럼 된다.

물론 가케루의 모습은 중턱의 삼림 속으로 사라지고 없었다. 흙에 바위가 박혀 있어 발 딛기가 힘든 숲 속의 구불구불하고 가파른 오솔길을 무리해서 잔달음질로 뛰어올랐을 때는 이미 가슴이 막히고 숨이 끊어질 것 같았다. 가슴안의 폐는 새로운 산소를 찾아 미친 듯이 급격한 팽창과 수축을 반복하며 난폭하게 날뛰었다. 그럴 여력도 없으면서 끊임없이 대량의 공기를 빨아들이려고 콜록거리는 고통스러운 목구멍, 온몸의 세포가 갈망하는 신선한 혈액을 계속 보내기 위해 미친 듯이 날뛰어 당장에라도 폭발할 듯한 심장.

드디어 정상의 성터가 바라보이는 마지막 오르막길 앞에서 나는 일단 옆의 큰 바위에 쓰러져 필사적으로 숨을 고르려고 했다. 그러나 시간이 없었다. 이 사건이 생각지도 못한 형태로 극적인 종막을 맞이하고 있다는 것만은 의심의 여지가 없었다. 30분쯤 전에 가케루가 난폭하게 문을 두드려 일어났을 때부터 지금까지 한 번도 생각을 정리해볼 여유 따위는 없었지만, 나는 그렇게 직관하고 있었다. 꼭 봐야 한다, 그것이 어떤 광경이든, 내 눈으로 직접 확인하지 않으면 안 된다. 이렇게 자신을 타이르면서 나는 비틀비틀 일어섰다. 아침 안개 속에 울려 퍼지는 사이렌 소리가 서서히 다가오다가 그때 뚝 그쳤다. 내려다보니 멀리 눈 아래로 보이는 작은 주차장에 장 폴 일행의 경찰차가 막 도착한 참이었다. 일제히 문을 열고 몇 명의 조그만 사람들이 차 안에서 넘어질 듯이 뛰어내렸다.

아직 해가 뜨지 않았지만 투명한 아침 빛이 하늘에 가득 차기 시작했다. 나는 꼬이는 발로 바위가 그대로 드러난 벼랑에 붙은 위험한 등산로를 헐떡거리며 느릿느릿 오르기 시작했다. 여자의 끔찍한 비명 소리를 들은 것은 그때였다. 무서워하면서도 발을 재게 놀렸다. 누군가 떨어졌다. 그런 불길한 가능성이 머리에 가득 부풀어 올라 온통 정신이 없었다.

산정의 성채가 보였다. 이제 바로 앞이었다. 나는 한순간 주저했다. 그러나 아무튼 오른쪽 벽에 열린 입구로 향했다. 앞으로 고꾸라질 뻔하면서도 잔달음질로 아치형의 높은 문을 지나 사방이 석벽으로 둘러싸인 광대한 폐허인 구내로 들어갔다. 석벽은 섬뜩할 만큼 위압적으로 고요했고, 둘러봐도 구내에 사람의 모습은 보이지 않았다. 나는 문득 피뢰침이 있는 성벽의 가장 높은 곳, 거기에서 10년 전 주느비에브가, 그리고 그제 니콜이 떨어졌던 그 불길한 장소를 올려다보았다. 곧 얼굴을 내밀기 시작한 아침 해를 배경으로 두 사람이 보였다.

시몬은 아니었다. 쏟아져 내리는 아침 해의 홍수 속에서 두 남자가 서로를 찾는 듯이 천천히 헤엄치기 시작했다. 홀연 두 남자의 손발이 뒤얽히고 휘감겼다. 나는 꼼짝하지 않고 서서 그 신기한 광경을 숨죽이고 바라보았다. 아침 해를 받아 몇 겹이나 되는 농담의 장밋빛으로 물든 구름이 석벽의 배후로 흘러갔다. 아침 해를 배경으로 한 덩어리의 검은 그림자가 된 남자들은 여전히 기괴한 무용을 하고 있었다. 그림자는 포개진 채 천천히 쓰러져 올려다보는 내 시야에서 사라졌다. 그때였다. 망연자실해 있는 내 귀에 오싹한 비명이 허공을 가르며 덮쳐왔다. 지옥의 괴조가 우는 소리와도 비슷한 괴이한 외침이 꼬리를 끌며 허공으로 사라졌다.

기괴한 광경으로 꼼짝 못하게 했던 속박이 사라졌다. 퍼뜩 정신을 차린 나는 성벽으로 올라가는 가파르고 좁은 계단을 향해 전력으로 내달렸다. 발밑을 주의하면서 난간이 없는 좁은 계단을 끝까지 다 올라갔다. 장밋빛으로 물든 아침 안개를 통해 바라보이는, 완만하게 굽이치는 랑그도크의 산야는 숨죽일 만큼 인상적인 아침 광경을 자아내고 있었다.

"실뱅 선생님."

나는 쉰 목소리로 불렀다. 성벽 위의 작은 공간에 있는 사람은, 나를 등진 채 괴로운 듯 어깨로 숨을 쉬면서 웅크리고 있는 남자뿐이었다. 격투로 흐트러지기는 했지만 그 옷은 실뱅이 도주했을 때 입고 있던 옷이었다. 내가 부르는데도 남자는 산정에서 내려다보이는 눈 아래의 장대한 경관을 응시하며 눈 하나 깜박하지 않았다.

"실뱅 선생님, 시몬은, 가케루는 어디 있나요? 그 두 사람도 선생님이 죽였나요? 여기서 떨어뜨려서?"

내가 주의 깊게 듣고 있던 것은 여러 명의 남자가 폐허의 기와 조각이나 자갈을 난폭하게 밟는 소리였다. 경관들이 성터 구내까지, 내 바로 뒤까지 온 것이다. 잰걸음으로 성벽의 계단을 뛰어 올라오는 구두 소리를 배경으로 나는 정신없이 다시 한 번 힘껏 소리쳤다.

"샤를 실뱅, 이제 끝이에요. 로슈포르 씨를, 다음에는 시몬을, 그리고 지금은 그 끔찍한 격투로 가케루를 밀어 떨어뜨린 당신도 이제 끝이에요. 끝이란 말이에요."

역시 가케루는 제시간에 도착하지 못했다. 로슈포르와 시몬의 생명을 구하기에는 너무 늦어버린 것이다. 범인이 도주할 시간만은 주지 않았는데, 그런데도 성벽 위의 격투에서 지고 내 눈앞에서 120미터나 되는 절벽으로 내던져졌다. 바보 같은 가케루, 어쩌면 그렇게 못났을까, 이런 남자에게 지다니…… 참으려고 해도 내 눈에는 분한 눈물이 엷게 배어났다. 실뱅은 묵시록의 연쇄살인을 끝까지 해냈을 뿐 아니라 그것을 알아채고 어떻게든 마지막 살인을 막으려고 한 목격자 시몬과 그 추적자 가케루까지 모두 죽음의 벼랑에서 떨어뜨리는 데 성공했다. 그러나 이미 여기까지 경찰의 손이 뻗었다. 이미 내 바로 뒤까지……

"나디아."

누군가 내 어깨에 손을 얹고 귓가에 속삭였다. 경악한 나는 뒤를 돌아보았다. 거기에는 몇 명의 헌병을 거느린 장 폴, 그리고 불과 몇 분 전에 내 눈앞에서 벼랑 밑으로 떨어졌던 청년인, 수수께끼의 일본인 야부키 가케루가 서 있었다.

나는 혼란스러워하면서도 정신없이 가케루에게 달려들었다. 안도감이 부드럽고 따뜻한 물처럼 다정하게 온몸을 적셨고, 그대로 다리의 힘이 빠져나가는 듯했다.

그때 장 폴은 우락부락한 목소리로 벼랑 끝에 웅크리고 있는 남자의 이름을 불렀다. 아니, 장 폴이 부른 것은 전혀 엉뚱한 이름이었다.

"줄리앙 뤼미에르, 널 체포한다."

긴장과 피로로 무의식중에 정신이 아찔해지는 것 같았다. 그 때문에 진정한 충격을 받진 않았다. 벼랑 끝의 남자가 천천히 이쪽으로 얼굴을 돌릴 때도, 지쳐서 거무스름해진 줄리앙 뤼미에르의 얼굴이 확실하다는 것을 알았을 때도, 나는 그저 쓰러지지 않으려고 등 뒤에 있는 청년의 어깨에 매달릴 뿐이었다.

# 3

　30분쯤 후 헌병대가 빌린 에스클라르몽드 산장의 홀에는 신선
한 아침 빛이 흘러넘치고 있었다. 가케루의 도움으로 가까스로 목
숨을 구했다는 시몬은 담요에 싸인 채 병원으로 옮겨졌다. 내가
들여다보았을 때도 혼수상태였던 그녀의 얼굴은 이미 죽은 자의
것이라고밖에 생각되지 않았다.

　나는 혼란스럽고 도통 영문을 알 수 없었다. 아무튼 정식으로
체포하기 전에 30분이라도 줄리앙 뤼미에르의 주장을 들어보는
게 어떠냐고 제안하며 자신만만하던 장 폴을 간단히 설득한 사람
은, 무슨 생각이 있는 듯한 가케루였다.

　홀에는 장 폴, 가케루, 소네 신부, 그리고 지금은 이 산장의 여왕
이 된 지젤이 각자 자리를 잡고 있었다. 환한 빛이 가득 찬 창가에
는 카사르 대장과 젊은 헌병에게 양팔을 붙잡힌 줄리앙이 피곤에

지친 표정으로 입을 다물고 있었다.

지젤은 내심의 동요를 단호히 억누르고 있었다. 아직 스무 살도 되지 않았으나 오랜 가문의 후계자이자 지금은 주인이 된 사람에게 어울리는 침착한 태도였다. 신경질적이고 허약한 소녀의 이런 갑작스러운 변모에 나는 압도당하는 듯한 심정이었다.

"벼랑 아래로 추락한 시체는 아버지였다고 하는데, 틀림없나요?" 지젤이 물었다.

"아가씨, 정말 죄송합니다. 의사가 올 때까지는 자세한 보고를 해드릴 수 없습니다만, 아버님이라는 것만은 틀림없습니다. 저희도 최대한 노력했습니다. 하지만 이렇게 아침 일찍부터 범인이 움직일 거라고는 생각도 못 했습니다……"

카사르 대장이 머뭇거리며 대답했다. 로슈포르가의 새로운 주인이 업무 태만을 고발하고 엄중하게 책임 추궁을 할 것으로 예상한 탓인지 헌병대장은 이따금씩 간절한 눈으로 장 폴을 훔쳐보고 있었다.

"그런데 아버지를 살해한 용의로 제 약혼자인 줄리앙 뤼미에르 씨를 체포하려는 건 대체 어떻게 된 일인가요? 나중에 잘못된 일이었다고 한다고 해서 끝날 문제가 절대 아니에요." 지젤의 어조에는 서른 살이나 많은 헌병대장을 위협하는 울림도 있었다.

"로슈포르 아가씨, 그건 내가 답하겠소." 장 폴이 말했다. 그것은 소녀의 필사적인 저항을 일격에 분쇄할 만큼의 위압감을 가진, 권력의 감시자가 하는 가혹한 고발이었다.

"우선 가까운 데서부터 말해볼까, 예를 들면 이 남자." 장 폴은 마치 마구 찌르기라도 할 기세로 줄리앙의 얼굴을 가리켰다. "줄리앙 뤼미에르는 7월 17일 오후 7시경, 다른 곳도 아닌 몽세귀르 산정에 있었다는 것이 입증되었소."

"니콜이 추락할 때 말인가요?" 허를 찔린 지젤이 소리쳤다.

"그렇소. 니콜을 밀어 떨어뜨린 것은 이 남자, 줄리앙 뤼미에르요."

"말도 안 돼요, 장 폴 아저씨, 그건 불가능해요. 범인이 아무리 서두른다고 해도 우리보다 먼저 벼랑 밑으로 올 수 없었어요. 조금 늦게 온 로슈포르 씨도 시간적으로는 범인일 수 없어요. 게다가 줄리앙은 우리보다 먼저 벼랑 밑의 말 사체 옆에 도착해 있었어요."

나는 엉겁결에 끼어들고 말았다. 장 폴은 고약해 보이는 경관의 눈으로 나를 힐끗 쳐다보고 나서 말했다.

"자네들의 자동차 절도죄와 헤아릴 수 없이 많은 교통 위반에 대해서는 나중에 문제 삼기로 하고…… 분명히 나디아의 지적은 일견 옳은 것처럼 보이지. 하지만 나디아는 평면 지도상에서만 생각한 거야. 7시에 산정에 있던 범인이 7시 30분까지 벼랑 바로 아래 지점까지 이동하기 위한 수단은 다른 것도 있거든. 평면 지도 위에서는 전혀 이동하지 않는, 즉 위에서 아래로 수직으로만 이동하는 방법이지.

교묘하게 바위 틈새에 밀어 넣어 숨겨두었지만 우리는 어제 아침에 주머니에 들어 있는 등산용 로프 다발하고 해머, 하켄*, 카라

---

* 등반할 때 바위틈이나 빙벽에 박는 쇠못.

482

비너, 그 밖의 암벽등반용 소도구를 벼랑 아래의 현장 가까이에서 발견했지. 주머니에는 줄리앙 뤼미에르라는 이름이 새겨져 있었어. 나는 어제 파리 대학 시절의 줄리앙에 대해 조사했네. 대학 재학 중에 등산 클럽에 가입했다는 사실을 알아냈지. 줄리앙 뤼미에르는 7월 17일 오후 7시에 몽세귀르 산정에 있었네. 그리고 밧줄을 써서 수직인 암벽 120미터를 하강해 7시 30분에 벼랑 아래에 도착했지. 자네는 그 사실을 인정하나?"

피곤에 지쳐 고개를 숙이고 있는 것처럼 보이는 줄리앙에게 장 폴은 이렇게 고함질렀다.

"인정합니다. 맞아요, 말한 대롭니다." 줄리앙이 얼굴을 일그러뜨리며 중얼거리듯이 대답했다. 이겨서 의기양양한 어조로 장 폴이 말을 이었다.

"노디에를 살해할 때도 마찬가지로 등산 도구가 사용되었네. 피해자 노디에 자신을 제외하면 사건 관계자 가운데 그런 도구를 잘 다루는 사람은 줄리앙 뤼미에르뿐이지. 페스트를 살해할 때는…… 니콜과 실뱅의 공모가 아니라 줄리앙과 친누나인 시몬, 이 두 사람이 나디아가 상상한 방법으로 살해를 실행했네.

그리고 오늘 줄리앙 뤼미에르는 공범자인 시몬, 마지막이자 진짜 표적이었던 로슈포르, 이 두 사람을 불러내 연달아 몽세귀르 산정에서 벼랑 아래로 밀어 떨어뜨렸지. 시몬은 야부키 가케루 군에 의해 구출되었지만 로슈포르 씨는 추락사했네……"

"하지만 줄리앙이 왜 실뱅의 옷을 입고 변장 같은 걸 했나요? 게다가 그 옷은 어떻게 입수한 거죠? 도주한 실뱅이 입고 있었을 텐데." 내가 질문했다. 나는 마지막까지 벼랑 끝에 웅크리고 있던 남자를 샤를 실뱅이라고 믿고 있었던 것이다.

"우연히 누군가 목격했을 때를 위해서지. 실뱅한테 죄를 뒤집어 씌울 생각이었으니까 말이야. 어떻게 손에 넣었는지는 앞으로 본인한테 들어봐야지. 어쩌면 실뱅도 연인 니콜과 마찬가지로 어딘가에서 싸늘하게 죽어 있을지도 모르지."

"경감님." 지젤이 강한 어조로 항의했다. "지금, 당신이 한 말은 샤를 실뱅뿐만 아니라 줄리앙도 그 끔찍한 연쇄살인의 범인일 가능성이 있다, 실뱅 선생님뿐만 아니라 줄리앙도 어쩌면 할 수 있었을지도 모른다는 말 외에 아무것도 아니잖아요. 니콜이 죽은 날 밤, 설령 줄리앙이 산정에 있었다고 해도 샤를 실뱅 선생님도 그곳에 있었어요. 무슨 근거로 실뱅 선생님이 아니라 줄리앙이 범인이라고 단정하는 거죠? 무엇보다 실뱅 선생님과 달리 줄리앙한테는 이런 대량 살인을 벌일 만한 이유가 없잖아요."

"동기는 아가씨, 당신입니다." 장 폴이 말했다. 어쩐지 무시무시한 암시적인 어조였다. 장 폴은 지젤의 얼굴을 정면으로 응시하며 천천히 말했다.

"로슈포르 아가씨, 당신은 어제 툴루즈에 갔죠?"

"네." 지젤이 고개를 끄덕였다. 어딘지 모르게 태도가 변했다.

"줄리앙 뤼미에르하고 함께요?"

"네." 지젤의 눈은 그대로 산산조각이 날 만큼 크게 뜬 상태였다.

"둘이서 대체 뭘 하러 툴루즈에 갔습니까?" 조용했던 어조에 돌연 위압하는 힘이 넘쳤다.

"그건……" 지젤은 말문이 막히고 말았다.

"당신은 아까 줄리앙을 약혼자라고 했지요. 그건 거짓말이야." 장 폴이 사납게 으르렁거렸다. "거짓말이야, 당신들은……"

"우리는 부부입니다. 어제 툴루즈의 시청에서 결혼했습니다. 혼인신고서도 제출했고요. 그게 어떻다는 거죠? 그런 식으로 지젤을 공격하는 건 그만두세요."

담담한 어조로 줄리앙이 말했다. 나는 생각지도 못한 새로운 사실에 경악했다. 그렇다면……

"솔직해서 참 좋군그래. 그렇다는 건……" 장 폴은 오싹하게 간드러진 목소리를 냈다. 그러고는 거친 목소리로 단숨에 쏘아댔다. "어제부터 지젤의 재산은 동시에 자네의 재산이 된 셈이지. 그리고 오늘 아침에 오귀스트 로슈포르가 죽었으니 지젤이 로슈포르가의 유일한 후계자로서 아버지의 전 재산을 상속하게 되겠지."

줄리앙은 괴로운 듯이 얼굴을 숙이고 벗어날 수 없는 이 고발에도 입을 다물고 있었다. 그 모습은 이미 법정에서 유죄를 선고받은 자를 떠올리게 했다. 나는 이런 진상을 알게 된 지젤의 심정을 생각하니 가슴이 아팠다.

그래, 이제 와서 보니 동기는 명료했다. 로슈포르를 죽이는 것만으로는 유산의 절반이 아내 니콜에게 가게 된다. 지젤과 비밀리에 결혼할 예정인 줄리앙이 니콜과 실뱅에게 죄를 뒤집어씌우기 위해 처음에 발터 페스트를 죽이고, 다음으로 두 사람을 협박하고 있던 노디에를 죽였다. 오로지 가짜 범인을 만들어내기 위한, 진

정한 동기와는 무관한 시체 둘을 이렇게 쓰러뜨려놓고 나서 먼저
니콜, 마지막으로 로슈포르를 살해한다. 그것도 로슈포르를 살해
하기 전날에는 비밀리에 지젤과 결혼하는, 어디에도 빈틈이 없는
거의 악마와도 같은 주도면밀한 계획이었다. 탐정을 지원한 것도
그저 바보 같은 여자애를 속여 경찰의 동향을 탐지하기 위해 그
럴듯하게 내세운 것일 뿐이다. 장 폴에게서 얻은 정보를 아낌없이
갖다 바친 내 어리석음을 진범 줄리앙은 마음속으로 얼마나 조롱
했을까? 이렇게 생각하니 나는 한심한 기분이 들어 정말 울고만
싶었다. 큰 충격을 받은 채 고개를 숙이고 입을 다물고 있는 지젤
옆으로 달려가 나는 그녀의 차디찬 손을 잡았다.

지젤의 손을 쥐고 망연자실해 있는 내 귀에 들린 기묘한 소리
를 처음에 나는 창밖의 작은 새가 지저귀는 소리라고 생각했다.
킥킥하고 떨리는 소리가 어디에서랄 것도 없이 홀에 있는 사람들
귀를 사로잡고 있었다. 그런데 그때까지 숙이고 있던 고개를 느닷
없이 쳐든 줄리앙이 결국 참을 수 없게 된 것처럼 온몸을 흔들 정
도로 격렬하게 폭소를 터뜨렸다. 그는 괴롭다는 듯 배를 움켜쥔
채 미친 듯이 크게 웃었다. 우리 귀에 들려오던 기묘한 소리는 다
름 아니라 이 청년이 소리 죽여 웃는 소리였던 것이다.

"그만, 됐어요, 이제 됐어요." 줄리앙이 아직도 괴로운 듯이 얼굴
을 찡그리며 우스꽝스러운 가성으로 말했다. "조만간 저는 「망상
연구」라는 제목의 논문이라도 쓰고 싶었는데, 오늘은 정말 귀중한
자료를 제공받았습니다. 적어도 '경찰관의 그 실례'라는 아주 흥
미로운 각주는 이것으로 충분히 쓸 수 있을 것 같습니다."

"카사르, 체포해. 수갑을 꺼내게." 몹시 불쾌한 표정으로 장 폴이 말했다.

"기다려보세요. 줄리앙 씨의 주장을 30분은 들어보기로 약속하지 않았습니까?"

옆에서 끼어든 사람은 가케루였다. 그 목소리에는 뭔가 마술적인 강제 작용이 있는지, 수갑을 꺼내던 카사르 대장이 서둘러 수갑을 다시 집어넣을 정도였다.

"이야, 이거 기쁘기 한량없소. 우리 동양의 명탐정만은 역시 진상을 간파하고 있는 것 같군요. 그렇다면 지금부터 묵시록 살인 사건의 진상 규명을 시작하고자 하는데, 야부키 씨, 이 명예를 내가 독점해도 상관없겠소? 보아하니 아무래도 당신도 불초 소생과 동일한 진상에 도달한 것으로 보이는데 말이오."

가케루는 말없이 입술 끝을 희미하게 일그러뜨리는 정도의 쓴웃음을 지었다. 줄리앙 뤼미에르는 돌연 엄숙한 얼굴로 의자에 고쳐 앉고 나서 천천히 입을 열었다.

"농담은 여기서 끝내기로 하지요. 다만 발터 페스트, 장 노디에, 니콜 로슈포르, 오귀스트 로슈포르, 이 네 명을 묻어버린 연쇄살인 사건의 진상과 진범을 여기서 폭로한다고 한 것은 농담이 아닙니다. 진지한 얘깁니다. 제가 왜 니콜이 살해당할 때 몽세귀르 산정에 있었는지, 왜 어제 지젤과 비밀리에 결혼을 했는지는 이야기를 듣다 보면 서서히 알게 될 거라고 생각합니다.

저에게는 나디아 모가르 양의 추리도, 장 폴 바르베스 경감님의 추리도 상당히 흥미로웠습니다. 하지만 당신들의 추리에는 중대한 결함이 있었습니다. 두 번째 살인, 즉 장 노디에를 살해한 방법에 대해 당신들은 완전히 백지 상태입니다. 보세요, 만약 장 노디에가 자살한 것이 아니라면 그건 밀실 살인이었다는 얘기가 됩니다. 당신들은 둘 다 카르카손 성벽의 탑에서 일어난 밀실 살인의 수수께끼를 전혀 해명할 수 없었습니다."

줄리앙의 비판은 나의 아픈 곳을 찔렀다. 마음에 걸리기는 했지만 남프랑스를 여행한 결과 실뱅이 범인이라는 상이 너무나 명료해졌기 때문에 노디에를 살해한 범행 방법과 관련된 수수께끼는 어느새 머릿속 구석으로 밀려나고 말았던 것이다. 줄리앙은 차분하고 정확한 어조로 말을 이었다. 그것은 마치 학자가 강의를 하는 듯한 어조였다.

"노디에 살해의 수수께끼를 경시한 것은, 그런 추리에 포함된 좀 더 근본적인, 토대에까지 이르는 결함에서 유래합니다. 당신들은 우선 출발점을 잘못 파악했습니다. 왜 〈네 기사〉라는 시대착오적인 서명이 붙은 협박장으로 사건을 예고했을까요? 협박장을 보낸 사람은 전설적인 카타리파의 숨겨진 보물을 노리는 자에 대한 보복으로 살인이 일어날 거라고 예고했습니다. 첫 번째 살인 때는 지젤의 흰말이 죽임을 당하고, 카타리파의 유품이라 여겨지는 요한과 그리스도가 새겨진 석구가 흉기로 사용되었습니다. 게다가 성서에 쓰인 대로 묵시록의 첫 번째 기사는 활과 화살을 들고 등장했습니다. 피해자의 사체에는 정성 들여 쇠뇌로 쏜 화살이 박혀 있었죠. 두 번째 살인에서는 로슈포르 씨의 붉은 말과 현장에 남겨진 검, 세 번째 살인에서는 니콜의 검은 말과 골동품 저울, 그리고 마지막 살인에서는 푸른 페인트가 끼얹어진 망아지가 각각의 사건을 불길한 색으로 채색했습니다.

그리고 피해자 쪽인데, 첫 번째 사망자 발터 페스트는 전쟁 중에 독일군의 점령 권력을 배경으로 카타리파의 매장물을 탐색했던 인물입니다. 두 번째 사망자 장 노디에가 보물찾기에 열중해서 최근 반년간 몽세귀르 일대를 파고 다녔다는 것은 누구나 아는 사실입니다. 네 번째 사망자 로슈포르 씨는 로마교회, 부르봉 절대왕정, 나치 제3제국이 단속적으로 해온 권력자들의 탐색을 정면으로 이어받으려고 결심한, 그 순간에는 숨겨진 보물에 대한 가장 위험한 도전자였습니다. 미력한 노디에 따위와는 비교가 안 되지요."

"하지만 세 번째 피해자 니콜이 있잖은가. 니콜은 어떻게 된 건가?" 장 폴은 미심쩍다는 듯이 눈을 가늘게 뜨고 있었다.

"로슈포르 씨의 부인이고, 게다가 카타리파의 숨겨진 보물에서 보면 로슈포르 씨의 자금력과 마찬가지로 위험한 두뇌의 소유자 샤를 실뱅의 연인이었지요. 어느 쪽에 말려든다고 해도 이상하지 않은 사람인데, 어쩌면 범인의 계획으로는 니콜이 아니라 실뱅이야말로 제3의 표적이었다고도 할 수 있습니다."

줄리앙이 '범인'이라는 말을 쓸 때마다 나는 움찔하며 일동을 둘러보았다. 자신에 찬 줄리앙의 말이 체포를 늦추기 위한 발버둥이 아니라고 한다면, 혹시라도 줄리앙이 마지막에 다른 범인을 지적할 수 있다고 확신하고 있다면 그건 대체 누구일까? 네 명의 사망자와 실뱅 그리고 줄리앙 자신을 제외하면 사건 관계자로 살아남은 사람은 소네 신부와 지젤, 마지막으로 지금 병원에서 죽어가고 있는 시몬, 이렇게 세 명뿐이다. 줄리앙의 고발은 이 세 명 가운데 누군가로 좁혀질 수밖에 없다. 친구인 지젤은 물론이고 속이 깊으며 인격적인 매력을 지닌 소네 신부, 그리고 시간만 있다면 귀중하고 오랜 친구가 될 수 있었을 시몬에게도 나는 무슨 일이 있었든 살인범의 오명을 씌울 마음이 들지 않았다. 그렇다면 모든 것은 줄리앙의 허세인 걸까? 그러나 줄리앙은 이미 좌중의 분위기를 압도하는, 여유로 가득 찬 박력으로 말을 계속했다.

"제가 말하고 싶은 것은 이런 겁니다. 에스클라르몽드 산장의 연쇄살인은 완벽하게 최초의 협박장에 쓰인 예고에 따라 일어났습니다. 논리적인 두뇌의 소유자라면 범행이, 이를테면 카타리파의 숨겨진 보물을 지키는 용, 설마 공상의 동물 자체는 아니겠지만 그런 임무를 띤 광신자의 짓이었다고 단정할 겁니다. 하지만 이 논리적 결론에는 한 가지 난점이 있습니다. 이 사건이 700년 전의 일이었다면 저는 의심하지 않고 그 결론을 고집했겠지만, 카타리파의 신앙에서 유래하는 암살자의 비밀 조직은 700년 전과 달리 20세기 현대에는 존재할 리가 없기 때문입니다. 적어도 에스클라르몽드 산장 관계자 중에 그런 유별난 사람이 한 사람도 없다는 것만은 저에게 자명한 일이었습니다. 그렇다면 범인이 흩뿌린 불길한 상징의 의미는 모두 역전되어야만 합니다. 네 필의 말 사체에서 시작되어 활과 화살, 검, 저울, 석구 등의 갖가지 잡동사니는 카타리파 신앙을 의미하는 것이고, 이것들이 카타리파 신도의 범행을 상징하는 것이라는 결론은 역전되는 겁니다. 뭔가를 표현하는 것으로서의 상징은 뭔가를 은폐하기 위한 암호가 되는 거죠.

나디아 모가르 양과 바르베스 경감님의 가장 기본적인 잘못은 사건 전체를 덮고 있는 이 암호의 해독을, 추리의 대전제, 사고의 출발점에 두지 않았다는 데 있습니다. 그 결과 뜻하지 않게 방향을 잃어버린 채 저라든가 실뱅이라든가 니콜이라든가 하는 죄 없는 억울한 사람만 대량으로 만들어내는, 그야말로 다른 사람에게 폐를 끼치는 논리의 폭주를 피할 수 없게 된 겁니다. 제가 아는 범위에서는 공인, 비공인의 적잖은 탐정들 중에서 동양의 명탐정 야부키 씨만이 사건을 장식하고 있는 묵시록풍의 상징들에 거듭 사람들의 주의를 환기시켜왔습니다."

너무나도 꾸민 듯한 이런 찬사에도 가케루는 눈썹 하나 까딱하지 않고 무뚝뚝한 침묵을 지키고 있었다. 장 폴은 줄리앙의 가벼운 야유에 낮게 으르렁거리는 소리로 대응할 뿐이었다.

"그러면 사건 여기저기에 흩뿌려진 묵시록풍 상징들의 암호를 해독하는 것으로 넘어가겠습니다. 범인은 갖가지 잡동사니를 사체 주변에 뿌리는 것으로 대체 뭘 노린 걸까요? 그건 범인한테 대체 무슨 의미가 있었을까요? 거기에서 어떤 이익이 나왔을까요? 숨겨져 있는 것과 드러나 있는 것, 다시 말해 암호와 상징을 사람들로 하여금 혼동하게 한 걸까요? 요컨대 7세기 전에 절멸했을 카타리파 광신자한테 누명을 뒤집어씌우는 것이 목적이었을까요? 아니지요, 그건 너무나도 어처구니없는 상정입니다. 그런 수고를 하면서까지 아무도 그 현실성을 인정하지 않는 가짜 범인을 날조하는 공작을 할 필요가 없습니다. 살인 현장에 훔친 수첩이라든가 라이터라든가 그 밖의 적당한 것을 아무거나 내던져두기만 하면 경찰견은 아주 기뻐하면서 그 소유자를 물고 늘어질 테니까요. 그런데 그런 게 아닙니다. 범인은 방치해두면 그것이 누구의 눈에도 명확한 뭔가, 그것에 의해 범인의 동기나 범행 방법, 요컨대 범인이 누구인지 분명하게 말해주는 그 뭔가를 사람들 눈에서 감추고자 그런 잡동사니를 흩뿌려놓은 겁니다. 그것이 논리적으로 생각할 때 타당하고도 유일한 결론입니다. 따라서 탐정이 해야 할 일은, 그것이 가장 약점이기 때문에 범인이 그렇게 필사적으로 방벽을 쌓을 수밖에 없었던 전선을 정면으로 돌파하는 길밖에 없습니다. 범인이 묵시록풍의 상징들에 뒤섞어놓은, 범인에게 치명적인 뭔가를 발견하는 것, 그것이 옳은 추리의 알파이자 오메가가 되는 것입니다.

그래서 범인이 작위적으로 사건에 끌어들인 상징들을 그 성격에 따라 두 가지로 분류해보겠습니다. 첫째는 석구, 활과 화살 그리고 붉은 말과 검은 말입니다. 둘째는 협박장, 검, 저울 그리고 흰말과 푸르스름한 말입니다. 활과 화살, 그리고 석구는 실제로 흉기로 사용된 것이고, 붉은 말과 검은 말은 위험을 무릅쓰고 수고를 해가면서까지 일부러 현장까지 옮겨서 죽였습니다. 이것들은 모두 뭔가를 상징하도록 옆에서 억지로 끌어넣어진 것이라기보다는 당초부터 살인 사건 현장에 내재해 있던 요소입니다. 반대로 검과 저울은 흉기로 사용된 것도 아니고 단순히 시체 옆에 정말 의미 있는 듯이 방치되어 있었을 뿐입니다. 그리고 맨 처음의 흰말과 마지막의 푸르스름한 말은 간단히 마구간 안에서 죽임을 당했습니다. 같은 수고를 할 거라면 흰말은 중정에서, 적어도 에스클라르몽드 산장 뒤편에서 죽임을 당해야 하고, 푸른 페인트가 끼얹어진 망아지도 검은 말처럼 벼랑 밑에서 발견되었어야 합니다. 이것들은 범인한테 진짜 필요하지 않는데도 옆에서 사건에 끌어넣어진 요소고, 최초의 협박장은 첫 번째 요소와 두 번째 요소를 카타리파와 묵시록이라는 가공의 이념적 틀 안에 넣어 양자를 혼합시키는 효과를 노렸다는 점에서 질은 다르지만 역시 후자의 항목으로 분류할 수 있습니다.

그러면 먼저 죽임을 당한 말 중에 일부러 마구간 밖에서 죽임을 당한 붉은 말과 검은 말을 생각해봅시다. 다른 말들이 마구간에서 죽었다는 걸 생각하면 범인은 소극적으로는 이 두 말을 마구간에서 죽일 수 없었고, 적극적으로는 살인 현장에서 죽여야만 하는 이유를 갖고 있었다고 생각해볼 수 있습니다. 먼저 두 말 중에 첫 번째 말, 그러니까 카르카손 성벽도시의 탑 아래에서 죽임을 당한 로슈포르 씨의 붉은 말에 대해 생각해보고자 합니다. 저녁에 가장행렬이 끝나고 돌아가는 수많은 인파 속에서 말을 훔치는 위험을 무릅쓰면서까지, 또 미리 감추지 않고 심야의 범행 시간까지 성 뒤편에 감추어두는 수고를 하면서까지 붉은 말은 그 장소에서 그 시간에 죽임을 당해야만 했습니다. 저는 당연히 이 붉은 말의 존재야말로 노디에가 살해된 밀실의 수수께끼를 풀어줄 열쇠라고 추론했습니다. 범인은 밀실 살인을 하기 위해 왜 말 한 필이 필요했을까요? 탑 아래서 죽어 있던 붉은 말에서 묵시록과 관련된 모든 의미 부여를 떼어냅시다. 로슈포르 씨의 말을, 뭔가를 나타내는 상징으로서가 아니라 즉물적으로 말 자체로 생각해보는 겁니다. 사람한테 말의 유용성이란 무엇일까요? 식용이나 애완용이라는 점을 제외하면 말의 생물학적 속성이 가능하게 하는 '빠른 속도'와 '힘'이야말로 오랫동안 사람들한테 최대의 이용 가치였습니다. 그렇습니다. 말을 이용함으로써 얻어진 빠른 속도나 힘 중의 하나가 밀실을 구성하는 데 빼놓을 수 없었던 것입니다.

그렇다면 범인이 필요로 한 것은 빠른 속도였을까요, 아니면 힘이었을까요? 이 경우에는 물론 힘이었습니다. 말을 이용해서 일정한 거리의 이동 시간, 또는 일정한 시간의 이동 거리를 단축하거나 늘리는 것이 문제였다면, 요컨대 그것은 알리바이 문제가 될 겁니다. 하지만 노디에를 살해했을 때는 관계자 전원의 알리바이가 성립하지 않았습니다. 이 안에 한 사람이라도 알리바이를 확보하고 있는 사람이 있다면, 말이라는 살아 있는 도구를 사용함으로써만 그 알리바이가 성립한 게 아니었을까 하고 속도의 관점에서 의심해볼 필요도 있습니다. 하지만 이 경우 그런 작업은 소용없었습니다. 그렇다면 말의 힘이야말로 범인이 원한 것임이 틀림없겠지요.

말의 힘은 사람보다 훨씬 세지만 그것만으로는 아무런 도움도 되지 않습니다. 말이 발휘할 수 있는 힘을 사람이 바라는 형태로 변형시키는 것이 필요하고, 그걸 위해서는 위의 양자를 결합시킬 수 있는 일종의 '장치'가 요구됩니다. 밀을 가루로 바꾸기 위한 힘을 얻는 데는 말이 끄는 방아라는 장치가 중간에 끼여 있어야만 하는 것처럼 말이지요. 그런데 노디에를 살해한 경우에는 범인이 어떤 일을 하기 위해 어떤 종류의 힘을 요구했는지, 그것을 위해 어떤 장치를 설치했는지는 현장에 남은 증거만 봐도 너무나 명백했습니다. 전혀 다른 장치를 사용해서 현장에서 완전히 가져가버렸다고 생각하지 않는 한 범인이 사용한 것은 말을 이용하기 위한 가장 단순하고 원시적인 장치, 그러니까 밧줄이었다고 생각해야 할 겁니다. 어떤 물체를 이동시키기 위해, 또는 다른 적합하지 못한 힘에 의해 이동하는 물체를 바람직한 지점에 세워두기 위해 말을 이용하려면 최소한 줄 하나만 있으면 됩니다. 줄이라는 간단한 장치로 범인이 바란 종류의 힘이나 일을 추정할 수 있습니다. 여러 조건에서 볼 때 범인은 사람이면 불가능한 중량을 지닌 뭔가를 말로 끌기 위해 밧줄을 이용했을 겁니다. 말이 뭘 끌었는지는 말할 것도 없죠. 남아 있는 밧줄의 양끝을 비교해보면 일목요연합니다. 밧줄의 한쪽 끝은 쇠 격자에 고정되어 있었습니다. 설마 말로 끌어 쇠 격자를 부수려고 한 것은 아닐 테고, 다른 쪽 끝의 위치에서 봐도 그것이 불가능했다는 데는 의심의 여지가 없습니다. 그리고 다른 쪽 끝에는 장 노디에의 시체가 고정되어 있었습니다. 쇠 격자 쪽에서 새로 생긴 단면을 보이며 절단되어 있던 밧줄은 그대로 비스듬히 위쪽으로 향해 천장의 들보를 지렛목으로 하여 수직으로 늘어뜨려지고, 고리가 된 끝에 목을 맨 노디에의 시체가 매달려 있던 것입니다. 틀림없습니다. 범인이 말을 이용해 이동시키고 싶었던 것은 다른 게 아니라 장 노디에의 몸이었습니다.

여기서 다음과 같은 상정을 해보겠습니다. 말을 끌어 노디에를 이동시키고 살해하기 위해서 범인한테 가장 단순한 형태는 이렇게 됩니다. 긴 밧줄의 한쪽 끝은 공터가 된 탑 아래의 울짱에 매인 말에 연결되어 있습니다. 밧줄은 그대로 비스듬히 위쪽으로 뻗어 탑의 쇠 격자를 통과해 천장의 들보에서 수직으로 각도를 바꾼 다음 끝이 고리가 되어 바닥에 선 노디에의 목에 걸려 있습니다. 범인이 말을 달리게 하면 순식간에 노디에는 들보에 매달리는 꼴이 되고 체중으로 목이 조인 노디에의 사체가 완성됩니다. 물론 실제로 그렇게 실행되었다고 말하는 게 아닙니다. 이 상정은 밀실 살인의 진상을 규명하기 위해 만들어진 사고 실험용의 원형이라고 생각해주기만 하면 됩니다.

그러면 그렇게 상정된 원형을 현장에 남은 사실과 합쳐 수정해보겠습니다. 밧줄의 한쪽 끝은 바깥의 말에 매여 있지 않고 끊어져 쇠 격자에 고정되어 있었습니다. 범인은 말이 어느 정도의 거리를 끌어야 하는지 사전에 계산해두었을 겁니다. 필요한 거리만큼 말한테 밧줄을 끌게 한 후 사람의 체중을 지탱할 정도로 밧줄의 한쪽 끝을, 가능하면 말째 지상에 고정합니다. 현장의 탑 창밖에는 한 그루의 나무가 있었습니다. 그걸 이용하면 문제가 없습니다. 나무에 밧줄을 감도록 말을 두 번 세 번 돌게 하면 되니까요."

나는 문득 노디에가 살해되었을 때 가케루가 흘린 의미심장한 말을 떠올렸다. 그는 울짱에 심어진 사이프러스 나무에 뭔가 쓸린 흔적이 남아 있다는 데 내 주의를 환기시켰다. 줄리앙은 쉴 새 없이 말을 이었다.

"이렇게 해서 탑 창에서 나무로 비스듬히 건너질러진 밧줄이 공중을 가로지른 그림이 완성되었습니다. 다음으로 범인은 탑 바깥에서 모종의 방법으로 탑의 창까지 오릅니다. 나중에 말하겠지만, 아마 범인은 사전에 탑 안으로 들어가 창의 격자 구석에 눈에 띄지 않는 다른 줄을 지상까지 늘어뜨려놓았겠지요. 밧줄은 쇠 격자를 통과해 양끝 모두 탑 밖의 지면에 닿을 만큼의 길이였을 겁니다. 범인은 그 두 밧줄을 잡고 쇠 격자 바깥까지 기어오릅니다. 계산한 길이로 보면, 노디에를 매달고 있는 밧줄에는 카라비너를 통과시키기 위한 작은 고리가 있고, 그것이 쇠 격자 바로 바깥까지 나와 있었겠지요. 범인은 준비한 카라비너로 밧줄의 고리와 쇠 격자를 잇고 나서 적당한 위치에서 나머지 밧줄을 절단합니다. 그러고 나서 지면으로 내려와 이번에는 창으로 오르기 위한 밧줄 하나만 당기면 쇠 격자에 걸려 있던 밧줄은 전부 수중으로 돌아오게 됩니다. 물론 이 이야기에는 제 상상이 들어가 있습니다. 그러나 밧줄의 한쪽 끝이 작은 고리가 되어 있고 그것과 쇠 격자를 카라비너가 잇고 있는, 밧줄을 고정하는 이 기묘한 방법은 제 생각을 뒷받침해주는 증거라고 해도 좋을 겁니다."

"그쯤은 그렇게 장황하게 그럴싸한 이치를 꾸며내지 않고도 누구나 생각해낸다네. 하지만 밧줄의 다른 한쪽 끝은 어떻게 된 건가? 노디에가 자, 매달아주세요, 하면서 스스로 머리를 집어넣기라도 했단 말인가?" 장 폴이 빈정거리듯이 말했다.

"그렇습니다. 노디에는 스스로 머리를 집어넣었습니다." 줄리앙은 아주 진지했다. "아마 범인은 훔친 말을 숨기고 나서 살인 현장으로 생각해둔 탑 안으로 숨어들었을 겁니다. 물론 날은 저물었습니다. 그래서 범인은 아주 간단한, 하지만 실로 효과적인 준비를 해두었지요. 준비한 밧줄 끝을 당기면 조이는 형태의 고리로 만들어두고, 그것을 창의 나무틀 안쪽에 창의 형태를 따라 네모나게 바늘로 고정해둡니다. 밧줄을 그대로 창 바로 위의 들보에 올려 들보를 따라가다가 적당한 곳, 즉 결국 노디에가 매달리게 된, 가로세로의 보가 십자로 교차하는 귀퉁이에서 들보를 돌리고, 다시 들보 위로 얹은 다음 마찬가지 방법으로 다시 창 있는 데까지 되돌립니다. 그러고 나서 창 구석의 눈에 띄지 않는 귀퉁이에서 쇠 격자를 통해 나머지를 지상으로 늘어뜨립니다. 이때 앞에서 말한 또 하나의 밧줄도 쇠 격자를 통과시켜 양끝을 지면에 늘어뜨려놓습니다. 범인의 준비는 이것이 전부였습니다. 검도 아마 이때 가져와 바닥에 던져두었겠지요. 능숙하게 억지로 연 자물쇠는 마치 부서지지 않은 것처럼 그대로 빗장에 되돌려놓았겠지요.

시간이 되어 노디에가 탑으로 들어온 것을 어둠 속의 보이지 않는 데서 확인한 범인은 밧줄의 한쪽 끝을 연결한 붉은 말에 올라타고 조용히 탑의 창 아래로 다가갑니다. 그러고 나서 낮은 목소리로 노디에의 이름을 부릅니다. 희미한 별빛이 창으로 쏟아져 들어올 뿐인 깜깜한 탑으로 혼자 들어간 노디에는 불시의 습격을 경계하고 문의 빗장을 지릅니다. 그때 창밖에서 누군가 자신의 이름을 부릅니다. 당연히 누군지 확인하기 위해 석벽의 두께만큼 깊은 창에 머리를 집어넣고 쇠 격자 너머로 별빛이 비치는 밖을 내다보려고 했겠지요. 노디에가 말을 탄 범인을 보고 수상쩍어할 틈도 없이……

범인은 말의 옆구리를 차서 앞쪽에 있는 성벽 밑의 사이프러스 나무를 목표로 전력으로 질주합니다. 바늘과 들보에 의해 느슨하게 고정되어 있던 밧줄이 갑자기 끌리자 순식간에 팽팽해지면서, 바깥을 내다보기 위해 창의 나무틀에 얼굴을 넣고 있던 노디에의 목을 조입니다. 목에 걸린 고리와 밧줄은 좌우로 이동하지 않는 들보의 귀퉁이와 질주하는 말 사이에 직각보다 훨씬 작은 각을 만듭니다. 그리고 밧줄은 앞쪽으로 끌려가고 노디에가 몸을 젖히고 공중에 매달린 데서 사전에 계산해둔 거리를 달린 범인은 말을 세웁니다. 다음은 앞에서 추리한 방법대로 밧줄의 한쪽 끝을 쇠 격자에 고정하고 여분을 절단해서 가져가기만 하면 되는 겁니다. 창틀을 따라 밧줄 고리를 네모난 모양으로 고정하기 위해 사용한 네 개의 바늘을 빼고는 아무런 증거도 남기지 않고 밀실의 자살 사건이라는 위장이 완벽하게 성공합니다."

숨을 죽이고 열심히 듣고 있던 우리 앞에서 줄리앙은 말을 이었다.

"알겠습니까, 여러분? 붉은 말은 마구간도 그 어디도 아닌 살인 현장에서 죽어야만 했습니다. 범인한테 필요한 것은 살아 있는 말이었지만, 모두가 말이 죽임을 당하기 위해 현장으로 옮겨졌다고 믿고 말았던 거지요. 이렇게 해서 노디에 살해의 진상이 밝혀지면, 거기에서 범인일 수 있는 자도 자연스럽게 좁혀집니다. 범인은 적어도 말을 다루는 데 익숙한 사람이어야 합니다. 로슈포르의 밤색 털 말은 낯가림이 심한 아주 거친 말이었다고 합니다. 그 말을 상대로 아마추어나 초심자가 그렇게 세세한 곡예를 할 수는 없습니다. 사건 관계자 중에 이 조건에 맞는 사람은 로슈포르가의 세 사람, 로슈포르, 니콜, 지젤뿐입니다. 노디에가 승마의 명수였다고 하는데, 그 남자는 피해자니까 처음부터 문제가 안 되지요. 저도 누나도 파리에서 나고 자라서 고기가 된 거라면 모를까 살아 있는 말은 손을 대본 적도 없는 사람이고, 실뱅이 니콜의 권유로 승마 연습을 해보려다가 곧바로 떨어지는 광경도 저는 목격했습니다. 노인인 소네 신부가 이런 거친 일을 할 수 있다고 해도 제가 조사해본 바로는 역시 말을 탄 경험이 없습니다. 여기까지는 두 번째 사건의 범행 방법을 추리할 수는 있어도 범인의 이름까지는 확정할 수 없는 셈입니다."

아주 즐거워하는 듯한 줄리앙의 표정을 보고 있는 사이에 나는 아연실색했다. 줄리앙이 든 세 사람 가운데 니콜과 로슈포르는 이미 세 번째, 네 번째 희생자가 되어버렸다. 그렇다면 줄리앙이 고발한 창끝은 직접 지젤을 향하게 된다. 이 청년은 어제 막 결혼한 앳된 신부를 살인자로 고발하고 있는 것일까? ……그건 말도 안 돼. 나는 머릿속에서 이렇게 중얼거리며 입술을 꼭 깨물었다.

"다음은 니콜 살해의 진상입니다. 여기서도 노디에를 살해한 것과 거의 같은 논리가 작동하는데, 다른 점은 단 한 가집니다. 범인에게 문제가 되었던 건 말의 힘이 아니라 말의 속도였다는 점이지요. 세 번째 사건에서는 무엇보다 먼저 알리바이가 문제였고, 그런 점에서 첫째로 실뱅, 다음으로 제가 의심을 받게 되었으니까요. 여기까지 말하면 이제 누구나 알 수 있을 겁니다. 당신들이 왜 이런 단순한 것을 알아채지 못했는지, 저는 정말 이해가 되지 않습니다."

그렇구나. 정말 단순한 것이었다. 나는 산정에서 벼랑 밑까지 걸어가는 것을 전제로 했고, 장 폴은 벼랑을 수직으로 내려가는 것만 생각했다.

　"그제 저녁, 범인은 산장을 나가자 사설 도로로 내려가는 것처럼 보이고는 집 뒤편으로 돌아 일단 니콜의 검은 말을 훔쳐냈습니다. 그러고 나서 목장의 경계까지 가서 벼랑 밑으로 가는 왼쪽 길이 아니라 등산로 입구로 가는 오른쪽 길을 잡고, 등산로 입구를 조금 지난 산기슭의 숲 속에 말을 숨겼습니다. 그다음 산정까지 올라가, 범인한테 유인당한 니콜과 실뱅이 산정에 도착하기를 기다렸습니다. 뇌우를 몰고 오는 구름으로 예정보다 빨리 하늘이 어두워진 것은 예상 밖이었지만, 역으로 그 조건을 잘 이용했지요. 범인은 세찬 비가 쏟아지는 가운데 번개가 치는 순간 니콜을 산정에서 밀어 떨어뜨리고, 산장의 목격자에게 살해 시각을 각인시킨 다음, 도망치는 실뱅을 쫓아 산을 내려옵니다. 그곳에 서 있는 시몬을 본 범인은 등산로 입구 앞에서 구르듯이 숲으로 들어가서 수풀을 빠져나간 후 말이 있는 지점까지 갑니다. 그리고 그 말을 타고 어두운 산기슭의 초원을 전속력으로 달려 카사르 대장 일행과는 반대쪽에서 절벽 밑에 도착해 그 자리에서 말을 사살했습니다. 물론 절벽 밑의 현장에 도착한 것은 누구보다 빨랐습니다. 그는 가까운 바위 뒤에 몸을 숨겼습니다. 에스클라르몽드 산장에서 사람들이 도착한 후에 모습을 드러내, 마치 걸어서 방금 도착한 것처럼 보이기 위해서였지요. 그 남자가 밧줄을 써서 급히 절벽 아래로 내려온 저를 봤을 때는 대체 어떤 기분이었을까요? 결코 편한 기분은 아니었겠지요."

그 남자, 줄리앙이 말하는 사람은 오귀스트 로슈포르인 것일까? 하지만 로슈포르는 마지막 희생자로서 오늘 아침에 살해당했다. 그것도 줄리앙이 벼랑에서 떠밀어서. 로슈포르가 연쇄살인 사건의 범인일 리 없다.

"그런 말도 안 되는 이야기를 누가 믿겠나?" 장 폴이 고함을 질렀다. "그보다 왜 그제 저녁 산정에 있었는지, 왜 암벽등반 도구 세트를 일부러 짊어지고 갔는지, 그것 좀 설명해보게. 게다가 들킬 때까지 잠자코 있었던 이유도 말이야. 구린 구석이 없다면 왜 그때 사실대로 말하지 않았나?"

"잠자코 있었던 것은, 계획도 있었고 게다가 실뱅과의 약속도 있었기 때문입니다." 줄리앙은 장 폴이 을러대도 아주 태연했다. "저는 처음에 페스트가 살해되었을 때부터 로슈포르를 의심했습니다. 노디에를 살해했을 때 그 의혹은 결정적인 것이 되었지요. 제 추리는 지금 이야기한 대롭니다. 하지만 증거는 없습니다. 다음으로 니콜 또는 실뱅의 살해를 예견하고 있던 저는 먼저 로슈포르가, 다음으로 니콜과 실뱅이 산장을 나갔다는 말을 들었을 때 몽세귀르 산정에서 세 사람이 모여 의논을 한다는 로슈포르의 계획을 읽어냈습니다. 사이가 식은 부부와 아내의 연인이 앞으로의 일을 천천히 의논하려는 것이고, 장소는 인적이 없는 조용한 곳, 물론 몽세귀르 산정임이 틀림없다고 생각했지요. 차로 주차장까지 가서 전부터 준비한 등반용 도구 주머니를 가지고 저는 바위산으로 올라갔습니다. 도구는 주느비에브가 추락사한 10년 전의 일을 생각해서 준비해둔 것이었는데, 이것에 대해서는 나중에 이야기하지요. 에스클라르몽드 산장에서 산정까지 30분 가까이 걸린 것은 도중에 일단 몽세귀르 마을까지 내려가 누나한테 전화를 걸었기 때문입니다. 누나한테는 니콜도 실뱅도, 그리고 저까지 살해당했을 때의 일을 생각하고 그 경우 등산로 입구에서 혼자 내려올 범인이 로슈포르였다고 확실히 증언하게 하기 위해 등산로 입구까지 오게 한 겁니다. 산장에는 지젤밖에 없었습니다. 지젤한테 그런 일을 부탁할 수는 없었지요. 누나는 제 신상에 무슨 위험한 일이 일어날 것이라 생각하고 정신없이 달려왔습니다.

숨을 헐떡이며 올라가니 산정에 이르기 조금 전부터 비가 내리기 시작했습니다. 천둥소리와는 조금 다른 폭발음이 들렸다고 생각한 것은 그때였습니다. 성벽의 문에서 뛰쳐나온 사람은 실뱅이었습니다. 마치 쫓기는 듯했고 평소의 모습이 아니었습니다. 저는 실뱅을 바위 뒤로 끌고 가 소리를 죽여 물었습니다. 느닷없이 니콜을 밀어 떨어뜨린 로슈포르가 권총으로 위협하며 실뱅도 절벽 아래로 내몰았다는 것이었습니다. 번갯불로 일순 눈이 부신 로슈포르의 빈틈을 노려 실뱅은 구르듯이 도망쳤습니다. 로슈포르는 발포했지만 어두운 탓도 있어서 운 좋게 명중하지 않았지요.

저는 실뱅을 조용히 시켰습니다. 눈앞에서 권총을 든 로슈포르가 망루 쪽으로 사라지고 나서 실뱅한테 도망가라고 했습니다. 그때 툴루즈의 제 아파트 열쇠를 건넸지요. 내일 나도 갈 테니까, 라고 말하고요. 아무튼 실뱅이 도망친 건 옳은 선택이었습니다. 로슈포르의 계획으로는 모든 의심이 실뱅에게 가도록 꾸며져 있었으니까요. 실뱅한테는 불리한 조건이 너무 많았습니다. 실뱅이 니콜을 살해한 죄로 로슈포르를 고발해도 누가 상대해주겠습니까? 아무튼 상대는 경찰조차 마음대로 조종할 수 있는 권력자, 남프랑스 재계의 제왕 로슈포르니까요. 일단 체포되면 강대한 로슈포르의 영향력으로 실뱅은 확실히 연쇄살인범으로 만들어지고 말았겠지요.

실뱅은 모습을 감췄습니다. 뇌우가 쏟아지는 가운데 실뱅을 찾느라 시간을 잡아먹은 바람에 알리바이를 위해 준비해둔 계획이 그르칠 것을 염려했는지 로슈포르도 산을 내려갔습니다. 저는 밧줄을 써서 절벽 밑으로 내려가기로 했습니다. 도구를 준비한 것은 만에 하나의 가능성으로 니콜이 암벽 중간의 관목이나 바위 모퉁이에 운 좋게 걸려 있을지도 모른다고 생각했기 때문입니다. 그렇게 뇌우가 쏟아지는 가운데 전혀 경험이 없는 암벽이었지만 준비한 밧줄을 다 쓰지 않고 어떻게든 절벽 밑까지 내려올 수 있었습니다."

"일단 그럴듯한 이야기네." 심술궂은 표정으로 장 폴이 말했다. "하지만 오늘 아침 자네가 로슈포르를 밀어 떨어뜨린 사실만은 변명의 여지가 없을 거네."

"그러니까 오늘은 함정이 있었습니다. 로슈포르를 붙잡으려면, 사람 잡아먹는 그 호랑이한테 함정을 파놓는 수밖에 없었지요. 그제 밤, 저는 지젤한테 알고 있는 것을 모두 이야기했습니다. 지젤의 아버지 로슈포르를 함정에 빠뜨리기 위한 허락을 구하기 위해서였죠. 우리 사이에 어떤 의논이 있었는지는 여기서 이야기할 필요가 없을 겁니다. 마지막에 지젤은 납득을 했고 찬성해주었습니다. 다만 한 가지 조건이 있었습니다."

"그 조건은……" 지젤이 결연한 어조로 이야기하기 시작했다.
"아버지의 범죄를 밝히는 자가 로슈포르가 사람이 아니면 안 된
다는 거였어요. 로슈포르의 범죄를 가장 먼저 고발하는 사람은 역
시 같은 로슈포르가 사람이어야 합니다. 그래야만 로슈포르가의
명예와 권위를 유지할 수 있을 테니까요. 제가 제안하고 줄리앙이
받아들였어요. 우리는 결혼하고 줄리앙은 로슈포르가 사람, 아니,
로슈포르 본가의 수장이 된 거죠. 이 결혼을 당분간 비밀로 하기
로 한 것도 저예요. 저와 자기 손자 한 사람을 결혼시키려는 피에
르 숙부를 비롯한 까다로운 친척들한테 줄리앙의 입장을 정식으
로 인정하게 하기 위한 약간의 시간이 필요해서였어요."

"음, 그래서요?" 장 폴의 태도가 미묘하게 변하기 시작했다. 줄
리앙이 말을 이었다.

"툴루즈 시청에서 결혼 절차를 끝내고 나서 저희는 아파트에
들렀습니다. 거기서 실뱅과 계획을 짰죠. 실뱅은 로슈포르한테 전
화해서 다시 한 번 몽세귀르 산정에서 만나고 싶다고 했습니다.
다만 이번에는 이쪽도 무장하고 있을 테니까 그런 줄 알고 오라,
거래는 니콜을 살해한 것에 대해 입을 다물어주는 대신 생조르주
서한을 이쪽에 넘기라는 것 등등이 전화로 알려야 할 내용이었습
니다. 저희는 실뱅의 옷을 받아서 에스클라르몽드 산장으로 돌아
왔습니다.

저는 오늘 아침 3시 반에 지젤에게 키스하고 산장 뒤편으로 떠
났습니다. 전부 혼자서 끝낼 생각이었고, 그럴 자신도 있었습니

다. 하지만 돌연 앞으로의 일이 두려워졌는지도 모르겠습니다. 저는 누나한테 전화를 하고 싶어져서 다시 한 번 산장으로 돌아왔습니다. 아무리 그렇다고 해도 와달라고 말하지는 말았어야 했어요. 누나의 몸 상태가 좋지 않다는 걸 알고 있었으니까요. 그저 목소리를 듣고 싶었을 뿐입니다. 하지만 누나는 순식간에 제가 생각하고 있는 것, 하려고 하는 것을 알아차린 모양입니다. 결국 누나는 몽세귀르까지 오고 말았지요. 그건 제가 이렇게 약하기 때문입니다.

로슈포르는 시간에 맞춰 나타났습니다. 어둑어둑한 이른 아침이라 그는 저를 완전히 실뱅이라고 믿었습니다. 성벽 위에 있던 저는 그곳으로 올라오는 계단 아래서 로슈포르한테 멈추라고 했습니다. 실뱅의 목소리를 흉내 내봤지만 성공했는지 어떤지는 잘 모르겠습니다. 몇 마디 말을 주고받았는데, 제 목적으로는 그것만으로도 충분했습니다. 저는 벽 위에서 제 정체를 밝혔습니다. 그리고 로슈포르한테 어서 돌아가라고 했지요. 그때였습니다. 성벽 입구를 통해 시몬 누나가 성터 구내로 쓰러질 듯이 들어온 것은, 제 의지가 약해서 초래한 예상치 못한 결과였습니다. 자업자득이라고밖에 할 수 없습니다. 로슈포르는 생각지 못하게 주어진 비장의 카드를 기뻐하며 움켜잡았습니다. 붙잡은 시몬 누나를 방패로 권총을 겨눈 로슈포르가 성벽 위까지 계단을 천천히 올라왔습니다. 물론 저희를 니콜처럼 거기서 밀어 떨어뜨리기 위해서였습니다. 가능하다면 사살이 아니라 추락사라는 형식을 취하는 것이 바람직했겠지요.

숨이 끊어질 듯한 시몬 누나를 방패로 권총을 겨눈 로슈포르와 저는 아침 빛 속에 절벽인 성벽 위에서 서로 노려보고 있었습니다. 총은 준비하지 않았습니다. 계획으로는 위협하는 것만으로 충분했을 터였고, 게다가 지젤의 아버지를 쏠 마음 같은 건 아예 없었으니까요.

로슈포르가 시몬 누나의 등을 밀쳐 그녀가 시야에서 사라졌을 때 저는 죽을힘을 다해 로슈포르한테 덤벼들었습니다. 누나를 살해한 사람에 대한 격앙이 생각지도 못한 힘과 용기를 준 것이지요. 제 몸에 부딪쳐 권총은 로슈포르의 손에서 성터 구내로 떨어졌습니다. 이번에는 맨손으로 서로 노려봤습니다. 로슈포르가 제게 다가왔습니다. 순식간에 필사적인 격투가 벌어졌고, 먼저 상대한테 깔린 제가 전신의 힘으로 로슈포르를 밀쳤습니다. 다음 순간이었습니다. 엄청난 비명만이 남고 성벽 위에는 로슈포르의 모습이 없었습니다……"

"맞아요. 제가 본 건 마지막 장면이었는데, 줄리앙이 말한 그대로였어요."

나는 장밋빛 아침놀을 배경으로 벌어진, 검은 그림자가 서로 뒤엉킨 모습을 떠올리며 무심코 외쳤다. 이어서 줄리앙은 안쪽 호주머니에서 소중한 듯이 소형 카세트를 꺼냈다. 그리고 완전히 감고 나서 스위치를 눌렀다. 테이프가 돌아가기 시작했는데 처음에는 잡음만 들렸다.

"거기 서!"

"알았네. 하지만 여기서는 생조르주 서한을 못 줘."

"왜 니콜을 죽였죠?"

"그 이유는 자네가 알고 있겠지. 그때는 자네도 죽일 생각이었어. 하지만 나도 사업가야. 교섭의 길은 남아 있네. 자네의 제안대로 매듭을 짓자고."

"……"

"어떤가? 내가 발터 페스트를 죽이고 장 노디에를 죽이면서까지 손에 넣은 생조르주 서한이야. 여기 있네. 자네한테 넘기지. 됐지? 그럼 올라가네."

"……"

"올라가겠네, 교섭을 위해서야. 쏘지 말게."

"로슈포르, 난 샤를 실뱅이 아니에요. 교섭은 끝났어요. 총에 맞고 싶지 않으면 집으로 돌아가 잠이나 자세요."


찰카닥 소리가 났고, 줄리앙이 카세트를 멈췄다. 증거는 완벽했다. 문제의 목소리는 틀림없이 오귀스트 로슈포르였다. 좌중은 깊은 침묵에 휩싸였다.

"이다음은 격투가 끝날 때까지의 일이 완전히 녹음되어 있을 겁니다. 제가 줄리앙이라는 걸 안 이후라든가 시몬 누나를 방패로 삼아 바싹바싹 다가올 때라든가 하는 틀림없는 살인자의 말만은 지젤한테 들려주고 싶지 않습니다. 바르베스 경감님, 이건 여기서 당신한테 넘기겠습니다."

장 폴 앞에 소형 카세트가 놓였다. 무표정을 가장했지만, 나는 장 폴이 어떤 충격에 견디고 있는지 잘 알 수 있었다. 잠시 후 그는 마치 중얼거리는 듯이 힘없는 어조로 말했다. 이미 장 폴의 고발은 진 것이다.

"카사르, 성문 분석 부탁하네. 되도록 빨리 끝내도록 지시해주게."

대신에 내가 물었다. 당연한 의문이었다.

"하지만 줄리앙, 나는 잘 모르겠어요. 니콜을 죽이고, 실뱅을 노린 건 알 수 있을 것 같아요. 두 사람은 로슈포르를 배반한 연인들이었으니까요. 하지만 왜 로슈포르가 독일인 발터 페스트라든가 장 노디에를 죽여야 했죠? 게다가 최초의 페스트 살해도 만약 로슈포르의 범행이었다면, 대체 어떤 방법으로 죽였다는 거죠?"

"페스트 살해가 시작이 아니야. 로슈포르의 첫 번째 살인은, 그래, 10년 전의 주느비에브 살해였어."

줄리앙이 말한 것은 전혀 뜻밖의 일이었다. 로슈포르가 주느비에브를 죽였다……

# 4

"말 좀 해도 되겠소?" 그때까지 홀 구석에서 침묵을 지키고 있던 소네 신부였다. 전원이 소네 신부 쪽으로 주의를 돌렸다.

"나한테도 말하고 싶은 게 좀 있소. 노디에가 살아 있을 때는 그 사람을 위해 입을 다물고 있었지만, 지금은 그가 죽은 마당이니 그 사람을 위해서라도 여기서 밝혀두어야 할 일일 거요. 그리고 그것은 노디에 자신의 바람이기도 했으니까.

이건 10년 전, 내가 감옥으로 면회를 갔을 때 장 노디에가 한 말이오. 문제의 일요일, 바위를 타고 산정에 도착한 주느비에브와 노디에는 다음으로 반대쪽 바위를 노디에부터 내려가기 시작했소. 다음 발판까지 내려간 노디에가 아무리 기다려도 주느비에브는 따라 내려오지 않았소. 소리쳐도 대답이 없었다오. 의심스럽게 생각한 노디에는 다시 한 번 산정까지 돌아갔지만 여주인은 흔적도 없었소. 그리고 처음에 올라온 쪽의 암벽 아래를 내려다본 노디에가 본 것은 절벽 아래에 쓰러진 여주인의 처참한 모습이었소. 순간 망설였지만 노디에는 밧줄을 타고 그대로 절벽 아래로 내려가기로 결심했다오. 익숙한 암벽이기도 했고, 걸어서 하산하는 것보다 빠를 거라는 순간적인 판단에서였소.

절벽 아래에서 여주인 주느비에브라기보다는 굉장한 힘으로 내동댕이쳐져 엉망으로 찌부러진 그 잔해를 보고 망연자실해 있는 노디에가 있는 곳으로 달려온 사람은 추락하는 장면을 목격했다는 주느비에브의 남편 오귀스트 로슈포르였소. 그때는 그것이 무슨 의미인지 이해할 수 없었지만, 노디에는 로슈포르의 손에서 뭔가 중요한 걸 발견한 것 같다고 했소.

옥중의 노디에는 나한테 그 이상의 말은 절대 하려고 하지 않았지만, 노디에가 억울한 죄를 뒤집어썼다는 것만은 나도 분명히 알 수 있었소. 노디에의 유죄는 그 사람 자신이 바란 것이었소. 사실, 책임감이 강한 그 충실한 남자는 자신이 유죄라고 믿었소. 과실이라고 한다면 여주인을 보호하지 못한 죄, 그리고 혹시라도 살인이라고 한다면 여주인을 살인자의 손에서 지켜주지 못한 죄……

그런데 장 노디에가 어떤 사람이었는지, 그것에 대해서도 비밀을 엄중하게 지킨다는 맹세를 하게 한 다음에야 노디에는 철망 너머로 간단히 말해주었소……

'어떤 아이도 한 사람의 아버지를 찾아낸다.' 피레네의 골짜기 마을에서 이 속담은 오랫동안 중요한 의미를 지니고 있었소. 비참한 이야기라고도 할 수 있고, 마을의 농부나 목부들 사이에 살아 있는 고대적인 자유와 관용의 정신을 말해주는 말이라고도 할 수 있지요. 피레네 서부, 가스코뉴 지방과는 달리 랑그도크의 가난한 골짜기 마을들에는 옛날부터 계절적으로 평지의 농촌이나 도시에 내려가 포도 따기나 굴뚝 청소 같은 한시적인 일을 하는 사람들이 적지 않았소. 피레네의 서쪽보다 동쪽의 산기슭에서는 일찍부터 툴루즈를 중심으로 하는 평지의 경제와 문화가 강한 영향을 미치고 있었다오. 무지하지만 소박하고 자유로운 산 아가씨들은 툴루즈로 가서 유모로 고용되었소. 산촌의 아가씨가 도회의 저택에 고용살이하러 가는 하이디 이야기 같은 것이었는데, 피레네에서는 사정이 훨씬 더 노골적이고 생생한 것이었소. 보통 아가씨들은 우선 주인을 위해 아이를 만들지 않으면 안 되었던 거요. 이렇게 해서 태어난 사생아와 주인의 아이에게 동시에 젖을 주었던 거지요. 고용살이 기간이 끝나면 그녀들은 벌어서 모은 돈과 사생아를 데리고 고향으로 돌아왔소. 그래도 이 모자는 늘 남편과 아버지가 되어야 할 마을의 청년을 찾을 수가 있었소. 정말 '어떤 아이도 한 사람의 아버지를 찾아낸다'인 셈이오. 오래된 관습이지만 실제로 전쟁 전까지만 해도 그런 일이 일부 남아 있었다오. 완전히 없어진 것은 전쟁이 끝난 후의 일이오."

장 노디에의 어머니는 장이 어릴 때 병사했다. 아버지는 평범한 목부였는데, 형제들 중에서 특별히 장을 차별하는 일은 없었다. 그러나 혼자 절벽을 기어오르거나 안장 없는 양치기의 말을 타고 다니기를 좋아했던 고독하고 공상적인 소년 장은 자신이 어머니가 데리고 들어온 자식이라는 것을 알고 있었다. 소년이 사랑한 것은 전승된 음유시인의 시와 용감하고 씩씩한 기사도 이야기였다. 소년은 어머니의 유품인 고장 난 기타를 고쳐 그것을 아주 능숙하게 칠 수 있었다. 골짜기의 인적 없는 초원에 앉아 기타로 음유시인의 노래를 흥얼거리고 있을 때는, '프랑스인'들에게 멸망한 조국 랑그도크의 운명이 생각나 눈물을 흘렸다. 그러나 동시에 그것은 '북쪽 놈들'에 대한 용맹한 투쟁심을 고취시키는 일이기도 했다. 소년은 자신이 조국 방어의 전사가 되기에는 무려 수백 년이나 늦게 태어났다는 것을 생각하고 슬퍼했다.

소년의 운명에 작은, 그러나 중요한 변화가 찾아온 것은 열세 살 때였다. 몽세귀르 일대의 대지주이기도 한 로슈포르가에 시중을 들어야 할 사람이 필요해 고용살이로 가게 되었던 것이다. 진실로 자신의 집이라고 여겨지지 않던 생가를 떠나 자립하는 것이 소년의 염원이었기에 그는 아버지의 만류도 뿌리치고 에스클라르몽드 산장으로 들어가 살기로 했다. 몽세귀르의 산장에는 그와 같은 나이의 아름다운 소녀가 할머니와 함께 살고 있었다. 물론 소녀는 주느비에브였다. 소년은 말 사육법과 조교법을 배웠을 뿐만 아니라 소녀 주느비에브의 놀이 상대로서도 에스클라르몽드 산장에서 없어서는 안 될 사람이 되었다.

주느비에브의 존재는 소년을 열광시켰다. 그는 어린 여주인을, 중세의 기사가 영주의 부인이나 작은아씨를 사랑한 것처럼 열애했다. 물론 플라톤풍으로, 또는 궁정연애풍으로 말이다. 나중에 카타리파의 고문헌 수집에 열중하거나 승마나 쇠뇌 연습에 빠지게 되는 소녀 주느비에브에게도 노디에 소년의 헌신이나 충성과 함께 그 플라톤풍의 사랑을 받아들일 심리적 소지가 있었을 것이다. 여주인과 종복은 함께 성장하며, 옛날과 다름없는 시대착오적으로 아름다운 관계를 유지했다. 그것은 아버지의 권유로 주느비에브가 오귀스트와 결혼한 후에도 전혀 달라지지 않았다. 노디에는 여주인의 남편으로서 오귀스트 로슈포르에게도 그에 상응하는 경의를 표했지만, 그들의 생활에 남편은 그다지 중요한 위치를 차지하지 않았다. 주느비에브는 여전히 에스클라르몽드 산장에서 살았고, 사업에 열중하느라 다망한 남편은 주말에만 산장을 찾아올 뿐이었다. 그리고 주말에 산장을 찾아오는 것도 거를 때가 많았다.

지젤이 태어났을 때는 노디에의 마음에도 커다란 변화가 생겼다. 그 이후로 그의 여주인은 두 사람이 되었다. 노디에는 여주인의 딸에게도 그녀의 어머니에 대해서와 마찬가지로 애정을 기울였다. 주느비에브의 할머니가 세상을 떠나고, 은퇴하여 산장에서 살게 된 아버지도 산장의 병실에서 생을 마감했다. 주느비에브의 아버지인 로슈포르 노인은 만년에 기묘한 시선으로 노디에를 바라보는 일이 자주 있었다. 그것은 감사와 연민과 경계가 뒤섞인 시선이었다.

"로슈포르 노인은 죽을 때가 다가왔음을 알았을 때 병상으로 딸 주느비에브와 장 노디에 두 사람만 따로 불렀다오." 소네 신부의 이야기는 이어졌다. "그때 이야기한 것은 놀랄 만한 진상이었소. 노디에의 어머니가 처녀 시절에 고용살이로 들어간 곳은 툴루즈의 로슈포르 저택이었고, 그곳에서 막 태어난 주느비에브의 유모를 했다는 것이었소. 주인을 위해 낳은 사생아 장과 주느비에브는 같은 젖을 먹고 자랐던 것이오. 주느비에브와 장 노디에는 이복 남매였던 거지요."

십몇 년 뒤에 유언장을 고쳐 쓸 기회가 있었다. 문득 생각이 미친 로슈포르 노인은 사생아의 행방을 수소문하게 했다. 만약 살아 있다면 생활이 곤란하지 않을 만큼의 재산을 남겨줄 생각을 했던 것이다. 성장한 노디에의 이야기를 들은 로슈포르 노인은 좀 더 좋은 것을 생각해냈다. 오빠인 소년을 여동생 주느비에브의 놀이 상대로서 산장으로 불러들이는 일이었다. 그러나 상인으로서 셈 속이 빠른 노인은 노디에에게 진실을 알려주지 않았다. 출생의 비밀을 안 장 노디에가 권력과 재산에 눈이 멀어 무모하게 자신의 권리를 되찾겠다고 날뛸 가능성을 우려했기 때문이다.

임종 때 로슈포르 노인은 망연자실해 있는 두 아이에게 이런 고백을 한 뒤, 이제 와서 보니 자신의 걱정이 전적으로 기우였음이 명백하다, 노디에가 그런 사람이 아님을 잘 알았다, 하며 희미하게 눈물을 보였다. 그리고 주느비에브에게 자신이 죽은 후 일어날 로슈포르 재벌의 주도권 싸움의 가능성을 이야기하고, 오귀스트인지 알랭인지를 결정할 열쇠는 주느비에브에게 넘긴다고 선고했다. 로슈포르 본가의 재산을 장 노디에에게 넘기고 그 운용을 재벌의 지배권과 함께 알랭에게 맡길지, 장 노디에에게 넘기지 않고 오귀스트의 재벌 지배권을 둘러싼 투쟁의 무기로서 남길지도 주느비에브가 믿는 바에 따라 하면 된다고……

물론 고결한 주느비에브는 로슈포르 본가의 주인 자리를 장 노디에에게 넘겨주기로 마음먹었다. 그러나 노디에가 그것을 거부했다. 그뿐 아니라 자신의 출생을 둘러싼 진실도 비밀에 부쳐두기를 바랐다.

"자신 같은 사람이 오빠라는 것을 세상에 알려 사모님이나 아가씨의 얼굴에 먹칠을 할 수는 없다, 자신은 지금 이대로의 생활에 충분히 만족하고 있다……" 이것이 노디에의 대답이었다.

"로슈포르 노인이 죽고 1년도 지나지 않아 주느비에브는 절벽에서 떨어져 죽었소. 투옥된 사람은 장 노디에였지요……"

신부의 이야기는 끝났다. 누구보다 충격을 받은 사람은 지젤이었을 것이다. 어머니를 살해한 사람이고 어머니의 종복이었던 남자라고만 믿고 있던 장 노디에가 사실은 어머니의 오빠고 지젤에게는 큰아버지였다. 소네 신부의 이야기로 사정은 완전히 달라졌다. 지금까지는 로슈포르가 알랭과의 싸움에서 주느비에브의 죽음으로 큰 타격을 입었다고 여겨졌다. 하지만 주느비에브가 마음만 먹으면 그 지위를 빼앗길 수도 있었던 것이 로슈포르의 실제 처지였다. 사실 로슈포르에게는 아내 주느비에브를 살해하고 방해자인 장 노디에를 옥중에 매장해버리기에 충분한 동기가 있었던 셈이다.

소네 신부는 늘 소지하고 다니는 검은색 가죽의 낡은 서류 가방에서 커다란 편지 봉투를 꺼냈다. 소네 신부에게 보낸 등기 소포인 모양이었다.

"이건 어제 도착한 건데 말이오." 신부는 봉투에서 편지를 꺼냈다. "이야기하느라 좀 지쳤소. 아가씨, 당신이 좀 여러분한테 읽어주지 않겠소?"

나는 죽은 사람에게서 온 편지를 받아 들었다. 장 노디에의 필적은 결코 교양 없는 자의 난필이 아니었고, 철자나 문법이 틀린 것도 읽는 데 방해가 될 정도는 아니었다. 나는 주의 깊게 천천히 읽기 시작했다.

……신부님, 신부님께 부탁이 있습니다. 오늘 밤 저는 사모님을 죽인 것이 확실한 남자와 대결하게 되었습니다. 저는 증거를 갖고 있습니다. 그 남자가 자백하면 그 자리에서 복수할 생각입니다. 이번에는 사형 선고를 받는다고 해도 그것으로 만족합니다. 하지만 여우보다 교활한 남자라 방심할 수는 없습니다. 혹시라도 제가 복수를 하려다 오히려 죽임을 당하게 되면 동봉한 서류를 지젤 아가씨께 건네주시고, 예전에 신부님께 했던 이야기와 이 편지의 내용을 그대로 전해주십시오. 여러모로 생각해봤습니다만, 신용할 수 있는 사람은 신부님뿐입니다. 성서에 맹세코 앞으로 쓰는 내용에는 거짓이 없으며 전부 사실임을 말씀드립니다.

……10년 전 제가 돌아가신 사모님 앞에 무릎을 꿇고 울고 있을 때 절벽에서 떨어지는 것을 봤다며 뛰어온 사람이 그 남자, 오귀스트 로슈포르였습니다. 저는 로슈포르의 왼손에 손톱으로 할퀸 자국이 있는 것과 늘 끼고 있던 금반지가 없어졌다는 것을 알았습니다. 로슈포르가의 수장 지위를 상징하는, 대대로 내려온 금반지입니다. 하지만 그때는 정신이 없어서 그것을 깊이 생각할 여유가 없었습니다.

……저는 사형 선고를 받아도 좋다고 생각합니다. 사모님을 살해한 죄는 정말 가소롭다고 하지 않을 수 없습니다. 하지만 사모님을 구하지 못한 죄는 죽을죄가 맞습니다. 비열한 검사가 뭐라 하든 진실은 신만이 아실 겁니다. 검사는 저에게 죄를 씌우기 위해서라면 무슨 일이든 할 수 있는 남자였습니다. 아마 로슈포르의 더러운 손이 그 남자의 배후에서 움직였겠지요. 혹시라도 억울함을 호소하면 범행의 목격자로서 정신적인 상처를 받고 있는 지젤 아가씨를 법정에 세우겠다고, 그 비열한 남자가 저를 협박했습니다. 애처로운 아이에게 그런 일을 당하게 하는 것이 도대체 법률로 허용되는지 어떤지 저는 알 수 없었지만, 어떻게 할지는 처음부터 정해놓고 있었습니다. 저는 법정에서도 끝까지 묵비권을 행사했습니다.

……감옥으로 면회를 온 방돌 할아버지의 이야기를 듣고 저는 한순간에 모든 것을 알았습니다. 사건에 대한 관심이 사그라졌을 무렵, 방돌 부자는 주인 로슈포르의 명령으로 절벽 아래의 덤불 속을 며칠이나 계속해서 쑤석거리고 다녔다는 겁니다. 산책을 갔다가 떨어뜨린 반지를 찾으라고 해서요. 반지는 결국 발견되지 않았고 로슈포르는 수색을 포기했다고 방돌 할아버지가 이야기했습니다. 잃어버렸을 터인 반지를 최근에 다시 끼고 있는데, 그것은 아마 모조품일 거라고도 했습니다.

……절벽에서 사모님을 밀어 떨어뜨린 사람은 산정의 성터 바위 뒤에서 기회를 엿보고 있던 로슈포르였던 것입니다. 제가 반대쪽 절벽으로 내려가기 시작하고 사모님이 혼자가 된 것을 보자마자 그 악귀가 사모님께 덤벼들었던 겁니다. 두 사람은 잠깐 밀치락달치락

했고 사모님의 손가락이 로슈포르의 반지를 뺐던 것이겠지요. 왼손의 긁힌 자국은 그때 생긴 것임이 틀림없습니다. 마지막 순간에 사모님은 그 여우를 로슈포르가에서 추방하겠다는 의사를 표명했습니다. 물론 저에게 그런 말을 했습니다. 아무리 복수라 하더라도 주인 집안인 로슈포르가 사람을 죽일 수는 없습니다. 하지만 사모님에 의해 추방된 전 로슈포르라면 충분히 복수할 권리가 주어지는 겁니다. 저에게는 사형 판결이 아니라 징역형이 내려진 것도 복수를 명하는 신의 의지라고 생각되었습니다. 저는 1년이라도 빨리 가석방으로 나오기 위해 성실하게 복역했고, 10년 만에 다시 몽세귀르로 돌아올 수 있었습니다. 옥중의 10년은 짧기도 하고 길기도 했지만, 생각하기만 해도 기뻐서 좀이 쑤시는 복수의 권리를 주기 위해 신이 내린 시련이라고 생각하면 그것도 견디기에 어렵지 않았습니다. 사회로 나온 저는 로슈포르 가문 수장의 지위를 상징하는 복잡하게 세공된 무거운 금반지를 수색하는 데 전력을 다했습니다. 사람들은 몽세귀르의 바위산 여기저기를 파헤치는 저를 전설적인 숨겨진 보물에 홀린 미치광이로 취급했습니다만, 그거야말로 저에게는 오히려 잘된 일이었습니다. 저는 반지 찾기의 방패막이로 숨겨진 보물 전설을 이용하기로 했습니다. 걱정스러웠던 것은 로슈포르가 어떤 수를 쓰고 나올까 하는 점뿐이었습니다. 경찰까지도 조종할 수 있는 권력자이기 때문에 다시 감옥에 처넣어질지도 모른다는 건 견딜 수 없기 때문이었습니다.

······잊을 수도 없는 5월 15일 오후 2시경이었습니다. 절벽 아래의 초지에는 없다는 것을 확신한 제가 밧줄을 타고 절벽 중간의 관

목이나 바위 모서리를 샅샅이 뒤지기 시작한 지 32일째 되는 날이었습니다. 저는 관목 밑동에서 둔하게 빛나는 것을 발견하고 손가락으로 끄집어냈습니다. 녹슬지 않는 금이기에 다행이었습니다. 틀림없이 그 반지였습니다. 그것을 로슈포르에게 들이밀며 사모님을 살해한 사실을 고백시킬 수 있겠다는 생각에 저는 미칠 듯이 기뻤습니다. 갑자기 위협적인 태도로 나온다고 해도 로슈포르의 죄는 분명하니까 상관없습니다. 저는 코르시카인의 단검을 갈기 시작했습니다.

 ……로슈포르가 대결에 응한 것은 이상했습니다. 단락을 짓기 위해 두 달 후 혁명 기념일 불꽃축제가 열리는 날 밤 카르카손 성벽 도시의 탑에서 만나고 싶다는 제 요구에 얌전히 응하고 나올 때는 뭔가 꿍꿍이가 있는 것 같기도 했습니다. 하지만 혁명 기념일 불꽃축제가 열리는 날 밤, 유명한 불꽃으로 장식된 성벽도시 안에서 염원인 복수를 할 수 있다는 생각이 제 머리를 가득 채웠습니다. 매년 7월 14일에는 늘 사모님과 함께 그 불꽃놀이를 구경했습니다. 그날만큼 복수에 어울리는 날은 없습니다. 이런 제게 로슈포르의 발굴 계획을 가르쳐준 사람이 시몬 씨의 동생 줄리앙 뤼미에르 씨였습니다. 저는 몇 번인가 누님을 찾아온 줄리앙을 만났고, 그때마다 넌지시 지젤 아가씨 이야기를 듣는 것이 최상의 낙이었는데, 발굴 계획도 그런 이야기 끝에 나온 것이었습니다. 카타리파의 숨겨진 보물이라면 사모님이 찾던 보물이다, 그것을 로슈포르에게 넘길 수는 없다, 이렇게 생각한 저는 비밀리에 발굴 계획을 탐색하기 시작했습니다. 행운이었던 것은 발굴을 위해 불러온 파리의 학자 실뱅

과 지젤 아가씨의 계모 니콜의 정사 현장을 세트에서 목격한 일이었습니다. 누가 보냈는지 모르겠지만, 두 사람 사이를 폭로하는 익명의 편지가 왔고, 세트로 가면 증거를 확인할 수 있다고 쓰여 있었습니다. 줄리앙 씨가 세트로 갈 일을 부탁하기도 한 터라 가서 보니 그건 사실이었습니다. 저는 실뱅으로부터 은밀히 독일인 발터 페스트에 대한 이야기를 들었습니다. 확실히는 모르나 그 남자가 보물이 있는 곳을 기록한 오래된 편지를 갖고 올 거라는 것이었습니다. 라블라네에서 감시하고 있던 저는 페스트가 도착하는 것을 확인했습니다. 그리고 이튿날 몽세귀르의 바위산에 오르는 독일인을 미행해 산정에서 독일인을 위협했습니다. 편지를 로슈포르에게 건네지 말라고요. 제가 움직이는 것을 안 실뱅은, 가만히 있을 수 없어 전날 밤에 니콜을 보내 라블라네 묘지에서 독일인으로부터 편지를 빼앗으려고 일을 꾸몄습니다. 물론 실패했습니다. 실뱅과 니콜도 로슈포르보다 먼저 편지를 손에 넣으려고 필사적이었습니다. 독일인이 제 위협에도 굴하지 않았기 때문에 이튿날에는 결국 강탈할 수밖에 없다고 생각하고 니콜을 산장 뒤편으로 불러내 독일인의 그날 밤 일정을 물었습니다. 시간을 가늠하여 때마침 쏟아지는 뇌우 속에서 중정을 통해, 독일인이 있다는 주느비에브 사모님의 자료실로 들어가려고 했습니다. 그런데 누군가 먼저 온 사람이 있었던 모양이었습니다. 미닫이문의 판유리는 윗부분이 깨지고 문은 손바닥 넓이만큼 열려 있었습니다.

……경찰은 제가 한 짓이라고 생각하는 것 같습니다만, 맹세코 제가 들어갔을 때는 의자에 앉은 독일인이 머리를 얻어맞고 가슴

에 쇠뇌의 화살이 박힌 채 이미 싸늘해져 있었습니다. 저는 먼저 문의 걸쇠를 걸어 복도에서 아무도 들어오지 못하게 해놓고 나서 방안을 뒤지기 시작했습니다. 제가 찾는 물건은 금방 발견되었습니다. 독일인이 손에 꼭 쥐고 있었기 때문입니다. 편지를 빼앗을 때 죽은 독일인이 바닥으로 쓰러졌습니다. 편지를 보니 틀림없이 문제의 오래된 편지였습니다. 이해할 수 없었던 것은 독일인을 덮친 사람이 목적인 편지를 놔두고 도망친 이유였습니다. 하지만 저는 개의치 않고 편지를 품속에 넣은 채 에스클라르몽드 산장을 뒤로했습니다. 도중에 맞닥뜨린 헌병들로부터 도망친 것은 복수를 감행할 7월 14일을 앞두고 감옥에 들어갈 수는 없었기 때문이었습니다. 산장에 침입해서 편지를 훔친 것은 사실이므로, 붙잡히면 끝이라고 생각해서 순간적으로 몸을 숨겼던 겁니다.

……신부님, 드디어 복수의 밤이 찾아왔습니다. 동봉한 서류가 독일인이 움켜쥐고 있던 그 편지입니다. 저를 축복해주십시오. 제 복수가 신의 뜻에 부합한 것이라고 믿고 싶습니다……

긴 편지를 다 읽었을 때 좌중의 시선은 예외 없이 탁자 위의 봉투에 쏟아지고 있었다. 소네 신부가 진중한 손놀림으로, 봉투에서 끈으로 단단하게 묶인 기름종이 꾸러미를 꺼내 지젤 앞에 놓았다. 그리고 엄숙한 어조로 말했다.

"원래는 생세르냥 성당으로 돌아가야 할 것이지만 고인의 의향을 존중하여 일단 지젤 양, 당신에게 건네오. ……삼십 몇 년 전 샤를 실뱅의 아버지 앙리 투르뉘, 그리고 나를 강제수용소로 보내는 원인이 된 생조르주 서한입니다."

정말 생각지도 못한 신부의 말이었다. 나는 엉겁결에 일어나 소리쳤다.

"신부님, 신부님이 생세르냥 성당에서 고문서 정리를 하던 앙리 투르뇌의 친구셨어요?"

"그렇소. 탐정 지망생 아가씨, 나는 당신한테 제대로 추리의 실마리를 주었소. 보통 다른 사람한테 보여주지 않는 손목의 문신까지 보여주었지요. 나는 탐정 이야기의 작자만큼은 공정했다고 생각하오. 그렇지 않소, 나디아 양?"

이렇게 말한 노신부는 아주 우습다는 듯이 허허허 하고 작은 소리로 웃었다. 그렇구나, 그래서 실뱅이 소네 신부를 찾아간 거구나. 주느비에브가 생세르냥 문서의 존재를 알고 노트에 적은 것은 소네 신부의 이야기를 들었기 때문이었구나……

그사이에도 지젤은 떨리는 손으로 꾸러미를 풀고 있었다. 기름종이를 벗기자 거기에는 낡고 누르스름한 양피지 몇 장이 들어 있었다. 지젤은 복잡한 장식 서체로 쓰인 라틴어 편지를 차례로 펼치고 있었는데, 마지막까지 문제의 양피지인 듯한 것은 나타나지 않았다. 한편 가케루는 지젤이 못 보고 놓친 봉투를 기름종이 사이에서 끄집어냈다. 낡은 종이봉투를 열자 독일어로 타이핑된 공용 편지지 한 장이 나왔다. 편지지의 윗부분을 보고 나는 기겁했다. 인쇄된 도안은 제3제국의 독수리였기 때문이다.

"가케루, 뭐라고 쓰여 있어?" 내가 묻자 청년은 요지를 번역하여 천천히 읽기 시작했다.

"……클리크 친위대 중령은, 우리나라 동부 점령지가 이미 존재하지 않음에도 불구하고 여전히 '동부 점령지 관할부 장관' 지위에 집착하고 있는 예의 그 인물에게 출두하여 임무의 완료를 보고해야 한다. 또한 로젠베르크 장관에게 제출해야 할 생조르주 서한에는 압수할 당초부터 문제의 그리스 문자 양피지가 첨부되어 있지 않았다는 내용을 확실하게 말할 것. 친위대 장관 하인리히 힘러……"

"힘러가 로젠베르크한테서 가로챈 거구나. 그래서 여기에 없는 거야."

나는 기대한 만큼 심히 낙담하며 중얼거렸다. 가케루도 얼마간 안타까워하고 있을 텐데도 무표정한 얼굴로 가볍게 어깨를 으쓱해 보였을 뿐이었다.

카타리파의 숨겨진 보물을 둘러싼 문제는 억지로라도 머리의 구석진 곳으로 밀어두기로 했다. 아직 줄리앙의 설명을 들어야 할 중요한 일이 남아 있었기 때문이다. 발터 페스트를 살해한 범인이 오귀스트 로슈포르라고 한다면, 로슈포르가 그 불가능한 일을 어떻게 할 수 있었는지에 대한 설명을 정확히 들어야만 했다. 내 질문에 줄리앙은 다시 말하기 시작했다.

"페스트를 살해한 방법도 노디에를 살해한 것과 같은 형태의 추리로 진상에 도달할 수 있습니다. 다만 이번 주제는 말이 아니라 왜 페스트가 활과 화살, 그리고 석구로 아주 정성 들여 두 번이나 죽임을 당해야만 했는가에 추리의 실마리가 있습니다. 하지만 제 추리 과정을 소개하며 시간을 뺏을 것까지도 없습니다. 방금 소네 신부님의 이야기에서 새롭게 얻은 정보를 아울러서 이 연쇄 살인 사건의 전모를 제 나름대로 재구성해보지요. 다소 상상이 개입되겠지만 거의 사실 그대로라고 해도 좋을 겁니다.

로슈포르의 첫 범죄는 주느비에브 살해였습니다. 저는 로슈포르가의 고문변호사를 통해 주느비에브의 추락사 사건 당시, 변호사가 가까운 시일 안에 에스클라르몽드 산장을 방문할 예정이었다는 사실을 알았습니다. 물론 주느비에브의 죽음으로 그 방문은 중지되었는데, 아마 주느비에브는 남편의 저항을 뿌리치고 드디어 노디에에게 재산을 이관할 결심을 굳혔을 겁니다. 주느비에브의 결심으로 로슈포르의 지위는 풍전등화였던 셈이지요.

아내를 죽이고 방해자 노디에한테 죄를 뒤집어씌워 감옥의 어둠 속에 가둬버린 로슈포르의 지위는 그 후 10년간 평안했습니다. 하지만 악몽이 되살아났지요. 출옥한 노디에가 로슈포르의 범행 증거인 반지를 찾아 매일 몽세귀르를 배회하기 시작한 겁니다. 반 년쯤은 아무 일도 없었습니다. 그런데 노디에가 보낸 편지로 드디어 반지가 복수의 화신의 손에 들어갔다는 사실을 알았습니다. 로슈포르의 공포는 노디에의 고발이 아니었습니다. 10년 전에 판결이 내려진 주느비에브 살해의 진상이, 그 범인이라 여겨졌던 노디에의 입을 통해 사회적으로 폭로된다고 해도 로슈포르의 권력이라면 아무 일도 아닐 겁니다……"

로슈포르는 아내의 종복이었던 장 노디에가 어떤 성격의 사람인지 잘 알고 있었다. 장 노디에에게 반지 찾기는 하나의 의식에 지나지 않는다. 그 의식이 완료되었을 때 노디에는 사법의 힘에 기대지도 않고 사회적 고발에 만족하지도 않고 곧장 로슈포르의 심장에 복수의 칼날을 들이댈 것이다. 궁지에 몰린 로슈포르는 노디에를 살해하기로 결심한다. 대결 장소로 정해진 카르카손의 탑을 조사하여 우선 노디에의 자살로 보이게 하는 밀실 살인 계획을 생각해냈다.

그러나 그 무렵 생각지도 못한 새로운 사실을 알게 된 로슈포르는 계획을 대폭 수정하게 되었다. 정략결혼에 대한 불만으로 분방한 생활을 하고 있던 아내 니콜이 딸 지젤을 통해 옛 연인 샤를 실뱅과 재회하고 로슈포르 본가의 여주인이라는 지위를 버리면서까지 실뱅에게 달려가려는 모습을 보이기 시작한 것이다. 문제는 아내의 부정보다 그것으로 인해 피에르 로슈포르와의 동맹에 금이 가는 일이었다. 니콜은 무슨 일이 있어도 살인마의 손에 죽어야 했다. 그런 죽음이라면 피에르 로슈포르도 납득할 것이다. 적어도 시간은 벌 수 있을 것이다.

로슈포르는 아내의 정부 실뱅을 자세히 조사했다. 페스트, 아버지 투르뉘, 생조르주 서한 등을. 페스트 살해를 포함한 사중 살인 계획이 완성된 것은 그때였다. 로슈포르는 아무렇지 않은 얼굴로 실뱅의 발굴 계획에 협력하겠다는 의사를 표명하고 페스트의 행방을 탐색하는 데 전력을 기울였다. 페스트를 찾아내 믿을 수 없는 고액으로 매수하겠다는 조건을 제시하여 7월 11일 저녁 생조르주 서한을 지참하고 에스클라르몽드 산장으로 와달라고 한 것도 로슈포르였다. 지젤이나 니콜을 조종하여 이전부터 면회를 바라고 있던 시몬이나 소네 신부 등을 부르고 줄리앙을 산장으로 오도록 꾸미기도 했다. 용의자의 수를 늘려 수사진을 혼란시키기 위해서였다. ……줄리앙은 말을 이었다.

"그리고 발터 페스트 살해의 막이 오릅니다. 로슈포르는 니콜에게 페스트를 자료실로 안내하게 하고 자신은 소네 신부와 서재로 들어갔습니다. 지젤이 도서실에서 시몬을 상대하는 것, 따라서 마지막으로 범인으로 배당된 역을 하는 운명을 짊어지게 될, 홀에 남아 있는 사람이 니콜과 실뱅 두 사람이 되게 한 것도 계획한 대로였습니다.

로슈포르는 시간을 보고 장작을 가지러 간다고 하고서 서재를 나옵니다. 서재의 시계는 소네 신부에게 시각을 착각하게 하기 위해 1분쯤 늦춰두었습니다. 그리고 창고로 들어가 그대로 다락으로 달려 올라갔습니다. 자료실을 비스듬히 내려다보는 다락의 창 앞에는…… 기묘한 기계장치가 이미 준비되어 있었습니다. 그것은 중세의 투석기를 개량한, 재목과 용수철과 나사를 조합한 기계였습니다……"

"투석기라고요?" 나는 무심코 소리쳤다.

"그래, 투석기야. 툴루즈의 로슈포르 기념박물관에는 실물과 같은 크기의 투석기 모형이 있죠. 로슈포르가 회사의 설계 기사에게 도면을 그리게 하고 카르카손의 직인한테 제작하게 한 겁니다. 저는 7월 15일, 노디에가 살해된 다음 날 그 직인의 작업장으로 찾아가 로슈포르가 5월 안에 모양은 옛날 것과 비슷하지 않아도 좋으니까 아무튼 실용적인 투석기를 만들라고 의뢰했다는 사실을 알아냈습니다. 성실하고 정직한 노직인은 로슈포르 원자력 산업 연구소 주임이라는 제 직함에 걸려들어 엄중하게 입단속을 당했음에도 불구하고 제가 알고 싶은 것을 다 말해주었죠. 직인에 따르면 로슈포르는 구형 돌의 중량과 일정한 각도로 아래로 비스듬히 쏠 때 필요한 비탄 거리만을 엄밀하게 지정했습니다. 그리고 단시간에 분해할 수 있도록, 다시 말해 나사 하나만 돌리면 전체가 완전히 분해되는 구조로 만들라는 것이 조건이었습니다. 어느 것이나 현대의 공학 기술을 활용하면 손쉬운 작업이었다고 합니다. 직인의 실험으로는 완성된 기계는 완벽했습니다. 로슈포르가 가져가 다락에 설치한 것은 그 기계였습니다."

"하지만……" 나는 너무 기상천외한 이야기여서 말문이 막히고 말았다.

"줄리앙의 이야기는 사실입니다. 저도 그제 그 늙은 직인한테서 같은 이야기를 들었습니다." 가케루의 말은 내 의문을 막아버렸다. 그렇구나, 그때 가케루가 카르카손에 남은 건 그것에 대해 알아보기 위해서였던 거구나……

"아부키 씨, 고맙소……" 줄리앙이 익살맞은 어조로 가케루의 지원사격에 예를 표하고서 다시 말을 이었다.

"창에서 내려다보니 자료실의 페스트는 마침 방에 단 하나 있는 의자에 앉아 오늘 밤 안에 타인의 손에 넘어갈 생조르주 서한을 감개무량하게 쳐다보고 있는 참이었습니다. 로슈포르는 조준을 하고 발사했습니다. 사전에 옮겨다 둔 자료실의 석구는 작은 포물선을 그리며 자료실의 유리를 깨고 정확히 페스트의 이마를 박살냈습니다. 도서실의 시몬, 니콜, 지젤은 그 소리를 들었던 겁니다. 로슈포르는 이어서 쇠뇌를 들고 자세를 취하고는 역시 자료실의 화살집에서 하나만 빼내둔 화살을, 의자에 기댄 채 움직이지 않는 페스트의 심장을 조준하여 발사했습니다. 쇠뇌는 생전에 주느비에브가 현대풍으로 만들게 한 것 가운데 하나였을 겁니다. 로슈포르도 아내의 권유로 연습을 했고 상당한 수준의 실력을 갖추게 되었다는 것은 증언대로였습니다. 어쩌면 페스트 살해 계획을 위해 새롭게 다시 연습을 했을지도 모릅니다. 화살은 조준한 대로 독일인의 왼쪽 가슴에 박혔습니다……"

"그건 말도 안 되네." 이렇게 소리친 사람은 한동안 잠자코 있던 장 폴이었다. "우리는 사건이 일어난 날 밤 다락을 포함해서 이 산장을 샅샅이 수색했네. 하지만 그런 기묘한 기계 같은 건 어디에도 없었네."

"그 꺼림칙한 작업을 끝내는 데는 1분도 걸리지 않았습니다." 줄리앙은 장 폴의 항의를 무시하고 말을 이었다. "로슈포르는 한순간에 투석기를 분해하고 또 쇠뇌를 해체했습니다. 그리고 나서 투석기와 쇠뇌의 나무 부분을 두 팔에 가득 안고 소네 신부가 기다리는 서재로 돌아왔습니다. 네모난 재목 자투리는 남김없이 난로에 던져 넣었고 가스 점화 장치로 순식간에 태워버렸습니다……"

"아아……" 말이 되지 못한 소리를 지른 이는 소네 신부였다.

"그뿐만이 아닙니다. 불을 지폈을 때 연기를 구실로 로슈포르는 소네 신부님께 창을 열도록 했습니다. 그리고 자신은 난로 안에 장치해둔 카세트 스위치를 눌러 유리가 깨지는 소리를 틀었습니다. 도서실에 있던 사람들이 소네 신부님에 비해 유리 깨지는 소리가 나고 나서 뇌우가 쏟아질 때까지의 시간이 비교적 길었다고 증언한 것은 그 때문이었습니다. 그렇다고 해도 불과 2분 정도의 차이였지만요.

로슈포르는 일단 의자에 앉아 있는 남자의 머리를 노리고 투석기를 발사했지만, 정확히 명중하여 페스트가 즉사할 거라고는 확신할 수 없었습니다. 계획으로는 석구가 빗나가도 좋았을 겁니다. 유리를 깨기만 한다면 최소한의 목표는 달성한 거죠. 다시 쇠뇌의 화살을 쏘면 되었으니까요. 하지만 투석기의 성능은 기대 이상이었습니다. 페스트는 이마를 맞고 죽은 듯이 의자에 기대고 있었습니다. 그래도 로슈포르는 페스트의 숨이 끊어진 건지, 어쩌면 중상을 입고 정신만 잃었는지 확인할 방법이 없었습니다. 계획한 대로 로슈포르는 쇠뇌의 화살을 쏘아 결과적으로 페스트를 두 번 죽이게 되었습니다…… 나디아!" 줄리앙은 느닷없이 내 이름을 불렀다. "너를 안내해서 다락하고 창고에 들어간 적 있지? 너는 그때 진상을 파악했어야 했어. 소네 신부의 증언으로는 로슈포르가 안고 온 장작은 건축용 재목의 자투리 같은, 형태도 고르지 않은 가공한 각목 다발이었거든. 하지만 생각해보라고. 창고에 쌓여 있던 장작은……"

"맞아요. 팔뚝만 한 굵기의 껍데기가 그대로 붙어 있는 생나무를 잘라 말린 장작이었어요." 나는 깜짝 놀라 외쳤다. 그렇다. 확실히 그랬다. 하지만 나는 그것에 아무런 주의도 기울이려 하지 않았던 것이다.

"장작만이 아닙니다. 그것은 사실상 추리에 필요 없는 여분의 마지막 정보였습니다.

범인이 카타리파의 석구와 묵시록의 활과 화살을 이용한 데는 필연성이 있었습니다. 이 흉기가 가진 속성을 생각해보면 됩니다. 적당한 둔기는 그 밖에 얼마든지 있는데도 굳이 구형의 둔기를 사용한 것은 왜일까요? 손으로 내려치는 것이라면 쇠망치나 문진이 적당한 도구인데, 그런 것을 투석기로 쏠 수는 없습니다. 공기 저항이나 회전을 생각하여 정확하게 겨누기 위해서는 투석기의 탄환은 구 모양이어야 하고, 이미 로마 시대부터 투석기의 탄환에는 석구가 사용되었습니다. 석구도 활과 화살도 원래 원거리용 무기입니다. 범인은 실외에 있었던 게 틀림없습니다. 실외에 있었기 때문에 내려치는 것만으로는 성에 차지 않았고, 확실히 살해하기 위해 거듭 피해자의 심장에 화살을 쏘아야 할 이유가 있었던 거지요. 그것이 시체를 한 번 더 죽인 이유입니다. 정황은 앉아 있을 때 맞았다는 것을 암시하는데도, 맞은 앞이마 위쪽의 위치는 서 있을 때 앞에서 맞은 것이라고밖에 생각할 수 없었습니다. 이 수수께끼도 위쪽에서 비스듬히 포물선을 그리며 날아온 석구에 의해서만 설명이 가능합니다. 그러면 서 있는 자를 내리쳐서 죽이고 다시 시체를 의자에 앉히고 화살을 쏜 것처럼 보이는 것이죠. 아주 복잡한 범인의 행동도 이것으로 설명이 될 수 있습니다. 페스트는 의자 위에서 맞아 죽었고, 의자 위에서 사살당했습니다. 노디에가 시체를 바닥으로 쓰러뜨리지 않았다면 죽임을 당했을 때 그대로 발견되었겠지요. 석구와 활과 화살이라는 흉기, 두 번에 걸친 살해, 머리 상처의 위치, 이것들을 조합해서 생각하면 결론은 처음부터 분명했습니다. 문제는 그저 활과 화살과 석구로부터 묵시록의 의미 부여를 제외하고 생각해보는 방법의 유무뿐이었습니다.

야부키 씨가 의뢰한 조사는 그것을 확인하기 위한 것이었습니다. 시체의 가슴에 박힌 화살의 각도가 대충 건너편 동의 다락의 창을 가리키는지 아닌지를 야부키 씨는 확인하고 싶었던 거죠. 발사된 화살이 그리는 포물선의 편각은 물론 총알만큼 정확한 것이 아니고 그 수치도 훨씬 크지만, 중정의 횡단 거리만으로는 그다지 오차가 생기지 않습니다. 쇠뇌의 강력한 용수철에 의해 발사된 화살은 대체로 거의 직선을 그리며 피해자의 가슴에 도달한다고 생각해도 됩니다. 전문 물리학자가 하는 말이니 여러분이 의심할 필요는 없습니다. 물론 그 물리학은 고등중학교의 초급 수준이지만요."

줄리앙은 즐겁다는 듯이 이야기를 계속했다.

"야부키 씨의 조사로 제 추리는 거의 실증되었습니다."

그랬구나, 가케루는 범인의 신장을 계산해내려고 그런 조사를 의뢰한 게 아니었다. 그러고 보니 가케루는 페스트 살해에 시간 트릭은 없다, 있다고 한다면 공간 트릭이 있을 뿐이라는 의미의 말도 했었다. 그때 우리는 전혀 이해할 수 없었지만.

"페스트 살해는 계획한 대로 이루어졌습니다. 예상 밖이었던 것은 장 노디에가 현장에 등장해 생조르주 서한을 갖고 사라진 것이었습니다. 중정을 사이에 두고 먼 거리에서 페스트를 살해한 로슈포르는 살해와 동시에 서류를 빼앗을 수가 없었습니다. 하지만 시체를 발견한 후에 그건 어떻게든 될 거라는 계획이었습니다. 그리고 페스트를 살해한 다음 날 아침에는 여러 가지로 묘한 움직임이 보였습니다. 로슈포르는 한밤중에 멀리 말을 타고 나간다는 구실로 샤투이 마을에 있는 노디에의 집을 급습했습니다. 그 마을까지 황무지를 말로 횡단할 수 없는 것은 아니지만, 아마 적당한 장소에 소형차나 오토바이를 준비해두게 했을 겁니다. 이유를 묻지 않고 그 정도의 일을 해줄 사람은 로슈포르사에 얼마든지 있습니다. 한편 니콜은 로슈포르가 응접실에서 페스트와 교섭하는 단계에 이미 페스트한테서 생조르주 서한을 받은 것이 아닐까 하고 의심하여 이튿날 아침 로슈포르의 서재를 뒤졌습니다. 어쩌면 니콜은 막연하게나마 페스트가 살해되자 로슈포르를 의심하고 있었는지도 모릅니다. 페스트가 살해된 현장에서 무슨 생각에 빠져 있는 모습을 로슈포르가 발견하게 되고, 두 사람 사이에 심한 말다툼이 벌어진 것은 저와 나디아가 우연히 목격한 사실입니다. 어제 저도 처음으로 실뱅한테 들었습니다만, 발터 페스트를 자료실로 안내했을 때 니콜은 아주 중요한 것을 목격했다고 합니다. 그때 니콜은 카타리파의 석구가 늘 있던 장소에 없는 것을 봤다는 겁니다. 하지만 그것을 깨달은 건 사건이 벌어지고 나서였습니다. 어쩌면 착각이었을지도 모른다는 생각도 했다고 합니다. 니콜이 자료실로 들어가 생각에 빠져 있던 건 그런 이유에서였습니다.

한편 생각지도 못한 페스트 살해로 공황 상태에 빠진 것은 페스트한테서 생조르주 서한을, 교섭에 의해서든, 아니면 실력으로

라도 빼앗으라고 니콜한테 지시했던 실뱅이었습니다. 어쩌면 실뱅의 지시가 아니라 정부의 바람을 알아챈 니콜이 자발적으로 행동한 것이었을지도 모르지요. 아무튼 묘지 사건으로 니콜은 지나가는 사람한테 목격되고 말았습니다. 니콜한테 쏟아지는 의심의 눈길을 돌리려고 실뱅은 페스트가 묵은 호텔 앞에서 그런 수작을 벌인 겁니다. 입수한 주느비에브의 권총을 니콜이 쏘고 만 것도 우연이었을 겁니다. 단지 호신용으로 갖고 있었을 뿐인데, 페스트가 갑자기 태도를 바꿔 위협조로 나오자 엉겁결에 방아쇠를 당기고 말았던 거겠지요. 계획적으로 페스트를 죽일 생각이었다고는 보이지 않습니다……"

그리하여 드디어 7월 14일, 운명의 혁명 기념일 불꽃축제가 벌어지는 밤이 되었다. 심야에 알리바이를 확인할 수 없도록 호텔에서 각자 방을 잡은 로슈포르는 다들 잠들어 조용해지고 나서 카르카손의 성벽도시로 나갔다. 계획으로는 최후의 실뱅 살해가 끝나고 나서 밀실 살인의 진상이 로슈포르 자신에 의해 이야기될 터였다. 물론 범인으로 내세워지는 것은 니콜과 실뱅이었을 것이다. 그것을 위해서는 로슈포르가 한 마디, 즉 아내의 명예를 위해 말하지 않고 있었지만 실은 니콜과 실뱅이 심야에 호텔에서 빠져나가는 걸 목격했다는 거짓 증언을 하면 되는 일이었다.

두 번째 살인도 계획대로였다. 물론 장 노디에가 두 사람의 불륜을 알고 협박하고 있었다는 복선을 깔아두는 것도 잊지 않았다. 소네 신부에게 보낸 편지에 있던, 노디에한테 세트로 가라는 익명의 편지를 보낸 사람은 바로 로슈포르였던 것이다. 그리고 7월 17일이 왔다. 로슈포르는 몽세귀르 산정으로 니콜을 불러냈는데, 걱정하던 실뱅이 니콜과 같이 나갔다. 로슈포르는 우선 니콜을 밀어 떨어뜨리고 다음으로 실뱅을 노렸다. 그 자리에서 실뱅을 죽이고, 살인범이 동반 자살을 함으로써 스스로 파멸한 것이라고 보여주어도 좋았던 것이다. 둘 사이가 틀어져 먼저 니콜을 죽인 실뱅이 며칠 후 로슈포르를 절벽에서 밀어 떨어뜨리려고 했지만, 격투 끝에 가까스로 로슈포르가 승리를 거두고 반대로 연쇄살인범 실뱅이 절벽 아래로 떨어지게 되었다…… 이것이 원래의 설정이었다 하더라도.

"이 추리는 그때 지젤이 왜 끊임없이 몽세귀르의 산정을 주시하고 있었는가 하는 이유를 아는 것만으로도 뒷받침되었습니다. ……왜 그랬지, 지젤?"

"아빠가 산장을 나갈 때 나한테 말했거든. 정확히 그 시각쯤 산정에서 손을 흔들 테니 보고 있으라고."

"이런 식으로 로슈포르는 알리바이 트릭을 위한 목격자도 주도면밀하게 준비해두었습니다. 저는 로슈포르의 계획을 알아채고, 그것을 역이용하여 그를 함정에 빠뜨리기로 마음먹었습니다. 일단 로슈포르는 실뱅을 놓치고 말았지만, 저와 의논한 실뱅의 전화로 다시 최초의 계획을 살리기로 했던 겁니다. 권총으로 위협하여 실뱅을 벼랑에서 밀어 떨어뜨리고 반대로 자신이 죽임을 당할 뻔했다고 주장하며, 그래요, 지금 저처럼 탐정의 수수께끼 풀이처럼, 면밀히 복선을 깔아둔 니콜과 실뱅 공범설을 주장하는 것이 이 사건에서 로슈포르가 할 마지막 일일 터였습니다. 어쩌면 저 대신 진범 로슈포르가 여기서 그 진상을 말하게 되었을지도 모르는 일이었지요……"

로슈포르가 주느비에브를 살해한 데는 분명히 또 하나의 동기가 있었을 것이다. 나는 줄리앙에게 물었다.

"10년 전의 범죄는 복수이기도 한 거 아니에요? 로슈포르는 어릴 때부터 주느비에브를 열렬히 사랑했는데 그 사랑은 도저히 충족되지 않았어요. 주느비에브의 마음속에서 로슈포르는 아주 작은 장소조차 차지할 수가 없었으니까요. 반대로 노디에는 종복인데도 주느비에브와 깊은 정신적인 유대를 갖고 있었어요. 굴절된 감정이 한계점에 이르렀을 때 아내에 대한 채워지지 못한 애정이, 노디에에 대한 부당한 질투심과 함께 살의와 증오로 바뀌었지요. 주느비에브를 살해하고 노디에를 범인으로 만든 데는 재벌 내의 지위를 지키려는 것만이 아니라 그런 복수심도 있지 않았을까요?"

"음, 아마 그랬겠지. 그렇게 생각해야 이번 연쇄살인 사건에서 로슈포르가 카타리파나 묵시록에서 유래하는 갖가지 상징을 왜 그렇게까지 집요하게 뿌려놓았는지 그 심리적 배경을 이해하기도 쉬워지지. 확실히 로슈포르는 아내를 자신의 손에서 빼앗았다고 할 수 있는 카타리파에 뭔가 복잡한 심정을 품고 있었어. 협박장에서 범인을 카타리파의 광신자로 보이게 하려고 한다거나 실뱅이라는 카타리파 연구자를 마지막에는 미치광이처럼 만들어낼 계획을 세운 것은, 반은 무의식이었다고 해도 카타리파에 대한 부정적인 콤플렉스가 작용했음이 틀림없겠지."

줄리앙이 조용히 이야기를 마쳤을 때였다. 홀로 들어온 한 헌병이 천에 싼 대형 권총을 카사르 대장에게 건네며 말했다.

"몽세귀르 성터 구내에 떨어져 있던 모제르총입니다. 총목의 지문은 로슈포르의 것이었습니다. 탄환과 강선은 정밀조사 전입니다만, 네 필의 말 이마를 쏜 것도 아마 이 권총일 거라는 감식반의 의견입니다."

의문의 여지는 없었다. 장 폴은 천천히 일어나 줄리앙 앞에 서서 울퉁불퉁한 오른손을 말없이 내밀었다.

"고맙습니다, 바르베스 경감님. 그럼 저는 새색시 앞에서 체포되지 않아도 되는 거지요?"

장 폴의 손을 세게 쥐면서 줄리앙이 다시 익살맞은 어조로 말했다. 옆에서 그런 줄리앙에게 달려들어 안긴 지젤이 정신없이 키스 세례를 퍼부었다. 이것으로 된 거라고 나는 중얼거렸다. 또다시 내 추리는 빗나갔지만, 그런 건 아무래도 상관없었다. 라루스가 사건처럼 모두에게 암울한 종막을 맞이하지 않고 끝난 것이 무엇보다 다행스러운 일이었다. 다만 두 사람을 축복하는 사람들로부터 멀리 떨어져 창가에서 우두커니 몽세귀르의 바위 봉우리를 올려다보고 있는 가케루의 뒷모습이 마음에 걸렸다. 아침 해가 내리쬐고 있는 카타리파의 성스러운 봉우리를 응시하면서 가케루가 여러 번이나 반복해서 불고 있었던 것은 또 그 음침한 격정을 담은 가곡의 불길한 한 구절이었기 때문이다.

"가케루, 이걸로 끝난 거지?" 나는 무심코 묻고 말았다. "너도 줄리앙의 추리와 같은 결론이었으니까 탐정 역할을 줄리앙한테 넘긴 거 아냐?"

"완전히 같지. 줄리앙의 추리에는 틀린 게 하나도 없어."

이렇게 말하면서도 가케루의 옆얼굴에 새겨진 비참한 그늘은 전혀 걷히지 않았다. 가슴이 조이는 듯한 불안감에 나는 거듭 확인했다.

"속이면 안 돼. 맹세코 연쇄살인의 범인은 오귀스트 로슈포르였던 거지, 맞지?"

"맹세코 연쇄살인의 범인은 로슈포르야. 걱정할 건 하나도 없어. 사건은 끝났으니까."

문득 나는 마음에 짚이는 것이 있었다. 가케루의 어두운 표정은 지금 병원에서 죽어가는 시몬 뤼미에르 탓일지도 모른다. 그게 통상적인 남녀의 사랑이라고는 전혀 생각되지 않지만, 아마 가케루는 시몬에게 뭔가 특별한 감정을 품고 있을 것이다. 이렇게 생각했지만, 그리고 그것이 진실임을 확신했지만, 이상하게도 질투심이 일지 않았다. 오히려 가케루가 가여워서 견딜 수가 없었다. 나는 살짝 가케루의 팔을 잡고 나란히 서서 눈앞에 우뚝 솟은 거대한 바위 봉우리를 넋을 잃고 바라보았다. 그러고 나서 되도록 부드러운 목소리로 청년에게 이렇게 속삭였다.

"괜찮아, 시몬은 죽지 않을 거야. 걱정할 필요 없어……"

그러나 가케루의 휘파람은 그치지 않았다. 삶과 죽음의 어둠을 노래하는 휘파람은 내 귓불 언저리에 더욱더 집요하게 휘감겼다.

# 5

가케루가 병실 문을 가볍게 두드렸다. 문을 연 젊은 간호사가 나지막한 목소리로 빠르게 말했다.

"면회는 아무리 길어도 20분 안에는 끝내주세요. 아무쪼록 환자를 흥분하게 하지 마시고요."

소독약 냄새가 떠도는 병원 복도를 걸어가는 간호사를 바라보고서 나는 가케루의 뒤를 따라 시몬 뤼미에르의 병실로 들어갔다.

툴루즈의 병원 의사가 카사르 대장에게 전화를 한 건 어제 오후 늦은 시간이었다. 그 전날 아침, 즉 로슈포르가 추락사한 직후에 몽세귀르 산정에서 혼절한 시몬은 일단 구급차로 라블라네의 병원으로 옮겨졌지만, 그곳 의사의 진단 결과에 따라 설비를 갖춘 툴루즈의 종합병원으로 그대로 이송되었다. 카사르 대장의 연락을 받고 가케루가 다시 툴루즈의 병원으로 전화하자 시몬을 담당하는 의사는 환자가 가케루와의 면회를 요구하며 심하게 흥분하고 있다, 억지로 막는 것이 오히려 증세를 악화시킬지도 모를 정도니 사정이 허락하는 대로 가능한 한 빨리 병문안을 와주었으면 좋겠다고 했다. 의사가 알려준 시몬의 불길한 병명은 거의 회복 불가능한 지경까지 악화된 폐암이었다. "지금까지 아무런 치료도 받지 않았다는 건 믿을 수 없을 만큼의 자살 행위"라며 의사는 그게 가케루의 책임이기라도 한 것처럼 분개하며 말했다고 한다.

이 도회에 살고 있는 남동생 줄리앙이 준비했을 병원의 현대적인 개인실에는 공기 조절 장치가 있어 시원한 바람이 희미하게 흐르고 있었다. 침대에 누워 있는 시몬의 옆얼굴은 못 본 지 이틀밖에 되지 않았는데도 섬뜩할 만큼 심하게 쇠약한 모습이어서 나는 마음이 아팠다.

"시몬 뤼미에르 씨."

발소리도 내지 않고 침대 옆으로 다가간 가케루가 귓가에 속삭이자 애처롭게도 가는 혈관이 도드라져 보이는 시몬의 얇은 눈꺼풀이 파르르 떨렸다. 그러고는 마치 힘든 일이라도 하는 것처럼 놀랄 만큼 긴 시간을 들여 느릿느릿 두 눈을 떴다.

"야부키 씨, 무리한 부탁을 해서 죄송해요. 당신에게도요, 나디아……" 핏기 없는 입술을 거의 움직이지 않고 시몬은 중얼거리듯이 말했다. "모르핀 탓에 머리가 좀 멍해서…… 그래요, 당신이 목숨을 살려주었다고 줄리앙한테서 들었어요. 고맙다는 말을 해야 하는데, 그런데 대체 어떻게……"

그건 나도 알고 싶은 일이었다. 몽세귀르의 성벽 위에서 로슈포르에게 밀려 떨어졌을 시몬을 이 일본인이 어떤 방법으로 구출할수 있었던 것일까? 잠깐의 침묵이 흐른 후 가케루가 입을 열었다. 청년의 얼굴에 새겨진 기묘한 주름은 어쩌면 엷은 미소인지도 몰랐다.

"시몬 씨, 신경 쓰지 마세요. 아무것도 아니니까요. ……저는 그일의 전말을 예상하고 있었습니다. 다만 그게 그날 아침에 일어날것까지는 생각하지 못했습니다. 범인한테 허를 찔린 셈인데, 안타까운 일이었지요. 그날 아침 저는 당신과 소네 신부님의 뒤를 쫓아 서둘러 몽세귀르로 갔습니다. 산정까지 뛰어올라 문에서 성벽위를 봤을 때 당신을 붙잡은 로슈포르와 줄리앙이 서로 노려보는광경을 목격했습니다. 경관들이 도착하려면 아직 멀었기 때문에달리 방법이 없었죠. 저는 바깥에서 성벽을 돌아 당신들이 있는곳 바로 아래까지 갔습니다."

"하지만 그 주변의 성벽 바로 아래는 그대로 벼랑으로 이어져있어 걸어서 갈 수 있는 길이 아닐 텐데." 내가 끼어들었다. 가케루가 고개를 끄덕이며 말을 이었다.

"길은 없어. 석벽 아래쪽에 들러붙어 옆으로 몸을 이동시켜 간거야. 평소라면 험한 곳이라고 할 정도도 아닌 그만그만한 바위밭이었는데 아무튼 시간이 없었습니다. 목적한 장소에서 발을 디딜 만한 비죽 나온 바위를 발견했는데, 고맙게도 그 옆에 밧줄을걸 수 있는 튼튼한 바위 돌기가 있었지요. 천 가방에서 짧은 밧줄을 꺼내 한쪽 끝을 바위에 걸고 다른 쪽 끝을 몸에 고정시켰습니다. 돌기의 강도를 확인해볼 여유는 없었습니다. 그것이 가속이 붙은 두 사람의 몸무게를 지탱해주기를 기도할 뿐이었지요. 그리고 온몸에 힘을 빼고 호흡을 가다듬으며 기다렸지요. 주의력과 반사 신경을 가능한 한 예민하게 하기 위한 간단한 기술이 있거든요……"

그것이 일종의 요가라면 내게도 가르쳐주면 좋겠다고 생각했지만, 말참견을 하지 않고 나는 가케루의 말에만 주의를 집중했다.

"머리 위에서 날카로운 소리가 들려왔습니다. 성벽 위에서 제가 있는 곳까지는 아주 짧은 거리인데도 시간이 아주 천천히 흐르는 것 같았습니다. 열차가 플랫폼으로 들어오는 것을 기다릴 때의 기분으로 저는 견디고 있었지요. 가장 적절한 순간은 눈과 손발의 근육이 알아서 정해주었습니다. 암벽을 차고 아래쪽으로 비스듬히 공중으로 뜬 순간 오른손으로는 시몬 뤼미에르 씨, 떨어지는 당신의 양 옆구리를 낚아채듯이 붙잡았습니다. 왼손은 충격을 완화하기 위해 밧줄 중간을 잡고 있었고요. 밧줄은 가능한 한 짧게 준비했는데 다 펴진 순간의 충격으로 가슴이 엄청나게 조였습니다. 하지만 두 사람의 생명을 지탱한 바위 모서리는 그 충격을 어떻게든 버텨주었습니다. 그 후에는 좀 성가실 뿐 위험하지는 않았어요. 미리 준비해서 목에 걸어둔 끈을 왼손으로 잡고 당신 옆구리를 통과시켜 고정했죠. 자유로워진 두 손으로 밧줄을 타고 기어서 발 디디는 데까지 올라가 경관들이 도착하기를 기다리고 있었을 뿐입니다."

가케루는 담담하게 말을 마쳤다. 샤투이 마을을 출발할 때부터 밧줄과 띠를 넣은 천 가방을 준비한 것을 보면 상황에 따라서는 처음부터 그런 무모한 구출 계획을 생각하고 있었음이 틀림없다. 내게는 상상만으로도 몸이 덜덜 떨리는 무시무시한 행동이었지만, 한편 이 청년이라면 안전하게 완벽히 해낼 수 있었을 거라는 확신 같은 것도 있었다.

"야부키 씨, 고마워요. 그렇게까지 해서 목숨을 구해준 사람한테 할 만한 얘기는 아니지만, 감히 비상식적인 질문을 하고 싶어요. 세트에 있던 날 밤에 당신은 삶도 죽음도 없고 선도 악도 없다고 했잖아요. 그렇다면 왜 그렇게 힘든 노력을 해가면서까지 이런 하찮은 목숨을 구해준 건가요? 나는 이해할 수 없어요. 내 몸의 참혹한 상태는 당신도 전부터 알고 있었을 거예요. 간호사 자격증을 갖고 있는 나와 마찬가지로…… 구해준들 살날이 얼마 남아 있지 않잖아요. 의사는 체력이 회복되기를 기다려 수술을 하고 싶다고 하지만, 무기력한 위로에 지나지 않아요. 그렇다고 내가 당신한테 정말 깊이 감사하고 있다는 걸 의심하지는 마세요. 오늘 아침에 눈을 뜨자 창밖에 아침 햇빛이 환하게 흘러넘쳤어요. 맑은 빗방울에 젖은 푸른 잎 하나하나가 선명하게 빛나고 있었어요. 간호사한테 창문을 열어달라고 했는데, 작은 새가 지저귀는 소리까지 고통에 지친 귀를 부드럽게 간질였지요. 이런 눈부신 광경에 육체의 고통을 잊고, 빛을 받은 사물 하나하나에 신이 깃들어 있다는 사실을 새삼 영혼 깊숙한 데서 받아들일 기회를 준 것만으로도 나는 당신한테 한없이 감사하고 있어요…… 하지만 당신은 왜 나를 구해주었나요?"

시몬은 마치 꿈을 꾸는 듯이 엷게 웃었다. 안경을 벗은 시몬 뤼미에르는 처음 볼 만큼의 지적인 미모로 나를 놀라게 했다. 한없이 먼 곳을 조용히 떠도는 시선, 애달픈 듯이 부드러움을 띤 입술, 평온한 비애로 가득 찬 눈매와 볼의 선…… 이 아름다운 표정은 내가 알고 있는 누군가의 것이었다.

"그 질문이 저를 부른 이유인가요, 뤼미에르 씨?"

냉혹하게 내치는 듯한 가케루의 말이었다. 시몬의 표정이 천천히 바뀌었다. 아침의 햇빛과 소녀를 연상시키는 엷은 미소를 떠올리고 있던 얼굴이 다시 천천히 고통을 견디는 표정으로 가라앉았다.

"그랬어요. 당신을 오게 한 데는 좀 더 다른 이유가 있어서였어요. 에스클라르몽드 산장 사건의 진상을 꼭 당신 입으로 듣고 싶어요. 어제 줄리앙이 간단히 얘기해주었지만, 나는 당신한테서 듣길 원해요."

"같습니다. 연쇄살인의 진상은 줄리앙 뤼미에르의 추리로 완벽하게 밝혀졌습니다. 발터 페스트, 장 노디에, 니콜 로슈포르의 살해자는 당신을 죽이려고 한 오귀스트 로슈포르입니다."

어디서 그런 정신력이 솟아나는지 나는 이해할 수 없었다. 시몬 뤼미에르는 애처로울 정도로 야윈 손가락 관절이 하얗게 될 만큼의 힘으로 시트를 움켜쥐고 상대를 꼼짝하지 못하게 하는 탐하는 듯한 시선으로 머리맡의 청년을 바라보고 있었다. 그 강렬한 시선에는 누구도 견딜 수 없을 것 같았다.

"야부키 씨, 그런 거짓말은 안 돼요. 이런 자리에서까지 거짓말로 자신을 감싸는 건 그만두세요. 나를 감싸고 있다고 생각하는 건가요? 말해버리세요. 나를 구해준 진짜 이유를요. 당신은 알고 있어요. 이 사건의 진범이 누구인지를요. 그렇지 않나요, 야부키 씨?"

"의사를 부를게요"라고 말하고 몸을 돌리려고 한 내 팔을 가케루는 말없이, 세게 조일 정도의 힘으로 재빨리 잡았다.

"그래도 이렇게 흥분시키면 안 되잖아. 몸에 해로워." 나는 가케루의 귓전에 대고 빠른 말로 속삭였다. 사건의 진범은 이미 죽었다. 시몬의 말은 의식의 착란을 보여주는 것으로밖에 생각되지 않았다. 그러나 일본인은 병상에 누운 시몬의 옆얼굴을, 지독한 침묵을 견뎌내며 응시하고 있었다. 그러고 나서 나지막한 목소리로 말했다.

"제가 알고 있는 것은 당신도 알고 있는 겁니다. 그걸로 된 거 아닌가요?"

말이 되지 못한 신음 소리가 시몬의 핏기 없이 말라붙은 입술에서 새어 나왔다.

"역시……, 하지만……"

"이걸로 이야기는 끝내기로 할까요? 당신은 쉬어야 합니다, 시몬 뤼미에르 씨." 얼굴을 찡그리며 가케루가 말했다.

"아니요, 아니요, 아니에요." 시몬이 목구멍 안에서 필사적인 외침으로 대꾸했다. "말하세요. 말해요. 당신 입으로 말하세요. 진범의 이름을요, 당신이 나를 살려준 이유를요."

"알겠습니다. 그래요……" 가케루는 일순 말문이 막혔다.

"누구죠, 누구예요? 그 범죄를 진짜 연출한 사람은⋯⋯" 시몬은 침대에서 뛰어오를 것만 같았다.

"그럼 말하지요. 줄리앙 뤼미에르, 당신의 동생입니다." 건조하고 기복 없는 가케루의 목소리였다.

"말도 안 돼⋯⋯" 이번에는 내가 소리칠 차례였다. "하지만 넌 줄리앙의 추리가 전부 사실이고, 연쇄살인의 진범은 로슈포르라고 말했잖아. 분명히 그렇게 말했잖아. 그것도 거짓말이었다는 거야? 가케루, 어떤 거야? 결국 장 폴의 추리가 옳았다는 거야?"

"내가 그때 너한테 말한 것은 다 사실이야. 페스트 살해, 노디에 살해, 니콜 살해의 범인은 로슈포르야. 에스클라르몽드 산장의 연쇄살인을 실행한 것은 오귀스트 로슈포르였어. 사건을, 자기 자신을 지키기 위한 로슈포르의 범죄로 보는 한 진범은 로슈포르가 틀림없어. 하지만⋯⋯"

"하지만 뭐야?" 내 머리는 완전히 혼란스러워지고 말았다.

"로슈포르에 의해 계획되고 실행된 사건이라는 모습 뒤에는 또 하나의 모습이 숨겨져 있어. 나도 감탄할 수밖에 없을 정도로 교활한 남자가 로슈포르의 범죄 자체를 물감으로 사용해 자신을 위해 전혀 다른 그림을 그렸던 거지. 그래, 그건 완전범죄라고 할 수 있을 거야⋯⋯"

"맞아요, 야부키 씨. 니콜이 죽었을 때 나한테는 막연한 의혹이 남았어요. 그리고 결국 로슈포르가 죽게 된 그날 아침, 동생한테서 온 전화로 내게는 모든 게 확실해졌어요." 고통스럽게 헐떡거리면서 시몬이 중얼거렸다.

"나는 잘 모르겠어. 가케루, 시몬 씨, 그게 무슨 말이에요?"

내게는 병실 앞으로 걸어오는 복도의 구두 소리도 멀고 비현실적으로 느껴졌다. 두 사람의 확신하는 듯한 이런 어조는 대체 뭘까? 이 두 사람은 내가 모르는 뭔가를 알고 있다는 말인가?

"좋아요. 줄리앙 뤼미에르 씨, 당신이 주역입니다. 꺼리지 말고 들어오세요."

돌아보면서 문을 향해 가케루가 명확한 어조로 말하자 그에 응해 조용히 열린 문 밖에는 줄리앙 뤼미에르의 모습이 있었다. 줄리앙은 우스꽝스럽게 찡그린 얼굴로 손을 뒤로 돌려 문을 닫고 그대로 뒷짐을 진 채 우리가 있는 침대 옆으로 다가와서 말했다.

"완전범죄란 말이지? 그렇겠지, 그래. 그럼 지금부터 사상 최대의 완전범죄를 차분히 공개해볼까? 내 얘기를 카세트로 녹음해서 경찰서에 가져가도 상관없네. 로슈포르가의 수장이라는 권력을 갖기만 한다면 그런 걸 뭉개버리는 건 식은 죽 먹기일 테니까. 로슈포르가 살아 있다면 내가 녹음한 그의 자백 테이프 같은 건 아무 도움도 되지 않았을 거야. 그 증거는 죽은 로슈포르한테만 유효하니까. 어떻게 유효한가 하면, 물론 내 무죄를 멋지게 증명하기 위해서지. 바보 같은 경관들은 금세 걸려들었고.

하지만 야부키 군, 자네가 모르는 것도 있네. 그걸 가르쳐주지. 첫 번째로 발터 페스트가 살해된 후 나는 곧바로 로슈포르가 범인이라는 걸 확신했지. 로슈포르의 진짜 표적이 누구인지도 곧 밝혀졌고. 물론 복수하려는 노디에였어. 세트로 간다는 노디에가 보여준 예의 그 편지로, 로슈포르가 니콜과 실뱅의 이름을 계획표에 넣었다는 것도 분명했지. 노디에가 살해된 후 나는 로슈포르한테서 한순간도 눈을 떼지 않았네. 제3의 살인 현장에서는 옆에서 목격자로 등장하여 정당방위로 보이게 해서, 사실 정당방위니까 그렇게 보일 필요 같은 건 없었지만, 아무튼 놈을 매장해버리려고 했지. 하지만 하필이면 생각지도 못하게 실뱅이 등장하고, 경관한테 내 정당방위를 증언해줄 누나가 산정에 오지 않았기 때문에 나는 그 자리에서 좀 더 나은 계획으로 변경하기로 했지. 니콜이 살해된 후 내가 어떤 준비를 했는지는 자네가 알고 있는 대로야. 에스클라르몽드 산장의 수수께끼 풀이 모임에서 말하지 않은 것은 내가 처음부터 로슈포르를 죽일 생각을 하고 있었다는 것, 누나한테 정당방위의 목격자가 되어달라는 생각으로 전화를 했다는 것, 윗옷 주머니에 소형 권총을 준비하고 있었다는 것 정도네. 권총은 절벽 아래로 던져버렸으니까 반지를 찾은 노디에만큼의 열의로 찾는다면 아직 발견할 수 있을지도 모르지. 누나, 얼빠진 누나가 이번에는 산정에 너무 빨리 도착해서 그런 일이 벌어진 거야. 다만 고맙게도, 나디아, 시몬의 대역으로 네가 나타나줬다. 누나는 야부키 군의 공적으로 목숨을 구했고, 정당방위의 증언은 자네가 해주었지. 나로서는 불만이 없어. 그놈은 세 명을 죽이고도 지위와 권력으로 재판조차 받지 않았을 남자야. 내가 증거 없는 범죄에 올바로 결말을 지은 거지. 야부키 군, 반년 전에 자네가 해 보인 것처럼 말이야. 그 결과 로슈포르가의 막대한 자산을 내가 손에 넣었다고 해도, 적어도 자네한테서 비난받을 만한 문제는 아니겠지. 그렇지 않나, 야부키 군?"

줄리앙이 익살맞은 어조로 말한 것은 로슈포르 살해에 대한 놀랄 만한 진상이었다. 그것은 완전범죄, 아무도 고발할 수 없는 완벽한 살인이었다. 본인의 입으로 듣는 것 외에 이런 진상을 대체 누가 예상할 수 있겠는가.

"제가 모르는 이야기를 들려줘야 할 텐데요." 줄리앙의 얼굴을 보지 않고 가케루가 나직이 말했다. 이어서 시몬이 목구멍을 쥐어짜듯이 말했다.

"줄리앙, 너는, 너는 왜 그런 짓까지 해서 로슈포르가의 재산을 손에 넣고 싶었던 거야? 물욕이 아니라 자신의 손으로 정의를 실행하는 게 즐거웠기 때문이야, 줄리앙?"

얼굴을 숙이고 억지로 웃음을 참고 있는 것처럼 보였던 줄리앙 뤼미에르가 두 사람의 말에 응해 살짝 고개를 들었다. 거기에는 익살맞은 태도도 우스꽝스럽게 찡그린 표정도 없었다. 흥분해서 신경질적으로 일그러진, 처음 보는 줄리앙 뤼미에르의 얼굴이 있을 뿐이었다.

"아니야, 누나. 물욕과도 정의감과도 관계없어. 그래, 그건…… 말하자면 엄숙하기 그지없는 확신 행위였어. 선택된 자의 영웅적 행위라고 해도 좋아."

"영웅적 행위라니?" 시몬이 날카롭게 소리쳤다.

"누나, 내가 누나가 있던 팔레스타인 난민 캠프를 방문했을 때 내 머리는 아주 혼란스러웠어. 아직 학생이었지만 그럴 마음만 있었다면 난 혼자 소형 원폭 정도는 부엌에서도 제조할 수 있는 사람이었어. 그저 평범한 동네 의사의 아들에 지나지 않았지만, 이 국가와 단독으로 절멸 전쟁을 시작할 만한 힘을 이 두뇌 속에 숨겨두고 있었지. 체내에서 준동하는 무시무시한 힘을 나는 주체하지 못하고 있었어. 그건 묵시록의 짐승을 내부에서 키우는 것과 같은 거였지. 나는 두려웠어. 하지만 그 잠재력을 통제할 수 있는 사상을 나는 갖고 있지 못했어. 사상서, 철학서를 닥치는 대로 읽기도 했어. 쇼펜하우어와 니체가 살짝 내 관심을 끌었지. 하지만 내 인생을 바꾸고 내게 삶의 목적을 가르쳐준 것은 난민 캠프에서 만난 러시아인 니콜라이 일리치였어. 그래서 일리치의 조직에 가입했지."

"〈붉은 죽음〉에?" 시몬이 신음하듯이 물었다. 안면은 얼음처럼 창백했다.

"〈붉은 죽음〉은 호칭에 지나지 않아. 그건 결사를 나타내는 일부, 아주 한정되고 부분적인 기능에 주어진 편의적인 명칭에 지나지 않지. 일리치는 내가 주체하지 못하고 있던 짐승의 힘을 한없이 팽창하는 우주적 생명력 자체라고 가르쳐주었어. 하위의 생명에서 상위의 생명이 태어나고, 상위의 생명은 하위의 생명을 지배한다, 인류가 동식물을 마음대로 지배하고 살육하고 모조리 이용해온 것처럼, 다가올 신인류에게는 우둔하기 짝이 없는 구인류를 그렇게 취급할 권리가 주어져 있다, 그리고 나는 이미 구인류의 지평에서 벗어나 초인으로 가는 길에 참가하고 있다는 사실을 일리치는 의심할 여지 없이 분명하게 해주었지."

줄리앙은 미친 사람처럼 열렬히 빛나는 눈동자로 우리 세 사람의 얼굴을 둘러보았다. 그리고 말을 이었다.

"결사의 목적은 초인들에 의해 다가올 세계 지배를 실현하는 일이야. 나는 지령을 받았어. 내 임무는 원자력 제국을 건설하는 일이지. 전 인류가 그것에 의존하면서도 누구 한 사람 그것을 다루는 방법조차 모르는 마술적인 힘을 전 인류에게 침투시키는 것에 의해서만 마력의 소유자는 세계를 지배할 수 있다, 폭탄과 발전 쌍방에 걸쳐 원자력이야말로 그런 현대의 마력이 아니겠느냐, 하고 일리치가 속삭였지. 우리는 이제 로슈포르 원자력 산업을 손에 넣었어. 이제 이 나라를 세계 최초의 원자력 제국으로 조직할 준비가 갖춰진 거지."

"가케루를 습격한 것은 당신들이었군요." 나는 정신없이 소리쳤다. 줄리앙은 가케루의 얼굴을 보며 말했다.

"그래. 우리는 언제든지 자네를 처리할 수 있네. 자네를 살려둔 것은 일리치의 의지야. 자네가 아직 살아 있는 건 단지 그 때문이지. 자네는 좀 더 살면서 의심할 여지 없는 자신의 완전한 패배를 그 눈으로 똑똑히 확인하지 않으면 안 되는 거야."

줄리앙은 얼굴이 일그러질 정도로 흥분하며 말을 계속했지만, 가케루는 기묘한 엷은 웃음으로 속삭이듯이 물었다.

"샤투이의 원자력 발전소 계획은 어떻게 할 생각인가요?"

"물론 완성해야지. 반대파는 철권으로 분쇄해야 할 거고." 줄리앙은 의기양양하게 대답했다.

"줄리앙, 너는 원자력 발전의 위험성을 알고 있잖아!" 시몬의 목소리는 비명에 가까웠다.

"위험? 누나, 대체 누구한테 위험하다는 거야? 위험한 것은 당신들 같은 사람한테나 그런 거지. 그 위험성이야말로 그대로 우리의 힘으로 바뀌어. 초인에 의한 인간 지배 권력의 원천이 되는 거라고. 지금 누나는 폐암으로 죽어가지. 누나, 왜인지 모르겠어? 내 아파트에서 누나는 들어가서는 안 되는 곳을 들여다본 거야. 그때 누나는 플루토늄의 아주 미세한 분말을 들이마신 거지. 누나는 죽어가고 있어. 그런데 나는 아주 건강하지. 그게 누구한테 위험한가는 이것만으로도 명료한 거 아닐까? 그래, 야부키 군, 그렇지 않나?

누나, 누나는 늘 정말 불쾌한 사람이었어. 어릴 때부터 내게는 늘 거북한 존재였지. '불행한 새', 이게 누나야. 사람들 중에서도 특히 쓰레기 같은 인생의 낙오자들한테 쏟는 누나의 병적인 관심. 어디에 불행이 있다면 누나는 새처럼 일직선으로 내려가지, 희희낙락하면서. 누나는 우스꽝스럽고 꼴사납고 보기 싫은 미친 여자야. 온몸의 땀구멍에서 얼간이들에 대한 사랑과 동정의 땀이 끊임없이 뚝뚝 떨어져 내리고 있어. 그 불결한 땀 냄새를 나는 견딜 수가 없다고. 코를 막지 않으면 함께 있을 수 없을 정도야. 뭐, 좋아, 내일 다시 오지. 누나, 누나가 죽을 때까지는 아직 시간이 있어. 그때까지는 누나의 인생이 얼마나 어리석고 못난 것이었는지 절감하게 해줄 테니까."

돌연 몸을 돌린 줄리앙은 어쩐지 기분 나쁜 홍소를 남기고 병실을 떠났다. 심한 흥분으로 떨고 있는 침대의 시몬에게 냉담한 어조로 가케루가 말했다.

"시몬 뤼미에르 씨, 그런데 당신은 어떻게 생각합니까? 줄리앙은 반드시 지금 말한 것을 실행할 겁니다. MRO를 분쇄하고 샤투이에 원자력 발전 기지를 건설해서 악몽의 원자력 제국을 구축하려고 하겠죠. 그것을 저지하는 힘은 어디에도 존재하지 않습니다. 당신은 곧 죽을지도 모릅니다. 몇 달이나 몇 년이나 몇십 년의 차이는 있지만, 누구든 언젠가는 죽습니다. 자신의 사후에 이 세계가 어떻게 되든 그런 것은 아무래도 좋다, 니콜라이 일리치의 결사가 로슈포르 산업을, 그 원자력을 수중에 넣었다는 게 40년 전의 나치당이 독일 국가의 권력을 획득한 것에 필적할 만한 인류적인 악몽의 시작이라고 해도 그것이 대체 뭐란 말인가, 당신은 이렇게 생각하지 않나요?"

시몬의 창백한 얼굴은 마치 유리 같았다. 무시무시한 힘으로 내부에서 쥐어짜 올리듯이 표정은 고통으로 일그러져 있었다.

"야부키 씨……" 시몬은 오싹할 정도로 비참하게 중얼거리는 소리로 나지막하게 이야기하기 시작했다. "결국 당신한테 막다른 곳으로 몰리고 말았네요. 세트의 해안에서 당신이 말한 게 이것이었군요. 내가 곧 끔찍한 선택을 해야 할 처지에 놓이게 될 거라고 했잖아요. ……동생이 악마한테 홀린 것조차 몰랐던 자신의 어리석음을 생각하면 나는 정말 섬뜩해요. 지금 이야기를 들으면 내가 동생과 일리치를 만나게 한 거나 마찬가지니까요. 일리치의 앞잡이가 되어 동생이 앞으로 어떤 지옥을 만들어내려고 할지 상상할수 없는 건 아니에요. 마틸드의 운명이 말해주는 것처럼 일단 잡히면 그 남자의 노예가 될 수밖에 없을 테니까요. 당신이 나를 구해준 진짜 이유도 이제 알겠어요. 도중에 죽게 할 수는 없었던 거죠. 이런 식으로 나를 막다른 곳에 몰아넣을 때까지는 말이에요. ……그래도 '만사 오케이'인가요? 이 말은 지금의 내게 마치 달콤한 꿀처럼 느껴지네요. 하지만 야부키 씨, 내가 잠자코 죽어가면 내 어리석음과 무자각에서 시작된 재앙이 땅을 뒤덮겠지요. 아니, 아니에요, 그런 일은 있을 수 없어요. MRO의 동료들, 미래의 아이들, 무수한 사람을 배신하고, 그들이 이대로 죽게 내버려두는 짓은 절대 할 수 없어요. 하지만 그렇게 하지 못하게 하기 위해 내가 할 수 있는 일이라면……"

시몬은 일단 입을 다물고 고통스럽게 얼굴을 찡그렸다. 대답하듯이 가케루가 말했다. 기분 나쁠 정도로 평온한 어조였다.

"병상에 있는 무력한 당신한테도 단 하나 가능한 게 있습니다. 어떻게 할지는 당신 자유지만요."

가케루는 시트 밑으로 손을 넣었다. 내게는 그것이 작별 인사를 위해서라기보다는 그가 시몬의 손에 뭔가를 쥐여 준 것처럼 보였다.

"사용 방법은 알고 있죠? 줄리앙은 내일 다시 여기로 올 겁니다. 당신이 어떤 선택을 할지 그 결과는 신문에서 읽기로 하겠습니다. 이제 만날 일은 없겠지요. 당신의 사람됨, 사상은 저한테 하나의 도전이었습니다. 하지만 우리 사이에 할 말은 그날 밤 세트에서 다 했습니다. 당신이 어떤 결정을 할지, 그것만 남았습니다. 제 선물을 사용하든 안 하든 당신 자유입니다. 그런데 사용하지 않으면 당신의 신은 당신의 마음속에서 죽습니다. 하지만 사용한다고 해도 마찬가지로 당신의 신은 죽게 되겠지요.

제가 당신을 막다른 곳으로 몰아넣은 게 아닙니다. 이것이 운명이었던 겁니다. ⋯⋯길어졌습니다. 그럼 안녕히 계세요, 시몬 씨."

마지막 말을 마치고 가케루는 병실을 나갔다. 침대에서는 시몬이 이제 막 건네받은 소형 권총을 마치 태어나 처음 보는 것처럼 손에 쥔 채 멍하니 바라보고 있었다.

# 툴루즈 병원의 단식자

묵시록의 여름이 지나고 어느새 대학도 새 학기가 시작될 무렵이었다. 매년 10월 하순 무렵에 계속 내리는 안개 같은 가랑비가 연일 이어지는 계절이었다. 파리의 거리는 인상파 화가들이 처음으로 캔버스에 정착시킨, 푸르고 투명하며 살짝 쌀쌀한 인상을 주는 미묘한 색조의 어슴푸레한 빛 아래 가라앉아 있었다. 받쳐 든 우산 아래 들어오려고도 하지 않고 비를 맞으며 옆에서 걷고 있는 청년에게 나는 말했다.

"너를 처음 만난 게 작년 이맘때였어. 기억해?"

우리는 안개비에 희미해 보이는 팡테옹의 둥근 지붕 주위를 천천히 걷고 있었다. 하늘은 한겨울의 울적한 납색은 아니었지만, 이미 차분한 회색 구름으로 온통 덮이기 시작했다. 지난 1년, 겨울의 라루스가 사건, 여름의 몽세귀르 사건, 이런 일들이 무심코 생각나 나는 다소 감상적인 기분이 되는 걸 누를 길이 없었다. 가케루의 낡아빠진 가죽 외투는 순식간에 빗물을 머금어 음침한 진초록색으로 물들었다. 청년은 장발을 안개비에 적시며 그저 말없이 걷기만 할 뿐이었다. 나는 몽세귀르 사건 이야기를 꺼냈다.

"어제 신문 봤어? 사교란에 실려 있었어. 툴루즈에서 지젤과 줄리앙이 성대한 결혼식을 올렸다고. 교회는 그 생세르낭 성당이야. 로슈포르가의 수장이라는 지위를 일족이 결국 승인한 거지."

내가 읽은 신문에는 이렇게 쓰여 있었다.


로슈포르 기업복합체의 핵심인 로슈포르 원자력 산업의 신임 사장에 취임한 신랑 줄리앙 로슈포르 씨는 열정적인 어조로 다음과 같이 포부를 밝혔다. "샤투이 원자력 발전소는 내년 안에 반드시 착공합니다. 정부, 전력공사도 그 방침을 분명히 했습니다. 불행하게 돌아가신 장인어른께 제가 할 수 있는 최소한의 진혼 행위입니다. 현지에는 이제 뭔가 다른 목적이 있는 무책임한 반대파가 약간 남아 있을 뿐입니다. 문명과 인류의 미래에 대해 책임을 지지 않는 소수 과격파의 존재는 단지 치안 문제에 지나지 않는 거라고 할 수 있을까요?" 브르타뉴 지방의 플로고프에 필적하는 거대한 원자력 발전 기지를 랑그도크 지방 샤투이에 건설하고자 하는 새로운 사장의 장대한 포부였다.


시몬의 병상에서 밝혀진, 일찍이 마틸드가 속해 있었고 지금 줄리앙이 소속되어 있다는 비밀결사, 그 결사의 수령인 듯한 니콜라이 일리치라는 기괴한 러시아인 등은 어느새 내 머릿속에서 희미한 존재가 되어 있었다. 저격을 당한 가케루, 줄리앙 뤼미에르가 자랑스럽게 밝힌 로슈포르 살인…… 이런 확실한 사실도 가케루의 오컬트 이야기와 마찬가지로 세계 정복을 노리는 흑마술사 비밀결사의 존재라는 너무나도 황당무계한 꿈 이야기를 뒷받침할 만한 증거라고는 생각할 수 없었다. 내 안에서 몽세귀르 연쇄살인 사건은 이미 끝난 것이다. 이렇게 생각하면 시몬의 병상에서 줄리앙이 고백한 것조차 그 청년다운 짓궂은 농담이 아니었을까 하는 생각마저 들었다. 물론 시몬에 의한 줄리앙 총격 사건 같은 것은 일어나지 않았다.

시몬 뤼미에르는 8월에 죽었다. 회복 불가능한 중증 폐암에 걸려 있었으나 믿을 수 없게도 직접적인 사인은 아사였다고 한다. 우리가 찾아간 날 이후 의식이 있는 한 그녀는 일체의 음식을 거부했던 것이다.

"그건 대체 뭐였을까? 시몬이 거의 자살이나 다름없는 그런 행위를 한 의미는?"

"인내지." 의외로 가케루가 나직이 중얼거렸다. 인내, 즉 말기 카타리파, 특히 여성 신도들 사이에서 보였던 죽음에 이르는 장기간에 걸친 절식이다.

"인내……" 내가 중얼거렸다.

"시몬 뤼미에르는 세트에서 그날 밤 내가 강요한 윤리적 선택과는 전혀 다른 제3의 가능성을 몸소 보여주려고 한 거야. 나는 그때 인간을 사랑할지, 신을 사랑할지, 둘 중 하나를 선택하라고 몰아붙였거든. 동생 줄리앙 뤼미에르의 정체가 드러난 후에도 그녀는 결국 권총의 방아쇠를 당길 수 없었어. 인류의 미래를 구하기 위해서조차 시몬은 살인을 범할 수 없었던 거지. 살인이 그녀가 믿는 신의 계율에 반하기 때문일까? 아니, 그렇지 않아. 그녀는 방아쇠를 당기지 않음으로써 인간들에 대한 사랑과 신에 대한 사랑 쌍방을 동시에 잃어버린 거야. 나는 믿을 수가 없었어. 그때 시몬에게는 줄리앙을 죽이고 그 행위를 신에 대한 충실함이라고 강변하거나 아니면 인류에 대한 충실함이라고 강변하거나 그 둘 중 하나밖에 없었을 거야. 하지만 시몬은 그 둘을 다 거부했지. 그리고 동료와 신앙 쌍방을 동시에 잃어버렸어. 하지만……"

"하지만 뭐야?" 나는 재촉했다.

"모든 것을 잃은 시몬은 그 모든 것을 상실한 것 가운데서 바로 모든 것을 얻었는지도 몰라. 그녀는 최후의 한 달 동안 인내를 실행함으로써 세계뿐만 아니라 자신의 내면에서조차 소멸해버린 부재의 신에 이르는 길을 추구하려고 한 거거든. 시몬은 육체적으로 뿐만이 아니라 정신적으로도 거의 몸부림치고 있었을 거야. 신과 인간 쌍방을 사랑할 수 없다는 불가피성을 기만하지 않고 완벽하게 받아들임으로써 신과 인간 쌍방을 동시에 사랑한다는 불가능한 시도를 추구하는 것…… 죽기 직전에 그녀가 그 시도에 성공했는지 어땠는지 나로서는 알 수 없어. 다만 가혹한 양자택일을 강요한 나에 대한 최후의 답변이라고 이해하고 싶을 뿐이야."

비는 하염없이 내렸고, 잔뜩 찌푸린 하늘에는 구름 사이의 틈조차 보이지 않았다. 차가운 바람이 살짝 외투 자락을 흔들었다. 가볍게 몸을 떤 것은 추위 탓이 아니었다. 우리는 센 강 변으로 향하는 생자크 가의 언덕길을 내려갔다.

"가케루, 발터 페스트를 살해한 범인이 로슈포르였다는 건 언제부터 알았어? 그리고 줄리앙의 완전범죄 계획을 처음으로 눈치챈 건 언제야?"

이 기회에 나는 전부터 갖고 있던 의문을 모두 물어보려고 마음먹었다. 가케루는 비에 젖어 이마에 달라붙은 앞머리를 오른손으로 얼굴 옆으로 밀어내면서 나지막한 목소리로 말했다.

"페스트가 살해된 그날 밤부터 누가 범인인지는 명백했어. 줄리앙 뤼미에르도 나와 마찬가지였을 거야. 나디아, 너도 기억할 거야. 페스트가 살해된 날 밤, 내가 지젤한테 묘한 부탁을 한 일 말이야. 나는 바르베스 경감 일행과 함께 에스클라르몽드 산장을 수색했어. 내가 찾는 물건은 예상한 곳에 있었지. 나는 수색하는 동안 경관들의 눈을 피해 그것을 감춰두었다가 수색이 다 끝나고 그걸 원래 있던 곳에 돌려놓았어. 밤이 이슥해지면 범인이 반드시 찾으러 올 것이었으니까."

"예상한 장소라는 건 그 창고를 말하는 거구나. 그래서 지젤한테 감시를 부탁한 거고. 그런데 그 물건은 대체 뭐였어?"

"쇠붙이가 들어 있던 주머니야."

"쇠붙이 주머니라……" 나는 무심코 중얼거렸다.

"너는 이튿날 에스클라르몽드 산장에서 그걸 봤을 거야. 들어봐, 나디아. 쇠뇌든 투석기든 모든 걸 나무만으로 만들 수는 없어. 로슈포르가 쇠뇌하고 투석기를 분해한 후에 남은 용수철이나 나사 같은 금속 부분은 대체 어디로 갔을까? 로슈포르는 다락에서 분해한 부품을 재빨리 나무와 쇠붙이로 나누고 금속 부분만 모아서 주머니에 넣고는 창고의 잡동사니 안에 던져두었어. 내가 발견한 것은 그 쇠붙이 주머니였어."

"하지만 그거 로슈포르가 아니라 줄리앙이 갖고 있었어. 몽세귀르 산정에서 남김없이 던져버리는 모습을 내가 봤는걸."

"그래, 창고에는 먼저 줄리앙이 숨어들었지. 그리고 쇠붙이 주머니를 가져갔어. 줄리앙이 그걸 찾아낼 수 있었던 건 왜일까? 이유는 간단해. 그는 뭘 어디서 찾으면 되는지 처음부터 자세히 알고 있었기 때문이야."

그랬던 거구나. 그 주머니 안의 쇠붙이가 쇠뇌와 투석기의 금속 부분이었던 거구나. 가케루의 말을 들을 때까지 나는 전혀 생각해보지도 않았다. 놀라서 어안이 벙벙해 있는 나를 무시하고 가케루가 말을 이었다.

"그 후 로슈포르가 숨어들었는데 물론 주머니는 이미 없어진 후였지. 마지막까지 로슈포르한테는 그게 아주 큰 불안거리였을 거야. 이튿날 아침 나는 지젤한테 전날 밤의 감시 결과를 물었어. 아버지를 감싸려고 대답하지 않을 가능성도 있었지만, 표정을 읽으면 숨기고 있어도 알 수 있거든. 그런데 지젤의 침묵에는 어딘가 이해할 수 없는 느낌이 있어서 나는 좀 혼란스러웠어. 그것도 당연했던 거야. 지젤이 감싼 건 아버지 로슈포르뿐만 아니라 먼저 연인인 줄리앙 쪽이었기 때문이지. 하지만 진상은 생각지도 못한 데서 드러나고 말았지. 너한테 줄리앙이 갖고 있던 쇠붙이 이야기를 들었을 때야. 줄리앙은 페스트가 살해된 방법을, 따라서 누가 범인인지를 알고 있었던 거지. 쇠붙이를 간단히 찾아낼 수 있었던 것은 그 때문이었어. 하지만 줄리앙은 로슈포르를 고발하기 위해 가장 중요한 증거물이라 할 수 있는 금속 부품을 모두 바위산 위에서 던져버리고 말았지. 그렇게 해서 적어도 사건의 그 단계에서는 줄리앙이 진상을 폭로하는 것도, 로슈포르를 고발하는 것도 전혀 바라지 않고 있다는 것이 내게는 분명해졌지. 게다가 그는 아마추어 탐정을 자처하고 나섰다고 했어. 줄리앙의 진짜 의도가 보이기 시작한 것은 그때였어. 그다음에는 두 번째, 세 번째로 이어진 살인 사건의 흐름에 따라 줄리앙의 언동만 주의하면 그의 완전 범죄 계획은 누구의 눈에나 떠오를 정도였지.

줄리앙은 페스트가 살해되었을 때부터 자신이 사건의 진상을 완전히 파악하고 있었다는 사실을 은폐하기 위해, 에스클라르몽드 산장에서 진상을 폭로할 때 페스트 살해에 대한 추리를 가장 뒤로 돌려 설명했어. 페스트 살해와 관련된 여러 현상 중에서 그가 말하는 사건의 지렛목 위치에 해당한 것은 '두 번에 걸쳐 살해된 사체'라는 현상이었지. 지금이라면 너도 간단히 할 수 있을 거야. '두 번에 걸쳐 살해된 사체'의 의미를 현상학적으로 직관해보면 되거든…… 사체를 다시 한 번 죽일 수는 없기 때문에 살인자에게 첫 번째 살해는 행위의 의미로서 살해일 수는 없었을 거야. 첫 번째 공격으로 생리적인 수준에서 피해자의 살해가 완료되었다고 해도, 행위의 의미로서는 그 공격이 살해 행위로서 이해되지 않았기 때문에 두 번째 공격, 즉 상징적으로 진정한 살해 행위가 불가피하게 되는 거지. 남은 문제는 그저 본질직관에 기초한 이 인식을 페스트가 살해된 구체적인 장소에 적용해보기만 하면 되는 거였어. 그때 고려해야 할 주요한 조건은, 필요도 없이 무의미하게 깨진 유리, 원래는 먼 거리에 사용되는 쇠뇌라는 무기, 석구라는 이해할 수 없는 둔기, 상징이 아니라 기호로서 해독되어야 할 묵시록풍의 무대 장치 등이었지."

"그때 이미 범행에 투석기가 사용되었다는 걸 알았던 거야?" 나는 다소 초조한 마음으로 물었다.

"물론이지. 줄리앙과 마찬가지로."

"로슈포르가 범인이었다는 것도?"

"응." 정말 무관심해 보이는 대답이었다. 나는 거듭 추궁했다.

"그럼 왜 가르쳐주지 않았어?"

가케루는 말없이 가볍게 어깨를 으쓱해 보이기만 했다. 그러고는 약간 틈을 두고 나서 다시 이야기를 이어나갔다.

"너는 언젠가 마틸드를 죽였다며 나를 비난한 적이 있지. 내게는 답할 수 없는 비난이었어. 올여름 생세르낭 문서의 행방을 쫓고 있을 때 나는 너하고 거의 같은 입장에서, 하지만 네가 한 것보다 훨씬 철저한, 무시할 수 없을 만큼 격렬한 비판을 받게 되었어……" 물론 가케루는 여기서 시몬을 암시하고 있었다. "올여름에 있었던 사건의 의미가 너하고 나한테는 전혀 달랐지. 나한테는 새롭게 등장한 시몬 뤼미에르라는 사상적 대항자와의 싸움이 가장 중요한 일이었어. 살인 사건 자체에 대해서는……"

짧은 침묵 후 가케루는 천천히 말을 이었다.

"누가 어떻게 죽이든, 그런 일에 나는 아무런 관심도 흥미도 없어. 사건은, 특히 줄리앙 뤼미에르의 완전범죄는 시몬을 사상적으로 바싹 추궁하기 위한 귀중한 무기가 되었지."

그것으로 정말 이해할 수 없었던 가케루의 언동도 이해할 수 있게 되었다. 몽세귀르 연쇄살인 사건의 배후에서 은밀히 펼쳐졌던 것은 가케루와 시몬의 처절한 사상적 격투였다. 그 싸움 속에는 내가 가케루에게 품고 있던 의혹과 앙투안이나 마틸드에 대한 혹독하다고도 할 수 있는 태도에 대한 비판, 이것들에 대한 해답까지도 포함되어 있었던 것이다. 그렇다. 분명히 가케루는 시몬을 막다른 곳으로 몰아갔다. 그러나 지금에 와서 생각하면 남프랑스 여행 이후의 가케루에게는 자신이 설치한 덫인데도, 마치 어획물이 걸려 있는 걸 바라지 않는 것처럼 보이기도 하는 묘한 주눅이나 내심의 동요가 있었던 것 같기도 했다. 줄리앙이 사건의 진상을 폭로한 직후에 에스클라르몽드 산장에서 본 가케루의 표정은 거의 처참했다.

"줄리앙이 로슈포르의 범죄를 교묘하게 이용한 것처럼, 너는 시몬과의 정신적 싸움에 사건 전체를 이용했을 뿐인 거구나. 그래서 너는 시몬한테 이긴 거야?"

가케루는 살짝 고개를 저었을 뿐 말이 없었다. 그래, 시몬은 예상도 하지 못한 방법으로, 그러니까 '인내'를 가혹하게 자신의 몸에 부과함으로써 정밀하게 짜인 가케루의 덫을 부숴버린 것이다. 유례를 찾아보기 힘든 개성의 소유자를 강하게 경외하는 마음이 저항할 수 없이 나를 사로잡았다. 야부키 가케루에게 이 정도의 싸움을 걸 수 있었던 시몬 뤼미에르라는 여성의 사상적 힘에는 새삼 압도당할 뿐이었다. 그렇게까지 철저하게 막다른 곳에 몰리면서도 마지막에 시몬은 가케루의 손을 벗어난 것이니까.

"그래도 나는 모르겠어. 세트의 해변에서 시몬이 던진 최후의 질문, 왜 이 비참한 지상에 돌아왔느냐는 물음에 너는 대답하지 않았어. 죽어버린 시몬을 대신해서 지금 내가 다시 한 번 물어보고 싶어. 왜 너는 돌아온 거야, 이런 인간들 세상에?"

"나도 잘 모르겠어. 시몬과 처음 만났던 날 밤 내가 한 말을 기억해? ……스승님은 지상으로 돌아가 악의 세력과 싸우지 않고는 세 번째의 궁극적인 이탈에는 도달할 수 없다고 알려주었다고 했던 말. 그 말 자체가 내게는 수수께끼야. 스승님은, 세계는 가상이고 선도 악도 존재하지 않는다고 나한테 가르쳐주었으니까. 하지만 올여름에 나는 이를테면 악의 도시 샴발라에 숨어 있는 어둠의 힘에 조종당하고 있다고 해도 좋은 새로운 흑마술사의 존재를 알게 되었어. 스승님이 나를 지상으로 보낸 것은 그 남자하고 싸우게 하기 위해서였는지도 모르지."

"니콜라이 일리치 말이구나. 하지만 줄리앙이 무시무시한 야망을 이야기한 후에도 너는 아주 무관심한 것 같았는데."

"몽세귀르의 연쇄살인 사건에서 네 번째의 푸르스름한 말을 타고 등장한 살인자는 결국 줄리앙 뤼미에르였어. 하지만 줄리앙 뤼미에르 같은 사람은 그저 꼭두각시일 뿐이야. 그 남자의 이야기를 들었지? 마틸드가 체현한 악의 깊이에도 미치지 못하지. 엉뚱한 피에로야." 가케루는 경멸하듯이 눈살을 찌푸렸다. "진짜 푸르스름한 말의 기수는 따로 있어. 그 남자야. 니콜라이 일리치는 반드시 내 앞에 나타나겠지만, 그때야말로 니콜라이 일리치가 죽을 때지. 내가 이 손으로 기어코 지옥에 보내주겠어." 가케루는 이렇게 말하고는 끔찍할 정도로 냉혹한 미소를 띠었다.

"하지만 그런 비밀결사가 실재하고 있다는 것 역시 나는 잘 믿기지가 않아." 내가 중얼거렸다. 그러나 가케루가 센 강 변에서 저격받았다는 것은 의심할 수 없는 사실이었다. 나는 화제를 바꿔 물었다.

"그래도 카타리파의 숨겨진 보물 탐색은 진짜였을까? 결국 실패했지만 말이야."

"아니, 성공한 거야."

"어떻게?"

나는 반문했다. 숨겨진 보물의 소재지를 기록한 수수께끼의 양피지는 힘러의 손에 건네진 후 사라졌을 것이기 때문이다.

"나치는 점령지에서 다양한 것들을 약탈했어. 공업 원료나 인적 자원뿐 아니라 각종 문화재까지 약탈 목록에 올려놓았지. 힘러의 고향에서 가까운 린츠에 세워질 예정이었던 대형 미술관을 위해 파리를 포함한 서유럽 각지에서 수많은 명화를 약탈한 일은 잘 알려져 있지만, 또 한 가지 전혀 다른 계열의 약탈품도 있었어. 힘러가 관리하고 있던 뉘른베르크의 나치 보물창고에 모아진 것은 각지의 박물관이나 성당 등에 소장되어 있던 영적인 또는 마술적인 효과를 가진다고 믿어졌던 잡동사니 더미였지. 그것들은 전후에 각각 원래 소유자에게 반환되었지만, 그중에는 유래를 알 수 없는, 따라서 반환하려고 해도 반환할 곳을 알 수 없는 물건들도 있었어. 그리고 힘러의 보물창고에 남은 물건들 중 하나로는 유명한 태양 십자가가 있었지……"

사람의 키만큼이나 되는 황금으로 만들어진 거대한 태양 십자가. 그것은 마치 역사의 어둠에서 돌연 등장한 것 같았다. 소재인 황금의 가치는 별도로 하더라도 미술적으로나 골동품적 가치가 그토록 높은 것은 그때까지 전 세계에 그 존재가 알려져 있지 않았기 때문이다.

"뉘른베르크를 점령한 것은 프레더릭 장군이 이끄는 미군 제45사단이었어. 보물창고는 일단 나치의 전쟁범죄를 추궁하는 미국 정보 조직의 관리 아래 놓이게 되었지."

"그래서 넌 그 사진을 미국에서 가져오게 한 거구나. 그게 사실은 카타리파의 숨겨진 보물이라도 된다는 거야? 그런 거야, 가케루?"

흥분한 내가 소리쳤다. 그러고 보니 세트의 해변에서 카타리파의 신앙과 태양 십자가의 관계가 가케루와 시몬 사이에서 논의되었던 일이 떠올랐다.

"클리크 친위대 중령은 결국 발굴에 성공한 거야. 그들이 생조르주 서한을 입수한 것은 1942년이었어. 그런 형태로 로젠베르크에게 서한의 존재가 보고되려고 했던 것이 2년 후인 1944년이었지. 아니, 전후에도 페스트의 손에 서한이 남아 있었다는 것을 생각하면 로젠베르크에 대한 정식 보고는 결국 이루어지지 않았다고 봐야겠지. 약탈한 미술품을 둘러싸고 히틀러와 괴링 사이에 불화가 있었다는 건 널리 알려져 있지만, 힘러와 로젠베르크도 그런 유의 약탈품을 서로 빼앗고 있었다는 거지. 그 2년은 나치가 몽세귀르를 발굴한 시기와 일치해. 힘러는 카타리파 신앙의 상징이었던 태양 십자가를 입수하고 나서, 쓸모없어진 생조르주 서한을 로젠베르크에게 주려고 했는지도 모르지."

"그래서 그 태양 십자가는 지금 어디에 있는 거야?" 나는 정신없이 캐물었다. 흥분 때문에 목구멍이 바싹 말라붙었다.

"처음에는 미군의 관리 아래 있었어. 하지만 무슨 결정이 내려졌는지, 유럽 연합군 총사령관 아이젠하워 장군의 결정으로 나중에 소련으로 옮겨졌어. 어쩌면 소련이 강경하게 소유권을 주장했는지도 모르지. 그때 공개된 박물관에도 전시된 사실이 없으니까 지금 어디에 있는지는 아무도 몰라. 미군 관리 아래 있었던 무렵에 촬영된 사진만 지금도 워싱턴의 국립 고문서관에 남아 있을 뿐이야."

가케루의 생각지도 못한 이야기로 나는 완전히 낙담하고 말았다. 카타리파의 숨겨진 보물은 한순간 시대의 표면에 힐끗 모습을 드러냈을 뿐 다시 어둠 속 깊숙한 곳으로 사라져버린 것이다. 게다가 그 어둠은 700년 이상에 걸쳐 숨겨진 보물이 매장되어 있던 몽세귀르의 땅 밑 어둠 속보다 깊은, 소련 국가가 만들어낸 음침한 비밀주의의 어둠이다. 우리 눈으로 카타리파의 숨겨진 보물을 볼 기회가 있을 수 있다고는 도저히 생각할 수 없었다. 가케루가 말을 이었다.

"전쟁이 끝난 후 힘러의 보물창고에서 발견된 태양 십자가야말로 실은 전설의 카타리파가 숨겨놓은 보물이 아닐까, 예전부터 나는 이렇게 생각했어. 카타리파가 이교인지 이단인지를 결정하기 위해서는 이것이 결정적으로 중요했어. 세트에서 그날 밤 시몬은 태양 십자가에 대해 난처한 나머지 그런 설명을 덧붙였지만, 카타리파 신앙의 상징이 태양 십자가였다는 사실이 확인되면 그만큼 카타리파는 그리스도교의 역사에서 멀어지고 미트라교를 비롯한 고대 오리엔트의 태양 신앙과의 계승 관계가 짙게 떠오르게 돼. 여름에 한 조사에서 그 점에 대해서는 거의 증명되었으니까 나는 충분히 만족하고 있어."

가케루는 이야기를 마쳤다. 안개비는 그칠 줄 모르고 돌이 깔린 거리를 적시고 있었다. 생자크 가의 완만한 언덕길을 다 내려간 우리는 센 강 변의 거리에서 오른쪽으로 꺾었다. 쌀쌀한 늦가을의 비 내리는 황혼을 배경으로 노트르담 성당의 돌무더기가 꼼짝하지 않고 을씨년스럽게 웅크리고 있었다. 몹시 차가워 보이는 센 강의 수면에도 안개비는 한없이 내리고 있었다. 곧 겨울이구나, 하고 나는 생각했다. 옆에 있는 청년은 머리도 외투도 흠뻑 젖은 채 여전히 말없이 걷고 있을 뿐이었다.

　추리소설의 미덕은 읽는 재미에 있다. 추리하는 재미가 있어야한다. 그런데 이 재미라는 것은 철저히 취향의 문제라 독자에 따라 달라질 수밖에 없다. 가사이 기요시의 야부키 가케루 시리즈 첫 작품인 『바이바이, 엔젤』(현대문학, 2014)은 아직 관념의 옷을 완전히 벗어버리지 못한 모습이었다. 관념이란 독자의 마음에 이르러 저마다 생겨야 하는 것인데, 『바이바이, 엔젤』은 작자가 이미 만들어놓은 옷을 독자에게 입히려는 조바심만 앞섰다는 느낌을 지울 수 없었다. 그 조바심은 가사이 기요시가 추리소설을 쓰게 된 동기와 무관하지 않아 보였다.

　1972년 일본 전역을 술렁이게 한 연합적군사건에 큰 충격을 받은 가사이 기요시는 정치활동을 그만두고 사상적으로 전향한다. 연합적군파로 불린 급진적 운동권 단체의 젊은이들이 지도부를 중심으로 투철한 혁명정신을 강조하며 자아비판을 하는 과정에서 동지 12명을 집단으로 구타해 죽인 사건이 벌어진 것이다. 이 비극적인 사건을 통해 혁명의 이상이 무궤도한 살육으로 변모하는 사실에 봉착한 그는 상심한 채 1974년 파리로 건너가 2년을 지내면서 '혁명을 꿈꾸던 인간이 왜 학살을 저질렀는가' 하는 문제를 추적하며 관념이 낳는 폭력을 정화하기 위한 시도로 『테러의 현상학』을 집필한다. 『테러의 현상학』은 혁명적 정의의 관념에 의한 테러리즘을 분석한 책인데, 이 책의 주제를 추리소설로 변주한 것이 『바이바이, 엔젤』이다.

『묵시록의 여름』은 야부키 가케루 시리즈의 두 번째 작품이다. 이 작품에서도 주인공인 신비스러운 일본인 청년 야부키 가케루는 '현상학적 본질직관에 의한 추리'를 내세우며 등장한다. 즉 모든 선입견을 배제하고 범죄가 가진 의미, 사건의 본질을 직관한다는 것이다. 시리즈 최고의 걸작 중 하나로 평가받는 『묵시록의 여름』은 신약성서의 「요한 묵시록」을 본뜬 연쇄살인이 등장하며 두 번 살해당한 시체, 고성의 밀실, 카타리파의 보물 전설 등 공들인 장치가 흘러넘친다. 아울러 중세의 이단 카타리파에 대한 이단 심문의 광기, 나치 독일의 오컬트적 인종 이론의 광기, 그리고 현대의 악의 논리가 보여주는 광기 등 인간이 갖고 있는 다양한 광기가 중층적으로 그려진다.

이 시리즈는 기본적으로 야부키 가케루와 테러리스트 결사의 대립이 있고 그것과는 별도로 사건이 벌어지는 구조다. 전작 『바이바이, 엔젤』에서 진범은 사상에 심취한 청년들을 조종해 활동자금을 노린 살인 사건을 일으키게 하고, 그 돈을 바스크 해방운동의 동료들에게 지원금으로 보냄으로써 분쟁의 격화를 기도한다.『묵시록의 여름』에서도 비밀결사 〈붉은 죽음〉의 일원인 진범이 타인의 살인 사건을 이용하고 마지막에 그 이익을 가로채는 구조인 것은 마찬가지다.

『묵시록의 여름』은 전작과 마찬가지로 관념이 낳는 폭력의 문제를 배경에 깔고 있다. 하지만 전작에 비해 관념의 옷은 가벼워졌고 몸놀림은 무척 화려해졌다. 소설적 완성도와 재미가 더해진 것은 물론이다. 이 시리즈의 현상학 탐정 야부키 가케루의 매력도 훨씬 구체성을 띠고 다가온다. 이 작품에서 가사이 기요시가 던지는 질문은 소설 마지막에서 가케루가 시몬에게 쥐여 준 권총에 모아진다. 시몬은 자기 나름의 답을 한다. 과연 그 질문에 대한 시몬의 대답은 무책임한 것인가. 그 질문은 가케루가 끊임없이 자신에게 던지는 것이고, 또한 그 자신도 여전히 시몬과 동일한 대답을 하며 살고 있다. 가케루가 시몬에게, 아니 가사이 기요시가 우리에게 던지는 질문은 언제까지고 현실적인 의미를 잃지 않는 문제다. 관념의 악은 종교, 민족, 국가, 혁명의 이름으로 늘 옷을 바꿔 입으며 우리 주변을 배회하고 앞으로도 그러할 것이기 때문이다. 그것은 우리에게 선량한 단호함으로 절실하게, 그리고 친구처럼 다가온다. 그래서 우리는 너무 자주 나쁜 친구를 사귀고 만다.

폭력에 대한 반대 표명은 늘 무난하게 나타난다. 그러나 그 무난함은 폭력에 대한 반대가 오히려 지금의 현상을 유지하는 데 복무하게 되는 운명을 받아들이는 일이기도 하다. 그러니 폭력이 무엇이냐는 질문으로 돌아갈 수밖에 없다. 가해자가 보이지 않는 폭력은 그에 대한 반대를 표명할 기회조차 얻기 힘들다. 우리는 누구의 어떤 폭력만을 반대할 수 있게 되는 것이다. 그것이 제도며 법이며 정치가 존재하는 이유다. 자동차 사고를 판단할 때와 같다. 부딪친 지점의 상태와 결과가 모든 것이다. 근본적인 원인은 묻지 않는다. 노면 상태나 자동차의 구조적 결함, 도로 상황 등은 사고와의 직접적인 관련성을 증명하지 못하는 한 책임을 묻지 않는다. 다시 말해 원인을 제대로 묻지 않고 결과의 책임만을 묻는 방식이 교통사고 처리법인 셈이다. 입증의 한계를 인정하기 때문에 나온, 다수가 만족할 만한 편의적인 제도일 뿐이다. 폭력에 대한 반대 표명 역시 이런 편의적인 제도를 받아들인 결과일 수 있다. 따라서 폭력이 무엇인가라는 질문으로 돌아갈 수밖에 없는 것이다. 모든 폭력에 반대한다는 무난한 말이 의도와는 무관하게 현상을 유지하는 일에 복무하게 되는 것도 이 때문이다. 차야 넘친다. 그러니 넘친 것만 보지 말고 차 있는 것도 봐야 한다.

필자 개인적으로도, 일본 평단과 독자들 사이에서도, 사실 가사이 기요시의 최대 걸작으로 꼽히는 작품은 야부키 가케루 시리즈의 네 번째 작『철학자의 밀실』(1992)이다. 이 시리즈의 첫 두 작품『바이바이, 엔젤』과『묵시록의 여름』을 소개하게 된 것도 실은『철학자의 밀실』에 대한 관심에서 시작된 작업이었다.『철학자의 밀실』은 1970년대의 어느 날, 울창한 불로뉴 숲에 세워진 부호 다소의 호화로운 저택의 동탑에서 손님의 사체가 발견되면서 시작된다. 삼중의 밀실 살인 사건이었는데, 현장에 남아 있던 나치 친위대의 단검과 사체의 수수께끼를 쫓는 과정에서 30년 전 나치의 절멸수용소에서 일어난 또 다른 삼중 밀실 살인 사건이 수면으로 떠오른다. 요컨대『철학자의 밀실』은 과거와 현대에 일어난 동일한 삼중 구조의 밀실 살인, 그리고 그 사건의 배경에 어렴풋이 등장하는 20세기 최대의 철학자 할바흐(마르틴 하이데거를 모티프로 한 작중 인물)의 '죽음의 철학', 제2차 세계대전의 나치 전범 문제에 이르는 굉장히 큰 스케일의 미스터리 소설인 것이다.

야부키 가케루가 패전 직후 옥사한 일본의 마르크스주의 철학자 미키 기요시[三木淸]의 손자라는 사실이 밝혀지고, 왓슨 역인 나디아 모가르와의 관계도 진전을 보이는 등 여러 가지 면에서『철학자의 밀실』은 야부키 가케루 시리즈의 집대성이라 할 수 있다. 그러니 이 책『묵시록의 여름』이 국내 독자들의 큰 호응을 얻어『철학자의 밀실』까지 소개할 수 있게 되기를 바랄 뿐이다.

2015년 3월
송태욱

# 묵시록의 여름

지은이 가사이 기요시
옮긴이 송태욱
펴낸이 양숙진

초판 1쇄 펴낸날 2015년 3월 31일

펴낸곳 (주)현대문학
등록번호 제1-452호
주소 137-905 서울시 서초구 신반포로 321 (잠원동)
전화 02-2017-0280
팩스 02-516-5433
홈페이지 www.hdmh.co.kr

ISBN 978-89-7275-707-8 04830
ISBN 978-89-7275-705-4(세트)